CLIVE CUSSLER

L'OR DES INCAS

ROMAN

Traduit de l'américain
par

CLAUDIE LANGLOIS-CHASSAIGNON

BERNARD GRASSET
PARIS

L'édition originale de cet ouvrage a été publiée en 1994 par Simon & Schuster, New York, sous le titre :

INCA GOLD

A la mémoire

du Dr Harold Edgerton,
de Bob Hesse,
Erick Schonstedt
et de
Peter Throckmorton,
aimés et respectés par
tous ceux dont ils ont
effleuré la vie.

En 1997, les Etats-Unis, seule nation au monde utilisant encore les normes de mesure non décimales, se convertirent enfin au système métrique – nécessité vitale pour une nation qui se veut compétitive dans l'arène du commerce international.

1533
Une mer oubliée.

Ils venaient du sud avec le soleil de l'aurore, miroitant encore comme des fantômes dans un mirage de désert, glissant sur la crête des eaux chatoyantes de soleil. Les voiles de coton rectangulaires de cette flottille de radeaux pendaient, sans vie, sous un ciel d'azur serein. Aucun ordre ne résonnait tandis que les équipages plongeaient et poussaient sur leurs rames dans un silence inquiétant. Au-dessus de leurs têtes, un aigle descendit en piqué et remonta en flèche, comme pour guider les timoniers vers une île aride plantée au centre de la mer intérieure.

Les radeaux étaient faits de faisceaux de roseaux liés ensemble et courbés à chaque extrémité. Chaque quille se composait de six faisceaux, reliés et retenus par des bambous. La poupe et la proue en forme de serpents à tête de chien se dressaient vers le ciel et leurs mâchoires semblaient hurler à la lune.

Le commandant de cette flottille se tenait sur une chaise semblable à un trône, sur la proue du radeau de tête. Il portait une tunique de coton ornée de plaques de turquoises et un manteau de laine à broderies multicolores. La tête recouverte d'un casque de plumes, il avait le visage couvert d'un masque d'or. Ses boucles d'oreilles, son collier massif et ses bracelets étincelaient sous le soleil. Même ses chaussures étaient en or. Ce qui rendait la vision encore plus étonnante, c'est que les membres de ses équipages étaient vêtus avec la même magnificence.

Le long de la ligne de terre fertile qui entourait la mer, les indigènes contemplaient avec crainte et étonnement la flotte étrangère qui pénétrait leurs eaux. Nul ne tenta de défendre son territoire contre les envahisseurs. Ils n'étaient que d'humbles paysans, chassant des lapins, pêchant des poissons, vivant de leurs maigres récoltes et de cueillettes. Leur culture était archaïque et curieusement différente de celle de leurs voisins qui, à l'est et au sud, bâtissaient de vastes empires. Ils vivaient et mouraient sans même avoir édifié les temples massifs qu'exigeaient les dieux. Pour l'heure, ils contemplaient, fascinés, le déploiement de richesses et de puissance qui traversait leurs eaux. Tous autant qu'ils étaient, ils considéraient la flotte comme l'apparition miraculeuse des dieux guerriers venus du monde des esprits.

Les mystérieux étrangers ne tinrent aucun compte de la foule encombrant la plage et continuèrent à pagayer vers leur destination. Ils remplissaient une mission sacrée dont rien ne pouvait les distraire. Impassibles, ils manœuvraient leurs embarcations et pas un ne tourna la tête pour regarder les spectateurs stupéfaits.

Ils se dirigèrent sans hésiter vers les pentes abruptes et couvertes de pierres d'une colline dominant l'île de ses deux cents mètres au-dessus du niveau de la mer. L'endroit était inhabité et pratiquement dépourvu de végétation. Pour les indigènes du continent, ce lieu était celui de la géante morte parce que la crête de la longue colline basse ressemblait à un corps de femme endormie d'un sommeil éternel. Le soleil ajoutait à l'illusion en conférant à la silhouette un éclat surnaturel.

Bientôt, les marins aux atours magnifiques tirèrent leurs radeaux sur une petite plage de galets ouvrant sur une étroite gorge. Ils amenèrent les voiles tissées d'énormes symboles d'animaux surnaturels qui ajoutaient encore à la peur silencieuse et à la révérence des spectateurs indigènes et commencèrent à décharger sur la plage d'énormes paniers d'osier et des jarres de céramique.

Tout au long de la journée, le chargement fut entassé en piles immenses et régulières. Dans la soirée, alors que le soleil tombait à l'ouest, toute la vue de l'île disparut de la côte. Seules quelques faibles lueurs perçaient l'obscurité. Mais à l'aube du nouveau jour, la flottille était toujours assemblée sur la plage et les grandes piles de fret n'avaient pas bougé.

Au sommet de la colline de l'île, des ouvriers s'affairaient à briser un énorme rocher. Pendant les six jours et les six nuits qui suivirent, à l'aide de barres de métal et de burins, ils frappèrent et martelèrent la pierre jusqu'à ce qu'elle ait la forme d'un féroce jaguar à tête de serpent. Quand ils eurent fini de tailler et de polir, la bête gigantesque semblait sauter du rocher dans lequel on l'avait sculptée. Pendant tout ce travail de sculpture, les piles de paniers et de jarres furent lentement enlevées jusqu'à ce qu'il n'en demeure aucune trace.

Puis, un matin, les indigènes regardèrent l'île de l'autre côté de l'eau et n'y virent plus aucun signe de vie. L'énigmatique groupe venu du sud avec sa flotte de radeaux avait disparu en profitant de l'obscurité de la nuit. Il ne restait, pour marquer leur passage, que l'imposante pierre en forme de jaguar serpent avec ses dents recourbées en crocs et ses yeux fendus surveillant la vaste étendue de collines sans fin au-delà de la petite mer.

La curiosité prit bientôt le pas sur la peur. L'après-midi suivant, quatre hommes du village principal, sur la côte de la mer intérieure, soutinrent leur courage en avalant un puissant breuvage indigène puis mirent à l'eau une pirogue et pagayèrent jusqu'à l'île pour voir de quoi il retournait. Ayant accosté sur la plage, ils pénétrèrent dans la gorge étroite menant au centre de la montagne. Toute la journée et une bonne partie du lendemain, leurs parents et amis attendirent anxieusement leur retour. Mais on ne les revit jamais. Même leur pirogue avait disparu.

La terreur primitive des indigènes s'accrut encore lorsqu'un violent orage balaya l'île et se mua en une énorme tempête. Le soleil se voila, comme effacé du ciel qui devint plus sombre que quiconque pouvait se rappeler l'avoir vu. L'obscurité terrifiante s'accompagna d'un vent terrible qui hurla et fit bouillonner la mer d'écume puis détruisit les villages de la côte. Ce fut comme si les cieux avaient déclenché une guerre. La tempête secoua la côte avec une incroyable furie. Les indigènes pensèrent que les dieux du ciel et de la nuit, conduits par le jaguar serpent, les punissaient de leur intrusion. Ils murmurèrent des malédictions contre ceux qui avaient violé le sol de l'île.

Puis, aussi soudainement qu'il était venu, l'orage s'enfuit à l'horizon et le vent s'apaisa, laissant derrière lui une immobilité déconcertante. Les feux du soleil revinrent illuminer une mer aussi calme qu'avant. Les mouettes se mirent à tournoyer au-dessus d'un objet que la mer avait poussé jusqu'à la plage de sable de la côte occidentale. Quand les habitants virent la forme immobile étendue sur la ligne des eaux, ils s'approchèrent prudemment et s'arrêtèrent, puis s'avancèrent avec précaution pour l'examiner. Avec terreur, ils réalisèrent que c'était le corps sans vie d'un des étrangers venus du Sud. Il ne portait que sa tunique brodée. Toute trace de masque, de casque ou de bracelets avait disparu.

Ceux qui assistèrent à la macabre découverte demeurèrent saisis de l'apparence du cadavre. Contrairement aux indigènes à la peau sombre et aux cheveux noirs de jais, le mort avait la peau blanche et des cheveux blonds. Ses yeux éteints étaient bleus. Debout, il aurait eu au moins une demi-tête de plus que les hommes qui le considéraient avec étonnement.

Tremblant de peur, ils le transportèrent avec révérence jusqu'à une pirogue où ils le déposèrent presque tendrement. Puis deux des plus braves furent choisis pour conduire le corps jusqu'à l'île. En atteignant la plage, ils l'étendirent rapidement sur le sable et se hâtèrent de regagner la côte à grands coups de pagaies.

Des années après la mort de ceux qui avaient été témoins de ce remarquable événement, on pouvait encore apercevoir le squelette blanchi à demi enfoui dans le sable, comme un avertissement morbide de rester au large de l'île.

On murmurait que le gardien des soldats dorés, le jaguar serpent, avait dévoré les hommes curieux qui avaient pénétré sans permission dans son sanctuaire et personne ne se hasardait plus à risquer sa colère en mettant le pied sur l'île. Il se dégageait du lieu une atmosphère irréelle et fantomatique. L'île devint un lieu sacré dont on ne parlait qu'à voix basse et qu'on ne visitait jamais.

Qui étaient donc ces guerriers couverts d'or et d'où venaient-ils? Pourquoi avaient-ils accosté sur cette île et qu'y avaient-ils fait? Les témoins avaient bien dû accepter ce qu'ils avaient vu. Il n'existait aucune explication possible. Puisqu'on ne savait rien, les mythes avaient pris naissance. Une légende naquit et se renforça encore lorsqu'un énorme tremblement de terre détruisit les villages de la côte. Quand, après cinq jours d'horreur, la terre cessa enfin de trembler, la grande mer intérieure avait disparu, ne laissant qu'un large cercle de coquillages là où, autrefois, s'étendait la côte.

Les mystérieux intrus entrèrent bientôt dans la tradition religieuse et devinrent des dieux. Au fil du temps, l'histoire de leur soudaine manifestation et de leur disparition s'enfla puis retomba pour n'être plus qu'un vague conte local surnaturel qu'on se racontait de génération en génération, au cœur d'un peuple habitant une terre hantée où se produisaient des phénomènes inexpliqués rôdant comme les fumées au-dessus d'un feu de camp.

Cataclysme

1er mars 1578
Côte Ouest du Pérou.

Le capitaine Juan De Anton, homme sombre aux yeux verts de Catalan et à la barbe noire extrêmement soignée, regarda à la lunette d'approche l'étrange navire qui suivait son sillage. Il leva les sourcils, vaguement surpris. Rencontre de hasard, se demanda-t-il, ou interception préparée ?

Au cours de la dernière étape d'un voyage qui l'amenait de Callao de Lima, De Anton ne s'attendait guère à rencontrer d'autres galions chargés de trésors en route pour Panama où les richesses royales, transportées à dos de mulets, seraient chargées à bord pour rejoindre, de l'autre côté de l'Atlantique, les coffres de Séville. Il crut reconnaître une allure française à la quille et aux gréements de l'étranger qui le suivait à une heure et demie sur l'arrière. S'il avait emprunté les routes de commerce des Caraïbes pour rejoindre l'Espagne, De Anton aurait fui le contact avec les autres navires. Mais ses soupçons s'apaisèrent un peu en voyant dans sa lunette d'approche une énorme bannière flottant sur un grand mât en poupe. Comme son propre pavillon claquant au vent, il arborait sur un fond blanc le rempart à la croix rouge de l'Espagne du seizième siècle. Malgré tout, il se sentit mal à l'aise.

De Anton se tourna vers son second, Luis Torres, également chef pilote.

— Qu'en pensez-vous, Luis ?

Torres, grand Galicien glabre, haussa les épaules.

— Trop petit pour un galion. Je parierais pour un marchand de vin venant de Valparaiso, en route pour Panama comme nous.

— Croyez-vous que cela puisse être un ennemi de l'Espagne ?

— Impossible. Aucun navire ennemi n'a jamais osé s'aventurer dans le dangereux labyrinthe du détroit de Magellan pour contourner l'Amérique du Sud.

Rassuré, De Anton opina.

— Puisque nous n'avons pas à craindre qu'il soit français ou anglais, virons de bord pour l'accueillir.

Torres fit passer l'ordre à l'homme de barre qui visait sa route à travers la batterie sous un grand coffre sur le pont supérieur. Il manœuvra le bâton vertical qui pivota sur un arbre allongé lequel fit tourner le gouvernail. Le *Nuestra Señora de la Concepción*, le plus grand et le plus royal galion de l'armada du Pacifique, pencha un peu sur bâbord et fit demi-tour vers le sud-ouest. Ses neuf voiles s'emplirent de la brise venue de l'est qui poussa sa masse de 570 tonnes à la confortable vitesse de cinq nœuds à travers les rouleaux de la houle.

Malgré ses lignes majestueuses, ses sculptures très ornées et ses peintures colorées ornant les flancs, de sa haute poupe au gaillard d'avant, le galion était un rude bâtiment. Extrêmement solide et tenant bien la mer, il était le cheval de labour des vaisseaux de son époque capables de traverser l'océan. Et lorsque c'était nécessaire, il pouvait battre à la course les meilleurs corsaires que les nations du monde maritime de la maraude lançaient à sa poursuite et défendre les précieux trésors que ses cales abritaient.

Pour les non-initiés, ce galion ressemblait à un menaçant navire de guerre hérissé d'armes. Mais vu de l'intérieur, il ne pouvait cacher son vrai rôle de navire marchand. Son pont de batterie ne comportait pas moins de cinquante sabords cachant des canons de quatre livres. Mais, endormi par la croyance que les mers du Sud étaient la propriété de l'Espagne et qu'aucun de ses navires n'avait jamais été attaqué ou capturé par un brigand étranger, le *Concepción* était cette fois légèrement armé de deux canons seulement pour réduire son tonnage et lui permettre un fret plus important.

Persuadé maintenant que son navire ne courait aucun danger, le capitaine De Anton s'installa sur un tabouret et reprit son observation à la lunette du navire qui s'approchait rapidement. Il ne lui vint même pas à l'esprit d'ordonner à l'équipage de se tenir prêt à une attaque éventuelle.

Il n'eut aucune prémonition, même la plus vague, que le navire qu'il allait accueillir après avoir fait demi-tour était le *Golden Hind*, commandé par le plus infatigable loup de mer anglais, Francis Drake. Celui-ci se tenait pour l'heure sur le gaillard d'arrière et regardait calmement De Anton s'approcher. Il avait l'œil froid d'un requin suivant une trace de sang.

— C'est rudement aimable à lui de venir à notre rencontre, marmonna Drake. Il ressemblait à un coq de combat avec ses yeux en boutons de bottine, ses cheveux bouclés roux foncé que complétait une barbe légèrement plus claire terminée en pointe aiguë sous une longue moustache tombante.

— C'est la moindre des choses étant donné que nous le suivons à la trace depuis deux semaines, répondit Thomas Cuttill, commandant en second du *Golden Hind*.

— Ouais, mais la chasse en valait la peine.

Déjà chargé de lingots d'or et d'argent, d'une cassette de pierres précieuses ainsi que de soieries et de toiles de valeur après avoir capturé une vingtaine de navires espagnols, le *Golden Hind* était devenu le premier vaisseau anglais naviguant sur le Pacifique. Autrefois baptisé le *Pelican*, il parcourait les vagues comme un beagle poursuivant un renard. C'était un vaisseau lourd et trapu de 31 mètres de long et un tonnage de 140. Tenant bien la mer, il répondait instantanément à la barre. Sa quille et ses mâts n'étaient pas neufs, loin de là, mais après une longue escale à Plymouth, il était fin prêt pour le long voyage de plus de 55 000 kilomètres autour du monde qui, pendant trente-cinq mois, allait lui faire vivre l'une des épopées maritimes les plus héroïques de tous les temps.

— Voulez-vous qu'on l'éperonne par l'avant et qu'on ratisse ces chacals espagnols ? demanda Cuttill.

Drake laissa retomber sa longue vue, secoua la tête et sourit.

— La courtoisie voudrait que nous orientions notre voile et que nous saluions comme de vrais gentilshommes.

Cuttill regarda sans comprendre son audacieux commandant.

— Mais supposez qu'ils se soient préparés à livrer bataille ?

— Il est tout à fait impensable que son capitaine ait la moindre notion de notre identité.

— Il est deux fois plus gros que nous, insista Cuttill.

— D'après les marins que nous avons capturés à Callao de Lima, le *Concepción* n'a que deux canons. Le *Hind* en possède dix-huit.

— Ces Espagnols ! cracha Cuttill. Ils mentent pire que des Irlandais.

Drake montra le navire qui approchait innocemment.

— Les capitaines de navires espagnols préfèrent la fuite à la bataille, rappela-t-il à son subordonné têtu.

— Alors, pourquoi ne pas nous écarter et le soumettre à coups de canon ?

— Il ne serait pas raisonnable de faire feu et de courir le risque de le couler avec son précieux chargement.

Drake mit une main sur l'épaule de Cuttill.

— Ne crains rien, Thomas. J'ai mis au point un plan ingénieux. Nous pourrons économiser notre poudre et compter sur mes braves Anglais qui rêvent de s'offrir une bonne bagarre !

Cuttill fit signe qu'il avait compris.

— Alors vous avez l'intention de l'aborder et de l'arraisonner ?

Drake hocha la tête.

— Nous serons à bord avant même que l'équipage ait eu le temps de charger un mousquet. Ils ne le savent pas encore, mais ils vont tomber dans un piège qu'ils auront préparé eux-mêmes.

Peu après trois heures de l'après-midi, le *Nuestra Señora de la Concepción*, de nouveau parallèle au nord-ouest, arriva dans l'alignement du quart bâbord du *Golden Hind*. Torres monta l'échelle et gagna le gaillard d'avant de son navire puis cria :

— Quel navire êtes-vous ?

Numa da Silva, le pilote portugais que Drake avait recruté après avoir capturé le bateau brésilien sur lequel il servait, répondit en espagnol :

— *San Pedro de Paula*, venant de Valparaiso.

C'était le nom d'un navire que Drake avait pris trois semaines plus tôt.

A part quelques hommes d'équipage déguisés en marins espagnols, Drake avait caché le gros de ses hommes au-dessus des ponts et les avait armés de cottes de mailles et d'un arsenal de piques, de pistolets, de mousquets et de coutelas. Les grappins attachés à de solides cordages étaient prêts le long des bastingages du pont supérieur. Des arbalétriers avaient secrètement été placés dans les hunes militaires, au-dessus des grand-vergues des mâts. Drake avait interdit aux tireurs de mousquets de se tenir là-haut car le feu de leurs armes risquait de mettre le feu aux voiles.

On hissa les grand-voiles et on les ferla afin que les arbalétriers aient une vision dégagée. Alors seulement Drake se détendit et attendit patiemment le moment de l'attaque. Le fait qu'il n'ait que quatre-vingt-huit Anglais à opposer à l'équipage espagnol de près de deux cents hommes ne l'inquiéta pas du tout. Ce ne serait ni la première ni la dernière fois qu'il aurait face à lui un adversaire supérieur en nombre. Sa fameuse bataille contre l'Invincible Armada espagnole dans le chenal anglais n'avait pas encore eu lieu.

De là où il était, De Anton ne nota aucune activité suspecte sur les ponts du navire apparemment amical et commercial. L'équipage paraissait accomplir ses tâches sans curiosité particulière pour le *Concepción*. Le capitaine, observa-t-il, était appuyé contre le bastingage du gaillard d'arrière et salua De Anton.

Lorsque l'écart entre les deux navires ne fut plus que d'une trentaine de mètres. Drake fit un signe presque imperceptible et les meilleurs tireurs du navire, cachés sur le pont de batterie, firent feu de leurs mousquets et frappèrent le timonier du *Concepción* en pleine poitrine. En même temps, les arbalétriers dans les hunes commencèrent à mitrailler les Espagnols hissant les voiles. Puis, tandis que le galion perdait le contrôle de son erre, Drake ordonna à son timonier d'amener le *Hind* le long de la coque en pente du grand bâtiment.

Les navires s'écrasèrent l'un contre l'autre, leurs barrots et leurs bordages gémissant sous le choc. Drake cria :

— Prenez-le pour notre bonne reine Bess et pour l'Angleterre, mes gaillards !

Des grappins jaillirent au milieu des invectives et, dans un claquement de métal, se fixèrent sur les bastingages et les gréements du *Concepción*, attachant les deux navires l'un à l'autre en une emprise mortelle. L'équipage de Drake se déversa sur le pont du galion, criant comme autant de gnomes déchaînés. Ses musiciens ajoutèrent à la confusion et à la terreur en frappant leurs tambours et en soufflant dans leurs trompettes. Une pluie de balles de mousquets et de flèches s'abattit sur les Espagnols abasourdis, immobilisés par le choc.

L'affaire fut achevée en quelques minutes. Un tiers de l'équipage du galion était à terre, tué ou blessé sans avoir pu tirer un coup de feu pour se défendre. Assommés de peur, les hommes tombèrent à genoux en signe de soumission tandis que les assaillants de Drake, les bousculant, se précipitaient vers les ponts inférieurs.

Drake s'approcha du capitaine De Anton, un pistolet dans une main et un poignard dans l'autre.

— Rendez-vous, au nom de Sa Majesté la reine Elizabeth d'Angleterre, hurla-t-il au-dessus du vacarme.

Etourdi et incrédule, De Anton rendit son navire.

— Je me rends, cria-t-il à son tour, mais épargnez mon équipage !

— Je ne fais pas dans le massacre, l'informa Drake.

Les Anglais prirent le contrôle du galion. Les morts furent jetés par-dessus bord, les survivants et les blessés confinés dans la prison. Le capitaine De Anton et ses officiers traversèrent sous bonne escorte une planche placée entre les deux navires jusqu'au pont du *Golden Hind.* Puis avec la courtoisie dont Drake faisait toujours preuve envers ses captifs, il offrit au capitaine De Anton de lui faire personnellement visiter le *Golden Hind.* Après quoi il offrit aux officiers du galion un dîner de gala avec musique, vaisselle en argent massif et les meilleurs vins d'Espagne récemment confisqués. Ils étaient encore à table que déjà l'équipage de Drake faisait virer les navires vers l'ouest et mettait les voiles au-delà des routes maritimes espagnoles.

Le lendemain matin, ils mirent en panne, appareillant les voiles pour que la vitesse des navires s'abaisse mais en maintenant assez d'erre pour que leurs poupes continuent à fendre les vagues. Pendant les quatre jours suivants, on transféra le fantastique trésor des cales du *Concepción* à celles du *Golden Hind.* L'énorme pillage comprenait treize coffres de pièces et de plaques d'argent aux armes du roi d'Espagne, quatre-vingts livres d'or, vingt-six tonnes de lingots d'argent, des centaines de cassettes pleines de perles et de bijoux, des émeraudes surtout, et une grande quantité de nourriture, entre autres des fruits et du sucre. C'était la prise la plus importante faite par un corsaire depuis plusieurs décennies.

Il y avait aussi des coffres pleins de trésors incas, destinés à Madrid pour le plaisir personnel de Sa Majesté Catholique Philippe II, roi d'Espagne. Drake étudia ces marchandises avec le plus grand étonnement. Il n'avait jamais rien vu de semblable. Des toises de textiles des Andes aux broderies compliquées emplissaient une partie de la cale, du pont au plafond. Des centaines de caisses contenaient des statuettes de pierre sculptée et de céramique, mêlées à de vrais chefs-d'œuvre de jade sculpté, de superbes mosaïques de turquoise et d'écaille, toutes arrachées aux temples sacrés des civilisations andines que gouvernaient Francisco Pizarro et ses victorieuses armées de conquistadors avides de richesses. C'était un exemple de magnifique artisanat dont Drake ignorait jusqu'à l'existence. Curieusement, ce qui l'intéressa le plus ne fut pas les chefs-d'œuvre en trois dimensions incrustés de pierres précieuses mais un simple coffret de jade dont le couvercle représentait un masque d'homme. Ce couvercle s'ajustait si parfaitement au coffret que celui-ci était tout à fait hermétique. A l'intérieur se trouvait un enchevêtrement de cordons multicolores de diverses épaisseurs, portant plus d'une centaine de nœuds.

Drake transporta le coffret dans sa cabine et passa une grande partie de la journée à étudier l'assemblage compliqué des cordes, attachées à des cordons plus minces, de couleurs vives, avec les nœuds situés à des intervalles stratégiques. Navigateur doué et artiste amateur, Drake comprit qu'il s'agissait soit d'un instrument mathématique, soit d'une sorte de calendrier. Intrigué, il essaya, mais sans succès, de déterminer la signification des nœuds. La solution était pour lui aussi obscure que devaient l'être la longitude et la latitude sur une carte de navigation pour un sauvage.

Drake abandonna bientôt et enveloppa le coffret dans un linge. Puis il appela Cuttill.

— L'Espagnol est plus haut sur l'eau, maintenant qu'on l'a vidé de presque toutes ses richesses, annonça joyeusement celui-ci en pénétrant dans la cabine du capitaine.

— Tu n'as pas touché aux œuvres d'art ? demanda Drake.

— Comme vous me l'aviez ordonné, elles sont restées dans le galion.

Drake se leva, s'approcha d'une large fenêtre et contempla le *Concepción*. Les flancs du galion étaient encore humides sur plusieurs pieds au-dessus de sa ligne de flottaison actuelle.

— Les trésors artistiques étaient destinés au roi Philippe, dit-il. Au lieu de cela, ils iront en Angleterre et nous les offrirons à la reine Bess.

— Le *Hind* était déjà dangereusement surchargé, protesta Cuttill. Quand on aura ajouté cinq tonnes de plus à bord, la mer viendra lécher nos sabords les plus bas et le navire ne répondra plus au gouvernail. Pour sûr qu'il ira par le fond si nous devons lui faire traverser la tempête du détroit de Magellan.

— Je n'ai pas l'intention de rentrer par le détroit, dit Drake. Mon plan est de pousser au nord et de chercher un passage vers l'Angleterre. Si je ne réussis pas, je suivrai la trace de Magellan par le Pacifique en contournant l'Afrique.

— Le *Hind* ne reverra jamais l'Angleterre, en tout cas pas avec ses cales pleines à ras bord.

— Nous déposerons le chargement d'argent sur l'île de Cano, au large de l'Equateur, où nous pourrons le reprendre lors d'un prochain passage. Quant aux œuvres d'art, elles resteront sur le *Concepción*.

— Je croyais que vous vouliez les offrir à la reine ?

— C'est bien mon intention, assura Drake. Toi, Thomas, tu vas prendre dix hommes du *Hind* et tu conduiras le galion à Plymouth.

Cuttill se tordit les mains, angoissé.

— Je ne pourrai jamais manœuvrer un vaisseau de cette taille avec dix hommes seulement, par des mers aussi dangereuses !

Drake revint à sa table de travail et frappa légèrement d'un compas un cercle porté sur une carte.

— Sur les cartes que j'ai trouvées dans la cabine du capitaine De Anton, j'ai indiqué une petite baie sur la côte nord, ici, où il ne devrait pas y avoir d'Espagnols. Tu navigueras jusque-là et tu débarqueras les officiers espagnols et les blessés. Réquisitionne vingt des marins valides restants pour manœuvrer le vaisseau. Je veillerai à ce que tu aies assez d'armes pour protéger le commandement et prévenir toute mutinerie éventuelle sur le navire.

Cuttill savait que toute discussion serait inutile, que la cause était perdue d'avance avec un homme aussi entêté que Drake. Il accepta la mission avec un haussement d'épaules résigné.

— Je suivrai vos ordres, évidemment.

Le visage de Drake exprima la confiance et son regard se fit chaleureux.

— Si quelqu'un est capable de mener le galion espagnol jusqu'à Plymouth, Thomas, c'est bien toi. Je suppose que la reine sera stupéfaite quand tu lui apporteras les cadeaux que nous avons pour elle.

— J'aimerais mieux que vous vous réserviez cette partie du plan, capitaine.

Drake tapota affectueusement l'épaule de Cuttill.

— Ne crains rien, mon vieil ami. Tu m'attendras sur le quai avec une fille à chaque bras quand le *Hind* arrivera au port !

A l'aube du lendemain, Cuttill ordonna à l'équipage de retirer les cordages liant les deux navires. Tenant sous le bras le coffret enveloppé de toile que Drake lui avait demandé de remettre personnellement à la reine, il l'emporta jusqu'à la cabine du capitaine et l'enferma dans un cabinet. Puis il retourna sur le pont et prit le commandement du *Nuestra Señora de la Concepción* qui, peu à peu, s'éloigna du *Golden Hind*. Les voiles furent hissées sous un soleil rouge et éblouissant que les équipages superstitieux des deux navires décrivirent comme un cœur ensanglanté. Selon leur façon primitive de penser, cela fut considéré comme un mauvais présage.

Drake et Cuttill se saluèrent encore de grands signes des bras et le *Golden Hind* reprit sa course vers le nord-est. Cuttill regarda un long moment le navire jusqu'à ce que sa quille disparaisse à l'horizon. Il ne partageait pas la confiance de Drake. Un profond sentiment d'angoisse lui tordit l'estomac.

Quelques jours plus tard, après avoir débarqué plusieurs tonnes de lingots et de pièces d'argent sur l'île de Cano pour alléger son tirant d'eau, le *Hind* et son intrépide capitaine filèrent vers le nord... vers ce qui s'appellerait, deux siècles plus tard, l'île de Vancouver... avant de virer à l'ouest pour effectuer à travers le Pacifique un voyage épique.

Plus loin au sud, le *Concepción* vira plein est vers la terre pour atteindre la baie marquée par Drake sur les cartes espagnoles le lendemain dans la soirée. On jeta l'ancre et on alluma les feux.

Le jour se levait sur les Andes quand Cuttill et son équipage découvrirent un grand village indigène de plus de mille âmes, entouré d'une large baie. Sans perdre de temps, il ordonna à l'équipage de débarquer les officiers espagnols et leurs blessés. Vingt des meilleurs marins survivants se virent offrir dix fois le salaire que leur payaient les Espagnols pour aider à mener le galion jusqu'en Angleterre où on leur promit la liberté dès le débarquement. Tous signèrent avec joie.

Cuttill se tenait sur le pont de batterie d'où il surveillait les opérations de débarquement, juste après midi, quand le navire commença à vibrer comme secoué par une main géante. Tous les regards se tournèrent vers les longues bannières attachées en haut des mâts. Elles bougeaient à peine au souffle de la brise. Puis ils regardèrent vers la côte où un grand nuage de poussière s'élevait au pied des Andes, d'où il semblait se précipiter vers la mer. Un terrifiant roulement de tonnerre s'amplifia jusqu'à devenir assourdissant. La terre sembla prise de convulsions. Bouche bée, l'équipage regardait, fasciné. Les collines, à l'est du village, parurent se soulever puis retomber comme des brisants roulant sur une côte plate.

Le nuage de poussière s'abattit sur le village et parut l'avaler. Au-dessus du tumulte s'élevèrent les hurlements des villageois et le fracas des maisons de pierre et de boue qui s'effondraient. Aucun des membres de l'équipage n'avait jamais vu de tremblement de terre et certains n'en avaient même jamais entendu parler. La moitié des Anglais protestants et tous les Espagnols catholiques du galion tombèrent à genoux et se mirent à prier avec ferveur pour leur salut.

En quelques minutes, le nuage de poussière passa au-dessus du navire et se dissipa sur la mer. Tous regardèrent sans comprendre ce qui était, quelques minutes plus tôt, un village prospère bruissant d'activité. Il n'en restait qu'un amas de ruines. On entendait les cris des malheureux coincés sous les débris. On sut plus tard que moins de cinquante indigènes seulement avaient survécu. Les Espagnols débarqués couraient sur la plage, paniqués, suppliant qu'on les reprenne à bord. Reprenant ses esprits, Cuttill ignora leurs appels et, courant jusqu'au bastingage, scruta la mer environnante. A part quelques clapotis, l'eau paraissait indifférente au cauchemar que vivait le village.

Soudain très impatient d'échapper au cataclysme de la côte, Cuttill se mit à crier des ordres pour remettre le galion en route. Les prisonniers espagnols coopérèrent avec empressement, aidant les Anglais à larguer les voiles et à remonter l'ancre. Pendant ce temps, les survivants se regroupaient sur la plage, implorant l'équipage du galion de revenir les aider, de sauver leurs familles et de les conduire dans un endroit sûr. Les marins, sourds aux supplications des malheureux, ne s'occupaient que de leur propre salut.

Soudain, une autre secousse fit frémir la terre, accompagnée d'un fracas encore plus assourdissant. Le sol commença à onduler comme si un monstre secouait un tapis géant. Cette fois, la mer se mit à rouler, jetant le *Concepción* sur la côte et découvrant le fond des flots. Les marins, dont aucun ne savait nager, avaient une crainte surnaturelle de ce qui se trouvait sous la surface de l'eau. Pour l'heure, ils contemplaient avec stupeur les milliers de poissons frétillant comme des oiseaux sans ailes au milieu des rochers et des coraux où les avaient abandonnés les eaux en se retirant. Des requins, des calmars et tout un arc-en-ciel de poissons tropicaux se mêlaient dans l'agonie de la mort.

Les secousses se succédaient tandis que le tremblement sous-marin brisait la croûte sableuse, affaissait le fond de la mer et créait une vaste dépression. Puis la mer à son tour devint folle, balayant tout autour pour remplir le trou nouvellement créé. L'eau parut se ramasser en une gigantesque contre-lame à une vitesse incroyable. Des millions de tonnes de pure destruction s'élevèrent de plus en plus haut, jusqu'à quarante mètres en un phénomène que, plus tard, on appellerait un tsunami.

Les malheureux marins n'eurent pas le temps de s'accrocher à quelque chose de fixe, les dévots ne purent même pas dire une prière. Paralysés et muets de terreur devant la montagne liquide s'élevant sous leurs yeux, ils ne purent que la regarder se jeter sur eux avec le fracas impie de milliers d'enfers. Seul Cuttill eut la présence d'esprit de courir s'abriter sous le pont, sous le gouvernail et de s'agripper à la longue pièce de bois.

La poupe face au mur d'eau colossal, le *Concepción* se cambra et s'éleva verticalement vers la crête ondulée. Quelques secondes plus tard, il s'engouffra dans la bouillonnante turbulence tandis que la nature devenait folle furieuse.

Maintenant que le puissant torrent tenait prisonnier le *Concepción*, il le jeta vers la plage dévastée à une vitesse extraordinaire. Presque tout l'équipage, sur les ponts ouverts, fut arraché au galion et disparut à jamais. Les malheureux restés sur la plage et ceux qui luttaient pour se libérer de la prison de pierres du village effondré furent inondés comme un nid de fourmis démoli par un jet d'eau soudain. Un instant ils étaient là, l'instant d'après ils avaient disparu, mêlés aux débris écrasés et poussés vers les Andes.

Prisonnier de la gigantesque masse d'eau pendant ce qui lui parut une éternité, Cuttill retint son souffle jusqu'à ce que ses poumons s'emplissent de feu. Il s'agrippa au gouvernail dont il semblait être devenu une branche greffée. Puis, chacune de ses poutres hurlant et craquant de tous ses joints, le vaillant bâtiment se fraya un chemin jusqu'à la surface.

Cuttill ne put se rappeler combien de temps il lui fallut pour se libérer du tourbillon. La violente lame de fond acheva de disperser ce qui restait du village. Les quelques hommes trempés qui réussirent à survivre sur le *Concepción* délabré furent encore plus terrorisés à la vue des momies plus que centenaires des anciens Incas qui apparurent à la surface et entourèrent le navire. Arrachées par la vague à leurs tombes oubliées, leurs corps remarquablement conservés semblaient regarder de leurs yeux morts les marins horrifiés certains d'être poursuivis par des créatures du démon.

Cuttill essaya de bouger le gouvernail comme pour diriger le navire. Mais ses efforts furent vains car le timon avait été arraché à ses aiguillots dès que la vague l'avait frappé. Il s'accrocha avec ténacité, sa peur multipliée par la vue des momies tourbillonnant autour du galion.

Mais le pire devait encore venir. Le tourbillon fou du courant créa une trombe qui entraîna le galion avec tant de force que les mâts se brisèrent sur les flancs et les deux canons cassèrent leurs prolonges et basculèrent sur le pont en une danse sauvage de destruction. L'un après l'autre, les marins restants furent balayés par l'avalanche d'eau tourbillonnante jusqu'à ce qu'il ne reste que Cuttill. L'énorme lame se précipita vers la côte sur huit kilomètres, écrasant et ravageant tout sur son passage, déracinant les arbres et les déchiquetant jusqu'à ce que plus de cent kilomètres carrés soient entièrement dévastés. D'énormes blocs de pierres furent éparpillés devant la vague comme de simples cailloux jaillis du lance-pierres d'un gamin. Puis enfin, lorsque le Léviathan de mort atteignit les premières collines des Andes, il commença à perdre de sa force. Sa furie éteinte, il lécha les pieds des montagnes et peu à peu recula avec un grand bruit de succion, laissant sur son passage un champ de destruction tel qu'on n'en avait jamais vu dans l'Histoire.

Cuttill sentit le galion s'immobiliser. Il contempla le pont de batterie couvert de gréements et de morceaux de bois, incapable de découvrir un seul être vivant. Pendant près d'une heure, il resta blotti sous le gouvernail, craignant le retour de la vague meurtrière. Mais le navire demeura immobile et silencieux. Lentement, les membres raidis, il se fraya un chemin jusqu'en haut de ce qui restait du gaillard d'arrière et contempla le spectacle de désolation.

Etonnamment, le *Concepción* était debout, haut et maintenant sec dans une jungle écrasée. Cuttill jugea qu'il était à environ trois lieues de l'eau la plus proche. Le navire ne devait son salut qu'à sa construction solide et au fait qu'il naviguait dans la vague quand celle-ci avait frappé. S'il s'en était éloigné, la force de l'eau aurait atteint sa haute poupe et l'aurait fait exploser en un amas de brindilles. Il avait survécu mais ce n'était plus qu'une épave qui plus jamais ne sentirait la mer sous sa quille.

Au loin, le village avait disparu. Il ne restait qu'une vaste plage de sable. C'était comme si un millier de gens et leurs maisons n'avaient jamais existé. Des cadavres jonchaient la jungle détrempée. Il semblait à Cuttill qu'il y en avait partout, en certains endroits sur au moins trois mètres de hauteur. Beaucoup pendaient de façon grotesque aux branches tordues des arbres. La plupart n'avaient presque plus forme humaine. Cuttill ne pouvait croire qu'il fût le seul être humain ayant survécu au cataclysme. Cependant il ne découvrit pas une âme. Remerciant Dieu de l'avoir épargné, il Le pria de le guider. Puis il évalua la situation. Echoué à quatorze mille milles nautiques de l'Angleterre, au beau milieu d'une partie du monde contrôlée par les Espagnols qui, s'ils mettaient la main sur lui, seraient trop heureux de torturer et d'exécuter un pirate anglais détesté, ses chances de vivre longtemps lui parurent bien minces. Cuttill ne voyait aucun moyen de rentrer chez lui. Il décida que la seule chose à faire, avec une toute petite probabilité de succès, serait de traverser les Andes et de marcher vers l'est. Quand il aurait atteint les côtes brésiliennes, il trouverait bien un moyen pour rencontrer un corsaire anglais maraudant et attaquant les bateaux portugais.

Le lendemain matin, il se fit une sorte de besace pour son coffre de marin qu'il remplit de nourriture et d'eau prises aux cuisines du galion, d'une couverture, deux pistolets, une livre de poudre, des plombs, un briquet à silex, un sac de tabac et une bible espagnole. Puis, sans rien d'autre que les vêtements qu'il avait sur le dos, Cuttill se mit en marche, sa besace sur l'épaule, vers les brumes dissimulant les sommets des Andes. Il jeta un dernier regard au *Concepción* et se demanda si les dieux des Incas étaient à l'origine de la catastrophe.

Maintenant, ils avaient récupéré leurs reliques sacrées, pensa-t-il, et grand bien leur fasse ! Il se rappela l'antique coffret de jade à l'étrange couvercle. Il n'enviait pas celui qui, après lui, viendrait le voler.

Drake fit en Angleterre un retour triomphal, arrivant à Plymouth le 26 septembre 1580, le *Golden Hind* chargé à ras bord de butin. Mais il n'y trouva ni Thomas Cuttill, ni le *Nuestra Señora de la Concepción*. Ses commanditaires firent un bénéfice de 4 700 pour cent sur leurs investissements et la part de la reine servit de fondement à la future expansion anglaise. Au cours d'une brillante réception à bord du *Hind*, la reine Elizabeth remit à Drake les insignes de chevalier.

Second navire à avoir fait le tour du monde, le *Golden Hind* devint une attraction pour touristes. Pendant trois générations, il demeura à la vue de tous puis finalement disparut, soit de vieillesse, soit qu'il eût brûlé. L'Histoire ne tient pas pour certaine la raison de sa disparition mais le *Golden Hind*, de toute façon, fut englouti dans les eaux de la Tamise.

Sir Francis Drake poursuivit ses exploits pendant seize années encore. Lors d'un voyage ultérieur, il prit les ports de Saint-Domingue et de Carthagène et devint Amiral de la Flotte de Sa Majesté. Il fut également maire de Plymouth et membre du Parlement. Puis eut lieu son audacieuse attaque de l'Invincible Armada espagnole, en 1588. Il mourut au cours d'une expédition de pillage dans les eaux espagnoles en 1596, d'une dysenterie. On mit son corps dans un cercueil de plomb qui fut jeté à la mer près de Portobelo, à Panama.

Jusqu'à sa mort, Drake se demanda chaque jour ce qui avait pu causer la disparition du *Concepción* et quelle pouvait bien être la signification du mystérieux coffret de jade et de ses cordes nouées.

PREMIÈRE PARTIE

Des os et des trônes

10 octobre 1998
Chaîne des Andes du Pérou.

1

Le squelette reposait sur le sédiment du profond point d'eau comme sur un confortable matelas. Les orbites froides et immobiles du crâne regardaient au-dessus de lui l'obscurité liquide à 36 mètres de la surface. Ses dents dessinaient un sourire horrible et vindicatif tandis qu'un petit serpent d'eau pointait sa vilaine tête dans la cage thoracique puis disparaissait en glissant, laissant derrière lui un minuscule nuage de limon. Un des bras était levé parce que son coude s'appuyait sur la boue et les doigts osseux de sa main semblaient faire signe aux imprudents.

Du fond du puits d'eau jusqu'au soleil, tout en haut, l'eau s'éclairait graduellement, du gris lugubre au vert purée de pois de l'écume qui se formait dans la chaleur tropicale. Le trou d'eau s'étirait sur un diamètre de 30 mètres et les parois abruptes plongeaient à 15 mètres dans l'eau. Quiconque, homme ou animal, qui y serait tombé n'aurait pu s'en échapper sans une aide extérieure.

Une certaine laideur se dégageait de ce grand trou de calcaire que, techniquement, on appelle un cénote, une menace répugnante que sentaient bien les animaux qui refusaient de s'en approcher à moins de 50 mètres. Une laideur mais aussi un lugubre sentiment de mort, parfaitement justifié d'ailleurs. Ce lieu était bien plus qu'un puits sacré dans les eaux noires duquel on avait jeté vivants des hommes, des femmes et des enfants en sacrifice pendant les périodes de sécheresse ou de très mauvais temps. Les légendes anciennes et les mythes assuraient que c'était le royaume des dieux du mal, là où se produisaient des événements étranges et indicibles. On parlait aussi d'objets rares, sculptés et ciselés, de jade, d'or et de pierres précieuses. On disait que toutes ces choses avaient été déposées au fond du puits terrifiant pour apaiser les dieux du mal responsables du mauvais temps. En 1964, deux plongeurs avaient pénétré ces profondeurs et n'étaient jamais revenus. Et personne n'avait tenté de récupérer leurs corps.

L'histoire du trou remontait à l'ère cambrienne, lorsque la région faisait partie d'une mer ancienne. Au cours des ères géologiques suivantes, des milliers de générations de crustacés et de coraux étaient nés et morts et leurs squelettes avaient formé une énorme masse de chaux et de sable qui s'étaient mêlés pour former des couches de calcaire et de dolomite de deux kilomètres d'épaisseur. Puis, il y avait environ soixante millions d'années, s'était produit un immense soulèvement de terrain au cours duquel les Andes avaient atteint leur hauteur actuelle. La pluie ruisselant le long des montagnes avait formé une grande nappe d'eau souterraine qui, peu à peu, avait dissous le calcaire. Ces nappes s'étaient frayé un chemin vers la surface jusqu'à ce que le sol s'effondre. C'est ainsi qu'était né le trou d'eau.

Dans l'air humide, au-dessus de la jungle entourant la cavité, un condor andin virait en grands cercles paresseux, fixant de son œil dénué d'émotion un groupe de personnes s'affairant autour du cénote. Ses longues et larges ailes de près de trois mètres d'envergure se raidissaient et se cambraient pour attraper les courants d'air. L'énorme oiseau noir, avec sa collerette blanche et son crâne rosâtre et chauve, s'élança sans effort tout en étudiant le mouvement au-dessous de lui. Finalement, certain qu'il n'y avait là rien à manger, il monta en flèche à une très grande hauteur sans cesser son observation puis vira vers l'est à la recherche de quelque charogne.

Beaucoup de controverses jamais élucidées entouraient depuis longtemps le puits sacré. Aussi les archéologues s'étaient-ils un jour rassemblés pour plonger et retirer de ses profondeurs énigmatiques les objets que l'on pourrait y trouver. L'ancien site occupait la pente occidentale d'une haute montagne des Andes péruviennes, près d'une vaste cité en ruines. Les structures de pierres voisines avaient fait partie d'une confédération de villes connue sous le nom de Chachapoyas, autrefois conquise par le fameux empire inca vers l'an 1480.

La confédération chachapoya couvrait à peu près quatre cents kilomètres carrés. Ses métropoles composées de temples, de fermes et de forteresses sont maintenant inexplorées au flanc de montagnes couvertes de forêts profondes. Les ruines de cette grande civilisation indiquent un mélange incroyablement mystérieux de cultures et d'origines, inconnues pour la plupart. Les gouvernements chachapoyas ou Conseils des Anciens, les architectes, les prêtres, les soldats et les travailleurs ordinaires des cités et des fermes n'ont laissé pratiquement aucun récit de leurs vies. Et les archéologues auront fort à faire pour découvrir comment fonctionnaient leur bureaucratie, leur système judiciaire et leurs pratiques religieuses.

Tandis qu'elle contemplait l'eau stagnante de son regard noisette, le Dr Shannon Kelsey était bien trop excitée pour ressentir le moindre frisson de peur. Très attirante lorsqu'elle était maquillée et bien habillée, il émanait d'elle une certaine suffisance froide et distante que la plupart des hommes trouvaient irritante, surtout lorsqu'elle les regardait avec cette touche d'impertinence effrontée. Elle avait des cheveux raides d'un blond doux, liés en queue de cheval par un bandana rouge et la peau largement découverte de son visage, ses bras et ses jambes montrait un superbe bronzage. Son maillot de bain en lycra noir soulignait une silhouette en sablier arrondi de vingt minutes de plus pour faire bonne mesure. Quand elle bougeait, c'était avec la grâce fluide d'une danseuse balinaise.

Agée d'un peu plus de trente-cinq ans, le Dr Kelsey était fascinée depuis une dizaine d'années par la culture chachapoya. Elle avait exploré et survolé les sites archéologiques les plus importants au cours de cinq expéditions. Elle avait nettoyé de la végétation envahissante des centaines des principales constructions et des temples des antiques cités de la région. Archéologue respectée de la culture andine, sa grande passion était de retrouver la vie de ce glorieux passé. Travailler là où un peuple inconnu et énigmatique avait vécu puis disparu, c'était le rêve qu'une bourse du département d'archéologie de l'université d'Arizona avait rendu possible.

— Inutile de prendre une caméra vidéo, sauf si la visibilité existe encore après les deux premiers mètres, dit Miles Rodgers, le cameraman du projet.

— Alors, faites des photos, répondit Shannon. Je veux des images de toutes les plongées, que l'on y voie au-delà de son nez ou pas.

Rodgers, trente-neuf ans, la barbe et les cheveux drus et noirs, était un professionnel de la photographie sous-marine. Très demandé par tous les magazines de sciences et de voyages, il avait une grande réputation pour ses photos de poissons et de récifs de corail. Ses extraordinaires reportages sur les épaves de la Seconde Guerre mondiale en Méditerranée lui avaient valu d'innombrables récompenses et le respect de ses pairs.

Un grand homme mince d'une soixantaine d'années, au visage à demi couvert d'une épaisse barbe grise, tendit à Shannon un bloc de bouteilles d'oxygène afin qu'elle puisse passer ses bras dans le harnais.

— J'aurais préféré que vous attendiez que le radeau de plongée soit terminé.

— Il ne sera là que dans deux jours. On peut toujours commencer par une étude préliminaire.

— Alors attendez au moins que le reste de l'équipe de plongée arrive de l'université. Si jamais Miles ou vous-même aviez un pépin, il n'y aurait personne pour vous épauler.

— Ne vous inquiétez pas, dit Shannon. Miles et moi ne ferons qu'une toute petite plongée pour tester la profondeur et les conditions de l'eau. Nous ne dépasserons pas trente minutes.

— Et pas plus bas que quinze mètres, rappela l'homme à la barbe grise.

Shannon sourit à son collègue, le Dr Steve Miller, de l'université de Pennsylvanie.

— Et si, à quinze mètres, nous n'avons pas touché le fond?

— On a cinq semaines devant nous. Inutile de faire du zèle et de risquer un accident.

La voix de Miller était tranquille et profonde mais on y sentait une certaine dose d'inquiétude. L'un des plus grands anthropologues de son temps, il avait passé les trente dernières années à tenter d'élucider les mystères des civilisations qui avaient évolué dans les régions les plus élevées des Andes puis s'étaient dispersées dans les jungles de l'Amazonie.

— Soyez prudente. Etudiez les conditions de l'eau et la géologie des parois puis remontez.

Shannon hocha la tête et prit son masque. Elle étala un peu de salive sur le verre pour éviter la formation de buée puis rinça son masque à l'eau claire. Après avoir réglé leur brassière de sauvetage et attaché leur ceinture lestée, Rodgers et elle-même firent une dernière vérification de leur équipement mutuel. Satisfaits, leur bathymètre correctement programmé, Shannon sourit à Miller.

— A tout de suite, Doc. Préparez-moi un Martini avec des glaçons et du citron.

L'anthropologue noua sous leurs bras un large harnais attaché à de longs filins de nylon que tenaient fermement une équipe de dix étudiants péruviens du programme archéologique de l'université, volontaires pour le projet.

— Allez-y, laissez filer, les enfants, ordonna Miller aux six garçons et quatre filles.

Main après main, les cordes filèrent tandis que les plongeurs commençaient leur descente dans le puits inquiétant. Shannon et Rodgers étendirent les jambes et utilisèrent les pointes de leurs palmes comme des pare-chocs pour éviter de s'égratigner contre les parois rugueuses. Ils distinguaient parfaitement la couche de vase revêtant la surface de l'eau. Cela paraissait aussi visqueux et aussi peu engageant qu'une bassine de muqueuses. L'odeur de croupi et de décomposition était abominable. Pour Shannon, le frisson de l'inconnu se mua tout à coup en un sentiment de profonde appréhension.

Lorsqu'ils arrivèrent à un mètre de la surface, ils mirent tous les deux l'embout buccal de leurs détendeurs entre les dents et firent un signe aux visages anxieux penchés au-dessus d'eux. Puis Shannon et Miles se débarrassèrent de leur harnais et plongèrent hors de vue dans la vase dégoûtante.

Miller arpentait nerveusement le bord du puits, regardant sa montre toutes les deux minutes tandis que les étudiants, fascinés, contemplaient la vase verte couvrant l'eau du puits. Quinze minutes passèrent sans un signe des plongeurs. Soudain, les bulles d'air de leurs détendeurs disparurent. Comme un fou, Miller courut le long de la bordure du puits. Avaient-ils trouvé une caverne et y étaient-ils entrés ? Il attendit encore dix minutes puis courut jusqu'à une tente proche où il pénétra. Fiévreusement, il saisit une radio portable et commença à appeler le quartier général du projet, dans la petite ville de Chachapoya, 90 kilomètres plus au sud. La voix de Juan Chaco, inspecteur général de l'archéologie péruvienne et directeur du Museo de la Nación à Lima, répondit aussitôt.

— Ici Juan. C'est vous, Doc ? Que puis-je faire pour vous ?

— Le Dr Kelsey et Miles Rodgers ont tenu à faire une plongée préliminaire dans le puits sacrificiel, répondit Miller. Je crois qu'il y a un problème urgent.

— Ils ont plongé dans ce cloaque sans attendre l'équipe de plongeurs ? demanda Chaco d'une voix indifférente.

— J'ai essayé de les en dissuader.

— Quand sont-ils entrés dans l'eau ?

Miller regarda sa montre.
— Il y a vingt-sept minutes.
— Combien de temps ont-ils décidé de rester au fond ?
— Ils ont prévu de refaire surface après trente minutes.
— Ils sont encore dans les temps. (Chaco soupira.) Alors, quel est le problème ?
— Aucun signe de leurs bulles d'air depuis dix minutes.
Chaco retint son souffle et ferma les yeux une seconde.
— Ça sent mauvais, l'ami ! Ce n'est pas ce que nous avions prévu.
— Pouvez-vous envoyer l'équipe de plongeurs plus tôt par hélicoptère ? demanda Miller.
— Impossible. Ils sont encore en transit à Miami. Leur avion doit atterrir à Lima dans quatre heures.
— On ne peut pas se permettre d'y mêler le gouvernement. Pas maintenant. Pouvez-vous vous débrouiller pour qu'une équipe de plongée de secours rapplique ici en vitesse ?
— Les secours les plus proches sont à Trujillo. Je vais alerter le commandant de la base et je pars d'ici.
— Bonne chance, Juan. Je reste près de la radio.
— Tenez-moi au courant s'il se passe quelque chose.
— Promis, assura Miller.
— Hé, l'ami ?
— Oui ?
— Ils s'en sortiront, fit Chaco presque à voix basse. Rodgers est professeur de plongée. Il ne fait pas de bêtises.
Miller ne répondit pas. Il n'y avait rien à ajouter. Coupant le contact, il rejoignit en courant le groupe des étudiants silencieux qui contemplaient le puits avec angoisse.
A Chachapoya, Chaco prit un mouchoir et s'épongea le visage. C'était un homme d'ordre. Les obstacles imprévus et les problèmes l'irritaient. Si ces deux imbéciles d'Américains se noyaient, il y aurait une enquête du gouvernement. Malgré son influence, les médias péruviens allaient faire un foin de cette histoire. Et les conséquences pourraient bien se révéler désastreuses.
— On a vraiment besoin de deux archéologues morts dans le puits en ce moment ! murmura-t-il.
Puis, les mains tremblantes, il prit l'émetteur radio et commença à transmettre un appel à l'aide urgent.

2

Il y avait une heure quarante-cinq que Shannon et Miles étaient entrés dans le puits sacrificiel. Toute tentative de sauvetage semblait maintenant inutile. Rien ne pourrait les sauver. Ils étaient probablement morts, leur air depuis longtemps épuisé. Deux victimes de plus à ajouter à la liste innombrable de ceux qui avaient pénétré ces eaux mortelles au cours des siècles.

D'une voix tremblante de désespoir, Chaco l'avait informé de ce que la marine péruvienne n'était pas en mesure de répondre d'urgence. Leur équipe de sauvetage était en mission d'entraînement dans le sud du Pérou, près de la frontière chilienne. Il leur était impossible d'amener leur équipe de plongée et son équipement avant le coucher du soleil. Chaco partageait l'angoisse de Miller. Mais on était en Amérique du Sud où la vitesse était rarement une priorité.

L'une des étudiantes l'entendit la première. Ses mains en cornet derrière ses oreilles tournèrent comme une antenne radar.

— Un hélicoptère! annonça-t-elle en montrant quelque chose vers l'ouest à travers la cime des arbres.

Un silence plein d'espoir s'abattit sur le groupe. Le faible battement d'un rotor s'approchait en effet, plus audible à chaque seconde. Une minute plus tard, un hélicoptère turquoise portant sur ses flancs les lettres NUMA peintes en blanc apparut à leur vue.

Miller se demanda d'où il pouvait bien venir. Il sentait renaître l'espoir. De toute évidence, son immatriculation n'était pas celle de la marine péruvienne. Il s'agissait probablement d'un appareil civil.

Les arbres agitèrent frénétiquement leurs cimes lorsque l'appareil commença sa descente vers la petite clairière près du puits. Les patins d'atterrissage n'avaient pas encore touché le sol que déjà s'ouvrait la porte du fuselage et qu'un homme grand et brun sautait à terre. Il portait une mince tenue de plongée faite pour les eaux chaudes. Ignorant les étudiants, il se dirigea vers l'anthropologue.

— Docteur Miller?

— Oui, c'est moi.

L'étranger, avec un sourire chaleureux, tendit une main calleuse.

— Désolé de n'avoir pas pu arriver plus tôt.

— Mais qui êtes-vous donc?

— Je m'appelle Dirk Pitt.

— Vous êtes américain, dit Miller en regardant le visage vigoureux aux yeux qui semblaient sourire.

— Directeur des Projets spéciaux de l'Agence Nationale Marine et Sous-marine des Nations Unies. D'après ce que j'ai compris, deux de vos plongeurs ont disparu dans une caverne sous-marine.

— Un trou d'eau, corrigea Miller. Le Dr Shannon Kelsey et Miles Rodgers sont entrés dans l'eau il y a deux heures et ils ne sont pas remontés.

Pitt s'approcha du bord du puits, contempla un instant l'eau stagnante et comprit pourquoi les conditions de plongée étaient mauvaises. Le puits allait du vert vase sur les bords au noir complet au centre, donnant l'impression d'une grande profondeur. Rien n'indiquait que l'opération pourrait être autre chose que la récupération des corps.

— Pas très engageant, dit-il, songeur.

— D'où venez-vous ? interrogea Miller.

— La NUMA fait une étude géologique sous-marine au large de la côte, à l'ouest d'ici. Le quartier général de la marine péruvienne a lancé un appel radio demandant des plongeurs pour un sauvetage et nous avons répondu. Apparemment nous sommes les premiers.

— Comment des scientifiques océanographes pourraient-ils réussir un sauvetage et une opération de récupération dans un trou d'enfer ? fit sèchement Miller.

— Notre bateau de recherche contient tout l'équipement nécessaire, expliqua Pitt sans se démonter. Je ne suis pas un scientifique mais un ingénieur de marine. J'ai suivi plusieurs stages de sauvetage sous-marin et je suis un assez bon plongeur.

Avant que Miller, découragé, ait pu répondre, le moteur de l'hélicoptère s'arrêta et les lames du rotor s'immobilisèrent. Un homme trapu aux épaules larges et à la poitrine de docker s'extirpa de l'engin et s'approcha. Physiquement, c'était le contraire de Pitt, fin et élancé.

— Mon ami et associé, Al Giordino, dit Pitt en le présentant.

Giordino fit un signe de tête sous une masse de cheveux bruns et frisés.

— Salut ! dit-il.

Miller regarda derrière eux à travers la vitre de l'appareil et, voyant qu'il n'y avait pas d'autre passager, grogna d'un ton navré :

— Deux ? Vous n'êtes que deux ? Seigneur, il faudrait au moins une douzaine de sauveteurs pour les tirer de là.

Pitt ne parut pas le moins du monde vexé par la sortie de Miller. Il regarda l'anthropologue, une expression de compassion tolérante dans ses yeux d'un vert opale qui semblaient posséder une qualité hypnotique.

— Faites-moi confiance, Doc, dit-il d'un ton qui rendait inutile tout autre argument. Al et moi sommes tout à fait capables de faire le boulot.

Quelques minutes plus tard, après une brève mise au point, Pitt était prêt à descendre dans le puits. Il portait un casque rigide EXO-26 de Diving Systems International avec un détendeur exothermique spécialement étudié pour les eaux polluées. Les écouteurs étaient branchés sur une radio spéciale de plongée MK1-DCI de Ocean Technology Systems. Sur le dos il portait un bloc de bouteilles de 2,8 mètres cubes et une brassière de sauvetage munie de toutes sortes d'instruments indiquant la profondeur, la pression d'air et une boussole. Pendant qu'il achevait de se préparer, Giordino raccorda un épais filin de sécurité et une ligne d'alimentation téléphonique Kermant en nylon reliée à l'écouteur de Pitt ainsi qu'une courroie autour de sa taille munie d'une boucle automatique. Le reste du filin de sécurité était enroulé sur un large tambour monté dans l'hélicoptère et la ligne téléphonique reliée à un amplificateur extérieur. Après une ultime vérification de l'équipement de Pitt, Giordino lui donna une tape amicale sur la tête et parla dans le micro du système de communication.

— Ça m'a l'air parfait. Tu me reçois ?

— Comme si tu parlais de l'intérieur de mon crâne, répondit Pitt d'une voix que chacun put entendre grâce à l'amplificateur. Et moi, tu m'entends ?

— Fort et clair. Je dirigerai ton programme de décompression et ton temps de plongée d'ici.

— Compris.

— Je compte sur toi pour commenter la situation et la profondeur.

Pitt enroula le filin de sécurité autour d'un de ses bras et le saisit à deux mains. Il adressa un clin d'œil à Giordino derrière le verre de son hublot frontal.

— OK ! Que le spectacle commence.

Giordino fit signe à quatre des étudiants de Miller qui commencèrent à dérouler le tambour. Contrairement à Shannon et Miles qui s'étaient précipités le long des parois du puits, Giordino avait accroché le filin de nylon à l'extrémité d'un tronc mort qui surplombait le bord du précipice vertical de deux mètres au-dessus, permettant ainsi à Pitt de descendre sans racler le calcaire.

Pour un homme qui devait avoir compris que son ami allait vers une mort certaine, pensa Miller, Giordino paraissait incroyablement calme et efficace. Il ne connaissait ni Pitt ni Giordino, n'ayant jamais entendu parler de ces deux inséparables légendaires. Il ne pouvait donc pas savoir qu'il s'agissait de deux hommes extraordinaires qui, en près de vingt ans d'aventures sous les mers, avaient acquis un sens infaillible leur permettant de mettre toutes les chances de survie de leur côté. Il ne pouvait qu'attendre, frustré, la fin de ce qui, il en était sûr, n'était qu'une opération inutile. Il se pencha sur le bord et regarda Pitt s'approcher de la surface verte et mousseuse de l'eau.

— A quoi ça ressemble ? demanda Giordino par téléphone.

— A la soupe de pois cassés de ma grand-mère, répondit Pitt.

— Je ne te conseille pas d'y goûter.

— L'idée ne m'en est même pas venue.

Plus un mot ne fut prononcé lorsque les pieds de Pitt touchèrent la vase liquide. Lorsqu'elle se referma sur lui, Giordino détendit le filin de sécurité pour lui donner plus d'aisance de mouvement. L'eau n'avait qu'une dizaine de degrés de moins que celle d'un bain ordinaire. Pitt commença à respirer par son détendeur, pivota sur lui-même et, d'un coup de palmes, plongea dans le monde trouble de la mort. L'incroyable pression de l'eau lui écrasa les tympans et il souffla par le nez dans son masque pour en équilibrer la force. Il alluma une lampe Birns Oceanographics Snooper mais c'est à peine si le rayon put pénétrer l'obscurité.

Puis soudain il passa des troubles ténèbres à un gouffre béant d'eau claire comme le cristal. Le rayon de sa lampe, au lieu de n'éclairer que des algues, se propagea très loin. La transformation instantanée sous la couche de vase l'étonna un instant. Il eut l'impression de nager dans l'air.

— J'ai une visibilité parfaite à une profondeur de quatre mètres, fit-il savoir.

— Aucun signe des autres plongeurs ?

Pitt nagea lentement sur trois cent soixante degrés.

— Non, rien.

— Tu peux voir le fond en détail ?

— Assez bien, répondit Pitt. L'eau est transparente comme du verre mais assez sombre. La vase de la surface empêche la lumière d'atteindre le fond à soixante-dix pour cent. Il fait un peu sombre près des parois. Je vais nager suivant un plan de recherche pour ne pas manquer les corps.

— Tu as assez de mou sur le filin ?

— Maintiens un peu de tension pour qu'il ne gêne pas mes mouvements pendant que je vais plus bas.

Pendant les douze minutes qui suivirent, Pitt décrivit des cercles le long des parois verticales du puits, fouillant chaque cavité, descendant comme autour d'un tire-bouchon géant. Le calcaire déposé des centaines de millions d'années plus tôt était taché de minerai avec des images étranges et abstraites. Il se mit à l'horizontale et nagea très lentement, balançant le rayon de sa lampe d'avant en arrière devant lui. L'impression de voler dans un puits sans fond était incroyable.

Finalement il atteignit le fond du puits sacrificiel. Il n'y trouva ni sable ni vie végétale, rien qu'un tapis inégal de limon brun et de groupes de rochers grisâtres.

— J'ai touché le fond à un peu plus de trente-six mètres. Toujours aucun signe de Kelsey et Rodgers.

Loin là-haut, Miller lança un regard surpris à Giordino.

— Mais ils doivent bien y être ! Ils n'ont pas pu disparaître comme ça !

Tout en bas, Pitt donna de petits coups de pied sur le fond, attentif à rester au moins un mètre au-dessus des rochers et surtout du limon qui risquait de remonter en un nuage aveuglant et de réduire à néant sa visibilité en quelques secondes. Car une fois bougé, le limon peut rester plusieurs heures en suspension avant de retomber. Il frissonna. L'eau était devenue très froide quand il avait traversé la couche presque tiède juste en dessous de l'eau chaude de la surface. Il ralentit et se laissa dériver, ajoutant juste assez de portance sur le stab pour avoir une flottabilité légère et se mit la tête en bas et les palmes en l'air.

Avec précaution, il se rapprocha du sol et plongea doucement les mains dans la boue brune. Il sentit un lit de roche avant que le limon ne s'élève jusqu'à ses poignets. Pitt trouva étrange que le limon soit si peu épais. Après d'innombrables siècles d'érosion des parois et de la terre au-dessus, la surface rocheuse aurait dû être couverte d'une couche de limon d'au moins deux mètres. Il s'immobilisa et flotta au-dessus de ce qui semblait un champ de branches d'arbres délavées qui émergeaient de la boue. En attrapant une, noueuse de petites protubérances, il la sortit du lit de boue. Il réalisa alors qu'il avait en main une colonne vertébrale appartenant probablement à l'une des victimes d'un ancien sacrifice.

La voix de Giordino claqua dans ses écouteurs.

— Parle-moi.

— Profondeur trente-sept mètres, répondit Pitt en jetant la colonne vertébrale. Le sol du puits est un cimetière d'os. Il doit y avoir deux cents squelettes éparpillés ici.

— Toujours pas de signe des plongeurs ?

— Pas encore.

Pitt sentit ses cheveux se dresser sur sa tête lorsqu'il vit le squelette dont la main osseuse semblait montrer quelque chose dans l'obscurité. A côté de sa cage thoracique se trouvait un plastron de métal rouillé tandis que sa tête était encore coiffée de ce qu'il devina être un casque espagnol du seizième siècle.

Pitt le décrivit à Giordino.

— Dis à Doc Miller que j'ai trouvé un Espagnol mort depuis longtemps, complet avec plastron et casque.

Puis, comme attiré par une force invisible, son regard suivit la direction que semblait indiquer la main pointée. Il y avait là un autre corps, beaucoup plus récent celui-là. C'était probablement celui d'un homme, les jambes levées et la tête rejetée en arrière. La décomposition n'avait pas encore fait disparaître toute la chair. Le corps était en état de saponification, lorsque les tissus et les organes deviennent d'une substance ferme semblable à du savon.

Les luxueuses bottes de randonnée, le foulard de soie rouge noué autour du cou et la ceinture navajo à boucle d'argent incrustée de turquoises firent comprendre à Pitt qu'il ne s'agissait pas d'un simple paysan. Quoi qu'il ait pu être, il n'était pas jeune. De longues mèches et une barbe argentées bougeaient avec le courant produit par les mouvements de Pitt. Une grande entaille au niveau du cou indiquait aussi comment il était mort.

Une lourde bague d'or sertie d'une grosse pierre jaune réfléchit le rayon de la lampe de plongée. L'idée vint à Pitt que cette bague pourrait être utile pour identifier le corps. Retenant une envie de vomir, il tira facilement le bijou au-dessus de la phalange presque pourrie du mort, s'attendant à voir surgir un fantôme l'accusant d'agir comme un détrousseur de cadavres. Aussi désagréable que cela puisse être, il secoua la bague dans le limon pour en retirer tout reste de son précédent propriétaire et la passa à l'un de ses doigts afin de ne pas la perdre.

— J'ai un autre client, dit-il à Giordino.

— Un des plongeurs ou un autre Espagnol ?

— Ni l'un ni l'autre. Celui-là a l'air d'être là depuis quelques mois, un an au plus.

— Tu veux le sortir ? demanda Giordino.

— Pas pour le moment. Attendons d'avoir trouvé les amis de Doc Miller...

Pitt s'arrêta soudain de parler, frappé par une énorme force liquide se précipitant dans le puits depuis un passage invisible, sur la paroi opposée. Le jet fit voler le limon comme de la poussière autour d'une tornade. Il aurait perdu le contrôle, emporté comme une feuille dans le vent, s'il n'avait eu le filin de sécurité. Il serra fermement la lampe de plongée.

— C'était une sacrée secousse ! dit Giordino inquiet. Que s'est-il passé ?

— J'ai été frappé par une puissante lame surgie de nulle part, répondit Pitt en se détendant pour se laisser porter par le flux. Ça explique pourquoi la couche de limon est si mince. Elle est périodiquement balayée par la turbulence.

— Probablement alimentée par un système d'eau sous-marine qui crée une pression et la relâche sous forme de lame au fond du trou d'eau, proposa Giordino. On te remonte ?

— Non, laisse-moi. La visibilité est nulle mais je ne pense pas qu'il y ait un danger immédiat. Détends doucement le filin et voyons un peu où le courant va me porter. Il doit y avoir une sortie quelque part.

— Trop dangereux. Tu peux t'accrocher quelque part et rester bloqué.

— Pas si je fais attention de ne pas emmêler le filin, dit calmement Pitt.

A la surface, Giordino regarda sa montre.

— Tu es en bas depuis seize minutes. Où en es-tu avec l'air?

Pitt haussa sa jauge de pression devant son hublot. Il distingua à peine l'aiguille dans ce maelström de limon.

— Ça ira pour encore vingt minutes.

— Je t'en donne dix. Après ça, vu ta profondeur actuelle, il faudra commencer les paliers de décompression.

— C'est toi le patron! dit Pitt.

— Quelle est ta situation?

— J'ai l'impression qu'on me tire par les pieds dans un tunnel étroit. Je peux toucher les parois autour de moi. Heureusement que j'ai le filin. Impossible de nager contre la lame.

Giordino se tourna vers Miller.

— On dirait qu'il a une piste indiquant ce qui a pu arriver à vos plongeurs.

Miller secoua la tête, furieux.

— Je les avais prévenus. Ils auraient pu éviter cette tragédie en plongeant moins profond.

Pitt avait l'impression d'être happé dans ce boyau étroit depuis une heure alors que vingt secondes seulement s'étaient écoulées. Le nuage de limon avait presque disparu, la plus grande partie restant dans le puits profond derrière lui. Il commença à distinguer ce qui l'entourait. Sa boussole indiquait qu'il était porté vers le sud-est. Puis les parois s'écartèrent sur une énorme chambre inondée. A droite et au-dessus, il vit l'espace d'un éclair quelque chose qui brillait dans la boue. Quelque chose de métallique qui reflétait vaguement le rayon de la lampe de plongée affaibli par le limon. C'était une bouteille d'air comprimé abandonnée. Il en vit une seconde à côté. Il nagea au-dessus et regarda les jauges de pression. Les aiguilles étaient arrêtées sur « vide ». Faisant tourner sa lampe en cercle, il s'attendit à voir les deux cadavres flottant dans l'obscurité comme des fantômes démoniaques.

L'eau fraîche du fond avait drainé une partie de son énergie et Pitt sentit que ses mouvements étaient plus gourds. Bien que la voix de Giordino atteignît ses écouteurs avec autant de netteté que s'il avait été assis à côté de lui, les mots lui parurent moins distincts. Pitt s'obligea à réagir, se donnant à voix basse l'ordre de vérifier ses jauges, le filin de sécurité et le compensateur, comme s'il y avait un autre Pitt dans sa tête.

Si les corps avaient été attirés dans un passage latéral, il se dit qu'il risquait de passer à côté sans les voir. Mais après un coup d'œil rapide, il ne vit qu'une paire de palmes abandonnées. Il dirigea le rayon vers le haut et aperçut le reflet scintillant de la surface de l'eau, indiquant que la chambre avait un dôme courbe et donc une poche d'air.

Il aperçut aussi une paire de pieds blancs.

3

Etre bloqué loin du monde extérieur dans une prison de perpétuel silence, respirer dans une petite poche un air vieux de millions d'années, reposer dans une obscurité totale, dans les profondeurs de la terre, c'est trop cruel, trop terrible à imaginer. L'horreur d'une mort aussi affreuse peut donner autant de cauchemars qu'être enfermé dans un cagibi rempli de serpents.

Lorsque la panique du début fut un peu apaisée, ayant retrouvé un semblant de raison, Shannon et Rodgers comprirent qu'il fallait abandonner tout espoir de survivre quand leurs bouteilles d'air comprimé furent vides et que leurs lampes de plongée eurent lancé leur dernière étincelle. L'air de la petite poche fut bientôt pollué, usé par leur propre respiration. Etourdis, la tête vide à cause du manque d'oxygène, ils savaient que leurs souffrances ne prendraient fin que lorsque la chambre humide deviendrait leur tombeau.

Le courant sous-marin les avait aspirés jusqu'à cette caverne après que Shannon, très excitée, eut plongé jusqu'au fond du puits où elle avait aperçu le champ de squelettes. Rodgers l'avait suivie et s'était épuisé dans un effort frénétique pour échapper au courant. Ils avaient achevé le reste de leur provision d'air dans une vaine tentative pour trouver un passage afin de sortir de la caverne.

Mais il n'y avait pas de sortie, pas d'échappatoire. Ils ne purent que flotter dans l'obscurité, maintenus par leurs compensateurs, et attendre la mort.

Rodgers, malgré tout son courage, allait très mal et Shannon ne tenait à la vie que par un fil lorsqu'elle aperçut un rayon de lumière dans les eaux sombres en dessous d'eux. Le point lumineux devint un rayon jaune et brillant déchirant les ténèbres dans sa direction. Son esprit embrumé lui jouait-il un tour ? Pouvait-elle se raccrocher à cette lueur d'espoir ?

— Ils nous ont trouvés ! dit-elle enfin dans un souffle tandis que la lumière s'approchait d'elle.

Rodgers, le visage gris de fatigue et de désespoir, regardait sans y croire le rayon lumineux. Le manque d'air respirable et l'obscurité écrasante l'avaient mis dans un état proche du coma. Les yeux ouverts, il respirait encore et serrait pourtant toujours fermement son appareil de photo. Il eut vaguement conscience d'entrer dans un tunnel de lumière comme celui que décrivent les gens qui reviennent des frontières de la mort. Shannon sentit une main saisir un de ses pieds puis vit une tête sortir de l'eau à moins d'un mètre d'elle. La lampe de plongée éclaira son visage, l'aveuglant momentanément. Puis le rayon se dirigea vers Rodgers. Réalisant très vite lequel des deux était dans le plus mauvais état, Pitt prit sous son bras un détendeur de secours et le relia à la valve double de ses propres bouteilles. Il glissa l'embout buccal entre les lèvres de Rodgers. Puis il passa à Shannon un appareil respiratoire autonome de sauvetage et un dispositif de secours attachés à sa ceinture.

Après quelques respirations profondes, les deux plongeurs retrouvèrent comme par miracle la forme physique et morale. Shannon se jeta sur Pitt pour l'étreindre avec la force d'un ours et Rodgers, frais comme un gardon, lui serra la main à lui briser le poignet. Ce fut un moment de joie indicible, tous les trois emplis d'un sentiment d'euphorie, de soulagement et d'excitation.

Lorsque Pitt réalisa que Giordino lui hurlait dans les oreilles, exigeant un rapport sur la situation, il annonça :

— Dis à Doc Miller que j'ai retrouvé ses brebis égarées. Ils sont vivants, je répète, ils sont vivants et en bon état.

— Tu les as ? cria Giordino dans les écouteurs. Ils ne sont pas morts ?

— Un peu pâles autour des oreilles mais en bonne santé.

— Comment est-ce possible ? murmura Miller, incrédule.

Giordino hocha la tête.

— Le docteur veut savoir comment ils ont fait pour rester en vie.

— Le courant les a poussés dans une caverne en dôme où il y avait de l'air. Heureusement que je suis arrivé à temps. A quelques minutes près, ils n'avaient plus d'oxygène.

Tous les membres de l'équipe s'étaient groupés autour du récepteur, stupéfaits de ce qu'ils entendaient. Lorsqu'ils comprirent enfin le sens de la nouvelle, le soulagement se peignit sur tous les visages puis l'ancienne ville de pierre retentit de l'écho de cris de joie et d'applaudissements. Miller se détourna comme pour essuyer une larme et Giordino ne cessa de sourire.

En bas, dans la caverne, Pitt fit signe qu'il ne pouvait pas enlever son casque rigide pour parler. Il leur indiqua qu'il faudrait s'exprimer par signes. Shannon et Rodgers hochèrent la tête pour dire qu'ils avaient compris et Pitt commença à expliquer comment ils allaient remonter.

Etant donné que les deux plongeurs avaient abandonné leur équipement inutile sauf leurs masques et les gilets stabilisateurs, Pitt se dit que, tous les trois, ils pourraient repasser par l'étroit boyau contre le courant et rejoindre sans complication le bassin principal en se servant de son filin de sécurité. Si l'on devait en croire les spécifications du fabricant, le filin et le câble de téléphonie pouvaient porter près de six mille livres.

Il fit signe à Shannon de passer une jambe et un bras dans le filin et de partir la première en respirant avec l'appareil autonome. Rodgers ferait la même chose et la suivrait, Pitt fermant la marche en tenant le détendeur de secours assez près de Rodgers pour pouvoir le lui mettre dans la bouche. Quand il fut certain qu'ils étaient assez stables et respiraient aisément, il alerta Giordino.

— Nous sommes prêts à sortir de là.

Giordino réfléchit et regarda les étudiants qui tenaient le filin, prêts à agir comme s'ils allaient se livrer à une bataille à la corde. Il vit leur expression impatiente et comprit qu'il allait devoir modérer leur enthousiasme car ils risquaient de tirer trop fort lorsque les plongeurs seraient dans le boyau.

— Ne bougez pas. Quelle est votre profondeur?

— Je lis un tout petit peu plus de dix-sept mètres. C'est bien plus haut que le fond du puits. Nous avons été poussés dans un passage qui s'élève en pente d'environ vingt mètres.

— Tu es à la limite, l'informa Giordino, mais les autres ont dépassé les limites de la pression et du temps de plongée. Je vais calculer les paliers et je vous les communiquerai dans une seconde.

— Ne les fais pas trop longs. Quand la bouteille de secours sera vide, à nous trois on aura vite épuisé l'air qui reste dans mon bloc.

— Loin de moi cette pensée! Mais si je ne retiens pas ces gamins par la peau du dos, ils vous remonteront si vite que vous vous prendrez pour des boulets de canon.

Giordino leva la main et les étudiants commencèrent à tirer.

— Allons-y!

— Faites entrer les jongleurs et les clowns! répondit Pitt avec bonne humeur.

Le filin se tendit et la lente remontée commença. La course précipitée de la vague faisait pendant aux bulles qui s'échappaient de leurs détendeurs. Sans rien d'autre à faire que de serrer le filin, Pitt se détendit, laissant son corps avancer contre la force du courant sous-marin qui bouillonnait dans l'étroit boyau comme de l'air dans un venturi. L'eau plus claire tachée de limon dans le puits au bout du boyau semblait être à des kilomètres. Le temps ne voulait plus rien dire et il avait l'impression d'être immergé depuis un millénaire. Seule la voix de Giordino permettait à Pitt de garder un pied dans la réalité.

— Tu cries si on tire trop vite, ordonna Giordino.

— Ça a l'air d'aller, répondit Pitt qui entendait ses bouteilles racler le plafond du boyau.

— A ton avis, quelle est la vitesse du courant?

— Pas loin de huit nœuds.

— Pas étonnant que vos corps opposent une pareille résistance. J'ai dix gamins, là, qui tirent de tout leur cœur.

— Encore six mètres et on sera sortis, informa Pitt.

Enfin ils se retrouvèrent libérés du boyau au milieu d'un nuage de limon tourbillonnant au fond du puits sacrificiel. Une minute encore et on les tirait vers le haut, loin du courant, dans une eau transparente, sans aucune tache de limon. Pitt regarda vers le haut du puits, aperçut la lumière qui filtrait à travers la mousse verte et ressentit une merveilleuse sensation de soulagement.

Giordino sut qu'ils avaient échappé à la succion quand la tension du filon diminua soudain. Il fit arrêter l'opération de remontée et vérifia à nouveau les données de décompression sur son petit ordinateur portable. Un arrêt de huit minutes sortirait Pitt du danger mais les plongeurs du projet devraient observer des paliers bien plus longs. Ils avaient passé plus de deux heures à une profondeur allant de 17 à 37 mètres. Il leur faudrait au moins deux paliers de plus d'une heure chacun.

Combien restait-il d'air dans les bouteilles de Pitt pour leur permettre de tenir ?

C'était une question de vie ou de mort. Y en avait-il pour dix minutes? Quinze ? Vingt ?

Au niveau de la mer, à une atmosphère, un corps humain normal contient environ un litre d'azote dissous. Quand on respire de grandes quantités d'air comprimé par la pression de l'eau, l'absorption d'azote augmente jusqu'à deux litres à deux atmosphères (10 mètres de profondeur d'eau), trois litres à trois atmosphères (30 mètres), etc. En plongée, le trop-plein d'azote se dissout rapidement dans le sang et, transporté dans tout le corps, il se stocke dans les tissus. Lorsqu'un plongeur commence à remonter, la situation s'inverse mais cette fois plus lentement. A mesure que diminue la pression de l'eau, la surabondance d'azote va dans les poumons et s'élimine par la respiration. Si le plongeur remonte trop vite, la respiration normale ne suffit plus et des bulles d'azote se forment dans le sang, dans les tissus et dans les articulations et causent des malaises graves qu'on appelle souvent l'ivresse des profondeurs ou syndrome nerveux des hautes pressions. Ces malaises ont tué des milliers de plongeurs depuis un siècle.

Finalement, Giordino posa l'ordinateur et appela Pitt.

— Dirk ?

— Je t'entends.

— Mauvaises nouvelles. Il ne reste pas assez d'air dans tes bouteilles pour que la dame et son ami fassent les paliers nécessaires.

— Dis-moi, répondit Pitt, et les réservoirs de secours qui sont dans l'hélico ?

— Pas de chance, grogna Giordino. On est parti si vite que l'équipage a mis un compresseur d'air mais a oublié d'y mettre des bouteilles de secours.

Pitt contempla Rodgers qui, agrippant toujours son appareil, prenait des photos. Le photographe lui fit signe, pouce levé, comme s'il venait de quitter la table du saloon voisin. Le regard de Pitt se porta sur Shannon. Ses yeux noisette lui rendirent son regard à travers la vitre de son masque. Elle semblait ravie, comme si elle pensait que le cauchemar était terminé et que le héros allait l'emporter sur un cheval blanc jusqu'à son château. Elle n'avait pas réalisé que le pire était encore à venir. Pour la première fois, Pitt remarqua ses cheveux blonds et se demanda à quoi elle ressemblerait vêtue autrement que d'un maillot de bain et d'un équipement de plongée.

La rêverie s'acheva aussi vite qu'elle avait commencé.

— Al, tu as bien dit que le compresseur était à bord de l'hélico ?

— En effet.

— Envoie-moi la trousse à outils. Tu la trouveras dans le casier de l'appareil.

— Explique ! pressa Giordino.

— Les valves du détendeur de mes bouteilles, expliqua-t-il rapidement. C'est le nouveau prototype que teste la NUMA. Je peux en fermer une indépendamment de l'autre et l'enlever du détendeur sans faire sortir l'air de l'autre bouteille.

— Je te comprends, vieux, dit Giordino. Tu déconnectes une de tes bouteilles et tu respires l'autre. Moi, je remonte la vide et je la remplis avec le compresseur. Et on répète l'opération jusqu'à ce qu'on en ait fini avec les paliers de décompression.

— Une idée géniale, non ? demanda Pitt, sarcastique.

— Au mieux fondamentale, grogna Giordino, dissimulant son allégresse. Reste à six mètres cinq pendant dix-sept minutes. Je t'envoie la trousse à outils sur le filin. J'espère seulement que ton idée marchera.

— Je n'en doute pas une seconde, fit Pitt dont la confiance paraissait véritable. Quand je reprendrai pied sur la terre ferme, j'espère qu'il y aura un orchestre Dixie pour jouer « En attendant le Robert E. Lee ».

— Epargne-moi ! supplia Giordino.

Il se mit à courir vers l'hélicoptère mais fut arrêté par Miller.

— Pourquoi vous êtes-vous arrêté ? demanda l'anthropologue. Mais nom de Dieu ! qu'est-ce que vous attendez ? Remontez-les !

Giordino lui lança un regard glacial.

— Remontez-les maintenant et ils mourront.

Miller le regarda sans comprendre.

— La narcose des profondeurs, Doc, vous en avez entendu parler ?

Le visage de Miller s'éclaira lorsqu'il comprit.

— Je suis désolé. Je vous supplie de pardonner le vieux marchand d'os impatient que je suis. Je ne vous ennuierai plus.

Giordino lui sourit avec sympathie. Il poursuivit son chemin vers l'hélicoptère et y pénétra sans soupçonner que les paroles de Miller étaient aussi honnêtes qu'un dé pipé.

La trousse à outils, contenant plusieurs clefs dynamométriques, une paire de pinces, deux tournevis et un marteau de géologue avec un petit pic à l'une des extrémités, fut attachée au filin de sécurité par un nœud de chaise et descendu par une petite corde. Dès que Pitt l'eut en main, il serra le bloc de bouteilles entre ses genoux puis ferma adroitement l'une des valves et la détacha du détendeur avec une clef. Lorsque l'une des bouteilles fut libérée, il l'attacha à la corde.

— Monte la charge, annonça-t-il.

En moins de quatre minutes, la bouteille fut hissée sur la corde secondaire, reliée au compresseur d'air comprimé à moteur à gaz et remplie d'air purifié. Giordino jurait, suppliait gentiment la machine de ne mettre que quelques minutes pour faire pénétrer les 1 750 kg d'air pour 7 cm^3 dans la bouteille de 9 m^3. L'aiguille de la jauge de pression avait presque atteint 900 kg quand Pitt fit savoir que la bouteille de secours de Shannon était vide et que sa propre bouteille ne contenait plus que 200 kg. Ils étaient trois à être branchés sur cette unique bouteille, ce qui ne laissait pas une marge très confortable. Giordino coupa le compresseur dès que la pression atteignit 1 250 et ne perdit pas de temps pour renvoyer la bouteille dans le puits. L'opération fut répétée trois fois encore après que Pitt et ses compagnons furent passés au palier de décompression suivant, à trois mètres, ce qui signifiait qu'ils durent supporter de rester plusieurs minutes dans la vase. Mais tout se passa sans incident.

Giordino avait pris une bonne marge de sécurité. Il laissa s'écouler près de quarante minutes avant de décider que Shannon et Rodgers pouvaient maintenant être remontés à la surface sans danger et enjamber enfin le bord du puits sacrificiel. Pitt avait une confiance aveugle en son ami et ne remit pas en question la justesse des calculs de Giordino. Les dames d'abord. Pitt passa autour de la taille de Shannon la courroie et la boucle attachées au filin de sécurité et au câble de communication. Il fit un signe de la main pour saluer les visages penchés au-dessus du bord et Shannon fut hissée vers la terre ferme.

Ce fut ensuite le tour de Rodgers. Il avait complètement oublié sa grande fatigue après être passé si près de la mort tant il était heureux de sortir enfin de ce puits maudit de vase et d'eau, où il se jura de ne jamais retourner. Il ne ressentait qu'une faim énorme et une soif proche de la pépie. Il se rappela qu'il avait une bouteille de vodka dans sa tente et se mit à y penser comme s'il s'agissait du Saint Graal. Il était maintenant assez haut pour distinguer les visages du Dr Miller et des étudiants péruviens. Jamais de toute sa vie il n'avait été aussi heureux de voir des gens. Trop heureux, en fait, pour remarquer qu'aucun de ces visages ne souriait.

On le tira enfin hors du puits. Ce qu'il vit alors, à sa plus grande stupéfaction, était horrible et totalement inattendu.

Le Dr Miller, Shannon et les étudiants reculèrent d'un pas dès que Rodgers mit le pied sur la terre ferme. Dès qu'il eut défait la boucle du filin, il vit que tous ses compagnons, l'air sombre, avaient les mains croisées derrière la tête.

Ils étaient six en tout, six fusils d'assaut chinois type 56-1 serrés de façon menaçante par six paires de mains fermes. Les six hommes étaient alignés en demi-cercle autour des archéologues. Petits, le visage imperturbable, silencieux, ils portaient des ponchos de laine, des sandales et des chapeaux de feutre. Leurs yeux noirs allaient du groupe des prisonniers à Rodgers.

Pour Shannon, ces hommes n'étaient pas de simples bandits de grand chemin augmentant leurs maigres ressources en volant aux touristes de la nourriture et des biens matériels qu'ils auraient pu revendre sur les marchés. C'était des tueurs endurcis du *Sendero luminoso,* le Sentier lumineux, un groupe révolutionnaire maoïste qui terrorisait le Pérou depuis 1981 et tuaient des milliers de victimes innocentes y compris des leaders politiques, des policiers et des soldats de l'armée régulière. Elle eut soudain très peur. Les tueurs du Sentier lumineux étaient connus pour attacher des explosifs aux corps de leurs victimes et les faire sauter.

Après que leur chef fondateur, Abimael Guzmán, eut été capturé, en septembre 1992, le mouvement de guérilla avait éclaté en plusieurs groupes mal organisés qui continuaient à frapper au hasard, à piéger des voitures, à faire assassiner des gens par leurs escadrons de la mort assoiffés de sang et qui n'apportaient rien au peuple péruvien que la tragédie et le chagrin.

Pour l'heure, les guérilleros entouraient leurs prisonniers, alertes et attentifs, avec un air d'anticipation sadique dans le regard.

L'un d'eux, plus âgé que les autres et portant une immense moustache, fit signe à Rodgers de rejoindre les autres captifs.

— Y a-t-il encore quelqu'un là-dedans? demanda-t-il en anglais avec une légère trace d'accent espagnol.

Miller hésita et jeta un coup d'œil à Giordino. Celui-ci montra Rodgers.

— Cet homme était le dernier, dit-il d'un ton plein de défiance. Lui et la dame étaient les seuls à plonger.

Le guérillero regarda Giordino de ses yeux noirs de charbon sans expression. Puis il s'approcha du puits sacrificiel et considéra l'eau vaseuse avec attention. Il aperçut une tête flottant au milieu de la mousse verte.

— Très bien, dit-il d'une voix sinistre.

Il ramassa le filin de sécurité qui descendait dans l'eau, prit une machette à sa ceinture et, d'un mouvement rapide, trancha le nylon au niveau du tambour. Puis son visage sans expression s'orna d'un sourire sinistre. Il trempa avec désinvolture le bout du filin par-dessus le bord, avant de le lâcher dans le puits dont nul n'avait jamais pu s'échapper.

4

Pitt se sentit comme l'idiot des films de Laurel et Hardy qui crie au secours parce qu'il se noie et à qui on lance les deux bouts d'une corde. Tenant les extrémités coupées des filins de sécurité et de communication, il les contempla, incrédule. Non seulement il n'avait plus en main le moyen de s'échapper mais en plus il avait perdu tout contact avec Giordino. Il flottait dans la vase sans rien savoir des événements hostiles qui se déroulaient au-dessus du puits. Il ouvrit les fermetures de sécurité qui tenaient en place son casque rigide, le retira et regarda avec espoir vers le bord du puits. Il n'y vit personne.

Pitt était sur le point de crier à l'aide quand un bruit de fusillade éclata, se réverbérant sur les parois de calcaire pendant soixante longues secondes. L'acoustique de la pierre amplifia le son de manière assourdissante. Puis, aussi soudainement que le feu des armes automatiques avait brisé le silence de la jungle, le fracas cessa et tout redevint étrangement calme. Les pensées de Pitt tourbillonnèrent sans trouver d'issue. Il n'y comprenait vraiment rien. Que se passait-il là-haut? Qui donc tirait, et sur qui? Son inquiétude augmenta à mesure que le temps passait. Il fallait qu'il sorte de ce puits mortel, mais comment? Il n'avait pas besoin d'un manuel de varappe pour comprendre qu'il était impossible de grimper les parois à quatre-vingt-dix degrés sans équipement approprié et sans aide extérieure.

Giordino ne l'aurait jamais laissé tomber, pensa-t-il sombrement. Jamais – sauf si son ami était blessé ou inconscient. Mais il ne voulut pas s'attarder sur l'impensable hypothèse de la mort de Giordino. Rendu fou par le désespoir qu'il sentait monter en lui, Pitt cria vers le ciel et sa voix se répercuta dans la chambre acoustique du puits. Seul lui répondit un silence de mort. Il ne comprenait pas pourquoi tout ceci arrivait. Il était maintenant évident qu'il allait devoir se débrouiller tout seul pour sortir de là. Il regarda le ciel. Il ne restait que deux heures de lumière. S'il devait s'échapper, il fallait commencer tout de suite. Mais qu'en était-il des intrus armés? La question harcelante était de savoir s'ils attendaient qu'il soit aussi vulnérable qu'une mouche sur une vitre pour le tirer à vue. Ou bien pensaient-ils qu'il était déjà virtuellement mort? Il décida de ne pas attendre de connaître la réponse. Seule la menace d'être jeté dans la lave en fusion aurait pu le retenir dans cette eau chaude, puante, mousseuse, le reste de la nuit.

Il flotta sur le dos et examina les parois qui paraissaient aussi hautes que les nuages et essaya de se rappeler ce qu'il avait lu sur le calcaire, des siècles auparavant semblait-il, en cours de géologie : *Calcaire : roche sédimentaire composée de carbonate de calcium, sorte de mélange de calcite cristalline et de boue carbonée, produite par les organismes sécrétant de la chaux des anciens récifs de corail. Les calcaires peuvent avoir des textures et des couleurs variables.* Pas mal, pensa Pitt, pour un étudiant qui n'avait obtenu que des notes moyennes en géologie. Son vieux professeur serait content de lui. Heureusement qu'il ne s'agissait pas de granit ou de basalte. Le calcaire était criblé de cavités et tapissé de petites aspérités. Il nagea tout autour des parois circulaires jusqu'à ce qu'il atteigne une petite protubérance à mi-hauteur du bord. Il retira ses bouteilles et le reste de son équipement de plongée sauf la ceinture munie d'accessoires et les laissa tomber au fond du puits. Il ne garda que les pinces et le marteau de géologue. Si, pour une raison qu'il ne pouvait imaginer, son meilleur ami et les archéologues, là-haut, avaient été tués ou blessés et si on l'avait laissé mourir, lui, dans le puits sacrificiel avec pour seule compagnie les fantômes des précédentes victimes, il allait trouver pourquoi, même s'il devait y perdre son âme.

Il commença par sortir un couteau de plongée d'une gaine attachée sur sa jambe et coupa deux longueurs du filin. Il en attacha une solidement à la partie la plus étroite du manche du marteau, près de la tête, afin qu'elle ne risque pas de glisser sur le manche. Puis il fit un nœud coulant à l'autre extrémité.

Ensuite il prit un crochet sur la boucle de sa ceinture et l'ouvrit avec les pinces jusqu'à ce qu'il ait la forme d'un C. Il attacha le second morceau de filin à ce crochet avec un autre nœud. Quand il eut fini, il disposait d'un outil d'escalade fonctionnel quoique rudimentaire.

La partie la plus difficile de l'opération allait commencer.

La technique de Pitt n'était certes pas exactement celle d'un montagnard expérimenté. La triste vérité, c'est qu'il n'avait jamais escaladé de montagne à part quelques pentes faciles, à pied. Le peu qu'il avait vu des experts grimpant des parois rocheuses verticales, c'était à la télévision ou dans les magazines. Son élément à lui, c'était l'eau. Son seul contact avec la montagne, c'était les randonnées à ski à Breckenridge, dans le Colorado. Il faisait à peine la différence entre un piton (une pointe de métal avec un anneau à une extrémité) et un mousqueton (un anneau de métal oblong avec un loquet à ressort dans lequel on passe la corde d'escalade). Il se souvenait vaguement que descendre en rappel avait quelque chose à voir avec la descente par une corde enroulée autour du corps passant sous la cuisse et par-dessus l'épaule opposée.

Aucun grimpeur expérimenté n'aurait parié sur la réussite de Pitt dans sa tentative d'atteindre le haut du puits. Le problème, dans ce cas, c'est que Pitt se fichait complètement de ses chances de réussite. Il était bien trop entêté pour cela. Le dur à cuire en lui reprit le dessus. Il avait maintenant l'esprit clair et aiguisé. Il savait que sa vie, et peut-être même celle des autres, était suspendue à un fil effiloché. Une résolution froide, déterminée, s'empara de lui, comme cela s'était produit tant de fois dans le passé.

Avec l'énergie du désespoir, il leva le bras et attacha le crochet sur la petite protubérance de calcaire puis il s'engagea dans le nœud coulant, saisit la partie supérieure de la corde et se hissa hors de l'eau.

Il leva ensuite le marteau aussi haut que possible, légèrement en biais et frappa d'un coup sec la pointe du pic dans une poche de la roche. Puis il plaça son pied libre dans la boucle et se hissa un peu plus haut sur la paroi de calcaire.

Pitt se dit que c'était assez rudimentaire comparé aux normes professionnelles, mais ça marchait. Il répéta l'opération, d'abord avec le crochet en C puis avec le pic, escaladant la paroi raide avec des mouvements d'araignée. C'était un effort épuisant même pour un homme en bonne condition physique. Le soleil avait disparu derrière le sommet des arbres, comme lancé vers l'ouest par un lance-pierres lorsque Pitt mit le pied sur l'affleurement, à mi-chemin du bord. Il n'y avait toujours aucun signe de vie là-haut.

Il se cramponna, heureux de pouvoir se reposer un peu, même si l'endroit était à peine assez large pour y poser une de ses fesses. Respirant profondément, il se détendit jusqu'à ce que ses muscles douloureux cessent de le faire souffrir. Il avait du mal à croire que cette petite escalade l'ait autant épuisé. Un expert aurait su s'économiser, sans doute et n'aurait pas été aussi essoufflé. Il resta assis là, accroché au mur abrupt pendant une dizaine de minutes. Il y serait bien resté une heure mais le temps passait. La jungle environnante s'obscurcissait vite maintenant que le soleil avait disparu.

Pitt étudia l'instrument rudimentaire qui l'avait aidé jusque-là. Le marteau avait l'air neuf mais le crochet en C commençait à se redresser sous la tension constante du poids mort de son corps. Il passa une minute à le recourber en le frappant contre le calcaire avec le marteau.

Il avait pensé que l'obscurité amoindrirait sa vision, l'obligerait à grimper au toucher seulement. Mais une étrange lumière se formait au-dessous de lui. Il se retourna et regarda l'eau.

Le puits émettait une lumière verte, phosphorescente, inquiétante. N'étant pas chimiste, Pitt supposa que l'étrange émission était causée par une quelconque réaction de la vase en décomposition. Heureux de l'illumination, aussi vague qu'elle fût, il reprit son ascension épuisante.

Les trois derniers mètres furent les plus difficiles. Etre si près du but et pourtant si loin ! Le bord du puits paraissait si proche qu'il aurait pu apparemment le toucher du bout des doigts. Trois mètres, rien que trois mètres. Dix pieds. Mais ça aurait pu être le sommet de l'Everest. Dire qu'une vedette de la varappe aurait fait ça les yeux fermés ! Mais pas lui. Pitt n'avait que quarante ans depuis quelques mois mais il se sentait vieux et fatigué.

Son corps était ferme et mince, il surveillait sa ligne et faisait juste assez d'exercice pour maintenir un poids constant. Il portait les cicatrices de nombreuses blessures, y compris des blessures par balles, mais toutes ses articulations fonctionnaient bien. Il avait cessé de fumer depuis des années mais s'autorisait encore, de temps en temps, un verre de bon vin ou une tequila avec de la glace et un peu de citron. Ses goûts avaient changé au cours des années et il était passé du scotch au gin puis à la tequila. Si on lui avait demandé pourquoi, il n'aurait pas su que répondre. Pour lui, chaque jour était un jeu et les jeux, c'était la vie. Les raisons de ses actes étaient hermétiquement enterrées quelque part au fond de son esprit.

Soudain, alors qu'il allait atteindre le bord du puits, il lâcha le nœud attaché au crochet en C. Ses doigts engourdis l'avaient trahi et le crochet frappa l'eau croupie en faisant à peine un petit floc. Se servant du pic comme d'un piolet, il commença à utiliser les petites poches du calcaire pour s'agripper les mains et les orteils. Près du sommet, il lança le marteau en un grand cercle au-dessus de sa tête, par-dessus le bord du puits, pour essayer d'enfoncer le pic dans le sol meuble.

Après quatre tentatives infructueuses, le bout pointu s'enfonça enfin et y resta planté. Déployant ses dernières forces, il saisit la corde à deux mains et hissa son corps fatigué jusqu'à ce qu'il puisse apercevoir le sol plat dans l'obscurité grandissante.

Il s'étendit, sans bouger, et étudia son environnement. La forêt humide de pluie parut se refermer autour de lui. Il faisait nuit maintenant et la seule clarté venait de quelques rares étoiles et d'un croissant de lune qui brillait à travers les nuages éparpillés et les branches entrelacées des arbres touffus. Cette pâle lumière éclairait des ruines fantomatiques d'un effet sinistre. La scène paraissait plus effrayante encore à cause du silence presque absolu. Pitt s'était presque attendu à voir des frémissements étranges et à entendre des bruissements inquiétants dans le noir mais il ne vit ni lumières, ni ombres mouvantes, n'entendit aucun chuchotement. Le seul son venait du léger martèlement d'une averse soudaine sur les feuilles.

« Assez de paresse, se dit-il. Allez, bouge-toi, cherche ce qui est arrivé à Giordino et aux autres. Le temps passe. Ta première épreuve est terminée. Elle n'était que physique. Maintenant, il va falloir faire marcher ta cervelle. »

Et il s'éloigna du puits aussi furtivement qu'un spectre.

Le campement était désert. Les tentes qu'il avait aperçues avant de descendre dans le puits sacrificiel étaient intactes et vides. Aucun signe de carnage, aucune indication de mort. Il s'approcha de la clairière où Giordino avait posé l'hélicoptère de la NUMA. Il était criblé de balles du nez à la queue. Il était vain de penser à s'en servir pour aller chercher de l'aide. Aucune réparation ne pourrait jamais lui permettre de revoler. Les lames du rotor, fracassées, pendaient comme des bras tordus aux coudes. Une colonie de termites n'auraient pu faire plus de dégâts sur une souche d'arbre pourrie. Pitt renifla l'odeur de l'essence et se dit qu'il était miraculeux que les réservoirs n'aient pas explosé. Il était évident qu'un groupe de bandits ou de rebelles avaient attaqué le camp et mis l'appareil en miettes.

Ses craintes se calmèrent cependant lorsqu'il réalisa que les coups de feu qu'il avait entendus lorsqu'il était dans l'eau avaient été tirés sur l'appareil et non dans de la chair humaine. Son patron au quartier général de la NUMA à Washington, l'amiral James Sandecker, ne prendrait sûrement pas à la légère la destruction d'un des appareils de l'agence mais Pitt avait déjà eu affaire plusieurs fois aux colères de ce petit chien hargneux. Il était même impatient de lui raconter. Non que ce que Sandecker dirait fût important pour le moment. Giordino et l'équipe des archéologues avaient disparu, capturés par une force inconnue de lui.

Il poussa la porte de l'hélicoptère qui battit lamentablement sur le seul gond restant et s'approcha du cockpit. A tâtons, il fouilla sous le siège du pilote, trouva une trousse allongée et en sortit une lampe de poche. Les piles ne semblaient pas endommagées. Retenant son souffle, il appuya sur le bouton. La lumière jaillit et illumina le cockpit.

— Un but pour l'équipe locale, murmura-t-il.

Pitt s'aventura avec précaution dans le compartiment. L'ouragan de balles avait mis une vraie pagaille mais rien ne semblait saccagé ou emporté. Il trouva son sac de voyage et le vida. Ses tennis et sa chemise avaient échappé au massacre mais une balle avait traversé le genou de son pantalon et causé des dégâts irrémédiables à son caleçon. Il enleva son maillot de plongée humide, trouva une serviette de toilette et se frotta vigoureusement pour débarrasser son corps de la vase qui s'y accrochait. Après avoir enfilé ses vêtements et ses tennis, il fouilla partout et finit par trouver les paquets-repas qu'avait préparés le chef de leur navire de recherche. Le sien était écrasé contre la cloison mais celui de Giordino était intact. Affamé, Pitt avala un sandwich au beurre de cacahuète avec des fenouils au vinaigre et vida une boîte de bière. Il se sentait maintenant presque humain.

Retournant au cockpit, il déverrouilla la porte d'un petit compartiment d'où il sortit un étui de cuir contenant un vieux Colt automatique calibre 45. Son père, le sénateur George Pitt, l'avait gardé des plages de Normandie aux rives de l'Elbe pendant la Deuxième Guerre mondiale et l'avait offert à son fils lorsque celui-ci avait reçu son diplôme de l'Académie de l'Armée de l'air. L'arme avait déjà sauvé deux fois la vie de Pitt pendant les dix-sept années suivantes. Bien que le bleu de son acier fût bien usé, il était parfaitement entretenu et fonctionnait presque mieux que lorsqu'il était neuf. Pitt nota, furieux, qu'une balle égarée avait rayé le cuir de l'étui et froissé une de ses poignées. Il passa sa ceinture dans les boucles de l'étui et la remit autour de sa taille en y enfilant aussi la gaine de son couteau de plongée.

Il fabriqua une petite cache pour diminuer le rayon de la lampe de poche et commença à fouiller le campement. Contrairement à l'hélicoptère, il n'y avait là aucun signe de tir, à part quelques douilles par terre, mais les tentes avaient été pillées et tout l'équipement utile, toutes les provisions transportables avaient disparu. Un chemin taillé à coups de machette s'enfonçait dans les fourrés épais avant de disparaître dans l'obscurité.

La forêt paraissait menaçante et impénétrable. Il n'aurait jamais envisagé une pareille opération en plein jour et encore moins de nuit. Il était à la merci des insectes et des animaux qui, dans la forêt humide, considèrent l'homme comme un gibier de choix. Il pensa aux serpents avec inquiétude. Il se rappela avoir entendu parler de boas constrictors et d'anacondas atteignant les 24 mètres. Mais c'était surtout les serpents venimeux et mortels, comme le crotale ou le mauvais trigonocéphale, qui causaient à Pitt la plus vive inquiétude. Ses chaussures basses et l'étoffe légère de ses vêtements n'offraient aucune protection contre une vipère qui aurait envie de frapper.

Sous les grands visages de pierre au regard menaçant émergeant des murs de la cité en ruines, Pitt se mit en route, suivant les traces de pas sous l'étroit rayon de sa lampe de poche. Il aurait bien voulu avoir un plan mais il fallait travailler dans l'inconnu. Ses chances de traverser la forêt meurtrière et de sauver les otages de bandits ou de révolutionnaires durs à cuire équivalaient à un véritable suicide. L'échec semblait inévitable. Mais il ne pensa pas une seconde à s'asseoir sans rien faire ni à essayer de sauver sa propre peau.

Pitt sourit aux visages de pierre des dieux depuis longtemps oubliés qui le regardaient dans le rayon de sa lampe. Il se retourna, jeta un dernier coup d'œil aux reflets verts surnaturels venant du fond du puits sacrificiel. Puis il pénétra dans la jungle. Après quatre pas, l'épais feuillage l'avait déjà avalé comme s'il n'avait jamais existé.

5

Trempés par la bruine incessante, les prisonniers furent conduits à travers la forêt au sol couvert de mousse, le long d'une piste se terminant par un profond ravin. Leurs ravisseurs les firent passer, sur un tronc servant de pont, jusqu'à l'autre bord où ils suivirent une ancienne route empierrée cheminant vers le haut des montagnes. Le chef des terroristes imposa une allure rapide et Doc Miller fut sans cesse rabroué et prié sans aménité de se dépêcher. Ses vêtements étaient si mouillés qu'il était difficile de dire si les taches humides venaient de la sueur ou de la pluie. Les gardes le poussaient sans arrêt avec le canon de leur arme chaque fois qu'il ralentissait.

Giordino se mit à côté du vieil homme et l'aida à marcher en le soutenant, sans s'occuper des volées de coups que lui assenaient les gardes sadiques sur le dos et les épaules.

— Eloignez ce bon dieu de fusil de lui ! aboya Shannon au bandit en espagnol.

Elle prit l'autre bras de Miller et le passa autour de son cou afin de l'aider elle aussi. Le bandit, pour toute réponse, lui lança un coup de pied vicieux dans les fesses. Elle chancela, le visage gris, les lèvres serrées, mais reprit son équilibre et adressa au malotru un regard cinglant.

Giordino sourit à Shannon, étonné de son courage, de son cran même et de son infatigable force d'âme. Elle portait toujours son maillot de bain sous une blouse de coton que les guérilleros l'avaient autorisée à prendre dans sa tente ainsi qu'une paire de bottes de randonnée. Il se sentit submergé par son inefficacité, par son incapacité à sauver cette femme du mal et de la déchéance. Il se reprochait aussi sa couardise d'avoir abandonné son ami sans même se battre. Il avait pensé prendre l'arme d'un garde. Il y avait pensé au moins vingt fois depuis qu'on les emmenait de force loin du puits. Mais cela ne lui aurait rapporté que la mort, sans résoudre aucun de leurs problèmes. Tant qu'il restait en vie d'une façon ou d'une autre, il y avait une chance. Giordino maudissait chaque pas qui l'éloignait de Pitt et de son salut.

Pendant des heures, ils luttèrent pour reprendre leur souffle dans l'air raréfié des Andes car ils avaient atteint trois mille quatre cents mètres d'altitude. Tous souffraient du froid. Ils avaient avancé sous un soleil brûlant pendant la journée mais la température tomba à près de zéro aux petites heures du matin. L'aube les trouva encore en train de marcher le long d'une ancienne avenue traversant des bâtisses de calcaire blanc en ruines, de hauts murs et des collines taillées en terrasses dont Shannon n'aurait jamais imaginé qu'il en existait encore. Aucun des bâtiments ne paraissait construit selon le même plan. Certains étaient ovales, d'autres circulaires, très peu rectangulaires. Tout cela était bien différent des structures anciennes qu'elle avait étudiées. Elle se demanda si ce village faisait partie de la confédération chachapoya ou d'un autre royaume, d'une autre société. La route suivait de hautes pentes qui atteignaient presque la brume des sommets alentour et elle s'étonna des milliers de sculptures, d'un style totalement différent de tout ce qu'elle avait vu auparavant. De grands oiseaux ressemblant à des dragons, des poissons-serpents se mêlaient à des panthères et à des singes stylisés. Les reliefs ciselés paraissaient semblables aux hiéroglyphes égyptiens, en plus abstrait. Voir de ses propres yeux que des peuples anciens avaient habité le grand plateau et les hauteurs des Andes péruviennes, qu'ils avaient construit des villes de proportions aussi immenses, l'emplissait de surprise ravie. Elle ne s'était pas attendue à trouver une culture aussi avancée sur le plan architectural avec, au sommet des montagnes, des constructions aussi élaborées que celles de n'importe quelle grande civilisation de l'Antiquité. Elle aurait bien donné la Dodge Viper qu'elle avait achetée avec l'argent hérité de son grand-père pour avoir la possibilité de rester ici assez longtemps pour étudier ces ruines extraordinaires. Hélas, chaque fois qu'elle ralentissait, on la poussait rudement à continuer.

Le soleil poignait à peine quand la petite troupe épuisée émergea d'une étroite gorge et déboucha dans une petite vallée entourée de montagnes de toute part. Bien que la pluie ait cessé, ils avaient tous l'air de rats à peine sauvés de la noyade. En face d'eux se dressait une haute bâtisse de pierre d'au moins douze étages. Au contraire des pyramides mayas de Mexico, cette construction avait une forme plus arrondie, plus conique, tronquée au sommet. Des têtes d'animaux et d'oiseaux très élaborées étaient gravées dans les murs. Shannon y reconnut la structure d'un temple cérémonial de la mort. L'arrière de la bâtisse se fondait dans une falaise de grès escarpée percée de milliers de cavités tombales, toutes munies de portes décorées en face d'un précipice abrupt. Un édifice, sur le sommet du bâtiment, flanqué de deux grandes sculptures, représentait un jaguar ailé couvert de plumes. Shannon pensa qu'il devait s'agir d'un palais dédié au dieu de la mort. L'édifice s'élevait au milieu d'une petite cité d'une centaine de maisons construites et décorées avec soin. Certaines étaient édifiées sur le toit de hautes tours ceintes de gracieux balcons. La plupart étaient complètement circulaires, d'autres s'élevaient sur une base rectangulaire.

Shannon était sans voix, comme écrasée par l'immensité de ce qu'elle voyait. Elle sut immédiatement comment se nommait ce grand complexe de structures. Si elle devait en croire ce qu'elle avait devant les yeux, les terroristes du Sentier lumineux avaient découvert une incroyable cité oubliée. Une de celles dont les archéologues, et elle la première, doutaient de l'existence, une cité que les chercheurs de trésors rêvaient de découvrir mais n'avaient jamais réussi en près de quatre siècles : la cité perdue des morts, dont les richesses mythiques étaient bien plus importantes que toutes celles de la Vallée des Rois, en Egypte.

Shannon agrippa le bras de Rodgers.

— L'ancien Pueblo de los Muertos ! murmura-t-elle.

— L'ancien quoi ? fit-il, sans comprendre.

— Pas parler ! aboya un des terroristes en frappant du canon de sa mitraillette le flanc de Rodgers, juste au-dessus des reins.

Rodgers étouffa un cri. Il chancela et faillit tomber mais Shannon le retint.

Après une courte marche dans une rue large et pavée, ils s'approchèrent de l'édifice circulaire qui surplombait le complexe cérémonial comme une cathédrale gothique au-dessus d'une cité médiévale. Ils gravirent avec peine un extraordinaire escalier tout en montées et en descentes, décoré de mosaïques représentant des hommes ailés, à même la pierre, dessins que Shannon n'avait jamais vus auparavant. Sur le palier supérieur, au-delà d'une grande entrée voûtée, ils pénétrèrent dans une pièce haute au plafond gravé de motifs géométriques. Au centre du plancher s'accumulaient des sculptures de toutes les tailles et de tous les motifs possibles. Des jarres de céramique à l'effigie de dieux, des vaisseaux peints avec délicatesse, étaient empilés dans des chambres contiguës à la pièce principale. L'une de ces chambres contenait de hautes piles de textiles merveilleusement conservés, ornés de dessins multicolores.

Les archéologues furent ébahis de découvrir cette cache pleine d'aussi remarquables ouvrages artisanaux. Ils eurent l'impression de pénétrer dans la tombe du pharaon Tut dans la Vallée des Rois avant que le célèbre archéologue Howard Carter n'en ait retiré les trésors pour les exposer au musée national du Caire.

On leur laissa fort peu de temps pour contempler les trésors de cette cachette. Les terroristes conduisirent les étudiants péruviens par un escalier intérieur vers une cellule sous le temple supérieur où ils les enfermèrent. Giordino et les autres furent poussés sans ménagement vers une pièce voisine et gardés par deux rebelles revêches qui les regardèrent comme des exterminateurs regarderaient un nid d'araignées. Tous sauf Giordino se laissèrent tomber avec soulagement sur le sol dur et froid, les traits tirés de fatigue.

Giordino martela le mur de son poing, frustré comme il ne l'avait jamais été. Pendant la marche forcée, il avait guetté une occasion de s'évanouir dans la jungle et de rebrousser chemin jusqu'au puits sacrificiel mais avec au moins trois gardes le surveillant à tour de rôle et le poussant sans cesse dans le dos avec le canon de leur mitraillette, il n'en avait jamais eu la possibilité. Il ne se faisait pas d'illusion, ces types étaient entraînés aux prises d'otages et à faire avancer les prisonniers sur les routes difficiles. Il n'avait pas beaucoup de chance de rejoindre Pitt. Pendant la marche, il avait refréné son attitude habituelle de défi, jouant l'humilité et la soumission. Sauf quand il avait montré son inquiétude pour Doc Miller, il n'avait rien fait qui pût se terminer par une rafale de mitraillette dans le ventre. Il devait rester en vie. Dans son esprit, s'il mourait, Pitt mourrait aussi.

S'il avait pu deviner que Pitt était sorti du trou d'eau et qu'il avançait à grands pas sur la vieille piste de pierre, à seulement trente minutes derrière, il aurait sans doute tenté de déclencher la bagarre à la première occasion. Ou du moins y aurait-il pensé.

Le rayon de sa lampe de poche soigneusement camouflé pour éviter de se faire repérer par les terroristes, visant les empreintes sur le compost recouvrant le sol meuble qui s'enfonçait dans l'obscurité, Pitt plongea dans la forêt humide. Il ignora la pluie. Il avançait avec la détermination de la colère. Le temps ne signifiait plus rien et pas une fois il ne regarda le cadran lumineux de sa montre. La piste qui traversait la forêt dans la nuit obscure devint une tache floue dans son esprit. Ce n'est que lorsque le ciel du matin commença à s'éclaircir et qu'il put ranger sa lampe que sa lucidité reprit le dessus.

Avant qu'il ne se lance à leur poursuite, les terroristes avaient trois heures d'avance sur lui. Il en avait rattrapé une partie en marchant d'un bon pas lorsque la piste montait et en courant à petites foulées sur les rares tronçons presque plats. Il ne ralentit jamais son allure, ne s'arrêta pas une fois pour se reposer.

Quand il atteignit l'ancienne route de pierre, la marche devint plus aisée et il accéléra encore son allure. Toutes ses craintes concernant les horreurs cachées de la jungle étaient oubliées et, tout au long de cette nuit interminable, il ne ressentit ni peur ni appréhension.

Il fit à peine attention aux immenses structures de pierre le long de la route. Il se dépêchait, en plein jour maintenant et en terrain découvert, sans chercher à se cacher. Ce n'est que lorsqu'il atteignit l'entrée de la vallée qu'il ralentit puis s'arrêta pour scruter le paysage devant lui. Il distingua l'énorme temple contre la falaise abrupte, à environ cinq cents mètres. Il aperçut une petite silhouette assise en haut du long escalier, le dos appuyé contre une large voûte. Pitt ne douta pas un instant que les terroristes avaient amené leurs otages dans ce bâtiment-là. Le col étroit était le seul passage pour entrer et sortir de la vallée. Il avait eu si peur de trouver en chemin les corps de Giordino et des archéologues qu'il fut tout à coup soulagé. La chasse était finie. Maintenant, le gibier, ignorant qu'il fût devenu gibier, devait être éliminé, un par un, jusqu'à ce que les chances soient au moins équilibrées.

Il s'approcha davantage, se cachant derrière les murs écroulés de vieilles résidences autour du temple. Il s'accroupit puis courut jusqu'à ce qu'il ait atteint une grande statue de pierre représentant un symbole phallique. Là, il s'arrêta et regarda l'entrée du temple. Le long escalier menant à l'entrée principale représentait un formidable obstacle. A moins de se rendre invisible, Pitt serait abattu avant d'avoir parcouru le quart du chemin. Ce serait suicidaire d'y entrer en plein jour. Et il n'y avait pas d'autre entrée. Il était hors de question de contourner l'escalier. Les murs latéraux du temple étaient trop abrupts et trop lisses. Les pierres étaient jointes avec une telle précision qu'une lame de couteau n'y aurait trouvé aucune faille.

La providence étendit sa main généreuse sur son épaule. Le problème de monter l'escalier sans être vu disparut quand Pitt remarqua que la sentinelle gardant l'entrée du temple était endormie, fatiguée sans doute par la longue marche à travers la jungle et la montagne. Il respira profondément et se dirigea vers l'escalier.

Tupac Amaru était un personnage doucereux mais dangereux et ça se voyait. Il avait adopté le nom du dernier roi inca torturé et mis à mort par les Espagnols. C'était un homme de taille moyenne, aux épaules étroites, avec un visage bronzé dénué d'expression. Il semblait n'avoir jamais appris à exprimer la moindre compassion. Contrairement à la plupart des hommes des collines aux visages larges et glabres, Amaru portait une grande moustache et de longs favoris partant de ses cheveux drus aussi noirs que ses yeux vides. Quand par hasard ses lèvres étroites s'arquaient en un vague sourire, ce qui était rare, elles révélaient des dents qui auraient fait l'orgueil d'un orthodontiste. Ses hommes, au contraire, montraient lorsqu'ils riaient diaboliquement des dents inégales, déchiquetées et tachées de coca.

Amaru s'était taillé un chemin de mort et de destruction dans toute la jungle des collines d'Amazonas, un département du nord-est du Pérou qui subissait plus que sa part de pauvreté, de terrorisme, de maladie et de corruption bureaucratique. Sa bande de coupeurs de gorges était responsable de la disparition de plusieurs explorateurs, d'archéologues du gouvernement et de patrouilles armées qui, ayant imprudemment pénétré la région, avaient disparu à jamais. Il n'était pas le révolutionnaire dont il se donnait l'apparence. Amaru se fichait complètement de la révolution, d'améliorer ou non la vie des Indiens de l'arrière-pays péruvien. Amaru avait bien d'autres raisons de contrôler la région et de tenir sous sa poigne les Indiens superstitieux.

Debout à l'entrée de la salle, il regardait durement la femme et les trois hommes qui lui faisaient face comme s'il les voyait pour la première fois. Il jouissait de la défaite qu'il lisait dans leurs yeux et de la fatigue de leurs corps. Ils étaient exactement comme il souhaitait qu'ils fussent.

— Je regrette le désagrément que vous avez subi, dit-il en utilisant l'anglais pour la première fois depuis leur enlèvement. Il est heureux que vous n'ayez pas opposé de résistance car vous auriez été fusillés.

— Vous parlez un excellent anglais pour un guérillero des montagnes, reconnut Rodgers, monsieur... ?

— Tupac Amaru. J'ai fréquenté l'université du Texas à Austin.

— Ce que le Texas a forgé... murmura Giordino entre ses dents.

— Pourquoi nous avez-vous enlevés? demanda Shannon d'une voix épuisée par la fatigue.

— Pour obtenir une rançon, qu'est-ce que vous croyez? répondit Amaru. Le gouvernement péruvien ne manquera pas de payer pour que soient libérés des savants américains aussi respectés, sans parler des brillants étudiants péruviens dont beaucoup ont des parents riches et respectés. L'argent nous aidera à continuer notre lutte contre la répression des masses.

— Il parle comme un communiste trayant une vache morte, murmura Giordino.

— L'ancienne version russe est peut-être de l'Histoire, mais la philosophie de Mao Tse Toung est toujours vivante, expliqua Amaru.

— Elle est toujours vivante, d'accord, ricana Miller. Des milliards de dollars de dommages économiques, vingt-six mille Péruviens tués, presque tous par ces mêmes paysans dont vous prétendez défendre les droits...

Il fut interrompu par un coup de crosse assené au bas de son dos, près des reins. Miller tomba comme un sac de pommes de terre, le visage tordu de douleur.

— Je ne crois pas que vous soyez en mesure de mettre en doute ma dévotion à la cause, dit froidement Amaru.

Giordino s'agenouilla près du vieil homme et lui caressa la tête. Il regarda le chef terroriste avec mépris.

— Vous n'aimez pas beaucoup la critique, on dirait.

Giordino était prêt à esquiver le coup qui n'allait pas manquer de le frapper mais, avant que le garde ait pu à nouveau lever sa crosse, Shannon se mit entre lui et Giordino.

Lançant à Amaru un regard haineux, la pâleur de son visage avait fait place au rouge de la colère.

— Vous êtes un imposteur ! déclara-t-elle.

Amaru la regarda d'un air étonné.

— Puis-je savoir ce qui vous a amenée à cette conclusion, docteur Kelsey ?

— Vous connaissez mon nom ?

— Mon agent aux Etats-Unis m'a informé de votre dernier projet d'exploration des montagnes avant même que vous n'ayez quitté l'aéroport de Phoenix en Arizona.

— Vous voulez dire votre informateur !

Amaru haussa les épaules.

— La sémantique n'est pas mon affaire.

— Un imposteur et un charlatan, poursuivit Shannon. Vous et vos hommes n'êtes pas des révolutionnaires du Sentier lumineux. Loin de là. Vous n'êtes que des *huaqueros*, des pilleurs de tombes.

— Elle a raison, dit Rodgers en la soutenant. Vous n'auriez pas le temps, si vous couriez le pays en faisant sauter des lignes à haute tension et des postes de police, vous n'auriez pas le temps d'accumuler tant d'objets d'art dans les cachettes de ce temple. C'est évident, vous faites partie d'un réseau de voleurs d'objets d'art et ça, c'est un travail à plein temps.

Amaru considéra ses prisonniers avec un petit sourire moqueur.

— Puisque c'est si évident pour tout le monde, je ne prendrai pas la peine de le nier.

Quelques secondes passèrent en silence puis le Dr Miller se mit péniblement debout et regarda Amaru droit dans les yeux.

— Espèce de salaud de voleur, grinça-t-il, pilleur, voleur d'antiquités ! Si j'en avais le pouvoir, je vous ferais fusiller vous et votre bande de voleurs, comme...

Miller s'arrêta net quand Amaru, sans la moindre trace d'émotion, sortit un 9 mm automatique Heckler & Koch de son étui. Avec la fatalité paralysante d'un rêve, il tira une balle dans la poitrine de Doc Miller. Le claquement du coup de feu se réverbéra contre les murs et dans tout le temple, assourdissant toutes les oreilles. Il ne lui fallut qu'une balle. Doc Miller fut projeté en arrière contre le mur de pierre puis tomba en avant sans un son, les mains et les bras tordus sous sa poitrine tandis qu'une mare de sang s'élargit sur le sol.

Rodgers resta immobile comme une statue de glace, les yeux agrandis par le choc et l'incrédulité tandis que Shannon se mit à hurler. Habitué à la mort violente, Giordino serra les poings. Ce meurtre de sang-froid l'emplit d'une colère sauvage, tempérée seulement par cette maudite impuissance. Personne ne doutait plus, à présent, qu'Amaru les tuerait tous. N'ayant donc plus rien à perdre, Giordino se ramassa pour sauter sur le tueur et lui arracher les yeux avant de recevoir l'inévitable balle dans la tête.

— N'essayez pas ! dit Amaru comme s'il avait lu dans les pensées de Giordino, en dirigeant le canon de son automatique entre les yeux brûlants de haine de celui-ci.

Il fit un signe de tête aux gardes, prêts et armés, et leur donna un ordre en espagnol. Puis il se recula tandis qu'un des gardes attrapa Miller par les chevilles et le tira hors de vue dans la salle principale du temple, laissant une traînée de sang tout le long.

Le hurlement de Shannon avait fait place à des sanglots incontrôlables tandis qu'elle regardait, désolée, la trace sanglante sur le sol. Elle tomba à genoux et couvrit son visage de ses mains.

— Il n'aurait pas pu vous faire de mal ! Comment avez-vous pu tuer un vieil homme aussi bon ?

Giordino toisa Amaru.

— Pour lui, c'était facile.

Le regard froid d'Amaru sembla ramper sur le visage de Giordino.

— Tu ferais bien de fermer ta gueule, mon bonhomme. La mort du bon docteur était une leçon qu'apparemment tu n'as pas comprise !

Personne ne fit attention au retour du garde qui avait emporté le corps de Miller. Personne sauf Giordino. Il nota le chapeau tiré sur les yeux, les mains cachées sous le poncho. Il jeta un coup d'œil au second garde qui s'appuyait négligemment contre la porte, le fusil pendu à l'épaule, le canon ne visant personne en particulier. Deux mètres les séparaient. Giordino calcula qu'il pourrait sauter sur ce garde avant que celui-ci réalise ce qui lui arrivait. Mais il y avait encore le Heckler & Koch solidement serré dans la main d'Amaru.

Quand Giordino parla, sa voix se fit froide et tranchante.

— Tu vas mourir, Amaru.

Amaru ne remarqua pas le petit sourire de Giordino, ni la légère étincelle qui brillait dans ses yeux. D'un air curieux, il se mit à rire, montrant ses dents éclatantes.

— Ah oui ? Tu crois que je vais mourir, n'est-ce pas ? C'est toi qui vas m'exécuter ? Ou bien est-ce cette fière jeune femme qui me fera cet honneur ?

Il se pencha et obligea sauvagement Shannon à se relever, saisissant sa queue de cheval et lui tirant la tête en arrière jusqu'à ce qu'elle regarde, terrifiée, son visage concupiscent.

— Je te promets qu'après une heure dans mon lit, tu ramperas pour obéir à mes ordres.

— Oh ! Mon Dieu ! Non ! gémit Shannon.

— J'ai grand plaisir à violer les femmes et à les écouter crier et supplier...

Un bras musclé se referma sur sa gorge et l'empêcha de finir sa phrase.

— Ça, c'est pour toutes les femmes que tu as fait souffrir, dit Pitt, un regard meurtrier dans ses yeux vert intense en rejetant le poncho.

Il enfonça le canon de son Colt 45 sur le ventre d'Amaru et appuya sur la détente.

6

Pour la seconde fois, les murs de la petite pièce résonnèrent du bruit assourdissant d'un coup de feu. Giordino se jeta en avant, la tête et les épaules envoyant contre le mur le garde surpris qui cria de douleur. Il aperçut le regard d'horreur et d'agonie d'Amaru, ses yeux proéminents, sa bouche ouverte sur un cri silencieux, son coup d'œil rapide au Heckler & Koch qui volait à travers la pièce tandis que sa main se refermait sur la tache rouge qui s'élargissait au niveau de son bas-ventre. Déjà, le poing de Giordino s'abattait sur les dents du garde. Il lui arracha la mitraillette presque en même temps. Puis il se retourna en position de tir, le canon de l'arme vers la porte d'entrée.

Cette fois, Shannon ne cria pas. Elle recula vers un coin de la pièce et resta assise là, sans bouger, comme une statue de cire regardant, abasourdie, le sang d'Amaru qui avait éclaboussé ses bras et ses jambes nues. Si elle avait été terrifiée quelques secondes avant, elle était maintenant paralysée. Enfin elle leva les yeux vers Pitt, pâle, les lèvres serrées, des taches de sang sur ses cheveux blonds.

Rodgers aussi regardait Pitt, une expression d'étonnement sur le visage. Il lui sembla le reconnaître, reconnaître ses yeux en tout cas, et ses mouvements souples et félins.

— Vous êtes le plongeur du puits ? dit-il enfin, médusé.

Pitt hocha la tête.

— Le seul et unique.

— On vous croyait resté dans le puits, murmura Shannon d'une voix tremblante.

— Sir Edmund Hillary n'aurait rien à m'apprendre, fit Pitt d'un ton espiègle. Je monte et je descends les parois des puits comme une mouche.

Il montra l'homme couché par terre comme s'il se fût agi d'un ivrogne sur le trottoir. Puis il mit la main sur l'épaule de Giordino.

— Détends-toi, Al, les autres gardes ont vu la lumière et découvert la décence et la vertu !

Giordino, un sourire large comme un pont, posa la mitraillette et prit Pitt dans ses bras.

— Seigneur ! Je ne pensais pas revoir un jour ta face de gargouille !

— Par quoi tu m'as fait passer ! Quelle honte ! Je ne peux pas m'éloigner une demi-heure sans que tu m'entraînes dans une embrouille.

— Pourquoi as-tu été si long ? demanda Giordino pour avoir le dernier mot. Nous t'attendons depuis des heures.

— J'ai loupé le bus. Ce qui me rappelle, dis donc, où est l'orchestre de Dixieland ?

— Ils ne jouent pas dans les puits. Sérieusement, comment as-tu fait pour escalader la paroi verticale et pour nous retrouver dans la jungle ?

— Ça n'a pas été de la tarte, crois-moi. Je te raconterai ça une autre fois devant une bière.

— Et les gardes, qu'est-il arrivé aux quatre autres gardes ? Pitt haussa les épaules.

— Ils pensaient à autre chose et ils ont tous eu de regrettables accidents, du genre commotions cérébrales ou même fractures du crâne. (Son visage redevint sérieux.) J'en ai croisé un qui traînait le corps de Doc Miller. Qui l'a exécuté ?

Giordino montra Amaru.

— Notre copain ici présent lui a mis une balle en plein cœur comme ça, sans raison particulière. C'est aussi lui qui a coupé le filin du puits.

— Alors je me forcerai à ne pas à avoir de remords, dit Pitt en regardant Amaru qui se tenait le ventre et gémissait de douleur mais sans oser regarder sa plaie.

— Ça me réchauffe le cœur de savoir que sa vie sexuelle s'est arrêtée là. Il a un nom ?

— Il prétend s'appeler Tupac Amaru, répondit Shannon. Du nom du dernier roi inca. Il l'a probablement choisi pour impressionner les gens des collines.

— Les étudiants péruviens ! s'écria soudain Giordino. On les a conduits quelque part dans les sous-sols du temple.

— Je les ai déjà délivrés. De braves gosses. A l'heure qu'il est, ils ont dû saucissonner les guérilleros et les mettre au frais en attendant que les autorités gouvernementales arrivent.

— Pas des guérilleros, et pas non plus des révolutionnaires convaincus. Ce sont plutôt des voleurs professionnels d'œuvres d'art déguisés en terroristes du Sentier lumineux. Ils pillent tout ce qui est ancien et précieux et le revendent sur les marchés parallèles internationaux.

— Amaru n'est que la pointe visible de l'iceberg, ajouta Rodgers. Les clients sont les revendeurs qui font, eux, les plus gros bénéfices.

— Ils ont bon goût, observa Pitt. D'après ce que j'ai aperçu, il doit y avoir assez de marchandise de premier choix ici pour satisfaire la moitié des musées et des collectionneurs du monde entier.

Shannon hésita un moment, s'approcha de Pitt et, lui mettant les bras autour du cou, l'embrassa légèrement sur les lèvres.

— Vous nous avez tous sauvés. Merci.

— Et pas une mais deux fois, ajouta Rodgers en serrant la main de Pitt que Shannon n'avait pas lâchée.

— On a eu beaucoup de chance, dit Pitt avec un embarras qui ne lui était pas coutumier.

Malgré les cheveux humides et emmêlés de la jeune femme, son absence de maquillage, la blouse sale et déchirée qu'elle portait sur son maillot de bain noir et ses bottes incongrues, il lui trouvait une certaine sensualité vigoureuse.

— Vous êtes arrivé au bon moment, dit Shannon en frissonnant.

— Je regrette surtout de ne pas être arrivé à temps pour sauver Doc Miller.

— Où l'ont-ils emmené ? demanda Rodgers.

— J'ai arrêté l'ordure qui tirait son corps à la porte du temple. Doc est sur le palier en haut des marches.

Giordino regardait Pitt de la tête aux pieds, notant la multitude de coupures et d'égratignures sur le visage et les bras de son ami, dues sans doute à sa traversée nocturne de la jungle. Pour un homme qu'on avait cru mort, il paraissait en assez bon état.

— Tu as l'air d'un type qui vient de faire un triathlon et qui a fini sur un rouleau de fil de fer barbelé. En tant qu'homme médecine de ces lieux, je te recommande quelques heures de repos avant qu'on rentre en stop jusqu'au camp près du puits.

— Je me sens mieux que j'en ai l'air, dit Pitt d'un ton enjoué. On fera la sieste un peu plus tard. Je prendrai le premier vol pour filer d'ici.

— C'est de la folie, marmonna Giordino qui ne plaisantait qu'à moitié. Quelques heures dans la jungle et il s'écroule.

— Croyez-vous vraiment qu'il y ait un aérodrome ici ? demanda Shannon, sceptique.

— Absolument, dit Pitt. En fait, je le garantis.

Rodgers le regarda sans comprendre.

— Seul un hélicoptère peut entrer et sortir de cette vallée.

Pitt sourit.

— Je n'aurais pas dit mieux. Comment croyez-vous qu'Amaru, ou quel que soit son nom, transporte l'objet de ses rapines jusqu'à un port pour les faire sortir du pays ? Cela signifie qu'il existe un système de communications. Donc il doit y avoir quelque part une radio grâce à laquelle nous allons appeler à l'aide.

Giordino approuva d'un signe de tête.

— Ça se tient, à condition de la trouver. Une radio portative peut être planquée n'importe où, même dans les ruines environnantes. On pourrait mettre des jours à la trouver.

Pitt regarda Amaru, le visage sans expression.

— Lui sait où elle est.

Amaru luttait contre la douleur.

— On n'a pas de radio, siffla-t-il entre ses dents serrées.

— Excusez-moi si je ne vous crois pas. Où est la radio ?

— Je ne vous dirai rien, fit l'Indien, la bouche tordue.

— Vous préférez mourir ? demanda sèchement Pitt.

— Vous me rendriez service en me tuant.

Les yeux verts de Pitt se firent aussi glacés qu'un lac de montagne.

— Combien de femmes avez-vous violées et tuées ?

Amaru eut une expression méprisante.

— Tellement que j'en ai perdu le compte.

— Vous souhaitez que je me mette en colère et que je vous tue, n'est-ce pas ?

— Pourquoi ne me demandez-vous pas combien d'enfants j'ai assassinés ?

— Vous ne trompez que vous-même, mon vieux. (Pitt prit le Colt 45 et en appliqua le canon contre le visage d'Amaru.) Vous tuer ? Je ne vois pas ce que j'y gagnerais. C'est sûr qu'une balle entre les yeux vous conviendrait parfaitement. Non, vous allez vivre mais en plus de la petite détérioration de tout à l'heure, vous allez devenir aveugle.

Amaru tenta de faire preuve de son habituelle arrogance mais la peur se lisait maintenant dans ses yeux et ses lèvres tremblèrent.

— Vous bluffez !

— Après les yeux, les rotules, continua Pitt sur le ton de la conversation. Peut-être aussi les oreilles ou, mieux encore, le nez. Si j'étais vous, j'abandonnerais pendant que j'en ai encore la possibilité.

Voyant que Pitt était sérieux et comprenant qu'il était dans une impasse, Amaru abandonna en effet.

— Vous trouverez ce que vous cherchez dans un bâtiment rond à cinquante mètres à l'ouest du temple. Il y a un singe sculpté au-dessus de la porte.

Pitt se tourna vers Giordino.

— Prends un des étudiants avec toi pour traduire. Contacte les autorités péruviennes les plus proches. Donne nos coordonnées et explique la situation. Et demande aussi qu'on nous envoie une patrouille militaire. Il y a peut-être d'autres types du même genre qui rôdent dans les ruines.

Giordino regarda pensivement Amaru.

— Si j'envoie un SOS sur une fréquence ouverte, les copains de ce meurtrier à Lima pourraient bien le capter et envoyer ici une équipe de gangsters avant que l'armée n'arrive.

— C'est même risqué de faire confiance à l'armée, ajouta Shannon. Il se pourrait bien que certains officiers de haut rang trempent dans tout ceci.

— La corruption fait courir le monde, dit Pitt avec philosophie.

— Shannon a raison, intervint Rodgers. Il s'agit de pillage de tombes sur une grande échelle. Les bénéfices n'ont sans doute rien à envier au trafic de drogue. J'ignore qui est le cerveau mais il ne peut sûrement pas mener à bien une pareille opération sans arroser des membres du gouvernement.

— Nous pourrions utiliser notre propre fréquence et contacter Juan, proposa Shannon.

— Juan ?

— Juan Chaco, le coordinateur de notre projet au niveau du gouvernement péruvien. C'est lui qui s'occupe du quartier général de notre intendance, dans la ville la plus proche d'ici.

— Peut-on lui faire confiance ?

— Je le crois, répondit Shannon sans hésiter. Juan est l'un des archéologues les plus respectés d'Amérique du Sud et un de ceux qui connaissent le mieux la culture des Andes. Il est aussi le chien de garde du gouvernement contre les fouilles illégales et les vols d'antiquités.

— Ça a l'air d'être l'homme qu'il nous faut, dit Pitt à Giordino. Trouve la radio, appelle-le et demande un hélico pour nous ramener à ce foutu puits.

— Je vais vous accompagner, offrit Shannon. Je lui raconterai le meurtre de Doc. J'aimerais aussi voir d'un peu plus près les structures du temple.

— Prends des armes et ouvre l'œil, recommanda Pitt.

— Et pour le corps de Doc ? demanda Rodgers. On ne peut pas le laisser là comme un accidenté de la route.

— Je suis d'accord, dit Pitt. Amenez-le dans le temple, à l'ombre et enveloppez-le dans une couverture jusqu'à ce qu'on puisse l'emmener par avion au coroner le plus proche.

— Laissez-moi faire, dit Rodgers avec colère. C'est le moins que je puisse faire pour un brave type comme lui.

Amaru fit un sourire hideux. Malgré la douleur, il souriait vraiment.

— Imbéciles ! Espèces d'imbéciles ! se moqua-t-il. Vous ne sortirez pas vivants du Pueblo de los Muertos.

— Pueblo de los Muertos veut dire cité des morts en espagnol, traduisit Shannon.

Tous regardèrent Amaru avec dédain. Il avait l'air d'un serpent à sonnettes trop mal en point pour se lover et frapper. Mais Pitt sentait qu'il était encore dangereux et ne commit pas l'erreur de le sous-estimer. Néanmoins la sinistre expression de confiance d'Amaru ne l'impressionna pas.

— Vous avez l'air bien sûr de vous pour un homme dans votre situation.

— Rira bien qui rira le dernier ! (Le visage d'Amaru se contracta en un spasme de douleur soudaine.) Vous avez mis le nez dans les affaires d'hommes puissants. Leur colère sera terrible.

Pitt sourit avec indifférence.

— J'ai mis le nez dans les affaires de beaucoup d'hommes puissants jusqu'ici.

— En levant un tout petit coin du voile, vous avez mis en danger le *Solpemachaco*. Ils feront tout ce qu'ils pourront pour éviter d'être découverts, même si pour cela il leur faut détruire toute une province.

— On ne peut pas dire que vos associés soient des agneaux, hein ? Comment avez-vous dit qu'ils s'appellent ?

Amaru resta silencieux. Le choc et la perte de sang commençaient à l'affaiblir. Lentement, avec difficulté, il leva la main et pointa un doigt vers Pitt.

— Vous êtes maudit ! Vos os resteront à jamais chez les Chachapoyas !

Ses yeux se firent vagues, se fermèrent et il s'évanouit.

— Qui sont les Chachapoyas ? demanda Pitt à Shannon.

— On les appelle le Peuple des Nuages, expliqua-t-elle. C'est une culture pré-inca qui a vécu très haut dans les Andes, de l'an 800 à 1480, date à laquelle ils ont été conquis par les Incas. Ce sont les Chachapoyas qui ont construit cette nécropole élaborée.

Pitt se mit debout, enleva le chapeau de feutre qu'il avait pris au garde et le laissa tomber sur la poitrine d'Amaru. Puis il se dirigea vers la pièce principale et passa quelques minutes à examiner l'incroyable amoncellement d'objets chachapoyas. Il admirait un large sarcophage d'argile quand Rodgers entra en courant, apparemment inquiet.

— Où avez-vous dit que vous avez laissé Doc Miller? demanda-t-il, essoufflé.

— Sur le palier, en haut de l'escalier extérieur.

— Vous feriez mieux de me montrer.

Pitt suivit Rodgers jusqu'à l'entrée voûtée. Il s'arrêta net et regarda la tache de sang sur le palier de pierre puis leva les yeux, abasourdi.

— Qui a bougé le corps?

— Si vous ne le savez pas, dit Rodgers aussi mystifié que lui, moi, je n'en sais fichtre rien!

— Avez-vous regardé en bas du temple? Il est peut-être tombé...

— J'ai envoyé quatre étudiants. Ils n'ont pas trouvé trace de Doc.

— Est-ce qu'un des étudiants aurait pu le déplacer?

— J'ai vérifié. Ils ont été aussi déroutés que nous.

— Les cadavres ne se lèvent pas pour s'en aller, dit Pitt.

Rodgers regarda tout autour l'extérieur du temple et haussa les épaules.

— On dirait pourtant bien que c'est ce qu'a fait celui-ci.

7

Le climatiseur ronronnait et envoyait de l'air sec et frais dans le long camping-car qui servait de quartier général au projet d'archéologie de Chachapoya. Juan Chaco se reposait un verre de gin tonic bien glacé à la main. Cependant, il se redressa immédiatement lorsque la radio émit un signal.

— Saint Jean appelle Saint Pierre, fit la voix claire et distincte. Saint Jean appelle Saint Pierre. Etes-vous là?

Chaco traversa rapidement le somptueux camping-car et pressa le bouton de transmission.

— Je suis là et j'écoute.

— Branchez le magnétophone. Je n'ai pas le temps de répéter ni d'expliquer la situation en détail.

Chaco accusa réception et mit en marche le magnétophone.

— Prêt à recevoir.

— Amaru et ses hommes sont vaincus et retenus prisonniers. Ils sont maintenant gardés par les archéologues. Amaru a reçu un coup de feu et est peut-être sérieusement blessé.

Le visage de Chaco exprima l'inquiétude.

— Comment est-ce possible?

— L'un des hommes de la NUMA, celui qui a répondu à votre appel de détresse, a réussi je ne sais comment à sortir du puits. Il a poursuivi Amaru et ses prisonniers jusqu'au temple de la vallée où il a réussi à soumettre l'un après l'autre nos assassins surpayés.

— Quel diable d'homme pourrait faire cela?

— Un diable très dangereux et plein de ressources.

— Vous êtes sain et sauf?

— Pour le moment.

— Alors notre plan destiné à effrayer les archéologues et à les faire fuir nos terrains de chasse a échoué?

— Misérablement, répondit le correspondant. Quand le Dr Kelsey a vu les objets d'art en attente d'expédition, elle a tout compris.

— Et pour Miller?

— Ils ne soupçonnent rien.

— Il y a donc au moins quelque chose qui a réussi, dit Chaco.

— Si vous envoyez du renfort avant qu'ils ne quittent la vallée, expliqua la voix familière, vous pourrez encore sauver l'opération.

— Il n'était pas dans nos intentions de faire du mal aux étudiants péruviens, dit Chaco. Les répercussions de cette affaire sur nos concitoyens signifieront la fin de toute collaboration entre nous.

— Trop tard, mon ami. Maintenant qu'ils ont compris que leurs problèmes ont été causés par un syndicat de pilleurs de tombes et non par le Sentier lumineux, on ne peut pas leur permettre de révéler ce qu'ils ont vu. Nous n'avons pas le choix. Nous devons les éliminer.

— Rien de tout cela ne se serait produit si vous n'aviez pas autorisé le Dr Kelsey et Miles Rodgers à plonger dans le puits sacré.

— A moins de les tuer devant les étudiants, il n'y avait pas moyen de les en empêcher.

— Nous n'aurions pas dû envoyer l'appel au secours.

— C'était nécessaire pour éviter une enquête sérieuse des officiels de votre gouvernement. Leur noyade aurait paru suspecte si nous n'avions pris toutes les mesures nécessaires. Nous ne pouvons pas nous permettre de laisser le *Solpemachaco* être révélé au public. En plus, comment pouvions-nous deviner que la NUMA répondrait dans ce coin perdu?

— C'est vrai, nous n'en savions rien.

Pendant qu'il parlait, son regard se posa sur une petite statue de pierre représentant un jaguar ailé qu'on avait trouvée dans les fouilles de la vallée des morts. Finalement, il dit :

— Je vais m'arranger pour que nos mercenaires de l'armée péruvienne arrivent au Pueblo de los Muertos par hélicoptère dans moins de deux heures.

— Faites-vous confiance à l'officier qui les commande pour exécuter cette tâche?

Chaco eut un sourire.

— Si je ne peux pas faire confiance à mon propre frère, à qui puis-je me fier?

— Je n'ai jamais cru à la résurrection des simples mortels, dit Pitt en regardant la tache rouge sur le palier de l'escalier presque vertical menant au niveau de la vallée. Mais si j'avais besoin d'un exemple, ça, c'en est un !

— Il était mort, dit Rodgers. J'étais aussi près de lui que je le suis de vous quand Amaru lui a tiré une balle dans le cœur. Il y avait du sang partout. Vous l'avez vu étendu ici. Vous ne pouvez pas en douter une seconde, Doc était un cadavre.

— Je n'ai pas pris le temps de le soumettre à un examen post mortem.

— D'accord, mais comment expliquez-vous la trace de sang de la chambre jusqu'ici ? Il y en a au moins quatre litres !

— A peine un demi-litre, dit Pitt. Vous exagérez.

— A votre avis, combien de temps le corps est-il resté ici entre le moment où vous avez assommé le garde et délivré les étudiants et celui où ils sont venus l'attacher ?

— Quatre, peut-être cinq minutes à l'extérieur.

— Et en si peu de temps, un vieux monsieur de soixante-sept ans, tout à fait mort, serait capable de dévaler les deux cents petites marches étroites d'un escalier à soixante-quinze degrés, des marches qu'on ne peut descendre qu'une par une sous peine de tomber ? Puis il aurait disparu sans perdre une seule goutte de sang ? Houdini en aurait été vert d'envie ! fit Rodgers.

— Etes-vous sûr qu'il s'agissait bien de Doc Miller ? demanda Pitt.

— Bien sûr que c'était Doc ! s'indigna Rodgers. Qui d'autre aurait-ce pu être ?

— Depuis combien de temps le connaissez-vous ?

— De réputation, depuis au moins quinze ans. Personnellement, j'ai fait sa connaissance il y a cinq jours. (Rodgers regarda Pitt comme s'il avait affaire à un fou.) Ecoutez, vous vous trompez complètement. Doc est l'un des anthropologues les plus connus du monde. Il est à la culture préhistorique américaine ce que Leakey est à la préhistoire africaine. On a vu sa photo sur des centaines d'articles, dans des dizaines de magazines, du *Smithsonian* au *National Geographic*. Il a paru dans je ne sais combien de reportages télé sur l'histoire de l'homme. Doc ne vivait pas en reclus. Il adorait la publicité. Il était facile à reconnaître.

— Je cherche, expliqua Pitt. Rien de tel qu'un scénario échevelé pour aiguiser l'esprit...

Il s'arrêta en voyant Shannon et Giordino se hâter de contourner la base circulaire du temple. Même d'aussi loin, on voyait leur agitation. Il attendit que Giordino ait monté la moitié de la volée de marches avant de lui crier :

— Laisse-moi deviner. Quelqu'un s'est servi de la radio avant que vous n'arriviez et l'a mise en pièces.

Giordino s'appuya contre l'escalier escarpé.

— Faux, cria-t-il à son tour. Elle avait disparu. Arrachée par un ou plusieurs individus inconnus.

Lorsqu'ils atteignirent le haut des marches, Shannon et lui étaient hors d'haleine et luisants de sueur. Shannon s'essuya avec un de ces mouchoirs en papier que les femmes savent trouver aux moments les plus cruciaux. Giordino se contenta de s'essuyer le front avec sa manche déjà humide.

— Celui qui a érigé ce truc, dit-il en haletant, aurait pu prévoir un ascenseur !

— Tu as trouvé la tombe où était la radio ? demanda Pitt.

— On l'a bien trouvée, répondit Giordino. Ces types ne sont pas des radins. La tombe était meublée par des antiquaires de luxe. Tout ce que tu peux imaginer de mieux et de plus cher. Il y avait même un générateur portable pour alimenter le frigo.

— Vide ? devina Pitt.

— En effet. Le rat qui s'est tiré avec la radio a écrasé au moins quatre packs de six bières Coors.

— De la Coors au Pérou ? s'étonna Rodgers.

— Je peux vous montrer les étiquettes sur les bouteilles cassées, grogna Giordino. Quelqu'un voudrait qu'on meure de soif.

— Tu n'as rien à craindre de tel avec la jungle juste de l'autre côté de la passe, le consola Pitt avec un sourire.

Giordino regarda Pitt mais sans lui rendre son sourire.

— Alors, comment fait-on pour appeler les marines ?

Pitt haussa les épaules.

— Sans la radio des pilleurs de tombes et sachant que celle qui était dans notre hélico est aussi trouée qu'un fromage suisse... (Il se tut puis se tourna vers Rodgers.) Qu'est-ce que vous aviez comme communications au campement près du puits ?

Le photographe secoua la tête.

— L'un des hommes d'Amaru a démoli notre radio à la mitraillette.

— Ne me dites pas, dit Shannon d'un ton résigné, que nous devons refaire à pied trente kilomètres dans cette forêt des premiers âges du monde et ensuite encore quatre-vingt-dix jusqu'à Chachapoya ?

— Peut-être Chaco s'inquiétera-t-il quand il réalisera qu'il a perdu le contact avec la mission et enverra-t-il quelqu'un à notre recherche, fit Rodgers plein d'espoir.

— Même s'ils trouvent nos traces jusqu'à la cité des morts, dit Pitt, ils arriveront trop tard. Ils ne trouveront que nos cadavres éparpillés dans les ruines.

Tous le regardèrent avec étonnement.

— Amaru a dit que nous avions dérangé les projets d'hommes très puissants, continua Pitt, et que ces gens-là ne nous laisseront jamais quitter la vallée vivants par crainte que nous ne révélions leur escroquerie.

— Mais s'ils avaient l'intention de nous tuer, interrompit Shannon, pourquoi nous avoir amenés ici ? Ils auraient aussi bien pu tuer tout le monde et jeter nos corps dans le puits.

— Pour faire croire que c'était l'œuvre du Sentier lumineux, ils ont probablement pensé vous faire jouer les otages et demander une rançon. Si le gouvernement péruvien, les officiels de votre université aux Etats-Unis ou les familles des étudiants avaient payé d'énormes sommes, c'était toujours ça de pris. Ils auraient considéré ça comme une prime à ajouter aux bénéfices de leur commerce illégal et ils vous auraient tués de toute façon.

— Mais qui sont donc ces gens ? demanda Shannon.

— Amaru a parlé de *Solpemachaco*, je ne sais pas comment traduire ça.

— *Solpemachaco ?* répéta Shannon, c'est un mélange du mythe de la Méduse et du dragon des anciens habitants de la région. Les légendes qui se sont perpétuées de siècle en siècle décrivent le *Solpemachaco* comme un mauvais serpent à sept têtes qui vit dans une caverne. Et une de ces légendes assure qu'il vit ici, au Pueblo de los Muertos.

Giordino bâilla.

— Ça a l'air d'un mauvais feuilleton où des monstres sortent des entrailles de la terre.

— Plutôt une manière de jouer sur les mots, dit Pitt. Une métaphore qui serait le nom d'une organisation internationale de pillage avec un vaste réseau dans les marchés noirs d'antiquités.

— Les sept têtes du serpent pourraient représenter les dirigeants de l'organisation, suggéra Shannon.

— Ou sept différentes bases d'opération, ajouta Rodgers.

— Maintenant que nous avons éclairci ce point, dit Giordino avec impatience, pourquoi ne pas filer d'ici et rejoindre le puits avant que les Sioux et les Cheyennes ne viennent sonner la charge dans la passe ?

— Parce qu'ils doivent déjà nous chercher là-bas, dit Pitt. M'est avis que nous ne devrions pas bouger.

— Vous croyez vraiment qu'ils vont envoyer des hommes pour nous tuer ? dit Shannon, plus en colère qu'effrayée.

— J'en parierais mon salaire, fit Pitt. Celui qui a arraché la radio a très certainement bavardé à notre sujet. Je suppose que ses copains vont se précipiter dans la vallée comme un essaim de frelons énervés... (Il s'arrêta pour jeter un coup d'œil à sa montre...) dans une heure et demie environ. Après quoi ils tireront sur tout ce qui ressemble de près ou de loin à un archéologue.

— Voilà qui n'est guère rassurant, murmura la jeune femme.

— Avec six mitraillettes et le pistolet de Dirk, je suppose que nous pourrions décourager même un gang de deux douzaines d'assassins pour au moins dix longues minutes.

— On ne peut pas rester là à se battre contre des criminels armés ! protesta Rodgers. On sera tous descendus.

— Il faut aussi penser aux gamins, dit Shannon, soudain plus pâle.

— Avant d'être noyés dans une orgie de pessimisme, dit Pitt comme s'il n'avait pas le moindre souci, je suggère que nous rassemblions tout le monde et que nous quittions le temple.

— Et après ? demanda Rodgers.

— D'abord, on cherche l'aérodrome d'Amaru.

— Pour quoi faire ?

Giordino leva les yeux au ciel.

— Je connais ce regard. Il est en train de nous concocter un autre plan machiavélique.

— Rien de bien compliqué, dit Pitt. Je suppose que quand les guérilleros auront atterri et commencé à fouiller les ruines pour nous trouver, nous pourrons emprunter leur hélicoptère et filer jusqu'au quatre étoiles le plus proche pour prendre une bonne douche.

Il y eut un moment de silence incrédule. Tous regardèrent Pitt comme s'il venait de descendre d'une soucoupe volante. Giordino fut le premier à briser le silence stupéfait.

— Vous voyez ? dit-il avec un grand sourire. Qu'est-ce que je vous disais ?

8

Dans son estimation, Pitt ne s'était trompé que de dix minutes. Le silence de la vallée fut rompu par le battement des pales de rotors et deux hélicoptères militaires péruviens passèrent au-dessus du col entre deux pics montagneux puis tournèrent au-dessus des anciens bâtiments. Après une reconnaissance sommaire des lieux, ils descendirent vers une clairière au milieu des ruines, à moins de cent mètres de la façade du temple conique. Les soldats sautèrent par les portes arrière sous les pales des rotors encore en mouvement et s'alignèrent en un rigide garde-à-vous comme pour une inspection.

Il ne s'agissait pas de soldats ordinaires dont la mission est de protéger la paix de la nation. C'était des mercenaires mal adaptés qui se louaient au plus offrant. A l'ordre d'un officier, un capitaine vêtu d'un uniforme de parade, les deux pelotons de trente hommes chacun se mirent en lignes de bataille serrées conduites par deux lieutenants. Satisfait de constater que les lignes étaient bien droites et bien formées, le capitaine leva une badine au-dessus de sa tête et fit signe aux officiers de lancer l'assaut contre le temple. Puis il grimpa sur un muret pour diriger la bataille à sens unique depuis ce qu'il pensait être un point de vue sans risque.

Le capitaine cria des encouragements à ses hommes, les exhortant à monter bravement les marches du temple. Sa voix résonnait à cause de l'acoustique des ruines. Mais il se tut soudain, émit un étrange aboiement qui se mua en cri de douleur. Il se raidit un bref instant, le visage déformé par l'incompréhension puis il se plia en avant et tomba du muret, atterrissant avec un craquement sinistre de la nuque.

Un petit lieutenant courtaud, en tenue de combat fatiguée, vint s'agenouiller près de son capitaine, leva les yeux sans comprendre vers le palais funéraire, cuvrit la bouche pour crier un ordre et s'écroula par-dessus le corps de son supérieur. Le dernier bruit qui frappa ses oreilles fut le claquement sec d'un fusil automatique type 56-1. Puis la mort s'abattit sur lui.

Du palier le plus haut du temple, à plat ventre derrière une petite barricade de pierres, Pitt regarda la ligne des troupes déconcertées dans le viseur de son fusil et tira quatre fois encore dans leurs rangs, en visant le dernier officier. Aucun signe de surprise ou de peur n'avait paru sur le visage de Pitt à l'apparition de l'écrasante force mercenaire mais, dans ses yeux vert foncé, s'installa une lueur de détermination glacée. En résistant, il créait une diversion destinée à sauver la vie de treize innocents. Tirer simplement sur les chefs pour ralentir momentanément l'assaut n'était probablement qu'une inutile perte de temps. Ces hommes étaient là pour exterminer tous les témoins de l'opération criminelle. Ils ne feraient pas de quartier.

Pitt n'était pas un homme impitoyable. Il n'avait pas les yeux froids comme l'acier de ce genre de personnages. Il n'éprouvait aucune satisfaction à ôter la vie à un total inconnu. Son plus grand regret était de ne pas trouver dans sa ligne de mire les hommes sans visage véritablement responsables de tous ces crimes.

Soigneusement, il retira le fusil d'assaut de l'étroite fente entre les pierres et inspecta la vallée. Les mercenaires péruviens s'étaient déployés en éventail derrière les ruines. Quelques rares coups de feu furent tirés vers le haut du temple, égratignant les sculptures avant de rebondir en sifflant dans la falaise tombale, derrière. Ces hommes étaient endurcis, disciplinés et reprenaient vite leurs esprits malgré la tension. La mort de leurs officiers les avait surpris mais pas arrêtés. Les sergents avaient pris le commandement et se concentraient sur la tactique à suivre pour éliminer cette résistance inattendue.

Pitt se coucha à nouveau derrière sa barricade tandis qu'un torrent de balles d'armes automatiques arrivait des colonnes extérieures, faisant voler des fragments de pierre dans toutes les directions. Il n'en fut pas surpris. Les Péruviens faisaient un tir de couverture tandis qu'ils passaient, accroupis, de ruine en ruine, se rapprochant peu à peu de la base de l'escalier menant à l'avant arrondi du temple. Pitt se déplaça en crabe sur le côté et se rapprocha de l'abri du palais de la mort puis se leva et courut vers le mur arrière. Il jeta un coup d'œil prudent par une fenêtre arrondie.

Sachant que les murs ronds du temple étaient trop lisses et trop abrupts pour que les captifs s'échappent par là, aucun des soldats n'avait fait le tour jusqu'à l'arrière. Pitt put imaginer facilement qu'ils joueraient toutes leurs forces sur un assaut de front, en haut de l'escalier. Ce qu'il n'avait pas prévu, c'est qu'ils allaient mettre en pièces une grande partie du palais des morts sur le dessus du temple avant de charger en haut de l'escalier.

Pitt retourna très vite vers sa barricade et tira une longue rafale de l'arme chinoise automatique jusqu'à ce que la dernière douille tombe par terre. Il roula sur le côté et allait mettre un autre chargeur courbe dans le magasin du fusil quand il entendit un *pschitt* et qu'une roquette sortant d'un lanceur type 69 de la République populaire de Chine vint éclater contre une des parois du temple, à huit mètres derrière lui. Elle explosa dans un bruit de tonnerre et fit voler la pierre comme des shrapnels, creusant un grand trou dans le mur. En quelques secondes, l'ancien lieu saint érigé aux dieux de la mort fut jonché de débris et de la mauvaise odeur des puissants explosifs.

Pitt fut à demi assourdi par le fracas de la détonation qui se réverbéra d'un mur à l'autre et par les battements de son cœur. La poussière l'aveugla un moment et s'infiltra dans son nez et dans ses poumons. Il se frotta les yeux et regarda les ruines environnantes en bas. Il vit juste à temps le nuage de fumée noire et l'éclair vif du lance-roquettes. Il s'accroupit, les mains sur la tête, et la nouvelle explosion, tout aussi assourdissante, frappa à nouveau les vieilles pierres. Ce coup vicieux fit pleuvoir sur Pitt une mitraille de débris et le choc lui coupa le souffle.

Il resta immobile un instant, presque évanoui. Puis avec un grand effort, il se mit à genoux, toussant de la poussière. Il saisit l'arme et rampa de nouveau vers l'intérieur du palais. Après un dernier coup d'œil à la montagne de trésors volés, il rendit une dernière visite à Amaru.

Le pilleur de tombes avait repris connaissance et jeta à Pitt un regard haineux, les mains toujours crispées sur son bas-ventre maintenant raide de sang séché. Il semblait étrangement détaché, indifférent à la douleur. Il exsudait la méchanceté.

— Vos amis ont une nature un peu destructrice, dit Pitt comme une autre roquette frappait le temple.

— Vous êtes coincés, lança Amaru d'une voix rauque.

— Grâce à votre prétendu meurtre du faux Dr Miller. Il s'est enfui avec votre radio et a appelé des renforts.

— Le temps de ta mort est venu, cochon de Yankee !

— Cochon de Yankee, répéta Pitt. Il y a des années qu'on ne m'avait pas appelé comme ça.

— Tu vas souffrir autant que tu m'as fait souffrir.

— Désolé, j'ai d'autres projets.

Amaru tenta de se relever sur un coude et dit quelque chose mais Pitt était déjà parti.

Il se précipita à nouveau vers l'ouverture arrière. Un matelas et deux couteaux qu'il avait subtilisés dans les quartiers d'habitation à l'intérieur des tombes de la falaise découvertes par Giordino et Shannon étaient posés près de la fenêtre. Il dressa le matelas contre le rebord inférieur de la fenêtre, passa ses jambes pardessus et s'assit. Il posa le fusil, prit les couteaux dans ses mains étendues et regarda avec appréhension le sol, vingt mètres plus bas. Il se rappelait la fois où il avait sauté dans un canyon, sur l'île de Vancouver, en Colombie britannique. Sauter dans le vide, se dit-il, est contraire à la nature humaine. Mais il n'eut plus ni hésitation ni arrière-pensée lorsqu'une quatrième roquette s'écrasa contre le temple. Il enfonça les talons de ses tennis dans la pente raide et les lames des couteaux dans les blocs de pierre pour se freiner. Sans un regard en arrière, il se lança par la fenêtre et glissa le long du mur, utilisant le matelas comme un toboggan ou une luge.

Giordino, avec Shannon et les étudiants derrière lui et Rodgers qui fermait la marche, monta avec précaution un escalier sortant d'une tombe souterraine où ils s'étaient cachés quand les hélicoptères avaient atterri. Il s'arrêta, leva un peu la tête derrière une pierre écroulée et scruta les alentours. Les hélicoptères étaient posés à cinquante mètres de là, les moteurs au point mort. Les deux pilotes attendaient dans l'un des cockpits, regardant l'assaut du temple.

Shannon s'approcha de Giordino et regarda à son tour, juste à temps pour voir une roquette démolir l'entrée voûtée du palais supérieur.

— Ils vont détruire les œuvres d'art, dit-elle, choquée.

— Vous ne vous inquiétez pas de Dirk? fit Giordino. Il ne risque que sa vie pour nous sauver, il ne se bat que contre une armée de mercenaires pour que nous puissions voler un hélicoptère.

Elle soupira.

— Tous les archéologues auraient le cœur brisé en voyant de précieux objets d'art disparaître à jamais.

— Mieux vaut ces vieilleries que nous!

— Je suis désolée, je souhaite autant que vous qu'il s'en sorte. Mais tout ça est si... impossible!

— Je le connais depuis l'enfance, sourit Giordino. Croyez-moi, il n'a jamais manqué une occasion de jouer les Horace sur le pont.

Il étudia les deux hélicoptères dans la clairière, l'un derrière l'autre, un peu décalés.

Il décida que le plus éloigné serait le meilleur pour s'enfuir. Il n'était qu'à quelques mètres d'un étroit ravin où ils pourraient se couler sans être vus et, ce qui était le plus important, il était hors de vue de son pilote, assis dans l'appareil de devant.

— Passez le mot, ordonna-t-il par-dessus le fracas de la bataille. Nous allons voler le second hélico, là-bas.

Pitt descendait le flanc du temple sans pouvoir rien contrôler, comme un boulet de plomb, passant entre les têtes d'animaux saillant des plans convexes des murs, les frôlant parfois à quelques centimètres. Ses mains serraient les manches des couteaux comme des étaux et il poussait de toutes ses forces sur ses bras musclés tandis que les lames commençaient à protester en lançant des étincelles de leur acier en frottant contre la pierre dure. Les talons de ses tennis s'usaient vite contre la surface rugueuse du mur. Et cependant, il atteignit bientôt une vitesse dangereuse. Ses deux craintes principales étaient de tomber en avant et d'atterrir la tête la première sur le sol ou de se casser une jambe en arrivant. Que l'une de ces deux calamités se produise et c'en était fini de lui. Les Péruviens réduiraient en chair à pâté sans la moindre pitié l'homme qui avait tué leurs officiers.

Se battant de son mieux mais sans grand espoir pour freiner sa vitesse, Pitt plia les jambes quelques secondes à peine avant de frapper le sol avec une force effrayante. Il lâcha les couteaux au moment de l'impact et ses pieds s'enfoncèrent dans le sol de limon trempé de pluie. Utilisant sa vitesse, il roula sur une épaule, fit deux culbutes comme lorsqu'il sautait en parachute. Il resta un moment étendu dans la boue, heureux de ne pas s'être reçu sur la roche, avant de tenter de se remettre debout, vérifiant qu'il n'avait rien de cassé.

Une de ses chevilles lui faisait mal mais pas au point de l'empêcher de marcher. Ses mains étaient égratignées, une épaule douloureuse était sa seule blessure. Le sol trempé l'avait sauvé de catastrophes bien plus importantes. Quant au matelas, il était en lambeaux. Il respira profondément, heureux d'être en un seul morceau. Il n'y avait pas de temps à perdre. Pitt se mit à courir, attentif à garder autant que possible les ruines entre lui et la troupe qui se préparait à donner l'assaut à l'escalier du temple.

Giordino espérait que Pitt avait échappé aux roquettes et que, d'une façon ou d'une autre, il avait réussi à descendre le mur du temple sans être vu et sans qu'on lui tire dessus. Cela paraissait impossible. Certes, Pitt était apparemment indestructible mais la vieille femme à la faux finit toujours par nous rattraper. Qu'elle puisse rattraper Pitt était une hypothèse que Giordino refusait d'accepter. Il était à ses yeux inconcevable qu'il puisse mourir ailleurs que dans son lit avec une jolie femme ou, à la rigueur, dans une maison de retraite pour vieux plongeurs.

Giordino s'accroupit et courut se cacher derrière l'hélicoptère pendant qu'une escouade de soldats grimpait au pas de charge l'escalier du temple. L'escouade de réserve resta en bas, déversant un tir nourri de couverture sur le palais des morts maintenant presque en ruines.

Chacun des Péruviens suivait l'attaque avec attention. Personne ne vit donc Giordino, son fusil automatique serré entre ses mains, filer vers l'arrière de l'hélicoptère et y entrer par les portes coulissantes. Dans l'appareil, il se jeta à plat ventre et examina le compartiment vide destiné aux soldats, celui réservé au chargement et les deux pilotes dans le cockpit qui lui tournaient le dos, passionnés par la bataille inégale qui se livrait au temple.

Giordino, se déplaçant furtivement, déployait une incroyable vivacité pour un homme bâti comme un bulldozer. Les pilotes ne l'entendirent pas, ne sentirent même pas sa présence lorsqu'il s'approcha de leurs sièges. Avec la crosse de son arme, il assomma le copilote en le frappant à la base du cou. Le pilote entendit le son mat, se retourna sur son siège et considéra un instant Giordino avec plus de curiosité que de crainte. Avant qu'il puisse ne serait-ce que cligner des yeux, Giordino le frappa au front de l'acier de la crosse.

Rapidement il tira les deux hommes inconscients jusqu'à la porte de l'appareil, les bascula sur le sol et fit de grands signes à Shannon, Rodgers et les étudiants cachés dans le ravin.

— Dépêchez-vous ! cria-t-il. Pour l'amour du ciel, dépêchez-vous !

Ses paroles résonnèrent clairement au-dessus du vacarme de la bataille. Les archéologues n'eurent pas besoin d'encouragements. Quittant leur cachette, ils se précipitèrent par la porte ouverte et furent dans l'appareil en quelques secondes.

Giordino retourna au cockpit, vérifia les instruments et la console radio entre les sièges pour se familiariser avec les commandes.

— Tout le monde est là? demanda-t-il à Shannon qui était venue s'asseoir près de lui à la place du copilote.

— Tout le monde sauf Pitt.

Il ne répondit pas mais jeta un coup d'œil par la fenêtre. Sur l'escalier, les soldats, encouragés par l'absence de tir défensif, arrivaient en haut des marches et investissaient le palais des morts en ruine. Il ne fallut que quelques secondes aux attaquants pour réaliser qu'on s'était moqué d'eux.

Giordino reporta son attention sur les commandes. L'hélicoptère était un vieux MI-8 de construction russe destiné au transport de troupes d'assaut, celui-là même que, pendant la guerre froide, l'OTAN avait baptisé le HIP-C. Giordino trouvait l'appareil laid, assez vieux avec ses deux moteurs de 1 500 CV. Il pouvait transporter trente passagers et quatre hommes d'équipage. Etant donné que les moteurs tournaient déjà, Giordino plaça sa main droite sur la manette des gaz.

— Vous m'avez entendue? dit nerveusement Shannon. Votre ami n'est pas avec nous.

— J'ai entendu.

Avec une totale absence d'émotion, Giordino augmenta la puissance.

Pitt s'accroupit derrière un bâtiment de pierre et jeta un coup d'œil au coin, entendant le gémissement des moteurs qui s'amplifiait et voyant les cinq pales du rotor prendre de la vitesse. Une heure auparavant, il lui avait fallu du temps pour persuader Giordino de décoller, que Pitt soit arrivé ou non. La vie d'un homme ne valait pas la mort de treize autres. Bien que trente mètres de terrain découvert, sans aucune végétation, séparent Pitt de l'hélicoptère, il lui sembla qu'il y en avait près de deux mille.

Il n'était plus nécessaire de faire attention. Maintenant, il fallait courir. Il massa sa cheville douloureuse pour en soulager la tension. Il sentait peu la douleur mais avait l'impression que sa cheville s'engourdissait. Il ne lui restait pas beaucoup de temps s'il voulait s'en sortir. Il plongea comme un sprinter et courut de toutes ses forces à découvert.

Les rotors soulevaient la poussière quand Giordino mit l'hélicoptère à quelques centimètres du sol. Il jeta un rapide coup d'œil au tableau de bord pour vérifier qu'aucune lumière rouge n'était allumée puis écouta s'il n'y avait pas de bruits bizarres ou de vibrations inhabituelles. Rien ne lui parut suspect dans les moteurs fatigués de l'appareil qui aurait dû être révisé depuis longtemps.

Il fit plonger le nez de l'hélico et augmenta la puissance. Dans le compartiment, les étudiants et Rodgers virent Pitt pousser un sprint vers les portes ouvertes de l'appareil. Ils se mirent à crier des encouragements tandis qu'il se hâtait sur le sol meuble. Leurs cris se firent pressants lorsqu'un sergent, quittant un instant des yeux le cœur de la bataille, vit Pitt courir vers l'hélicoptère dansant au-dessus du sol. Le militaire lança un ordre aux hommes de son escadron qui attendaient d'investir le haut de l'escalier.

Les cris du sergent – presque des hurlements – dominèrent les derniers échos de tirs parvenant du haut du temple.

— Ils s'échappent ! Tirez ! Pour l'amour du ciel, abattez-les !

Les soldats ne répondirent pas aux ordres. Pitt était dans leur ligne de mire, mais l'hélicoptère aussi. Tirer sur lui signifiait donc abattre leur propre appareil. Ils hésitèrent, se demandant s'il fallait vraiment obéir aux ordres frénétiques du sergent. Un homme seulement leva son arme et tira.

Pitt ignora la balle qui effleura sa hanche droite. Il avait d'autres priorités que s'attarder à cette douleur.

Enfin il atteignit la longue queue de l'appareil. Dans l'ombre des portes ouvertes, Rodgers et les étudiants péruviens, à plat ventre, tendaient les bras vers lui. L'hélicoptère frissonna, comme secoué par son effort pour se maintenir près du sol et par l'embardée que lui causa son recul. Pitt tendit les bras à son tour et sauta.

Giordino prit un virage serré qui fit pencher l'hélicoptère, mettant les pales du rotor dangereusement près de la cime des arbres. Une balle fit voler en éclats la fenêtre de son côté, éparpillant dans tout le cockpit une pluie de petits fragments argentés dont l'un se ficha dans son nez. Un autre frappa le dossier de son siège, manquant d'un cheveu sa colonne vertébrale. L'appareil reçut encore plusieurs rafales avant que Giordino le fasse passer par-dessus les bosquets, l'éloignant de la ligne de tir des forces d'assaut péruviennes.

Dès qu'il fut hors de portée, il prit un large virage sur la gauche jusqu'à ce que l'altitude lui permette de passer au-dessus des montagnes. A près de quatre mille mètres, il s'attendait à trouver des pentes arides et pierreuses au-dessus de la ligne de la forêt et fut assez surpris de constater que les pics étaient couverts de forêts épaisses. Dès qu'il fut assez loin de la vallée, il se dirigea vers l'ouest. Alors seulement il s'adressa à Shannon.

— Ça va ?

— Ils essayaient de nous tuer ! dit-elle.

— Ils ne doivent pas aimer les gringos, répondit Giordino en vérifiant d'un coup d'œil que Shannon n'était pas blessée.

Ne voyant aucun signe de sang ou de piqûre, il reporta son attention sur le pilotage de l'appareil et actionna le levier commandant la fermeture des portes. Il cria alors par-dessus son épaule :

— Personne n'est blessé, là derrière ?

— Personne d'autre que toi.

Giordino et Shannon tournèrent leur siège d'un même geste rapide en reconnaissant la voix. Pitt, épuisé et couvert de boue, avait une jambe en sang malgré un foulard hâtivement serré autour de la blessure. Mais aussi infatigable qu'à l'accoutumée, il était penché à la porte de la cabine, un petit sourire narquois au coin des lèvres.

Giordino se sentit envahi par le soulagement et lui adressa un sourire.

— Tu as encore failli manquer le bus.

— Et toi, tu me dois toujours un orchestre de Dixieland.

Shannon sourit à son tour et, à genoux sur son siège, lui mit les bras autour du cou et l'embrassa affectueusement.

— J'ai eu peur que vous ne réussissiez pas.

— J'ai bien failli ne pas réussir.

— Vous saignez, dit-elle.

— Un tir d'adieu des soldats juste avant que Rodgers et les étudiants me tirent à bord. Dieu les bénisse !

— Il faut vous conduire dans un hôpital ! Ça a l'air sérieux.

— Ce ne sera rien s'ils n'ont pas trempé leurs balles dans la ciguë, plaisanta Pitt.

— Ne vous appuyez pas sur cette jambe. Prenez mon siège.

Pitt aida Shannon à se remettre dans le sens du vol et l'empêcha de quitter le siège du copilote.

— Restez assise, je vais m'asseoir derrière avec les autres passagers. C'est une véritable antiquité, ajouta-t-il en regardant en détail la cabine de pilotage.

— Il tremble, il fait un bruit de casseroles et il tangue, dit Giordino, mais il tient en l'air.

Pitt, se penchant par-dessus l'épaule de Giordino, examina le tableau de bord. Son regard se posa sur les jauges de carburant. Tendant le bras, il tapota le verre des cadrans. Les deux aiguilles tremblotèrent juste au-dessous du niveau trois quarts.

— A ton avis, jusqu'où pourra-t-il nous conduire ?

— A mon avis, il tient environ trois cent cinquante kilomètres. Si aucune balle n'a percé les réservoirs, je pense qu'on doit pouvoir en faire deux cent quatre-vingts.

— Il doit y avoir quelque part une carte de la région et un compas, non ?

Shannon trouva dans une poche près de son siège un nécessaire de vol qu'elle tendit à Pitt. Il déplia une carte contre son dos. Utilisant le compas, en faisant bien attention à ne pas percer le papier pour ne pas la piquer, il esquissa le plan de vol jusqu'à la côte péruvienne.

— Il y a en gros trois cents kilomètres jusqu'au *Deep Fathom*.

— Qu'est-ce que c'est que le *Deep Fathom* ? demanda Shannon.

— Notre navire de recherches.

— Vous n'avez tout de même pas l'intention de vous poser en mer alors que l'une des plus grandes villes du Pérou est tellement plus proche ?

— Elle parle de l'aéroport international de Trujillo, expliqua Giordino.

— Le *Solpemachaco* a trop d'amis à mon goût, dit Pitt. Des amis qui ont le bras assez long pour envoyer un régiment de mercenaires en moins de deux heures. Dès qu'ils auront fait savoir que nous avons volé un hélicoptère et envoyé l'élite de leurs combattants au cimetière, nos vies ne vaudront pas un pneu de secours dans la malle d'un Edsel. Nous serons plus en sécurité à bord d'un navire américain en dehors de leurs eaux territoriales jusqu'à ce que nous ayons pu faire faire par l'ambassade américaine un rapport complet aux autorités péruviennes les plus honnêtes.

— Je comprends votre point de vue, dit Shannon. Mais ne sous-estimez pas les étudiants en archéologie. Ils connaissent toute l'histoire. Leurs parents ont beaucoup d'influence et feront le nécessaire pour qu'un rapport détaillé de leur enlèvement et du pillage des trésors nationaux soit largement communiqué aux médias.

— A condition, bien sûr, dit Giordino d'un ton terre à terre, qu'aucun détachement péruvien ne vienne nous descendre entre ici et la mer.

— Au contraire, dit Pitt. Je compte là-dessus. Tu veux parier que l'autre hélicoptère d'assaut n'est pas déjà à notre poursuite en ce moment même?

— Alors on vole en rase-mottes et on esquive les vaches et les moutons jusqu'à la mer.

— Précisément. On frôle les nuages bas et on ne s'en portera pas plus mal.

— Vous oubliez un détail, dit Shannon d'un ton las, comme si elle se rappelait un mari négligé pour courir l'aventure. Si je calcule bien, nos réservoirs seront à sec environ vingt kilomètres avant que nous n'atteignions votre bateau. J'espère que vous n'avez pas l'intention de nous faire nager le reste du voyage?

— Nous résoudrons ce problème mineur, dit Pitt, en appelant le navire et en lui demandant de s'approcher au maximum dans notre direction.

— Tout ça est très encourageant, dit Giordino, mais on n'a quand même pas beaucoup de marge.

— La survie est garantie, assura Pitt avec confiance. Cet appareil a des gilets de sauvetage pour tout le monde à bord plus deux canots de sauvetage. Je le sais, j'ai vérifié dans la cabine principale.

Il regarda derrière lui. Rodgers était en train de s'assurer que tous les étudiants avaient correctement passé les harnais sur leurs épaules.

— Nos poursuivants seront sur nous dès que vous prendrez contact avec votre bateau, insista Shannon. Ils sauront exactement où nous intercepter pour nous abattre.

— Pas si je joue bien mes cartes, dit Pitt.

Ayant incliné sa chaise de bureau au maximum, le technicien des communications Jim Stucky s'installa confortablement et commença à lire un roman policier de Wick Downing. Il avait fini par s'habituer au bruit sourd qui se réverbérait dans toute la quille du navire océanographique de la NUMA, le *Deep Fathom*, chaque fois que le sonar renvoyait un signal du sol marin du bassin péruvien. L'ennui s'était installé peu après que le vaisseau ait commencé ses interminables allées et venues pour tracer la carte géologique à 4 500 mètres en dessous de la quille. Stucky était au milieu d'un chapitre dans lequel le corps d'une femme flottait dans une mare quand la voix de Pitt retentit.

— NUMA appelle *Deep Fathom*. Tu es réveillé, Stucky?

Stucky se redressa d'un bond et pressa le bouton de transmission.

— Ici le *Deep Fathom*. Je vous entends, NUMA. Ne quittez pas.

Pendant que Pitt attendait, Stucky alerta le commandant par le système de communication du navire.

Le capitaine Frank Stewart quitta le pont en courant et entra dans la cabine radio.

— J'ai bien entendu ? Vous êtes en contact avec Pitt et Giordino ?

— Pitt est en attente, confirma Stucky.

Stewart saisit le micro.

— Dirk ? Ici Frank Stewart.

— Ça fait plaisir d'entendre votre voix de buveur de bière, Frank.

— Qu'est-ce que vous avez fabriqué, tous les deux ? L'amiral Sandecker explose comme un volcan depuis vingt-quatre heures en exigeant de vos nouvelles.

— Croyez-moi, Frank, ça n'a pas été une journée de tout repos.

— Quelle est votre position ?

— On est quelque part au-dessus des Andes dans un vieil hélico militaire péruvien digne du musée.

— Qu'est-il arrivé à l'appareil de la NUMA ? demanda Stewart.

— Le Baron Rouge l'a descendu, dit Pitt. Ce n'est pas important. Ecoutez-moi bien. Nous avons pris une rafale dans les réservoirs. Impossible de tenir en l'air plus d'une demi-heure. Retrouvez-nous pour nous emmener dans le parc de la ville de Chiclayo. Vous la trouverez sur les cartes du Pérou continental. Prenez notre hélico de réserve de la NUMA.

Stewart et Stucky échangèrent un regard d'étonnement. Stewart pressa à nouveau la touche de transmission.

— Répétez, s'il vous plaît. On ne vous reçoit pas très clair.

— Nous allons atterrir à Chiclayo à cause d'une panne de carburant. Rendez-vous avec l'hélico de surveillance pour nous transporter sur le navire. En plus de Giordino et moi, il y a douze passagers.

Stucky semblait ahuri.

— Mais qu'est-ce qui se passe, nom de Dieu ? Giordino et lui ont quitté le navire avec notre seul zinc. Et maintenant ils pilotent un appareil militaire criblé de balles avec douze personnes à bord ! Qu'est-ce que c'est que cette fantaisie d'hélico de réserve ?

— Restez en ligne, dit Stewart à Pitt.

Il tendit le bras, décrocha le téléphone du bateau et appela le pont.

— Trouvez-moi une carte du Pérou et apportez-la-moi à la cabine radio.

— Vous croyez que Pitt est devenu dingue ? demanda Stucky.

— Jamais de la vie, répondit Stewart. Ces gars ont des ennuis et Pitt est en train de poser un leurre aux éventuelles oreilles indiscrètes.

Un homme d'équipage apporta la carte que Stewart étala sur le bureau.

— Leur mission de sauvetage les a emmenés vers l'est, par là. Chiclayo est à soixante-quinze bons kilomètres au sud-ouest de leur ligne de vol.

— Maintenant que nous avons compris son petit jeu, quel est le plan de Pitt ?

— On ne va pas tarder à le savoir.

Stewart reprit le micro et transmit :

— NUMA, êtes-vous toujours là ?

— Toujours là, l'ami, fit la voix imperturbable de Pitt.

— Je prends l'hélico de rechange jusqu'à Chiclayo et je vous embarque avec vos passagers. Vous m'entendez ?

— J'apprécie beaucoup, commandant. Je suis ravi de voir que vous ne faites jamais les choses *à moitié*. Préparez-moi une bière quand j'arriverai.

— Je n'y manquerai pas, répondit Stewart.

— Et magnez-vous un peu, dit Pitt. J'ai vraiment besoin d'un bon bain. A bientôt.

Stucky regarda Stewart et éclata de rire.

— Depuis quand avez-vous appris à piloter un hélicoptère ?

Stewart rit à son tour.

— Dans mes rêves.

— Vous pouvez me raconter ce que j'ai loupé ?

— Dans une seconde.

Stewart reprit le téléphone intérieur et aboya des ordres.

— Prenez le détecteur du sonar et coincez-le sur zéro-neuf-zéro. Dès que c'est fait, filez pleins gaz. Et je ne veux pas entendre le chef mécanicien rouspéter que ses précieux moteurs doivent être chouchoutés. Je veux toute la gomme.

Il reposa le récepteur, le visage songeur.

— Où en étions-nous ? Ah ! Oui ! Vous n'avez pas tout saisi.

— Y a-t-il une sorte de devinette à comprendre ? demanda Stucky.

— Pas du tout. Pour moi, c'est évident. Pitt et Giordino n'ont pas assez de carburant pour rejoindre le navire. Alors on va mettre toute la gomme pour les rejoindre à mi-chemin entre ici et la côte avant qu'ils ne soient tombés dans l'eau infestée de requins.

9

Giordino filait, à dix mètres à peine de la cime des arbres, à seulement cent quarante-quatre kilomètres à l'heure. L'appareil vieux de vingt ans aurait pu voler près de cent kilomètres plus vite mais il avait réduit la vitesse pour économiser le carburant, du moins ce qu'il en restait après avoir franchi les montagnes. Encore une rangée de collines et une étroite plaine puis ce serait la mer. Toutes les trois minutes il regardait les jauges avec inquiétude. Les aiguilles s'approchaient dangereusement de la zone rouge. Son regard se reporta sur le feuillage vert qui défilait au-dessous de lui. La forêt était épaisse et les clairières peu nombreuses et semées de gros blocs de pierre. C'était décidément une région inamicale pour poser d'urgence un hélicoptère.

Pitt avait regagné en boitant la cabine des passagers et distribuait les gilets de sauvetage. Shannon l'avait suivi. Elle lui ôta les gilets des mains et les tendit à Rodgers.

— Non, pas vous, dit-elle en poussant Pitt vers un siège de toile le long de la cloison du fuselage.

Elle montra du menton le foulard plein de sang, noué assez lâche autour de sa jambe.

— Asseyez-vous et restez tranquille.

Elle trouva une trousse de premiers soins dans un placard de métal et s'agenouilla devant lui. Sans aucun signe de nervosité, elle coupa la jambe du pantalon de Pitt, nettoya la blessure et lui fit avec compétence huit points de suture avant de poser un bandage.

— Joli travail, admira Pitt. Vous avez raté votre vocation d'ange de la miséricorde.

— Vous avez eu de la chance, dit-elle en refermant le couvercle de la boîte à pharmacie. La balle a juste entamé la peau.

— Pourquoi ai-je l'impression que vous avez joué un rôle dans *Hôpital général* ?

Shannon sourit.

— J'ai été élevée dans une ferme avec cinq frères qui découvraient chaque jour de nouvelles méthodes pour se blesser.

— Qu'est-ce qui vous a fait pencher pour l'archéologie ?

— Il y avait un tumulus indien à l'un des coins de notre champ de blé. J'y creusais sans cesse dans l'espoir de trouver des flèches. Pour une rédaction au lycée, j'ai trouvé un texte sur les fouilles des tumulus indiens à Hopewell, dans le sud de l'Ohio. Ça m'a inspirée et j'ai commencé à creuser celui de notre ferme. Après avoir trouvé divers morceaux de poteries et quatre squelettes, j'étais accro. Ce n'était pas une fouille professionnelle, bien sûr. C'est au collège que j'ai appris à faire ça proprement. Puis je me suis passionnée pour le développement culturel dans les Andes centrales et j'ai décidé de me spécialiser dans ce domaine.

Pitt la regarda un moment sans rien dire.

— Quand avez-vous rencontré Doc Miller pour la première fois ?

— Je l'ai rencontré très brièvement il y a six ans, pendant que je préparais mon doctorat. J'ai suivi une conférence qu'il donnait sur le réseau routier inca qui partait de la frontière Colombie-Equateur pour s'étendre sur plus de 5 000 kilomètres jusqu'au centre du Chili. C'est à cause de son travail que j'ai décidé de me concentrer sur la culture andine. Et depuis, je viens ici.

— Alors, vous ne le connaissiez pas vraiment très bien ? demanda Pitt.

Shannon secoua la tête.

— Comme la plupart des archéologues, nous nous concentrons sur nos propres projets. Nous échangions de temps à autre de la correspondance et des informations. Il y a environ six mois, je l'ai invité à se joindre à cette expédition pour superviser les étudiants péruviens volontaires. Il était entre deux projets, alors il a accepté. Ensuite, il a gentiment offert de venir aux Etats-Unis cinq semaines plus tôt pour aider à la préparation, s'occuper des permis des Péruviens, installer la logistique des équipements et des diverses fournitures, enfin tout ça. Juan Chaco et lui travaillaient en étroite collaboration.

— Quand vous êtes arrivée, vous ne l'avez pas trouvé un peu changé ?

Shannon eut une expression étonnée.

— Quelle étrange question !

— Son allure, sa façon d'être ? insista Pitt.

Elle réfléchit un instant.

— Depuis Phoenix, il s'était laissé pousser la barbe et avait perdu une dizaine de kilos mais maintenant que j'y pense, il n'enlevait presque jamais ses lunettes de soleil.

— Sa voix était-elle différente ?

Elle haussa les épaules.

— Peut-être un peu plus grave. J'ai pensé qu'il était enrhumé.

— Avez-vous remarqué s'il portait une bague ? Une grosse bague avec une pierre jaune ?

Elle fronça les sourcils.

— Un morceau d'ambre jaune vieux de soixante millions d'années avec une fourmi fossile au milieu ? Doc était fier de cette bague. Je me rappelle qu'il la portait pendant l'étude sur les routes incas mais il ne l'avait pas au puits sacré. Quand je lui ai demandé pourquoi, il m'a dit que la bague était devenue trop large pour son doigt quand il avait maigri et qu'il l'avait laissée chez lui pour la faire rétrécir. Comment savez-vous que Doc avait cette bague ?

Pitt portait la bague à la pierre d'ambre qu'il avait enlevée au cadavre au fond du puits sacré mais s'était arrangé pour que la pierre soit cachée en la portant à l'envers. Il la retira de son doigt et la tendit à Shannon sans un mot.

Elle la mit dans la lumière près d'un hublot, regardant avec étonnement le minuscule insecte monté dans l'ambre.

— Où... ? Sa voix se cassa.

— Celui qui s'est fait passer pour Doc l'a assassiné pour prendre sa place. Vous avez accepté l'imposteur parce que vous n'aviez aucune raison de douter de son identité. Vous n'avez pas pensé une seconde qu'il mentait. La seule faute qu'ait commise l'assassin, ce fut d'oublier de prendre la bague quand il a jeté le corps de Doc dans le puits.

— Vous voulez dire que Doc a été tué avant que je ne quitte les Etats-Unis ? demanda-t-elle, ahurie.

— Un jour ou deux après son arrivée au camp, expliqua Pitt. Si j'en juge par l'état du corps, il devait être au fond depuis plus d'un mois.

— C'est bizarre que Miles et moi n'ayons rien vu !

— Pas tellement. Vous êtes descendus devant le passage menant à la caverne et vous avez été aspirés presque immédiatement. Moi, j'ai atteint le fond du côté opposé et j'ai pu nager et chercher ce que je pensais être deux cadavres frais avant que la lame ne m'entraîne à mon tour. Et au lieu de deux corps de plongeurs, j'ai trouvé les restes de Doc et les os d'un soldat espagnol du seizième siècle.

— Alors Doc a vraiment été assassiné, dit-elle, le visage tendu. Ça signifie que Juan Chaco était au courant car il servait de liaison pour notre projet et travaillait avec Doc avant notre arrivée. Est-il possible qu'il soit dans le coup ?

— Complètement, confirma Pitt. Si vous faisiez un trafic d'antiquités, où pourriez-vous trouver un meilleur informateur et une meilleure couverture qu'auprès d'un expert respecté en archéologie, travaillant en plus pour le gouvernement?

— Alors, qui était l'imposteur?

— Un autre membre du *Solpemachaco*. Un très bon comédien, qui a joué avec grand talent sa propre mort, avec l'aide d'Amaru. Il est peut-être un des dirigeants de l'opération qui ne craint pas de se salir les mains. On ne sait jamais.

— S'il a tué Doc, il mérite d'être pendu! dit Shannon, les yeux brillants de colère.

— En tout cas, maintenant on va pouvoir épingler Juan Chaco et le traîner devant un tribunal péruvien...

Pitt, soudain tendu, se tourna vers le cockpit tandis que Giordino lançait l'appareil dans un virage serré.

— Qu'est-ce qui se passe?

— Une impression, répondit Giordino. J'ai décidé de virer de trois cent soixante degrés pour vérifier nos arrières. Heureusement que je suis sensible aux vibrations. On a de la compagnie.

Pitt se leva, gagna le cockpit et, pour soulager sa jambe, se laissa tomber dans le siège du copilote.

— Des méchants ou des gentils? demanda-t-il.

— Les petits copains qui nous sont tombés dessus au temple n'ont pas gobé ton histoire de Chiclayo.

Sans quitter les commandes des mains, il montra d'un signe de tête par le pare-brise un hélicoptère qui passait une chaîne de collines, vers l'est.

— Ils ont dû deviner notre direction et nous rattraper quand tu as réduit la vitesse pour économiser le carburant, supposa Pitt.

— Apparemment, ils n'ont pas de lance-roquettes à bord, observa Giordino. Ils devront nous tirer dessus à l'arme automatique...

De la porte passagers avant de l'appareil suiveur explosa une fumée, une flamme et une roquette traversa le ciel si près du nez de l'hélicoptère que Pitt et Giordino se dirent qu'il avait manqué de peu la fenêtre latérale.

— Correction, dit Pitt. Ils ont un lance-roquettes de quarante millimètres. Le même que celui utilisé contre le temple.

Giordino, d'un grand coup sur la commande, fit plonger l'appareil en une descente abrupte et coupa les gaz pour sortir de la ligne de tir du lanceur.

— Attrape ton pistolet et occupe-les jusqu'à ce que j'atteigne ces nuages bas, le long de la côte.

— Pas de chance, cria Pitt malgré le gémissement aigu des moteurs. Je l'ai laissé tomber et mon Colt est vide. Est-ce que l'un de vous a une arme?

Giordino fit un signe imperceptible en lançant l'hélico dans une autre manœuvre violente.

— Je ne sais pas en ce qui les concerne, mais tu trouveras la mienne dans un coin derrière la cloison de la cabine.

Pitt prit un casque radio pendu au bras de son siège et le mit sur ses oreilles.

Puis il essaya de se lever, s'agrippa aux deux côtés de la porte du cockpit pour ne pas tomber en cas de nouveau virage. Il brancha la prise du casque dans une prise montée sur la cloison et cria à Giordino :

— Mets ton casque, que nous puissions coordonner notre défense.

Giordino ne répondit pas. Ecrasant la pédale gauche, il fit carrément virer l'appareil. Il équilibra ses mouvements sur les commandes tout en posant le casque sur ses oreilles. Il fit un clin d'œil et plongea involontairement tandis qu'une nouvelle roquette déchirait l'air à moins d'un mètre sous le flanc de l'hélicoptère pour aller exploser en un feu d'artifice de flammes orange contre la pente d'une colline.

Se retenant à ce qu'il pouvait, Pitt tituba jusqu'à la porte latérale, la déverrouilla et la fit glisser jusqu'à ce qu'elle soit grande ouverte. Shannon, le visage plus inquiet qu'effrayé, s'approcha en rampant avec une corde qu'elle attacha autour de la taille de Pitt tandis que celui-ci saisissait le fusil avec lequel Giordino avait assommé les pilotes péruviens. Shannon attacha l'autre bout de la corde à une traverse longitudinale.

— Comme ça, vous ne risquez pas de tomber, expliqua-t-elle.

Pitt sourit.

— Je ne vous mérite pas !

Il se mit à plat ventre, le fusil hors de l'appareil.

— Je suis prêt, Al. Donne-moi un angle de tir clair.

Giordino fit de son mieux pour faire tourner l'hélicoptère afin que Pitt ait dans son viseur le côté aveugle des attaquants. Les portes du compartiment passager étant du même côté sur les deux appareils, le pilote péruvien avait le même problème. Il aurait pu se risquer à ouvrir les portes arrière pour permettre au tireur mercenaire de viser en ligne droite, mais cela aurait abaissé sa vitesse et rendu plus difficile le contrôle de l'appareil. Comme dans les vieux coucous de chasse à hélice se colletant en plein combat, chaque pilote manœuvrait pour prendre l'avantage, faisant hurler leurs moteurs en une série d'acrobaties que les concepteurs des avions n'avaient jamais prévues.

Giordino pensa que le gars d'en face connaissait son boulot. Mitraillé par les mercenaires, il se sentait comme une souris qu'un chat tourmente avant de la dévorer d'un rapide coup de dents. Ses yeux allaient sans cesse des instruments à l'ennemi puis au sol pour vérifier qu'il ne risquait pas de heurter une colline basse ou un arbre. Il tira d'un coup sec le cyclique et joua sur le collectif du rotor pour augmenter leur efficacité dans l'air humide. L'hélico fit un bond mais l'autre pilote agit de même. Alors Giordino piqua et écrasa la pédale du gouvernail de profondeur, accélérant et lançant sa machine sur le flanc, sous son attaquant, ce qui permit à Pitt de tirer juste de face.

— Maintenant ! hurla-t-il dans le micro.

Pitt ne visa pas les pilotes mais le moteur au-dessous du rotor et appuya sur la détente. L'arme cracha deux fois et se tut.

— Qu'est-ce qui cloche ? demanda Giordino. Tu ne tires pas ? Je te mets en face de la cible et tu la manques ?

— Ce flingue n'avait plus que deux balles, répondit Pitt. Quand je l'ai piqué à un des gardes d'Amaru, je n'ai pas pris le temps de compter les balles restantes.

Furieux et frustré, Pitt sortit le chargeur et constata qu'il était vide.

— Est-ce que quelqu'un a une arme à bord? cria-t-il à Rodgers et aux étudiants pétrifiés.

Rodgers, attaché à son siège, les jambes tendues contre la cloison pour éviter d'être ballotté par le pilotage agité de Giordino, tendit ses mains écartées.

— On les a laissées quand on est monté à bord.

A cet instant, une roquette pénétra par un des hublots de gauche, s'enflamma en traversant le fuselage et ressortit de l'autre côté de l'hélicoptère sans exploser et sans blesser personne. Etudiée pour exploser après avoir frappé des véhicules blindés ou des bunkers, la roquette ne l'avait pas fait après avoir frappé la mince épaisseur d'aluminium et de plastique. Pitt se dit que si l'une de ces roquettes heurtait les turbines, c'en serait fini d'eux tous. Il regarda les passagers de la cabine, vit qu'ils avaient tous dégrafé leurs harnais d'épaules et s'étaient couchés sur le sol, sous les sièges, comme si la toile et les supports tubulaires pouvaient arrêter une roquette de quarante millimètres capable de démolir un tank. Il jura quand l'appareil, sauvagement secoué, le jeta contre le chambranle de la porte.

Shannon vit l'expression furieuse de Pitt, son désespoir quand il jeta l'arme vide par la porte ouverte. Et pourtant, elle avait en lui une confiance aveugle. Elle avait appris à le connaître suffisamment, ces dernières vingt-quatre heures, pour savoir qu'il était de ceux qui n'acceptent pas la défaite.

Pitt remarqua son regard, ce qui augmenta sa colère.

— Qu'est-ce que vous voulez que je fasse? demanda-t-il. Que je saute dans le vide et que je les assomme avec une mâchoire d'âne? Peut-être se sauveront-ils si je leur lance des pierres?

Il se tut soudain quand son regard tomba sur les radeaux de sauvetage.

— Al, tu m'entends?

— Je suis un peu occupé pour prendre les appels, répondit Giordino d'une voix tendue.

— Amène cette antiquité au-dessus d'eux après t'être penché un peu sur la gauche.

— Je ne sais pas ce que tu prépares mais magne-toi avant qu'ils ne me fassent péter une roquette dans le nez ou que je n'aie plus d'essence.

— A la demande générale, dit Pitt ayant retrouvé sa gouaille, voici le retour de Mandrake-Pitt et ses tours de magie qui défient la mort!

Il défit les boucles attachant les radeaux au sol. Le radeau orange fluorescent, marqué « Unité de Sauvetage pour Vingt Hommes », pesait quarante-cinq kilos. Penché à l'extérieur de la porte, retenu par la corde que Shannon avait nouée autour de sa taille, jambes et pieds tendus et bien assurés, il souleva le radeau, la posa sur son épaule et attendit.

Giordino se fatiguait. Le pilotage d'un hélicoptère exige une concentration constante, ne serait-ce que pour rester en l'air, parce qu'il joue de milliers de forces opposées qui n'ont rien à voir les unes avec les autres. La règle générale veut que la plupart des pilotes volent en solo pendant une heure, après quoi ils passent les commandes à leur remplaçant ou à leur copilote. Il y avait une heure et demie que Giordino était aux commandes. Il n'avait pas dormi depuis trente-six heures et maintenant, la tension de lancer l'appareil dans tous les coins du ciel épuisait rapidement les forces qui lui restaient. Depuis six minutes, une éternité dans un combat aérien, il avait empêché son adversaire de prendre l'avantage qui lui aurait permis de lancer une roquette droit sur lui.

L'autre appareil passa directement au-dessus du cockpit de verre vulnérable de Giordino. Pendant une brève seconde, il distingua nettement les traits du pilote péruvien. L'homme, sous le casque de combat, lui adressa un large sourire et un signe de la main.

— Ce salaud se fout de moi ! grommela Giordino d'un ton furieux.

— Qu'est-ce que tu dis ? intervint Pitt.

— Ces espèces de macaques trouvent ça drôle ! dit Giordino.

Il savait ce qu'il avait à faire. Il avait remarqué un détail bizarre, à peine perceptible, dans la technique de vol du pilote ennemi. Quand il penchait à gauche, c'était sans aucune hésitation mais il hésitait une fraction de seconde pour pencher à droite. Giordino feinta à gauche, dirigea soudain le nez de l'appareil vers le ciel et vira à droite. L'autre pilote saisit la feinte et fonça à gauche mais réagit trop lentement devant la folle ascension de Giordino et son virage dans l'autre direction. Avant qu'il puisse contrer, Giordino avait retourné son appareil et se trouvait au-dessus de l'attaquant. Pitt saisit sa chance en un clin d'œil. Son timing était parfait. Levant le radeau à deux mains au-dessus de sa tête aussi facilement qu'il l'aurait fait d'un coussin, il le jeta par la porte ouverte dès que l'appareil péruvien fut au-dessous de lui.

Le paquet orange tomba comme une balle de bowling et s'écrasa sur une des pales du rotor, à deux mètres du bord. La pale vola en petits éclats métalliques entraînés par la force centrifuge. Maintenant déséquilibrées, les quatre pales restantes entrèrent en vibration et finirent par se détacher du rotor en une pluie de petits morceaux.

Le gros hélicoptère parut s'immobiliser un moment puis fit des embardées en tournoyant et finit par tomber, le nez en bas, à 190 kilomètres à l'heure. Pitt resta à la porte, fasciné, tandis que l'appareil péruvien déchirait la cime des arbres pour s'écraser sur une colline basse, à quelques mètres du sommet. Il suivit les éclats métalliques accrochés sur les branches d'arbres. Le gros oiseau blessé finit par se coucher sur son flanc droit en une masse froissée de métal tordu. Puis il disparut dans une immense boule de feu qui l'enveloppa de flammes et de fumée noire.

Giordino relâcha un peu les manettes et survola lentement la colonne de fumée. Ni Pitt ni lui n'aperçurent le moindre signe de vie.

— Ça doit être la première fois dans l'Histoire qu'un appareil volant se fait descendre par un radeau de sauvetage, commenta Giordino.

— L'improvisation, dit Pitt en riant et en faisant une révérence devant Shannon, Rodgers et les étudiants.

Tous l'applaudirent.

— L'improvisation, il n'y a que ça de vrai, répéta-t-il. Belle performance de pilotage, Al. Sans toi, aucun de nous ne serait encore en vie.

— Ça, c'est bien vrai ! Ça, c'est bien vrai ! dit Giordino en virant vers l'ouest et en réduisant la vitesse pour économiser le peu d'essence restant.

Pitt referma la porte, verrouilla, détacha la corde que lui avait mise Shannon et revint au cockpit.

— Où en sommes-nous avec le carburant ?

— Le carburant ? Quel carburant ?

Pitt regarda les jauges par-dessus l'épaule de Giordino. Toutes les deux clignotaient en rouge.

— Repose-toi et laisse-moi reprendre les commandes.

— Je nous ai menés jusque-là. Je peux bien couvrir la distance qui reste avant que les réservoirs soient complètement à sec.

Pitt ne discuta pas. Il ne cessait de s'émerveiller de la calme intrépidité de Giordino, de son courage glacé. Même en cherchant dans le monde entier, il n'aurait pu trouver un autre ami comme ce petit Italien trapu et résistant.

— OK. Tu le rentres. Moi je vais prier pour un peu de vent arrière.

Quelques minutes après, ils arrivèrent au-dessus de la côte et survolèrent la mer. Une station balnéaire avec de jolies pelouses et une grande piscine était nichée au creux d'une petite baie de sable blanc. Les touristes levèrent la tête vers l'appareil qui volait assez bas et lui firent des signes de bienvenue. N'ayant rien d'autre à faire, Pitt leur rendit leurs saluts.

Puis il retourna dans la cabine et s'approcha de Rodgers.

— Il va falloir se débarrasser de tout le poids possible, sauf des équipements de survie comme les gilets de sauvetage et les canots. Tout le reste doit partir, les vêtements en trop, les outils, les sièges, tout ce qui n'est ni soudé ni boulonné.

Tout le monde se mit à l'ouvrage et passa à Pitt tout ce qui pouvait être jeté et qu'il lança par la porte des passagers. Quand la cabine fut à peu près vide, l'hélicoptère avait perdu cent trente-six kilos. Avant de refermer la porte, Pitt regarda derrière eux. Grâce à Dieu, il ne vit aucun appareil à leur poursuite. Il était certain, maintenant, que le pilote péruvien avait communiqué par radio ce qu'il avait vu et son intention d'attaquer, fichant en l'air l'écran de fumée que Pitt avait tenté avec l'histoire de Chiclayo. Mais il doutait que le *Solpemachaco* fût au courant de la perte de ses mercenaires et de l'hélicoptère avant au moins dix minutes. Et s'ils tentaient de reprendre l'avantage en faisant venir un avion de combat de l'armée de l'air péruvienne, celui-ci arriverait trop tard. L'attaque d'un navire de recherche américain désarmé déclencherait de sérieux problèmes diplomatiques entre le gouvernement des Etats-Unis et celui du Pérou, problèmes que la nation sud-américaine ne pouvait pas se permettre. Pitt supposait, à juste titre, qu'aucun officier, aucun bureaucrate ne risquerait un désastre politique, quels que soient les dessous de table versés par le *Solpemachaco*.

Il retourna vers le cockpit en boitant, se glissa dans le siège du copilote et prit l'émetteur radio. Il pressa le bouton de la transmission, au mépris de toute prudence. Au diable les gens payés et achetés du *Solpemachaco* qui pouvaient bien surveiller les ondes, pensa-t-il.

— NUMA appelle le *Deep Fathom*. Parle-moi, Stucky.

— Allez-y, NUMA. Ici le *Deep Fathom*. Quelle est votre position ?

— Mon Dieu ! Que vous avez de grands yeux, Grand-Mère, et que votre voix a changé !

— Répétez, NUMA.

— Vous n'êtes pas crédibles, dit Pitt en riant. Vous n'êtes pas le Petit Chaperon Rouge. On a un imitateur comique en ligne, dit-il à Giordino.

— Je crois que tu ferais bien de lui donner notre position, fit Giordino.

— Tu as raison, approuva Pitt. *Deep Fathom*, ici NUMA. Nous sommes juste au-dessus du Château Enchanté, entre la Jungle Magique et les Pirates des Caraïbes.

— Veuillez répéter votre position, dit la voix du mercenaire énervé qui avait intercepté l'appel de Pitt à Stucky.

— Qu'est-ce que c'est ? Une publicité pour Disneyland ? fit la voix familière de Stucky.

— Tiens ! Tiens ! Voilà l'original ! Pourquoi as-tu mis si longtemps à répondre, Stucky ?

— J'écoutais ce que mon alter ego avait à dire. Alors, les gars, vous êtes à Chiclayo, maintenant ?

— On a été détournés, alors on a décidé de rentrer à la maison, dit Pitt. Est-ce que le capitaine est disponible ?

— Il est sur le pont en train de jouer au Capitaine Bligh, fouettant l'équipage pour gagner un record de vitesse. Un coup de fouet de plus et nos rivets foutent le camp.

— On ne vous a pas en visuel. Est-ce que tu nous vois au radar ?

— Affirmatif, répondit Stucky. Changez le cap pour deux-sept-deux au cap magnétique. Ça nous mettra en convergence.

— Deux-sept-deux, répéta Giordino. Cap changé.

— Combien jusqu'au lieu du rendez-vous ? demanda Pitt à Stucky.

— D'après le commandant, soixante kilomètres environ.

— Ils devraient bientôt être visibles, dit Pitt à Giordino. Qu'est-ce que tu en penses ?

Giordino eut un regard inquiet sur les jauges puis sur la pendule du tableau de bord. Il lut 10 : 47 AM. Il eut du mal à croire qu'il s'était passé tant de choses en si peu de temps depuis que Pitt avait répondu à l'appel de détresse du faux Doc Miller. Il aurait juré qu'il y avait passé au moins trois ans de sa vie.

— Je trais cette bestiole pour recueillir chaque goutte d'essence à une vitesse de seulement quarante clicks à l'heure, dit-il enfin. Le léger vent arrière aide un peu mais je crois que nous n'avons plus que quinze ou vingt minutes à tenir en l'air. Quel est ton avis ?

— Espérons que les jauges sont un peu pessimistes, dit Pitt. Allô, Stucky ?

— Je suis là.

— Tu ferais bien de préparer un sauvetage en mer. Tout indique un atterrissage humide.

— Je vais passer le mot au commandant. Fais-moi signe quand vous plongerez.

— Tu seras le premier informé.

— Bonne chance.

L'hélicoptère ronronnait au-dessus des rouleaux d'écume. Pitt et Giordino parlaient peu. Leurs oreilles restaient attentives au bruit des moteurs comme s'ils s'attendaient à ce qu'ils se taisent d'une minute à l'autre. Instinctivement, ils se raidirent quand l'alarme sonore se déclencha, indiquant que les réservoirs étaient vides.

— Et voilà pour les réserves, dit Pitt. Maintenant, on vole avec les vapeurs.

Il regarda, en bas, la mer d'un bleu de cobalt, à dix mètres seulement du ventre de l'hélico. La mer paraissait raisonnablement calme. Il évalua les creux à moins d'un mètre. L'eau semblait chaude et engageante. Se poser sans moteurs ne devait pas être trop dur et le vieux MI-8 devait pouvoir flotter soixante bonnes secondes si Giordino ne lui faisait pas éclater les coutures en le posant.

Pitt fit venir Shannon dans le cockpit. Elle le regarda en souriant.

— Votre bateau est-il en vue ?

— A l'horizon seulement, je crois. Mais pas assez près pour que nous puissions l'atteindre avec ce qui nous reste d'essence. Dites à tout le monde de se préparer à un amerrissage.

— Alors, j'avais raison ! On va bien nager le reste du chemin, dit-elle d'un petit air moqueur.

— Juste un petit ennui technique, dit Pitt. Rodgers a-t-il approché le canot de la porte des passagers ? Est-il prêt à le mettre à l'eau dès que nous serons posés ? Dites-lui combien il est important de tirer le cordon de gonflage *après* que le bateau aura passé la porte sans dommage. En ce qui me concerne, je ne tiens pas à me mouiller les pieds.

Giordino montra quelque chose droit devant.

— Le *Deep Fathom.*

Pitt approuva en reconnaissant le petit point noir à l'horizon. Il prit le micro.

— On vous a en visuel, Stucky.

— Venez faire la fête, répondit Stucky. On ouvrira le bar un peu plus tôt pour vous.

— Juste ciel ! dit Pitt avec une feinte frayeur. Je ne pense pas que l'amiral apprécierait cette suggestion.

Leur employeur, le directeur général de l'Agence Nationale Marine et Sous-marine, l'amiral James Sandecker, aurait bien fait graver sur des tablettes de pierre le règlement interdisant toute boisson alcoolisée sur les navires de la NUMA. Végétarien et fanatique de la santé, Sandecker se figurait prolonger ainsi l'espérance de vie de son personnel. Comme pendant la prohibition en 1929, des hommes buvant à peine en temps normal se mirent peu à peu à faire entrer en douce des caisses de bière ou à en acheter dans les ports étrangers.

— Préférerais-tu un bol d'Ovomaltine ? proposa Stucky.

— A condition que tu le mélanges avec du jus de carottes et de luzerne...

— Un moteur en rade, annonça Giordino.

Pitt regarda les instruments. Sur le tableau, les aiguilles de la jauge correspondant à la turbine de gauche indiquaient l'arrêt prochain.

— Prévenez tout le monde que nous toucherons l'eau du côté droit de l'appareil.

Shannon ne parut pas comprendre.

— Pourquoi pas verticalement ?

— Si nous tombons l'arrière d'abord, les pales du rotor se stabilisent, frappent l'eau et se cassent au niveau du fuselage. Les fragments peuvent facilement pénétrer dans la cabine en déchirant le métal surtout dans le cockpit, ce qui risquerait de décapiter notre intrépide pilote. Si on arrive sur le flanc, les lames se cassent et s'éloignent de nous.

— Et pourquoi à droite ?

— Il me faudrait un tableau et une craie, fit Pitt, exaspéré. Pour que vous ne mouriez pas idiote, disons que ça a quelque chose à voir avec la rotation directionnelle des pales du rotor et le fait que la porte de sortie est à gauche.

Eclairée, Shannon hocha la tête.

— Compris.

— Immédiatement après l'impact, continua Pitt, faites évacuer les étudiants avant que ce machin ne sombre. Maintenant retournez à votre place et bouclez votre ceinture.

Il tapa sur l'épaule de Giordino.

— Pose-le pendant que tu peux encore, dit-il en bouclant son harnais de sécurité.

Giordino n'avait pas besoin d'encouragement. Avant que le dernier moteur ne rende l'âme, il tira sur le cyclique et remit les gaz sur le moteur survivant. L'hélicoptère perdit son mouvement avant à trois mètres au-dessus de la mer et s'inclina doucement sur la droite. Les pales frappèrent l'eau et éclatèrent en un nuage de débris et d'écume tandis que l'appareil s'installait sur les vagues mouvantes avec l'équilibre embarrassé d'un albatros sur le point de se poser. L'impact fut aussi rude que celui d'une voiture passant à grande vitesse sur un gros trou de la route. Giordino coupa l'unique moteur et eut l'immense surprise de constater que le vieux MI-8 HIP-C flottait comme un homme ivre sur l'eau, comme s'il avait été construit pour cela.

— Terminus ! cria Pitt. Tout le monde se grouille de sortir.

Le doux clapotis des vagues contre le fuselage contrastait avec le chuintement des moteurs et le bruit sourd du rotor. L'air marin salé et piquant envahit le compartiment étouffant dès que Rodgers ouvrit la porte des passagers et lança dans l'eau le canot de sauvetage pliant. Il fit très attention de ne pas tirer trop tôt le cordon de gonflage et fut soulagé d'entendre le sifflement de l'air comprimé et de voir le canot se gonfler convenablement au-delà de la porte. Peu après, il dansait le long de l'hélicoptère, sa ligne d'amarre tenue fermement dans la main de Rodgers.

— Allez ! Dehors ! cria Rodgers à la troupe des jeunes étudiants péruviens en les aidant à passer dans le canot.

Pitt enleva son harnais de sécurité et se hâta vers la cabine arrière. Shannon et Rodgers se débrouillaient très bien de l'évacuation. Il ne restait que trois étudiants à faire passer dans le canot. Un rapide coup d'œil confirma qu'il ne pourrait flotter encore longtemps. Les portes arrière s'étaient fermées lors de l'impact mais laissaient entrer de l'eau par les joints. Déjà le plancher du fuselage s'enfonçait vers l'arrière et les vagues atteignaient le bas de la porte des passagers.

— On ne dispose pas de beaucoup de temps, dit Pitt en aidant Shannon à gagner le canot.

Rodgers la suivit et Pitt se tourna vers Giordino.

— A toi, dit-il.

— Tradition de marins, refusa celui-ci. Les blessés d'abord.

Avant que Pitt pût protester, Giordino le poussa au-dehors puis le suivit tandis que l'eau mouillait déjà ses chevilles. Saisissant les rames du canot, ils s'éloignèrent de l'hélicoptère dont la longue queue plongeait dans les vagues. Puis une grosse masse d'eau s'engouffra par la porte restée ouverte et l'appareil bascula en arrière dans la mer indifférente. Il disparut avec un faible gargouillis et quelques vagues. Ses pales cassées furent les dernières à disparaître, le rotor tournant lentement sous la force du courant, comme s'il descendait vers le fond de sa propre volonté. De l'eau ressortit par la porte ouverte puis l'hélico plongea sous les vagues vers son dernier terrain d'atterrissage sur le fond marin.

Personne ne parlait. Tous semblaient attristés de voir disparaître l'hélicoptère, comme si chacun subissait une perte personnelle. Pitt et Giordino, sur l'eau, étaient dans leur élément. Les autres, à se retrouver flottant sur la vaste mer, eurent un sentiment de vide et de peur à la fois, se sentant soudain impuissants. D'autant plus que la queue d'un requin brisa bientôt la surface en un cercle peu engageant autour du canot.

— C'est ta faute, fit Giordino en feignant la peur. Il est sur le sentier de la guerre parce qu'il sent le sang de ta jambe.

Pitt regarda l'animal dans l'eau transparente, étudiant le corps élancé qui passait sous le canot, reconnaissant la tête semblable à un stabilisateur horizontal aux yeux montés comme les lampes d'ailes d'un avion.

— Un requin marteau. Pas plus de deux mètres cinquante de long. Ignorons-le.

Shannon frissonna, se rapprocha de Pitt et lui saisit le bras.

— Et s'il décide de mordre le canot, on coule ?

— Les requins trouvent rarement les canots de sauvetage appétissants, répondit Pitt en haussant les épaules.

— Il a invité des copains à dîner, remarqua Giordino en montrant deux autres nageoires dépassant des vagues.

Pitt vit une certaine panique envahir le visage des étudiants. Il se nicha confortablement au fond du canot, posa les pieds sur le rebord et ferma les yeux.

— Rien de tel qu'une petite sieste au soleil sur une mer bien calme. Réveillez-moi quand le navire sera là.

— Il est fou ! s'exclama Shannon.

Giordino, comprenant où Pitt voulait en venir, l'imita.

— On est deux, dit-il.

Personne ne sut comment réagir. Tous les regards allaient sans cesse des deux hommes de la NUMA apparemment assoupis aux requins qui tournaient en rond. Peu à peu la panique se calma, laissant place à une légère appréhension. Les minutes passèrent, longues comme des heures.

D'autres requins rejoignirent les premiers mais les passagers du canot reprirent espoir quand le *Deep Fathom* devint mieux visible et qu'ils virent grossir sa coque coupant l'eau en un bouquet d'écume. Personne à bord n'imaginait que le vieux cheval de trait de la flotte océanographique de la NUMA pouvait avancer aussi vite. Dans la chambre des machines, en bas, August Burley, le chef mécanicien, un homme puissant à l'estomac corpulent, parcourait la passerelle entre les gros moteurs diesel du navire, observant de près les aiguilles des indicateurs de vitesse en plein dans la zone rouge et l'oreille tendue, aux aguets du moindre signe de fatigue du métal des moteurs poussés à fond. Sur le pont, le capitaine Frank Stewart suivant dans ses jumelles la petite tache orange se détachant sur le bleu de la mer.

— Nous arriverons sur eux à vitesse réduite avant de faire machine arrière, dit-il à l'homme de barre.

— Vous ne voulez pas stopper et dériver jusqu'à eux, commandant? demanda le barreur blond à queue de cheval.

— Ils sont entourés d'un banc de requins, dit Stewart. On ne peut pas perdre de temps à faire attention.

Il fit un pas en avant et se pencha sur le système de transmission du navire.

— Nous approcherons les survivants par bâbord. Que tous les hommes disponibles se préparent à les faire monter.

Ce fut une belle démonstration de navigation. Stewart fit stopper le navire à deux mètres du canot de sauvetage avec un très léger remous. Certains marins se penchèrent et firent de grands signes en criant joyeusement. L'échelle d'embarquement baissée, un homme d'équipage se tint sur la passerelle inférieure avec une gaffe dont Giordino attrapa l'extrémité et le canot fut amené près de la passerelle.

On oublia les requins et tout le monde se mit à rire et à sourire, heureux d'avoir échappé à la mort sans blessures graves au moins quatre fois depuis la prise d'otages. Shannon leva la tête vers la haute quille du navire de recherches, vers la superstructure et les mâts de charge disgracieux puis se tourna vers Pitt, l'œil malicieux.

— Vous nous avez promis un hôtel quatre étoiles et un bain rafraîchissant. Sûrement pas un vieux bateau tout rouillé !

— C'est une bénédiction, fit Pitt en riant. Un port dans la tempête. Ainsi vous partagerez ma ravissante mais modeste cabine. Et comme je suis un gentleman, je vous offrirai la couchette du bas et souffrirai l'indignité de celle du haut.

Shannon le regarda d'un air amusé.

— Vous prenez pas mal de privautés, n'est-ce pas ?

Tout en se détendant et en gardant un œil paternel sur les occupants du canot qui montaient l'un derrière l'autre, Pitt adressa à Shannon un sourire diabolique et murmura :

— D'accord, je garde un profil bas. Vous pourrez prendre la couchette du haut, je prendrai l'autre.

10

Le monde de Juan Chaco s'était écroulé autour de lui. Le désastre de la vallée de Viracocha était pire que tout ce qu'il aurait pu imaginer. Son frère avait été tué le premier, le projet de contrebande d'objets d'art réduit à néant et lorsque la biologiste américaine Shannon Kelsey puis les étudiants de l'université raconteraient leur histoire aux médias et aux membres de la sécurité du gouvernement, on le ficherait à la porte du ministère de l'Archéologie, en disgrâce. Et pire encore, il était plus que probable qu'on l'arrêterait. On l'inculperait de trafic de biens nationaux et on le condamnerait à de longues années de prison.

C'est un homme écrasé d'angoisse qui se tenait près du camping-car à Chachapoya et regardait s'approcher l'appareil à rotor incliné déjà presque immobile au-dessus de lui tandis que les deux moteurs hors-bord situés au bout des ailes pivotaient de leur position de vol inclinée à la verticale. L'appareil noir et sans inscription plana quelques secondes avant que le pilote le pose doucement sur le sol.

Un homme à la barbe épaisse, vêtu d'un short sale et froissé et d'une chemise kaki sur laquelle s'étalait une énorme tache de sang, sortit de la cabine et sauta à terre. Son regard était sévère et déterminé. Sans un mot, il passa devant Chaco et pénétra dans le camping-car. Comme un chien obéissant, Chaco le suivit à l'intérieur.

Cyrus Sarason, celui-là même qui s'était fait passer pour le Dr Steven Miller, s'assit lourdement dans le fauteuil de Chaco et lui lança un regard glacial.

— Vous avez entendu ?

Chaco hocha la tête sans poser de question sur la tache de sang étalée sur la chemise de Sarason. Il savait qu'elle représentait la fausse blessure par balle.

— J'ai reçu un rapport complet d'un des aides de mon frère.

— Alors vous savez que le Dr Kelsey et les étudiants nous ont filé entre les doigts et sont maintenant à bord du bateau de recherches océanographiques américain.

— Oui, je suis au courant de notre échec.

— Je suis désolé pour votre frère, dit Sarason sans émotion.

— Je ne peux pas croire qu'il soit mort, murmura Chaco. Sa mort ne me paraît pas possible. L'élimination des archéologues aurait dû être une affaire toute simple.

— Le moins qu'on puisse en dire, c'est que vos gens ont saboté le travail, reprit Sarason. Je vous avais prévenu que ces deux plongeurs de la NUMA étaient dangereux.

— Mon frère ne s'attendait pas à une résistance organisée par une armée.

— Une armée d'un seul homme! souligna Sarason. J'ai observé toute l'action depuis une tombe. Un tireur isolé sur le toit du temple a tué les officiers et tenu en échec deux escadrons de vos intrépides mercenaires tandis que son compagnon a maîtrisé les pilotes et volé leur hélicoptère. Votre frère a payé le prix de sa suffisance et de sa stupidité.

— Comment deux malheureux plongeurs et un groupe de gamins ont-ils pu anéantir une force de sécurité surentraînée? demanda Chaco.

— Si je connaissais la réponse à cette question, nous pourrions aussi savoir comment ils ont démoli l'hélicoptère qui les suivait.

Chaco le regarda dans les yeux.

— On peut encore les arrêter.

— Oubliez ça. Je n'ai pas envie d'aggraver les choses en détruisant un navire du gouvernement américain et tous ses passagers. Le mal est déjà fait. Selon mes renseignements à Lima, toute l'histoire – y compris le meurtre de Miller – a été communiquée au bureau du Président Fujimori par le Dr Kelsey peu après son arrivée sur le bateau. Dès ce soir, les faits seront diffusés dans le pays tout entier. La fin de notre opération Chachapoya est un échec.

— Nous pouvons encore sortir les objets d'art de la vallée.

La mort récente de son frère n'avait pas entamé sa cupidité.

— J'y ai pensé avant vous. Une équipe est en route pour reprendre tout ce que l'attaque à la roquette, ordonnée par les imbéciles sous le commandement de votre frère, n'a pas mis en miettes. Ce sera un miracle s'il reste quelque chose à montrer pour notre peine.

— Je crois qu'il est possible qu'une piste à propos du *quipu* de Drake puisse encore être découverte à la cité des morts.

— Le *quipu* de Drake, répéta Sarason avec une expression lointaine dans le regard.

Puis il haussa les épaules.

— Notre organisation travaille déjà dans une autre direction pour le trésor.

— Et Amaru? Est-il encore vivant?

— Oui, malheureusement. Il est émasculé pour le restant de ses jours.

— Dommage pour lui. C'était un employé loyal.

— Loyal envers celui qui le payait le plus, fit Sarason avec mépris. Tupac Amaru est un tueur sociopathe de premier ordre. Quand je lui ai ordonné d'enlever Miller et de le garder prisonnier jusqu'à ce que nous achevions l'opération, il a mis une balle dans le cœur du bon docteur et l'a jeté dans le maudit puits. Ce type a l'esprit d'un chien enragé.

— Il pourra nous être utile plus tard, dit Chaco.

— Utile ? Comment ?

— Si je le connais bien, il va jurer de se venger de ceux qui lui ont infligé ce handicap. Il pourrait être sage de le lancer sur la piste du Dr Kelsey et de ce plongeur nommé Pitt pour éviter que les enquêteurs des Douanes internationales ne les fassent parler.

— Nous serions sur un terrain miné si nous laissions la bride sur le cou à ce fou furieux. Mais je vais réfléchir à votre suggestion.

— Quels sont les plans du *Solpemachaco* pour moi ? poursuivit Chaco. Ici, je n'ai plus rien à faire. Maintenant que mes compatriotes sont sur le point de savoir que j'ai trahi leur confiance en ce qui concerne les trésors historiques, je pourrais bien passer le reste de ma vie dans une de leurs affreuses prisons.

— C'est à prévoir, dit Sarason. Mes sources m'ont aussi révélé que la police locale a ordre de vous arrêter. Ils devraient être ici dans l'heure.

— Je suis un savant et un scientifique, pas un criminel endurci, dit Chaco. J'ignore ce que je pourrais révéler au cours d'un interrogatoire un peu poussé, sans parler de la torture.

Sarason dissimula un sourire devant cette menace à peine voilée.

— Vous êtes un pion utile que nous ne pouvons pas nous permettre de perdre. Votre connaissance de la culture andine de l'Antiquité est sans égale. Toutes les précautions ont été prises pour qu'on vous case à Panama. Là, vous dirigerez les expertises, le catalogue et la restauration de tous les objets d'art que nous pourrons acheter aux *huaqueros* locaux ou que nous acquerrons sous le couvert de projets archéologiques académiques dans toute l'Amérique du Sud.

Chaco sentit se réveiller son appétit de puissance.

— J'en suis flatté et, bien sûr, j'accepte. Une situation aussi importante doit très bien payer.

— Vous recevrez deux pour cent du prix des objets vendus dans les salles des ventes de New York et d'Europe.

Chaco était trop loin du haut de l'échelle de l'organisation pour être au courant des véritables secrets du *Solpemachaco*, mais il en connaissait le réseau et savait que ses profits étaient énormes.

— J'aurai besoin d'aide pour quitter le pays.

— Ne vous inquiétez pas, dit Sarason. Vous allez m'accompagner.

Il montra par la fenêtre l'inquiétant appareil noir posé non loin du camping-car, ses rotors à trois lames battant l'air lentement.

— Avec cet appareil, nous serons à Bogota, en Colombie, dans quatre heures.

Chaco pouvait à peine croire à sa chance. Quelques instants auparavant, il était au seuil de la disgrâce et de la prison pour avoir fraudé son gouvernement et maintenant, il allait devenir un homme très riche. Le souvenir de son frère mort s'estompait rapidement. Ils n'avaient été que des demi-frères et pas très proches, d'ailleurs.

Chaco rassembla quelques affaires dans une valise. Puis les deux hommes se dirigèrent vers l'hélicoptère.

Juan Chaco ne vit jamais Bogota. Des fermiers labourant un champ de patates douces, près d'un village isolé d'Equateur, arrêtèrent leur travail pour regarder l'étrange appareil qui ronronnait cinq cents mètres au-dessus de leur tête. Soudain, dans ce qui leur parut un horrible cauchemar, ils aperçurent le corps d'un homme qui tombait de l'avion. Les fermiers purent aussi clairement distinguer que le malheureux était vivant. Il battait vigoureusement des jambes et remuait les bras comme si cela avait pu ralentir sa chute.

Chaco heurta le sol au milieu d'un petit corral qu'occupait une vache solitaire. Il ne la manqua que de deux mètres. Les fermiers accourus de leur champ entourèrent le corps écrasé qui s'était enfoncé d'au moins cinquante centimètres dans le sol.

Simples paysans, ils ne jugèrent pas utile d'envoyer quelqu'un prévenir le poste de police le plus proche, à près de soixante kilomètres à l'ouest. Au lieu de cela, ils soulevèrent avec révérence le corps de l'homme mystérieux tombé du ciel et l'inhumèrent dans un petit cimetière près des ruines d'une vieille église.

Il ne fut ni pleuré ni connu mais devint un mythe pour les générations à venir.

11

Shannon, la tête entourée d'une serviette de toilette nouée en turban, était encore tout humide du merveilleux bain qu'elle venait de prendre dans la cabine du commandant. Elle avait laissé les étudiantes péruviennes en profiter avant elle pendant qu'elle dévorait un sandwich au poulet arrosé d'un verre de bon vin que Pitt lui avait gentiment préparé dans la cuisine du navire. Sa peau brillait et elle embaumait la lavande, enfin débarrassée de la transpiration, de la crasse et de la boue de la jungle qu'elle avait sous les ongles. Un marin qui avait à peu près sa taille lui avait prêté une combinaison de travail tandis que la seule femme de l'équipage, une spécialiste de la géologie marine, avait mis sa garde-robe à la disposition des jeunes Péruviennes. Dès que Shannon fut habillée, son premier geste avait été de jeter dans une poubelle son maillot de bain et la chemise sale, qui lui rappelaient des choses qu'elle préférait oublier.

Après avoir séché et brossé ses cheveux, elle emprunta un peu de la lotion après-rasage du capitaine Stewart. Pourquoi diable, se demandait-elle, les hommes n'utilisent-ils jamais de talc après leur douche? Elle finissait de natter ses longs cheveux quand Pitt frappa à la porte. Ils restèrent un long moment à se regarder sans rien dire avant d'éclater de rire.

— J'ai failli ne pas vous reconnaître, dit-elle en faisant entrer Pitt, propre et rasé, vêtu d'une chemise hawaïenne fleurie et d'un pantalon beige.

— On a tout de même l'air de quelqu'un d'autre, dit-il avec un sourire indulgent. Que diriez-vous de visiter le bateau avant le dîner?

— J'en serais ravie, répondit-elle en lui coulant un regard approbateur. Je croyais que j'étais supposée camper dans votre cabine. Figurez-vous que le commandant m'a généreusement offert la sienne.

— Je suppose qu'il a truqué le tirage au sort, fit Pitt en haussant les épaules.

— Vous êtes un tricheur, Dirk Pitt. Vous n'êtes pas le débauché pour lequel vous voulez vous faire passer.

— J'ai toujours pensé qu'il fallait du temps avant de dévoiler son intimité.

Soudain, elle se sentit un peu mal à l'aise. C'était comme si les yeux verts perçants lisaient en elle. Il paraissait sentir qu'il y avait quelqu'un d'autre. Elle se força à sourire et lui prit le bras.

— Par où commençons-nous?

— Vous parlez de notre promenade, bien sûr?

— De quoi parlerais-je d'autre?

Le *Deep Fathom* était un navire scientifique construit dans les règles de l'art et ça se voyait. Sa désignation officielle était « vaisseau super-sismique ». A l'origine, il était destiné aux recherches géophysiques en grandes profondeurs mais il pouvait aussi accomplir quantité d'autres activités sous-marines. Sa poupe géante et ses grues latérales pouvaient s'adapter à toutes les fonctions possibles sous l'eau, depuis l'excavation minière en eaux profondes jusqu'au lancement et à la récupération de sous-marins, habités ou non.

Sur la quille étaient peintes les lettres NUMA, de la couleur turquoise traditionnelle. La superstructure était blanche et les grues bleu ciel. De la poupe à la proue, le navire était long comme un terrain de football et pouvait accueillir jusqu'à trente-cinq scientifiques et vingt membres d'équipage. Bien que cela ne fût pas évident vu de l'extérieur, les quartiers d'habitation n'avaient rien à envier aux paquebots les plus luxueux. L'amiral James Sandecker, avec un rare instinct pour un bureaucrate, savait que ses collaborateurs seraient d'autant plus efficaces qu'ils étaient bien traités et le *Deep Fathom* reflétait parfaitement cette conviction. Sa salle à manger était décorée comme celle d'un grand restaurant et sa cuisine abritait un chef de grande classe.

Pitt conduisit Shannon sur la passerelle de commandement.

— Ceci est notre cerveau, dit-il en montrant la vaste pièce remplie de matériel numérique, d'ordinateurs, d'écrans de contrôle montés sur de longues consoles occupant toute la largeur de la salle, sous une volée de grandes fenêtres. Presque tout ce qui se passe sur ce navire est contrôlé d'ici, sauf l'équipement de travail en eaux profondes. Ça, c'est dans les compartiments contenant l'électronique spécialement conçue pour les projets en grandes profondeurs.

Shannon admira les chromes brillants, les images colorées sur les écrans et la vue panoramique de la mer par les fenêtres. Tout lui parut impressionnant et aussi moderne qu'un salon futuriste.

— Où est le gouvernail? demanda-t-elle.

— La vieille roue a disparu avec le *Queen Mary*, répondit Pitt.

Il lui montra la console de commande automatique du navire, un panneau muni de leviers et d'unités de télécommandes qui pouvait être monté sur les ailes du pont.

— La navigation se fait maintenant par ordinateur. Le commandant peut même diriger le navire à la voix.

— Moi qui ne fais que déterrer de vieilles poteries, j'ignorais que les bateaux étaient aussi modernes !

— Après avoir été considérées pendant quarante ans comme le parent pauvre, la science et la technologie marines ont enfin été reconnues par le gouvernement et par l'industrie privée comme l'industrie du futur.

— Vous ne m'avez jamais expliqué ce que vous faisiez dans les eaux péruviennes.

— Nous cherchons de nouveaux médicaments au fond des mers, répondit-il.

— Des médicaments ? Du genre « prenez deux planctons et rappelez-moi demain matin si ça ne va pas mieux » ?

Pitt sourit et hocha la tête.

— C'est tout à fait dans le domaine du possible. Votre médecin pourrait bien vous prescrire un jour ce genre de remèdes.

— Alors la chasse aux nouveaux remèdes se fait maintenant au fond des mers ?

— C'est une nécessité. Nous avons déjà trouvé et utilisé plus de quatre-vingt-dix pour cent des organismes terrestres à la source de la médecine pour traiter les maladies. L'aspirine et la quinine viennent de l'écorce des arbres. Les produits chimiques viennent de partout, depuis le venin de serpent, depuis les grenouilles jusqu'à la lymphe des glandes du porc qu'on utilise dans certaines compositions en médecine. Mais les créatures marines et les micro-organismes vivant dans les profondeurs sont une source encore inexplorée et pourraient bien représenter l'espoir de guérison de bien des affections, du rhume banal au cancer ou même au sida.

— Mais vous ne plongez tout de même pas pour rapporter des tas de microbes juste pour qu'on les étudie en laboratoire et qu'on les distribue dans toutes les bonnes pharmacies !

— Ce n'est pas aussi farfelu que vous avez l'air de le croire. On pourrait cultiver n'importe lequel des centaines d'organismes qui vivent dans une goutte d'eau, le récolter, l'inclure dans un médicament. La méduse, par exemple, un invertébré qu'on appelle bryozoaire, certaines éponges et plusieurs types de coraux sont couramment utilisés dans des traitements anticancéreux, les traitements anti-inflammatoires contre les douleurs arthritiques et des médicaments permettant de réduire le rejet d'organes transplantés. Les résultats des tests sur un produit chimique isolé du varech paraissent très encourageants pour combattre certaines formes de tuberculose devenues résistantes aux médicaments habituels.

— Et dans quelle partie de l'océan cherchez-vous ces drogues miraculeuses ? demanda Shannon.

— L'expédition actuelle se concentre sur un récif de boyaux en forme de cheminées où le magma chaud de la croûte terrestre, en contact avec l'eau froide de la mer, sort par une série de craquelures avant de se répandre sur le fond marin. On pourrait appeler ça une source chaude sous-marine. Divers minéraux se décomposent sur une vaste zone, du cuivre, du zinc, du fer et aussi de l'eau très chargée de sulfure d'hydrogène. Curieusement, de grandes colonies de pieuvres géantes, de moules, d'énormes vers et de bactéries utilisant les composés du soufre pour synthétiser les sucres, vivent et se développent dans cet environnement sombre et toxique. Ce sont ces espèces remarquables de la vie sous-marine que nous rassemblons avec nos submersibles pour faire des essais cliniques en laboratoires aux Etats-Unis.

— Est-ce que beaucoup de scientifiques travaillent sur ces cures ?

— Dans le monde, expliqua Pitt, ils sont une cinquantaine, peut-être soixante. La recherche médicale marine en est encore aux balbutiements.

— Et dans combien de temps ces médicaments seront-ils sur le marché ?

— Les obstacles sont incroyables. Il faudra au moins dix ans avant que les médecins puissent prescrire certaines de ces cures.

Shannon s'approcha d'une longue rangée d'écrans qui occupaient tout une partie de la cloison.

— Tout cela est impressionnant !

— Notre mission secondaire est d'établir une carte du fond marin partout où nous passons.

— Que montrent les écrans ?

— Ce que vous voyez là, c'est le fond de la mer, une myriade de formes et d'images, expliqua Pitt. Notre système de sonar à balayage latéral longue portée peut enregistrer en trois dimensions et en couleurs un champ de cinquante kilomètres de large.

Shannon regarda, intéressée, l'incroyable spectacle de ravins et de montagnes, à des milliers de mètres au-dessous du navire.

— Je n'aurais jamais imaginé voir aussi clairement le fond de la mer. C'est comme si on regardait d'avion les montagnes Rocheuses.

— Mis en valeur par un ordinateur, c'est encore plus précis.

— Le Roman des Sept Mers, plaisanta-t-elle. Vous êtes comme ces explorateurs d'autrefois qui établissaient les cartes des nouveaux mondes.

— La technique de pointe est peu compatible avec le romantisme, fit Pitt en riant.

Ils quittèrent la passerelle et il lui montra le laboratoire du navire où une équipe de chimistes et de biologistes marins s'affairaient au-dessus d'une douzaine de bacs de verre grouillant de centaines de bestioles différentes venues du fond des mers, étudiaient des données sur les écrans des ordinateurs ou examinaient des micro-organismes au microscope.

— Quand on les a sortis du fond, dit Pitt, c'est ici qu'ont lieu les premières recherches de nouveaux médicaments.

— Et quel est votre rôle dans tout ça ? demanda Shannon.

— Al Giordino et moi nous occupons des véhicules robotisés qui fouillent le sol marin à la recherche de sites prometteurs. Quand nous pensons en avoir trouvé un, nous descendons en sous-marin pour rassembler les spécimens.

— Votre activité est rudement plus passionnante que la mienne, soupira Shannon.

— Je ne suis pas d'accord, dit Pitt. Chercher les origines de nos ancêtres peut être très excitant. Si nous n'avions aucune attirance pour le passé, pourquoi des millions de gens rendent-ils hommage à l'ancienne Egypte, à Rome et à Athènes chaque année ? Pourquoi allons-nous parcourir les champs de bataille de Gettysburg et de Waterloo, pourquoi escaladons-nous les falaises pour découvrir les plages de Normandie ? Parce que se pencher sur l'Histoire, c'est nous voir nous-mêmes.

Shannon resta silencieuse. Elle avait pensé trouver une certaine froideur en cet homme qu'elle avait vu tuer sans remords apparent. Ses paroles profondes la surprenaient, ainsi que sa facilité à exprimer ses idées.

Il parla de la mer, d'épaves et de trésors perdus. Elle raconta les grands mystères archéologiques encore non résolus. Ils se passionnèrent pour ces échanges d'idées et cependant, il y avait entre eux un abîme infranchissable. Ils ne se sentaient pas vraiment attirés l'un par l'autre.

Ils avaient parcouru le pont et se penchaient sur le bastingage, contemplant l'écume blanche creusée par l'étrave du *Deep Fathom* qui s'éloignait en biais quand apparut le capitaine Frank Stewart.

— C'est officiel, dit-il avec son accent doux de l'Alabama, on nous a ordonné de conduire les jeunes Péruviens et le Dr Kelsey auprès des autorités du port de Lima à Callao.

— Avez-vous appelé l'amiral Sandecker ? demanda Pitt.

— Non, seulement Rudi Gunn, son directeur des projets.

— Quand nous aurons débarqué tout le monde, je suppose que nous devrons revenir sur place continuer nos recherches ?

— L'équipage et moi, oui. Al et vous devez retourner au puits sacré et sortir le corps du Dr Miller.

Pitt considéra Stewart comme un psychiatre regarde un malade mental.

— Pourquoi nous ? Pourquoi pas la police péruvienne ?

Stewart eut un haussement d'épaules.

— Quand j'ai rouspété en disant que votre présence était indispensable à la poursuite de la collecte de spécimens, Gunn a dit qu'il nous envoyait par avion des remplaçants du labo de la NUMA à Key West. C'est tout ce qu'il a bien voulu me dire.

Pitt montra de la main l'endroit où aurait dû se trouver l'hélicoptère.

— Avez-vous informé Rudi du fait que ni Al ni moi ne sommes très populaires auprès des indigènes et que nous venons à peine d'atterrir ?

— Non à la première proposition, oui à la seconde. L'ambassade américaine se débrouille pour vous prendre à bord d'un hélico commercial à Lima.

— C'est à peu près aussi intelligent que de commander un sandwich au beurre de cacahuète dans un restaurant français !

— Si vous avez des doléances à présenter, je vous suggère de vous adresser directement à Gunn, quand il nous attendra sur le quai à Callao.

Pitt fronça les sourcils.

— Le bras droit de Sandecker va faire plus de 650 kilomètres depuis

Washington pour superviser la remontée d'un cadavre ? Qu'est-ce que ça cache ?

— Plus que je ne saurais comprendre, je suppose, dit Stewart.

Il se tourna vers Shannon.

— Gunn m'a aussi demandé de vous transmettre un message d'un certain David Gaskill. Il a dit que vous sauriez qui c'est.

Elle contempla le pont pensivement un moment.

— Oui, je me rappelle, c'est un agent secret des Douanes américaines, spécialisé dans le trafic illicite des antiquités.

— Gaskill a dit de vous dire, poursuivit Stewart, qu'il pense avoir remonté la piste de l'Armure d'Or de Tiapollo jusqu'à un collectionneur privé de Chicago.

Le cœur de Shannon se mit à battre très fort et elle serra le bastingage au point que ses articulations devinrent blanches comme de l'ivoire.

— Bonnes nouvelles ? demanda Pitt.

Elle ouvrit la bouche mais ne put articuler un son. Elle avait l'air abasourdi. Pitt passa le bras autour de sa taille pour la soutenir.

— Ça va ?

— L'Armure d'Or de Tiapollo, murmura-t-elle avec révérence, était perdue pour le monde. Elle a été volée au musée national d'Anthropologie de Séville en 1922. Il n'est pas un archéologue au monde qui ne donnerait tout ce qu'il possède pour l'étudier.

— Qu'est-ce qui la rend si précieuse ? demanda Stewart.

— Elle est considérée comme l'objet le plus précieux jamais découvert en Amérique du Sud à cause de sa signification historique, expliqua Shannon, comme en extase. L'Armure d'Or recouvrait la momie d'un grand général chachapoya connu sous le nom de Naymlap, de la tête aux pieds. Les conquérants espagnols ont découvert la tombe de Naymlap en 1547 dans la ville de Tiapollo, sur le flanc d'une montagne élevée. On trouve un rapport de cette découverte dans deux documents anciens mais de nos jours, on ne sait plus où était Tiapollo. Je n'ai vu que des photos en noir et blanc de l'Armure mais je peux vous dire que le travail du métal martelé est impressionnant. L'iconographie, les images traditionnelles et les glyphes extérieurs sont très sophistiqués et illustrent le récit d'un événement légendaire.

— Une écriture picturale, comme dans les hiéroglyphes égyptiens ? demanda Pitt.

— Très semblables, oui.

— Autrement dit, une bande dessinée, ajouta Giordino en s'approchant.

Shannon éclata de rire.

— Oui, mais sans les bulles. On n'a jamais pu déchiffrer complètement les glyphes. Les références obscures semblent se rapporter à un long voyage par bateau jusqu'à un lieu au-delà de l'empire des Aztèques.

— Pour y faire quoi ? demanda Stewart.

— Pour y cacher un énorme trésor royal appartenant à Huascar, un roi inca capturé au cours d'une bataille et tué par son propre frère Atahualpa, qui fut tué à son tour par le conquistador espagnol Francisco Pizarro. Huascar possédait une chaîne sacrée en or mesurant deux cent quatorze mètres de long. Dans un récit fait par les Incas aux Espagnols, il est dit que deux cents hommes auraient eu du mal à la soulever.

— Si l'on considère qu'un homme peut soulever soixante pour cent de son poids, fit Giordino, votre chaîne doit peser plus de neuf mille kilos d'or. Multipliez ça par douze onces de troy...

— ... Ça te fait deux cent quatre mille onces, acheva Pitt.

Giordino eut une expression de totale stupéfaction.

— Oh ! Mon Dieu ! Au taux du marché de l'or actuel, ça fait beaucoup plus de cent millions de dollars !

— Vous devez vous tromper, se moqua Stewart.

— Calculez vous-même, dit Giordino encore stupéfait.

Stewart calcula et son visage prit la même expression que celui de Giordino.

— Sainte Vierge ! Il a raison !

— Oui, dit Shannon, et ça, ce n'est que le prix de l'or. En tant qu'antiquité, elle n'a pas de prix.

— Les Espagnols n'ont jamais mis la main dessus ? demanda Pitt.

— Non, pas plus que sur le reste du trésor royal, tout a disparu. Vous avez probablement tous entendu raconter comment le frère de Huascar, Atahualpa, essaya de racheter sa liberté en offrant à Pizarro et à ses conquistadors de remplir d'or une pièce de sept mètres de long et de cinq mètres de large. Atahualpa, debout sur la pointe des pieds, traça un trait autour de la pièce au moins trois mètres au-dessus du sol et dit que l'or arriverait jusque-là. Une autre pièce plus petite devait être remplie de deux fois plus d'argent.

— Ça doit être la rançon la plus élevée du monde, plaisanta Stewart.

— Selon la légende, poursuivit Shannon, Atahualpa prit dans des palais, des temples et des bâtiments publics un grand nombre d'objets en or. Mais il n'en avait pas assez pour tenir sa promesse, aussi décida-t-il de puiser dans le trésor de son frère. Les agents de Huascar l'ayant mis au courant, celui-ci s'arrangea pour faire transférer le trésor du royaume avant qu'Atahualpa et Pizarro puissent mettre la main dessus. Gardées par des guerriers chachapoyas fidèles sous le commandement du général Naymlap, des tonnes d'argent et d'or, dont la chaîne, furent secrètement transportées par une énorme main-d'œuvre humaine, jusqu'à la côte où on les chargea sur des radeaux d'osier et de balsa qui partirent pour une destination inconnue, très loin au nord.

— Y a-t-il une base solide à cette histoire ? demanda Pitt.

— Entre 1546 et 1568, un historien jésuite, traducteur réputé, l'évêque Juan Avila, nota de nombreux récits mythiques de l'ancienne culture péruvienne. Pendant qu'il essayait de convertir au christianisme les peuples chachapoyas, il entendit raconter quatre histoires différentes parlant toutes d'un immense trésor du royaume inca que leurs ancêtres auraient aidé à transporter sur une île bien au-delà des terres des Aztèques, où il fut enterré. Ils dirent que le trésor était gardé par un jaguar ailé attendant que les Incas reviennent et rétablissent leur empire au Pérou.

— Il doit y avoir des centaines d'îles côtières entre ici et la Californie, dit Stewart.

Shannon suivit le regard de Pitt vers la mer mouvante.

— Il y a, je devrais dire il y avait, une autre source à la légende.

— Racontez, dit Pitt.

— Quand l'évêque Avila questionna le Peuple des Nuages, comme s'appelaient les Chachapoyas, l'un des contes parla d'un coffret de jade contenant le récit détaillé du voyage.

— Une peau de bête peinte de symboles picturaux ?

— Non, un *quipu*, répondit Shannon à voix basse.

Stewart secoua la tête, sans comprendre.

— Un quoi ?

— Un *quipu*. C'est un système inca fait pour résoudre un problème mathématique et garder des données. Très ingénieux, en fait. Une sorte d'ordinateur ancien, avec des cordelettes colorées en fil ou en chanvre et des nœuds placés à divers intervalles. Les cordelettes aux couleurs codées signifiaient diverses choses, le bleu pour la religion, le rouge pour le roi, le gris pour les lieux ou les villes, le vert pour les gens, etc. Un fil jaune pouvait signifier l'or et un fil blanc l'argent. La place des nœuds indiquait des chiffres, comme le passage du temps. Entre les mains d'un *quipu-mayoc*, un secrétaire ou un employé, les possibilités de rapports d'événements ou d'inventaires d'entrepôts étaient infinies. Malheureusement, la plupart des *quipus*, qui étaient les archives les plus détaillées de l'histoire de tout un peuple, ont été détruits pendant la conquête espagnole et l'oppression qui a suivi.

— Et cet instrument à cordes, si vous me pardonnez le jeu de mots, dit Pitt, servait de livre de bord de voyage, y compris les horaires, les distances et les lieux ?

— En gros, c'est ça, confirma Shannon.

— Sait-on ce qu'a pu devenir le coffret de jade ?

— On raconte que les Espagnols ont trouvé la boîte avec le *quipu* et, ne comprenant pas sa valeur, l'ont envoyé en Espagne. Mais pendant qu'on transbordait les trésors du galion en route vers Panama, le coffret et tout un tas de précieux objets plus une grande quantité d'or et d'argent, le galion fut capturé par l'aigle des mers anglais, Francis Drake.

Pitt se tourna vers elle et la regarda comme il l'aurait fait d'une automobile de collection encore inconnue de lui.

— La carte du trésor des Chachapoyas est partie vers l'Angleterre ?

Shannon haussa les épaules.

— Drake n'a jamais fait mention du coffret de jade ou de son contenu quand il regagna l'Angleterre après son voyage épique autour du monde. Depuis, on a appelé ce coffret le *quipu* de Drake mais personne ne l'a jamais revu.

— Un sacré conte, murmura Pitt, les yeux perdus dans le vague comme s'il voyait quelque chose au-delà de l'horizon.

— Mais la meilleure part est encore à venir, dit-il enfin.

Shannon et Stewart le regardèrent avec étonnement. Le regard de Pitt suivait une mouette tournoyant au-dessus du navire puis filant vers la terre. Quand il les regarda, il semblait tout à fait déterminé. Un petit sourire tendait ses lèvres et ses boucles d'ébène dansaient dans la brise.

— Pourquoi dites-vous cela ? demanda Shannon.

— Parce que j'ai l'intention de retrouver le coffret de jade.

— Vous vous fichez de nous ? dit Stewart en riant.

— Pas le moins du monde.

L'expression distante du visage de Pitt était maintenant tout à fait résolue. Pendant un moment, Shannon fut ébahie. Le changement soudain des traits de Pitt était inattendu.

— Vous avez l'air d'être au bord de la folie !

Pitt pencha la tête en arrière et rit de bon cœur.

— C'est ce qu'il y a de bien dans la folie, dit-il. On voit des choses que personne d'autre ne distingue.

12

St. Julien Perlmutter était le type même du gourmet et du bon vivant. Très porté sur la bonne chère et le bon vin, il n'était jamais si heureux qu'en partageant les goûts de ses contemporains et possédait une incroyable collection des recettes des plus grands chefs du monde ainsi qu'une cave de plus de quatre mille bouteilles des meilleurs crus. Il avait la réputation justifiée d'offrir des dîners fins dans des restaurants renommés sans regarder à la dépense. St. Julien Perlmutter pesait à peu près cent quatre-vingt-un kilos. Méprisant l'effort physique et les repas basses calories, son souhait le plus cher était de passer dans l'autre monde en savourant un cognac centenaire après un repas somptueux.

En dehors de la nourriture, son autre passion concernait les bateaux et les épaves. Il avait accumulé ce que les experts considéraient comme la plus grande collection au monde de littérature et de données sur les grands navires de l'Histoire. Les musées de la marine du monde entier attendaient avec impatience que sa gourmandise l'emporte afin de se jeter comme des vautours sur ses collections de livres.

Si Perlmutter recevait plutôt au restaurant que dans sa superbe maison de Georgetown, non loin de la capitale de la nation, c'est parce qu'une masse gigantesque de livres envahissait tout l'espace. Le plancher, les étagères, chaque coin et recoin de sa chambre, le salon, la salle à manger et même la cuisine et les cabinets débordaient de livres, empilés à côté de la commode de sa salle de bains, éparpillés comme des ballots de paille sur son lit géant à matelas d'eau. Il aurait fallu une année au moins à un archiviste expert pour trier et dresser le catalogue des milliers de livres empilés là. Mais pas pour Perlmutter. Il savait exactement trouver chaque volume particulier et ce, en quelques secondes.

Vêtu comme à l'accoutumée d'un pyjama violet sous une robe de chambre rouge et or, debout devant un miroir rescapé d'une cabine de luxe du *Lusitania*, il peignait sa magnifique barbe grise quand sa ligne téléphonique privée émit un appel semblable à une cloche de bateau.

— Ici St. Julien Perlmutter. Veuillez exposer votre affaire avec brièveté.

— Allô ? Salut, vieille épave.

— Dirk ! dit-il en souriant lorsqu'il reconnut la voix. (Ses yeux bleus brillaient dans son visage cramoisi.) Où est donc cette recette de crevettes sautées aux abricots que tu m'avais promise ?

— Dans une enveloppe sur mon bureau. J'ai oublié de vous la poster avant de partir pour l'étranger. Je suis désolé.

— D'où m'appelles-tu ?

— D'un bateau au large des côtes du Pérou.

— Je tremble de te demander ce que tu fais là-bas.

— C'est une longue histoire...

— Ne le sont-elles pas toutes ?

— J'ai besoin d'une faveur.

Perlmutter soupira.

— De quel navire s'agit-il, cette fois ?

— Du *Golden Hind.*

— Le *Golden Hind* de Francis Drake ?

— Exactement.

— *Sic parvis magna*, cita Perlmutter. « Les grandes choses ont de petits commencements. » C'était la devise de Drake. Tu le savais ?

— Ça a dû m'échapper, admit Pitt. Drake a capturé un galion espagnol...

— Le *Nuestra Señora de la Concepción*, interrompit Perlmutter. Dirigé par Juan De Anton, en route vers Panama, venant de Callao de Lima avec un chargement de lingots et de précieux objets incas. Si je me rappelle bien, c'était en mars 1578.

Il y eut un instant de silence à l'autre bout de la ligne.

— Comment se fait-il que lorsque je vous parle, Julien, vous me donniez l'impression de m'avoir confisqué ma bicyclette ?

— Je pensais qu'un bel exemple de culture te remonterait le moral, dit Perlmutter en riant. Que veux-tu savoir exactement ?

— Quand Drake s'est emparé du *Concepción*, comment a-t-il disposé du chargement ?

— La chose a été notée. Il a chargé les lingots d'or et d'argent, y compris un tas de pierres précieuses et de perles, à bord du *Golden Hind*. Cela faisait un tas énorme. Son navire était dangereusement surchargé. Aussi a-t-il lâché plusieurs tonnes d'argent dans l'eau, près de l'île de Cano, au large de la côte d'Equateur, avant de poursuivre son voyage autour du monde.

— Et les trésors incas ?

— Il les a laissés dans les cales du *Concepción*. Drake a alors désigné un équipage pour reconduire le galion par le détroit de Magellan jusqu'en Angleterre en traversant l'Atlantique.

— Le galion a atteint le port ?

— Non, répondit Perlmutter. Il a été porté manquant et on le supposa perdu corps et biens.

— Je suis désolé d'apprendre cela, dit Pitt d'un ton déçu. J'espérais qu'il avait survécu d'une façon ou d'une autre.

— Maintenant que j'y pense, reprit Perlmutter, il y a une histoire très ancienne concernant la disparition du *Concepción*.

— Racontez !

— Une histoire étrange, à peine plus qu'une rumeur, dit que le galion a été pris dans un raz de marée qui l'a entraîné loin du rivage, au cœur d'une île. Bien sûr, cela ne fut jamais vérifié.

— Vous connaissez la source de cette rumeur ?

— Il faudra des recherches pour vérifier les détails mais si ma mémoire est bonne, l'histoire vient d'un Anglais fou qui aurait été trouvé par des Portugais dans un village le long de l'Amazone. Désolé, mais c'est tout ce que je peux te dire comme ça, sur le moment.

— Je vous serais reconnaissant de chercher à en savoir un peu plus, dit Pitt.

— Je peux te donner les dimensions et le tonnage du *Concepción*, combien de voiles il portait, où et quand il a été construit. Mais un fou qui se balade en pleine forêt, ça demande des sources qui ne font pas partie de ma collection.

— Si quelqu'un peut débrouiller un mystère maritime, c'est vous.

— Tu sais que je suis totalement dénué de volonté quand il s'agit de chercher les solutions de tes énigmes, surtout depuis que nous avons découvert tous les deux le vieil Abraham Lincoln dans un cuirassé de la Confédération en plein milieu du Sahara [1].

— Je vous laisse le bébé, Julien.

— Des cuirassés dans un désert, l'arche de Noé sur une montagne, des galions espagnols dans la jungle. Pourquoi les bateaux ne restent-ils pas sur la mer où ils devraient être ?

— C'est pour ça que vous et moi sommes d'incurables chercheurs d'épaves disparues, dit Pitt.

— Quel est ton intérêt, cette fois ? demanda Perlmutter.

— Un coffret de jade contenant des cordelettes nouées qui donnent l'emplacement d'un immense trésor inca.

Perlmutter réfléchit un instant à la brève réponse de Pitt avant de dire :

— Bon, je pense que c'est une raison qui en vaut une autre.

Hiram Yaeger avait l'air d'un clochard qui pousse un caddy plein de ses

1. Voir *Sahara*, Grasset, 1992.

misérables affaires le long d'une allée sombre. Il portait un jean et un blouson assorti. Ses longs cheveux blonds attachés en queue de cheval un peu lâche et son visage enfantin disparaissaient à moitié sous une barbe peu fournie. Cependant, le seul caddy que Yaeger eût jamais poussé était celui du supermarché le long du rayon des confiseries. Pour qui ne le connaissait pas, il était difficile d'imaginer qu'il vivait dans un quartier résidentiel et chic du Maryland avec sa femme, une ravissante artiste, et deux jolies petites filles fréquentant une école privée et qu'il conduisait une BMW haut de gamme.

De même, il était difficile d'imaginer qu'il dirigeait le service d'informations et de communications de la NUMA. L'amiral Sandecker avait réussi à le débaucher d'une société d'informatique de Silicon Valley afin de lui faire mettre au point une immense bibliothèque de données rassemblant tous les livres, articles ou thèses, scientifiques ou historiques, de faits ou de théories, qui aient jamais existé concernant la mer. Les archives de St. Julien Perlmutter ne traitaient que des navires. Celles de Yaeger incluaient l'océanographie et le domaine en expansion des sciences sous-marines.

Il était assis à son terminal privé, dans un petit bureau latéral du complexe des données informatiques qui occupait tout le dixième étage de l'immeuble de la NUMA quand le téléphone sonna. Sans quitter des yeux l'écran montrant comment les courants océaniques affectaient le climat autour de l'Australie, il saisit le combiné.

— Le cerveau vous salue, dit-il machinalement.

— Arrête, tu serais incapable de reconnaître de la matière grise éclaboussant tes chaussures, répondit la voix d'un de ses vieux amis.

— Je suis heureux de t'entendre, monsieur le directeur des Projets spéciaux. Ici, tout le monde raconte que tu passes des vacances de rêve sous le beau soleil d'Amérique du Sud.

— Tu as mal entendu, vieux.

— Tu appelles du *Deep Fathom*?

— Ouais. Al et moi venons de rentrer d'une petite excursion dans la jungle.

— Que puis-je faire pour toi?

— Plonge dans tes données et vois si tu peux trouver quelque chose sur un raz de marée qui a frappé la côte entre Lima, et Panama aux environs du mois de mars 1578.

Yaeger soupira.

— Pourquoi ne me demandes-tu pas de trouver aussi la température et l'humidité du jour de la création?

— Seulement la zone touchée par le raz de marée, ça suffira, merci.

— S'il y a des données sur un tel événement, ça sera dans les vieilles archives maritimes et météo venant de Séville. On pourrait aussi trouver ça auprès des indigènes qui ont peut-être des légendes rapportant l'événement. Les Incas étaient spécialistes de ce genre de choses, reproduites sur des tissus et des poteries.

— Ce n'est pas évident, dit Pitt. L'empire inca a été anéanti par la conquête espagnole au moins quarante ans plus tôt. Tout ce qu'ils ont pu écrire ou dessiner sur le sujet a été dispersé et perdu.

— La plupart des raz de marée allant à l'intérieur des terres sont causés par des mouvements du sol marin. Peut-être pourrai-je rassembler certains événements géologiques qui se sont produits dans ce coin-là.

— Fais de ton mieux, vieux.

— Tu en as besoin pour quand ?

— A moins que l'amiral ne t'ait collé sur un projet prioritaire, laisse tout tomber et fonce.

— D'accord, dit Yaeger, impatient de relever le défi. Je vais voir ce que je peux dénicher.

— Merci, Hiram. Je suis ton débiteur.

— Ça doit être au moins la centième fois.

— N'en parle pas à Sandecker, tu veux ? dit Pitt.

— Je sentais bien que ça devait être encore une de tes machinations machiavéliques. Tu peux me dire un peu de quoi il retourne ?

— Je cherche un galion espagnol perdu dans la jungle.

— Ben voyons ! fit Yaeger, résigné comme d'habitude.

Il savait depuis longtemps qu'il fallait s'attendre à tout avec Pitt.

— J'espère que tu pourras délimiter le périmètre des recherches.

— A ce propos, et parce que je sais réfléchir avec intelligence et efficacité, je peux déjà réduire considérablement le champ de tes recherches.

— Qu'est-ce que tu sais et que j'ignore ?

Yaeger sourit pour lui-même.

— Les basses terres entre les flancs ouest des Andes et la côte du Pérou ont une température moyenne de dix-huit degrés et, côté pluie, il y a à peine de quoi remplir un verre à apéritif, ce qui en fait une des zones les plus froides et les plus sèches des déserts de basse altitude. Il n'y a là-bas aucune jungle susceptible de cacher un navire.

— Alors, quel est le coin rêvé, selon toi ? demanda Pitt.

— L'Equateur. La région côtière est tropicale jusqu'à Panama.

— Voilà ce que j'appelle un bel exemple de raisonnement déductif. Tu es formidable, Hiram. Quoi qu'en puissent dire tes anciennes épouses.

— Ce n'est rien. J'aurai quelque chose pour toi dans vingt-quatre heures.

— Je t'appelle.

Dès qu'il eut reposé le combiné, Yaeger commença par rassembler ses pensées. Comme chaque fois, la nouveauté de cette recherche d'épave l'excitait. Les zones qu'il avait eu l'intention d'explorer s'inscrivaient nettement sur l'ordinateur de son cerveau. Depuis qu'il travaillait à la NUMA, il savait que Pitt ne se promenait pas dans la vie comme n'importe qui. Travailler avec lui, lui fournir les données qu'il demandait, constituait depuis le début une aventure, vécue indirectement, certes, mais pleine d'imprévus. Yaeger était fier de se dire qu'il n'avait jamais manqué une des balles que Pitt lui avait lancées.

13

Pendant que Pitt faisait des plans pour retrouver le galion espagnol, Adolphus Rummel, célèbre collectionneur d'antiquités sud-américaines, sortit de l'ascenseur du superbe appartement situé au vingtième et dernier étage d'un immeuble de Lake Shore Drive, à Chicago.

Petit, filiforme, avec un crâne rasé et une énorme moustache à la gauloise, Rummel avait environ soixante-quinze ans et ressemblait davantage à un des méchants que recherchait Sherlock Holmes qu'au propriétaire de six énormes parcs de récupération d'automobiles.

Comme beaucoup de ses semblables extrêmement riches qui amassaient sans cesse des collections d'antiquités sans prix, achetant au marché noir sans poser de questions, Rummel était célibataire et plutôt solitaire. Personne n'avait jamais été autorisé à voir ses objets précolombiens. Seuls son comptable et son avocat en connaissaient l'existence mais ni l'un ni l'autre n'avait la moindre idée de l'étendue de son catalogue.

Vers 1950, Rummel, d'origine allemande, faisait passer la frontière mexicaine à des objets rituels nazis. Le «trésor» contenait des dagues de cérémonies, des médailles et des croix de chevaliers gagnées par les plus grands héros allemands de la Deuxième Guerre mondiale, ainsi qu'un certain nombre de documents historiques signés par Adolf Hitler et ses sbires. En vendant très cher ce butin à des collectionneurs d'objets nazis, Rummel acheta avec ses bénéfices un cimetière de voitures qu'il transforma bientôt en un empire de récupération des métaux. Cela lui rapporta près de vingt millions de dollars en quarante ans.

Après un voyage d'affaires au Pérou, il se passionna pour l'art américain ancien et commença à acheter des pièces à des marchands, honnêtes ou criminels. La source lui importait peu. La corruption était commune dans la confrérie des découvreurs d'antiquités et les vendeurs d'Amérique centrale et du Sud. Rummel ne cherchait pas à savoir si les pièces qu'il achetait avaient été légalement déterrées ou si elles provenaient de ventes sous le manteau ou de vols de musées. Il ne les achetait que pour sa satisfaction et sa passion et pour personne d'autre.

Il traversa la pièce aux murs de marbre d'Italie et s'approcha d'un grand miroir à cadre doré surmonté de chérubins nus et d'une guirlande de grappes de raisin. Tournant la tête d'un des angelots du coin, Rummel déclencha le loquet qui déverrouilla le miroir, révélant une porte cachée. Au-delà, un escalier menait à huit pièces spacieuses, aux murs couverts d'étagères et contenant des tables supportant au moins trente caissons de verre emplis d'objets précolombiens. Il y en avait au moins deux mille. Avec révérence, comme s'il parcourait la nef d'une église pour s'approcher de l'autel, il parcourut la galerie, admirant la beauté et la facture de ses trésors personnels. C'était un rituel qu'il respectait chaque soir avant d'aller se coucher, un peu comme un père qui va regarder dormir ses enfants.

Le pèlerinage de Rummel s'acheva près d'une grande vitrine de verre au milieu de la galerie. Là était la perle de sa collection. Scintillante sous les lampes halogènes, l'Armure d'Or de Tiapollo reposait dans toute sa splendeur, bras et jambes étendus, le masque étincelant avec ses émeraudes à la place des yeux. La merveilleuse luminosité de cette œuvre d'art unique ne manquait jamais d'émouvoir Rummel.

Sachant parfaitement qu'elle avait été volée au musée national d'Anthropologie de Séville, soixante-seize ans auparavant, Rummel n'avait pas hésité à payer un million deux cent mille dollars comptant lorsqu'il avait été contacté par un groupe d'hommes se disant en relation avec la Mafia mais qui appartenaient en fait à un syndicat clandestin spécialisé dans le vol d'objets précieux. Comment s'étaient-ils emparés de l'Armure d'Or, Rummel n'en avait aucune idée. Il pensait qu'ils l'avaient volée eux-mêmes ou qu'ils l'avaient rachetée à un collectionneur ayant traité avec les voleurs d'origine.

Ayant eu son plaisir du soir, Rummel éteignit les lumières, remonta l'escalier et referma le miroir. Se glissant derrière le bar construit autour d'un sarcophage romain vieux de deux mille ans, il prit une bouteille de cognac, s'en servit un verre et se retira dans sa chambre pour lire un peu avant de s'endormir.

Dans un appartement au même étage mais situé dans l'immeuble d'en face, de l'autre côté de la même rue, l'agent des Douanes des Etats-Unis David Gaskill était assis, une paire de puissantes jumelles sur un trépied lui permettant de surveiller de près le collectionneur qui se préparait à se coucher.

Un autre agent se serait sans doute lassé de cette longue semaine de surveillance, mais pas Gaskill. Après dix-huit ans passés au service des Douanes, Gaskill ressemblait davantage à un entraîneur de football qu'à un agent secret du gouvernement. Du reste, il cultivait cette allure qui lui servait dans son travail. Ses cheveux gris et souples étaient peignés en arrière. Américain d'origine africaine, il avait la peau plus sombre que le café et ses yeux avaient un étrange mélange de vert et d'acajou. Sa tête massive de bouledogue semblait reliée à son corps par un tronc d'arbre. C'était une montagne qui avait autrefois joué comme arrière vedette de l'université de Californie. Il avait travaillé dur pour se débarrasser de son accent de Caroline du Sud. Il avait maintenant une diction parfaite au point qu'on le prenait parfois pour un citoyen britannique des Bahamas.

Gaskill avait été fasciné par l'art précolombien depuis un voyage dans la péninsule du Yucatán, pendant ses études. Nommé à Washington, il avait mené des douzaines d'enquêtes concernant des objets de culture anasazi et hohokam, originaires du désert de l'Amérique du Sud-Ouest. Il travaillait sur un vol de panneaux de pierre sculptée maya quand un agent de la police de Chicago, renseigné par une femme de ménage, lui avait fait passer l'information. Elle avait découvert par hasard des photographies dépassant d'un tiroir mal fermé chez Rummel. Les photos représentaient ce qu'elle crut être le corps d'un homme recouvert d'or. Pensant que cela cachait peut-être un cadavre, elle avait volé une des photos et l'avait remise à la police. Un policier ayant enquêté su des vols d'objets d'art avait reconnu l'objet doré et appelé Gaskill.

Aux Douanes, le nom de Rummel figurait depuis toujours sur la liste des gens qui collectionnaient les objets sans chercher à savoir d'où ils venaient. Mais on n'avait jamais trouvé de preuves de trafic illégal et Gaskill ignorait même où Rummel cachait son trésor. L'agent spécial, aussi calé qu'un expert, avait immédiatement reconnu la photo comme étant l'Armure d'Or de Tiapollo, perdue depuis longtemps.

Il installa immédiatement une surveillance de jour et de nuit de l'appartement de Rummel et faisait suivre le vieil homme dès qu'il sortait et jusqu'à son retour. Mais six jours d'étroite surveillance ne lui avaient pas permis de savoir où il cachait sa collection. Le suspect ne s'écarta pas une seconde de sa routine. Il allait le matin à son bureau, au bas de Michigan Avenue, y passait quatre heures à s'occuper de ses investissements, déjeunait dans un restaurant où il commandait toujours de la soupe aux haricots et de la salade. Il passait le reste de l'après-midi à explorer les magasins d'antiquités et les galeries d'art. Puis il dînait dans un restaurant allemand tranquille et allait voir un film ou une pièce de théâtre. Il rentrait chez lui à onze heures trente. Et cet emploi du temps ne variait jamais.

— Est-ce qu'il n'en a pas marre de boire le même tord-boyaux au lit? murmura l'agent spécial Winfried Pottle. Pour ma part, je préférerais les bras accueillants d'une jolie femme élégante vêtue d'une robe noire et souple.

Gaskill repoussa les jumelles et tourna un visage douloureux vers son adjoint de l'équipe de surveillance. Contrairement à Gaskill, qui portait un Levi's et un blouson de l'équipe de football U.S. Chicago, Pottle était un homme fin et élégant, aux traits aigus surmontés de cheveux d'un roux pâle et vêtu d'un costume trois pièces avec montre-gousset et chaîne.

— Quand on a vu certaines des femmes que tu fréquentes, on pourrait dire que tu rêves éveillé.

Pottle montra d'un geste l'appartement de Rummel.

— Reconnais que je mène une vie moins réglée.

— Je tremble d'imaginer comment tu te conduirais si tu avais tout son fric.

— Si j'avais investi autant que lui dans les objets volés, je ne sais pas si je serais aussi doué que lui pour les cacher.

— Il faut pourtant bien qu'il les cache quelque part, dit Gaskill, un peu découragé. Sa réputation d'acheter des trucs brûlants et historiquement intéressants vient de trop de sources, sur le marché des antiquités, pour ne pas être vraie. Ce serait dingue d'avoir une collection de classe internationale et de ne jamais s'en approcher! Je n'ai encore jamais rencontré de collectionneur, que ce soit de timbres, de pièces ou de cartes de base-ball, qui ne la contemple pas, ne la reclasse pas, chaque fois que c'est possible. On sait que certains maniaques, qui paient des fortunes pour des Rembrandt ou des Van Gogh, restent assis devant pendant des heures dans leurs caves bien planquées. Je sais que certains de ces types, qui ont commencé sans rien, se sont mis, quand ils sont devenus riches, à amasser des objets qu'ils étaient les seuls à admirer. Il y en a même qui ont abandonné leur famille, accepté le divorce, parce que leur trésor était devenu une obsession. C'est pourquoi un type aussi fada d'art précolombien que Rummel ne pourrait jamais se passer de contempler un trésor qui est probablement plus riche que celui des plus beaux musées du monde.

— As-tu jamais pensé que nos sources pouvaient être fausses ou du moins très exagérées ? demanda Pottle. La femme de ménage qui nous a donné la photo a une belle réputation d'alcoolique.

Gaskill secoua la tête.

— Rummel l'a planqué quelque part, j'en suis sûr.

Pottle contempla l'appartement de Rummel dont les lumières venaient de s'éteindre.

— Si tu as raison et si j'étais Rummel, je coucherais avec.

— Ça m'étonnerait...

Gaskill se tut soudain, la plaisanterie de Pottle lui ayant donné une idée.

— Ton esprit pervers nous a peut-être fait marquer un point.

— Ah ! Oui ? fit Pottle sans comprendre.

— Quelles sont les pièces de l'appartement qui n'ont pas de fenêtre ? Lesquelles ne pouvons-nous pas observer ?

Pottle se perdit un instant dans la contemplation du tapis.

— Selon le plan de l'étage, deux salles de bains, un débarras, le petit hall entre sa chambre et les chambres d'amis et les placards.

— On oublie quelque chose.

— On oublie quoi ? Rummel ne ferme pas souvent ses rideaux. On peut surveiller quatre-vingt-dix pour cent de ses mouvements dès qu'il sort de l'ascenseur. Comment pourrait-il caser une tonne d'objets d'art dans deux malheureuses salles de bains et un placard ?

— C'est vrai, mais où passe-t-il les trente ou quarante minutes entre le moment où il sort du hall pour entrer dans l'ascenseur et le moment où il pénètre dans le salon ? Certainement pas dans l'entrée.

— Peut-être aux cabinets ?

— Personne n'est régulier à ce point.

Gaskill se leva et se dirigea vers une table basse où était étalé le plan de l'appartement de Rummel, que leur avait remis l'architecte. Il l'étudia pour au moins la quinzième fois.

— Les objets d'art ne peuvent pas ne pas être dans le bâtiment.

— On a vérifié tous les appartements, du rez de chaussée au toit, dit Pottle. Ils sont tous habités par leurs locataires.

— Et celui qui est juste au-dessous de celui de Rummel ? demanda Gaskill.

Pottle feuilleta une liasse de feuilles d'ordinateur.

— Sidney Krammer et sa femme Candy. C'est un de ces avocats de haut vol qui évitent à leurs clients de payer un paquet d'impôts.

Gaskill regarda Pottle.

— Quand Krammer et sa femme sont-ils venus pour la dernière fois ?

Pottle chercha dans le carnet où il notait les allées et venues des résidents pendant leur surveillance.

— Aucun signe d'eux. On ne les a pas vus.

— Je parie que si on cherchait bien, on découvrirait que les Krammer vivent dans une jolie maison dans une banlieue résidentielle et ne mettent jamais le nez dans leur appartement.

— Ils pourraient être en vacances.

La voix de l'agent Beverly Swain résonna dans l'appareil portatif de Gaskill.

— J'ai un gros camion de déménagement qui entre en marche arrière dans le sous-sol de l'immeuble.

— Vous appelez depuis le bureau de sécurité de l'immeuble ou du sous-sol ?

— Du vestibule de l'immeuble où je fais les cent pas aussi militairement que possible, répondit Swain avec insolence.

C'était une jolie petite blonde qui avait travaillé sur les plages de Californie avant d'entrer aux Douanes. Elle était le meilleur agent de l'équipe de Gaskill et le seul qu'il eût dans l'immeuble de Rummel.

— Si vous pensez que j'en ai marre de regarder les écrans de surveillance montrant les sous-sols, les escaliers et les couloirs et que je suis prête à partir pour Tahiti, vous avez presque raison.

— Economisez vos sous, répondit Pottle. Tahiti, ce n'est rien d'autre que des grands palmiers et des plages exotiques. On a tout ça en Floride.

— Fermez l'entrée principale, ordonna Gaskill. Puis courez au sous-sol et interrogez les déménageurs. Voyez s'ils font entrer ou sortir quelqu'un de l'immeuble, quel appartement et pourquoi ils travaillent à cette heure indue.

— J'y vais, répondit Swain en étouffant un bâillement.

— J'espère qu'elle ne va pas rencontrer un monstre, dit Pottle.

— Quel monstre ? demanda Gaskill en levant les sourcils.

— Vous savez, dans tous ces films d'horreur idiots, une femme seule dans une maison entend des bruits étranges dans la cave. Elle descend l'escalier pour voir, sans allumer la lumière ou en serrant un couteau de cuisine pour se protéger.

— C'est bien dans le style fumeux d'Hollywood, fit Gaskill en haussant les épaules. Ne t'inquiète pas pour Bev. Le sous-sol est illuminé comme un boulevard de Las Vegas et elle a un Colt de 9 millimètres Combat Commander. Plains plutôt le monstre qui l'approcherait.

Maintenant que l'appartement de Rummel était dans l'obscurité, Gaskill poussa les jumelles, le temps d'avaler une demi-douzaine de beignets et le contenu d'un thermos de lait froid. Il contemplait tristement la boîte de beignets vide quand Swain reprit contact.

— Les déménageurs déchargent des meubles destinés à un appartement au dix-neuvième étage. Ils ont râlé qu'on les fasse travailler si tard mais ils sont payés en heures supplémentaires. Ils ne savent pas pourquoi le client est si pressé, ils pensent qu'il s'agit d'un de ces transferts d'entreprise de dernière minute.

— Est-il possible qu'ils fassent entrer en douce des objets chez Rummel ?

— Ils m'ont ouvert la porte du camion. Il n'y a que des meubles style art déco.

— Très bien. Surveillez ce qu'ils font de temps en temps.

Pottle gribouilla sur un carnet et décrocha un téléphone mural dans la cuisine. Quand il revint vers Gaskill accoudé à la fenêtre, il avait un petit sourire dissimulé.

— Je m'incline devant ton intuition. L'adresse de Sidney Krammer est à Lake Forest.

— Je te parie que le plus gros client de Krammer est Adolphus Rummel, suggéra Gaskill.

— Et pour gagner les bongos et un an de litière à chat, dites-moi à qui Krammer loue son appartement ?

— Sûrement à Adolphus Rummel.

Pottle semblait content de lui.

— Je crois que nous pouvons sans modestie crier *Eurêka.*

Gaskill regarda de l'autre côté de la rue, par un rideau ouvert, le living- room de Rummel et comprit tout d'un coup son secret. Son regard s'assombrit.

— Un escalier caché dans le vestibule, dit-il. (Il choisissait ses mots comme pour décrire une scène qu'il s'apprêtait à écrire.) Rummel sort de l'ascenseur, ouvre une porte cachée donnant sur l'escalier et descend dans l'appartement en dessous du sien, où il passe quarante-cinq minutes à se repaître de la vue de son trésor. Puis il remonte, se sert un cognac et s'endort du sommeil du juste. C'est bizarre, mais je ne peux pas m'empêcher de l'envier.

Pottle posa la main sur l'épaule de Gaskill.

— Félicitations, Dave. Il n'y a plus qu'à obtenir un mandat de perquisition et faire une descente dans l'appartement de Rummel.

Gaskill secoua la tête.

— Un mandat, oui. Une descente avec une armée d'agents, non. Rummel a des amis puissants à Chicago. On ne peut pas se permettre de faire un ramdam qui se terminerait par un barrage de critiques de la part des médias ou un mauvais procès. Surtout si je me suis trompé. Une petite fouille tranquille, juste toi, moi et Bev suffira à dénicher la collection de Rummel.

Pottle enfila l'imperméable qui lui valait des plaisanteries sans fin de la part de ses collègues et se dirigea vers la porte.

— Le juge Aldrich n'est pas un gros dormeur. Je le sors du lit et je reviens avec tous les papiers nécessaires avant le lever du soleil.

— Plus tôt, si tu peux, répondit Gaskill avec un sourire. Je suis dévoré d'impatience.

Quand Pottle fut sorti, Gaskill appela Swain.

— Votre rapport sur les déménageurs ?

Dans le hall de l'immeuble de Rummel, Bev Swain était assise au comptoir de sécurité et surveillait quatre écrans. Elle regarda les meubles sortir du champ de la caméra. Pressant un bouton sur un tableau plus éloigné, elle passa de caméra en caméra, monta vers toutes les zones stratégiques du bâtiment. Elle retrouva les déménageurs qui sortaient du monte-charge au dix-neuvième étage.

— Jusqu'à présent, ils ont porté un sofa, deux fauteuils, une table basse et ce qui ressemble à une caisse de vaisselle, d'accessoires de cuisine ou de salle de bains. Ou peut-être des vêtements. Vous savez, des trucs comme ça.

— Est-ce qu'ils rapportent quelque chose dans le camion ?

— Rien que des boîtes vides.

— Nous pensons avoir trouvé où Rummel cache ses trésors. Pottle est parti chercher un mandat. On ira voir dès son retour.

— Bonne nouvelle, dit Swain en soupirant. J'ai presque oublié à quoi ressemble le monde extérieur dans ce fichu hall d'entrée.

Gaskill se mit à rire.

— Il ne s'est pas amélioré. Restez sur votre joli petit cul quelques heures encore.

— Je considère cet ordre comme un harcèlement sexuel, fit Swain d'un ton faussement guindé.

— Ce n'est que l'expression de mon admiration, agent Swain, fit Gaskill d'une voix navrée, rien que de l'admiration.

Un jour magnifique se levait, frais et piquant, avec juste un souffle de brise venue du lac Michigan. Le *Farmer's Almanach* avait prévu un été indien pour la région des Grands Lacs et Gaskill l'espérait bien. Un automne un peu plus chaud signifierait quelques jours de plus à pêcher sur le lac Wisconsin, dans sa cabine, loin de tout. Il menait une vie bien solitaire depuis la mort de sa femme. Après vingt ans de mariage, elle était morte d'une crise cardiaque due à un excès de fer, une maladie appelée hémochromatose. Il avait reporté son amour sur son travail et passait ses loisirs confortablement installé dans un hors-bord Boston Whaler, préparant ses prochaines enquêtes et analysant les données tout en pêchant le brochet et la perche.

Dans l'ascenseur menant chez Rummel, avec Pottle et Swain, Gaskill lut le texte du mandat de perquisition pour la troisième fois. Le juge avait autorisé la fouille de l'appartement de Rummel mais pas de celui de Krammer, à l'étage inférieur, parce qu'il n'en voyait pas l'utilité. L'inconvénient n'était pas énorme. Au lieu d'aller directement dans ce qui, Gaskill en était sûr, renfermait les pièces et les objets volés, ils trouveraient son accès caché et descendraient depuis chez Rummel.

Il eut soudain une étrange pensée : et si le collectionneur s'était fait refiler des faux et des imitations ? Rummel ne serait pas le premier collectionneur ambitieux à qui on aurait fourgué des faux tant il était impatient d'acquérir des pièces, quelle qu'en soit la provenance, légale ou non.

Swain avait tapé le code de sécurité permettant à l'ascenseur de s'élever au-delà des appartements des résidents et d'ouvrir directement dans celui de Rummel. Les portes s'écartèrent et ils foulèrent le sol de marbre du vestibule sans être annoncés. Peu habitué à ce genre d'exploit, Gaskill caressait son automatique 9 mm rangé dans son holster. Pottle trouva le bouton d'un interphone sur une crédence et appuya dessus. Un fort bourdonnement retentit dans tout l'appartement.

Après un court silence, une voix embrumée de sommeil répondit.

— Qui est là ?

— Monsieur Rummel, dit Pottle dans l'interphone, voulez-vous venir jusqu'à l'ascenseur, je vous prie.

— Vous feriez mieux de partir ou j'appelle la sécurité.

— Ne vous fatiguez pas. Nous sommes des agents fédéraux. Faites ce qu'on vous demande et nous vous expliquerons notre présence.

Swain regarda les lumières au-dessous de l'ascenseur clignoter comme s'il descendait automatiquement.

— Voilà pourquoi je ne loue jamais d'appartement au niveau du toit, dit-elle, en plaisantant. Les cambrioleurs peuvent tripoter votre ascenseur privé plus facilement qu'on ne vole une Mercedes Benz.

Rummel apparut en pyjama, des chaussons aux pieds et une ridicule robe de chambre démodée en chenille. Le tissu rappela à Gaskill un couvre-lit qu'il avait eu, enfant, dans la maison de sa grand-mère.

— Je m'appelle David Gaskill. Je suis agent spécial des Douanes des Etats-Unis. J'ai un mandat de perquisition délivré par la Cour fédérale pour fouiller les lieux.

Rummel chaussa une paire de lunettes sans monture apparente et commença à lire le mandat comme s'il s'agissait du journal du matin. De près, il faisait dix ans de moins que ses soixante-seize ans. Et bien qu'il fût à peine sorti du lit, il paraissait alerte et très méticuleux. Impatient, Gaskill le contourna.

— Excusez-moi.

Rummel leva les yeux.

— Fouillez toutes les pièces tant que vous voulez. Je n'ai rien à cacher.

Le riche ferrailleur ne se montrait ni grossier ni irritable. Il prenait l'intrusion de bonne grâce et semblait même coopérer.

Gaskill savait que ce n'était qu'une attitude.

— Nous ne sommes intéressés que par votre vestibule.

Il avait expliqué à Swain et à Pottle ce qu'il convenait de chercher et ils se mirent au travail. Chaque craquelure, chaque joint fut examiné de près. Mais c'est le miroir qui intrigua Swain. En tant que femme, elle fut instinctivement attirée par l'objet. Inspectant le fond réfléchissant, elle n'y trouva pas la plus petite imperfection. Le verre était biseauté autour et gravé de fleurs dans les angles. Elle devina qu'il devait dater du dix-huitième siècle. Elle ne pouvait s'empêcher de s'interroger sur tous les gens qui, depuis trois cents ans, y avaient contemplé leur reflet. Leurs images étaient toujours là, elle le sentait.

Elle examina ensuite le cadre finement sculpté, chargé de petits angelots dorés. Fine observatrice, elle remarqua une minuscule entaille au cou de l'un des angelots. La dorure paraissait usée comme par un frottement. Swain lui saisit doucement la tête et essaya de la tourner dans le sens des aiguilles d'une montre. Rien ne bougea. Elle tourna dans l'autre sens et la tête pivota complètement. Il y eut un déclic audible et l'un des côtés du miroir s'entrouvrit, s'arrêtant à quelques centimètres du mur.

Elle regarda par l'entrebâillement et vit l'escalier caché.

— Bonne prise, patron !

Rummel pâlit. Silencieusement, Gaskill ouvrit complètement le miroir. Il eut un large sourire et sentit l'enthousiasme l'envahir tout entier.

C'est ce qu'il préférait dans son travail, ce jeu de l'esprit conduisant au triomphe final sur son adversaire.

— Voulez-vous ouvrir la voie, monsieur Rummel ?

— L'appartement d'en dessous appartient à mon avocat, Sidney Krammer, dit Rummel, une lueur insolente dans le regard. Votre mandat vous autorise à fouiller le mien seulement.

Gaskill chercha un moment dans la poche de son manteau avant d'en extraire une petite boîte contenant un hameçon et un appât qu'il avait achetés la veille. Il tendit la main et laissa tomber la boîte dans l'escalier.

— Pardonnez ma maladresse. J'espère que M. Krammer ne m'en voudra pas si je récupère mon bien.

— C'est une violation de domicile ! explosa Rummel.

Il n'obtint pas de réponse. Suivi de Pottle, l'imposant agent des Douanes descendait déjà les marches, ne s'arrêtant que pour récupérer sa boîte d'appâts. Ce qu'il vit en atteignant l'étage inférieur lui coupa le souffle.

Des objets précolombiens magnifiques emplissaient toutes les pièces de l'appartement. Des textiles incas protégés par des plaques de verre pendaient du plafond. Une salle entière était réservée aux masques de cérémonie. Une autre contenait des autels et des urnes funéraires. D'autres, des coiffures ornées, des céramiques délicatement peintes et des sculptures exotiques. On avait retiré toutes les portes de l'appartement pour faciliter l'accès. La cuisine et la salle de bains, dépouillées de leurs bacs, baignoires et accessoires, abritaient elles aussi une partie de l'immense collection. Gaskill et Pottle, abasourdis, contemplaient le déploiement spectaculaire des antiquités. Il y en avait beaucoup, beaucoup plus qu'ils ne s'y attendaient.

Quand la première stupeur fut passée, Gaskill passa d'une pièce à l'autre, cherchant le clou de la collection. Il ne trouva qu'une vitrine brisée et vide au milieu de la pièce. Immensément déçu, il appela :

— Monsieur Rummel ! Venez ici !

Escorté par Swain, Rummel, complètement défait et éperdu, s'approcha lentement de la pièce. Il se glaça soudain, horrifié, comme si l'une des lances incas lui avait percé l'estomac.

— Elle a disparu ! dit-il, en haletant. L'Armure d'Or de Tiapollo a disparu !

Le visage de Gaskill se glaça. Le plancher autour de la vitrine vide était encombré d'un tas de meubles parmi lesquels un sofa, une table basse et deux chaises. Son regard alla de Pottle à Swain.

— Les déménageurs, murmura-t-il d'une voix à peine audible. Ils ont volé l'armure à notre nez et à notre barbe !

— Ils ont quitté l'immeuble il y a plus d'une heure, dit Swain d'une voix blanche.

Pottle semblait hébété.

— Trop tard pour lancer des recherches. Ils ont déjà dû planquer l'armure... si elle n'est pas déjà à bord d'un avion en train de quitter le pays.

Gaskill se laissa tomber sur une des chaises.

— Etre arrivé si près du but, murmura-t-il. Fasse le ciel qu'elle ne soit pas perdue pour soixante-seize nouvelles années !

DEUXIÈME PARTIE

À la recherche du « Concepción »

15 octobre 1998
Callao, Pérou.

14

Le principal port du Pérou, Callao, fut fondé par Francisco Pizarro en 1537 et devint rapidement le plus grand port d'embarquement de l'or et de l'argent soutiré à l'empire inca. Juste retour des choses, le port lui-même fut mis à sac par Francis Drake quarante et un ans plus tard. La conquête du Pérou par les Espagnols s'acheva pratiquement où elle avait commencé. Les dernières forces espagnoles se soumirent à Simon Bolivar, à Callao, en 1825 et le Pérou devint une nation souveraine pour la première fois depuis la chute des Incas. Maintenant jointe à Lima en une énorme zone métropolitaine, les deux cités comptent ensemble une population de près de six millions et demi d'habitants.

Situées sur le flanc ouest des Andes, le long des basses terres, Callao et Lima ne reçoivent que quarante et un millimètres d'eau de pluie par an, de sorte que les terres à l'entour figurent parmi les zones désertiques de basse altitude les plus sèches et les plus froides du monde. Le brouillard hivernal ne recouvre que de minces épaisseurs de terre, des plantes rabougries et presque rien d'autre. La seule eau qui ne soit pas celle de l'excessive humidité, arrive de quelques cours d'eau dont la rivière Rimac, venant des Andes.

Après avoir contourné la pointe nord de San Lorenzo, le grand chapelet d'îles qui protège l'abri naturel de Callao, le capitaine Stewart fit réduire la vitesse car un remorqueur venait de se ranger le long du *Deep Fathom*. Le pilote du port sauta sur une échelle d'embarquement et monta à bord. Quand le pilote eut soigneusement fait entrer le bateau dans le chenal principal, le capitaine Stewart reprit son poste sur la passerelle et fit accoster le grand navire de recherches le long d'un quai du terminal des passagers. Sous sa surveillance attentive, les amarres furent attachées aux grosses bittes rouillées. Alors il arrêta le système de contrôle automatique, appela le chef mécanicien et l'autorisa à couper les moteurs.

Tous se penchèrent sur le bastingage et furent surpris de constater que mille personnes au moins étaient rassemblées sur le quai. Il y avait là une escouade militaire armée, un grand nombre de policiers mais aussi des cameramen de la télévision et des photographes de presse qui cherchaient le meilleur angle lorsqu'on abaissa la passerelle. Derrière eux, faisant de grands signes, souriaient les parents des étudiants en archéologie.

— Toujours pas d'orchestre Dixie jouant «En attendant le Robert E. Lee», remarqua Pitt en feignant la déception.

— Rien de tel qu'une ovation populaire pour te remonter le moral, dit Giordino, étonné de la réception inattendue.

— Je ne m'attendais pas à un pareil ramdam, murmura Shannon, elle aussi surprise. Je n'arrive pas à croire que la nouvelle se soit répandue si vite!

Miles Rodgers leva l'un des trois appareils pendus à son cou et commença à prendre des photos.

— On dirait que la moitié du gouvernement péruvien a fait le déplacement.

Le quai bruissait d'animation. De jeunes enfants agitaient des drapeaux péruviens et américains. Un mugissement s'éleva de la foule quand les étudiants, s'apprêtant à descendre, commencèrent à leur tour à manifester leur joie en reconnaissant leurs parents. Seul Stewart semblait mal à l'aise.

— Mon Dieu! J'espère qu'ils n'ont pas tous l'intention de monter à bord!

— Les assaillants sont trop nombreux, fit Giordino. Descendez votre pavillon et demandez grâce.

— Je vous avais dit que mes étudiants avaient des parents très influents, dit Shannon avec fierté.

Sans se faire remarquer, un petit homme portant des lunettes et protégeant un attaché-case de la foule qui le bousculait, réussit à éviter le cordon de sécurité des gardes. Il grimpa sur la passerelle avant que quiconque ait pu l'en empêcher et sauta sur le pont avec l'expression ravie d'un buteur ayant feinté une ligne de défense. S'approchant de Pitt et de Giordino, il afficha un large sourire.

— Comment se fait-il que la prudence et la discrétion ne fassent pas partie de vos talents?

— Nous essayons de ne pas nous dérober à l'opinion publique, répondit Pitt en lui rendant son sourire et en le serrant affectueusement contre lui. Ça fait plaisir de te voir, Rudi.

— Ma parole, on ne peut pas t'échapper, dit Giordino.

Rudi Gunn, directeur adjoint de la NUMA, serra la main de Stewart. On lui présenta Shannon et Rodgers.

— J'espère que vous m'excuserez si je vous enlève un moment ces deux gredins avant la cérémonie de bienvenue? dit-il gentiment.

Sans attendre la réponse, il enjamba une écoutille et emprunta un couloir, très à l'aise. Gunn avait participé à la conception du *Deep Fathom* et en connaissait tous les recoins. Il s'arrêta devant la porte de la salle de conférences, l'ouvrit et entra. Il alla s'installer à la tête de la longue table et fit signe à Pitt et à Giordino de prendre les deux fauteuils voisins.

Bien que Gunn et Giordino soient à peu près de la même taille, ils se ressemblaient aussi peu qu'un gibbon et un bouledogue. Alors que Gunn était mince comme une jeune fille, Giordino ressemblait à un immense paquet de muscles en mouvement. Intellectuellement aussi, ils étaient différents. Giordino était astucieux et dégourdi. Gunn, lui, était un génie à l'état pur. Major de sa promotion à l'Académie navale, ancien commandant qui aurait pu atteindre les sommets de la hiérarchie au ministère, il avait préféré la science sous-marine de la NUMA à celle du combat naval. Extrêmement myope, il regardait le monde à travers des lunettes à monture d'écaille mais pas un mouvement ne lui échappait à deux cents mètres.

Pitt parla le premier.

— Pourquoi cette hâte à nous renvoyer, Al et moi, dans ce puits de malheur pour remonter un cadavre ?

— La demande vient des Douanes des Etats-Unis. Ils ont insisté auprès de Sandecker pour avoir la coopération de ses meilleurs éléments.

— Et tu fais partie du lot ?

— J'aurais pu supplier qu'on me laisse finir mes projets en cours en soutenant que sans moi, tout s'arrêterait. L'amiral n'aurait pas hésité à envoyer quelqu'un d'autre. Mais mon petit doigt m'a parlé de votre mission non autorisée pour trouver un galion perdu au fond de l'Equateur.

— Hiram Yaeger, fit Pitt. J'aurais dû me rappeler que vous êtes tous les deux aussi proches que Frank et Jessie James !

— Je n'ai pas pu résister à l'envie de laisser tomber la routine de Washington pour participer à l'aventure alors je me suis porté volontaire pour le sale boulot d'information et pour vous suivre sur le projet des Douanes.

— Tu veux dire que tu as vendu ta salade à Sandecker puis que tu as filé ? dit Pitt.

— Heureusement pour ceux qui sont dans le coup, il ne sait rien de la chasse au galion. Enfin, pas encore.

— On ne le roule pas facilement, dit Giordino.

— Pas très longtemps, en tout cas, ajouta Pitt. Il est probablement déjà sur tes traces.

Gunn fit un geste d'indifférence.

— Vous deux êtes en terrain sûr. Il vaut mieux que ce soit moi qu'un malheureux peu habitué à vos escapades. N'importe quel autre bureaucrate de la NUMA pourrait surestimer vos capacités.

Giordino fit la grimace.

— Et on appelle ça un ami !

— Que peut faire la NUMA pour les Douanes qui soit tellement spécial ? demanda Pitt.

Gunn étala une liasse de papiers sur la table.

— L'issue est complexe mais concerne la récupération discrète d'objets d'art anciens.

— Est-ce que ce n'est pas un peu loin de notre spécialité? Je te rappelle que nous travaillons dans l'exploration et la recherche sous-marines.

— La destruction dans un but de pillage de sites archéologiques sous-marins, ça cadre parfaitement avec notre spécialité, affirma Gunn.

— Et qu'est-ce que vient faire la récupération du corps du Dr Miller dans ton histoire?

— Ce n'est que le premier acte de notre coopération avec les Douanes. Le meurtre d'un anthropologue de renommée mondiale est la base de leur enquête. Ils pensent que le meurtrier est un membre important d'un syndicat international de pillage et ils ont besoin de preuves pour une mise en accusation. Ils espèrent aussi que le meurtrier les mènera au cerveau de toute l'opération de vol et de contrebande. Quant au puits sacré, les Douanes et les autorités péruviennes pensent qu'une grande quantité de butin vient de là et a déjà été expédiée chez des receleurs dans le monde entier. Miller a dû découvrir le vol et on a eu sa peau. Ils veulent que nous, ou plutôt Al et toi, fouilliez le fond pour trouver des preuves.

— Et pour notre projet de recherche du galion perdu?

— Faites le boulot dans le puits et je vous trouverai un petit budget sur les fonds de la NUMA pour financer vos recherches. C'est tout ce que je peux promettre.

— Et si l'amiral exige ta tête? demanda Giordino.

Gunn haussa les épaules.

— C'est mon patron autant que le vôtre. Je suis un vieux loup de mer. J'obéis aux ordres.

— Moi, je suis un vieux loup tout court, répondit Pitt. Je les discute.

— Il sera temps de t'inquiéter le moment venu, dit Giordino. Allons voir ce qu'il y a dans ce puits, on en sera débarrassés.

Pitt soupira et sa détendit sur sa chaise.

— Autant faire quelque chose d'utile pendant que Yaeger et Perlmutter font leur petite enquête. Ils devraient avoir des indices sérieux quand nous ressortirons de la jungle.

— Il y a encore une demande des agents des Douanes, dit Gunn.

— Quelle foutaise ont-ils encore ajoutée à leur liste? demanda Pitt en colère. Récupérer les souvenirs que les touristes en croisière jettent par-dessus bord pour ne pas se faire prendre par les inspecteurs des douanes?

— Rien d'aussi futile, expliqua Gunn. Ils insistent pour que vous retourniez au Pueblo de los Muertos.

— Ils doivent penser que les antiquités qui moisissent sous la pluie constituent des biens volés sous-marins, c'est ça? dit Giordino d'un ton agressif.

— Les gens des Douanes ont le plus urgent besoin d'un inventaire.

— Des objets du temple? s'étonna Pitt. Qu'est-ce qu'ils veulent? Un catalogue numéroté? Il y a plus de mille objets empilés dans ce qui reste du temple après que les mercenaires l'aient complètement démoli à coups de roquettes. Il leur faudrait des archéologues pour faire le tri, pas des ingénieurs de marine!

— La police péruvienne a fait une enquête. Il paraît que la plupart des objets ont été enlevés du temple après votre fuite, expliqua Gunn. Les agents des Douanes internationales ont besoin de descriptions pour identifier les objets au cas où ils réapparaîtraient dans les ventes aux enchères ou dans les collections privées, les galeries d'art et les musées des principaux pays du monde. Ils pensent que si vous faites un saut là-bas, ça vous permettra de mieux vous rappeler.

— Tout s'est passé beaucoup trop vite pour qu'on fasse autre chose qu'une vague liste.

Gunn fit signe qu'il comprenait parfaitement.

— Mais certains objets vous ont sans doute frappés, surtout les pièces les plus remarquables. Et toi, Al ?

— Moi, j'ai passé mon temps à ramper dans les ruines à la recherche d'une radio, dit Giordino. Je n'ai pas eu le temps d'examiner la marchandise.

Pitt se massa les tempes.

— Je pourrais peut-être me rappeler de quinze ou vingt objets qui m'ont frappé.

— Tu pourrais les dessiner ?

— Je ne suis pas un artiste mais je crois que je pourrais dessiner quelque chose d'assez précis. Inutile de retourner sur les lieux. Je peux aussi bien dessiner ce dont je me souviens au bord de la piscine d'un bon hôtel.

— Ça me paraît raisonnable, dit Giordino avec enthousiasme.

— Non, dit Gunn, ça ne serait pas raisonnable. Votre boulot va bien plus loin que ça. Même si je trouve ça répugnant et bien que je sache que vous n'êtes que des délinquants sur le retour, vous êtes maintenant des héros nationaux pour les Péruviens. Non seulement le service des Douanes exige votre aide mais le ministère des Affaires étrangères veut avoir affaire à vous.

Giordino jeta un regard étonné à Pitt.

— Encore une manifestation de l'ostracisme qui m'échoit, dit-il. Tout homme qui se porte volontaire pour une mission de sauvetage devient une victime.

— Qu'est-ce que le ministère des Affaires étrangères a à voir avec notre balade au temple ? demanda Pitt.

— Depuis le traité sur la Liberté du commerce en Amérique du Sud, les industries minières et pétrolières ont été dénationalisées. Plusieurs sociétés américaines sont en pourparlers pour aider le Pérou à mieux exploiter ses ressources naturelles. Ce pays a un besoin crucial d'investissements étrangers et l'argent est sur le point de tomber. Le problème, c'est que les syndicats et les partis d'opposition sont contre l'ingérence étrangère dans leur économie. En sauvant la vie des gosses de gens importants de ce pays, Al et toi avez influencé pas mal de votes.

— D'accord, alors on fait un petit discours au club local des notables et on accepte une médaille de sauvetage.

— Ça, c'est d'accord, dit Gunn, mais le ministère des Affaires étrangères et le comité du Sénat pour les Affaires d'Amérique latine pensent que vous devriez rester un moment et changer l'image du vilain Yankee pour celle du gentil monsieur qui aide à faire cesser le pillage de l'héritage culturel du Pérou.

— En d'autres termes, notre gouvernement veut récolter les fruits de notre image bienveillante parce que ça lui est utile, dit Pitt d'un ton glacial.

— Quelque chose comme ça.

— Et Sandecker a donné sa bénédiction ?

— Ça va sans dire, assura Gunn. L'amiral ne rate jamais une occasion d'impressionner le Congrès si ça peut signifier des sous en plus pour les projets futurs de la NUMA.

— Qui marche là-dedans avec nous ?

— Le Dr Alberto Ortiz, de l'Institut national de la Culture à Chiclayo. C'est lui qui supervisera l'équipe d'archéologues. Il sera assisté par le Dr Kelsey.

— Sans une protection sûre, on va avoir des problèmes.

— Les Péruviens nous ont promis d'envoyer une troupe entraînée pour contrôler la vallée.

— Mais peut-on se fier à eux ? Je n'ai pas l'intention de laisser une troupe de mercenaires dévoyés bisser le premier acte.

— Moi non plus, ajouta Giordino.

Gunn fit un geste d'impuissance.

— Je vous répète ce qu'on m'a dit.

— Il nous faudra un meilleur équipement que ce qu'on avait la dernière fois.

— Faites-moi une liste et je m'occupe de la logistique.

Pitt se tourna vers Giordino.

— Tu n'as pas l'impression qu'on vient de se faire avoir ?

— Si je compte bien, dit le petit Italien, ça ne fait jamais que la quatre cent trente-septième fois.

Pitt n'avait aucune envie de replonger dans le puits. Il s'en dégageait une impression obsédante, comme si le mal était tapi dans ses profondeurs. La cavité béante hantait sa mémoire comme l'aurait fait la bouche d'un démon. L'image était si peu rationnelle qu'il tenta de la chasser de son esprit mais la vision ne s'effaçait pas. Elle collait à lui comme le souvenir vague d'un cauchemar répugnant.

15

Deux jours plus tard, vers huit heures du matin, les préparatifs étaient achevés. Ils allaient pouvoir plonger pour sortir le corps de Doc Miller du puits sacré. Lorsque Pitt regarda la surface mousseuse du puits, toute son appréhension disparut. La cavité maudite lui semblait aussi menaçante que lorsqu'il l'avait vue la première fois mais il avait survécu à son courant mortel, escaladé ses murs escarpés. Maintenant qu'il connaissait ses secrets, ils ne lui semblaient plus menaçants. Le premier sauvetage en urgence, sans préparation véritable, fut bientôt oublié. Maintenant, tout se faisait dans les règles de l'art.

Fidèle à sa parole, Gunn avait loué deux hélicoptères et apporté tout ce qui était nécessaire à la mission. Il avait fallu un jour entier pour amener le Dr Kelsey et Miles Rodgers, l'équipe de plongée et son équipement sur le site ainsi que pour rétablir le campement détruit. Gunn n'était pas du genre à diriger des opérations boiteuses. Il n'avait pas de limite et il prit le temps de préparer chaque étape avec précision. Rien ne fut laissé au hasard.

Un contingent de cinquante hommes d'élite de la Sûreté péruvienne était déjà sur place quand le premier hélicoptère de Gunn se posa. Les Sud-Américains parurent de taille très moyenne aux Yankees, plus grands. Leur expression était aimable mais c'était une troupe d'élite, endurcie par des années de lutte contre les guérilleros du Sentier lumineux dans les forêts épaisses du haut pays et dans les déserts inhospitaliers de la côte. Ils mirent rapidement en place la défense du camp et envoyèrent des patrouilles dans la jungle environnante.

— J'aimerais bien vous accompagner, dit Shannon dans le dos de Pitt.

Il se retourna et sourit.

— Je ne vois pas pourquoi. Sortir de l'eau un corps qui se décompose depuis un moment dans ce potage tropical, ce n'est pas ce que j'appellerais une expérience amusante.

— Désolée, je ne voulais pas avoir l'air aussi indifférente. (Une expression de tristesse se peignit sur son visage.) J'avais une immense admiration pour Doc. Mais l'archéologue en moi rêve d'explorer le fond du puits sacré.

— N'espérez pas y trouver le moindre trésor antique, la consola Pitt. Vous seriez déçue. Tout ce que j'y ai vu, c'était un mètre carré de limon et un vieil Espagnol posé dessus.

— Permettez au moins à Miles de plonger avec vous et de faire quelques photos.

— Pourquoi êtes-vous si pressée ?

— Quand vous remonterez le corps, il se peut qu'Al et vous dérangiez le fond et changiez la position de certaines pièces.

Pitt la regarda d'un air incrédule.

— Vous trouvez ça plus important que de montrer un peu de respect pour Doc Miller ?

— Doc est mort, dit-elle sans détours. L'archéologie est une science rigoureuse qui traite des objets morts. Doc enseignait cela mieux que quiconque. Le plus petit dérangement pourrait altérer des trouvailles importantes.

Pitt découvrait une facette nouvelle de Shannon, toute professionnelle.

— Quand Al et moi aurons remonté le corps de Miller, vous et Miles pourrez plonger et remonter tout ce que vous voudrez. Mais attention de ne pas vous faire à nouveau avaler par la caverne.

— Une fois suffit, dit-elle avec un sourire contraint.

Puis son expression se fit plus inquiète.

— Soyez prudent et ne prenez pas de risques.

Elle déposa un baiser léger sur la joue de Pitt, tourna les talons et se dirigea vers sa tente.

Ils pénétrèrent dans l'eau très doucement, grâce à une petite grue et à un treuil électrique manœuvré sous le regard attentif de Rudi Gunn. Quand Pitt fut à environ un mètre au-dessus de l'eau, il relâcha l'attache de sûreté qui le maintenait au bout d'un câble allant jusqu'au treuil. La couche supérieure de l'eau, chargée de vase, était aussi chaude qu'il s'y attendait mais il ne se rappelait pas que l'odeur en était aussi âcre. Il se laissa flotter sur le dos, paresseusement, attendant que le câble remonte avant de faire descendre Giordino.

Le casque rigide de Pitt fut relié à un câble de communication et à un filin de sécurité tandis que Giordino plongeait sans attache, se fiant aux instructions que Pitt lui donnerait par signes. Dès que son ami eut plongé à son tour dans la vase près de lui, Pitt lui fit signe de descendre. Ils firent un demi-tour sur eux-mêmes et plongèrent dans les profondeurs du puits. Ils restèrent proches pour ne pas risquer d'être séparés et surtout de se perdre de vue dans la boue avant d'atteindre l'eau claire, quatre mètres en dessous de la surface du puits.

Le brun gris du limon du fond avec ses petits rochers se matérialisa bientôt et parut venir à leur rencontre. Ils s'arrêtèrent à deux mètres du fond et Pitt fit signe de ne plus faire un mouvement. Attentif à ne pas créer un nuage de limon, il détacha une barre d'acier reliée à un rouleau de corde en nylon et la plongea dans une poche de limon.

— Ça va? demanda Gunn dont la voix résonna dans les écouteurs du masque de Pitt.

— Nous avons atteint le fond. On commence une fouille circulaire pour trouver le corps, répondit Pitt en commençant à dérouler la corde.

Il releva les données de sa boussole et se mit à balayer le terrain autour du piquet d'acier qui dépassait du limon, élargissant le cercle tout en déroulant la corde, comme s'il suivait le cheminement d'une goupille. Il nageait lentement au-dessus de la vase, scrutant le terrain tandis que Giordino suivait en retrait des palmes de Pitt. Dans le vide transparent et liquide, ils découvrirent bientôt les restes saponifiés de Doc Miller.

Pendant les quelques jours écoulés depuis que Pitt avait vu le corps, l'état de celui-ci avait empiré. Il manquait des morceaux de chair aux endroits les plus exposés. Pitt se demanda comment la chose était possible mais découvrit bientôt un étrange poisson brillant, aux écailles lumineuses, qui tentait de dévorer l'un des yeux de Doc. Il chassa le carnivore qui avait la taille d'une petite truite et s'étonna de sa présence dans ce puits profond au milieu de la jungle.

Il fit signe à Giordino qui déplia un sac en toile caoutchoutée qu'il avait apporté, attaché contre sa poitrine, par-dessus sa ceinture plombée. Un corps en décomposition ne sent rien quand il est dans l'eau. Ça, c'est la théorie. Peut-être tout se passait-il dans leur tête mais l'odeur de la mort pénétra leurs respirateurs comme si leurs bouteilles en étaient contaminées. C'était impossible, bien sûr, mais allez donc raconter ça aux équipes de sauveteurs qui ont vu des cadavres immergés depuis longtemps.

Ils ne perdirent pas de temps à examiner le corps et agirent aussi vite que le leur permirent leurs mains, enfilant le sac autour du corps tout en évitant de faire voler le limon.

Mais le limon ne voulut rien savoir. Il se condensa en un nuage dense, coupant toute visibilité. Ils travaillèrent à l'aveuglette, remontèrent soigneusement la fermeture éclair du sac, s'assurant que la chair ne dépassait pas. Quand cette tâche navrante fut achevée, Pitt fit son rapport à Gunn.

— Le corps est dans le sac et nous remontons.

— Bien reçu, répondit Gunn. Nous allons descendre une élingue avec une civière.

Pitt saisit le bras de Giordino dans le nuage de limon, lui faisant signe qu'ils allaient remonter. Ils commencèrent à élever les restes de Doc Miller vers la lumière du soleil. Ayant atteint la surface, ils posèrent doucement le corps sur la civière et l'y attachèrent avec des sangles. Puis Pitt prévint Gunn.

— Prêt à lever.

Il regarda la civière s'élever vers le bord du puits. Il pensa tristement qu'il aurait bien aimé connaître le vrai Steve Miller plutôt que l'imposteur. Le célèbre anthropologue était mort sans savoir pourquoi. L'assassin qui lui avait tranché la gorge ne lui avait pas donné d'explication. Il était mort sans savoir que sa mort était l'œuvre inutile d'un sociopathe. Il n'avait été qu'un pion gênant dont on s'était débarrassé au cours d'un jeu dont les mises astronomiques concernaient des objets d'art volés.

Ils n'avaient plus rien à faire. Leur participation à la remontée du corps était terminée. Pitt et Giordino se laissèrent flotter en attendant que le câble redescende. Giordino regarda Pitt et enleva le bout de son respirateur.

— *Nous avons encore beaucoup d'air*, écrivit-il sur la tablette de communication. *Pourquoi ne pas aller farfouiller en attendant le prochain ascenseur* ?

La suggestion intéressa Pitt. Incapable d'enlever son casque et de parler, il répondit sur sa propre tablette.

— *Reste près de moi et tiens-toi bien si on est frappé par le courant interne.*

Puis il montra le bas du puits. Giordino fit un signe de tête et nagea fidèlement à côté de son ami. Ils reprirent la descente vers le fond du puits.

Ce qui étonnait Pitt, c'était de n'avoir pas trouvé d'objet dans le limon. Des os, oui, il y en avait en abondance. Mais après avoir fouillé le sol du puits une demi-heure, ils ne trouvèrent aucune trace d'antiquité. Rien que l'armure sur le squelette intact qu'il avait vu la première fois, ainsi que l'équipement de plongée qu'il avait abandonné avant d'escalader les parois. Il ne lui fallut que deux minutes pour localiser l'endroit. La main osseuse était toujours levée, un doigt pointé dans la direction où il avait trouvé Miller.

Pitt nagea lentement autour de l'Espagnol en armure, examinant chaque détail, levant de temps en temps les yeux pour surveiller le moindre mouvement de vase qui signalerait l'approche du mystérieux courant. Il avait l'impression que les yeux vides du squelette suivaient chacun de ses mouvements. Les dents semblaient bloquées en un sourire moqueur, persiflant et attirant tout à la fois. Le soleil, là-haut, filtrait à travers la vase et colorait les os d'une macabre teinte verte.

Giordino flottait à côté, observant Pitt avec une curiosité détachée. Il ne comprenait pas ce qui captivait son ami. Lui n'avait aucune fascination pour les vieux os. Les restes d'un Espagnol de cinq cents ans n'excitaient pas son imagination, sauf l'idée du scandale qu'allait lui faire Shannon Kelsey quand elle découvrirait qu'on avait dérangé son précieux site archéologique avant qu'elle ait eu le temps de faire ses propres constatations.

Pitt était loin de cette pensée. Il avait maintenant l'impression que le squelette n'était pas à sa place. Il passa le bout du doigt sur le plastron. Une fine pellicule de rouille s'en détacha, révélant un métal lisse, sans souillure, sans corrosion. Les brides de cuir tenant l'armure contre la poitrine étaient en très bon état. Tout comme les attaches des brides. On aurait dit les boucles de métal de vieilles chaussures qui seraient restées dans une malle, dans un grenier, pendant une ou deux générations.

Il nagea à quelques mètres du squelette et sortit un os du limon, un tibia, lui sembla-t-il d'après la forme. Il revint près de l'Espagnol et approcha le tibia du bras étendu. L'os sorti du limon était beaucoup plus usé, beaucoup plus taché par les minéraux en suspension dans l'eau. La structure osseuse du squelette semblait lisse en comparaison. Ensuite, il étudia les dents, en très bon état semblait-il. Pitt trouva des couronnes sur deux molaires, non pas en or mais en argent. Il n'était certes pas un expert en dentisterie du seizième siècle mais il savait qu'en Europe, on n'avait commencé à remplir les cavités et à mettre des couronnes dentaires qu'à la fin du dix-huitième siècle.

— Rudi ?

— J'écoute, répondit Gunn.

— S'il te plaît, envoie-moi une corde. Je voudrais remonter quelque chose.

— Une corde avec un poids au bout descend tout de suite.

— Essaie de l'envoyer là où tu vois nos bulles.

— D'accord.

Il y eut un silence puis la voix de Gunn résonna à nouveau aux oreilles de Pitt, cette fois avec un ton plus coupant.

— Votre chère archéologue est en train de faire du scandale. Elle dit que vous ne devez toucher à rien en bas.

— Fais comme si elle était à Moline, en Illinois, et envoie la corde.

Gunn répliqua nerveusement.

— Elle fait un foin de tous les diables !

— Ou tu descends la corde ou tu jettes la dame dans le puits, aboya Pitt, têtu.

— Ne bouge pas.

Quelques minutes plus tard, un petit crochet d'acier attaché à une corde de nylon se matérialisa dans le vide verdâtre et se posa sur le limon, deux mètres plus loin. Sans effort, Giordino alla la ramasser et revint. Puis, avec la délicatesse d'un pickpocket enlevant un portefeuille, Pitt entoura le bout libre de la corde autour d'une des brides tenant le plastron au squelette et le sangla avec le crochet.

Regardant Giordino, il leva le pouce. Giordino acquiesça et fut à peine surpris quand Pitt lâcha la corde qui se détendit et laissa le squelette à sa place.

Ils sortirent à tour de rôle du puits sacré. Tandis que la grue le remontait par son filin de sécurité, Pitt regarda vers le bas et se jura qu'il ne pénétrerait plus jamais dans ce bourbier immonde. Sur le bord, Gunn l'aida à sauter sur la terre ferme et à enlever son casque rigide.

— Grâce à Dieu, tu es revenu ! Cette hystérique menaçait de me tirer dans les c...

Giordino éclata de rire.

— C'est Pitt qui lui a appris à le faire. Remercie le ciel de ne pas t'appeler Amaru.

— Qu'est... qu'est-ce qu'il raconte ?

— C'est une autre histoire, dit Pitt en respirant avec bonheur l'air humide de la montagne.

Il se débarrassait de sa combinaison de plongée quand Shannon déboula, furieuse comme une ourse dont on a volé les petits.

— Je vous avais interdit de toucher à quelque objet que ce soit, dit-elle avec colère.

Pitt la regarda longuement, ses yeux verts étrangement doux et compréhensifs.

— Il ne reste rien à toucher, dit-il enfin. Quelqu'un est passé avant nous. Tous les objets qui étaient encore dans votre puits sacré il y a un mois sont partis. Il ne reste que des ossements d'animaux et des victimes des sacrifices humains.

Son regard se fit incrédule et ses yeux noisette parurent grandir.

— Vous en êtes sûr ?

— Voulez-vous une preuve ?

— Nous avons notre propre équipement. Je vais plonger et voir ça moi-même.

— Ça ne sera pas nécessaire, conseilla-t-il.

Elle lui tourna le dos et appela Miles Rodgers.

— Habille-toi !

— Si vous commencez à remuer le limon, vous mourrez très certainement, dit Pitt avec toute l'émotion d'un professeur donnant un cours de physique.

Shannon n'écoutait peut-être pas Pitt, mais Rodgers, si.

— Je crois que nous ferions bien d'écouter ce que raconte Dirk.

— Je ne voudrais pas avoir l'air désagréable, mais il n'a pas les références nécessaires pour avoir un avis valable.

— Et s'il avait raison ? demanda innocemment Rodgers.

— Il y a longtemps que j'attends de visiter le fond de ce puits. Toi et moi avons été à deux doigts d'y perdre la vie en essayant de percer son secret. Je refuse de croire qu'il n'y a là-dedans aucune antiquité digne de ce nom.

Pitt prit la corde plongeant dans l'eau et la tint sans la serrer.

— Voilà la preuve. Tirez sur cette corde et je vous garantis que vous changerez d'avis.

— Vous avez attaché l'autre bout ? lança-t-elle. A quoi ?

— A un tas d'os déguisé en conquistador espagnol.

— Vous êtes incroyable ! dit-elle, exaspérée.

Il y avait longtemps qu'une femme ne l'avait regardé ainsi.

— Vous croyez que je suis fou ? Vous croyez que je m'amuse ? Je vous promets que ça ne m'amuse pas du tout de passer mon temps à vous sortir des embrouilles où vous vous mettez ! D'accord, si vous voulez mourir et être enterrée en mille morceaux, allez-y, et bon voyage !

Shannon sembla perdre un peu de son assurance.

— Ça n'a aucun sens !

— Alors il vous faudra sans doute une petite démonstration.

Pitt tira doucement sur la corde jusqu'à ce qu'elle se tende. Puis il tira d'un coup sec.

Pendant un instant, il ne se passa rien. Puis on entendit un grondement venant du fond du puits. Le volume du son s'amplifia, se réverbérant sur les parois de calcaire. La violence de l'explosion leur fit l'effet d'une décharge électrique. L'eau du fond éclata comme sous l'effet d'une énorme charge et une colonne bouillonnante d'écume blanche et de vase verte s'éleva du puits, éclaboussant tout le monde et tout ce qui se tenait à vingt mètres du bord. Le tonnerre de la déflagration se répandit dans la jungle et le jet retomba dans le puits, laissant une brume épaisse qui s'éleva et cacha un moment le soleil.

16

Shannon resta plantée là, complètement trempée. Elle contempla son cher puits sacré comme si elle n'arrivait pas à décider si elle allait vomir ou non. Autour du puits, tous restèrent immobiles, statufiés, glacés d'effroi. Seul Pitt donnait l'impression d'avoir assisté à un fait banal.

Enfin Shannon commença à comprendre.

— Comment diable saviez-vous... ?

— Qu'il y aurait un piège ? acheva Pitt. Ce n'était pas difficile à deviner. Celui qui a enterré une bonne cinquantaine de kilos d'explosifs sous un squelette a fait deux erreurs importantes. D'abord, pourquoi avoir enlevé tous les objets anciens sauf le plus évident ? Et, deux, les os n'avaient pas plus de cinquante ans et l'armure n'était pas assez rouillée pour avoir séjourné quatre siècles dans l'eau.

— Mais qui a pu faire une chose pareille ? demanda Rodgers d'une voix tremblante.

— Celui qui a tué Doc Miller, répondit Pitt.

— L'imposteur ?

— Plus probablement Amaru. Celui qui s'est fait passer pour Miller n'a probablement pas voulu risquer une enquête de la police péruvienne, du moins pas avant d'avoir nettoyé la cité des morts. Le *Solpemachaco* a volé tout ce que contenait le puits bien avant votre arrivée. C'est pourquoi l'imposteur a lancé un appel à l'aide quand Shannon et vous avez disparu dans le puits. Ça faisait partie du complot. Votre mort devait avoir l'air d'un accident. Bien qu'il soit raisonnablement certain que vous seriez aspirés dans la caverne adjacente bien avant d'avoir eu le temps de visiter le fond et de constater que tout avait été volé, il a doublé ses chances en installant le faux conquistador qui devait vous réduire en miettes au cas où le courant ne vous emporterait pas dans la caverne.

Le regard de Shannon exprima la tristesse et la déception.

— Alors, toutes les pièces anciennes du puits ont disparu !

— Ça vous remontera peut-être le moral de savoir qu'on les a volées et non détruites ? dit Pitt.

— On les retrouvera, la consola Giordino. Elles ne peuvent rester cachées à jamais dans les caves d'un riche collectionneur.

— Vous ne comprenez pas la discipline de l'archéologie, dit Shannon d'un ton épuisé. Aucun spécialiste ne peut étudier les pièces, les classer ou retrouver leur origine sans les avoir étudiées dans leur milieu naturel. Maintenant, on ne peut plus rien apprendre du peuple qui vivait ici autrefois et qui a construit la cité. C'est une mine de renseignements énorme qui est irrémédiablement perdue.

— Je suis désolé que tous vos espoirs et vos efforts aient échoué, dit sincèrement Pitt.

— Echoué, oui, dit-elle, mais c'est pire qu'un échec, c'est une tragédie.

Rudi Gunn revint de l'hélicoptère qui devait transporter le corps de Miller à la morgue de Lima.

— Désolé de vous interrompre, dit-il. Notre tâche ici est finie. Je propose de tout rembarquer et d'aller à notre rendez-vous avec le Dr Ortiz à la cité des morts.

Pitt acquiesça et se tourna vers Shannon.

— Bon, allons voir quel nouveau désastre nos pilleurs de tombes nous ont laissé.

Le Dr Alberto Ortiz était un homme maigre et osseux d'environ soixante ans. Il se tenait sur le bord de l'aire d'atterrissage de l'hélicoptère, vêtu d'une chemise et d'un pantalon blancs. Une longue moustache blanche flottait sur son visage, lui donnant l'air de poser pour un avis de recherche d'un vieux bandit mexicain. Pour preuve de son inconsistance, il portait un chapeau bordé de blanc orné d'un ruban de couleur, une paire de sandales luxueuses et un verre de boisson glacée à la main. Un directeur de casting d'Hollywood cherchant quelqu'un pour tenir le rôle d'un ramasseur d'épaves dans les mers du Sud, pour un film à grand spectacle, l'aurait trouvé parfait. Il ne ressemblait en rien à ce que les hommes de la NUMA imaginaient être l'expert le plus renommé de la culture ancienne du Pérou.

Il vint les accueillir avec le sourire, son verre dans la main gauche, la droite tendue vers les visiteurs.

— Vous êtes en avance, dit-il aimablement en un anglais parfait. Je ne vous attendais que dans deux ou trois jours.

— Le projet du Dr Kelsey a été subitement interrompu, dit Pitt en serrant la main vigoureuse et calleuse qu'on lui tendait.

— Est-elle avec vous? demanda Ortiz en regardant par-dessus les larges épaules de Pitt.

— Elle arrivera demain matin de bonne heure. Je crois qu'elle souhaite photographier cet après-midi les sculptures de l'autel de pierre, près du puits sacré.

Pitt se tourna pour faire les présentations.

— Je suis Dirk Pitt et voici Rudi Gunn et Al Giordino. Nous travaillons pour l'Agence Nationale Marine et Sous-marine.

— Je suis ravi de faire votre connaissance, messieurs. Et ravi aussi de l'occasion qui m'est offerte de vous remercier personnellement d'avoir sauvé la vie de nos jeunes gens.

— C'est une joie pour nous de revenir mener la vie de château, fit Giordino en regardant le temple très abîmé par la bataille.

Ortiz eut un rire qui manquait d'enthousiasme.

— Je ne pense pas que vous ayez beaucoup apprécié votre précédente visite.

— Le public ne nous a pas couverts de fleurs, c'est vrai.

— Où voulez-vous que nous installions nos tentes, docteur? demanda Gunn.

— Il n'est pas question de tentes! protesta Ortiz dont les dents brillèrent sous sa moustache. Mes hommes ont nettoyé une tombe qui fut celle d'un riche marchand. Beaucoup de place et un excellent abri en cas de pluie. Ce n'est pas un quatre étoiles, bien sûr, mais vous devriez y être à votre aise.

— J'espère que le précédent locataire n'y réside plus, dit Pitt, sans sourire.

— Non, non, pas du tout, répondit Ortiz se méprenant sur le sérieux de Pitt. Les pilleurs ont enlevé les ossements et tout ce qui restait dans leur recherche frénétique d'antiquités.

— Nous pourrions nous installer dans le bâtiment dont les pillards avaient fait leur quartier général, suggéra Giordino, souhaitant s'installer dans un endroit plus luxueux.

— Désolé, mon équipe l'a déjà réquisitionné pour y installer notre base d'opérations.

Giordino regarda Gunn avec amertume.

— Je t'avais dit qu'il fallait faire des réservations.

— Venez, messieurs, dit Ortiz. Je vais vous faire visiter le Pueblo de los Muertos avant d'aller à vos quartiers.

— Les habitants ont dû copier les éléphants et leurs cimetières, dit Giordino.

Ortiz sourit.

— Non, non, les Chachapoyas ne venaient pas ici pour mourir. Ce lieu était un lieu sacré de funérailles qu'ils croyaient être une étape sur le chemin de la vie éternelle.

— Personne ne vivait ici? demanda Gunn.

— Seulement les prêtres et les ouvriers nécessaires à la construction des tombes. C'était un endroit interdit à tous les autres.

— Un commerce apparemment florissant, remarqua Pitt en regardant le dédale de cryptes qui occupaient toute la vallée et les tombes en nids d'abeilles dans les hautes falaises.

— La culture chachapoya était très hiérarchisée mais n'avait pas d'élite royale comme les Incas, expliqua Ortiz. De vieux sages et des militaires dirigeaient les villes de la confédération. Avec l'aide de riches marchands, ils purent élever des mausolées pour s'y reposer entre deux existences. Les pauvres étaient mis dans des adobes, des statues funéraires de forme humaine.

Gunn regarda l'archéologue avec étonnement.

— On mettait les morts dans des statues ?

— Oui. Le corps du défunt était accroupi, les genoux sous le menton. Puis on installait un cône de baguettes autour de lui, comme une cage de support. Ensuite, on mettait l'adobe encore humide autour du support, ce qui faisait une sorte de coffrage. Finalement, on sculptait une tête et un visage plus ou moins ressemblant au défunt. Quand le réceptacle funéraire était sec, la famille l'insérait dans une niche préalablement creusée dans le mur de la falaise.

— Le croque-mort du coin devait être très populaire, observa Giordino.

— Tant que je n'aurai pas étudié la cité plus en détail, dit Ortiz, je dirais que le lieu était en perpétuelle construction. Il a servi de cimetière de l'an 1200 à 1500 environ puis a été abandonné. Probablement aux environs de la conquête espagnole.

— Est-ce que les Incas ont enterré leurs morts ici après avoir soumis les Chachapoyas ? demanda Gunn.

— Assez peu. Je n'ai trouvé que quelques tombes de la fin de l'empire inca, d'après leurs formes et leur architecture.

Ortiz leur fit longer une ancienne avenue bordée de pierres usées par l'érosion. Il pénétra dans un monument funéraire en forme de bouteille, en pierres plates et décoré de motifs en forme de diamants et de zigzags. Le travail était précis, raffiné dans le détail, l'architecture magnifique. Le monument était surmonté d'un dôme étroit et circulaire de dix mètres de haut. L'entrée avait elle aussi la forme d'une bouteille et était si étroite qu'un seul homme pouvait s'y glisser à la fois. Des marches allaient de la rue au seuil extérieur et redescendaient jusqu'au plancher intérieur. La chambre funéraire dégageait une odeur lourde, humide, moisie qui frappait dès l'entrée. Pitt crut déceler la grandeur hautaine et la présence fantomatique des prêtres qui avaient tenu là la dernière cérémonie funèbre et refermé le tombeau pour ce qu'ils pensaient être l'éternité. Ils n'auraient sans doute jamais imaginé que la tombe servirait d'abri à des hommes nés cinq cents ans plus tard.

Le sol de pierre et les niches funéraires étaient vides et soigneusement nettoyés. Des visages curieux, souriants, sculptés dans la pierre, de la taille d'une assiette, décoraient le plafond à encorbellements et se détachaient des murs verticaux. On avait attaché des hamacs aux têtes les plus basses, aux yeux grands ouverts et aux dents énormes. Les ouvriers d'Ortiz avaient également étendu des nattes de paille sur le sol. Ils avaient même pensé à accrocher un petit miroir sur un clou enfoncé dans une fente de la maçonnerie.

— J'estime que cette tombe date d'environ 1380, dit Ortiz. C'est un bel exemple d'architecture chachapoya. Il y a tout le confort moderne sauf une baignoire. Vous trouverez cependant un torrent de montagne à cinquante mètres au sud. Pour vos autres besoins personnels, je suis sûr que vous vous débrouillerez.

— Merci, docteur Ortiz, dit Gunn. Vous êtes extrêmement prévenant.

— Je vous en prie, appelez-moi Alberto, répondit-il en levant un épais sourcil blanc. Le dîner sera servi à huit heures chez moi. Je suppose que vous saurez trouver votre chemin dans la cité, ajouta-t-il en s'adressant à Giordino.

— J'ai en effet déjà visité les lieux, répondit celui-ci.

Un bain revigorant dans l'eau glacée du torrent pour se débarrasser de la transpiration de la journée, une séance de rasage, des vêtements plus chauds pour se garder du froid de la nuit andine et les hommes de la NUMA traversèrent la cité des morts pour rejoindre le poste de commandement des autorités culturelles péruviennes. Ortiz les accueillit à l'entrée et leur présenta quatre de ses assistants de l'Institut national culturel de Chiclayo, dont aucun ne parlait anglais.

— Un verre avant le dîner, messieurs ? J'ai du gin, de la vodka, du scotch et du *pisco*, un alcool blanc indigène.

— Vous n'êtes pas venu sans biscuits ! remarqua Gunn.

Ortiz se mit à rire.

— Ce n'est pas parce que nous travaillons dans des zones difficiles que nous devons renoncer au confort.

— Je vais essayer votre alcool local, dit Pitt.

Giordino et Gunn, moins téméraires, se contentèrent d'un whisky. Après avoir fait les honneurs, Ortiz leur fit signe de s'asseoir sur des chaises de jardin démodées.

— Les objets d'art ont-ils beaucoup souffert pendant la bataille à la roquette ? demanda Pitt pour lancer la conversation.

— Les quelques rares objets que les pillards ont laissés derrière eux ont été écrasés par les pierres abattues. La plupart ne pourront malheureusement pas être réparés.

— Vous n'avez rien trouvé qui puisse être sauvé ?

— Ils ont nettoyé à fond, dit Ortiz. C'est incroyable ! Ils ont travaillé à toute vitesse pour fouiller les ruines du temple, enlever toutes les antiquités en bon état et s'échapper avec au moins quatre tonnes de matériel avant que nous arrivions pour les prendre sur le fait. Tout ce que les chasseurs de trésors espagnols et leurs sacro-saints pères missionnaires n'ont pas pu voler dans les villes incas et envoyer à Séville, ces damnés *huaqueros* l'ont trouvé et vendu. Ils volent les antiquités plus vite qu'une armée de fourmis ne dépouille une forêt !

— *Huaqueros* ? demanda Gunn.

— C'est le terme local pour les pilleurs de tombes, expliqua Giordino.

Pitt le regarda avec étonnement.

— Où as-tu appris ça ?

— A fréquenter les archéologues, fit Giordino en haussant les épaules, il est normal qu'on pique quelques expressions.

— Il est difficile de tout mettre sur le dos des *huaqueros*, dit Ortiz. Les fermiers pauvres du haut pays subissent le terrorisme, l'inflation, la corruption qui leur arrachent le peu qu'ils peuvent prendre à la terre. Le commerce des objets pillés sur les sites archéologiques permet à ces gens d'apporter un peu de confort à leur terrible pauvreté.

— Alors un peu de bien peut sortir du mal, observa Gunn.

— Malheureusement, ils ne laissent aux scientifiques comme moi rien à étudier que quelques fragments d'os et de poteries. Des bâtiments entiers, des temples et des palais, sont mis en pièces parce qu'on veut récupérer quelques ornements architecturaux, alors que les sculptures se vendent à des prix ridiculement bas. Rien n'est épargné. Ils prennent même les pierres des murs dont ils se servent comme matériaux de construction bon marché. La plus grande partie des merveilles architecturales a été détruite et perdue à jamais.

— Je suppose qu'il s'agit d'opérations familiales, dit Pitt.

— Oui, la fouille des tombes souterraines se poursuit de génération en génération depuis des centaines d'années. Les pères, les frères, les oncles et les cousins travaillent ensemble. C'est devenu une coutume, une tradition. Des communautés entières s'assemblent pour chasser des trésors.

— Et les tombes sont les cibles privilégiées, dit Gunn.

— C'est là que sont cachés les trésors les plus précieux. Les riches des plus anciens empires étaient enterrés avec leurs seigneurs et toutes leurs richesses.

— Ceux-là croyaient à « vous l'emporterez avec vous », dit Giordino.

— Depuis l'homme de Néanderthal jusqu'aux Egyptiens et aux Incas, poursuivit Ortiz, tous croyaient en une vie dans l'au-delà. Pas à la réincarnation, notez bien. A une vie semblable à celle qu'ils avaient menée sur terre. Aussi était-il normal d'emporter dans sa tombe ses biens les plus précieux. Beaucoup de rois et d'empereurs ont également emmené leurs épouses préférées, leurs officiers, leurs soldats, leurs serviteurs et même leurs animaux favoris en plus de leurs trésors. Le pillage de tombes est aussi vieux que la prostitution.

— Dommage que les dirigeants américains n'en fassent pas autant, lâcha Giordino. Tu imagines ? Quand un président meurt, il peut ordonner qu'on enterre avec lui tout le Congrès et la moitié des bureaucrates !

— Un rituel auquel la plupart des Américains souscriraient, fit Pitt en riant.

— Beaucoup de mes concitoyens pensent de même de notre gouvernement, admit Ortiz.

— Comment font-ils pour trouver les tombes ? demanda Gunn.

— Les *huaqueros* les plus pauvres cherchent avec des pics et des pelles et de longues piques de métal. Les voleurs riches et les organisations de contrebandiers, de leur côté, utilisent de très onéreux détecteurs de métaux et des instruments radar à basse fréquence.

— Avez-vous déjà eu affaire au *Solpemachaco* ? demanda Pitt.

— Sur quatre sites historiques, fit Ortiz en crachant par terre. Je suis toujours arrivé trop tard. Ils sont comme une puanteur dont on ne connaît pas la source. L'organisation existe, ça, c'est certain. J'ai vu les tragiques résultats de leurs pillages. Mais je n'ai jamais réussi à trouver une preuve solide pour remonter jusqu'à ces salauds qui payent les *huaqueros* puis font passer en douce notre héritage culturel sur le marché noir international.

— Votre police et vos forces de sécurité ne peuvent-elles pas mettre un terme aux flux des trésors volés ? demanda Gunn.

— Arrêter les *huaqueros*, c'est comme essayer de saisir du mercure à la main, répondit Ortiz. Les bénéfices sont trop énormes et il y en a trop. Et comme vous l'avez constaté vous-mêmes, n'importe quelles personnalités militaires et gouvernementales peuvent se laisser acheter.

— Vous avez un sacré boulot, Alberto, dit Pitt avec sympathie. Je ne vous envie pas.

— Et un boulot sans remerciements, soupira Ortiz. Pour les pauvres des collines, je suis l'ennemi. Et les riches m'évitent comme la peste parce qu'ils collectionnent eux-mêmes des milliers d'antiquités.

— On dirait que vous ne gagnez sur aucun plan.

— C'est exact. Mes collègues d'autres écoles culturelles ou des musées de ce pays font une véritable course au trésor mais les *huaqueros* nous gagnent toujours de vitesse.

— Ne recevez-vous aucune aide de votre gouvernement ? demanda Giordino.

— Demander des fonds au gouvernement ou à des sources privées pour des projets d'archéologie est une bataille perdue d'avance. C'est triste à dire, mais il semble que personne ne veuille investir dans l'Histoire.

La conversation glissa sur d'autres sujets après qu'un des assistants d'Ortiz eut annoncé que le dîner était servi. On leur servit un ragoût de bœuf épicé accompagné de maïs et de haricots secs. La seule touche un peu plus luxueuse du dîner fut un excellent vin rouge péruvien et une salade de fruits. Pour le dessert, ils eurent des mangues au sirop.

Tandis qu'ils se regroupaient autour d'un chaud feu de camp, Pitt demanda à Ortiz :

— Pensez-vous que Tupac Amaru et ses hommes aient totalement dépouillé la cité des morts ou y a-t-il des tombes et des bâtiments qui n'auraient pas encore été découverts ?

Ortiz eut un sourire lumineux.

— Les *huaqueros* et leurs patrons du *Solpemachaco* ne sont restés ici que le temps nécessaire pour voler le plus facile à trouver, c'est-à-dire les objets superficiels. Il faudra des années pour mener à bien une fouille complète du Pueblo de los Muertos. Je crois sincèrement que le gros du trésor est encore à trouver.

Maintenant qu'Ortiz était de bonne humeur, l'estomac réchauffé par de nombreux verres d'alcool blanc, Pitt l'attaqua sur un autre sujet.

— Dites-moi, Alberto, êtes-vous un spécialiste des légendes se rapportant au trésor perdu des Incas après l'arrivée des Espagnols ?

Ortiz alluma un long cigare étroit et tira dessus jusqu'à ce que son bout soit rouge et que la fumée s'élève dans l'air de plus en plus froid de la nuit.

— Je n'en connais que quelques-unes. Les récits sur le trésor perdu des Incas ne seraient pas très nombreux si mes ancêtres avaient laissé des récits détaillés de leur existence quotidienne. Mais au contraire des Mayas et des Aztèques du Mexique, les Indiens du Pérou n'ont pas laissé beaucoup de symboles hiéroglyphiques. Ils n'ont jamais imaginé ni alphabet ni système idéographique de communication. A part quelques dessins sur des bâtiments, des céramiques et des tissus, il n'existe pas beaucoup de récits ou de légendes sur leur vie.

— Je pensais au trésor perdu de Huascar, dit Pitt.

— Vous en avez entendu parler ?

— Le Dr Kelsey me l'a raconté. Elle m'a parlé d'une immense chaîne d'or qui m'a paru un peu tirée par les cheveux.

Ortiz hocha la tête.

— Il se trouve que ce détail de la légende est vrai. Le grand roi inca Huayna Cápac avait décrété la fabrication d'une énorme chaîne d'or en l'honneur de la naissance de son fils Huascar. Bien des années après, lorsque Huascar eut succédé à son père, il ordonna que le trésor royal soit discrètement enlevé de Cuzco, la capitale de l'empire inca, et caché quelque part pour éviter que son frère Atahualpa ne mette la main dessus. Atahualpa usurpa le pouvoir, plus tard, après une longue guerre civile. L'immense trésor, en plus de la chaîne d'or, comptait des statues grandeur nature, des trônes, des disques solaires et tous les insectes et animaux connus des Incas, sculptés en or et en argent et incrustés de pierres précieuses.

— Je n'ai jamais entendu parler d'un aussi vaste trésor, dit Gunn.

— Les Incas avaient tant d'or qu'ils ne comprenaient pas pourquoi les Espagnols étaient si désireux d'en posséder. Cette folie fit bientôt partie de la fable d'El Dorado. Les Espagnols moururent par milliers en cherchant le trésor. Les Allemands et les Anglais, parmi lesquels Sir Walter Raleigh, ont fouillé les montagnes et les jungles mais aucun ne le trouva jamais.

— Si je comprends bien, dit Pitt, la chaîne et les autres pièces du trésor ont finalement été transportées dans un lieu au-delà du royaume des Aztèques et enterrées.

— C'est ce que dit la légende, approuva Ortiz. A-t-il vraiment été emporté vers le nord par une flotte de bateaux, le fait n'a jamais été vérifié. On a cependant des preuves raisonnables assurant que le trésor était protégé par des guerriers chachapoyas qui ont constitué la garde royale des Incas après que leur confédération soit conquise par Huayna Cápac en 1480.

— Quelle est l'histoire des Chachapoyas ? demanda Gunn.

— Leur nom signifie Peuple des Nuages, répondit Ortiz. Et leur histoire n'a jamais été écrite. Leurs villes, comme vous le savez après votre récente expérience, sont enterrées dans l'une des jungles les plus impénétrables du monde. A ce jour, les archéologues n'ont jamais eu les moyens ni l'argent nécessaires pour mener à bien des recherches et des fouilles à grande échelle sur les ruines chachapoyas.

— De sorte qu'elles restent une énigme ? dit Pitt.

— Sur de nombreux plans, oui. Le peuple chachapoya, selon les Incas, avait la peau claire et des yeux bleus ou verts. On dit que leurs femmes étaient très belles et qu'elles furent très appréciées par les Incas et par les Espagnols. Ils étaient aussi assez grands. Un explorateur italien a trouvé un squelette de plus de deux mètres dans une tombe chachapoya.

— Plus de deux mètres ? répéta Pitt, intrigué.

— Facilement, dit Ortiz.

— Est-il possible qu'il s'agisse de descendants des premiers explorateurs venus du Vieux Monde, des Vikings par exemple, qui auraient traversé l'Atlantique, remonté l'Amazone et qui se seraient installés dans les Andes ?

— Il y a toujours eu beaucoup de théories sur une migration transocéanique très ancienne vers l'Amérique du Sud et le Pacifique, répondit Ortiz. Le terme commun pour les voyages précolombiens vers et venant d'autres continents est le *diffusionnisme*. C'est un concept intéressant, pas très bien accepté mais pas complètement ignoré non plus.

— Y en a-t-il des preuves ? demanda Giordino.

— Circonstancielles pour la plupart. D'anciennes poteries trouvées en Equateur portent les mêmes dessins que des poteries de tradition aïnu, au nord du Japon. Les Espagnols, Colomb inclus, ont dit avoir vu des hommes blancs naviguant au large des côtes du Venezuela. Les Portugais ont trouvé une tribu en Bolivie portant des barbes plus belles que celles des Européens alors que la plupart des Indiens ont rarement des barbes fournies. Des plongeurs et des pêcheurs qui trouvent des amphores grecques ou romaines au large du Brésil sont choses courantes.

— Les têtes de pierre géantes laissées par les Olmèques du Mexique ont des traits incontestablement africains, dit Pitt, et de nombreux visages sculptés par les Méso-Américains ont, eux, des traits orientaux.

Ortiz approuva.

— Les têtes de serpents qui décorent de nombreuses pyramides mayas et certains temples ressemblent comme deux gouttes d'eau aux têtes de dragons sculptées au Japon et en Chine.

— Mais y a-t-il des preuves tangibles ? insista Giordino.

— On n'a jamais trouvé aucun objet dont on puisse certifier qu'il a été fabriqué en Europe, si c'est ce que vous voulez dire.

— Les sceptiques s'appuient sur le fait qu'on n'a jamais découvert de tours de potiers ni de véhicules à roues, ajouta Gunn.

— C'est vrai, dit Ortiz. Les Mayas avaient adopté la roue pour les jouets d'enfants mais ne s'en sont jamais servis en pratique. Ce qui n'est pas étonnant si l'on considère qu'ils n'ont jamais eu de bêtes de somme avant que les Espagnols amènent le cheval et le bœuf.

— Mais on imagine qu'ils auraient pu trouver une utilisation pour la roue, disons pour soulever des matériaux de construction, insista Gunn.

— L'Histoire nous apprend que les Chinois ont inventé la brouette six cents ans avant que les Européens ne la découvrent, le contra Ortiz.

Pitt vida son verre d'alcool.

— Il paraît impossible qu'une civilisation avancée existe dans une région aussi éloignée sans avoir quelque influence extérieure.

— Les gens qui vivent aujourd'hui dans les montagnes, qui descendent des Chachapoyas et dont beaucoup ont encore la peau claire et les yeux bleus ou verts, parlent d'un homme ressemblant à un dieu qui serait apparu à leurs ancêtres. Il venait de l'Est, des mers de l'Est, il y a des siècles de cela. Il leur aurait appris les principes de la construction, la science des étoiles et des rudiments de religion.

— Il a dû oublier de leur apprendre à écrire, interrompit Giordino.

— Un autre clou dans le cercueil des contacts précolombiens, dit Gunn.

— Ce saint homme avait une épaisse chevelure blanche et une barbe abondante, poursuivit Ortiz. Il était très grand, portait une longue robe blanche et prêchait la bonté et la charité pour tous. Le reste de l'histoire est trop proche de celle de Jésus pour être prise au pied de la lettre. Les indigènes ont dû introduire des événements de la vie du Christ dans la légende après avoir été convertis au christianisme. Il voyagea dans les terres, guérissant les malades, rendant la vue aux aveugles et accomplissant toutes sortes de miracles. Il a même marché sur les eaux. Les gens lui ont élevé des temples et sculpté des statues à son effigie. Je dois ajouter qu'on n'a jamais trouvé aucun de ces portraits. Presque mot pour mot, le même mythe s'est perpétué à travers les âges, depuis les anciennes cultures mexicaines, sous la forme de Quetzalcóatl, l'ancien dieu du Mexique précolombien.

— Croyez-vous à certains points de cette légende ? demanda Pitt.

Ortiz secoua la tête.

— J'y croirai quand j'aurai déterré quelque chose que je puisse authentifier avec certitude. Nous pourrions avoir cependant certaines réponses bientôt. Une de vos universités américaines fait en ce moment des tests ADN sur des restes chachapoyas trouvés dans des tombes. S'ils sont positifs, nous pourrons confirmer soit que les Chachapoyas sont venus d'Europe, soit que leur évolution s'est faite en toute indépendance.

— Et le trésor de Huascar ? dit Pitt pour remettre la conversation sur ce sujet.

— Sa découverte stupéfierait le monde, répondit Ortiz. J'aimerais croire que le trésor existe toujours dans une caverne oubliée du Mexique.

Il exhala un nuage de fumée bleue et regarda les étoiles.

— La chaîne serait une découverte fabuleuse, reprit-il. Mais pour un archéologue, le summum serait de retrouver l'énorme disque solaire en or massif ou les momies royales couvertes d'or qui ont disparu avec la chaîne.

— Des momies en or ? s'étonna Gunn. Est-ce que les Incas conservaient leurs morts comme les Egyptiens ?

— Le processus de momification n'était pas aussi complexe que celui appliqué par les Egyptiens, expliqua Ortiz. Mais les corps de très grands rois, ou Sapa Incas comme on les appelait, étaient recouverts d'or et devenaient des objets de culte dans les pratiques religieuses de leurs sujets. Les momies des rois morts habitaient leurs propres palais, on les rhabillait fréquemment de vêtements neufs, on leur offrait des fêtes somptueuses et on maintenait pour eux des harems peuplés des femmes les plus belles. J'ajoute qu'on les considérait comme des servantes pour ne pas tomber dans la nécrophilie.

Giordino laissa son regard errer sur les ombres de la cité.

— C'est ce qu'on appelle gâcher l'argent des contribuables.

— Un corps important de prêtres surveillait l'entretien, poursuivit Ortiz. Ils trouvaient largement leur intérêt à rendre heureux les rois décédés. Les momies étaient souvent promenées dans tout le pays en grande pompe, comme s'ils étaient encore des chefs d'Etat. Inutile de préciser que cette absurde coutume creusait des trous énormes dans les finances du royaume et fut en partie responsable de la dégringolade de l'empire pendant l'invasion espagnole.

Pitt remonta la fermeture éclair de son blouson de cuir car le froid devenait mordant.

— Pendant qu'elle était à bord de notre navire, le Dr Kelsey a reçu un message concernant une armure d'or dont on aurait retrouvé la trace chez un collectionneur de Chicago.

Ortiz parut rêveur et hocha la tête.

— Oui, l'Armure d'Or de Tiapollo. Elle couvrait la momie d'un grand général nommé Naymlap, qui était conseiller et bras droit d'un ancien roi inca. Avant de quitter Lima, j'ai entendu dire que les agents des Douanes américaines l'avaient plus ou moins retrouvée, pour la perdre à nouveau.

— La perdre? fit Pitt qui, sans savoir pourquoi, n'en fut pas vraiment surpris.

— Le directeur de notre ministère de la Culture allait prendre l'avion pour les Etats-Unis afin de réclamer la momie et l'armure quand on l'a informé que vos agents des Douanes étaient arrivés trop tard. Des voleurs l'avaient déménagée alors même que son propriétaire était sous leur surveillance.

— Le Dr Kelsey a dit que les images gravées sur l'armure décrivaient le voyage de la flotte qui a sorti le trésor du Mexique.

— On n'a déchiffré que quelques images seulement. Les savants modernes n'ont pas eu le temps d'étudier l'armure à fond avant qu'elle ne soit volée au musée de Séville.

— On peut penser, suggéra Pitt, que celui qui a volé l'armure cette fois-ci est sur la piste de la chaîne d'or.

— C'est une conclusion raisonnable, dit Ortiz.

— Alors les voleurs ont une piste intérieure, dit Giordino.

— A moins que quelqu'un d'autre ne découvre le *quipu* de Drake et y arrive le premier, fit lentement Pitt.

— Ah! Oui! L'infâme coffret de jade, soupira Ortiz. Une légende stupide qui ne s'est jamais éteinte. Ainsi, vous êtes aussi au courant de ce jeu de cordelettes légendaires qui donnerait les coordonnées de la chaîne d'or ?

— Vous paraissez en douter, s'étonna Pitt.

— Il n'y a aucune preuve solide. Tous les rapports sont trop vagues pour qu'on les prenne au sérieux.

— On pourrait écrire un très gros bouquin sur toutes les superstitions et les légendes qui se sont avérées.

— Je suis un scientifique et un pragmatique, dit Ortiz. Si un tel *quipu* existe, il faudrait que je le tienne dans mes mains pour y croire et même ainsi, je ne serais pas encore tout à fait convaincu de son authenticité.

— Me prendriez-vous pour un fou si je vous disais que j'ai l'intention de partir à sa recherche ? demanda Pitt.

— Pas plus fou que les milliers de gens tout au long de l'Histoire qui ont chassé jusqu'à l'horizon quelque rêve nébuleux.

Ortiz resta un moment silencieux, secoua la cendre de son cigare puis plongea son regard sombre dans le regard de Pitt.

— Mais je préfère vous prévenir. Quiconque le trouvera, s'il existe, sera d'abord récompensé pour son succès puis voué à l'échec.

— Pourquoi voué à l'échec ? demanda Pitt en soutenant son regard.

— Il vous manquera un *amanta*, un Inca savant capable de comprendre le texte, et un *quipu-mayoc*, l'employé qui en a enregistré les données.

— Que voulez-vous dire ?

— En d'autres termes, monsieur Pitt, les dernières personnes capables de lire et de traduire le *quipu* sont mortes depuis plus de quatre cents ans.

17

Dans un lieu reculé et aride du désert du sud-ouest, à quelques kilomètres à l'est de Douglas, en Arizona, et à soixante-quinze mètres seulement de la frontière entre le Mexique et les Etats-Unis, l'hacienda *La Princesa* ressemblait à un palais mauresque au milieu d'une oasis. Son propriétaire d'origine, Don Antonio Diaz, l'avait baptisée ainsi en l'honneur de sa femme Sophia Magdalena, morte en couches et enterrée dans une crypte baroque très ornée que l'on voyait encore dans un jardin clos de hauts murs. Diaz, un péon devenu mineur, avait eu la chance de trouver un très riche et très gros filon d'argent dans les montagnes voisines de Huachuca.

L'immense domaine féodal s'étendait sur une terre offerte à Diaz par le général Antonio López de Santa Ana, le précédent président du Mexique, en remerciement de l'aide que Diaz avait apportée au despote dans ses campagnes pour soumettre le Texas et plus tard pour déclarer la guerre aux Etats-Unis. Ce fut un désastre que Santa Ana régla en vendant aux Etats-Unis la vallée de Mesilla, au sud de l'Arizona. Cette transaction est connue sous le nom de Gadsden Purchase.

Le tracé de la frontière mit l'hacienda de Diaz dans un nouveau pays, à deux pas de l'ancien.

L'hacienda resta dans la famille de Diaz de génération en génération jusqu'en 1978, date à laquelle le dernier Diaz vivant, Maria Estala, le vendit à un riche financier avant de mourir à l'âge de quatre-vingt-quatorze ans. Le nouveau propriétaire, Joseph Zolar, ne cacha pas qu'il avait acquis l'hacienda pour y recevoir des célébrités, de hauts personnages du gouvernement et de riches hommes d'affaires. L'hacienda de Zolar fut bientôt connue sous le nom de San Simeon d'Arizona. Il transportait ses hôtes de haut rang en avion ou en autocar jusqu'à sa propriété et ses réceptions faisaient l'objet d'articles et de photos dans les magazines de luxe du pays.

Collectionneur fanatique d'antiquités, Zolar avait amassé une quantité considérable d'objets d'art anciens, certains très beaux, d'autres sans valeur. Mais chaque pièce était accompagnée de certificats d'experts et d'agents du gouvernement attestant la légalité de sa vente et son importation autorisée. Il payait ses impôts, ses affaires étaient transparentes et il n'autorisait jamais ses hôtes à faire entrer de la drogue chez lui. Aucun scandale n'avait jamais éclaboussé Joseph Zolar.

Assis sur le toit en terrasse au milieu d'une forêt d'arbustes en pots, il regardait le jet privé atterrir sur l'aérodrome privé s'étirant au milieu du désert. Le jet, de couleur brun doré, portait une large bande pourpre tout au long de son fuselage. On pouvait y lire, en lettres jaunes, *Zolar International.* Il regarda l'homme qui descendait de l'appareil, vêtu d'une chemise bariolée et d'un short kaki et s'installait dans le kart de golf mis à sa disposition.

Les yeux de Zolar, sous des paupières resserrées par la chirurgie, brillaient comme du cristal gris. Son visage pincé, toujours rouge, était surmonté de cheveux peignés en arrière sur un front dégarni, aussi rouges que les tuiles saltillos mexicaines. Proche de la soixantaine, il avait un air impénétrable, le visage d'un homme qui sort rarement de son bureau directorial ou des salles de réunion, marqué par les décisions difficiles qu'il ne cesse de prendre, glacial à force de signer des arrêts de mort chaque fois qu'il s'y sentait contraint. Le corps, assez petit, était bossu comme celui d'un vautour prêt à prendre son vol. Vêtu d'un ensemble noir, il avait cette allure indifférente d'un commandant de camp nazi pour qui la mort a aussi peu d'intérêt que la pluie.

Zolar attendit en haut des marches son hôte qui montait vers lui. Ils se saluèrent chaleureusement et s'embrassèrent.

— Ça me fait plaisir de te voir en un seul morceau, Cyrus.

Sarason sourit.

— Tu ne sais pas à quel point tu as été près de perdre un frère.

— Viens par là, j'ai fait retarder le déjeuner.

Zolar conduisit Sarason à travers les plantes jusqu'à une table copieusement garnie abritée par des feuilles de palmes.

— J'ai choisi un excellent chardonnay et mon chef a préparé une délicieuse longe de porc braisée.

— Un de ces jours, je te faucherai ton chef, dit Sarason.

— Tu n'y arriveras pas, fit Zolar en riant. Je l'ai trop gâté. Il a trop d'avantages avec moi pour me quitter.

— J'envie ton mode de vie.

— Et moi, le tien. Tu n'as jamais perdu ton esprit aventureux. Tu flirtes sans cesse avec la mort, tu risques sans cesse de te faire prendre par la police dans un désert ou une jungle alors que tu pourrais conduire tes affaires depuis un bureau luxueux en laissant le sale boulot à d'autres.

— Une existence réglée au métronome n'a jamais été ma tasse de thé, dit Sarason. J'aime relever sans cesse de nouveaux défis en me vautrant dans des affaires louches. Tu devrais venir avec moi, quelquefois.

— Non merci. Je préfère le confort de la civilisation.

Sarason remarqua posé sur une table ce qui ressemblait à quatre branches d'arbres battues par le temps, d'un mètre de long environ, posées en travers de sa surface. Intrigué, il s'approcha pour les observer de plus près. Il y reconnut des racines de cotonnier blanchies par le soleil, qui avaient pris en poussant de grotesques formes humaines avec un torse, des bras et des jambes, une tête arrondie. Des visages avaient été grossièrement sculptés et peints avec des traits d'enfants.

— De nouvelles acquisitions ? demanda-t-il.

— Ce sont des idoles religieuses très rares appartenant à une obscure tribu d'Indiens.

— Comment les as-tu trouvées ?

— Des chasseurs de trésors non autorisés les ont prises dans une vieille maison de pierre qu'ils ont découverte sous la saillie d'une falaise.

— Elles sont authentiques ?

— Je pense bien ! (Zolar prit l'une des idoles et la mit debout sur ses pieds.) Pour les Montolos, qui vivent dans le désert de Sonora, près du fleuve Colorado, ces idoles représentent les dieux du soleil, de la lune, de la terre et de l'eau qui donne la vie. On les a gravées il y a des siècles et elles servaient pour des cérémonies spéciales marquant le passage à l'adolescence des garçons et des filles de la tribu. Un rite plein de mysticisme qui se tenait tous les deux ans. Ces idoles sont au centre de la religion des Montolos.

— Et à quelle valeur les estimes-tu ?

— Peut-être deux cent mille dollars, si on trouve le bon collectionneur.

— Tant que ça ?

— A condition que l'acheteur ne connaisse pas la malédiction qui accompagne les idoles pour celui qui les possède.

— Il y a toujours une malédiction, dit Sarason en riant.

Zolar haussa les épaules.

— Qui peut le dire ? J'ai appris par la suite que les deux voleurs avaient eu toute une série de malchances. L'un est mort dans un accident de voiture et l'autre a contracté une sorte de maladie incurable.

— Et tu crois à ces bêtises ?

— Je ne crois qu'aux plus belles choses de la vie, dit Zolar en prenant son frère par le bras. Allez, viens, le déjeuner attend.

Quand le vin leur eut été servi par une domestique, ils trinquèrent et Zolar interrogea Sarason.

— Alors, mon frère, parle-moi du Pérou.

Sarason avait toujours trouvé très amusant que leur père ait voulu donner à ses fils et ses filles des noms de famille différents, qu'il avait fait légaliser. En tant qu'aîné, seul Zolar portait le patronyme familial. L'immense empire de commerce international que Zolar père avait amassé avant de mourir avait été équitablement divisé entre ses cinq fils et ses deux filles. Chacun avait pris la tête d'une affaire, qui une galerie d'art, qui une salle des ventes ou une société d'import-export. Les affaires apparemment séparées de la famille ne formaient en réalité qu'une entité, un conglomérat secrètement connu sous le nom de *Solpemachaco*. Inconnu – et bien entendu jamais enregistré auprès des agences financières du gouvernement ou des marchés boursiers – son directeur général était Joseph Zolar, en sa qualité d'aîné de la famille.

— Il a fallu un miracle pour que je puisse sauver la plupart des objets et les sortir du pays après les gaffes qu'ont faites les crétins ignorants que nous avons embauchés. Sans compter l'intrusion de membres de notre propre gouvernement.

— Les agents des Douanes américaines ou les Narcotiques ? demanda Zolar.

— Ni les uns ni les autres. Deux ingénieurs de l'Agence Nationale Marine et Sous-marine. Ils sont sortis de Dieu sait où quand Juan Chaco a lancé un S.O.S. parce que le Dr Kelsey et son photographe se sont fait piéger dans le puis sacré.

— Et quels problèmes ont-ils causés ?

Sarason raconta toute l'histoire depuis l'assassinat du vrai Dr Miller jusqu'à la fuite de Pitt et des autres de la vallée de Viracocha et la mort de Juan Chaco. Il acheva en donnant une estimation grossière des objets qu'il avait sauvés de la vallée, racontant comment il les avait fait transporter à Callao puis sortir du Pérou dans le compartiment secret d'un vieux tanker appartenant à une filiale de Zolar International. C'était l'un des deux navires réservés à ce genre de contrebande, utilisés quand il fallait faire sortir discrètement des œuvres d'art volées dans des pays étrangers. Officiellement, ils transportaient du pétrole brut.

Zolar avait le regard perdu dans le désert environnant.

— L'*Aztec Star*. Il doit accoster à San Francisco dans quatre jours.

— Ce qui le mettra dans la sphère d'activité de notre frère Charles.

— Oui, Charles fait le nécessaire pour que le chargement soit transporté dans notre centre de distribution de Galveston où il s'occupera de faire restaurer les pièces abîmées.

Zolar tendit son verre pour le faire remplir.

— Que penses-tu de ce vin ?

— Classique, répondit Sarason, mais un peu sec à mon goût.

— Tu préférerais peut-être un sauvignon blanc de Touraine. Il a un fruité agréable avec quelques senteurs d'herbes.

— Je n'ai jamais acquis ton goût pour les vins, vieux frère. Je crois que je vais prendre une bière.

Zolar n'eut pas besoin de faire signe à la servante. Elle s'éloigna et revint quelques instants après avec un verre glacé et une bouteille de bière Coors.

— Dommage pour Chaco, dit Zolar. C'était un associé loyal.

— Je n'avais pas le choix. Il avait peur après le fiasco de la vallée de Viracocha et commençait à proférer des menaces voilées sur la possibilité de dénoncer le *Solpemachaco*. Il n'aurait pas été raisonnable de le laisser tomber entre les mains de la police péruvienne.

— Je me fie à tes décisions, comme toujours. Mais il reste Tupac Amaru. Quelle est sa situation ?

— Il aurait dû mourir, répondit Sarason. Et pourtant, quand je suis retourné au temple après l'attaque de nos mercenaires, je l'ai trouvé à demi enterré sous un tas de gravats. Il respirait encore. Dès que les objets d'art ont été chargés à bord de trois hélicoptères militaires, dont j'ai dû arroser copieusement l'équipage, j'ai payé les *huaqueros* locaux pour qu'ils le soignent dans leur village. Il devrait être sur pied dans quelques jours.

— Tu aurais peut-être dû supprimer Amaru aussi ?

— J'y ai pensé. Mais il ne sait rien qui puisse mettre les enquêteurs internationaux sur notre piste.

— Veux-tu encore un peu de porc ?

— Oui, merci.

— Tout de même, je n'aime pas l'idée que ce chien enragé traîne autour de nous.

— Ne t'inquiète pas. Curieusement, c'est Chaco qui m'a donné l'idée de garder Amaru en vie.

— Pourquoi ? Pour qu'il puisse tuer des vieilles dames chaque fois qu'il lui en prend l'envie ?

— Rien d'aussi absurde, dit Sarason en souriant. Mais ce type pourrait nous être très utile.

— Tu veux dire en tant que tueur professionnel ?

— Je préfère dire pour éliminer les obstacles. Regardons les choses en face, vieux frère. Je ne peux pas continuer à éliminer moi-même nos ennemis sans risquer de me faire repérer et arrêter. La famille devrait se considérer comme privilégiée que je sois le seul capable de tuer quand c'est nécessaire. Amaru fera un excellent exécuteur. Il aime ça.

— Assure-toi seulement que sa laisse est solide quand il n'est pas en cage.

— Ne te fais pas de souci. Vois-tu des acheteurs possibles pour la marchandise chachapoya ? demanda Sarason pour changer de sujet.

— Un trafiquant de drogue du nom de Pedro Vincente. Il court après tout ce qui est précolombien. Il paie aussi comptant parce que c'est pour lui un moyen de blanchir l'argent de la drogue qu'il vend.

— Et toi, tu prends le liquide et tu l'utilises pour financer nos trafics d'objets d'art.

— Un arrangement équitable pour tout le monde.

— Combien te faudra-t-il de temps pour faire l'affaire ?

— J'organiserai une rencontre avec Vincente dès que Marta aura fini ton déchargement et que la marchandise sera prête. Tu devrais toucher ta part dans une dizaine de jours.

Sarason hocha la tête et contempla les bulles de sa bière.

— Je crois que tu lis en moi, Joseph. Je pense sérieusement à me retirer des affaires de la famille pendant que je suis encore en bonne santé.

Zolar le considéra avec un sourire moqueur.

— Si tu fais ça, tu fiches à la mer deux cents millions de dollars. Le prix d'excellence !

— De quoi parles-tu ?

— De ta part du trésor.

Sarason arrêta sa fourchette à mi-chemin de sa bouche.

— Quel trésor ?

— Tu es le dernier de la famille à apprendre quel est le nouveau butin à portée de notre main.

— Je ne te suis pas.

— L'objet qui va nous conduire au trésor de Huascar. (Zolar le regarda avec malice un instant puis sourit.) Nous avons l'Armure d'Or de Tiapallo.

La fourchette retomba sur l'assiette tandis que Sarason affichait son incrédulité.

— Tu as trouvé la momie de Naymlap dans son armure d'or ? Elle est vraiment entre tes mains ?

— Entre nos mains, petit frère. Un soir, en fouillant dans les vieux dossiers de notre père, je suis tombé sur un grand livre contenant la liste de ses transactions clandestines. C'est lui qui a réussi le vol de la momie au musée espagnol.

— Le vieux renard ! Il n'en a jamais rien dit.

— Il considérait ce vol comme le sommet de sa carrière, mais le sujet était trop brûlant pour être révélé, même à sa propre famille.

— Comment l'as-tu retrouvée ?

— Père a noté l'avoir vendue à un riche mafioso sicilien. J'ai envoyé notre frère Charles faire une enquête, sans vraiment croire qu'après soixante-dix ans, il pourrait en retrouver la trace. Charles a trouvé la villa du vieux gangster et rencontré son fils. D'après lui, son père aurait gardé la momie et son armure bien cachées jusqu'à sa mort, en 1984, à l'âge canonique de quatre-vingt-dix-sept ans. Le fils a vendu la momie sur le marché parallèle, par l'intermédiaire de parents new-yorkais. L'acheteur est un riche trafiquant de drogue de Chicago nommé Rummel.

— Je suis surpris que le fils ait parlé à Charles. Les familles de mafieux ont la réputation d'éviter de raconter ce qu'ils ont fait des marchandises volées.

— Non seulement il a parlé, dit Zolar, mais il a reçu notre frère comme un parent depuis longtemps perdu de vue et il a collaboré au point de révéler le nom de l'acheteur de Chicago.

— J'ai sous-estimé Charles, dit Sarason en avalant le dernier morceau de porc. Je ne lui connaissais pas ce talent de persuasion.

— Un petit cadeau de trois millions de dollars l'a beaucoup aidé.

Sarason fronça les sourcils.

— C'est un peu trop généreux, tu ne crois pas ? L'armure ne peut valoir plus de la moitié de ça pour un collectionneur avide qui l'a cachée longtemps.

— Pas du tout. C'est un investissement minimum si les images gravées sur l'armure nous amènent à la chaîne d'or de Huascar.

— Le prix d'excellence, dit Sarason en répétant les paroles de son frère. Aucun trésor au monde ne peut égaler sa valeur.

— Du dessert ? proposa Zolar. Une tranche de tarte à l'abricot et au chocolat ?

— Une toute petite tranche et un café très fort, répondit Sarason. Combien cela a-t-il coûté de racheter l'armure au dealer de Chicago ?

Zolar fit un signe de tête que la domestique comprit sans un mot.

— Pas un centime. Nous l'avons volée. Par chance, notre frère Samuel, à New York, a vendu à Rummel la plupart des objets précolombiens illégaux de sa collection. Il savait où se trouvait la cachette de l'armure. Charles et lui ont organisé le vol.

— Je n'arrive pas à croire qu'elle soit entre nos mains.

— On a failli la rater. Charles et Sam l'ont sortie de l'appartement de Rummel juste avant que les agents des Douanes investissent l'appartement.

— Tu crois qu'ils ont été payés pour arriver trop tard ?

Zolar fit non de la tête.

— Pas par quelqu'un de notre bord. Nos frères s'en sont sortis tout seuls.

— Où l'ont-ils emmenée ?

Zolar sourit mais son sourire n'atteignit pas ses yeux.

— Nulle part. La momie est toujours dans l'immeuble. Ils ont loué un appartement six étages en dessous de celui de Rummel et l'y ont cachée jusqu'à ce qu'ils puissent l'emporter sans risque à Galveston où on l'examinera à fond. Rummel et les agents des Douanes pensent qu'elle a été enlevée par un camion de déménagement.

— Un joli coup ! Mais que va-t-il se passer maintenant ? Il va falloir déchiffrer les images de l'armure. Ce n'est pas un exercice facile.

— J'ai engagé les meilleurs spécialistes d'art inca pour décoder et interpréter les glyphes. Il s'agit d'un couple. Lui est anthropologue et sa femme archéologue, spécialisée dans le décodage analytique par ordinateur.

— J'aurais dû me douter que tu penserais à tout, dit Sarason en tournant son café. Espérons que leur version du texte sera la bonne, ou nous dépenserons une fortune à fouiller le Mexique en courant après des fantômes.

— Le temps joue en notre faveur, le rassura Zolar. Qui d'autre pourrait savoir où le trésor est enterré ?

18

Après des recherches infructueuses à la bibliothèque du Congrès, où il avait espéré trouver quelques documents menant au sort ultime du *Concepción*, Julien Perlmutter s'assit dans la vaste salle de lecture. Il referma l'exemplaire du journal rédigé par Francis Drake et plus tard offert à la reine Elizabeth, décrivant son voyage épique. Le journal, perdu pendant des siècles, venait d'être découvert dans un sous-sol poussiéreux des Archives royales, en Angleterre.

Il appuya sa grosse carcasse au dossier de la chaise et soupira. Le journal n'ajoutait pas grand-chose à ce qu'il savait déjà. Drake avait renvoyé le *Concepción* vers l'Angleterre sous le commandement du second du *Golden Hind*, Thomas Cuttill. Le galion avait alors disparu corps et biens.

De plus, la seule mention du sort du *Concepción* n'était pas prouvée. Elle venait d'un livre que Perlmutter se rappelait avoir lu sur l'Amazone, publié en 1939 et écrit par le journaliste explorateur Nicholas Bender qui avait suivi les routes des anciens explorateurs, à la recherche de l'El Dorado. Perlmutter demanda le livre à l'employé de la bibliothèque et le réexamina. Dans les notes, il était fait référence à une expédition portugaise en 1594, qui avait découvert un Anglais vivant dans une tribu du bord du fleuve. L'Anglais prétendait avoir servi sous les ordres du loup de mer anglais, Francis Drake, qui lui avait confié le commandement d'un galion espagnol. Le galion, disait-il, avait été jeté dans la jungle par un immense raz de marée. Les Portugais pensèrent que l'homme était fou et continuèrent leur mission, le laissant dans le village où ils l'avaient trouvé.

Perlmutter rédigea une note à l'éditeur. Puis il rendit le journal de Drake et le livre de Bender et rentra chez lui en taxi. Il se sentait un peu découragé mais ce n'était pas la première fois qu'il ne trouvait pas d'indice pour répondre à un problème historique parmi les vingt-cinq millions de livres et les quarante millions de manuscrits de la bibliothèque. La clef du mystère du *Concepción*, si elle existait, devait être cachée autre part.

Assis sur le siège arrière du taxi, il regardait sans les voir les voitures et les immeubles qu'il croisait. Il savait par expérience que chaque projet de recherche devait aller à son propre rythme. Certains jetaient les réponses-clefs comme un feu d'artifice. D'autres se fourvoyaient dans un labyrinthe de culs-de-sac et mouraient lentement, sans solution. L'énigme du *Concepción* était différente. Elle apparaissait comme une ombre qu'il n'arrivait pas à saisir. Nicholas Bender avait-il cité une source véritable ou avait-il embelli une légende, comme tant d'auteurs non romanciers avaient tendance à le faire ?

La question lui trottait encore dans l'esprit quand il entra dans le capharnaüm qui lui servait de bureau. L'horloge de bateau posée sur la cheminée indiquait trois heures trente-cinq de l'après-midi. Il avait encore le temps de passer certains coups de téléphone avant que les bureaux ferment. Il s'installa dans un très beau fauteuil pivotant en cuir devant son bureau et composa le numéro du service de renseignements de la ville de New York. On lui donna le numéro de la maison d'édition de Bender. Il se servit une fine Napoléon et attendit son appel. « C'était sûrement encore un effort inutile, pensait-il, car Bender était probablement déjà mort et son éditeur également. »

— Falkner and Massey, répondit une voix féminine avec un fort accent new-yorkais.

— J'aimerais parler à l'éditeur de Nicholas Bender, s'il vous plaît.

— Nicholas Bender?

— C'est un de vos auteurs.

— Désolée, monsieur, je ne connais pas ce nom.

— M. Bender a écrit des livres d'aventures non romancées il y a longtemps. Peut-être quelqu'un travaillant chez vous depuis longtemps se rappellerait-il de lui?

— Je vais vous passer M. Adams, notre rédacteur principal. Il est dans la maison depuis plus longtemps que quiconque.

— Merci.

Trente secondes plus tard, une voix masculine répondit.

— Ici Frank Adams.

— Monsieur Adams, ici Julien Perlmutter.

— Ravi de vous entendre, monsieur Perlmutter. J'ai entendu parler de vous. Vous habitez Washington, je crois?

— En effet, j'habite la capitale.

— Pensez à nous si vous décidez d'écrire un livre sur l'histoire de la marine.

— J'en ai commencé plusieurs mais jamais fini aucun, dit Perlmutter en riant. On sera vieux tous les deux le jour où j'aurai un manuscrit terminé à vous donner.

— A soixante-quatorze ans, je suis déjà vieux, dit Adams.

— C'est justement pourquoi je vous appelle, reprit Perlmutter. Vous rappelez-vous un certain Nicholas Bender?

— Bien sûr. C'était une sorte de soldat de fortune, dans sa jeunesse. Nous avons publié plusieurs livres de lui racontant ses voyages à l'époque où la classe moyenne n'avait pas encore découvert les voyages autour du monde.

— J'essaie de retrouver l'origine d'une référence qu'il a faite dans un ouvrage intitulé *Sur la piste de l'El Dorado.*

— C'est de l'histoire ancienne! Nous avons dû publier ça au début des années quarante.

— Mil neuf cent trente-neuf, pour être exact.

— Comment puis-je vous aider?

— J'espérais que Bender aurait fait cadeau de ses notes et manuscrits aux archives d'une université. J'aimerais les étudier.

— Je ne sais pas du tout ce qu'il a fait de ses matériaux, dit Adams. Il va falloir que je le lui demande.

— Est-il encore vivant? demanda Perlmutter, surpris.

— Mon Dieu! Oui, j'ai dîné avec lui il n'y a pas plus de trois mois.

— Il doit avoir quatre-vingt-dix ans bien tassés.

— Nicholas a quatre-vingt-quatre ans. Je crois qu'il en avait juste vingt-cinq quand il a écrit *Sur la piste de l'El Dorado*. Ce n'était que le second des vingt-six ouvrages que nous avons publiés de lui. Le dernier, c'était en 1978, un livre sur ses voyages en stop dans le Yukon.

— M. Bender jouit-il encore de toutes ses facultés?

— En effet. Nicholas a l'esprit très aiguisé en dépit de sa mauvaise santé.

— Puis-je avoir un numéro auquel je pourrais le joindre?

— Je doute qu'il prenne des appels de gens qu'il ne connaît pas. Depuis la mort de sa femme, il vit en quelque sorte en reclus. Il habite une petite ferme dans le Vermont, attendant la mort.

— Je ne voudrais pas avoir l'air de manquer de cœur, dit Perlmutter, mais il est tout à fait urgent que je lui parle.

— Etant donné que vous êtes une autorité en matière de traditions maritimes et un gourmet renommé, je suis sûr qu'il acceptera de vous parler. Mais laissez-moi d'abord préparer le terrain, ça vaut mieux. Quel est votre numéro, pour le cas où il voudrait vous appeler lui-même?

Perlmutter donna à Adams le numéro de la ligne qu'il réservait à ses meilleurs amis.

— Merci, monsieur Adams. Si jamais j'écris vraiment un ouvrage sur les épaves, vous serez le premier éditeur à le lire.

Il raccrocha, fit quelques pas dans sa cuisine, prit dans le réfrigérateur une douzaine d'huîtres du Golfe qu'il ouvrit, y versa quelques gouttes de tabasco et de vinaigre de Xérès et les avala, accompagnées d'une bouteille de bière Anchor Steam. Il finit juste à temps. A peine avait-il mis les coquilles et la bouteille vide dans la poubelle que le téléphone sonnait.

— Ici Julien Perlmutter.

— Bonjour, dit une voix profonde. Ici Nicholas Bender. Frank Adams m'a dit que vous souhaitiez me parler.

— Oui, monsieur, merci. Je n'espérais pas que vous m'appelleriez si vite.

— Je suis ravi de parler à quelqu'un qui a lu mes livres, dit Bender avec gaieté. Il n'en reste pas beaucoup.

— Le livre qui m'intéresse est *Sur la piste de l'El Dorado*.

— Oui, oui, j'ai failli mourir dix fois pendant cette balade à travers l'enfer.

— Vous faites référence à une mission portugaise d'exploration qui a trouvé un homme d'équipage de Sir Francis Drake vivant au milieu des indigènes, le long de l'Amazone.

— Thomas Cuttill, répondit Bender sans la moindre hésitation. Je me rappelle avoir relaté l'événement dans mon livre, oui.

— Je me demandais si vous pourriez m'indiquer la source de votre information, demanda Perlmutter, son espoir renaissant devant la mémoire vive de Bender.

— Si je peux me permettre, monsieur Perlmutter, qu'est-ce que vous cherchez exactement ?

— Je fais des recherches concernant l'histoire d'un galion espagnol capturé par Drake. La plupart des rapports disent qu'il s'est perdu en mer lors de son voyage vers l'Angleterre. Mais selon ce que vous rapportez, il aurait été drossé jusqu'au cœur d'une forêt par un raz de marée.

— C'est tout à fait exact, dit Bender. Je l'aurais cherché moi-même si j'avais pensé avoir la plus petite chance de le retrouver. Mais la jungle où il a disparu est si épaisse qu'il faudrait littéralement tomber dessus pour le voir.

— Vous affirmez que ce que les Portugais ont dit à propos de Cuttill n'est ni une invention ni une légende ?

— C'est un fait historique. Il n'y a aucun doute là-dessus.

— Comment pouvez-vous en être si sûr ?

— Parce que c'est moi qui ai la source.

Perlmutter resta un moment confondu.

— Excusez-moi, monsieur Bender, je ne vous suis pas.

— Eh bien ! monsieur Perlmutter, je veux dire que j'ai en ma possession le journal de Thomas Cuttill.

— C'est pas vrai ! laissa échapper Perlmutter.

— Mais si ! fit Bender. Cuttill l'a remis au chef de l'expédition portugaise en demandant qu'on l'envoie à Londres. Les Portugais, cependant, l'ont donné au vice-roi de Macapá. Celui-ci le joignit à des dépêches envoyées à Lisbonne où le journal passa de main en main avant de finir dans une boutique de vieux livres où je l'ai acheté pour l'équivalent de trente-six dollars. C'était beaucoup d'argent, à l'époque, du moins pour un garçon de vingt-trois ans qui faisait le tour du monde en se serrant la ceinture.

— Ce journal doit valoir bien plus de trente-six dollars aujourd'hui !

— J'en suis sûr. Un jour, un marchand m'en a offert dix mille.

— Vous avez refusé de le vendre ?

— Je n'ai jamais vendu les souvenirs de mes voyages pour que quelqu'un d'autre en tire profit.

— Puis-je venir jusque chez vous pour lire ce journal ? demanda Perlmutter presque timidement.

— Je crains que non.

Perlmutter se tut, cherchant comment il pourrait persuader Bender de lui permettre d'examiner le journal de Cuttill.

— Puis-je vous demander pourquoi ?

— Je suis un vieil homme malade dont le cœur refuse de s'arrêter, dit Bender.

— Votre voix n'est pas celle d'un malade !

— Si vous me voyiez, vous comprendriez. Toutes les maladies que j'ai contractées pendant mes voyages reviennent ravager ce qui reste de mon corps. Je ne suis pas beau à voir, de sorte que je reçois rarement de visiteurs. Mais je vais vous dire ce que je vais faire, monsieur Perlmutter. Je vais vous envoyer ce journal. Je vous en fais cadeau.

— Mon Dieu ! monsieur, mais il ne faut pas, je...

— Si, si, j'insiste. Frank Adams m'a parlé de votre magnifique bibliothèque sur les bateaux. Je préfère que ce soit quelqu'un comme vous, qui saurez apprécier ce journal, plutôt qu'un collectionneur qui le mettra sur une étagère pour épater ses amis.

— C'est vraiment très gentil à vous, dit sincèrement Perlmutter. Je vous suis profondément reconnaissant de votre générosité.

— Acceptez et profitez-en, dit Bender. Je suppose que vous souhaitez l'étudier le plus vite possible ?

— Je ne veux pas vous déranger...

— Pas du tout. Je vous l'enverrai par le Federal Express, de sorte que vous l'aurez demain matin à la première heure.

— Merci, monsieur Bender. Merci infiniment. Je traiterai ce journal avec tout le respect qu'il mérite.

— Bon. J'espère que vous trouverez ce que vous cherchez.

— J'espère aussi, dit Perlmutter, débordant soudain de confiance. Croyez-moi, je l'espère aussi !

A dix heures vingt le lendemain matin, Perlmutter ouvrit vivement la porte avant que l'employé de Federal Express ait eu le temps d'appuyer sur la sonnette.

— Je suppose que vous attendez ceci, monsieur Perlmutter, dit le jeune homme à lunettes avec un sourire amical.

— Comme un enfant attend le Père Noël, répondit Perlmutter en signant le reçu.

Il se dirigea vers son bureau en ouvrant l'enveloppe tout en marchant. Il s'assit, mit ses lunettes et tint le journal de Thomas Cuttill comme s'il se fût agi du Saint Graal. La couverture était en peau d'un animal non identifiable et les pages de parchemin jauni en excellent état de conservation. L'encre brune avait probablement été fabriquée par Cuttill à partir de racines quelconques. Le journal ne contenait que vingt pages. Le texte était rédigé dans la prose élisabéthaine et vieillotte de l'époque. L'écriture laborieuse, avec quelques fautes d'orthographe, indiquait un homme raisonnablement bien éduqué pour l'époque. La première page était datée de mars 1578 mais avait été écrite beaucoup plus tard.

Ma strange histoire dez seize années, par Thomas Cuttill, autrefoy de Devonshire.

C'était le récit d'un marin naufragé après avoir survécu à la violente furie de la mer, qui allait devoir endurer d'incroyables misères dans un pays sauvage en essayant en vain de retourner dans son pays. En lisant ces pages, commençant par le départ de Cuttill d'Angleterre avec Drake, Perlmutter nota qu'elles étaient écrites dans un style plus honnête que bien des narrations des siècles suivants, souvent parsemées de sermons, d'exagérations romanesques et de clichés. La persévérance de Cuttill, sa volonté de survivre et son ingéniosité pour surmonter de terribles obstacles sans jamais demander l'aide de Dieu, firent une profonde impression sur Perlmutter. Il aurait bien aimé connaître ce Cuttill.

S'étant trouvé le seul survivant du galion après que le raz de marée l'eut jeté loin dans les terres, Cuttill préféra affronter les horreurs inconnues des montagnes et de la jungle plutôt que de risquer d'être capturé et torturé par des Espagnols vengeurs, rendus fous quand Drake, l'Anglais détesté, avait capturé leur précieux galion. Tout ce que savait Cuttill, c'est que l'océan Atlantique se trouvait quelque part à l'est, assez loin, sans doute. Combien? Il n'en avait aucune idée. Atteindre la mer, trouver un navire ami pouvant le ramener en Angleterre, tiendrait du miracle. Mais c'était la seule voie qui s'ouvrait à lui.

Sur les pentes occidentales des Andes, les Espagnols avaient déjà créé de vastes colonies où travaillaient les Incas autrefois si fiers, réduits à l'esclavage et dont le nombre avait considérablement diminué à cause du traitement inhumain auquel ils étaient soumis et des maladies nouvelles comme la rougeole et la petite vérole. Cuttill traversa ces colonies en ne se déplaçant que la nuit, volant de la nourriture quand l'occasion se présentait. Après deux mois de voyage à raison de quelques kilomètres chaque nuit pour éviter les Espagnols et rester hors de vue des Indiens qui auraient pu le dénoncer, il traversa la ligne de partage continentale des Andes par des vallées isolées et descendit dans l'enfer vert du Bassin de l'Amazone.

A partir de là, la vie de Cuttill devint un véritable cauchemar. Il dut traverser des marais sans fin où il s'enfonçait jusqu'à la taille, se frayer un chemin dans des forêts si épaisses qu'il devait s'ouvrir chaque mètre au couteau. Des essaims d'insectes, des serpents, des alligators grouillaient partout et les serpents attaquaient souvent sans prévenir. Il souffrit de dysenterie et de fièvres mais ne cessa point de lutter, ne couvrant parfois que cent mètres dans la journée. Après plusieurs mois, il tomba sur un village d'indigènes hostiles qui l'attachèrent avec des cordes et le gardèrent en esclavage pendant cinq ans.

Cuttill réussit enfin à s'enfuir en volant un canoë et en pagayant le long de l'Amazone la nuit, sous une lune pâle. Ayant contracté la malaria, il fut à deux doigts de mourir et se laissa dériver, inconscient, sur le fleuve quand il fut sauvé par une tribu de femmes aux cheveux longs qui le soignèrent et le guérirent. C'était la tribu même que l'explorateur espagnol Francisco de Orellana avait découverte lors de sa quête vaine de l'El Dorado. Il nomma le fleuve Amazone en l'honneur des femmes guerrières grecques de la légende parce que ces indigènes tiraient à l'arc mieux que la plupart des hommes.

Cuttill leur fit connaître un tas d'inventions destinées à faciliter la tâche des femmes et des quelques hommes vivant avec elles. Il construisit un tour de potier et leur apprit à fabriquer de grands bols compliqués et des récipients pour garder l'eau. Il construisit des brouettes et des roues à aubes pour l'irrigation. Il leur montra comment utiliser des poulies pour soulever des objets lourds. Bientôt considéré comme un dieu, Cuttill mena une vie agréable auprès de la tribu. Il prit pour épouses trois des plus jolies femmes et eut bientôt plusieurs enfants.

Son désir de revoir son pays s'apaisa lentement. Comme il avait quitté l'Angleterre célibataire, il était sûr qu'il n'y avait plus aucun parent ni aucun compagnon d'équipage pour l'accueillir à son retour. Il était même possible que Drake, très à cheval sur la discipline, exigeât qu'il fût puni pour avoir perdu le *Concepción*.

Incapable à présent de supporter les privations et les dangers d'un long voyage, Cuttill avait décidé, à contrecœur, de passer les dernières années de sa vie sur les rives du grand fleuve. Quand les Portugais passèrent par là, il leur remit son journal en demandant qu'on le fasse parvenir d'une façon ou d'une autre en Angleterre et qu'on le remette entre les mains de Francis Drake.

Quand il eut achevé la lecture du journal, Perlmutter s'adossa à sa chaise, enleva ses lunettes et se frotta les paupières. Il n'avait plus le moindre doute sur l'authenticité du document. L'écriture sur le parchemin montrait des traits fermes et hardis qui ne pouvaient en aucun cas avoir été tracés par la main d'un malade ou d'un mourant. Les descriptions de Cuttill ne paraissaient ni inventées, ni embellies. Perlmutter était certain que toutes les expériences, toutes les souffrances endurées par le second de Francis Drake, avaient vraiment eu lieu et qu'elles avaient été narrées par quelqu'un qui avait vécu ce qu'il avait écrit.

Il retourna au cœur de sa recherche, à la brève mention du trésor laissé à bord du *Concepción* par Drake. Rechaussant ses lunettes, il revint au dernier chapitre du journal.

> Mon esprit est aussi déterminé qu'une grande nef devant un vent du nord. Je ne retournerai pas dans mon pays natal. Je crains que le capitaine Drake ne soit rendu fou contre moi qui n'ai point rapporté les trésors à moi confiés et le coffret de jade avec les cordes nouées en Angleterre afin qu'il fût présenté à la bonne reine Bess. Je l'ai laissé dans le bateau échoué. Je serai enterré parmi les gens qui sont devenus ma famille.
>
> Ecrit de la main de Thomas Cuttill, officier en second du *Golden Hind*, ce jour inconnu de l'an 1594.

Perlmutter releva les yeux et contempla une peinture espagnole du dix-septième siècle, sur le mur, représentant une flottille de galions espagnols voguant sur la mer dans la lumière orange et dorée d'un soleil couchant. Il l'avait trouvée dans un bazar de Ségovie et achetée pour un dixième de sa valeur. Il referma doucement le fragile document, se leva et commença à faire les cent pas dans la pièce, les mains derrière le dos.

Un homme de Sir Francis Drake avait donc *vraiment* vécu et était mort sur les rives de l'Amazone. Un galion espagnol avait *vraiment* été jeté dans la jungle de la côte après un raz de marée. Et le coffret de jade avec ses cordes nouées avait *vraiment* existé à un moment donné. Etait-il encore parmi les membrures pourrissantes du galion, enterré dans la forêt vierge? Un mystère vieux de quatre cents ans avait soudain crevé les ombres du temps et révélé un alléchant indice. Perlmutter était heureux que son enquête ait été couronnée de succès mais il savait bien que la confirmation du mythe n'était que le premier pas d'une longue chasse au trésor.

L'étape suivante, et sûrement la plus compliquée, serait de ramener le théâtre des recherches à la scène la plus étroite possible.

19

Hiram Yaeger aimait autant son gros super-ordinateur que sa femme et ses enfants, peut-être même davantage. Il avait toujours du mal à s'arracher aux images qu'il projetait sur son écran géant pour rentrer chez lui auprès de sa famille. Les ordinateurs étaient toute sa vie depuis la première fois où il avait posé les yeux sur un écran et tapé sa première commande. Cette histoire d'amour ne s'était jamais affadie. Au contraire, au fil des années, elle était devenue plus passionnée, surtout après qu'il ait construit un véritable monstre d'après ses propres plans pour le vaste centre de données de la NUMA. L'incroyable amoncellement de données dont il disposait maintenant ne cessait de l'étonner. Il caressa le clavier du bout des doigts comme s'il s'agissait d'une entité vivante, sentant monter en lui l'impatience à mesure que les données, en s'assemblant, commençaient à former une solution.

Yaeger était accroché à un vaste réseau à grande vitesse ayant la capacité d'expédier d'énormes quantités de données numériques entre des bibliothèques, les services nécrologiques des journaux, des laboratoires de recherche des universités et les archives historiques du monde entier. Le « super-bus de données », comme on l'appelait, pouvait transmettre des milliards d'informations binaires à la vitesse du clignotement d'un curseur. En exploitant le réseau gigabit, Yaeger commença à récupérer et à assembler suffisamment d'informations pour lui permettre de tracer une grille de recherches ayant un facteur de probabilité de soixante pour cent de contenir le galion vieux de quatre siècles, prisonnier de la forêt vierge.

Il était si intensément plongé dans la recherche du *Nuestra Señora de la Concepción* qu'il ne remarqua ni n'entendit l'amiral James Sandecker entrer dans le Saint des Saints et s'asseoir sur une chaise derrière lui.

Le fondateur et premier directeur de la NUMA était physiquement assez petit mais assez chargé d'énergie pour mettre le feu à la ligne d'attaque des Dallas Cow-boys. Agé de cinquante-huit ans parfaitement gérés, adepte des régimes et de la forme, il courait ses huit kilomètres chaque matin, de son appartement à l'imposant immeuble de verre qui abritait deux mille des cinq mille ingénieurs, scientifiques et autres employés de la NUMA. La NUMA, c'était la contrepartie sous-marine de l'Agence pour l'Espace, la NASA. Sandecker avait une tignasse raide d'un rouge ardent, grisonnant sur les tempes et séparée par une raie au milieu. Son menton s'ornait d'une magnifique barbe à la Van Dyck. Malgré son attachement à l'hygiène et la nutrition, on ne le voyait jamais sans un de ses cigares favoris, spécialement roulés et choisis pour lui par le propriétaire d'une plantation à la Jamaïque.

Sous sa direction, la NUMA avait rendu le domaine de l'océanographie aussi populaire que celui de l'espace. Ses demandes de fonds auprès du Congrès, qu'il savait rendre persuasives avec l'aide d'une vingtaine des meilleures universités enseignant les sciences marines et de nombreuses sociétés investissant dans les projets sous-marins, avaient permis à la NUMA d'avancer à grands pas dans la connaissance de la géologie minière en grandes profondeurs marines, de l'archéologie marine, de la vie sous-marine et de la biologie des effets des océans sur le climat de la terre.

Sandecker n'avait pas que des admirateurs au sein de la bureaucratie de Washington, mais tous respectaient en lui l'homme dévoué, honnête et agissant. Ses relations avec le locataire du Bureau ovale à la Maison Blanche étaient chaudes et amicales.

— Ça avance ? demanda-t-il à Yaeger.

— Désolé, amiral, dit Yaeger sans se retourner, je ne vous ai pas vu entrer. J'étais en train de rassembler des données sur les courants marins au large de l'Equateur.

— N'essayez pas de m'amadouer, Hiram, dit Sandecker comme un furet au milieu d'une chasse. Je sais ce que vous fabriquez.

— Pardon ?

— Vous êtes en train de chercher sur quelle partie de la côte un raz de marée a frappé en 1578.

— Un raz de marée ?

— Mais oui, vous savez, un grand mur d'eau qui s'élève de la mer et qui projette les galions espagnols loin de la côte en pleine jungle !

L'amiral souffla une bouffée de fumée malodorante et continua :

— Je ne me rappelle pas avoir autorisé une chasse au trésor sur le temps et le budget de la NUMA.

Yaeger s'arrêta et fit pivoter sa chaise.

— Alors, vous êtes au courant ?

— Dites plutôt vous *saviez*. Depuis la première seconde, oui.

— Savez-vous ce que vous êtes, amiral ?

— Un vieux saligaud rusé qui lit dans les pensées des gens, dit Sandecker d'un ton satisfait.

— Est-ce que votre boule de cristal vous a dit que le raz de marée et le galion étaient à peine plus que du folklore ?

— Si quelqu'un est capable de flairer la différence entre les faits et la fiction, c'est bien notre ami Dirk Pitt, dit l'amiral d'un ton tranchant. Maintenant, qu'avez-vous découvert ?

Yaeger sourit discrètement.

— J'ai commencé par fouiner dans divers systèmes d'informations géographiques pour déterminer un endroit logiquement susceptible de cacher un navire dans la jungle pendant plus de quatre siècles, quelque part entre Lima et Panama.

Grâce aux satellites de positionnement global, on peut étudier en détail certains endroits d'Amérique centrale et du Sud qui n'ont jamais figuré sur les cartes auparavant. J'ai d'abord étudié des cartes montrant des forêts tropicales poussant le long de la côte. J'ai rapidement éliminé le Pérou parce que ses régions côtières ont peu de végétation ou pas du tout. Ça nous laissait encore plus de mille kilomètres de côtes forestières au nord de l'Equateur et presque tout le long de la Colombie. Là encore, j'ai pu éliminer à peu près quarante pour cent de côtes dont la géologie est trop raide et qui n'auraient pu correspondre quand la vague chargée d'assez de masse et de vitesse a transporté un navire de cinq cent soixante-dix tonnes à une bonne distance vers l'intérieur des terres. Puis j'ai encore viré vingt pour cent de côtes dont les zones herbeuses ne produisent ni arbres épais ni feuillage susceptibles de cacher les restes d'un navire.

— Ça laisse encore à Pitt à peu près quatre cents kilomètres à fouiller.

— La nature est capable d'altérer de façon drastique un environnement en cinq cents ans, dit Yaeger. Mais si on part des anciennes cartes tracées par les Espagnols de l'époque et qu'on examine les changements notés dans la géologie et le paysage, on peut raccourcir la zone de recherche d'encore cent cinquante kilomètres.

— Comment avez-vous fait pour comparer le terrain moderne et l'ancien ?

— Par des recouvrements tridimensionnels, expliqua Yaeger. En réduisant ou en augmentant l'échelle des vieilles cartes pour les faire correspondre aux plus récentes dressées par satellite, puis en les mettant les unes sur les autres, les variations des jungles côtières depuis la disparition du galion deviennent tout à fait apparentes. J'ai découvert qu'une grande partie des jungles côtières ont été beaucoup déboisées au cours des siècles pour récupérer des terres arables.

— Ça n'est pas suffisant, dit Sandecker, irrité. C'est loin d'être suffisant. Il faut que vous réduisiez la zone de recherche à vingt kilomètres au plus si vous voulez que Pitt ait une chance raisonnable de trouver l'épave.

— Je vous demande encore un peu de patience, amiral, dit Yaeger. Parallèlement, on a fait des recherches dans les archives historiques pour connaître les raz de marée qui ont frappé la côte pacifique d'Amérique du Sud au seizième siècle. Heureusement, les Espagnols ont soigneusement noté tout ça pendant leur conquête. J'en ai trouvé quatre. Deux au Chili en 1562 et en 1575. Le Pérou a été frappé en 1570 puis en 1578, l'année où Drake a capturé le galion.

— Où ce dernier a-t-il frappé ?

— Le seul récit vient du journal de bord d'un bâtiment de commerce espagnol en route pour Callao. Il dit être passé sur une « mer folle » qui est allée se jeter dans les terres vers Bahia de Caráquez, en Equateur. Bahia, naturellement, signifie *baie*.

— Une « mer folle » est une assez bonne description de ce qui se passe audessus d'un tremblement de terre sous-marin. Il ne fait pas de doute qu'une vague sismique a été générée par un mouvement de la faille parallèle à la côte occidentale de tout le continent sud-américain.

— Le capitaine a également noté qu'à son voyage de retour, un village établi à l'embouchure d'une rivière se jetant dans la baie avait disparu.

— Aucune possibilité d'erreur sur la date ?

— Absolument aucune. La forêt tropicale à l'est paraît impénétrable.

— Très bien, nous avons le terrain. Maintenant, quelle a été l'amplitude de la vague ?

— Un raz de marée, ou un tsunami, peut avoir une amplitude de deux cents kilomètres ou davantage, dit Yaeger.

Sandecker réfléchit.

— Quelle est la largeur de la baie de Caráquez ?

Yaeger fit apparaître une carte sur l'écran.

— L'entrée est étroite, pas plus de quatre ou cinq kilomètres.

— Et vous dites que le capitaine du navire de commerce a noté la disparition d'un village près d'une rivière ?

— Oui, monsieur, c'est ce qu'il a écrit.

— En quoi le contour de la baie aujourd'hui diffère-t-il de celui de l'époque ?

— La baie extérieure a très peu changé, répondit Yaeger après avoir appelé un programme montrant les vieilles cartes espagnoles et celles du satellite en couleurs différentes et en les superposant sur l'écran. La baie intérieure s'est rapprochée de la mer d'un kilomètre environ à cause du limon déposé par la rivière Chone.

Sandecker contempla l'écran un long moment puis demanda :

— Est-ce que votre machin électronique peut simuler le raz de marée emportant le galion vers la terre ?

— Bien sûr, dit Yaeger, mais il faut tenir compte d'un certain nombre de facteurs.

— Par exemple ?

— La hauteur de la vague, sa vitesse de déplacement.

— Elle aura dû avoir au moins trente mètres de haut et avancer à plus de cent cinquante kilomètres heure pour emporter un navire de cinq cent soixante-dix tonnes si loin dans la jungle qu'on ne l'a jamais retrouvé.

— D'accord, voyons ce que je peux faire avec les données numériques.

Yaeger entra une série de commandes sur le clavier et regarda quelques secondes l'écran en examinant l'image qu'il venait de produire sur l'écran. Puis il utilisa un contrôle de fonction spécial pour affiner les graphiques et obtenir une simulation réaliste et dramatique d'un raz de marée traversant une zone côtière imaginaire.

— Voilà, annonça-t-il. Configuration de réalité virtuelle.

— Maintenant, ajoutez un navire, ordonna Sandecker.

Yaeger n'était pas expert dans la construction des galions du seizième siècle mais il produisit l'image acceptable d'un navire roulant lentement sur les vagues. Le tout donnait l'impression de graphiques mouvants envoyés par un projecteur à soixante images par seconde. Le galion avait l'air si vrai que quiconque serait entré dans la pièce aurait juré qu'il regardait un film.

— Qu'en dites-vous, amiral ?

— J'ai du mal à croire qu'une machine puisse créer quelque chose d'aussi vivant, dit Sandecker, visiblement impressionné.

— Vous devriez voir les derniers films d'images créées par ordinateurs montrant des vedettes disparues au milieu des nouvelles. J'ai regardé la vidéo d'*Arizona Sunset* au moins dix fois.

— Quelles sont ces vedettes ?

— Humphrey Bogart, Lionel Barrymore, Marilyn Monroe, Julia Roberts et Tom Cruise. Ça a l'air tellement vrai que vous pourriez jurer qu'ils ont tous joué ensemble pour de bon.

Sandecker posa une main sur l'épaule de Yaeger.

— Voyons si vous pouvez réaliser un documentaire relativement plausible.

Yaeger fit ses tours de magie sur l'ordinateur et les deux hommes regardèrent, fascinés, l'écran qui montrait une mer si bleue et si distincte qu'on avait l'impression de regarder la vraie par la fenêtre. Puis, doucement, l'eau commença à se ramasser en une vague qui s'éloigna de la terre en roulant, laissant le galion sur le fond marin aussi sec que s'il s'était agi d'un jouet posé sur la couverture d'un lit d'enfant. Puis l'ordinateur montra la vague se précipitant vers la côte, s'élevant de plus en plus haut puis engouffrant le navire sous une masse roulante d'écume, de sable et d'eau et le lançant avec une force et une vitesse prodigieuses vers la terre où il s'arrêta enfin tandis que la vague se calmait puis mourait.

— Cinq kilomètres, murmura Yaeger. Il semble être à cinq kilomètres de la côte environ.

— Pas étonnant qu'on l'ait perdu et oublié, dit Sandecker. Je vous conseille de contacter Pitt et de vous mettre d'accord avec lui pour lui envoyer par télécopie la grille des coordonnées de votre ordinateur.

Yaeger jeta à Sandecker un regard très étonné.

— Autoriseriez-vous les recherches, amiral ?

Sandecker feignit la surprise en se levant et en se dirigeant vers la porte. Juste avant de sortir, il se retourna et dit, avec un sourire malicieux :

— Je ne peux tout de même pas autoriser ce qui pourrait se révéler une chasse au dahu, n'est-ce pas ?

— Vous croyez que c'est ce que nous faisons, une chasse au dahu ?

Sandecker haussa les épaules.

— Vous avez fait votre part. Si le navire est vraiment quelque part dans la jungle et non au fond des mers, alors c'est à Pitt et à Giordino d'aller le retrouver au milieu de cet enfer terrestre.

20

Giordino contempla la tache rouge séchée sur le sol du temple.

— Aucun signe d'Amaru dans les décombres, dit-il.

— Je me demande jusqu'où il a pu aller, fit Miles sans s'adresser à personne en particulier.

Shannon et lui étaient arrivés du puits sacré une heure avant midi, dans un hélicoptère piloté par Giordino.

— Ses copains mercenaires ont dû l'emmener avec eux, suggéra Pitt.

— L'idée qu'un sadique comme Amaru est peut-être encore en vie suffit à vous coller des cauchemars, fit Rodgers.

Giordino haussa machinalement les épaules.

— Même s'il a survécu à l'attaque des roquettes, il a dû mourir d'avoir perdu trop de sang.

Pitt se tourna vers Shannon qui dirigeait une équipe d'archéologues et une petite armée d'ouvriers. Ils numérotaient les blocs de pierre tombés du temple en prévision d'une restauration. Elle semblait avoir découvert quelque chose dans les gravats et se penchait pour l'examiner.

— Un homme comme Amaru ne meurt pas facilement. Je pense que nous entendrons encore parler de lui.

— Voilà une pensée peu réjouissante, dit Rodgers, et que les dernières nouvelles de Lima paraissent confirmer.

Pitt leva un sourcil.

— J'ignorais qu'on recevait CNN dans ce coin reculé des Andes.

— Maintenant, oui. L'hélicoptère qui a atterri il y a une heure appartient au Bureau péruvien des Informations. Il a amené une équipe de reporters de télévision et une montagne d'équipements. La Cité des Morts fait la une des informations internationales.

— Et qu'est-ce qu'ils avaient à dire ? pressa Giordino.

— L'armée et la police ont admis leur échec dans la capture des mercenaires renégats de l'armée, qui sont venus dans cette vallée pour nous couper la gorge et enlever les objets d'art. Et les enquêteurs n'ont pas retrouvé non plus les pilleurs de tombes d'Amaru.

Pitt sourit à Rodgers.

— Ce n'est pas exactement le genre de reportage qui fera bon effet au journal de vingt heures !

— Le gouvernement a essayé de sauver la face en racontant que les voleurs ont déchargé leur larcin de l'autre côté de la montagne et qu'ils se cachent maintenant dans les forêts d'Amazonie, au Brésil.

— C'est faux, dit Pitt. Autrement, pourquoi les Douanes américaines auraient-elles insisté pour que nous leur donnions un inventaire des objet volés ? Ils savent ce qu'ils font. Non, le butin n'est pas éparpillé au sommet d'une montagne. Si je comprends bien ce que mijote le *Solpemachaco*, ils ne sont pas du genre à paniquer et à s'enfuir. Leurs informateurs militaires les ont tenus au courant de chaque étape, depuis le moment où on a rassemblé la force d'assaut pour les capturer. Ils ont dû aussi apprendre le plan de vol des troupes d'assaut et mis au point un chemin sûr pour s'évader en évitant de les rencontrer. Après avoir chargé le butin, ils ont probablement rejoint un point de rendez-vous soit sur un petit aérodrome soit dans un port de mer où les objets volés ont été transférés sur un jet ou sur un bateau. Et je doute que le Pérou revoie jamais les trésors historiques qu'on lui a volés.

— Votre scénario se tient, dit Rodgers. Mais n'oubliez pas que les méchants n'avaient plus qu'un hélicoptère puisque nous leur avions volé l'autre.

— Et que nous avions fait brutalement dégringoler celui-là dans la montagne, ajouta Giordino.

— Je crois que la vérité, c'est que le gang de tueurs de seconde classe qu'a fait venir le patron, celui-là même qui s'est fait passer pour Doc Miller, a été suivi par un ou deux hélicos gros porteurs, sans doute des modèles Boeing Chinooks, qui ont été vendus dans le monde entier. Ces zincs peuvent transporter une cinquantaine d'hommes ou vingt tonnes de matériel. Il restait donc assez de mercenaires au sol pour transborder les objets. Ils ont dû s'enfuir un bon moment après notre fuite et avant que nous n'alertions le gouvernement péruvien, qui a pris son temps pour monter un détachement aérien.

Rodgers regarda Pitt avec une admiration évidente. Seul Giordino ne semblait pas impressionné. Il savait depuis des années que Pitt possédait une rare qualité d'analyse des événements jusqu'aux plus petits détails. Très peu d'hommes et de femmes reçoivent ce don à la naissance. Exactement comme les mathématiciens et les physiciens de génie calculent des formules incroyablement compliquées à un niveau incompréhensible pour le commun des mortels, Pitt travaillait à un niveau de déduction incompréhensible à la plupart des gens, sauf quelques rares enquêteurs criminels dans le monde. Giordino trouvait parfois très agaçant le fait que, lorsqu'il essayait d'expliquer quelque chose à Pitt, ses yeux verts se fixaient sur un objet invisible au loin. Il savait alors que Pitt se concentrait sur un raisonnement.

Tandis que Rodgers réfléchissait à la reconstruction des événements que venait d'exposer Pitt, essayant d'y trouver un vice, le grand homme de la NUMA reporta son attention sur Shannon.

Elle était à genoux sur le sol du temple, une petite brosse souple à la main et enlevait la poussière et les petits débris d'un vêtement funéraire. Le tissu était en laine tissée, ornée de broderies multicolores représentant un singe en train de rire en exhibant des dents hideuses avec des serpents lovés à la place des bras et des jambes.

— Est-ce là ce que portaient les élégants chachapoyas ? demanda-t-il.

— Non, c'est inca.

Shannon ne se retourna pas pour répondre, absorbée par sa tâche.

— C'est un travail remarquable, observa Pitt.

— Les Incas et leurs ancêtres étaient les meilleurs teinturiers et les meilleurs tisserands du monde. Leurs techniques de tissage sont trop longues et trop compliquées pour être copiées aujourd'hui. Personne n'a jamais pu égaler leurs tapisseries. Les meilleurs tapissiers de la Renaissance en Europe utilisaient trente-quatre fils par centimètre. Les anciens Péruviens en utilisaient jusqu'à deux cents. Pas étonnant que les Espagnols aient cru que les textiles les plus beaux des Incas étaient faits de soie.

— Ce n'est peut-être pas le moment rêvé pour parler des arts mais je pense que vous aimeriez savoir qu'Al et moi avons fini de dessiner les objets que nous avons vus avant que le plafond s'effondre.

— Donnez-les au Dr Ortiz. Il est très intéressé par ce qui a été volé.

Puis, reprise par son travail, elle se remit à brosser.

Une heure plus tard, Gunn trouva Pitt près d'Ortiz qui dirigeait des ouvriers arrachant la végétation d'une grande sculpture représentant ce qui devait être un jaguar ailé avec une tête de serpent. Les mâchoires menaçantes, très larges, révélaient des crocs courbes impressionnants. Le corps massif et les ailes de l'animal entouraient l'entrée d'une grande bâtisse funéraire. La seule entrée était cette gueule ouverte assez large pour laisser passer un homme. Des pieds à la pointe des ailes relevées, la bête de pierre mesurait plus de six mètres.

— Je n'aimerais pas rencontrer ce genre de bestiole la nuit au coin d'un bois ! dit Gunn.

Le Dr Ortiz se tourna et fit un signe de bienvenue.

— C'est la plus grande statue chachapoya trouvée à ce jour. Je dirais qu'elle doit remonter à l'an 1200 ou 1300.

— A-t-elle un nom ? demanda Pitt.

— *Demonio de los Muertos*, répondit Ortiz. Le démon des morts, un dieu chachapoya protecteur lié au culte du monde souterrain. En partie jaguar, en partie condor et en partie serpent, il enfonçait ses crocs dans le cœur de quiconque dérangeait les morts et l'emmenait dans les sombres profondeurs de la terre.

— On ne peut pas dire qu'il soit beau, observa Gunn.

— Le démon n'avait pas à l'être. Les effigies vont de la taille de celle-ci à celle d'une main humaine, selon la richesse et le statut du défunt. Je suppose que nous en trouverons dans toutes les tombes de la vallée.

— Le dieu de l'ancien Mexique n'était-il pas une sorte de serpent ? demanda Gunn.

— Oui, Quetzalcóatl, le serpent à plumes. C'était le dieu le plus important de Méso-Amérique, des civilisations qui ont commencé avec les Olmèques en 900 avant J.C. pour se terminer avec les Aztèques, pendant la conquête espagnole. Les Incas aussi avaient des sculptures représentant des serpents mais on n'a pu établir aucun rapport à ce jour.

Ortiz se retourna quand un ouvrier lui demanda d'examiner une petite figurine qu'il avait déterrée près de la sculpture. Gunn prit Pitt par le bras et l'entraîna jusqu'à une pierre basse où ils s'assirent.

— Un courrier de l'ambassade des Etats-Unis est arrivé de Lima par le dernier hélicoptère, dit-il en retirant une enveloppe de sa serviette. Il a laissé un paquet faxé de Washington.

— De Yaeger ? demanda impatiemment Pitt.

— De Yaeger et de ton ami Perlmutter.

— Ont-ils trouvé une piste ?

— Lis toi-même. Julien Perlmutter a trouvé le récit d'un survivant du galion jeté dans la jungle par le raz de marée.

— Pour le moment, ça colle.

— Il y a mieux. Le récit mentionne un coffret de jade contenant des cordelettes nouées. Apparemment, le coffret repose avec les restes pourrissants du galion.

— Le *quipu* de Drake ?

— Il semble que le mythe ait une base réelle, dit Gunn avec un large sourire.

— Et Yaeger ? demanda Pitt en commençant à parcourir les papiers.

— Son ordinateur a analysé les données existantes et en a tiré une grille de coordonnées qui met le galion dans un périmètre de dix kilomètres carrés.

— Bien plus petit que ce que j'attendais !

— Je dirais que nos chances de retrouver le galion et le coffret de jade viennent d'augmenter d'au moins cinquante pour cent.

— Disons trente pour cent, corrigea Pitt en lisant une feuille de Perlmutter donnant tous les détails connus de la construction, des installations et du chargement du *Nuestra Señora de la Concepción*. A part quatre ancres qui ont probablement été détachées lors du choc de la grosse vague, la signature magnétique de tout ce qui pouvait être en fer à bord serait trop faible pour être détectée au magnétomètre à plus de quelques mètres.

— Un EG&G Geometrics G-813G doit pouvoir détecter une petite masse de fer à une bonne distance.

— Tu lis dans mes pensées. Frank Stewart en a un à bord du *Deep Fathom*.

— Il nous faudra un hélicoptère pour tendre les détecteurs au-dessus de la forêt vierge, dit Gunn.

— C'est ton domaine, répondit Pitt. Qui connais-tu en Equateur ?

Gunn réfléchit un moment puis esquissa un sourire.

— Il se trouve que le directeur général de la Corporación Estatal Petrolera Ecuadoriana, la compagnie pétrolière nationale, a une dette envers la NUMA qui a piloté sa compagnie vers des nappes intéressantes de gaz naturel dans le golfe de Guayaquil.

— Et cette dette est assez importante pour qu'ils nous prêtent un zinc ?

— Je crois pouvoir affirmer que oui.

— Combien de temps faut-il pour mettre la main sur lui ?

Gunn regarda le cadran de sa fidèle Timex.

— Donne-moi vingt minutes pour l'appeler et faire affaire avec lui. Après, j'informerai Stewart que nous passerons prendre le magnétomètre. Puis je contacterai Yaeger pour reconfirmer ses données.

Pitt regarda Gunn d'un air ébahi.

— Washington n'est pas exactement au coin de la rue ! Tu fais tes conférences par signaux de fumée ou par miroirs ?

Gunn sortit de sa poche un petit téléphone portatif.

— Voici l'Iridium, fabriqué par Motorola. Digital, sans fil, tu peux appeler n'importe où dans le monde avec ça.

— Je connais le système, dit Pitt. Ça fonctionne sur un réseau satellite. Où as-tu fauché celui-ci ?

Gunn jeta un coup d'œil vers les ruines.

— Tiens ta langue. C'est une appropriation temporaire et ça vient de l'équipe de la télévision péruvienne.

Pitt regarda son ami binoclard avec une admiration mêlée de tendresse. Il était très rare que Gunn, si timide, sorte de sa coquille académique pour faire ce genre de coup tordu.

— Tu es parfait, Rudi. Et je me fiche de ce qu'on pourra écrire sur ton compte dans les journaux à scandales.

En termes d'objets d'art et de trésors, les pilleurs de tombe avaient à peine égratigné la surface de la Cité des Morts. Ils avaient surtout fouillé les tombes royales près du temple mais, grâce à l'intrusion de Pitt, n'avaient pas eu le temps de s'occuper vraiment des tombes environnantes. Beaucoup contenaient les restes de grands commis de la confédération chachapoya. Ortiz et son équipe trouvèrent aussi ce qui semblait être les caveaux jamais violés de huit nobles. Ortiz fut fou de joie lorsqu'il découvrit que les cercueils royaux, en parfait état, n'avaient jamais été ouverts.

— Il nous faudra dix ans, peut-être vingt, pour fouiller toute cette vallée, dit-il au cours de leur bavardage d'après dîner. Aucune découverte dans les Amériques ne peut rivaliser avec celle-ci, ne serait-ce que par le nombre d'objets précieux. Il faut aller doucement. On ne doit rien ignorer, même pas la graine d'une fleur ou une perle de collier. Nous ne devons rien manquer parce que nous avons là une occasion unique de comprendre mieux la culture chachapoya.

— Votre travail est tout tracé, dit Pitt. J'espère seulement qu'aucun des trésors que vous trouverez ne sera volé pendant son transport jusqu'à votre musée national.

— Les pertes entre ici et Lima sont le cadet de mes soucis, répondit Ortiz. On vole autant d'objets dans nos musées que dans les tombes d'origine.

— Vous n'avez donc pas de systèmes de sécurité pour protéger les objets précieux de ce pays ? s'étonna Rodgers.

— Bien sûr que si, mais les voleurs professionnels sont malins. Il leur arrive de remplacer un objet de valeur par une copie fort bien faite. Il faut parfois des mois, voire des années, avant qu'on découvre les vols.

— Il y a seulement trois semaines, dit Shannon, le National Heritage Museum du Guatemala a fait savoir qu'on leur avait dérobé des objets d'art mayas précolombiens pour une valeur d'à peu près huit millions de dollars. Les voleurs, en uniforme de gardes, ont tranquillement emporté les trésors pendant les heures de visite, comme s'ils les transportaient d'une aile à l'autre. Personne n'a songé à leur poser des questions.

— Mon préféré, dit Ortiz sans sourire, c'est le vol de vingt-cinq pièces de vaisselle de la dynastie Shang du douzième siècle, dans un musée de Pékin. Les voleurs ont soigneusement démonté les vitrines et réarrangé les pièces restantes pour donner l'impression qu'il ne manquait rien. Il a fallu trois mois pour que le conservateur remarque que des pièces avaient disparu et qu'on les avait volées.

Gunn retira ses lunettes et les essuya.

— J'ignorais que le vol d'objets d'art était si répandu.

— Au Pérou, dit Ortiz, on vole autant d'objets d'art et de collections d'antiquités qu'on cambriole de banques. Le plus tragique, c'est que les voleurs deviennent plus audacieux. Ils n'hésitent pas à enlever des collectionneurs pour exiger des rançons. Et les rançons, bien sûr, ce sont leurs objets de collection. Souvent, ils tuent purement et simplement le collectionneur avant de piller sa maison.

— Vous avez de la chance qu'une petite partie seulement des œuvres d'art ait été volée dans la Cité des Morts avant que les pirates aient dû déguerpir, dit Pitt.

— En effet. Mais malheureusement, les plus belles pièces ont sans doute déjà quitté le pays.

— Il est étonnant que la Cité n'ait pas été découverte par les *huaqueros* depuis longtemps, remarqua Shannon, évitant volontairement le regard de Pitt.

— Le Pueblo de los Muertos se situe dans une vallée isolée, à quatre-vingt-dix kilomètres du village le plus proche, expliqua Ortiz. Voyager par là n'est pas facile, surtout à pied. La population indigène n'a aucune raison de faire sept ou huit jours de marche épuisante dans la jungle pour chercher quelque chose qu'elle croit n'avoir existé que dans les légendes de son lointain passé. Quand Hiram Bingham a découvert Machu Picchu sur le sommet d'une montagne, aucun des indigènes ne s'était jamais aventuré là-haut. Et bien que cela n'arrête pas un *huaquero*, les descendants des Chachapoyas croient encore que les ruines de l'autre côté des montagnes, dans les grandes forêts de l'Est, sont protégées par un dieu démon comme celui que nous avons trouvé cet après-midi. Ils ont une sainte trouille de s'en approcher.

— C'est vrai, fit Shannon. Certains jurent que quiconque trouve et pénètre dans la Cité des Morts sera changé en pierre.

— Ah ! Oui ? murmura Giordino, le fameux « sois maudit si tu déranges mes os ».

— Etant donné que personne ici ne semble avoir de raideurs articulaires, plaisanta Ortiz, je crois pouvoir dire que les esprits méchants qui fréquentent ces ruines ont perdu leurs pouvoirs.

— Dommage que ça n'ait pas marché contre Amaru et ses pillards, dit Pitt.

Rodgers se rapprocha de Shannon et lui mit la main sur la nuque comme pour la protéger.

— J'ai cru comprendre que vous nous quittiez demain matin ?

Shannon, surprise, ne fit pas un geste pour éloigner la main de Rodgers.

— Est-ce vrai ? demanda-t-elle en regardant Pitt. Vous partez ?

Gunn répondit avant Pitt.

— Oui, nous rentrons sur notre bateau avant de remonter vers le nord de l'Equateur.

— Vous n'allez pas partir à la recherche du galion dont nous avons parlé sur le *Deep Fathom* ? demanda Shannon.

— Connaissez-vous un meilleur endroit ?

— Pourquoi l'Equateur ? insista-t-elle.

— Al aime bien le climat, dit Pitt en tapant sur l'épaule de Giordino.

— On m'a dit que les filles de là-bas étaient belles et folles de luxure, approuva Giordino.

Shannon regarda Pitt, une lueur d'intérêt dans les yeux.

— Et vous ?

— Moi ? murmura innocemment Pitt. J'y vais pour pêcher.

21

— Bien sûr que vous pouvez les prendre ! dit Francis Ragsdale, chef du département fédéral chargé des vols d'objets d'art du FBI en s'installant confortablement sur la banquette de vinyle du petit restaurant de style 1950 tout orné de chromes.

Il étudia les titres proposés par le juke-box Wurlitzer.

— Stan Kenton, Charlie Barnett, Stan Getz. Qui a jamais entendu parler de ces types-là ?

— Les gens qui apprécient la bonne musique, répondit Gaskill d'un ton acide au jeune officier.

Il s'installa à son tour sur la banquette d'en face dont sa grande carcasse occupa les deux tiers. Ragsdale haussa les épaules.

— Ce n'est pas de mon époque.

Pour lui, qui n'avait que trente-quatre ans, les grands musiciens nés avant « son époque » n'étaient que des noms vaguement mentionnés de temps à autre par ses parents.

— Vous venez souvent ici ?

— Ce qu'on y mange tient au corps, répondit Gaskill.

— On ne peut pas dire que ce soit une recommandation d'épicurien.

Rasé de près, les cheveux noirs et souples, le corps raisonnablement bien entretenu, Ragsdale avait un visage avenant, de beaux yeux gris et l'allure générale d'un acteur de feuilleton populaire récitant automatiquement son texte. C'était un bon enquêteur qui prenait son travail au sérieux et tenait à donner une bonne image du Bureau en portant des costumes sombres qui le faisaient ressembler à un agent de change de Wall Street heureux en affaires.

Avec un œil de professionnel pour le détail, il examina le sol couvert de linoléum, les tabourets ronds du bar, les porte-serviettes et les salerons de style art déco posés près d'une bouteille de ketchup et d'un pot de moutarde à la française. Son expression reflétait un dégoût poli. Il aurait incontestablement préféré un restaurant plus à la mode du centre de Chicago.

— Drôle d'endroit ! Hermétiquement clos et dans la semi-obscurité.

— L'atmosphère est la moitié du plaisir, dit Gaskill.

— Pourquoi est-ce que, quand c'est moi qui paie, nous mangeons dans un établissement de classe mais quand c'est vous, on échoue dans un boui-boui pour vieillards ?

— C'est parce que j'y ai toujours une bonne table.

— Et comment est la nourriture ?

— C'est le meilleur endroit que je connaisse pour manger un bon poulet, fit Gaskill en souriant.

Ragsdale lui lança un regard nauséeux et ignora le menu imprimé entre deux feuilles de plastique.

— Je vais abandonner toute prudence et risquer le botulisme en commandant un bol de soupe et une tasse de café.

— Félicitations pour votre réussite dans le vol du Fairchild Museum de Scarsdale. On m'a dit que vous aviez retrouvé vingt sculptures de jade de la dynastie Sung.

— Vingt-deux. Je dois admettre que j'ai ignoré le suspect le moins évident jusqu'à ce que je fasse chou blanc avec tous les autres. Le directeur de la sécurité, un homme de soixante-douze ans ! Qui aurait pensé à lui ? Il travaillait au musée depuis près de trente-deux ans. Un dossier aussi propre que les mains d'un chirurgien. Le conservateur a refusé de me croire jusqu'à ce que le vieux s'effondre et avoue. Il avait enlevé les statuettes une par une sur une période de cinq ans, revenant après la fermeture, débranchant les systèmes d'alarme, ouvrant les serrures des vitrines et descendant les statuettes dans les buissons près du bâtiment par la fenêtre des toilettes. Il remplaçait les statuettes volées dans les vitrines par d'autres de moindre valeur trouvées dans l'entrepôt du sous-sol. Il changeait aussi les étiquettes. Il se débrouillait pour remettre les stands dans leur position exacte sans laisser de traces révélatrices sur le fond des vitrines. Les responsables du musée ont été très impressionnés par sa technique.

La serveuse, l'archétype de toutes celles qui servent au bar et aux petites tables des cafés de province ou des restaurants pour routiers, un crayon coincé au bord de sa drôle de petite casquette, les mâchoires occupées à mâcher furieusement un chewing-gum et portant des bas à varices, vint vers eux, le crayon prêt à écrire sur un petit bloc vert.

— Oserai-je vous demander quelle est la soupe du jour ? demanda Ragsdale d'un ton hautain.

— Des lentilles au curry avec jambon et pommes.

Ragsdale la regarda avec surprise.

— Ai-je bien entendu ?

— Voulez que j'répète ?

— Non, non, la soupe aux lentilles au curry ira très bien.

La serveuse se tourna vers Gaskill.

— Vous, je sais ce que vous prendrez.

Elle cria leur commande à un chef invisible dans la cuisine d'une voix tenant du verre pilé et du gravier de rivière.

— Après trente-deux ans, demanda Gaskill en reprenant la conversation, qu'est-ce qui a pu pousser le chef de la sécurité du musée à se transformer en cambrioleur ?

— Une passion pour l'art exotique. Le pauvre vieux aimait toucher et caresser les statuettes quand il n'y avait personne et puis un nouveau conservateur diminua son salaire pour cause d'austérité alors qu'il s'attendait à être augmenté. Ça l'a rendu fou de rage et a exacerbé son désir de posséder les statuettes exposées. Après le premier vol, on pensa qu'il s'agissait de professionnels hautement qualifiés ou de quelqu'un du musée. J'ai rétréci les soupçons autour du directeur de la sécurité et obtenu un mandat pour fouiller sa maison. Tout était là, sur le manteau de la cheminée, toutes les pièces volées, comme autant de trophées de bowling.

— Vous travaillez sur une nouvelle affaire ? demanda Gaskill.

— On vient de m'en coller une autre, oui.

— Un autre vol de musée ?

Ragsdale secoua la tête.

— Une collection privée. Le propriétaire est parti neuf mois en Europe. Quand il est rentré, ses murs étaient nus. Huit aquarelles de Diego Rivera, le peintre auteur de fresques.

— J'ai vu les fresques qu'il a faites pour l'Institut d'Art de Detroit.

— Les compagnies d'assurances ont la bave aux lèvres. Il paraît que les aquarelles étaient assurées pour quarante millions de dollars.

— On pourra peut-être échanger des informations pour cette affaire.

— Vous pensez que ça peut intéresser les Douanes ? s'étonna Ragsdale.

— Il y a une petite possibilité que l'affaire nous concerne aussi, en effet.

— Toujours heureux de vous donner un coup de main.

— J'ai vu des photos de ce qui pourrait être vos aquarelles de Rivera dans une vieille boîte contenant des numéros du *Bulletin des Objets volés* que ma sœur a trouvés dans une maison qu'elle a achetée. Je vous en dirai plus quand je les aurai comparés à votre liste. S'il y a un rapport, il paraît que quatre de vos tableaux ont été volés en 1923 à l'université de Mexico. Si on les a fait passer aux Etats-Unis, ça devient une affaire concernant les Douanes.

— C'est de l'histoire ancienne !

— Pas pour l'art volé, corrigea Gaskill. Huit mois plus tard, six Renoir et quatre Gauguin ont disparu du Louvre, à Paris, pendant une exposition.

— Je suppose que vous faites allusion à ce vieux voleur de tableaux de maîtres, comment s'appelait-il, déjà ?

— Le Spectre, répondit Gaskill.

— Nos illustres prédécesseurs du ministère de la Justice n'ont jamais mis la main sur lui, n'est-ce pas ?

— Ils n'ont même jamais eu de dossier d'identification le concernant.

— Vous croyez qu'il a quelque chose à voir avec le premier vol des Rivera ?

— Pourquoi pas ? Le Spectre était au vol d'œuvres d'art ce que Raffles était au vol de diamants. Et aussi mélodramatique ! Il a réalisé au moins dix des plus grands casses de l'Histoire. Et comme c'était un prétentieux, il laissait toujours sa marque personnelle derrière lui.

— Je crois me rappeler avoir lu qu'il s'agissait d'un gant blanc, dit Ragsdale.

— Ça, c'était Raffles. Le Spectre laissait un petit calendrier sur les lieux de ses crimes et entourait la date de son prochain vol.

— C'est vrai que c'est sacrément prétentieux !

On apporta un grand plat ovale contenant ce qui ressemblait à du poulet sur un lit de riz. On servit aussi à Gaskill une salade appétissante. Ragsdale regarda d'un air sombre le contenu de son assiette puis la serveuse.

— Je suppose que ce troquet gras ne sert que de la bière en boîte ?

La grosse serveuse le regarda de haut et sourit comme une vieille prostituée.

— Mon chou, on a de la bière en bouteille et on a aussi du vin. Qu'est-ce que ça sera ?

— Une bouteille de votre meilleur bourgogne.

— Je vais voir ça avec le sommelier.

Elle cligna d'un œil trop maquillé avant de retourner à la cuisine.

— J'avais oublié de mentionner le service très personnalisé, dit Gaskill en souriant.

Ragsdale plongea prudemment sa cuiller dans la soupe, le visage soupçonneux. Il en avala le contenu comme s'il goûtait un vin. Puis il ouvrit de grands yeux étonnés.

— Mon Dieu ! Du sherry et des oignons grelots, de l'ail, des clous de girofle, du romarin et trois sortes de champignons ! C'est délicieux ! Qu'avez-vous pris ? demanda-t-il en regardant l'assiette de Gaskill. Du poulet ?

Gaskill pencha son assiette pour que Ragsdale la voie.

— Vous n'êtes pas loin. La spécialité de la maison. Des cailles marinées puis grillées sur un lit de riz avec des raisins secs, des échalotes, des carottes rôties en purée et des poireaux au gingembre.

Ragsdale avait l'air d'un homme à qui on vient d'annoncer qu'il a des triplés.

— Vous vous êtes fichu de moi !

Gaskill fit mine d'être choqué.

— Je croyais que vous vouliez un endroit où l'on mange bien !

— C'est fantastique ! Mais où est la foule ? On devrait faire la queue dehors !

— Le propriétaire et chef de cuisine qui, je vous le signale, était celui du Ritz de Londres, ferme sa cuisine le lundi.

— Mais pourquoi a-t-il ouvert rien que pour nous ? s'étonna Ragsdale.

— J'ai retrouvé sa collection d'ustensiles de cuisine du Moyen Age quand on la lui a volée, dans son ancienne maison à Londres, pour la faire passer en fraude à Miami.

La serveuse revint et mit vivement une bouteille sous le nez de Ragsdale pour qu'il puisse lire l'étiquette.

— Voilà, mon chou, château Chantilly 1878. Vous avez bon goût mais êtes-vous homme à payer huit mille dollars pour cette bouteille ?

Ragsdale écarquilla les yeux devant la bouteille poussiéreuse et l'étiquette fanée, muet de surprise.

— Non, non, un cabernet de Californie ira très bien, réussit-il à dire.

— J'vais vous dire, mon chou, qu'est-ce que vous diriez d'un bordeaux cru bourgeois de 1988 ? Disons environ trente dollars.

Ragsdale hocha la tête en une approbation muette.

— Je n'arrive pas à y croire !

— Je crois que ce qui me plaît vraiment ici, dit Gaskill en faisant une pause pour savourer un morceau de caille, c'est l'incongruité du lieu. Qui s'attendrait à trouver une nourriture aussi gourmande et des vins pareils dans un petit restaurant qui ne paie pas de mine ?

— C'est vrai que c'est un autre monde !

— Pour revenir à notre conversation, reprit Gaskill en enlevant délicatement un os avec ses gros doigts, j'ai presque mis la main sur une autre des acquisitions du Spectre.

— Oui, j'ai entendu parler de votre aventure ratée, murmura Ragsdale qui avait du mal à reprendre ses esprits. Une momie péruvienne couverte d'or, c'est ça ?

— L'Armure d'Or de Tiapollo.

— Qu'est-ce qui a foiré ?

— Surtout un mauvais minutage. Pendant que je surveillais le propriétaire de l'appartement, un gang de voleurs déguisés en déménageurs a fauché la momie dans l'appartement du dessous où elle était cachée avec une immense quantité d'autres objets d'art, tous plus ou moins achetés au marché parallèle.

— Cette soupe est incomparable ! dit Ragsdale en essayant d'attirer l'attention de la serveuse. Je vais jeter un nouveau coup d'œil au menu et commander autre chose. Avez-vous réussi à faire la liste des objets retrouvés ?

— A la fin de la semaine. Je suppose qu'il doit y avoir entre trente et quarante pièces de vos listes du FBI dans la collection de mon suspect.

La serveuse revint avec le vin et Ragsdale commanda du saumon fumé avec du maïs doux, des champignons chinois et des épinards.

— Ç't'un bon choix, mon chou, dit-elle d'une voix traînante en ouvrant la bouteille.

Ragsdale secoua la tête d'étonnement avant de reporter son attention sur Gaskill.

— Comment s'appelle le collectionneur qui a emmagasiné ces pièces brûlantes ?

— Adolphus Rummel, un riche ferrailleur de Chicago. Est-ce que son nom vous dit quelque chose ?

— Non, mais je n'ai jamais rencontré de collectionneurs d'objets volés tenir table ouverte. Y a-t-il une chance pour que ce Rummel parle ?

— Aucune, dit Gaskill d'un ton de regret. Il a déjà loué les services de Jacob Morganthaler et déposé plainte pour récupérer les objets confisqués.

— Cet avocat qui retourne les jurés ? dit Ragsdale d'un air dégoûté. Ami et champion des collectionneurs et des trafiquants d'objets volés !

— Avec son record d'acquittements, on devrait se réjouir qu'il ne défende pas les assassins et les trafiquants de drogue.

— Vous avez une piste concernant les voleurs de l'Armure d'Or ?

— Aucune. Un boulot parfait. Si je ne savais pas ce qui lui est arrivé, je jurerais que c'est l'œuvre du Spectre.

— A moins qu'il ne revienne d'entre les morts ! Il aurait un peu plus de quatre-vingt-dix ans, non ?

Gaskill leva son verre et Ragsdale le remplit de vin.

— Supposez qu'il ait un fils ou qu'il ait établi une dynastie pour continuer la tradition familiale ?

— C'est une idée. Sauf qu'on n'a pas trouvé de calendrier avec une date entourée lors des vols d'œuvres d'art depuis plus de cinquante ans.

— Ils auraient pu se spécialiser dans la contrebande et les copies et laisser tomber les stupidités théâtrales. Aujourd'hui, les professionnels savent que la technologie des enquêteurs modernes peut relever plein d'indices et de preuves sur les petits calendriers pour les cravater sans problèmes.

— Peut-être. (Ragsdale se tut pendant que la serveuse lui apportait son saumon. Il en renifla l'odeur et s'émerveilla sur la présentation.) J'espère que c'est aussi bon que beau.

— Garanti, mon chou, fit la vieille serveuse. Satisfait ou remboursé.

Ragsdale vida son verre et s'en servit un autre.

— J'entends d'ici votre esprit carburer. Qu'avez-vous l'intention de faire ?

— Celui qui a commis le vol ne l'a pas fait pour en tirer un meilleur prix auprès d'un autre collectionneur. J'ai fait des recherches concernant l'armure revêtant la momie. D'après ce que j'ai appris, elle est couverte de hiéroglyphes gravés illustrant le long voyage d'une flotte inca transportant un immense trésor dont une énorme chaîne en or. Je crois que le voleur l'a prise pour tenter de trouver la trace du fabuleux filon.

— Est-ce que l'armure raconte ce qui est arrivé au trésor ?

— D'après la légende, il a été enterré dans une île au milieu d'une mer intérieure... Comment est votre saumon ?

— Le meilleur que j'aie jamais mangé, fit Ragsdale, heureux. Et croyez-moi, c'est un compliment. Alors, vous allez où après cette légende ?

— Il faut traduire les gravures de l'armure. Les Incas n'avaient pas de méthode pour écrire ou graver les événements comme les Mayas, mais des photographies de l'armure prises avant le premier vol en Espagne montrent des indications précises d'un système pictural graphique. Les voleurs auront besoin d'un expert pour décoder ces dessins. Et l'interprétation de pictographies anciennes n'est pas une profession encombrée.

— Alors vous allez faire la chasse à ceux qui savent le faire ?

— Ce n'est pas bien difficile. Il n'y a que cinq spécialistes. Les Moore, d'abord, le mari et la femme, qui travaillent en équipe. On dit que ce sont les meilleurs dans ce domaine.

— Vous avez bien fait vos devoirs.

Gaskill haussa les épaules.

— La cupidité des voleurs est la seule piste que j'aie.

— Si vous avez besoin des services du Bureau, dit Ragsdale, vous n'avez qu'à m'appeler.

— J'apprécie, Francis, merci.

— Il y a juste une petite chose...

— Oui ?

— Pouvez-vous me présenter au chef ? J'aimerais une recommandation pour avoir une table samedi soir.

22

Après une courte escale à l'aéroport de Lima pour prendre le magnétomètre EG&G arrivé du *Deep Fathom* par l'hélicoptère de l'ambassade des Etats-Unis, Pitt, Giordino et Gunn s'embarquèrent sur un vol commercial pour Quito, la capitale de l'Equateur. Il était plus de deux heures du matin quand ils atterrirent, en plein orage. Dès qu'ils franchirent la porte de l'aéroport, ils rencontrèrent le représentant de la compagnie pétrolière d'Etat qui les attendait. C'était un collaborateur du directeur général avec lequel Gunn avait discuté pour avoir un hélicoptère. Il les fit monter dans une conduite intérieure qui les mena de l'autre côté du terrain d'aviation. Une camionnette les suivit pour transporter leurs bagages et l'équipement électronique. Le petit convoi arriva bientôt au pied d'un appareil McDonnell Douglas Explorer. En sortant de la voiture, Rudi Gunn exprima sa satisfaction mais leur accompagnateur avait déjà remonté la vitre de la voiture et ordonné au chauffeur de repartir.

— Ça vous donne envie de mener une vie saine, murmura Giordino, impressionné par l'efficacité déployée.

— Ils nous devaient sans doute plus que je ne le pensais, dit Pitt en ignorant la pluie battante et en regardant avec bonheur le gros appareil rouge à deux moteurs sans rotor de queue.

— Est-ce un bon hélico ? demanda naïvement Gunn.

— L'un des meilleurs qui se puisse trouver de nos jours, répondit Pitt. Stable, fiable et doux comme de l'huile sur l'eau. Il vaut environ deux mille soixante-quinze millions. On n'aurait pu trouver de meilleur engin pour nos recherches et pour surveiller la zone d'en haut.

— A quelle distance est la baie de Caráquez ?

— Environ deux cent dix kilomètres. Avec cet hélico, on peut le faire en moins d'une heure.

— J'espère que tu n'as pas l'intention de voler au-dessus d'un terrain inconnu, dans l'obscurité et pendant un orage tropical ! dit Gunn, mal à l'aise, tenant un journal au-dessus de sa tête pour se protéger de la pluie.

— Non, nous attendrons le lever du jour, le rassura Pitt.

— Il y a une chose dont je suis sûr, fit Giordino en montrant l'appareil, c'est que je ne veux pas prendre de douche tout habillé. Je propose de ranger nos bagages et l'équipement électronique à bord et de dormir quelques heures avant l'aurore.

— C'est la meilleure idée de la journée, dit Pitt avec enthousiasme.

Quand l'équipement fut en place, Giordino et Gunn inclinèrent le dossier des sièges arrière réservés aux passagers et s'endormirent presque aussitôt. Pitt s'installa dans le siège du pilote, alluma une petite lampe et étudia les données accumulées par Perlmutter et Yaeger. Il était trop excité pour avoir sommeil. Après tout, il était à la veille de sa recherche de l'épave. La plupart des gens passent de Jekyll à Mr Hyde quand ils pensent à la recherche d'un trésor. Ce qui stimulait Pitt, ce n'était pas l'avidité mais le défi que représentait cette entrée dans l'inconnu pour suivre une piste tracée par des hommes aussi aventureux que lui, qui avaient vécu à une époque reculée, des hommes qui avaient laissé aux générations futures un mystère à débrouiller.

Qui étaient ces marins qui arpentaient les navires du seizième siècle ? se demandait-il. En dehors de l'attrait de l'aventure et de la perspective de richesses probables, qu'est-ce qui les poussait à entreprendre des voyages de trois années ou plus, sur des bateaux de la taille d'un immeuble de deux étages d'un faubourg moderne ? Loin de toute terre pendant des mois, perdant leurs dents à cause des ravages du scorbut, les équipages étaient décimés par la malnutrition et les maladies. Souvent, il ne restait pour finir le voyage que quelques officiers qui n'avaient survécu que parce que leurs rations étaient meilleures que celles de leurs marins. Des quatre-vingt-huit hommes que Drake emmena sur le *Golden Hind* traverser le détroit de Magellan jusqu'au Pacifique, il n'en restait que cinquante-six quand ils atteignirent le port de Plymouth.

Pitt porta son attention sur le *Nuestra Señora de la Concepción*. Perlmutter avait envoyé des illustrations et des plans de coupe de ce navire typique des galions espagnols qui sillonnaient les mers aux seizième et dix-septième siècles. Ce qui intéressait Pitt, c'était de savoir combien de fer il y avait à bord et que le magnétomètre devrait détecter. Perlmutter affirmait que ses deux canons étaient en bronze et ne feraient pas réagir l'appareil qui mesurait l'intensité du champ magnétique produit par une masse de fer.

Le galion avait quatre ancres. Leurs verges, leurs pattes et leurs ailes étaient coulées en fer mais leurs jas étaient en bois. Elles tenaient par du chanvre et non des chaînes. Si au moment du raz de marée, le galion avait deux ancres jetées, la force de la vague frappant soudain le navire et le jetant à terre aurait probablement cassé les cordes de chanvre. Ce qui laissait une petite chance que les deux autres soient encore intactes et toujours sur l'épave.

Il fit le compte du reste de fer qui pourrait être encore à bord : les ferrures, les serrureries du bâtiment, les gros fémelots et les aiguillots qui tenaient le gouvernail et lui permettaient de tourner. Les renforts (les supports de fer des vergues et des espars), toutes les manilles, tous les grappins en fer. Les ustensiles de cuisine, les outils du charpentier, peut-être une caisse de clous, des petites armes à feu, des sabres et des piques. Les boulets des canons.

C'était un exercice dans l'obscurité. Pitt n'était certes pas une autorité en matière de navires à voiles du seizième siècle. Il devait faire confiance à Perlmutter et à ses estimations de la masse totale de fer à bord du *Concepción*. Au mieux, il supposait une masse variant entre une et trois tonnes. Assez, souhaitait Pitt de tout son cœur, pour que le magnétomètre détecte l'anomalie que constituerait le galion à cinquante ou soixante-dix mètres de haut.

Qu'il y en ait moins et ils auraient à peu près autant de chance de découvrir le galion que de trouver une bouteille avec un message au milieu du Pacifique sud.

Il était maintenant près de cinq heures du matin et le bleu pâle du ciel virait à l'orange sur les montagnes, vers l'est, quand Pitt enleva le McDonnell Douglas Explorer au-dessus des eaux de la baie de Caráquez. Des bateaux de pêche quittaient déjà la baie et se dirigeaient vers la haute mer pour chercher leurs prises de la journée. Les marins s'arrêtèrent pour préparer leurs filets. Ils levèrent les yeux pour regarder l'appareil et leur firent de grands signes des bras. Pitt répondit à leur salut. L'ombre de l'hélicoptère dansa sur la petite flottille et se dirigea vers la côte. Le bleu foncé des eaux prit bientôt un ton vert turquoise rayé des longues lignes des vagues qui se matérialisaient dès que le fond marin atteignait la plage sableuse.

Les longs bras de la baie se refermaient presque à l'entrée de la rivière Chone. Giordino, assis sur le siège du copilote, montra du doigt une petite ville sur la droite, avec des rues minuscules et des bateaux colorés qui s'alignaient tout au long de la plage. De nombreuses fermes de quelques hectares seulement entouraient la ville, avec de petites maisons blanchies à la chaux près de corrals enfermant des chèvres et quelques vaches. Pitt remonta le courant sur deux kilomètres où elle blanchissait de l'écume des rapides. Puis soudain, la forêt tropicale s'installa, dense et impénétrable, comme une muraille s'étendant vers l'est à perte de vue. A part la rivière, on ne voyait aucune ouverture sous les arbres.

— Nous approchons de la première moitié de notre grille, dit Pitt à Gunn par-dessus son épaule.

Gunn était penché sur le magnétomètre à protons.

— Vole en cercle pendant une ou deux minutes, le temps que j'installe le système, répondit-il. Al, tu veux lancer le câble ?

— D'accord, fit Giordino en passant de son siège à l'arrière de la cabine.

— Je vais me diriger vers le point de départ de notre première course, dit Pitt, et j'y resterai jusqu'à ce que tu sois prêt.

Giordino leva le détecteur qui avait la forme d'un missile air-air. Il le laissa tomber par une trappe ouverte dans le plancher de l'hélicoptère. Puis il le fit descendre en déroulant le câble enroulé autour d'un petit tambour.

— Câble sorti d'environ trente mètres, annonça-t-il.

— J'ai des interférences venant de l'hélico, dit Gunn. Donne-moi encore vingt mètres.

Giordino s'exécuta.

— Ça va, comme ça ?

— C'est bon. Maintenant, attends que je mette en marche les enregistrements digital et analytique.

— Et les systèmes photos et acquisitions des données ?

— Ça aussi.

— Inutile de vous dépêcher, dit Pitt. Je suis en train de programmer ma route sur l'ordinateur de navigation satellite.

— C'est la première fois que tu te sers d'un G-813G Geometrics ? demanda Giordino à Gunn.

— J'ai utilisé le modèle G-801 pour la surveillance marine et océanique, mais c'est mon baptême avec un modèle aérien.

— Dirk et moi avons utilisé un G-813G pour localiser un avion de ligne chinois qui s'est écrasé l'an dernier au large des côtes du Japon. Il fonctionne aussi bien qu'une femme vertueuse, sensible, fiable, jamais de dérive et ne nécessitant aucun réglage de calibrage. Le partenaire idéal.

Gunn lui lança un regard moqueur.

— Tu as de drôles de goûts pour choisir tes partenaires !

— Il a un faible pour les robots, plaisanta Pitt.

— N'en dis pas plus ! dit Giordino. N'en dis pas plus !

— J'ai entendu dire que ce modèle avait des résultats épatants pour les recherches pointues, dit Gunn, à nouveau sérieux. Si ce truc ne nous mène pas au *Concepción*, aucun autre ne le fera.

Giordino regagna le siège du copilote et regarda le tapis vert ininterrompu à moins de deux cents mètres sous l'appareil. Pas une tache de terre à l'horizon.

— Je n'aimerais pas passer mes vacances dans ce coin !

— Les touristes y sont rares, dit Pitt. Selon Julien Perlmutter, les archives historiques locales disent que les fermiers d'ici évitent cette zone. Selon Julien, le journal de Cuttill raconte que les momies des Incas morts depuis très longtemps ont été arrachées à leurs sépultures par le raz de marée et éparpillées dans la jungle. Les indigènes sont extrêmement superstitieux. Ils pensent que les esprits de leurs ancêtres hantent encore la jungle à la recherche de leurs tombes d'origine.

— Tu peux explorer le premier couloir, déclara Gunn. Tous les systèmes sont réglés.

— A quelle distance de la côte allons-nous commencer à tondre la pelouse ? demanda Giordino en se référant aux couloirs de soixante-quinze mètres de large de la grille qu'ils avaient l'intention de couvrir.

— On va commencer à la marque trois kilomètres et marcher parallèlement à la côte, répondit Pitt, pour tracer des couloirs nord-sud, comme nous travaillons à terre.

— Longueur des couloirs ? demanda Gunn en regardant le stylet marquant le papier millimétré et les chiffres qui scintillaient sur le cadran digital.

— Deux kilomètres, à une vitesse de vingt nœuds.

— On peut aller plus vite, dit Gunn. Le dérouleur a un taux de cycles très rapide. Je peux lire facilement une anomalie à cent nœuds.

— Faisons les choses calmement, répondit Pitt. Si nous ne volons pas directement au-dessus de la cible, les champs magnétiques que nous espérons trouver n'impressionneront pas nettement tes lectures gamma.

— Et si on ne relève pas d'anomalie, on élargit le périmètre de la grille.

— D'accord. Nous allons faire une recherche classique. Nous avons fait ça plus souvent que je ne peux compter.

Pitt se tourna vers Giordino.

— Al, surveille notre altitude pendant que je me concentre sur les coordonnées des couloirs.

— D'accord, fit Giordino. Je vais tenir le détecteur aussi bas que possible sans risquer de le perdre dans les branches des arbres.

Le soleil était haut maintenant et le ciel clair avec de tout petits nuages légers. Pitt jeta un dernier regard aux instruments et hocha la tête.

— Allez, les gars, on va se trouver une belle petite épave.

Ils sillonnèrent au-dessus de l'épaisse forêt. Le climatiseur les protégeait de l'atmosphère chaude et humide à l'extérieur de la carlingue en aluminium de l'hélico. Le temps passa et, vers midi, ils n'avaient rien trouvé. Le magnétomètre n'enregistrait qu'un tic de temps en temps. Pour qui n'aurait jamais cherché un objet invisible, cela aurait paru décourageant, mais Pitt, Giordino et Gunn prenaient la chose avec philosophie. Ils avaient tous connu des chasses à l'épave ou à l'avion perdu de six semaines au moins sans le plus petit signe de réussite.

Pitt était pointilleux sur le plan de chasse. Il savait par expérience que l'impatience et les écarts du sentier défini se terminaient toujours par l'échec du projet. Plutôt que de commencer au milieu de la grille et d'aller dans toutes les directions, il préférait partir de la limite extérieure et sillonner toute la grille. La cible, trop souvent, se trouvait où on ne l'attendait pas. Il trouvait également utile d'éliminer toutes les zones ouvertes et sèches afin de ne pas perdre de temps à refaire les couloirs de recherche.

— Combien avons-nous couvert ? demanda Gunn pour la première fois depuis le début de la recherche.

— Deux kilomètres de la grille, répondit Pitt. On arrive seulement à la zone principale définie par Yaeger.

— Ce qui signifie que nous allons voler en lignes parallèles à cinq kilomètres de la côte de 1578.

— Oui, c'est la distance sur laquelle la vague a porté le galion, comme l'indique le programme informatique de Yaeger.

— Il reste trois heures de carburant, nota Giordino en tapotant les deux jauges.

Il ne semblait ni fatigué ni ennuyé. On aurait même pu dire qu'il s'amusait bien.

Pitt sortit une tablette portant une carte de la poche latérale de son siège et l'étudia quelques secondes.

— Le port de Manta est maintenant à cinquante-cinq clicks d'ici. Ils ont un aéroport de bonne taille où nous pourrons refaire le plein.

— A propos de refaire le plein, dit Gunn, je meurs de faim.

Et comme lui seul avait les mains libres, il leur fit passer des sandwiches et du café, aimablement fournis par l'équipage de la compagnie pétrolière.

— Il a un goût bizarre, ce fromage, marmonna Giordino en examinant son sandwich.

— A cheval donné, on ne regarde pas les dents, fit Gunn en souriant.

Deux heures quinze plus tard, ils avaient parcouru les vingt-huit couloirs couvrant les kilomètres cinq et six. Ils avaient vraiment un problème, maintenant, car ils étaient au-delà du point d'estimation de Yaeger. Aucun d'eux ne croyait qu'un raz de marée pouvait porter un navire de cinq cent soixante-dix tonnes sur plus de cinq kilomètres de la mer à l'intérieur des terres. Sûrement pas une vague de moins de trente mètres de haut. Leur confiance faiblissait tandis qu'ils travaillaient plus loin de la zone de recherche définie.

— Je commence le premier couloir du kilomètre sept, annonça Pitt.

— Trop loin, beaucoup trop loin, murmura Giordino.

— Je suis d'accord, dit Gunn. Ou bien on l'a manqué, ou il est plus au nord ou plus au sud de notre grille. Je pense qu'il est inutile de perdre du temps dans cette zone.

— Finissons le kilomètre sept, dit Pitt, les yeux fixés sur les instruments de navigation montrant ses coordonnées.

Giordino et Gunn ne prirent pas la peine de discuter. Ils savaient trop que lorsque Pitt décidait quelque chose, on ne le faisait pas changer d'avis. Il s'entêtait à penser qu'ils pouvaient trouver le vieux galion espagnol malgré la densité de la jungle et le passage de quatre siècles. Giordino resta attentif à tenir le détecteur juste assez bas pour qu'il évite la cime des arbres et Gunn examina le papier d'enregistrement et les lectures digitales. Ils avaient un peu l'impression qu'on leur avait distribué une mauvaise donne et se résignaient à une longue et fatigante recherche.

Heureusement, le temps leur était favorable. Le ciel restait dégagé, avec un nuage par-ci par-là, très haut au-dessus d'eux. Le vent restait égal, venant de l'ouest à cinq nœuds seulement. La monotonie était aussi stable que le temps. La forêt, en bas, se déployait comme une mer d'algues infinie. Aucun humain ne vivait là. Des jours interminables d'obscurité. L'humidité constante, le climat chaud qui faisait prospérer les fleurs, tomber les feuilles, mûrir les fruits toute l'année. Rares étaient les endroits que le soleil pouvait atteindre à travers les branches d'arbres et les plantes pour arriver jusqu'au sol.

— Marque ici ! cria soudain Gunn.

Pitt releva immédiatement les coordonnées de navigation.

— Tu as une cible ?

— J'ai une vague secousse sur mes instruments. Rien de très important mais une anomalie véritable.

— On retourne ? proposa Giordino.

Pitt fit non de la tête.

— Finissons le couloir et voyons si on a une lecture plus forte au retour.

Personne ne parla pendant qu'ils achevaient le parcours du couloir, viraient à cent quatre-vingts degrés et reprenaient en sens inverse, soixante-quinze mètres plus à l'est. Pitt et Giordino ne purent s'empêcher de jeter un coup d'œil vers la forêt, espérant apercevoir un signe de l'épave, tout en sachant qu'il était impossible de voir quelque chose à travers l'épais feuillage. C'était une étendue déserte vraiment terrible dans sa beauté monotone.

— J'arrive à la hauteur de la marque, alerta Pitt. Je passe.

Le détecteur et son câble, dessinant un arc derrière l'hélicoptère, traînaient légèrement avant de passer l'endroit où s'était déclenchée l'anomalie lue par Gunn.

— Le voilà ! dit-il, très excité. Ça a l'air bon. Les chiffres augmentent ! Allez, mon trésor ! Donne-nous une bonne grosse lecture gamma !

Pitt et Giordino ouvrirent leurs fenêtres et se penchèrent pour regarder mais ne virent qu'une immense voûte de grands arbres disposés en galeries. Inutile d'avoir de l'imagination pour comprendre que la forêt était dangereuse et menaçante. Elle semblait calme et mortelle. Ils ne pouvaient que deviner quels périls se cachaient dans ses ombres menaçantes.

— Nous avons une cible difficile, dit Gunn. Pas une masse compacte mais des points épars, ce que j'attendrais si je cherchais des morceaux de fer éparpillés autour de l'épave d'un bateau.

Pitt afficha un grand sourire en passant au-dessus. Il donna un coup de poing dans l'épaule de Giordino.

— Je n'en ai jamais douté.

Giordino lui rendit son sourire.

— Ça a dû être une fichue vague pour porter ce navire à sept kilomètres de la côte !

— Elle devait faire près de cinquante mètres de haut, calcula Pitt.

— Peux-tu nous amener sur une course est-ouest pour que je puisse bissecter l'anomalie ?

— A vos ordres !

Pitt fit tourner le nez de l'Explorer vers l'ouest en un virage serré qui allégea l'estomac de Gunn. Après un demi-kilomètre, il glissa sur le côté et régla ses coordonnées pour passer au-dessus de la cible depuis la nouvelle direction. Cette fois, les lectures furent plus importantes et durèrent plus longtemps.

— Je crois qu'on l'a survolé de la proue à la poupe, dit Gunn. Ça doit être le bon endroit.

— Ça doit être l'endroit, répéta joyeusement Giordino.

Pitt fit du surplace tandis que Gunn donnait les commandes de position, cherchant les lectures les plus hautes du magnétomètre prouvant que l'Explorer était bien directement à la verticale de l'épave.

— Vingt mètres plus à gauche. Maintenant, trente mètres plus en arrière. C'est trop ! Avance de dix mètres. Là ! Reste là ! On y est. Si on lance une pierre, on le touche !

Giordino tira l'anneau d'une petite boîte de métal et la lança par la fenêtre d'un geste désinvolte. Elle traversa les feuilles et disparut. Quelques secondes plus tard, un nuage de fumée orange s'éleva au-dessus des cimes.

— X marque l'endroit, dit-il. Je dois dire que je ne suis pas chaud pour y faire un tour.

— Qui parle de faire sept bornes à travers ce cauchemar végétal ? fit Pitt en le regardant.

Ce fut au tour de Giordino de le dévisager avec étonnement.

— Comment comptes-tu rejoindre l'épave autrement ?

— Cette petite merveille de technique a un treuil. Tu vas me descendre à travers les arbres.

Giordino jeta un coup d'œil à l'épaisse couverture de la forêt tropicale.

— Tu vas rester suspendu aux branches. On ne sera jamais capables de te remonter !

— Ne t'inquiète pas. J'ai vérifié la boîte à outils sous le plancher avant notre départ de Quito. Quelqu'un a eu la bonne idée d'y inclure une machette. Je peux descendre par le harnais et me frayer un chemin pour descendre comme pour remonter.

— Ça ne marchera pas, contra Giordino d'un ton inquiet. Nous n'avons pas assez de carburant pour rester là pendant que tu joues à Jungle Jim et rentrer ensuite à Manta.

— Je n'ai pas l'intention de vous laisser attendre. Pendant que je serai en bas, vous irez à Manta. Quand vous aurez fait le plein, vous reviendrez me chercher.

— Tu devras peut-être marcher avant de trouver l'épave. Et de là-haut, on n'aura aucune chance de te voir. Comment saurons-nous où exactement te renvoyer le harnais ?

— Je vais prendre une ou deux boîtes de fumigènes et je les ferai fonctionner quand je vous entendrai revenir.

L'expression de Giordino n'avait rien d'enthousiaste.

— Je suppose qu'il n'y a aucun moyen de te persuader d'abandonner cette idée idiote ?

— Non, je ne crois pas.

Dix minutes après, Pitt était solidement attaché dans le harnais relié à un câble se déroulant du treuil sur le toit de la cabine. Tandis que Giordino maintenait l'appareil juste au-dessus des arbres, Gunn contrôlait le treuil.

— N'oubliez pas d'apporter une bouteille de champagne pour fêter ça, cria Pitt en passant par la porte ouverte de l'appareil où il resta suspendu.

— Nous devrions être de retour dans deux heures, cria à son tour Gunn dans le bruit des rotors et de l'échappement des moteurs.

Il poussa le bouton de descente et Pitt descendit, passa les patins de l'hélico et disparut bientôt dans la végétation dense comme s'il avait plongé dans un océan vert.

23

Suspendu à son harnais, la machette serrée dans sa main droite, une radio portative dans la gauche, Pitt eut l'impression de descendre à nouveau dans la vase verte du puits sacrificiel. Il n'aurait pu dire exactement à quelle hauteur il était du sol mais estima la distance du haut des arbres à leurs racines à cinquante mètres au moins.

Vue d'en haut, la forêt ressemblait à une masse chaotique de plantes se battant pour voir le ciel. Les troncs des plus petits arbres portaient de nombreuses et denses épaisseurs de branches plus courtes, chacune cherchant sa part de lumière solaire. Les brindilles et les feuilles les plus proches du soleil dansaient sous le souffle puissant des rotors de l'hélicoptère, donnant à la forêt l'apparence d'un océan ondulant et agité.

Pitt se protégea les yeux d'un bras en traversant lentement la première couche de la voûte verte, frôlant de près les branches d'acajou joliment ornées de petits bouquets de fleurs blanches. Il joua des pieds pour éviter les branches les plus grosses. Une bouffée de vapeur, causée par la chaleur, montait vers lui du sol qu'il ne voyait pas encore. Après l'air climatisé de la cabine de l'hélicoptère, il ne lui fallut pas longtemps pour être couvert de sueur de la tête aux pieds. En poussant très fort une branche, il effraya un couple de singes-araignées qui sautèrent en criant jusqu'à une branche plus éloignée.

— Tu as dit quelque chose ? demanda Gunn par radio.

— J'ai dérangé des singes qui faisaient la sieste.

— Tu veux qu'on ralentisse ta descente ?

— Non, ça va. J'ai passé la première épaisseur des arbres. Maintenant, je passe quelque chose qui ressemble à du laurier.

— Crie si tu veux que je te traîne ailleurs, dit Giordino au micro du cockpit.

— Maintiens la position, demanda Pitt. Si tu bouges, tu risques d'emmêler le câble à quelque chose et de me laisser pendre ici jusqu'à la fin de mes jours.

Pitt pénétra dans un fouillis de branches plus épaisses et y tailla un tunnel à la machette sans avoir à dire à Gunn de réduire sa vitesse de descente. Il allait envahir un monde rarement vu, un monde plein de beauté et de dangers. Au lieu des plantes grimpantes recherchant désespérément la lumière, il y avait là des arbres plus petits qui grimpaient le long des plus grands troncs, certains s'accrochant par des vrilles et des crochets végétaux, d'autres s'enroulant vers la lumière comme des tire-bouchons. De grandes plaques de mousse se drapaient d'un arbre à l'autre, lui rappelant les toiles d'araignées dans la crypte des films d'horreur. Mais c'était superbe. De longues guirlandes d'orchidées se déployaient vers le ciel, comme des fils de lumière sur un arbre de Noël.

— Tu vois le sol ? demanda Gunn.

— Pas encore. Il me reste à passer un petit arbre qui ressemble à un palmier sur lequel pousseraient des pêches. Après, il faudra éviter un enchevêtrement de vignes sauvages.

— Je pense qu'on appelle ça des lianes.

— La botanique n'a jamais été mon fort.

— Tu pourrais en empoigner une et jouer à Tarzan, dit Gunn en plaisantant pour faire baisser la tension.

— Si seulement je voyais Jane...

Gunn se raidit lorsque Pitt se tut soudain.

— Que se passe-t-il ? Tu vas bien ?

Quand Pitt répondit, sa voix était à peine un murmure.

— J'ai failli m'accrocher à ce que je croyais être une liane. Mais c'était un serpent de la taille d'un tuyau avec une gueule comme celle d'un alligator.

— De quelle couleur ?

— Noir, avec des taches marron jaunâtre.

— Un boa constrictor, expliqua Gunn. Il pourrait te faire un gros câlin mais il n'est pas venimeux. Caresse-le pour moi.

— Tu parles ! fit Pitt. S'il a le malheur de me regarder, je lui fais connaître Madame La Farge.

— Qui ?

— Ma machette.

— Que vois-tu d'autre ?

— Plusieurs papillons magnifiques, des insectes qui semblent venir d'une autre planète, des perroquets aussi, trop timides pour réclamer un gâteau. Tu ne pourrais croire à la taille des fleurs qui poussent à l'ombre des arbres. Il y en a des violettes aussi grosses que ma tête.

La conversation cessa tandis que Pitt se frayait un chemin à travers les branches denses d'un arbre bas. Il transpirait comme un lutteur pendant la dernière reprise d'un match de championnat et ses vêtements étaient trempés, en plus, par l'humidité enveloppant les feuilles des arbres. En levant sa machette, son bras heurta une liane couverte d'épines qui déchirèrent sa manche et griffèrent la peau de son bras comme les griffes d'un chat. Par chance, les coupures n'étaient ni profondes ni douloureuses et il n'y fit pas attention.

— Arrête le treuil, dit-il en sentant la terre ferme sous ses pieds. Je suis arrivé.

— Tu vois le galion ? demanda anxieusement Pitt.

Pitt ne répondit pas immédiatement. Il serra la machette sous un bras, fit un cercle complet tout en se dégageant du harnais et étudia ce qui l'entourait. Il avait l'impression d'être au fond d'un océan de feuilles. Il y avait fort peu de lumière et le peu qui parvenait jusque-là avait cette qualité fantomatique que perçoit un plongeur à soixante mètres au-dessous de la surface de la mer. La végétation dense effaçait presque tout le spectre du peu de soleil qui l'atteignait, ne laissant que le vert et le bleu mêlé de gris.

Il fut agréablement surpris de constater que la forêt vierge n'était pas inextricable au niveau du sol. En dehors d'un doux tapis de feuilles et de brindilles en décomposition, le sol sous les arbres était relativement peu pourvu de végétation ou du moins pas au point qu'il s'y attendait. Maintenant qu'il était dans ces profondeurs obscures, il comprenait pourquoi la vie végétale était rare au niveau du sol.

— Je ne vois rien qui ressemble à la coque d'un bateau, dit-il. Pas de travée, pas de poutre, pas de quille.

— C'est foutu ! dit Gunn, la déception audible. Le magnéto a dû relever un dépôt naturel de fer.

— Non, répliqua Pitt en luttant pour garder un ton calme. Je ne dirais pas ça.

— Et que dirais-tu, alors ?

— Seulement que les champignons, les insectes et les bactéries qui sont ici chez eux ont dû dévorer tous les composants organiques du bateau. Ce qui n'est guère surprenant quand on pense qu'ils ont eu quatre cents ans pour le faire.

Gunn resta silencieux, sans vraiment comprendre. Puis il fut comme frappé d'un éclair.

— Oh ! Mon Dieu ! On l'a trouvé ! hurla-t-il. Tu es en ce moment sur l'épave du galion !

— En plein milieu.

— Tu dis que tout signe de coque a disparu ? interrompit Giordino.

— Tout ce qui reste est couvert de mousse et d'humus mais je crois que je distingue quelques pots de céramique, des boulets de canon, une ancre et une petite pile de pierres à lester. Le lieu ressemble à un vieux campement avec des arbres qui poussent en plein milieu.

— Qu'est-ce qu'on fait ? On attend ? demanda Giordino.

— Non, filez à Manta et faites le plein. Je vais jeter un coup d'œil pour essayer de trouver le coffret de jade en attendant votre retour.

— Tu veux qu'on t'envoie quelque chose ?

— Je ne pense avoir besoin que de la machette.

— Tu as toujours les boîtes fumigènes ?

— J'en ai deux attachées à ma ceinture.

— Fais-en fumer une dès que tu nous entends revenir.

— N'aie pas peur, dit Pitt. Je n'ai pas l'intention de partir d'ici à pied.

— A dans deux heures, alors, dit Gunn, très excité.

— Tâchez d'être à l'heure.

En d'autres circonstances et à un autre moment, Pitt aurait sans doute ressenti une légère inquiétude en entendant mourir le bruit du McDonnell Douglas Explorer le laissant dans l'atmosphère lourde de la forêt tropicale. Mais il se sentait plein d'énergie en pensant que, quelque part, à peu de distance de l'endroit où il se tenait, enterré sous une pile de vieux débris, il y avait la clef menant à un fabuleux trésor. Il ne se mit pas à creuser frénétiquement. Il marcha lentement au milieu des restes éparpillés du *Concepción* et étudia sa position finale et sa configuration. Il pouvait presque tracer sa ligne originale d'après la forme des monticules brisés des débris.

L'arbre et une des ailes d'une ancre qui émergeait de l'humus, sous des feuilles récemment tombées, indiquaient la position de la proue. Il pensa que le second maître Thomas Cuttill n'avait sans doute pas rangé le coffret dans la cale à provisions. Le fait que Drake ait eu l'intention de l'offrir à la reine suggérait qu'il le gardait probablement près de lui, sans doute dans la grande cabine arrière où logeait le capitaine du navire.

En marchant dans le champ de débris et en nettoyant quelques petites zones à la machette, Pitt trouva des reliques de l'équipage mais pas d'ossements. La plupart avaient dû être balayés loin du navire par le raz de marée. Il aperçut une paire de chaussures de cuir moisi, des manches de couteaux en os dont la lame rouillée n'était plus que poussière, des bols de céramique et même une marmite de fer noirci. L'angoisse le saisit quand il se rendit compte de la pauvreté de ses trouvailles. Il se demanda si l'épave n'avait pas été déjà trouvée et dépouillée. Il prit une poche de plastique dans sa chemise, l'ouvrit et en sortit les illustrations et les plans de coupe d'un galion type que lui avait envoyés Perlmutter. Se servant du plan comme d'un guide, il mesura soigneusement ses pas jusqu'à ce qu'il eût atteint la zone où, à son avis, avait dû être rangé le fret de valeur.

Pitt se mit à l'ouvrage en nettoyant une épaisse couche de compost. En fait, elle ne représentait que dix centimètres d'épaisseur. Il n'eut qu'à soulever les feuilles en décomposition à la main pour découvrir plusieurs magnifiques têtes de pierre sculptées et des statues de tailles diverses. Il devina qu'il s'agissait de dieux animaux. Un soupir de soulagement s'échappa de ses lèvres. L'épave du galion n'avait pas été touchée.

Il enleva un morceau de liane tombé d'un arbre, loin au-dessus, et découvrit douze autres sculptures dont trois grandeur nature. Dans la lumière bizarre, leur revêtement d'humus verdâtre les faisait ressembler à des cadavres sortis de leurs tombes. Un fouillis de pots d'argile et de statuettes n'avait pas aussi bien résisté au passage de quatre siècles dans l'humidité. Les rares objets apparemment intacts s'effritaient dès qu'on les touchait. Les tissus qui avaient fait partie du trésor original avaient tous moisi et n'étaient plus que de petits tas noircis.

Pitt creusa plus profond, ignorant dans sa hâte ses ongles vite cassés et la boue qui recouvrait ses mains. Il trouva des objets de jade élégamment décorés et sculptés avec soin. Ils étaient si nombreux qu'il ne prit pas la peine de les compter. A côté gisaient des mosaïques en nacre et en turquoise. Pitt s'arrêta un moment pour essuyer la sueur de son visage avec son avant-bras. Il se dit que ce filon allait déclencher une belle pagaille. Il imaginait déjà les batailles légales et les machinations diplomatiques qui se produiraient entre les archéologues équatoriens et les hauts fonctionnaires du gouvernement qui ne manqueraient pas de proclamer que les antiquités leur appartenaient puisqu'ils les possédaient. Leurs homologues péruviens soutiendraient, eux, que le trésor était leur propriété d'origine. Quels que soient les démêlés juridiques, la seule chose certaine était qu'aucune de ces merveilles de l'art inca ne finirait dans une vitrine de l'appartement de Pitt.

Il jeta un coup d'œil à sa montre. Il y avait déjà plus d'une heure qu'on l'avait descendu à travers les arbres. Il abandonna le tas d'antiquités mêlées et se dirigea vers ce qui avait dû être la cabine du capitaine, à l'arrière du galion. Agitant sa machette pour se frayer un chemin dans l'épaisse végétation, au-delà d'un tas de débris, il sentit soudain la lame heurter un objet métallique. Ecartant les feuilles du pied, il vit qu'il venait de tomber sur l'un des deux canons du vaisseau. Le fût était depuis longtemps recouvert d'une épaisse patine verte et la gueule remplie de compost accumulé au fil des siècles.

Pitt n'aurait pu dire où finissait la transpiration et où commençait l'humidité de la forêt. Il était aussi mouillé que s'il travaillait dans un sauna avec, en plus, l'armée de petits moucherons, minuscules, qui grouillaient autour de son visage sans protection. Des lianes s'enroulaient autour de ses chevilles et, par deux fois, il faillit tomber en glissant sur des feuilles humides. Il avait maintenant le corps couvert d'un mélange d'argile et de feuilles moisies qui le faisaient ressembler à une créature des marais sortie d'un marécage hanté. L'atmosphère sapait lentement ses forces et il dut résister à une forte envie de s'étendre sur un tas de feuilles et de faire une petite sieste. L'envie lui passa d'un coup lorsqu'il posa les yeux sur un hideux trigonocéphale ondulant près d'un tas de pierres de lest. C'était le serpent le plus gros et le plus venimeux d'Amérique avec ses trois mètres de long, sa peau rosâtre et brune avec des taches sombres en forme de diamants. Sa morsure était rapidement mortelle. Pitt se tint à distance respectueuse et regarda autour de lui pour s'assurer qu'il n'était pas venu en famille.

Il sut qu'il était au bon endroit quand il découvrit les aiguillots et les tourillons couverts de rouille qui avaient autrefois tenu et fait tourner le gouvernail. Son pied cogna accidentellement quelque chose d'enterré, une bande circulaire en fer décoré, qu'il ne put identifier. Quand il se pencha pour l'examiner, il vit des tessons de verre. En se reportant aux illustrations de Perlmutter, il comprit qu'il s'agissait de la lanterne de poupe. Les pièces du gouvernail et la lampe le confirmèrent dans sa supposition. Il était bien au-dessus de ce qui avait été la cabine du capitaine. Maintenant, il pouvait sérieusement chercher le coffret de jade.

En quarante minutes de recherches, à genoux et sur les mains, il trouva un encrier, deux gobelets et les restes de plusieurs lampes à huile. Sans s'arrêter une seconde pour se reposer, il gratta soigneusement un petit tas de feuilles. Soudain, son regard plongea dans un œil vert qui le considérait du fond de l'humus sombre. Il essuya ses mains humides sur son pantalon, sortit un mouchoir de sa poche et nettoya avec précautions les traits du visage autour de l'œil. Une tête humaine se fit jour, une tête magnifique sculptée avec beaucoup de soin et d'art dans un morceau de jade massif. Pitt retint son souffle.

Refrénant son enthousiasme, il creusa d'abord à grand-peine quatre petites tranchées autour du visage sévère, assez profondes pour qu'il puisse constater qu'il s'agissait du couvercle d'un coffret de la taille d'une batterie de voiture. Quand le coffret fut totalement déblayé, il le sortit du sol humide où il avait reposé depuis 1578 et le posa sur ses genoux.

Pitt resta là, immobile, émerveillé, pendant près de dix minutes, comme s'il avait peur de soulever le couvercle et de découvrir que la boîte était vide ou que son contenu avait pourri. Le cœur battant, il sortit de sa poche un petit couteau suisse et commença à forcer le couvercle. Le coffret était si hermétiquement fermé qu'il dut passer plusieurs fois la lame autour, poussant de chaque côté une fraction de millimètre avant de recommencer plus loin. Deux fois, il dut s'arrêter pour essuyer la sueur qui lui tombait dans les yeux. Enfin, le couvercle céda. Alors, irrévérencieux, il saisit le nez du visage sculpté, leva le couvercle et contempla l'intérieur.

Il était doublé de cèdre et contenait ce qui ressemblait à une masse pliée de cordes nouées, multicolores. Plusieurs brins avaient un peu passé mais ils étaient intacts et on distinguait encore leurs couleurs d'origine. Pitt ne put en croire ses yeux. L'ensemble s'était remarquablement conservé. En regardant mieux, il vit qu'il ne s'agissait ni de laine, ni de coton, mais de fils tressés de métal teinté.

— Ça y est ! s'écria-t-il en surprenant toute une famille de macaques qui s'enfoncèrent dans les profondeurs obscures de la forêt en criant en chœur leur indignation. Ça y est ! C'est le *quipu* de Drake !

Serrant le coffret avec l'avarice d'un Ebenezer Scrooge [1] refusant de faire l'aumône un soir de Noël, Pitt trouva un arbre mort suffisamment sec et s'y laissa tomber. Il contempla le visage de jade, se demandant si le secret du *quipu* pourrait être percé, d'une façon ou d'une autre. Selon le Dr Ortiz, la dernière personne capable de déchiffrer le message des cordes nouées était morte depuis quatre cents ans. Il pria pour que l'ordinateur merveilleux de Yaeger puisse remonter le temps et résoudre le mystère.

Il était assis là, au milieu des fantômes des marins anglais et espagnols, oublieux des nuées d'insectes, de la douleur maintenant perçante de son bras égratigné et de l'humidité collante quand il entendit le son de l'hélicoptère, quelque part dans le ciel au-dessus du baldaquin des arbres.

24

Une petite camionnette portant le nom d'une compagnie connue de transport express monta la rampe et s'arrêta à la porte de service d'un immeuble de béton à un étage, au milieu d'un complexe d'immenses entrepôts près de Galveston, au Texas. L'immeuble ne portait aucune enseigne, ni au-dessus de la porte ni sur les murs. Juste une petite plaque de cuivre près de l'entrée indiquait qu'il était oc-

1. Personnage de Charles Dickens.

cupé par la Logan Storage Company. Il était un peu plus de six heures de l'après-midi. Trop tard pour y trouver encore des employés mais encore assez tôt pour ne pas éveiller les soupçons des gardes de sécurité patrouillant la zone.

Sans sortir de la camionnette, le conducteur tapa un numéro de code sur un boîtier de télécommande et ouvrit la grande porte. En se relevant, celle-ci révéla l'intérieur d'un large hangar rempli jusqu'au toit de rayonnages emplis de meubles et d'ustensiles de cuisine. Aucun signe de vie sur le vaste sol de béton. Maintenant certain que les employés étaient rentrés chez eux, le conducteur fit pénétrer la camionnette à l'intérieur et attendit que la porte se referme. Puis il fit reculer le véhicule jusqu'à une large plate-forme de pesage assez large pour tenir un camion à dix-huit roues avec sa remorque.

Il sortit de la voiture et marcha jusqu'à un tableau de commandes marqué «Pesage engagé» sur un support et tapa un code. La plate-forme vibra et commença à s'enfoncer dans le sol car il s'agissait en fait d'un énorme monte-charge.

Quand il atteignit le sous-sol, le conducteur fit pénétrer la camionnette dans un large tunnel tandis que le monte-charge reprenait sa place à l'étage supérieur.

Le tunnel s'étirait sur un bon kilomètre pour se terminer sous le rez-de-chaussée d'un autre entrepôt gigantesque. C'était dans ce vaste complexe souterrain que la famille Zolar menait à bien ses opérations criminelles avec, pour couverture, les entrepôts très officiels du rez-de-chaussée.

Au niveau des affaires légales, les employés pénétraient par une porte de verre dans les bureaux administratifs qui s'alignaient tout au long du mur du bâtiment. Le reste du vaste entrepôt abritait des milliers de peintures de valeur, des sculptures et une grande variété d'antiquités. Toutes ces œuvres possédaient des certificats en bonne et due forme et étaient légalement achetées et vendues sur le marché officiel. Dans un lieu séparé, à l'arrière, se trouvait le service de restauration où une petite équipe d'artisans très spécialisés redonnaient aux œuvres abîmées leur splendeur d'origine. Aucun des employés de Zolar International ou de Logan Storage Company, même ceux qui travaillaient là depuis vingt ans ou davantage, n'avait la moindre idée du trafic clandestin qui se tramait sous leurs pieds.

Le chauffeur sortit du tunnel et pénétra dans un immense sous-sol secret dont la surface était supérieure à celle du rez-de-chaussée, à vingt mètres au-dessus. Deux tiers de cette surface servaient à entreposer et parfois à vendre les œuvres d'art volées ou passées en contrebande. Le tiers restant contenait des objets que la famille Zolar copiait et fabriquait en plusieurs exemplaires. Ce niveau souterrain n'était connu que des membres de la famille Zolar, de quelques rares partenaires des opérations illégales et des ouvriers qui l'avaient construit. On avait fait venir ceux-là de Russie où on les avait ramenés à la fin de la construction afin qu'aucun étranger ne puisse révéler à quiconque l'existence de cet entrepôt très spécial.

Le chauffeur quitta sa cabine, alla jusqu'à l'arrière de la camionnette et en retira un long cylindre de métal attaché sur un chariot dont les roues sortirent automatiquement dès qu'il fut par terre, comme une civière d'ambulance. Quand les quatre roues furent sorties, il poussa le chariot avec le cylindre à travers l'entrepôt jusqu'à une pièce dont la porte était fermée.

Tout en poussant sa charge, le chauffeur regarda son reflet dans le métal poli du cylindre. Il était de taille moyenne avec un estomac de bon vivant. Il semblait plus lourd qu'il ne l'était en réalité, sans doute parce que sa cotte blanche le serrait un peu. Ses cheveux marron clair avaient une coupe toute militaire, ses joues et son mentons étaient rasés de près. Il trouva amusant que, reflétés dans l'aluminium, ses yeux vert foncé prennent une teinte métallique. Apparemment rêveurs, ces yeux pouvaient devenir durs comme la pierre s'il était en colère ou tendu. Un policier habitué à saisir les caractéristiques d'un individu aurait décrit Charles Zolar – officiellement Charles Oxley – comme un escroc ne ressemblant pas à un escroc.

Ses frères, Joseph Zolar et Cyrus Sarason, ouvrirent la porte et vinrent le serrer affectueusement dans leurs bras.

— Félicitations, dit Sarason. C'était une belle réussite.

— Notre père n'aurait pu préparer un vol plus parfait, ajouta Zolar. La famille est fière de toi.

— Merci pour les compliments, dit Oxley en souriant, vous ne pouvez pas savoir combien je suis heureux de mettre enfin la momie dans un endroit sûr.

— Tu es certain que personne ne t'a vu la sortir de chez Rummel et que tu n'as pas été suivi pendant ta traversée du pays ? demanda Sarason.

Oxley le regarda de haut.

— Tu insultes mes capacités, mon frère. J'ai pris toutes les précautions nécessaires, j'ai conduit jusqu'à Galveston pendant les heures normales de travail et je n'ai roulé que sur des routes secondaires. J'ai fait très attention de ne jamais être en contravention. Tu peux me faire confiance quand j'affirme que je n'ai pas été suivi.

— Ne fais pas attention à Cyrus, fit Zolar. Il est un peu parano quand il s'agit d'effacer nos traces.

— On est allé trop loin pour faire une erreur maintenant, s'excusa Sarason.

Oxley regarda derrière ses frères le vaste entrepôt.

— Est-ce que les experts du décryptage sont arrivés ?

— Oui, dit Sarason. Lui est professeur d'anthropologie à Harvard. Les symboles idéographiques précolombiens sont toute sa vie. Elle est spécialiste du décodage par ordinateur. Henry et Micki Moore.

— Savent-ils où ils sont ?

— Non, on leur a bandé les yeux et on leur a fait écouter des cassettes depuis leur départ de Boston, expliqua Zolar. Pendant le trajet par avion, le pilote, suivant nos instructions, les a fait tourner en rond avant de voler jusqu'à Galveston. Et de l'aéroport jusqu'ici, ils ont fait le voyage dans un camion de livraison insonorisé. Je peux affirmer qu'ils n'ont rien vu et rien entendu.

— Donc, ils supposent qu'on les a emmenés dans un laboratoire de recherche, quelque part en Californie ou en Oregon ?

— C'est l'impression qu'on leur a donnée pendant le vol, répondit Sarason.

— Ils ont dû poser des questions ?

— Au début, oui, fit Zolar. Mais quand nos agents les ont informés qu'ils recevraient deux cent cinquante mille dollars en liquide pour décoder l'armure, les Moore ont promis leur totale coopération. Et ils ont aussi promis de garder le silence.

— Et vous leur faites confiance ?

Sarason eut un mauvais sourire.

— Bien sûr que non !

Oxley n'avait pas besoin de lire dans les pensées de ses frères pour comprendre qu'Henry et Micki Moore ne seraient bientôt plus que des noms sur une tombe.

— Bon, ne perdons pas de temps, mes frères, dit-il. Où voulez-vous que je mette la momie du général Naymlap ?

Sarason montra un endroit de la cache souterraine.

— Nous lui avons préparé une pièce spéciale. Je vais te montrer le chemin pendant que Joseph va chercher nos experts.

Il hésita, tira de sa poche trois cagoules noires de ski et en tendit une à Oxley.

— Mets ça. Inutile qu'ils voient nos visages.

— Pourquoi ? Je croyais qu'ils ne devaient pas vivre assez longtemps pour nous identifier ?

— Pour les intimider.

— C'est peut-être un peu exagéré mais je pense que tu as raison.

Tandis que Zolar guidait les Moore jusqu'à la pièce fermée, Oxley et Sarason sortirent avec précaution la momie de son cylindre et la posèrent sur une table où ils avaient disposé plusieurs épaisseurs de velours. La pièce était meublée d'une petite cuisine, de lits et ouvrait sur une salle de bains. Sur un grand bureau, on avait installé des blocs de papier à dessin et des carnets ainsi que plusieurs loupes de forces diverses. Il y avait aussi un terminal d'ordinateur et une imprimante laser avec le papier approprié. Une série de spots installés au plafond devaient servir à accentuer les images gravées sur l'armure d'or.

Quand les Moore entrèrent, on leur enleva la cagoule et le casque qui leur dispensait de la musique.

— J'espère que vous n'avez souffert d'aucun inconfort, dit Zolar avec courtoisie.

Les Moore, éblouis par la lumière vive, se frottèrent les yeux. Henry Moore ressemblait et jouait le personnage d'un professeur de la Ivy League[1]. C'était un de ces hommes qui vieillissent bien, avec un corps mince, des cheveux gris hirsutes et un teint de petit garçon. Vêtu d'une veste de tweed avec des pièces de cuir aux coudes, il portait une cravate de son école nouée sur une chemise de coton vert foncé. La touche finale était un œillet blanc fleurissant sa boutonnière.

Micki Moore avait environ quinze ans de moins que son mari. Comme lui,

1. Ensemble de très grandes universités des Etats-Unis.

elle était très mince, presque autant que ces mannequins des années soixante-dix qu'elle avait été. Sa peau plutôt sombre et ses pommettes saillantes indiquaient qu'elle avait probablement des ancêtres indiens. Elle était belle, très gracieuse avec une élégance et un maintien royal qui la faisait remarquer dans les cocktails de l'université ou dans n'importe quelle réunion.

Ses yeux gris allèrent d'un des frères masqués à l'autre pour se fixer enfin sur l'Armure d'Or de Tiapollo.

— Quel magnifique objet ! dit-elle d'une voix douce. Vous ne nous avez pas expliqué ce que vous attendiez de mon mari et de moi-même ?

— Pardonnez-nous d'avoir dû prendre ces précautions mélodramatiques, dit Zolar. Mais comme vous le constatez, cette pièce inca n'a pas de prix et jusqu'à ce que des experts de votre talent l'aient complètement examinée, nous ne souhaitons pas que son existence soit connue de certaines personnes qui pourraient tenter de la voler.

Henry Moore, ignorant les Zolar, se précipita vers la table. Il sortit une paire de lunettes de sa poche, les mit sur son nez et examina de près les dessins sur l'un des bras de l'armure.

— Remarquable détail, dit-il avec admiration. A part quelques tissus et certaines rares pièces de poterie, c'est l'iconographie la plus détaillée qu'il m'ait été donné de voir sur un objet remontant à la période du Lointain Horizon.

— Pensez-vous avoir un problème pour déchiffrer ces images ? demanda Zolar.

— Ce sera un travail d'amour, dit Moore sans quitter l'armure d'or des yeux. Mais Rome ne s'est pas bâtie en un jour. Ça va prendre du temps.

Sarason montra son impatience.

— Nous voulons des réponses le plus vite possible !

— Ne me pressez pas ! s'écria Moore, indigné. Pas si vous souhaitez une version détaillée de ce que nous disent ces images.

— Il a raison, fit Oxley. Nous ne pouvons pas nous permettre des données erronées.

— Les Moore sont bien payés pour ce travail, rétorqua Sarason, vexé. De mauvaises interprétations et ils ne seront pas payés du tout !

En colère maintenant, Moore aboya :

— De mauvaises interprétations, sacré nom ! Vous avez de la chance que ma femme et moi ayons accepté votre proposition. Il suffit de regarder ce qui est sur cette table pour comprendre les raisons de votre petit jeu de passe-passe. Vos visages masqués, comme si vous alliez cambrioler une banque ! C'est totalement ridicule !

— Qu'est-ce que vous dites ? s'énerva Sarason.

— N'importe quel historien qui se respecte sait que l'Armure d'Or de Tiapollo a été volée en Espagne vers 1920 et jamais retrouvée.

— Comment savez-vous qu'il ne s'agit pas ici d'une autre armure récemment découverte ?

Moore montra la première image d'un panneau allant de l'épaule gauche à la main de l'armure.

— Ceci est le symbole d'un grand guerrier, un général chachapoya nommé Naymlap qui a servi le grand roi Huascar. La légende dit qu'il était aussi grand que n'importe laquelle de nos vedettes modernes du basket-ball et qu'il avait des cheveux blonds, des yeux bleus et la peau claire. Si j'en juge par la taille de cette armure et ma connaissance de son histoire, il ne fait aucun doute que ceci soit la momie de Naymlap.

Sarason s'approcha de l'anthropologue.

— Votre femme et vous avez intérêt à faire votre boulot, sans faire d'erreur et sans plus de conférences !

Zolar s'avança rapidement à son tour pour calmer ce qui risquait de devenir une confrontation difficile.

— Excusez mon associé, je vous en prie, docteur Moore. Je vous demande pardon pour son attitude mal élevée mais je suis sûr que vous comprenez combien nous sommes excités d'avoir trouvé l'armure d'or. Vous avez raison, il s'agit bien de la momie de Naymlap.

— Comment l'avez-vous eue ? demanda Moore.

— Je ne puis vous le dire mais je vous promets qu'elle retournera en Espagne dès qu'elle aura été complètement étudiée par des experts comme votre épouse et vous-même.

Un sourire rusé releva les lèvres de Moore.

— C'est très scrupuleux de votre part, monsieur dont j'ignore le nom, de la retourner à ses légitimes propriétaires. Enfin, après que ma femme et moi aurons décodé les indications conduisant au trésor de Huascar...

Oxley murmura quelque chose d'inintelligible tandis que Sarason fit un pas vers Moore. Mais Zolar tendit le bras pour l'empêcher d'avancer.

— Ainsi, vous avez vu clair dans notre jeu ?

— En effet.

— Dois-je supposer que vous avez une contre-proposition, docteur Moore ?

Moore regarda sa femme, qui paraissait étrangement perdue dans ses pensées. Puis il se tourna vers Zolar.

— Si notre expertise vous conduit au trésor, je ne pense pas que vingt pour cent soit une demande exagérée.

Les frères se regardèrent quelques instants en réfléchissant. Oxley et Zolar ne distinguèrent pas l'expression de Sarason sous son masque mais ils virent son regard qui brûlait de fureur.

Zolar hocha la tête.

— Considérant les incroyables richesses potentielles en jeu, je pense que le Dr Moore se montre tout à fait généreux.

— Je suis d'accord, dit Oxley. Tout bien considéré, l'offre de ce bon professeur n'est pas exorbitante. Affaire conclue avec vous et votre épouse, ajouta-t-il en tendant la main. Si nous trouvons le trésor, votre part sera de vingt pour cent.

Moore lui serra la main. Il se tourna vers sa femme et lui sourit comme s'il n'avait aucun soupçon de la peine de mort qui pesait sur eux.

TROISIÈME PARTIE

Le démon de la mort

22 octobre 1998
Washington D.C.

25

Elle attendait près du trottoir devant l'aéroport Dulles, ses cheveux cannelle, dépeignés par le vent, brillant sous le soleil matinal quand Pitt sortit avec ses bagages. Loren Smith, député des Etats-Unis, enleva les lunettes qui cachaient ses yeux d'un incroyable violet. Sortant de la voiture, elle lui fit de grands signes de ses mains gantées de cuir souple.

C'était une femme élancée, au corps bien proportionné de Sharon Stone. Elle portait un ensemble de cuir rouge, pantalon et veste, sur un pull à col roulé noir. A vingt mètres autour, chacun, homme ou femme, la regarda avec admiration tandis qu'elle s'asseyait sur le capot de sa voiture de sport rouge feu, modèle Allard J2X de 1953. Comme elle, la voiture était un classique de l'élégance raffinée. Elle lança à Pitt un regard de séductrice.

— Salut, marin. Tu veux monter ?

Il posa son sac et la grande boîte de métal contenant le coffret de jade, se pencha au-dessus du long capot de l'Allard et embrassa Loren.

— Tu as volé une de mes voitures ?

— C'est tout le remerciement que je reçois pour avoir séché un comité et t'accueillir à l'aéroport ?

Pitt considéra le véhicule spartiate qui avait gagné huit courses sur neuf, quarante-cinq ans plus tôt. Il n'y avait pas assez de place pour eux deux plus les bagages sur le siège et la voiture n'avait pas de coffre.

— Où suis-je supposé mettre mes sacs ?

Elle se pencha et lui tendit deux sandows.

— J'ai pris mes précautions. Tu peux attacher tes bagages sur le rack à l'arrière.

Pitt secoua la tête, étonné. Loren était brillante et perspicace. Député du Colorado pour une durée de cinq ans, elle avait obtenu le respect de ses collègues pour sa faculté d'appréhender les problèmes difficiles et son don peu commun pour y trouver des solutions valables. Vive et ouverte au Congrès, Loren était discrète dans sa vie privée, se montrant rarement dans les dîners et les soirées politiques, préférant rester chez elle à Alexandrie pour étudier les rapports de ses collaborateurs sur les propositions de lois et répondre aux lettres de ses électeurs. Son seul intérêt en dehors de son travail était l'aventure sporadique qui la liait à Pitt.

— Où sont Al et Rudi ? demanda-t-elle, vaguement inquiète en contemplant le visage mal rasé et l'air épuisé de Pitt.

— Ils arrivent par le vol suivant. Ils avaient une petite affaire à régler et devaient rendre un équipement que nous avions emprunté.

Ayant attaché ses sacs sur le rack chromé à l'arrière de l'Allard, il ouvrit la minuscule portière, glissa ses longues jambes sous le tableau de bord et les étendit comme il put.

— Oserai-je te faire confiance pour nous conduire jusque chez moi ?

Loren lui fit une grimace, sourit poliment au policier qui lui faisait signe de s'en aller, passa la première des trois vitesses de l'Allard et écrasa l'accélérateur. Le gros moteur Cadillac V8 répondit avec un rugissement puissant et la voiture bondit en avant, les pneus arrière hurlant et fumant sur l'asphalte. Pitt haussa les épaules, impuissant, en regardant le policier qu'ils dépassèrent comme l'éclair. Il chercha furieusement la ceinture de son siège.

— Ce genre de conduite est fort peu compatible avec ta fonction de représentante du peuple, hurla-t-il dans le bruit de tonnerre de l'échappement.

— Qui le saura ? dit-elle en riant. Cette voiture est à toi, non ?

Plusieurs fois pendant l'équipée sauvage sur l'autoroute de Dulles à Washington, Loren fit passer l'aiguille du compte-tours dans le rouge. Pitt, heureusement, était plutôt fataliste. S'il devait mourir à cause de cette folle vitesse, autant valait bien se caler et profiter de la course. En réalité, il avait pleinement confiance en sa façon de conduire. Ils avaient tous les deux conduit l'Allard dans des compétitions de voitures anciennes, lui avec les hommes, elle en courses féminines. Il se détendit donc, remonta la fermeture éclair de son blouson et respira à fond l'air vif qui s'engouffrait par les toutes petites vitres montées sous la capote.

Loren entra dans le flot de la circulation avec l'aisance du vif-argent. Elle s'arrêta bientôt devant le grand hangar à avions, tout au bout de l'aéroport international de Washington que Pitt appelait sa maison.

La structure métallique datait de la fin des années trente et servait à l'époque d'atelier de maintenance pour l'aviation civile. En 1980, le hangar, condamné, était voué à la démolition mais Pitt avait eu pitié de la bâtisse délaissée et déserte et l'avait achetée. Il s'était ensuite débrouillé pour que le Comité de Conservation du Patrimoine local fasse inscrire le vieux hangar sur le registre national des Bâtiments historiques. Ensuite, il avait transformé l'ancien premier étage de bureaux en appartement et restauré le hangar en lui redonnant son aspect d'origine.

Pitt n'avait jamais eu envie d'investir ses économies ni le substantiel héritage de son grand-père en actions en Bourse ou dans la pierre. Au lieu de cela, il avait acheté des automobiles anciennes qu'il avait installées dans ce hangar avec tous les souvenirs, grands et petits, rassemblés au cours de ses aventures autour du monde comme directeur des projets spéciaux de la NUMA.

Le rez-de-chaussée du vieux hangar contenait environ trente voitures anciennes, d'une Stutz de 1932 jusqu'à une berline française Avions Voisin en passant par une immense décapotable Daimler de 1951, la plus récente de sa collection. Il y avait aussi un trimoteur Ford du début de l'aviation, sous l'aile duquel était garé un avion de chasse Messerschmitt ME 262 de la Seconde Guerre mondiale. Le long du mur du fond, un vieux tramway aux flancs marqués « Manhattan Limited » était posé sur deux longueurs de rails d'acier. Mais la pièce la plus étrange était sans conteste une vieille baignoire victorienne aux pieds en forme de griffes avec un moteur hors-bord accroché à l'arrière. Cette baignoire, comme toutes les autres pièces de la collection, avait une histoire tout à fait unique.

Loren s'arrêta à côté d'un petit récepteur monté sur un poteau. Pitt siffla quelques mesures de « Yankee Doodle » et un logiciel d'identification phonique coupa le système de sécurité et ouvrit le large portail. Loren fit entrer l'Allard et coupa le moteur.

— Et voilà ! annonça-t-elle fièrement. Chez toi et en un seul morceau.

— Avec un nouveau record Dulles-Washington qui ne sera sûrement pas égalé avant dix ans ! dit-il.

— Ne joue pas les vieux râleurs. Tu as de la chance que je sois allée te chercher.

— Pourquoi es-tu si bonne avec moi ? demanda-t-il avec affection.

— Considérant toutes les misères que tu me fais, je me le demande !

— Misères ? Montre-moi tes bleus.

— Eh bien, à ce propos... dit-elle en baissant son pantalon de cuir pour montrer un gros bleu sur sa cuisse.

— Ne me regarde pas comme ça ! dit-il, sachant parfaitement qu'il n'en était pas l'auteur.

— C'est ta faute.

— Je te prie de noter que je n'ai pas cogné une fille depuis que Gretchen Snodgrass a étalé du dentifrice sur ma chaise au jardin d'enfant.

— Je me suis fait ça en me cognant contre le pare-chocs d'une de tes vieilles machines.

— Tu devrais faire plus attention, dit Pitt en riant.

— Viens là-haut, ordonna-t-elle en se tortillant pour remonter son pantalon de cuir. J'ai préparé un bon petit déjeuner gourmet pour fêter ton retour.

Pitt défit les sandows qui tenaient ses bagages et suivit Loren au premier étage, admirant le mouvement souple de ses hanches dans la peau rouge du pantalon. Comme elle l'avait dit, elle avait dressé la table avec art dans la salle à manger. Pitt était affamé, d'autant que des odeurs délicieuses provenaient de la cuisine.

— On mange dans combien de temps ? demanda-t-il.

— Quand tu auras enlevé tes vêtements dégoûtants et que tu auras pris une douche.

Il ne se le fit pas dire deux fois. Il se déshabilla rapidement et passa sous la douche, s'allongeant sur le sol carrelé, les pieds contre la paroi tandis que l'eau chaude pleuvait sur l'autre côté. Il faillit s'endormir mais se secoua après une dizaine de minutes, se savonna et se rinça. Après s'être rasé de près et séché les cheveux, il enfila une robe de chambre de soie que Loren lui avait offerte pour Noël.

Quand il entra dans la cuisine, elle s'approcha et l'embrassa longuement.

— Hum ! Tu sens bon ! Et tu t'es rasé !

Il vit qu'elle avait ouvert la boîte métallique contenant le coffret de jade.

— Et toi, tu as mis le nez dans mes affaires !

— En tant que député, j'ai certains droits inaliénables, dit-elle en lui tendant une coupe de champagne. C'est une magnifique œuvre d'art. Qu'est-ce que c'est ?

— Ceci, répondit-il, est une antiquité précolombienne qui contient les instructions pour trouver des richesses telles qu'il faudrait plus de deux jours pour toi et tous tes copains du Congrès pour les dépenser.

Elle lui jeta un regard soupçonneux.

— Tu plaisantes ! Il faudrait plus d'un milliard de dollars.

— Je ne plaisante jamais quand il s'agit de trésors disparus.

Elle alla retirer du four deux assiettes de *huevos rancheros* avec du chorizo et des haricots recouverts de sauce et les posa sur la table.

— Raconte-moi ça pendant que nous mangeons.

Entre les bouchées, en attaquant avec appétit le brunch mexicain de Loren, Pitt commença par le récit de son arrivée au puits sacrificiel et lui raconta tout ce qui était arrivé jusqu'à la découverte du coffret de jade et du *quipu* dans la forêt vierge de l'Equateur. Il agrémenta son récit des mythes, de quelques faits précis et finit par une large spéculation.

Loren l'écouta jusqu'à la fin sans l'interrompre puis demanda :

— Le Mexique du Nord, à ton avis ?

— Ce n'est qu'une supposition jusqu'à ce qu'on ait déchiffré le *quipu*.

— Comment est-ce possible si, comme tu le dis, on a perdu le savoir des nœuds à la mort du dernier Inca ?

— Je compte sur l'ordinateur d'Hiram Yaeger pour en retrouver la clef.

— Au mieux, c'est chercher un nègre dans un tunnel, dit-elle en buvant son champagne.

— C'est notre seule chance mais elle existe.

Pitt se leva, tira les rideaux de la salle à manger et contempla un avion de ligne qui s'envolait de l'autre côté de l'aéroport.

— Le temps est notre seul vrai problème, dit-il en se rasseyant. Les types qui ont volé l'Armure d'Or de Tiapollo avant que les agents des Douanes mettent la main dessus ont une longueur d'avance.

— Ils seront peut-être retardés, suggéra Loren.

— Parce qu'ils doivent traduire les idéogrammes de l'armure? Un bon spécialiste des dessins incas et des symboles idéographiques sur les poteries devrait être capable de traduire ce qui est inscrit sur l'armure.

Loren se leva et vint s'asseoir sur les genoux de Pitt.

— Alors, c'est la course à qui trouvera le trésor le premier?

Pitt passa ses bras autour de la taille de la jeune femme et la serra légèrement.

— Les choses ont en effet tendance à se présenter comme ça.

— Fais attention, dit-elle en glissant ses mains sous la robe de chambre de Pitt. J'ai l'impression que tes adversaires ne sont pas des gens très fréquentables.

26

Tôt le lendemain matin, environ une demi-heure avant que la circulation ne soit importante, Pitt laissa Loren devant sa maison en ville et se dirigea vers le quartier général de la NUMA. Peu soucieux de risquer de faire endommager l'Allard par les conducteurs déments de la capitale, il conduisait une Jeep Grand Wagoneer de 1984, un peu âgée mais en parfait état et qu'il avait fait modifier en y installant un moteur V8 Rodeck de cinq cents chevaux, pris sur un véhicule en panne qu'il avait également modifié pour participer à une course de dragsters. Un conducteur de Ferrari ou de Lamborghini qui se serait arrêté près de lui à un feu rouge n'aurait pu supposer que Pitt l'aurait laissé sur place en un départ arrêté et que leurs belles machines n'auraient pas fait le poids.

Il gara la Jeep sur le parking qui lui était réservé, au sous-sol de la haute tour aux glaces vertes abritant les bureaux de la NUMA. Il prit l'ascenseur jusqu'à l'étage de Yaeger et de ses ordinateurs. Bien serrée dans sa main droite, il tenait la valise métallique contenant le coffret de jade. Quand il entra dans la salle de conférence privée, l'amiral Sandecker, Giordino et Gunn l'y attendaient déjà. Il posa la valise par terre et leur serra la main.

— Désolé d'être en retard.

— Vous n'êtes pas en retard.

L'amiral Sandecker avait un ton coupant et glacial.

— C'est nous qui sommes en avance, poursuivit-il. Impatients de voir la carte, enfin, je ne sais comment vous appelez ça.

— Un *quipu*, expliqua Pitt. Un objet inca servant à enregistrer des données.

— J'ai cru comprendre que cette chose devait vous mener à un grand trésor. Est-ce exact?

— J'ignorais que vous vous y intéressiez, dit Pitt avec un petit sourire.

— Quand vous prenez quelque chose en main sur le temps et l'argent de l'agence – et tout ça derrière mon dos, d'ailleurs – je me demande si je ne ferais pas mieux de mettre une petite annonce pour trouver un autre directeur des projets.

— Un simple oubli de ma part, dit Pitt en faisant un gros effort pour garder un visage sérieux. J'ai bien l'intention de vous faire parvenir très vite un rapport détaillé.

— Si je le croyais, grogna Sandecker, j'achèterais des actions dans une usine de fouets de fiacres.

On frappa à la porte. Un homme chauve au visage cadavérique, avec une longue moustache de chat famélique, entra dans la pièce. Il portait une blouse blanche de laborantin. Sandecker lui adressa un léger signe de tête et se retourna vers les autres.

— Je pense que vous connaissez tous le Dr Bill Straight.

Pitt tendit la main.

— Bien sûr. Bill dirige le département de protection des objets marins. Nous avons travaillé ensemble sur plusieurs opérations.

— Mon équipe est encore immergée jusqu'au cou dans les tonnes d'antiquités du vaisseau byzantin qu'Al et vous avez sorti des glaces du Groenland, il y a quelques années.

— Tout ce dont je me rappelle de ce projet, dit Giordino, c'est que j'ai mis au moins trois mois à me réchauffer.

— Bon, allez-vous enfin nous montrer ce que vous avez? interrompit Sandecker, incapable de maîtriser son impatience.

— Oui, c'est vrai, fit Yaeger en nettoyant les verres de ses lunettes de grand-mère. Fais voir ça.

Pitt ouvrit la valise, sortit délicatement le coffret de jade et le posa sur la table de conférence. Giordino et Gunn l'avaient déjà vu pendant le vol de retour à Quito. Aussi laissèrent-ils Sandecker, Yaeger et Straight s'en approcher pour mieux le voir.

— Une merveille de sculpture! dit Sandecker en admirant les traits fins du visage, sur le couvercle.

— C'est un dessin très particulier, observa Straight. L'expression sereine, le regard doux des yeux, ont sans conteste une qualité asiatique. Il y a sans doute une relation presque directe avec l'art statuaire de la dynastie Cahola, en Inde méridionale.

— Maintenant que vous le dites, dit Yaeger, ce visage ressemble de façon remarquable à la plupart des effigies de Bouddha.

— Comment est-il possible que deux cultures sans rapport l'une avec l'autre puissent sculpter des choses semblables dans le même type de pierre? demanda Sandecker.

— Un contact précolombien par traversée du Pacifique? suggéra Pitt.

Straight secoua la tête.

— Tant que personne n'aura découvert un objet ancien dans cet hémisphère dont on puisse prouver qu'il vient soit d'Asie, soit d'Europe, il faudra considérer ces ressemblances comme de pures coïncidences. Rien de plus.

— En outre, on n'a jamais trouvé d'art maya ou andin dans les fouilles de vieilles cités autour de la Méditerranée ou en Extrême-Orient, dit Gunn.

Straight caressa le jade du bout des doigts.

— Tout de même, ce visage est une énigme. Contrairement aux Mayas et aux anciens Chinois, les Incas n'aimaient pas beaucoup le jade. Ils préféraient l'or pour orner leurs rois et leurs dieux, vivants ou morts car, pour eux, cela représentait le soleil fertilisant le sol et réchauffant tout ce qui vit.

— Ouvrons-le et regardons ce truc à l'intérieur, ordonna Sandecker.

— A vous l'honneur, dit Straight à Pitt.

Sans un mot, Pitt inséra une mince lame de métal sous le couvercle du coffret et l'ouvrit délicatement.

Il était là. Le *quipu*, posé sur le cèdre doublant le coffret depuis des siècles. Tous le regardèrent avec curiosité un long moment, se demandant si l'on pourrait jamais décrypter son mystère.

Straight ouvrit la fermeture éclair d'une petite pochette de cuir. Soigneusement rangés à l'intérieur se trouvait un ensemble d'outils : plusieurs pinces fines de tailles différentes, de petits compas, une rangée de petits objets ressemblant aux bâtonnets interdentaires qu'utilisent les dentistes pour nettoyer les dents. Il prit une paire de gants blancs fins et choisit deux pinces et un bâtonnet. Puis il saisit le coffret et commença à étudier le *quipu*, touchant délicatement les fils pour voir si on pouvait les séparer sans les briser.

Comme un chirurgien faisant un cours magistral aux internes assemblés autour d'un cadavre, il commença à expliquer la procédure de son examen.

— Pas aussi cassant ni aussi fragile que je le pensais. Le *quipu* est composé de métaux différents, du cuivre, surtout, un peu d'argent et une ou deux sortes d'or. Apparemment, les fils ont été faits à la main puis tressés comme des petits câbles. Certains sont plus épais que les autres, avec des fils de couleurs différentes. Les câbles ont encore une certaine force de tension et un degré surprenant d'élasticité. Il y a apparemment trente et un câbles de longueurs variées, avec chacun une série de nœuds incroyablement petits, placés à des intervalles irréguliers. La plupart des câbles ont été teintés mais certains ont des couleurs identiques. Les câbles les plus longs sont liés à des subordonnés qui jouent un rôle modificateur, comme le diagramme d'une phrase dans une classe d'anglais. C'est un message extrêmement sophistiqué qu'il nous faut absolument déchiffrer.

— Amen, murmura Giordino.

Straight se tut puis se tourna vers l'amiral.

— Avec votre permission, monsieur, je vais enlever le *quipu* de son coffret.

— Vous voulez dire que je serai tenu pour responsable si jamais vous abîmez ce sacré machin ? gronda Sandecker.

— Eh bien, monsieur...

— Allez-y, mon vieux, prenez-le ! Je ne vais pas rester là toute la journée, le nez sur cette relique puante !

— Rien de tel que l'arôme de la moisissure pour mettre les gens sur les nerfs, commenta Pitt d'un ton amusé.

Sandecker lui jeta un regard meurtrier.

— On peut se passer de votre humour !

— Plus tôt on aura démystifié ce truc, dit impatiemment Yaeger, plus vite je pourrai créer un programme de décodage.

Straight bougea ses doigts gantés comme un pianiste avant de se lancer dans la Deuxième Rhapsodie de Franz Liszt. Puis il respira profondément et lentement et prit le coffret. Il glissa une sonde courbe, très doucement, sous plusieurs câbles du *quipu* et les leva de quelques millimètres.

— Un point pour nous, dit-il avec un soupir de soulagement. Après des siècles dans le coffret, les câbles n'ont pas collé les uns aux autres et ne collent pas au bois non plus. On peut les sortir sans problème.

— Ils ont remarquablement échappé aux ravages du temps, remarqua Pitt.

Après avoir examiné le *quipu* sous tous les angles, Straight glissa deux pincettes plus larges de chaque côté. Il hésita un instant, comme pour se donner confiance, puis commença à tirer l'objet de son berceau. Personne ne dit mot. Chacun retint son souffle jusqu'à ce que Straight ait posé les câbles multicolores sur une plaque de verre. Posant les pincettes et prenant les bâtonnets, il déplia méticuleusement les câbles jusqu'à ce que tous soient posés bien à plat, en éventail.

— Et voilà, messieurs, dit-il avec un soupir soulagé. Maintenant, il va falloir plonger les fils dans une solution nettoyante très douce pour en enlever les taches et la corrosion. Ensuite de quoi nous lui ferons subir un processus de conservation chimique dans notre laboratoire.

— Dans combien de temps pourrez-vous le rendre à Yaeger pour qu'il l'étudie ?

— Disons six mois, un an peut-être, dit Straight en haussant les épaules.

— Vous avez deux heures, lâcha Sandecker sans ciller.

— Impossible ! Les fils de métal ont si bien résisté parce qu'ils étaient dans un coffret scellé, imperméable à l'air. Maintenant qu'ils y sont exposés, ils vont commencer assez vite à se désintégrer.

— Certainement pas les brins en or, remarqua Pitt.

— Non, l'or est pratiquement indestructible mais nous ignorons le contenu minéral exact des autres câbles teintés. Le cuivre, par exemple, peut contenir un alliage qui s'émiette à l'oxydation. Sans techniques soigneuses de conservation, ils peuvent s'abîmer, les couleurs peuvent faner au point de le rendre indéchiffrable.

— Il est essentiel de déterminer le code des couleurs pour déchiffrer le *quipu*, ajouta Gunn.

Le moral baissa rapidement dans la pièce. Seul Yaeger ne parut pas affecté. Il eut un sourire rusé en regardant Straight.

— Donnez-moi trente minutes pour que mon équipement scanner mesure les distances entre les nœuds et enregistre toutes les configurations. Après, vous pourrez garder ce machin dans votre labo jusqu'à ce que vous ayez des cheveux blancs.

— C'est tout ce dont vous avez besoin? Trente minutes? fit Sandecker, incrédule.

— Mes ordinateurs peuvent générer des images en trois dimensions, améliorer les couleurs des fils pour les rendre aussi vifs qu'ils l'étaient il y a quatre cents ans, à leur création.

— Ah! Comme s'apaise la bête sauvage quand elle vit dans un monde moderne! s'écria Giordino, soudain poète.

L'examen du *quipu* de Drake prit à Yaeger plus près d'une heure que d'une demi-heure mais, quand il eut terminé, les graphiques avaient l'air plus beaux que le vrai. Quatre heures plus tard, il fit sa première découverte en déchiffrant son message.

— C'est incroyable comme une chose aussi simple peut être aussi complexe, dit-il en regardant l'image vivement colorée des câbles étalés en éventail sur l'écran.

— C'est un peu comme un abaque, dit Giordino en approchant une chaise dans le sanctuaire de Yaeger et s'appuyant au dossier.

Seuls Pitt et lui étaient restés près de Yaeger. Straight avait regagné son laboratoire avec le *quipu* tandis que Sandecker et Gunn allaient assister à un comité du Sénat à propos d'un nouveau projet minier sous-marin.

— Beaucoup plus compliqué, fit Pitt en se penchant sur l'épaule de Yaeger pour étudier lui aussi l'image. L'abaque est seulement un instrument mathématique. Le *quipu*, lui, est un instrument beaucoup plus subtil. Chaque couleur, chaque épaisseur, la place et le type de nœuds, les extrémités en touffe, tout a une signification. Heureusement, le système numérique inca est décimal, comme le nôtre.

— Je te nomme premier de la classe, dit Yaeger. Ce truc, en plus des données numériques de quantités et de distances, raconte un événement historique. Je tâtonne encore dans le noir mais, par exemple...

Il se tut pour taper sur le clavier une série d'instructions. Trois des câbles du *quipu* parurent se détacher du collier principal et s'élargir sur l'écran.

— Mon analyse prouve de façon assez concluante que les câbles bruns, bleus et jaunes indiquent le passage du temps et la distance. Les nombreux petits nœuds orange, à intervalles réguliers sur les trois câbles, symbolisent le soleil ou la durée d'un jour.

— Qu'est-ce qui t'amène à cette conclusion?

— La clef était la présence occasionnelle d'un gros nœud blanc.

— Entre les nœuds orange?

— Exact. L'ordinateur et moi avons découvert qu'ils coïncident parfaitement avec les phases de la lune. Dès que je pourrai calculer les cycles lunaires astronomiques des années quinze cents, je pourrai donner des dates approximatives.

— Joli raisonnement! dit Pitt. Je crois que tu tiens quelque chose.

— L'étape suivante sera de déterminer ce que chaque câble est censé représenter. D'après ce que je vois, les Incas étaient maîtres en simplicité. Selon l'analyse de l'ordinateur, le câble vert représente la terre et le bleu, la mer. Pour le jaune, je ne sais pas encore.

— Alors, tu peux vraiment le lire? demanda Giordino.

Yaeger enfonça deux touches et s'appuya au dossier de sa chaise.

— Vingt-quatre jours de voyage sur terre. Quatre-vingt-six sur la mer. Douze jours dans le jaune, quoi que cela puisse être.

— Le temps passé à destination? proposa Pitt.

Yaeger approuva d'un signe de tête.

— Ça marche. Le câble jaune peut figurer une terre aride.

— Ou un désert, dit Giordino.

— Ou un désert, répéta Pitt. Ce qui est plausible, si on considère la côte nord du Mexique.

— De l'autre côté du *quipu*, reprit Yaeger, nous avons d'autres câbles des mêmes bleus et verts mais avec un nombre de nœuds différents. Ceci suggère le temps passé en voyage de retour. Si on en juge par les nœuds plus nombreux et les espaces réduits entre les nœuds, je dirais qu'ils ont eu un voyage de retour orageux et difficile.

— Je n'ai pas tellement l'impression que tu tâtonnes, dit Pitt. Je dirais même que tu parais avoir assez bien saisi l'histoire.

— J'accepte toujours la flatterie avec gratitude, dit Yaeger avec un sourire. J'espère seulement que je ne suis pas tombé dans le piège de trop inventer à mesure que l'analyse se poursuit.

Cette idée ne plaisait pas à Pitt.

— Pas de fiction, Hiram. Range ton imagination.

— Je comprends. Tu veux un bébé sain avec dix doigts et dix orteils.

— Surtout s'il peut dire « creuse ici », fit Pitt d'une voix froide et sans timbre qui fit presque dresser les cheveux sur la tête de Yaeger. Sinon, nous nous retrouverons en train de contempler un trou vide.

27

Tout en haut du pic en forme de cheminée d'une montagne solitaire qui s'élève comme un monument funéraire au milieu d'un désert de sable, se dresse un immense démon de pierre.

Il se tient là, les pattes tendues comme s'il allait s'élancer, depuis les temps préhistoriques, les griffes enfoncées dans la masse basaltique dans laquelle il a été sculpté. Dans le tapis désert qui s'étend à ses pieds, les fantômes du passé se mêlent aux fantômes du présent. Des vautours le survolent, de gros lièvres sautent entre ses pattes, des lézards se promènent sur ses griffes géantes.

Depuis son piédestal élevé, les yeux de la bête, des yeux de serpent, dominent un panorama de dunes de sable, de collines et de montagnes de pierre ainsi que les eaux chatoyantes du Colorado qui divise ses bras en un delta vaseux puis se mêle à la mer de Cortez.

Exposées aux éléments au sommet d'une montagne que l'on dit mystérieuse et enchantée, beaucoup de sculptures compliquées ont été emportées par le temps. Le corps de celle-ci semble être celui d'un jaguar ou d'un chat grotesque avec des ailes et une tête de serpent. L'une des ailes s'élève encore au-dessus de son épaule mais l'autre est depuis longtemps tombée sur la surface rocheuse, près de la bête, où elle s'est émiettée.

Des vandales ont aussi laissé leurs marques, cassant les dents des mâchoires ouvertes ou gravant leur nom et leurs initiales sur les flancs et la poitrine de l'animal.

Pesant plusieurs tonnes, aussi haut qu'un éléphant, le jaguar ailé à tête de serpent est l'une des quatre sculptures rescapées laissées par des civilisations inconnues avant l'arrivée des missionnaires espagnols du début du seizième siècle. Les trois autres représentent des lions couchés, désormais exposés dans un parc national du Nouveau-Mexique. Mais elles sont de facture beaucoup plus primitive.

Des archéologues ont escaladé les falaises abruptes mais le passé du jaguar ailé est resté inconnu. Rien ne leur a permis de deviner son âge, ni qui l'a fait émerger de son énorme rocher. Son style et son dessin sont trop différents de tout ce qu'on connaît des cultures préhistoriques du Sud-Ouest américain. On a avancé bien des théories, bien des opinions, mais l'énigme de la statue et de sa signification est restée enveloppée dans les brumes du passé.

On dit que les peuples d'autrefois craignaient l'imposante bête de pierre, la croyant gardienne du monde souterrain. Mais les sages modernes des tribus cahuilla, quechan et montolo qui vivent dans la région ne se rappellent aucune tradition religieuse ni aucun rituel significatif liés à la sculpture. Aucune histoire orale n'est venue jusqu'à eux de sorte qu'ils ont créé leur propre mythe sur les cendres d'un passé oublié. Ils ont inventé un monstre surnaturel devant lequel chaque mort doit passer avant de poursuivre son voyage dans l'au-delà. S'ils ont mené de mauvaises vies, la bête de pierre revient à la vie, les déchire de sa grande mâchoire, les broie de ses grandes dents puis les recrache. Ce ne sont plus alors que des fantômes estropiés, défigurés, condamnés à parcourir sans trêve la terre où ils sont devenus des esprits mauvais. Seuls les morts au cœur pur peuvent poursuivre leur chemin sans dommage jusqu'à un monde meilleur.

Beaucoup de vivants ont accompli la difficile escalade, le long des murs abrupts de la montagne, pour déposer en offrande des poupées d'argile ou des coquillages sculptés de silhouettes d'animaux aux pieds de la statue pour qu'elle ne soit pas trop féroce quand leur temps sera venu. Les familles des morts s'assemblent souvent au pied de la haute montagne, loin au-dessous de la bête menaçante, et envoient des émissaires jusqu'à elle pendant qu'elles prient la bête d'accorder à leurs chers défunts un passage sans péril.

Billy Yuma ne craignait pas le démon de pierre. Il était assis dans son camion à l'ombre de la montagne et contemplait l'imposante sculpture, là-haut, au-dessus de lui. Il espérait bien que tous ses parents et amis morts avaient pu librement passer devant le gardien des morts. C'étaient de braves gens qui n'avaient jamais fait de mal à personne. Mais son frère, la brebis galeuse de la famille, qui battait sa femme et était mort alcoolique, celui-là, Billy craignait qu'il ne fût devenu un méchant fantôme.

Comme la plupart des indigènes américains du désert, Billy vivait sans cesse au milieu des esprits hideusement déformés qui, constamment présents, erraient sans autre but que de jouer de méchants tours aux vivants. Il savait que l'esprit de son frère pouvait se dresser n'importe quand devant lui, lui jeter de la poussière et déchirer ses vêtements ou même hanter ses rêves en lui envoyant d'épouvantables visions de morts sans repos. Mais la plus grande crainte de Billy était que son frère n'envoie la maladie ou des blessures à sa femme et à ses enfants.

Par trois fois, il avait vu son frère. Une fois dans un tourbillon qui soulevait une poussière suffocante, une autre fois sous la forme d'un feu follet tournant autour d'un *mesquite* et la dernière, sous la forme d'un éclair qui avait frappé son camion. C'était de bien mauvais augure. Billy et l'homme-médecine de sa tribu s'étaient assis près d'un feu pour discuter du meilleur moyen de combattre le fantôme de son frère. Si on ne l'arrêtait pas, l'apparition pourrait représenter une menace éternelle pour la famille de Billy et tous ses descendants.

On avait tout essayé mais rien n'avait marché. Le vieux chamane de la tribu avait prescrit une mixture de fleurs de cactus et d'herbes qu'il devait manger pour se protéger tout en observant un jeûne de dix jours, seul dans le désert. Même cette cure avait échoué. Affamé, Billy avait au contraire vu le fantôme de façon régulière et entendu des cris à lui glacer le sang pendant ses nuits solitaires. On essaya des rituels puissants, comme des chants sacrés mais il semblait que le mauvais esprit de son frère ne s'apaisait pas et que ses manifestations devenaient plus violentes.

Billy n'était pas le seul de sa tribu à être confronté à ces problèmes. Depuis le jour où les objets religieux les plus sacrés et les plus secrets avaient disparu de leur cachette dans une ruine isolée appartenant à ses ancêtres, tous les villages avaient connu la malchance. Des moissons misérables, des maladies contagieuses frappant les enfants, des sécheresses et trop de chaleur. Des bagarres éclataient quand les hommes s'enivraient, certains même y trouvaient la mort. Mais la pire calamité, et de loin, fut la soudaine augmentation de la maladie des fantômes. Des gens qui n'avaient jamais vu ni entendu les mauvais esprits auparavant commencèrent à décrire des visions effrayantes. Les fantômes de très anciens Montolos leur apparaissaient soudain en rêve et se matérialisaient même parfois en plein jour. Presque tous, y compris de très jeunes enfants, disaient avoir vu des fantômes effrayants.

Le vol des idoles de bois représentant le soleil, la lune, la terre et l'eau avait secoué toute la communauté religieuse montolo. L'angoisse de savoir que ces idoles n'étaient pas là pendant les cérémonies d'initiation où l'on entrait dans l'âge adulte dévastait les fils et les filles de la tribu. Sans les déités sculptées, les rituels vieux de plusieurs siècles ne pouvaient avoir lieu de sorte que les plus jeunes restaient dans les limbes de l'adolescence. Sans les objets sacrés, toutes les cérémonies d'adoration cessèrent. C'était aussi grave pour eux que si, un matin, tous les Chrétiens, Musulmans et Juifs du monde découvraient que la ville de Jérusalem avait disparu de la terre pour se fondre dans l'espace infini. Pour les non-Indiens, il ne s'agissait que d'un simple vol mais pour les Montolos, c'était un blasphème atroce.

Autour de feux dans les bâtiments cérémoniels souterrains, les prêtres de la religion murmuraient qu'ils entendaient gémir les idoles pendant les nuits de grand vent, suppliant qu'on les remette en sécurité dans leur cachette.

Billy Yuma était désespéré. L'homme-médecine lui avait donné des instructions qu'il avait lues dans les braises d'un feu mourant. Pour renvoyer son frère au royaume des morts et sauver sa famille, Billy devait retrouver les idoles perdues et les remettre dans leur cachette sacrée, dans les anciennes ruines de ses ancêtres. Dans une tentative désespérée de faire cesser ces hantises et éviter de nouvelles catastrophes, il avait décidé de combattre le mal par le mal. Il voulait escalader la montagne, avoir une confrontation avec le démon et le prier de faire revenir les précieuses idoles.

Billy n'était plus un jeune homme et l'ascension risquait d'être dangereuse sans l'équipement qu'utilisent les grimpeurs modernes. Mais il s'était résolu à le faire et rien n'aurait pu l'en détourner. Trop de ses amis comptaient sur lui.

A environ trois quarts de l'ascension de la paroi sud, son cœur battait contre ses côtes et ses poumons lui faisaient mal, tant l'effort était intense. Il aurait pu s'arrêter pour se reposer et reprendre son souffle mais il continua, déterminé à atteindre le sommet sans faire de pause. Il se tourna une seule fois pour regarder la vallée et vérifier que son camion Ford était bien garé en bas. Il avait l'air d'un jouet qu'il aurait pu attraper d'une seule main. Puis il regarda à nouveau la face de la falaise. Elle changeait déjà de couleur sous le soleil couchant, passant de l'ambre au rouge des tuiles.

Billy regretta de n'avoir pas commencé son ascension plus tôt ce matin, mais il y avait eu des travaux à achever, de sorte que le soleil était déjà haut quand il avait conduit le Ford au pied de la montagne et commencé sa course. Maintenant la balle orange allait disparaître derrière les cimes des monts de la sierra de Juárez, à l'ouest.

L'ascension était plus ardue qu'il ne l'avait imaginée et prendrait aussi bien plus longtemps. Il pencha la tête, protégeant ses yeux de la brillance du ciel et lorgna le sommet conique de la montagne. Il restait quatre-vingt-cinq mètres à couvrir et il ne ferait tout à fait sombre que dans une demi-heure. L'idée de passer la nuit avec la grande bête de pierre lui faisait très peur mais il aurait été suicidaire d'essayer de descendre dans l'obscurité.

Billy était un petit homme de cinquante-cinq ans. Sa vie active dans le dur climat du désert de Sonora l'avait rendu aussi dur et résistant qu'une poêle à frire de fonte. Peut-être ses articulations n'étaient-elles plus aussi souples que le jour où il avait gagné une course sur un cheval sauvage à Tucson. Il n'avait certes plus l'agilité du garçon qui était autrefois le plus rapide coureur de cross-country de sa tribu. S'il n'en avait plus l'endurance, du moins était-il aussi robuste qu'une vieille chèvre de montagne.

Le blanc de ses yeux avait jauni, ses paupières avaient rougi parce qu'il avait choisi d'ignorer la brûlure du soleil du désert toute sa vie et que jamais il ne s'était protégé par des lunettes de soleil. Il avait un visage rond et brun à la forte mâchoire, des sourcils gris et broussailleux et des cheveux épais et noirs. Un visage apparemment sans expression mais révélant un caractère profond et une compréhension de la nature propre aux Indiens américains et qu'eux seuls pouvaient comprendre.

Une ombre et une brise froide passèrent soudain au-dessus de lui. Il frissonna sous ce coup de froid inattendu. Etait-ce un esprit? D'où venait-il? Est-ce que son frère essayait de le faire tomber sur les rochers, tout en bas? Peut-être la grande bête de pierre, sentant qu'il approchait, lui adressait-elle un avertissement? Plein de crainte, il continua à grimper, les dents serrées, ne regardant que le rocher vertical devant lui.

Heureusement, ceux qui avaient escaladé ce flanc avant lui avaient taillé des encoches pour les mains et les pieds, surtout près du sommet. Elles étaient là depuis longtemps, il le voyait à l'usure de leurs arêtes. A cinquante mètres du but, il entra dans une cheminée rocheuse qui s'était ouverte dans la roche, laissant une trace de pierre branlante dans la large ouverture qui s'inclinait un peu plus et rendait l'ascension un tout petit peu moins fatigante.

Enfin, alors que ses muscles étaient raidis au point qu'il ne sentait plus ses jambes, la roche s'inclina davantage et il prit pied sur la surface du pic. Au moment où il se mit debout, la dernière lueur du jour s'évanouit. Il frotta de ses mains les jambes de son pantalon pour en retirer la poussière et les gravillons et regarda l'ombre du démon se dessiner, menaçante, dans l'obscurité. Bien qu'il fût sculpté dans la roche de la montagne, Billy aurait juré qu'il brillait.

Billy était fatigué, tout son corps lui faisait mal mais curieusement, il ne ressentit aucune crainte de la statue usée par le temps, malgré les contes qui prétendaient que les mauvais esprits à qui le passage au royaume des morts était refusé hantaient le sommet.

Il ne vit aucun signe de créatures hideuses briller dans le noir. A part le jaguar à tête de serpent, la montagne était déserte. Billy parla à voix haute.

— Je suis venu.

Il n'obtient pas de réponse. Il n'entendit que le vent et le battement des ailes d'un aigle. Pas de hurlements terrifiants des âmes tourmentées du monde souterrain.

— J'ai escaladé la montagne magique pour te parler.

Toujours pas de réponse mais un frisson glacé dans son dos lorsqu'il sentit une présence. Il entendit des voix parlant une langue inconnue. Aucun des mots ne lui parut familier. Puis il vit des silhouettes prendre forme.

Les gens étaient visibles mais transparents. Ils semblaient bouger autour de la mesa, sans s'occuper de Billy, marchant autour de lui et même à travers lui, comme s'il n'existait pas. Leurs vêtements étaient étranges. Ce n'était pas le pagne de coton ni la cape de lapin de ses ancêtres. Ces hommes étaient vêtus comme des dieux. Des casques dorés ornés de plumes brillamment colorées couvraient la tête de ces fantômes tandis que ceux qui allaient nu-tête avaient des coiffures très particulières. Leurs corps étaient vêtus de tissus que Billy n'avait jamais vus. Les manteaux noués sur leurs épaules, les tuniques portées par-dessous étaient décorés de très beaux dessins, très compliqués.

Après une longue minute, ces hommes étranges parurent se dissoudre et leurs voix se turent. Billy resta aussi immobile et silencieux que le rocher sur lequel il se tenait. Qui étaient ces hommes qui avaient paradé devant lui ? Etait-ce une porte ouverte sur le monde des esprits ?

Il se rapprocha du monstre de pierre, tendit une main tremblante et lui toucha le flanc. La vieille roche semblait plus chaude qu'elle n'aurait dû l'être dans la chaleur du jour. Puis, incroyablement, un œil parut s'ouvrir sur la face du serpent, un œil derrière lequel brillait une lumière surnaturelle.

La terreur s'empara de l'esprit de Billy mais il était décidé à ne pas flancher. Plus tard, on l'accuserait d'avoir trop d'imagination. Mais toujours il jura des milliers de fois avant de mourir, de nombreuses années plus tard, que le démon l'avait regardé de l'un de ses yeux éblouissants.

Il fit appel à tout son courage, tomba à genoux et tendit les mains. Puis il se mit à prier. Il pria la statue de pierre presque toute la nuit avant de tomber dans un sommeil profond comme une transe.

Le matin, quand le soleil se leva et colora les nuages d'un éclat doré, Billy Yuma s'éveilla et regarda autour de lui. Il était couché en travers du siège avant de son Ford, dans le désert, très loin de la bête silencieuse de la montagne qui regardait sans la voir la grande étendue désertique.

28

Joseph Zolar se tenait près de la tête de l'armure d'or et surveillait Henry et Micki Moore penchés sur l'ordinateur et l'imprimante laser. Après quatre jours d'étude ininterrompue, ils avaient transformé les images de symboles en mots précis et en phrases concises.

Il éprouvait une sorte de fascination à les regarder saisir les feuilles à mesure qu'elles roulaient sur le plateau de l'imprimante, analyser avec agitation leurs conclusions tandis que la pendule murale égrenait les minutes qui leur restaient à vivre. Ils poursuivaient leur travail comme si les visages masqués n'existaient pas.

Henry travaillait avec une extraordinaire concentration. Son monde se réduisait à l'étroite pièce. Comme la plupart des universitaires anthropologues et archéologues, il travaillait pour le prestige car la fortune financière restait hors de sa portée. Il avait reconstitué des poteries et écrit un nombre prodigieux d'ouvrages que peu de gens lisaient et encore moins achetaient. Publiées en petits caractères, toutes ses œuvres allaient finir, pleines de poussière, dans les caves des bibliothèques de collèges. Ironiquement, la gloire et les honneurs qu'on lui attribuerait, il le savait, en tant qu'interprète et peut-être en tant qu'inventeur du trésor de Huascar, comptaient plus pour lui que l'argent qu'il en tirerait.

Au début, les Zolar trouvèrent Micki Moore extrêmement attirante sexuellement. Mais bientôt, l'indifférence qu'elle leur opposait les irrita. Il était évident qu'elle aimait son mari et s'intéressait peu aux autres hommes. Ils vivaient et travaillaient ensemble, dans un monde qui n'était qu'à eux.

Joseph Zolar regretterait peu leur disparition. Il avait traité, depuis des années, avec des vendeurs et des collectionneurs dégoûtants et méprisables ainsi qu'avec des criminels endurcis, mais ces deux êtres lui posaient une énigme. Il se fichait bien de savoir quelle mort ses frères envisageaient pour eux. Tout ce qui comptait, maintenant, c'est que les Moore leur fournissent des indications précises pour trouver la chaîne de Huascar.

Les masques avaient sans doute été une perte de temps mais ils les avaient gardés tout le temps qu'ils passaient devant les Moore. Il était évident, pourtant, que ceux-ci ne se laissaient pas facilement intimider.

Zolar regarda Henry Moore et tenta de sourire, ce qui ne fut pas très réussi.

— Avez-vous fini de déchiffrer les symboles? demanda-t-il.

Moore fit un clin d'œil rusé à sa femme et un sourire entendu avant de se tourner vers Zolar.

— Nous avons fini. L'histoire que nous avons déchiffrée est celle d'un grand drame et d'une belle endurance. Notre traduction des images jette un jour nouveau sur la connaissance des Chachapoyas. Et l'on devra désormais récrire tout ce qui a été écrit sur les Incas.

— Belle modestie! dit Sarason, sarcastique.

— Savez-vous exactement où est enterré le trésor? demanda Charles Oxley.

— Je ne peux l'affirmer avec précision, fit Henry Moore en haussant les épaules.

Sarason bondit vers lui, les lèvres serrées de colère.

— J'aimerais savoir si notre illustre traducteur a la moindre idée de ce qu'il fait?

— Que voulez-vous? demanda calmement Moore. Une flèche et une croix sur une carte?

— Oui, bon Dieu! C'est exactement ce que nous voulons!

Zolar sourit avec condescendance.

— Allons au fait, docteur Moore. Que pouvez-vous nous dire?

— Vous serez heureux d'apprendre, interrompit Micki Moore, qu'aussi incroyable que cela puisse paraître, la chaîne d'or ne représente qu'une toute petite partie du trésor. L'inventaire que mon mari et moi avons déchiffré parle d'au moins quarante tonnes d'ornements sacrés et de vaisselles, de couronnes, de pectoraux, de colliers et d'objets en or et en argent massif dont chacun a nécessité dix hommes pour les transporter. Il y a aussi des ballots énormes de tissus sacrés, au moins vingt sarcophages en or avec leurs momies et plus de cinquante jarres de céramique pleines de pierres précieuses. Si nous avions plus de temps, nous pourrions vous en donner la liste exhaustive.

Zolar, Sarason et Oxley regardèrent Micki sans ciller sous leurs masques, leur expression d'insatiable avidité bien cachée. Pendant quelques secondes, on n'entendit que le ronronnement de l'imprimante et leur respiration. Même pour des hommes habitués à jongler avec des millions de dollars, le contenu du trésor de Huascar dépassait tout ce qu'ils pouvaient imaginer.

— Vous peignez là une image séduisante, dit enfin Zolar. Mais les symboles de l'armure disent-ils où est enterré ce trésor?

— Il n'est pas enterré au sens propre du mot, dit Henry Moore.

Il fixa Zolar en attendant sa réaction mais celui-ci resta impassible.

— Selon ce qui est inscrit sur l'armure, poursuivit Moore, le trésor a été bien caché dans une caverne sur une rivière...

Les yeux de Sarason émirent un éclair de déception.

— N'importe quelle caverne près d'une rivière un peu fréquentée aurait été découverte depuis longtemps et le trésor enlevé.

Oxley secoua la tête.

— Il est peu probable qu'une chaîne d'or, qu'il a fallu deux cents hommes pour soulever, ait pu disparaître une seconde fois.

— Ni un amas d'objets aussi énorme que celui que nous décrivent les Moore, ajouta Zolar. Je suis un expert reconnu d'antiquités incas et j'aurais sans doute entendu parler de tout objet identifié comme faisant partie du trésor de Huascar, qu'on aurait pu trouver sur le marché. Personne ayant découvert un tel trésor ne pourrait le garder secret.

— Peut-être avons-nous trop fait confiance au bon docteur et à sa femme, dit Sarason. Comment savoir s'ils ne nous mènent pas en bateau?

— Qui êtes-vous pour parler de confiance? demanda Moore. Vous nous avez enfermés ma femme et moi dans ce donjon de béton sans fenêtre pendant quatre jours et vous ne nous faites pas confiance? Vous devez aimer la plaisanterie!

— Vous n'avez pas à vous plaindre, contra Oxley. Mme Moore et vous allez être bien payés!

Moore jeta à Oxley un regard impassible.

— Comme j'allais vous le dire, après que les Incas et leurs gardes chachapoyas eurent déposé le vaste trésor dans la caverne, ils comblèrent l'entrée du grand couloir qui y menait. Puis ils couvrirent le tout de terre et de rochers et pour faire plus naturel, plantèrent même des plantes indigènes sur toute la zone pour s'assurer qu'on ne retrouverait jamais l'entrée de la caverne.

— Y a-t-il une description du terrain autour de l'entrée de cette caverne? demanda Zolar.

— Il est seulement dit qu'elle est sur le pic arrondi d'une île aux flancs escarpés, dans une mer intérieure.

— Attendez une seconde ! aboya Oxley. Vous avez dit que la caverne était près d'une rivière !

— Si vous aviez écouté, fit Moore, vous m'auriez entendu dire que la caverne était *sur* une rivière.

Sarason lui jeta un regard meurtrier.

— Quelle histoire ridicule nous contez-vous là ? Une caverne sur une rivière, sur une île, dans une mer intérieure ? Vous vous êtes emmêlé les pieds dans votre traduction, pas vrai, Doc ?

— Il n'y a aucune erreur, affirma Moore. Notre analyse est correcte.

— L'utilisation du mot *rivière* pourrait être symbolique, suggéra Micki Moore.

— L'île aussi, rétorqua Sarason.

— Peut-être auriez-vous une meilleure perspective si vous écoutiez toute notre interprétation, offrit Henry Moore.

— Je vous en prie, épargnez-nous les détails, fit Zolar. Nous savons déjà comment Huascar a fait discrètement sortir le trésor du royaume au nez et à la barbe de son frère Atahualpa et de Francisco Pizarro. Tout ce que nous voulons savoir, c'est la direction qu'a prise la flotte du général Naymlap et le lieu exact où il a caché le magot.

Les Moore échangèrent un coup d'œil. Micki fit un signe affirmatif à son mari qui se tourna vers Zolar.

— Très bien, puisque nous sommes associés. (Il se tut pour regarder une page sortie de l'imprimante.) Les dessins de l'armure nous disent que le trésor a été transporté jusqu'à un port et chargé sur un grand nombre de bateaux. Le voyage vers le nord a duré en tout quatre-vingt-six jours. Il a fallu ensuite douze jours pour traverser une mer intérieure et arriver sur une petite île très escarpée, s'élevant au-dessus de l'eau comme un grand temple de pierre. Là, les Incas ont amarré leurs bateaux, déchargé le trésor et l'ont transporté le long d'un passage jusqu'à une caverne profondément creusée dans l'île. A ce moment-là, interprétez-le comme vous voudrez, le texte dit que le trésor fut caché près des bords d'une rivière.

Oxley déroula une carte de l'hémisphère ouest et traça la route maritime en partant du Pérou, passant le long de l'Amérique centrale et le long de la côte pacifique du Mexique.

— La mer intérieure doit être le golfe de Californie.

— Plus connue sous le nom de mer de Cortez, ajouta Moore.

Sarason aussi regardait la carte.

— Je suis d'accord. Du bout de Baja jusqu'au Pérou, c'est la haute mer.

— Et les îles ? demanda Zolar.

— Il y en a au moins deux douzaines, peut-être plus, répondit Oxley.

— Il faudra des années pour les fouiller toutes !

Sarason prit la dernière page de la traduction puis jeta un coup d'œil glacial à Moore.

— Vous nous en cachez une partie, l'ami. Les images de l'armure d'or donnent sûrement des instructions précises pour trouver le trésor. Il n'y a ici aucune carte digne de ce nom et rien qui donne le chemin pas à pas.

Zolar surveilla soigneusement l'expression de Moore.

— C'est vrai, docteur, que votre femme et vous ne nous avez pas donné toute la solution du mystère ?

— Micki et moi avons décodé tout ce qui pouvait l'être. Il n'y a rien de plus.

— Vous mentez ! dit Zolar sans élever la voix.

— Bien sûr qu'il ment ! aboya Sarason. Le premier idiot venu peut voir que sa femme et lui ont omis les détails essentiels !

— Ce n'est pas très malin, docteur. Mme Moore et vous seriez sages de vous en tenir à notre accord.

Moore haussa les épaules.

— Je ne suis pas aussi idiot que vous le pensez, dit-il. Le fait que vous refusiez encore de vous faire connaître indique assez clairement que vous n'avez pas la moindre intention de tenir vos engagements. Quelles garanties avons-nous que vous les tiendrez ? Personne, ni nos parents ni nos amis, ne savent où on nous a emmenés. Vous nous avez amenés ici les yeux bandés et vous nous gardez prisonniers ou presque, et ça c'est un enlèvement, rien de moins. Que ferez-vous lorsque vous aurez en main tous les détails pour trouver le trésor de Huascar ? Vous nous remettrez un bandeau sur les yeux et vous nous ramènerez chez nous ? Je ne crois pas. Mon avis est que Micki et moi disparaîtrons discrètement et que nous ne serons plus que des noms dans un dossier de personnes disparues. Dites-moi si je me trompe ?

Si Moore n'avait pas été un homme aussi intelligent, Zolar aurait pu rire. Mais l'anthropologue avait deviné leur plan et pris la main.

— Très bien, docteur, que vous faut-il pour nous donner le reste des instructions ?

— Cinquante pour cent du trésor quand vous l'aurez trouvé.

Sarason était à bout.

— Le salaud ! Il croit nous tenir ! (Il se précipita sur Moore, le souleva de terre et le cogna contre le mur.) Voilà ce que je fais de vos exigences ! hurla-t-il. On n'en a rien à faire de vos conneries ! Vous nous dites ce qu'on veut savoir ou je vous le fais cracher à coups de lattes ? Et croyez-moi, j'adore la vue du sang !

Micki Moore resta aussi calme que si elle était à ses fourneaux dans sa cuisine. Cette froideur étrange ne semblait pas logique à Zolar. N'importe quelle épouse aurait manifesté de la peur en entendant de pareilles menaces contre son mari.

A la surprise des bandits, Moore sourit.

— Allez-y ! Cassez-moi les jambes, tuez-moi et vous ne trouverez jamais la chaîne d'or de Huascar.

— Il a raison, tu sais, dit Zolar en regardant Micki sans bouger.

— Quand j'en aurai fini avec lui, même un chien n'en voudra pas, siffla Sarason en serrant les poings.

— Arrête ! dit Oxley. Si tu veux être efficace, occupe-toi plutôt de Mme Moore. Aucun homme ne résiste quand il voit tabasser sa femme.

Lentement, Sarason reposa Moore et se tourna vers Micki, avec sur le visage l'expression d'un Hun avant un pillage.

— Ce sera un plaisir de persuader Mme Moore de coopérer.

— Vous perdrez votre temps, dit Moore. Je n'ai pas autorisé ma femme à travailler avec moi sur la fin de la traduction. Elle ne connaît donc pas la clef de l'énigme.

— Vous vous foutez de nous ?

— Il dit vrai, dit Micki, très calme. Henry ne m'a pas permis de voir les derniers résultats.

— Nous avons tout de même les atouts en main, dit Sarason.

— J'ai compris, fit Oxley. Tu t'occupes de Mme Moore comme prévu jusqu'à ce que *lui* craque.

— D'une façon ou d'une autre, on aura nos réponses.

— Alors, docteur, qu'en dites-vous ? demanda Zolar.

Moore les regarda froidement.

— Faites d'elle ce que vous voudrez. Ça ne fera aucune différence.

Un étrange silence se fit entre les frères Zolar. Sarason, le plus agressif des trois, en resta bouche bée, incrédule. Quelle sorte d'homme pouvait calmement, sans le moindre signe de honte ou de peur, laisser sa femme aux mains d'une meute de loups ?

— Vous pouvez rester là, impassible, pendant qu'on bat, qu'on viole et qu'on tue votre femme ? Sans dire un mot pour arrêter ça ? fit Zolar en guettant les réactions de Moore.

Celui-ci ne cilla pas.

— Vous ne gagnerez rien à jouer les barbares stupides.

— Il bluffe ! (Moore n'aurait jamais dû se relever du regard de haine que lui lança Sarason.) Il s'effondrera dès qu'il l'entendra hurler.

— Je ne crois pas, dit Zolar en secouant la tête.

— Je suis d'accord, intervint Oxley. Nous avons sous-estimé sa monumentale avidité et son désir insensé de devenir à tout prix une grande star du monde académique. J'ai raison, docteur ?

Moore ne parut pas ému par leur mépris.

— Cinquante pour cent de quelque chose, c'est mieux que cent pour cent de rien, messieurs.

Zolar jeta un coup d'œil à ses frères. Oxley hocha imperceptiblement la tête. Sarason serra les poings si fort qu'ils en devinrent ivoire. Il se détourna mais son expression disait assez à quel point il souhaitait mettre Moore en menus morceaux.

— Je pense que nous pouvons éviter de nouvelles menaces et arranger tout cela calmement, dit Zolar. Avant d'accepter vos nouvelles exigences, je dois m'assurer que vous pouvez vraiment nous guider jusqu'au trésor.

— J'ai déchiffré la description des paysages et des points de repère qui conduisent à l'entrée de la caverne, dit Moore en parlant lentement et distinctement. Il n'y a aucune possibilité d'erreur. Je connais leurs dimensions et leurs formes. Je pourrai les reconnaître d'avion.

Seul le silence accueillit son discours. Zolar s'approcha de la momie et regarda les dessins ornant son armure.

— Trente pour cent. Il faudra vous contenter de ça.

— Cinquante ou rien, dit Moore.

— Vous voulez ça par écrit ?

— Est-ce que ça serait valable devant les tribunaux ?

— Probablement pas.

— Alors nous devrons nous contenter de notre parole. (Moore se tourna vers sa femme.) Désolé, ma chérie, j'espère que tu n'as pas trouvé tout cela trop dur à supporter. Mais tu dois comprendre. Certaines choses sont plus importantes que les promesses du mariage.

« Quelle femme étrange, pensa Zolar. Elle aurait dû avoir l'air effrayé, humilié même, mais non, rien. »

— C'est réglé, alors, dit-il. Etant donné que nous sommes désormais associés, je ne vois pas pourquoi nous garderions nos masques. (Il retira le sien et passa ses doigts dans ses cheveux.) Maintenant, que chacun aille dormir. Vous irez tous par avion à Guaymas, au Mexique, dès demain matin avec le jet de notre société.

— Pourquoi Guaymas ? demanda Micki.

— Pour deux raisons. C'est situé au milieu du golfe et il se trouve qu'un de mes clients, qui est aussi un ami, tient son hacienda à ma disposition, juste au nord du port. La propriété dispose d'un aérodrome privé, ce qui en fait l'endroit rêvé pour y installer notre quartier général et mener à bien nos recherches.

— Tu ne viens pas ? demanda Oxley.

— Je vous y rejoindrai dans deux jours. J'ai un rendez-vous d'affaires au Kansas, à Wichita.

Zolar se tourna vers Sarason, inquiet de savoir que son frère pourrait s'en prendre encore à Moore. Mais ses craintes étaient superflues.

Le visage de Sarason s'ornait d'un sourire de vampire. Ses frères ne pouvaient lire ses pensées, sinon ils auraient compris avec quelle joie il imaginait ce que Tupac Amaru ferait à Henry Moore quand le trésor serait enfin découvert.

29

— Brunhilda a donné tout ce qu'elle pouvait, dit Yaeger en faisant allusion à son cher terminal d'ordinateur. Ensemble, nous avons mis en place à grand-peine quatre-vingt-dix pour cent des codes du *quipu*. Mais il y a quelques permutations que nous n'avons pas calculées.

— Des permutations ? murmura Pitt, assis en face de Yaeger dans la salle de conférences.

— Les divers arrangements en ordres linéaires et les couleurs des câbles entrelacés du *quipu*.

Pitt haussa les épaules et regarda autour de lui. Il y avait là quatre personnes : l'amiral Sandecker, Al Giordino, Rudi Gunn et Hiram Yaeger. L'attention de chacun était concentrée sur Yaeger qui ressemblait à un coyote ayant aboyé à la lune toute la nuit.

— Il faut que j'améliore mon vocabulaire, murmura Pitt.

Il s'installa confortablement et contempla le génie informatique assis là derrière un podium, sous un grand écran mural.

— Comme j'allais vous l'expliquer, continua Yaeger, certains des nœuds et des câbles sont indéchiffrables. Nous avons appliqué les informations les plus sophistiquées, les plus modernes, toutes les techniques d'analyse connues mais je ne peux vous offrir qu'un grossier compte rendu de l'histoire.

— Même une grosse tête comme toi ? demanda Gunn en souriant.

— Même Einstein. A moins d'avoir déterré une pierre de Rosette inca ou un mode d'emploi du seizième siècle du style « créez votre propre *quipu* », lui aussi aurait travaillé dans le vide.

— Si tu dois nous expliquer que le rideau tombe sans coup de théâtre, dit Giordino, moi je vais déjeuner.

— Le *quipu* de Drake est une représentation complexe de données techniques, poursuivit Yaeger que le sarcasme de Giordino n'avait pas ému, mais il ne donne pas une description mot à mot des événements. On ne peut pas raconter une action ou un drame visuels avec des nœuds placés à des endroits déterminés sur des câbles de fils de couleur. Le *quipu* ne peut offrir que des récits hachés des faits et gestes de ces gens qui ont fait un aller et retour très spécial dans une page très spéciale de leur histoire.

— Nous avons bien compris, dit Sandecker en agitant un de ses énormes cigares. Maintenant, si vous nous racontiez ce que vous avez tiré de ce mystérieux objet ?

Yaeger approuva d'un signe de tête et baissa les lumières de la salle de conférences. Il alluma un projecteur qui envoya sur l'écran mural une carte espagnole ancienne des côtes d'Amérique du Nord et du Sud. Avec une baguette de métal télescopique, il montra la carte.

— Sans vous infliger une longue leçon d'histoire, je vous dirai qu'après que Huascar, l'héritier légitime du trône inca, a été vaincu par son demi-frère bâtard Atahualpa, en 1533, il ordonna que le trésor royal et d'autres richesses soient enterrés quelque part dans les montagnes des Andes. Ce fut une action avisée, la suite l'a prouvé. Pendant son emprisonnement, Huascar subit de grandes humiliations et des souffrances. Tous ses amis et ses pairs furent exécutés, ses femmes et ses enfants pendus. Pour ajouter l'insulte aux blessures, les Espagnols choisirent justement ce moment-là pour envahir l'empire inca. Dans une situation semblable à celle de Cortez au Mexique, Francisco Pizarro calcula très bien son affaire. Tandis que les armées incas étaient affaiblies par les factions et décimées par la guerre civile, le désordre joua en sa faveur. La petite armée de Pizarro, composée de soldats et d'aventuriers, massacra quelques milliers de serviteurs et de bureaucrates d'Atahualpa sur la grand-place de l'ancienne cité de Caxanarca et là, il vainquit l'empire inca par pure traîtrise.

— C'est bizarre que les Incas n'aient pas contre-attaqué et anéanti les Espagnols, dit Gunn. Ils auraient pu battre à cent contre un les troupes de Pizarro.

— Je dirais même à mille contre un, dit Yaeger. Mais, une fois encore, comme pour Cortez et les Aztèques, la vue de ces hommes barbus portant des vêtements de métal qu'aucune flèche, aucune pierre ne pouvait pénétrer, ces hommes montés sur des chevaux caparaçonnés de fer et que les Incas ne connaissaient pas, qui agitaient des sabres et lançaient des boulets de canon et des balles de fusils, c'était trop pour eux. Totalement démoralisés, les généraux d'Atahualpa ne surent pas prendre l'initiative en ordonnant une attaque massive.

— Qu'arriva-t-il aux armées de Huascar ? demanda Pitt. Je suppose qu'elles étaient encore disponibles ?

— Oui, mais sans personne pour les commander, approuva Yaeger. L'Histoire ne peut que faire ce genre de supposition. Que se serait-il passé si les deux rois incas avaient enterré la hache de guerre et joint leurs armées dans un combat à mort pour débarrasser l'empire de ces féroces étrangers ? C'est une hypothèse intéressante. Avec la défaite des Espagnols, Dieu seul sait ce que seraient aujourd'hui les frontières et les gouvernements de l'Amérique du Sud.

— On y parlerait une autre langue que l'espagnol, commenta Giordino.

— Où était Huascar pendant qu'Atahualpa se battait contre Pizarro ? demanda Sandecker en allumant enfin son cigare.

— Emprisonné à Cuzco, la capitale de l'empire, à douze cents kilomètres au sud de Caxanarca.

Sans lever les yeux des notes qu'il prenait sur un carnet, Pitt demanda :

— Qu'est-il arrivé après ?

— Pour acheter sa liberté, Atahualpa a promis à Pizarro de remplir une salle avec de l'or aussi haut qu'il pourrait atteindre, répondit Yaeger. Une pièce plus grande que celle-ci, d'ailleurs.

— A-t-il tenu parole ?

— Oui. Mais Atahualpa craignait que Huascar offre à Pizarro plus d'or, plus d'argent et plus de pierres précieuses que lui. Aussi ordonna-t-il que son frère soit mis à mort, ce qui se fit par noyade. Mais Huascar avait eu le temps de faire cacher le trésor royal.

Sandecker considéra Yaeger à travers un nuage de fumée bleue.

— Quand le roi fut tué, qui se chargea d'exécuter ses ordres ?

— Un général appelé Naymlap. (Yaeger prit la baguette pour tracer une ligne rouge des Andes jusqu'à la côte sur la carte.) Il n'était pas de sang royal inca mais plutôt un guerrier chachapoya qui s'était élevé jusqu'à devenir le conseiller le plus écouté de Huascar. C'est Naymlap qui a organisé le transport du trésor des montagnes à la côte où il avait réuni une flotte de cinquante-cinq navires. Puis, selon le *quipu*, après un voyage de vingt-quatre jours, il lui fallut dix-huit jours rien que pour charger l'immense trésor à bord.

— J'ignorais que les Incas fussent un peuple de marins, dit Gunn.

— Les Mayas l'étaient aussi et, comme les Phéniciens, les Grecs et les Romains avant eux, les Incas naviguaient le long des côtes. Ils n'avaient pas peur de la haute mer mais préféraient amarrer leurs bateaux les nuits sans lune et pendant les orages. Ils naviguaient avec le soleil et les étoiles et se servaient des vents dominants et des courants pour longer les côtes, commercer avec les Méso-Américains à Panama et peut-être au-delà. Une légende inca raconte l'histoire d'un ancien roi qui avait entendu parler d'une île riche en or et peuplée de gens intelligents, loin au-delà de l'horizon de la mer. Pensant en tirer du butin et des esclaves, il construisit une flotte et s'embarqua avec des soldats qui servirent aussi de marins, vers ce qu'on croit être les Galapagos. Neuf mois plus tard, il revint avec de nombreux prisonniers noirs et beaucoup d'or.

— Les Galapagos ? s'étonna Pitt.

— C'est une hypothèse qui en vaut une autre.

— Avons-nous des informations sur leur construction navale ? demanda Sandecker.

— Bartolomeo Ruiz, le pilote de Pizarro, a vu de grands radeaux équipés de mâts et de voiles carrées en coton. D'autres navigateurs espagnols ont raconté avoir croisé des radeaux avec des coques de balsa, de bambou et d'osier transportant soixante personnes et une quarantaine de grosses caisses de marchandises. En plus des voiles, les radeaux étaient aussi mus par des équipes de rameurs. Des dessins trouvés sur des poteries précolombiennes montrent des bateaux à deux ponts avec des poupes élevées et des figures de proue ornées de têtes de serpents semblables aux dragons décorant les drakkars vikings.

— Il n'y a donc pas de doute ? Ils ont pu transporter des tonnes d'or et d'argent sur de longues distances en traversant les mers ?

— Aucun doute, amiral. (Yaeger montra une autre ligne représentant le voyage de Naymlap et de son trésor.) Depuis le point de départ, ici, et leur destination vers le nord, le voyage a duré quatre-vingt-six jours. Ce qui n'est pas un petit voyage pour des bateaux primitifs.

— Est-il possible qu'ils se soient dirigés vers le sud ? demanda Giordino.

Yaeger fit non de la tête.

— Mon ordinateur a découvert que l'un des câbles à nœuds représentait les quatre directions de base, avec le nœud pour le nord en haut et celui du sud en bas. L'est et l'ouest étaient représentés par des fils subordonnés.

— Et leur destination finale ? s'enquit Pitt.

— C'est la partie la plus difficile. Comme je n'ai jamais eu l'occasion de chronométrer un radeau de balsa sur un mille nautique, l'estimation de la vitesse de la flotte s'est forcément faite au pif. Je ne vais pas reprendre ici le raisonnement, vous le lirez plus tard dans mon rapport. Mais Brunhilda, en calculant la longueur du voyage, a fait un excellent boulot en projetant les courants et les vents en 1533.

Pitt noua ses mains derrière sa tête et pencha sa chaise sur deux pieds.

— Laisse-moi deviner. Ils ont accosté quelque part au fond de la mer de Cortez, aussi appelée golfe de Californie, une vaste passe d'eau séparant la terre mexicaine de la baie de Californie.

— Sur une île, comme nous en avons déjà parlé, ajouta Yaeger. Il a fallu aux marins douze jours pour transporter le trésor dans une caverne, assez grande selon les dimensions données par le *quipu*. Une ouverture, que j'ai traduite par un tunnel, va du plus haut point de l'île jusqu'à la caverne au trésor.

— Vous pouvez conclure tout ça d'une série de nœuds ? s'étonna Sandecker.

— Ça et bien davantage, admit Yaeger. Un brin carmin représente Huascar, un nœud noir le jour de son exécution sur ordre de Atahualpa dont le brin attaché est pourpre. Le général Naymlap est figuré par la couleur turquoise foncé. Brunhilda et moi pouvons aussi vous donner le détail du trésor. Vous pouvez me croire quand je dis que la somme totale est infiniment supérieure à tout ce qui a pu être retiré des épaves de galions depuis les cent dernières années.

Sandecker paraissait sceptique.

— J'espère que vous comptez là-dedans l'*Atocha*, l'*Edinburgh* et le *Central America* ?

— Et beaucoup d'autres, sourit Yaeger.

Gunn, lui, avait du mal à saisir.

— Une île, dis-tu, quelque part dans la mer de Cortez ?

— Alors, où est donc exactement le trésor ? fit Giordino en allant droit au cœur du sujet.

— Plus précisément que « dans une caverne, sur une île, dans la mer de Cortez », résuma Sandecker.

— A chanter sur l'air de « My Darling Clementine », plaisanta Pitt.

— J'ai l'impression qu'on va avoir un sacré nombre d'îles à considérer, soupira Giordino. Le golfe en est bourré !

— Nous pouvons rejeter toutes celles qui sont au-dessus du vingt-huitième parallèle, dit Yaeger en entourant cette partie de la carte avec sa baguette. Comme l'a deviné Dirk, je suppose que la flotte de Naymlap a été jusqu'aux confins nord du golfe.

Comme d'habitude, Giordino se montra pragmatique.

— Tu ne nous as toujours pas dit où il fallait creuser.

— Sur une île qui sort de l'eau comme un pic ou, comme le traduit Brunhilda d'après la description du *quipu*, le temple du Soleil à Cuzco.

Yaeger projeta une image plus large de la mer entre la baie de Californie et le Mexique continental.

— C'est un facteur qui réduit considérablement la zone de recherche.

Pitt se pencha, étudiant la carte projetée.

— Les îles centrales d'Angel de la Guarda et de Tiburón s'étendent sur quarante à soixante kilomètres. Chacune a plusieurs pics élevés qui pourraient correspondre. Il faudra que tu affines cette donnée, Hiram.

— Est-ce que Brunhilda a pu sauter un détail ? demanda Gunn.

— Ou tirer une mauvaise conclusion d'un nœud? ajouta Giordino en tirant de sa poche un des cigares faits spécialement pour Sandecker et en l'allumant.

L'amiral lui jeta un regard noir mais ne dit rien. Il avait depuis longtemps renoncé à savoir comment Giordino se les procurait. Sûrement pas sur son stock personnel. Sandecker tenait un inventaire serré de son humidificateur.

— J'admets que là, je ne peux pas répondre, avoua Yaeger. Comme je l'ai dit plus tôt, l'ordinateur et moi avons décodé quatre-vingt-dix pour cent des nœuds et des câbles du *quipu*. Les dix pour cent restants défient l'imagination. Deux câbles nous ont laissés muets. L'un faisait une vague référence à ce que Brunhilda a traduit par une sorte de dieu ou de démon sculpté dans la pierre. Le second n'avait aucun sens sur le plan géologique. Il parlait d'une rivière coulant à travers la caverne du trésor.

Gunn frappa la table de son stylo à bille.

— Je n'ai jamais entendu parler d'une rivière coulant sous une île.

— Moi non plus, avoua Yaeger. C'est pourquoi j'ai hésité à la mentionner.

— C'est peut-être un suintement des eaux du golfe, suggéra Pitt.

— C'est la seule réponse logique, approuva Gunn.

Pitt leva les yeux vers Yaeger.

— Tu n'as trouvé aucune référence à des points de repère terrestres?

— Désolé. Pendant un moment, j'ai pensé que le dieu démon pouvait être une clef pour trouver la caverne, répondit Yaeger. Les nœuds de ce câble particulier semblaient signifier une mesure de distance. Je crois qu'ils indiquaient un nombre de pas dans le tunnel à partir du démon jusqu'à la caverne. Mais les brins de cuivre s'étaient abîmés et Brunhilda n'a pas pu reconstruire un message cohérent.

— Quelle sorte de démon? demanda Sandecker.

— Je n'en ai pas la moindre idée.

— Un poteau indicateur conduisant au trésor, peut-être, plaisanta Gunn.

— Ou une sinistre déité destinée à faire fuir les voleurs, suggéra Pitt.

Sandecker fit tomber la cendre de son cigare en le frottant au bord d'une tasse de verre.

— Une bonne théorie si les éléments et les vandales n'avaient agi depuis quatre cents ans. Il est probable que la sculpture ne se distingue plus des rochers ordinaires.

— En résumé, dit Pitt, nous cherchons un gros amas de rochers ou un pic sur une île de la mer de Cortez avec, au-dessus, une pierre sculptée en forme de démon.

— C'est un peu sommaire, fit Yaeger en s'asseyant près de la table. Mais ça résume assez bien ce que j'ai pu recueillir sur le *quipu*.

Gunn enleva ses lunettes, les mit dans la lumière et y chercha des taches.

— Y a-t-il une chance pour que Bill Straight puisse restaurer les câbles abîmés?

— Je vais lui demander de commencer par là, répondit Yaeger.

— Il y travaillera dans moins d'une heure, ajouta Sandecker.

— Si les experts de conservation de Straight peuvent reconstruire assez de nœuds et de câbles pour que Brunhilda les analyse, je pense pouvoir promettre d'ajouter assez d'informations pour que vous mettiez pratiquement le nez sur l'entrée du tunnel menant à la caverne.

— Tu as intérêt, prévint Pitt, parce que j'ai d'autres ambitions dans la vie que de parcourir le Mexique en creusant des trous inutiles.

Gunn se tourna vers Sandecker.

— Qu'en dites-vous, amiral ? On y va ?

Le chef de la NUMA regarda longuement la carte sur l'écran. Puis il soupira et marmonna :

— Je veux une proposition détaillée du projet de recherche avec son coût sur mon bureau demain matin. Considérez-vous en vacances payées pendant les trois prochaines semaines. Et pas un mot dès que vous sortirez de cette pièce. Si les médias apprenaient que la NUMA organise une chasse au trésor, je ne vous dis pas le cirque qu'on me ferait au Congrès.

— Et si nous trouvons le trésor de Huascar ? demanda Pitt.

— Alors nous serons des héros sans le sou.

— Sans le sou ? demanda Yaeger, étonné.

— Ce que veut dire l'amiral, expliqua Pitt, c'est que ceux qui le trouvent ne sont pas ceux qui le gardent.

— Vous pouvez pleurer, messieurs, fit Sandecker, mais si vous réussissez à trouver le magot, il sera probablement remis au gouvernement du Pérou jusqu'à la plus petite piécette.

Pitt et Giordino échangèrent un regard entendu, chacun lisant dans la pensée de l'autre. Mais ce fut Giordino qui parla le premier.

— Je commence à croire qu'il y a une leçon à tirer de tout ceci.

— Quelle leçon ? demanda Sandecker d'un air gêné.

Giordino étudia son cigare avant de répondre.

— Le trésor serait sans doute mieux protégé si nous le laissions là où il est.

30

Gaskill était étendu sur son lit, une tasse de café froid et une assiette contenant la moitié d'un sandwich sur la table de nuit. La couverture réchauffant sa grande carcasse était couverte de feuilles dactylographiées. Il prit la tasse et but le café avant de lire la page suivante d'un manuscrit épais comme un livre. Le titre en était *Le Voleur Qui Ne Fut Jamais Pris*. C'était une étude, pas du tout romancée, de la poursuite du Spectre, écrite par un inspecteur de Scotland Yard à la retraite du nom de Nathan Pembroke. L'inspecteur avait passé près de cinq décennies à fouiller les archives de la police internationale, cherchant toutes les pistes, les suivant quelle que fût leur fiabilité, en une chasse incessante.

Pembroke, ayant appris l'intérêt que Gaskill portait au voleur d'œuvres d'art recherché dans les années vingt et trente, lui avait envoyé le manuscrit jauni et un peu corné qu'il avait eu tant de mal à rédiger et que plus de trente éditeurs lui avaient refusé en au moins autant d'années. Gaskill ne pouvait se résoudre à abandonner sa lecture. Il était totalement absorbé par le superbe travail d'enquête de Pembroke qui avait maintenant plus de quatre-vingts ans. L'Anglais s'était vu confier l'enquête du dernier vol connu du Spectre, qui avait eu lieu à Londres en 1939. Il s'agissait d'un tableau de Joshua Reynolds, de deux Constable et de trois Turner. Comme tous les autres vols brillamment exécutés par le Spectre, celui-là n'avait jamais été élucidé et les œuvres d'art jamais retrouvées. Pembroke, têtu, prétendait que le crime parfait n'existait pas et la recherche de l'identité du Spectre tourna chez lui à l'obsession.

Pendant un demi-siècle, cette obsession ne le quitta jamais et il refusa d'abandonner sa chasse. Ce n'est que quelques mois avant que sa santé ne s'altère et qu'il soit obligé d'entrer dans un hôpital qu'il dut prendre une période de repos qui lui permit d'écrire le mot « fin » à son récit magnifiquement raconté.

Gaskill se dit qu'il était dommage qu'aucun éditeur n'ait accepté de le publier. Il connaissait au moins dix vols fameux qui auraient pu être résolus si *Le Voleur Qui Ne Fut Jamais Pris* avait été imprimé et distribué.

Gaskill finit la dernière page une heure avant l'aurore. Il s'allongea, regarda le plafond, mettant les pièces du puzzle en petites piles nettes jusqu'à ce que les rayons du soleil traversent sa fenêtre, dans la petite ville de Cicero, à quelques kilomètres de Chicago. Soudain, il eut l'impression qu'un train de flottage éclatait et partait à toute vitesse dans le courant.

Il sourit comme s'il venait de gagner le gros lot et prit le téléphone. Il composa un numéro de mémoire et secoua son oreiller pour s'y asseoir en attendant qu'on décroche.

Une voix enrouée et très ensommeillée répondit.

— Ici, Francis Ragsdale.

— Gaskill.

— Seigneur, Dave ! Pourquoi si tôt ?

— Qui est-ce ? demanda la voix endormie de Mme Ragsdale.

— Dave Gaskill.

— Il ne sait pas que c'est dimanche ?

— Désolé de vous réveiller, dit Gaskill, mais j'ai une bonne nouvelle qui ne peut attendre.

— D'accord, fit Ragsdale en étouffant un bâillement. Allez-y.

— Je peux vous dire le nom du Spectre.

— Qui ?

— Notre voleur d'art préféré.

— Le Spectre ! Vous avez trouvé son identité ?

Ragsdale était soudain parfaitement éveillé.

— Pas moi, un inspecteur de Scotland Yard à la retraite.

— Un Anglais a fait ça !

— Il a passé toute sa vie à écrire tout un bouquin sur le Spectre. Une partie est pure conjecture mais il a rassemblé quelques preuves assez convaincantes.

— Qu'est-ce qu'il a?

Gaskill toussa pour préparer son effet.

— Le nom du plus grand voleur d'œuvres d'art de l'Histoire est Mansfield Zolar.

— Répétez-moi ça?

— Mansfield Zolar. Ça vous dit quelque chose?

— Vous me faites marcher!

— Je vous le jure sur ma plaque.

— J'ai peur de demander...

— N'ayez pas peur, interrompit Gaskill. Je sais ce que vous pensez. Il s'agit du père.

— Bon Dieu! Zolar International! C'est comme trouver la dernière pièce d'un puzzle qui était tombée sur le tapis. Les Zolar! Les Zolar, quels que soient les noms ridicules qu'ils se donnent! Tout ça commence à prendre forme!

— Comme des miettes de pain devant la porte d'entrée.

— Vous aviez raison, l'autre jour au restaurant. Le Spectre a bien fondé une dynastie de salopards qui perpétuent la tradition.

— On a mis Zolar International sous surveillance au moins quatre fois, si je me souviens bien, mais ils en sont toujours sortis tout blancs. Je n'aurais jamais fait le rapport avec le Spectre légendaire!

— La même chose au Bureau, dit Ragsdale. On a toujours pensé qu'ils étaient dans le coup de ce qui disparaissait dans le domaine des objets d'art mais on n'a jamais eu de preuve pour mettre la main au collet d'aucun d'entre eux.

— Toute ma sympathie, alors. Pas de preuve d'objets volés, pas de mandat de perquisition ni de mandat d'arrêt.

— A moins d'une méthode miraculeuse, comment est-ce qu'une organisation clandestine aussi vaste que celle des Zolar peut opérer à une aussi grande échelle sans jamais laisser le moindre indice?

— Ils ne font aucune erreur, dit Gaskill.

— Avez-vous essayé de les infiltrer? demanda Ragsdale.

— Deux fois. Ils ont trouvé presque tout de suite. Si je ne savais pas que je pouvais compter sur mes gars, j'aurais pu jurer qu'on les avait achetés.

— Nous n'avons jamais pu les infiltrer non plus. Et les collectionneurs qui achètent de l'art volé sont tout aussi muets et précautionneux.

— Et pourtant nous savons tous les deux que les Zolar blanchissent les objets volés comme les trafiquants de drogue lavent leur argent.

Ragsdale resta un moment silencieux.

— Je pense qu'il est temps que nous cessions d'échanger des informations au restaurant et que nous commencions à travailler ensemble à plein temps.

— J'aime bien votre style, fit Gaskill. Je vais commencer à faire bouger les choses de mon côté en proposant à mon supérieur une action commune avec votre service dès que je serai au bureau.

— Je vais faire la même chose de mon côté.

— Pourquoi ne pas organiser une réunion de nos équipes, disons jeudi matin ?

— Ça marche pour moi, accepta Ragsdale.

— Ça devrait nous donner le temps de préparer le travail de terrain.

— A propos du Spectre, vous avez la liste pour les Diego Rivera volés ? Vous avez dit l'autre jour que vous aviez peut-être quelque chose.

— Je travaille toujours dessus, répondit Gaskill. Mais j'ai peur que les Rivera soient partis pour le Japon dans une collection privée.

— Vous pariez que c'est une affaire montée par les Zolar ?

— Si c'est le cas, nous ne trouverons pas d'indice. Ils ont trop d'organisations et d'intermédiaires pour mener la vente à bien. Nous parlons des superstars du crime. Depuis que le vieux Mansfield Zolar a fait son premier casse, aucun membre de la famille n'a pu être touché ni par vous, ni par nous, ni par aucune autorité policière au monde. Ils n'ont jamais vu un tribunal de l'intérieur. Ils sont blancs comme neige au point que c'en est écœurant.

— Cette fois-ci, on les aura, dit Ragsdale, encourageant.

— Ce ne sont pas des types à faire des erreurs que nous puissions utiliser à notre avantage.

— Peut-être que non, peut-être que si. Mais j'ai toujours eu le sentiment qu'un outsider, quelqu'un qui ne serait en relation ni avec vous, ni avec moi, ni avec les Zolar, viendrait un jour court-circuiter leur système.

— Qui que ce soit, j'espère qu'il se dépêchera. Ça me rendrait malade si ces salauds se retiraient au Brésil avant qu'on leur ait mis les bracelets.

— Maintenant que nous savons que papa a fondé l'organisation et comment il opérait, nous saurons mieux ce qu'il faut chercher.

— Avant de raccrocher, est-ce que vous avez mis la main sur un traducteur expert de l'Armure d'Or qui vous aurait filé entre les doigts ?

Gaskill fit la grimace. Il n'aimait pas qu'on lui rappelle l'épisode.

— On a trouvé tous les experts concernés sauf deux. Un couple d'anthropologues de Harvard, le Dr Moore et sa femme. On les a perdus de vue. Aucun de leurs collègues, aucun voisin n'a la moindre idée du lieu où ils sont.

Ragsdale se mit à rire.

— Ça serait chouette de les alpaguer en train de s'amuser avec un des Zolar.

— Je travaille là-dessus.

— Bonne chance.

— Je vous rappelle bientôt, dit Gaskill.

— Je vous appelle en fin de matinée.

— Plutôt cet après-midi. J'ai un interrogatoire qui commence à neuf heures.

— Bon, alors disons mieux que ça. Appelez-moi quand vous aurez mis au point le projet de conférence commune.

— D'accord.

Gaskill raccrocha en souriant. Il n'avait pas l'intention d'aller au bureau ce matin. Obtenir l'autorisation de travailler avec le FBI serait plus compliqué pour

Ragsdale que pour lui. Après avoir lu toute la nuit, il allait se faire une bonne grasse matinée.

Il adorait quand une affaire sur le point d'être enterrée par manque de preuve rebondissait d'un seul coup. Il commençait à voir les choses plus clairement. C'était agréable de sentir que tout était sous contrôle. Les motivations stimulées par des faits encourageants, c'est magnifique !

Où avait-il entendu dire ça ? Dans un cours de Dale Carnegie ? Dans une discussion avec un instructeur des Douanes ?

Avant que ça lui revienne, il était profondément endormi.

31

Pedro Vincente posa son magnifique DC 3 restauré sur le tarmac de l'aéroport de Harlingen, au Texas. Il fit rouler l'appareil vieux de cinq ans jusqu'à l'entrée du hangar des Douanes et arrêta ses deux moteurs Pratt & Whitney de 1 200 CV.

Deux agents des Douanes en uniforme attendaient Vincente qui ouvrit la porte d'embarquement et sauta à terre. Le plus grand des deux douaniers, aux cheveux roux dépeignés par le vent, le visage semé de taches de rousseur, tenait une planchette à pinces devant ses yeux pour se protéger du brillant soleil texan. L'autre tenait en laisse un chien de chasse.

— Monsieur Vincente ? demanda poliment l'agent. Pedro Vincente ?

— Oui, c'est moi.

— Nous vous remercions de nous avoir avertis de votre arrivée aux Etats-Unis.

— Je suis toujours heureux de coopérer avec votre gouvernement, dit Vincente.

Il leur aurait bien serré la main mais il avait appris, au cours de ses précédents voyages, que les agents des Douanes préféraient éviter les contacts de ce genre. Il se contenta de donner une copie de son plan de vol au douanier roux.

L'agent glissa le papier dans la pince de sa planchette et l'examina tandis que son collègue montait à bord avec le chien supposé flairer partout pour dénicher un éventuel transport de drogue.

— Vous êtes parti de Nicoya, au Costa Rica ?

— C'est exact.

— Et votre destination est Wichita au Texas ?

— C'est là qu'habitent mon ex-femme et mes enfants.

— Et le motif de votre visite ?

Vincente haussa les épaules.

— Je m'y rends une fois par mois pour voir mes enfants. Je dois rentrer après-demain.

— Vous êtes fermier, n'est-ce pas?

— Oui, je cultive le café.

— J'espère que c'est tout ce que vous cultivez, dit le douanier avec un mince sourire.

— Je n'ai besoin que du café pour vivre confortablement, riposta Vincente.

— Puis-je voir votre passeport, s'il vous plaît?

La routine ne variait jamais. Bien que Vincente ait souvent affaire aux mêmes douaniers, ils agissaient toujours comme s'il était un touriste visitant les Etats-Unis pour la première fois. L'agent examina la photo du passeport, comparant les cheveux noirs peignés en arrière, les yeux marron, le teint olivâtre et le nez pointu à l'original. La taille et le poids indiquaient un homme assez petit, plutôt mince pour ses quarante-cinq ans.

Vincente était très coquet. Ses vêtements semblaient venir d'un grand faiseur – chemise sur mesure, pantalon bien coupé, manteau de sport en alpaga vert avec un foulard de soie autour du cou. L'agent des Douanes trouva qu'il avait l'air d'un danseur de tango de fantaisie.

Quand il eut épluché le document, il afficha à nouveau son sourire de routine.

— Veuillez attendre dans notre bureau, monsieur Vincente, pendant que nous fouillons votre appareil. Je crois que vous êtes habitué à ce genre de procédure?

— Bien entendu. (Il montra deux magazines en espagnol.) J'ai toujours ce qu'il faut pour passer le temps.

Le douanier regarda le DC 3 avec admiration.

— C'est un plaisir d'examiner un si bel appareil. Je parie que son vol est aussi parfait que sa ligne.

— Il a commencé sa carrière comme avion de ligne à la TWA, un peu avant la guerre. Quand je l'ai acheté, il transportait du minerai pour une société guatémaltèque. Je n'ai pas hésité mais ça m'a coûté un paquet pour le faire remettre en état.

Il était à mi-chemin du bureau quand il se tourna soudain pour crier au douanier :

— Puis-je emprunter votre téléphone pour appeler le camion de carburant? Il vaut mieux que je refasse le plein si je veux arriver jusqu'à Wichita.

— Bien sûr. Voyez l'agent au bureau.

Une heure plus tard, Vincente survolait le Texas en direction de Wichita. Près de lui, sur le siège du copilote, il y avait quatre petites valises contenant plus de six millions de dollars, cachées à bord juste avant le décollage par l'un des deux préposés au camion de carburant.

Après une fouille minutieuse de l'appareil où ils n'avaient trouvé ni drogue ni marchandise de contrebande, les deux douaniers avaient conclu que Vincente n'avait rien à cacher. Ils avaient enquêté sur lui quelques années auparavant et le considéraient comme un respectable homme d'affaires costaricien ayant amassé une belle fortune dans le commerce du café. C'est vrai que Pedro Vincente possédait la seconde plantation de Costa Rica. C'est vrai aussi qu'il avait amassé dix fois plus en étant le vrai génie d'une organisation très prospère de trafic de drogue, connu sous le nom de Julio Juan Carlos.

Comme les Zolar et leur empire criminel, Vincente dirigeait son trafic de loin. Les activités quotidiennes, il les avait confiées à des lieutenants qui ignoraient tout de sa véritable identité.

Vincente avait bien une ex-épouse habitant avec ses quatre enfants une grande ferme dans les faubourgs de Wichita. Il lui avait offert la ferme après le divorce. Il y avait fait aménager un petit aérodrome pour aller et venir du Costa Rica, voir ses enfants et acheter des objets d'art volés et des antiquités à la famille Zolar. Les agents des Douanes et les policiers antidrogue s'occupaient davantage de ce qui entrait aux Etats-Unis que de ce qui en sortait.

Il était tard dans l'après-midi quand Vincente se posa sur le petit aérodrome au milieu d'un champ de maïs. Un jet de couleur brun doré, le fuselage peint d'une bande pourpre de chaque côté, était parqué à l'autre extrémité. Une grande tente bleue, avec un auvent sur toute la largeur avant, se dressait à côté du jet. Un homme en costume de lin blanc, assis près d'une table placée sous l'auvent, dévorait un repas de pique-nique. Vincente lui adressa un salut depuis le cockpit, fit rapidement les manœuvres de sa check-list et sortit du DC 3. Il portait trois des quatre petites valises, laissant la dernière dans l'appareil.

L'homme sous la tente vint à sa rencontre et le serra contre lui.

— Pedro ! Quelle joie de vous revoir !

— Joseph, mon vieil ami, vous n'imaginez pas avec quelle impatience j'attends nos petites rencontres.

— Croyez-moi, j'aime mieux faire des affaires avec un homme honorable comme vous qu'avec tous mes autres clients mis ensemble.

— On engraisse l'agneau de flatteries avant de le mettre à mort, hein ? fit Vincente en souriant.

Zolar rit à son tour.

— Non, non, pas avant que nous n'ayons bu quelques coupes de champagne pour vous attendrir.

Vincente suivit Joseph Zolar sous l'auvent et s'assit tandis qu'une jeune domestique sud-américaine leur servait du champagne et des amuse-gueule.

— M'avez-vous apporté des marchandises de choix ?

— A notre transaction qui profitera à deux bons amis ! dit Zolar en trinquant. Oui, j'ai personnellement choisi pour vous les plus rares des plus rares objets incas du Pérou. J'ai aussi apporté des objets religieux d'une valeur inestimable venant des Indiens d'Amérique du Sud-Ouest. Je vous garantis qu'ils arrivent directement des Andes et qu'ils ne dépareront pas, bien au contraire, votre inestimable collection d'art précolombien digne de d'importe quel grand musée du monde.

— Je suis impatient de les voir.

— Mon équipe les a déballés dans la tente pour votre plaisir, dit Zolar.

Les gens qui commencent une collection d'objets rares et exceptionnels deviennent vite esclaves de cette passion. Ils cherchent à acquérir et à accumuler ce que nul autre qu'eux ne peut posséder. Pedro Vincente faisait partie de cette communauté, ne cherchant qu'à augmenter sa collection dont l'existence n'était connue que de fort peu d'initiés. Il avait aussi l'avantage de disposer de fonds secrets, non imposés, qu'il pouvait blanchir en satisfaisant sa passion.

Depuis vingt ans, Zolar avait fourni à Vincente près de soixante-dix pour cent de sa chère collection. Peu lui importait de payer les objets cinq ou dix fois leur vraie valeur puisque, pour la plupart, ces objets étaient volés. Vincente blanchissait l'argent de sa drogue et Zolar utilisait cette manne pour acheter en secret de nouvelles pièces, augmentant ainsi le catalogue inouï de ses achats illégaux.

— Qu'est-ce qui donne une telle valeur aux antiquités andines? demanda Vincente en finissant une seconde coupe de champagne.

— Ils sont chachapoyas.

— Je n'ai jamais vu d'objets chachapoyas.

— Ils sont fort peu connus, répondit Zolar. Ce que vous allez voir a été déterré récemment dans une ancienne cité des morts dans les Andes.

— J'espère que vous n'allez pas me montrer quelques urnes funéraires, fit Vincente, déjà moins impatient. Aucun objet chachapoya n'a encore paru sur le marché.

Zolar repoussa le volet de la tente d'un geste théâtral.

— Repaissez vos yeux de la plus grande collection d'art chachapoya jamais rassemblée.

Dans son enthousiasme, Vincente ne remarqua pas la petite caisse de verre posée sur un support dans un coin de la tente. Il se dirigea vers les trois longues tables couvertes de velours noir installées en fer à cheval. L'une d'elles exposait des tissus seulement. La seconde, des céramiques. La table centrale était plus belle que la vitrine d'un grand bijoutier de la Cinquième Avenue. Les splendides objets précieux exposés là laissèrent Vincente sans voix. Il n'avait jamais vu autant de merveilles précolombiennes si riches, si rares, si belles en une seule fois.

— C'est incroyable! murmura-t-il. Vous vous êtes vraiment surpassé!

— Aucun courtier au monde n'a jamais mis la main sur de tels chefs-d'œuvre.

Vincente alla de pièce en pièce, touchant et admirant, l'œil critique. Rien que les tissus brodés et les ornements d'or sertis de pierres précieuses lui coupaient le souffle. Il semblait incroyable qu'un tel amas de richesses puisse être rassemblé ici, dans un champ de maïs du Kansas.

— Alors, c'est ça, l'art chachapoya? murmura-t-il enfin, émerveillé.

— Chaque pièce est originale et parfaitement authentique.

— Ces trésors viennent tous de tombes?

— Oui, de tombes royales.

— Magnifiques!

— Y a-t-il quelque chose qui vous plaise? demanda Zolar avec humour.

— Y en a-t-il d'autres? répondit Vincente dont l'excitation se calmait et qui commençait à penser à l'acquisition.

— Ce que vous voyez là est tout ce que je possède de chachapoya.

— Vous ne me cachez pas d'autres pièces majeures?

— Absolument pas! dit Zolar. Vous avez le privilège d'être le premier à voir toute la collection. Je ne la vendrai pas par petits bouts. Je n'ai pas besoin de vous dire, mon ami, qu'il y a cinq autres collectionneurs qui attendent en coulisse une pareille occasion.

— Je vous offre quatre millions de dollars pour le tout.

— J'apprécie la générosité de cette première offre. Vous me connaissez assez pour savoir que je ne marchande jamais. Il y a un prix et un seul.

— Qui est?

— Six millions.

Vincente repoussa quelques pièces pour faire de la place sur la table. Il ouvrit les mallettes l'une après l'autre. Toutes étaient remplies de paquets serrés de gros billets.

— Je n'ai apporté que cinq millions.

Zolar ne s'y laissa pas prendre.

— C'est dommage, mais je dois refuser. Je ne connais personne à qui j'aurais été plus heureux de vendre cette collection.

— Mais je suis votre meilleur client! se plaignit Vincente.

— Je ne le nie pas, fit Zolar. Nous sommes comme des frères. Je suis le seul à connaître vos activités secrètes et vous êtes le seul en dehors de mes frères à connaître les miennes. Pourquoi me faites-vous subir ce martyre chaque fois que nous faisons affaire? Vous devriez avoir compris, depuis le temps.

Soudain Vincente éclata de rire et lui donna une accolade très latine.

— A quoi ça sert? Vous savez que j'ai plus d'argent que je ne pourrais en dépenser. La possession de ces objets fait de moi un homme heureux. Oubliez mes manies de marchandage. Ça n'a jamais été une tradition dans ma famille d'acheter au détail.

— Le reste de la somme est encore dans l'avion, bien sûr?

Sans répondre, Vincente sortit de la tente et revint quelques minutes plus tard avec la quatrième mallette. Il la posa près des autres et l'ouvrit.

— Six millions cinq cent mille. Vous avez parlé d'objets religieux rares en provenance d'Amérique du Sud-Ouest. Sont-ils compris dans le prix?

— Je vous les laisse pour les cinq cent mille en plus, répondit Zolar. Vous trouverez les idoles religieuses dans la caisse de verre, là, dans le coin.

Vincente s'en approcha et retira le couvercle. Il contempla les figurines aux formes étranges. Il ne s'agissait pas d'idoles de cérémonie ordinaires. Elles semblaient avoir été sculptées et peintes par un enfant et cependant il avait conscience de leur signification du fait de sa connaissance des objets d'Amérique du Sud-Ouest.

— Hopi? demanda-t-il.

— Non, montolo. Très vieilles. Très importantes dans leurs rituels de cérémonie.

Vincente saisit une statuette pour l'examiner de plus près. Son cœur manqua au moins trois battements et il sentit une chape de plomb glacée lui tomber dessus. Ses doigts n'eurent pas l'impression de toucher la racine séchée d'un cotonnier mort depuis des siècles. L'idole lui parut faite de la chair douce du bras d'une femme. Il aurait pu jurer avoir entendu un gémissement humain.

— Vous avez entendu ça? demanda-t-il en remettant vivement la statuette à sa place comme si elle lui avait brûlé la main.

Zolar lui lança un regard interrogateur.

— Je n'ai rien entendu.

Vincente avait l'air d'un homme en plein cauchemar.

— Je vous en prie, mon ami, terminons notre affaire. Ensuite, vous devrez partir. Je ne veux pas de ces idoles sur ma propriété.

— Vous voulez dire que vous ne souhaitez pas les acheter? s'étonna Zolar.

— Non! Non! Les esprits de ces idoles sont vivants. Je sens leur présence.

— C'est une superstition stupide!

Vincente saisit Zolar par les épaules, le regard suppliant.

— Détruisez-les, dit-il. Détruisez-les avant qu'elles ne vous détruisent.

32

Sous un soleil d'été indien, deux cents modèles en excellent état de voitures de collection étaient rassemblés sur l'herbe du Parc de l'Etat du Potomac et brillaient comme des paillettes sous un projecteur de théâtre.

Organisé pour les amateurs de beauté hors du temps et le travail superbe et exigeant des carrosseries automobiles et pour les amoureux des voitures anciennes, le concours de *Beaux Moteurcar* était aussi l'occasion de rassembler des fonds au profit des centres d'aide aux enfants maltraités de Washington et des environs. Pendant le week-end de la compétition, cinquante mille mordus des vieilles voitures envahissaient le parc pour admirer avec tendresse des Duesenberg, des Auburn, des Cord, des Bugatti et des Packard construites par des carrossiers depuis longtemps disparus.

L'atmosphère était lourde de nostalgie. Les foules qui avaient déambulé devant les stands et admiré les lignes parfaites ne pouvaient que s'émerveiller d'une époque et d'un style de vie où les nantis pouvaient commander un châssis et un moteur dans une usine et faire construire une carrosserie en fonction de leurs goûts. Les plus jeunes rêvaient de posséder un jour une de ces merveilles tandis que les plus âgés se rappelaient les avoir vues dans leur jeunesse traverser les rues de leur ville.

Les voitures étaient rangées par année de construction, par style et par pays d'origine. Les trophées allèrent aux plus belles mais chaque participant reçut une plaque souvenir. La récompense la plus prisée était, bien sûr, le prix «Plus beau modèle du Concours ». Certains parmi les plus riches possesseurs dépensaient des milliers de dollars pour faire restaurer l'objet de leur joie et de leur orgueil et lui conférer la perfection que n'avait peut-être jamais eue la voiture à l'époque où elle sortait d'usine.

Contrairement aux propriétaires des autres voitures, vêtus avec une élégance très traditionnelle, Pitt, assis dans une vieille chaise longue de toile, portait une chemise hawaïenne fleurie, un short blanc et des sandales. Derrière lui se tenait une berline Pierce Arrow bleu nuit de 1936 (une carrosserie de conduite intérieure avec une glace de séparation) attachée à une caravane Travelodge Pierce Arrow, également de 1936 et de la même couleur.

Lorsqu'il ne répondait pas aux questions des visiteurs sur la voiture et la caravane, il était plongé dans la lecture d'un gros guide de navigation de la mer de Cortez. De temps en temps, il prenait des notes sur un long bloc. Aucune des îles décrites et illustrées sur le guide ne ressemblait à l'affleurement monolithique aux pentes abruptes dont Yaeger avait trouvé la description dans le *quipu* de Drake. Du reste, quelques-unes seulement avaient des flancs escarpés. La plupart s'inclinaient en angle aigu au-dessus de la mer mais, au lieu d'avoir la forme d'un chapeau chinois ou de sombrero mexicain, elles étaient plates, en forme de mesa.

Giordino, vêtu d'un vieux short kaki qui lui descendait jusqu'aux genoux et d'un tee-shirt vantant une marque de tequila, traversa la foule et s'approcha de la Pierce Arrow, en compagnie de Loren. Elle était superbe dans un ensemble turquoise. Elle portait un panier de pique-nique tandis que Giordino tenait une glacière sur l'épaule.

— J'espère que tu as faim, dit-elle à Pitt. Nous avons acheté la moitié du stock du traiteur.

— Elle veut dire que nous avons de quoi nourrir une armée de bûcherons, corrigea Giordino en posant la glacière dans l'herbe.

Pitt quitta sa chaise longue et regarda une phrase imprimée sur le tee-shirt de Giordino.

— Qu'est-ce que ça raconte à propos de la tequila d'Alkali Sam ?

— Si tu avais les yeux ouverts, tu verrais qu'il ne s'agit pas d'Alkali Sam.

Pitt éclata de rire et montra la porte ouverte de la caravane.

— Pourquoi n'entres-tu pas dans mon palais roulant pour te protéger du soleil ?

Giordino souleva la glacière et alla la poser à l'intérieur sur le comptoir de la petite cuisine. Loren le suivit et commença à étaler le contenu du panier sur la table qui, escamotée, cachait un lit.

— Pour un truc construit pendant la Crise, dit-elle en regardant l'intérieur en bois et les placards aux portes de vitrail, ça paraît étonnamment moderne.

— Pierce Arrow était en avance sur son temps, expliqua Pitt. Ils ont construit des caravanes pour augmenter les bénéfices des ventes de leurs voitures qui n'allaient pas très fort. Après deux ans, ils ont laissé tomber. La Crise de 29 les a tués. Ils ont construit trois modèles, dont un plus long et un plus court que celui-ci. A part la cuisinière et le réfrigérateur, j'ai tout refait comme à l'origine.

— J'ai de la Corona, de la Coors ou du Cheurlin, dit Giordino. Choisis ton poison.

— Quel genre de bière est le Cheurlin ? demanda Loren.

— Domaine Cheurlin Extra Dry, c'est une marque de champagne. Je l'ai acheté à Elephant Butte.

— Un champagne venant d'où ?

— Du Nouveau-Mexique, répondit Pitt. En fait, il est très bon. Al et moi sommes tombés sur le fabricant pendant une balade en canoë sur le Rio Grande.

— D'accord, dit Loren en souriant et en tendant une flûte. Remplis-la.

Pitt sourit à son tour en montrant le verre.

— Tu triches. Tu es venue préparée.

— Il y a assez longtemps que je te fréquente pour connaître tous tes petits secrets. (Elle prit une autre flûte et la lui tendit.) Je promets de ne pas répéter que le risque-tout intrépide des profondeurs océanes préfère le champagne à la bière.

— Je bois les deux, protesta Pitt.

— Mais si elle le disait aux gars du saloon du coin, dit Giordino d'un ton sérieux, tu serais la risée de la ville.

— Et qu'est-ce que va me coûter ton silence ? demanda Pitt en jouant les vaincus.

Loren lui lança un regard très sensuel.

— Nous négocierons ce point ce soir.

Giordino montra le guide de la mer de Cortez.

— Tu as trouvé quelque chose d'intéressant ?

— Sur la centaine d'îles dans et autour du golfe s'élevant au moins à cinquante mètres au-dessus de la mer, j'en ai marqué deux probables et quatre possibles. Le reste ne correspond pas au profil géologique.

— Et toutes au nord ?

Pitt hocha la tête.

— Je ne me suis pas occupé de celles qui sont au-dessous du vingt-huitième parallèle.

— Puis-je voir où vous allez chercher ? demanda Loren en déballant toutes sortes de victuailles, fromages, poisson fumé, du pain frais, de la salade de chou cru et une salade de pomme de terre.

Pitt sortit du placard un long rouleau de papier qu'il déplia sur le comptoir de la cuisine.

— Ceci est un agrandissement du golfe. J'ai entouré les îles qui ressemblent le plus à la traduction qu'a faite Yaeger du *quipu*.

Loren et Giordino posèrent leur verre pour examiner la photo prise par un satellite géophysique, révélant la partie nord de la mer de Cortez étonnamment détaillée. Pitt tendit une loupe à Loren.

— La définition est incroyable, dit-elle en regardant les petites îles.

— Vois-tu quelque chose ressemblant à un rocher pas tout à fait naturel ? demanda Giordino.

— L'agrandissement est bon mais pas à ce point-là ! répondit Pitt.

Loren contempla les îles que Pitt avait entourées.

— Je suppose que tu as l'intention d'aller reconnaître les sites les plus prometteurs par avion ?

— La prochaine étape est en effet le choix par élimination.

— En avion ?

— En hélicoptère.

— Ça me paraît une bien vaste zone à couvrir en hélicoptère, dit Loren. Quelle genre de base as-tu choisie ?

— Un vieux ferry-boat.

— Un ferry ? fit Loren, surprise.

— En fait, un ferry pour voitures et passagers qui desservait la baie de San Francisco jusqu'en 1957. Il a été vendu et utilisé par les Mexicains jusqu'en 1962 pour passer de Guaymas à Santa Rosalia en traversant le golfe. Rudi Gunn l'a loué pour une bouchée de pain.

— Il faut remercier l'amiral, grogna Giordino. Il a un oursin dans la poche.

— 1962 ? murmura Loren en secouant la tête. Il y a trente-six ans. Ou il est en ruine ou il l'a trouvé dans un musée.

— Selon Rudi, il sert encore pour divers travaux, dit Pitt. En plus, son pont est assez large pour loger un hélicoptère. Il m'a assuré que ça fera une bonne plate-forme de lancement pour les vols de reconnaissance.

— Quand la nuit tombera et qu'on devra cesser les recherches, continua Giordino, le ferry pourra gagner une nouvelle série d'îles figurant sur la liste de Dirk. Ça nous épargnera de longues périodes de vol.

Loren tendit une assiette à Pitt et un plat en argent.

— J'ai l'impression que vous avez tout prévu. Que se passera-t-il quand vous aurez trouvé l'endroit susceptible d'abriter le trésor ?

— On devra s'occuper d'organiser une opération de fouilles, après avoir étudié la géologie de l'île, répondit Pitt.

— Tiens, sers-toi, dit Loren.

Giordino ne perdit pas de temps et se fit un sandwich de proportions monumentales.

— Vous nous avez préparé un festin, madame ! dit-il.

— C'est mieux que de me tuer aux fourneaux, répondit Loren en riant. Mais dites-moi, les permis ? Vous ne pouvez pas partir comme ça chasser le trésor au Mexique sans la permission des autorités gouvernementales !

Pitt étala plusieurs tranches de mortadelle sur son pain.

— L'amiral Sandecker pense qu'il vaut mieux attendre. On ne tient pas à ce que notre objectif soit trop connu. Si ça se savait, on aurait la plus grande ruée de l'histoire et des milliers de chasseurs de trésors envahiraient les collines comme des sauterelles. Les fonctionnaires mexicains nous ficheraient à la porte pour s'assurer que le magot reste entre leurs mains. Et le Congrès ferait sa fête à la NUMA pour avoir dépensé l'argent des contribuables à chasser un trésor dans un pays étranger. Non, moins il y aura de bruit, mieux ça vaudra.

— On ne peut pas se permettre de se faire descendre avant d'avoir l'ombre d'une chance de trouver le magot, conclut Giordino avec un sérieux inhabituel.

Loren garda le silence en se servant une assiette de salade de pomme de terre.

— Pourquoi n'avez-vous pas engagé quelqu'un dans votre équipe, qui puisse vous aider si jamais les fonctionnaires mexicains locaux se mettaient à soupçonner quelque chose et à poser des questions ? demanda-t-elle enfin.

— Tu veux dire un expert en relations publiques ? fit Pitt.

— Non, un témoin de moralité, dûment muni de sa carte officielle de député des Etats-Unis.

Pitt la regarda au fond de ses yeux violets.

— Toi ?

— Pourquoi pas ? Le président du Congrès a décrété des vacances parlementaires pour la semaine prochaine. Mes secrétaires peuvent s'occuper des affaires courantes. J'adorerais quitter Washington quelques jours et voir un peu le Mexique.

— Franchement, dit Giordino, je trouve l'idée géniale. (Il adressa un grand sourire et un clin d'œil à Loren.) Dirk est toujours plus aimable quand tu es là.

Pitt entoura Loren de ses bras.

— Si quelque chose tournait mal, si les événements nous pétaient à la figure pendant que nous sommes en territoire étranger et si tu étais dans le coup, le scandale pourrait ruiner ta carrière politique.

Elle le regarda effrontément.

— Si je comprends bien, les électeurs me ficheraient dehors et je n'aurais d'autre choix que de t'épouser ?

— Certes, c'est un sort plus cruel que d'écouter un discours présidentiel, dit Giordino, mais c'est une bonne idée quand même.

— Pourtant, je me vois mal marcher jusqu'à l'autel de la cathédrale de Washington, dit Pitt d'un air pensif, et nous installer ensuite dans une petite maison de briques à Georgetown.

Loren avais espéré une autre réaction mais elle savait que Pitt n'était pas un homme ordinaire. Elle se rappela leur rencontre, dix ans auparavant, au cours d'une garden-party offerte par un ministre à l'Environnement dont elle avait oublié le nom. Il y avait eu entre eux une attirance magnétique. Il n'avait pas la beauté d'une star de cinéma mais il dégageait quelque chose de viril, de sérieux, qui avait éveillé en elle un désir qu'aucun autre homme n'avait jamais éveillé. Il était grand et mince. Ça aussi avait compté. En tant que membre du Congrès, elle avait rencontré beaucoup d'hommes riches et puissants dont certains diablement beaux. Mais Pitt avait une réputation d'aventurier ne recherchant ni la gloire ni le pouvoir. Et c'était vrai. Il était un homme authentique.

Aucune attache véritable ne les avait liés l'un à l'autre au cours de ces dix années. Il avait connu d'autres femmes, elle d'autres hommes et pourtant le lien était resté solide. Ils n'avaient jamais vraiment pensé au mariage. L'un comme l'autre était trop pris par son travail. Mais les années avaient adouci leur relation et Loren savait qu'en tant que femme, son horloge biologique ne lui permettrait plus très longtemps d'avoir des enfants.

— Ça ne doit pas nécessairement être comme ça, dit-elle enfin.

Il comprit ce qu'elle voulait dire.

— Non, dit-il gentiment, on peut sûrement améliorer considérablement les choses.

Elle lui lança un drôle de regard.

— Est-ce une demande en mariage?

Ses yeux verts prirent une expression tranquille et profonde.

— Disons que c'est une suggestion à propos de ce qui pourrait arriver.

33

— Peux-tu nous rapprocher du pic dominant? demanda Sarason à son frère Charles Oxley aux commandes du petit avion amphibie. La crête du plus petit est trop aiguë pour correspondre à ce que nous cherchons.

— Tu vois quelque chose?

Sarason regarda à la jumelle par la fenêtre latérale de l'appareil.

— Cette île a des possibilités certaines mais ça m'aiderait bien de savoir quels points de repère je dois chercher.

Oxley inclina l'appareil à double moteur turbo Baffin C2-410 pour mieux voir l'île Danzante, un îlot rocheux escarpé de cinq kilomètres carrés qui s'élevait à quatre cents mètres au-dessus de la mer de Cortez, juste au sud de la station balnéaire populaire de Loreto.

— Elle a l'allure qu'il faut, commenta-t-il en la détaillant. Deux petites plages pour accoster. Les pentes sont pleines de petites cavernes. Qu'est-ce que tu en dis, mon frère?

Sarason se tourna pour regarder l'homme qui occupait le siège arrière.

— J'en dis que l'estimable professeur Moore nous cache toujours l'essentiel.

— Je vous préviendrai quand je verrai le bon endroit, dit sèchement Moore.

— Et moi, je propose qu'on fiche ce petit malin par la portière et qu'on le regarde voler! fit Sarason.

— Faites-le et vous ne trouverez jamais le trésor, dit Moore en se croisant tranquillement les bras.

— J'en ai marre d'entendre ça!

— Et l'île Danzante? demanda Oxley. A-t-elle les caractéristiques requises?

Moore saisit les jumelles de Sarason sans rien dire et regarda le terrain accidenté de la ligne de faîte. Après un moment, il les rendit et se renfonça dans son siège avec un shaker de Martini glacé.

— Ce n'est pas celle que nous cherchons, laissa-t-il tomber avec hauteur.

Sarason serra très fort les mains comme pour s'empêcher d'étrangler Moore. Quand il se fut un peu calmé, il tourna la page du guide de navigation de la mer de Cortez, le même que celui qu'utilisait Pitt.

— Le point de recherche suivant est l'île Carmen. Dimensions : cent cinquante kilomètres carrés. Longueur : trente kilomètres. Elle a plusieurs sommets au-dessus de trois cents mètres.

— Il y a un col, annonça Moore. Beaucoup trop large.

— Votre réponse rapide est bien enregistrée, fit Sarason d'un ton sarcastique. Après ça, nous avons l'île Cholla, une petite île plate au sommet avec un phare et quelques cabanes de pêcheurs.

— Laissez tomber celle-là aussi, dit Moore.

— OK. La suivante est l'île San Ildefonso, à six miles à l'est de San Sebastián.

— Dimensions ?

— Environ deux kilomètres carrés et demi. Pas de plage.

— Il faut une plage, dit Moore en se resservant une rasade de Martini. Il avala les dernières gouttes avec regret.

— Les Incas n'auraient pas pu débarquer leur trésor sans plage, conclut-il.

— Après San Ildefonso, on a Bahia Coyote, dit Sarason. Là, on a le choix entre six îles à peine plus grandes que de gros rochers.

Oxley fit grimper le Baffin lentement jusqu'à sept cents mètres et reprit la direction du nord. Vingt-cinq minutes après, ils commencèrent à distinguer la baie et la longue péninsule qui la séparait du golfe. Oxley abandonna l'altitude et commença à tourner autour des petits îlots rocheux éparpillés à l'entrée de la baie.

— L'île Guaya et l'île Bargo font partie des possibilités, observa Sarason. Toutes deux s'élèvent à pic et ont des sommets étroits mais ouverts.

Moore se tourna sur son siège et regarda.

— Elles ne me paraissent pas très prometteuses... (Il se tut et saisit à nouveau les jumelles de Sarason.) Cette île, là, en bas !

— Laquelle ? pressa Sarason. Il y en a six !

— Celle qui ressemble à un canard avec la tête en arrière.

— L'île Bargo. Elle a le bon profil. Des flancs escarpés sur trois côtés, une crête arrondie. Il y a aussi une petite plage au creux du cou.

— C'est ça, dit Moore d'une voix exaltée. Ça doit être ça.

— Comment pouvez-vous en être aussi sûr ? demanda Oxley.

Moore eut un instant une expression bizarre.

— Un pressentiment, rien de plus.

Sarason lui arracha les jumelle et étudia l'île.

— Là, sur le dessus. On dirait quelque chose de sculpté dans la roche.

— Ne faites pas attention à ça, fit Moore en essuyant une goutte de sueur sur son front. Ça ne veut rien dire.

Sarason n'était pas idiot. Etait-ce un signal taillé par les Incas pour marquer l'entrée du passage vers le trésor ? se demanda-t-il.

Moore se renfonça dans son siège et garda le silence.

— Je vais me poser et aller jusqu'à cette petite plage, dit Oxley. En tout cas, de là-haut, ça a l'air assez facile de grimper jusqu'au sommet.

— D'accord, pose-toi, approuva Sarason.

Oxley passa deux fois au-dessus de la plage pour s'assurer qu'il n'y avait pas de rocher affleurants qui pourraient abîmer le ventre de l'appareil. Il se mit sous le vent et posa l'avion sur la mer bleue, frappant les légers rouleaux et les chevauchant comme un canot automobile sur un lac à peine agité. Les hélices brillèrent au soleil et fouettèrent l'écume qui retomba sur les ailes.

L'avion ralentit rapidement sous la résistance de l'eau. Oxley réduisit les gaz, laissant juste assez de puissance pour conduire l'appareil jusqu'à la plage. A quarante-six mètres du rivage, les roues plongèrent dans l'eau. Très vite, les pneus touchèrent le sable qui remontait en pente douce. Deux minutes après, l'avion poussé par une vague basse roula sur la plage comme un canard mouillé.

Deux pêcheurs sortirent d'une petite cabane de bois et regardèrent l'avion avec stupeur. Oxley coupa les gaz et les hélices s'immobilisèrent. La porte s'ouvrit et Sarason sauta sur le sable blanc, suivi de Moore et enfin d'Oxley qui verrouilla la porte et s'assura que la trappe de la soute était bien fermée. Et pour plus de sûreté, Sarason paya généreusement les pêcheurs pour garder l'avion. Après quoi ils se mirent en route sur un sentier à peine tracé menant au sommet de l'île.

Au début, la marche fut aisée mais bientôt la pente raidit à mesure qu'ils approchèrent du sommet. Des mouettes qui les accompagnaient en criant semblaient se moquer de ces humains suants et les fixaient de leurs petits yeux ronds indifférents. Leur vol était majestueux, les plumes blanches de leur queue servant de gouvernail, les ailes tendues immobiles pour profiter des courants chauds ascendants. Un oiseau plus curieux que les autres voleta au-dessus de Moore et s'oublia sur son épaule.

L'anthropologue, fatigué par l'alcool absorbé et par le voyage, regarda la tache de sa chemise, trop las pour jurer. Sarason salua la mouette avec un grand sourire et grimpa sur un gros rocher qui bloquait la piste. De là-haut, il aperçut la mer et admira, de l'autre côté du chenal, le sable blanc de Playa El Coyote avec, en toile de fond, les monts Sierra El Cardonal.

Moore s'était arrêté, essoufflé, inondé de sueur. Il semblait au bord de l'évanouissement quand Oxley le prit par la main et l'obligea à s'asseoir sur un rocher plat du sommet.

— On ne vous a jamais appris que les cuites et l'escalade n'allaient pas ensemble ?

Moore l'ignora. Soudain, sa fatigue parut s'effacer et il se raidit, les yeux fixes. Il repoussa Oxley et s'élança en chancelant vers un rocher de la taille d'une petite voiture, grossièrement taillé en forme d'animal. Comme un ivrogne qui aurait une vision, il fit le tour du rocher sculpté en titubant, les mains flattant la surface rugueuse et inégale.

— Un chien ! dit-il entre deux respirations difficiles, ce n'est qu'un stupide chien !

— Faux, dit Sarason. C'est un coyote. C'est lui qui a donné son nom à la baie. Des pêcheurs superstitieux l'ont sculpté pour qu'il protège leurs équipages et leurs bateaux quand ils sortent en mer.

— Pourquoi cette vieille sculpture vous intéresse-t-elle ? demanda Oxley.

— En tant qu'anthropologue, les sculptures primitives peuvent être une grande source de connaissance.

Sarason observait Moore et pour une fois, son regard n'était pas celui du dégoût. Il en était sûr, maintenant, le professeur ivre venait de donner la clef du trésor caché. Il pouvait le tuer, jeter le petit homme du haut de la face ouest de l'île, dans les vagues qui battaient les rochers tout en bas. Qui s'en soucierait ? Le corps serait probablement emporté et dévoré par les requins. Aucune force de police mexicaine ne ferait la moindre enquête.

— Vous réalisez, bien sûr, que nous n'avons plus besoin de vos services, Henry ?

C'était la première fois que Sarason prononçait le prénom de Moore et cette familiarité sonnait de façon très déplaisante. Moore secoua la tête et prit une pose glaciale, peu naturelle étant donné les circonstances.

— Vous n'y arriverez jamais sans moi.

— C'est un bluff pathétique, fit Sarason, méprisant. Nous savons maintenant que nous devons trouver une île avec une sculpture, une vieille sculpture, je suppose. Alors, en quoi pourriez-vous contribuer à nos recherches ?

Moore semblait avoir surmonté son ivresse et parut même soudain aussi sobre qu'un juge.

— Un rocher sculpté n'est qu'une des indications qu'ont placées les Incas. Et toutes doivent être interprétées.

Sarason sourit, d'un sourire froid et mauvais.

— Vous ne me mentiriez pas maintenant, n'est-ce pas, Henry ? Vous ne tromperiez pas mon frère et moi pour nous faire croire que l'île Bargo n'est pas l'île au trésor afin d'y revenir tout seul et de la fouiller pour votre compte ? J'espère sincèrement que vous n'avez pas imaginé un petit scénario de ce genre ?

Moore l'écrasa d'un regard où le mépris remplaçait la peur qu'il aurait dû ressentir.

— Faites sauter le toit de l'île, dit-il en haussant les épaules et voyez où ça vous mène. Creusez jusqu'au niveau de la mer. Vous ne trouverez pas un gramme du trésor de Huascar, même si vous creusiez pendant mille ans. Pas sans quelqu'un qui connaît le secret des indices.

— Il a peut-être raison, dit Oxley. Et s'il nous ment, nous pourrons toujours revenir et creuser nous-mêmes. Dans les deux cas, nous sommes gagnants.

Sarason prit un air abattu. Il savait ce que pensait Moore. L'anthropologue cherchait à gagner du temps, il attendait et se proposait d'attendre la fin des fouilles pour exiger les richesses pour lui-même, d'une façon ou d'une autre. Pour le moment, il ne voyait pas comment Moore pourrait faire une sortie miraculeuse avec plusieurs tonnes d'or. Pas sans un plan dont lui, Sarason, n'avait pas encore trouvé la trame.

L'indulgence et la patience seraient maintenant ses maîtres mots, décida Sarason. Il tapa amicalement l'épaule de Moore.

— Pardonnez ma frustration. Retournons à l'avion. Ça suffit pour aujourd'hui. Je pense que nous avons tous besoin d'un bon bain, d'un grand verre et d'un bon dîner.

— Amen ! fit Oxley. On reprendra demain là où on a fini.

— Je savais bien que vous comprendriez, dit Moore. Je vous montrerai le chemin. Tout ce qu'il faut, c'est que vous ayez confiance en moi.

Quand ils retrouvèrent l'avion, Sarason y entra le premier. Saisi d'un pressentiment, il prit le shaker abandonné par Moore et le secoua pour faire tomber les dernières gouttes sur sa langue. C'était de l'eau, pas du gin.

Sarason se traita silencieusement d'abruti. Il n'avait pas compris à quel point Moore pouvait être dangereux. Pourquoi aurait-il joué l'ivrogne sinon pour tromper tout le monde en faisant croire qu'il était inoffensif ? Il commençait à comprendre qu'Henry Moore n'était pas tout à fait ce qu'il paraissait être. L'anthropologue célèbre et respecté était beaucoup plus malin que ce dont il avait l'air, beaucoup plus !

Lui qui était capable de tuer sans le moindre remords, lui, Sarason aurait dû discerner un autre tueur.

Micki Moore sortit de la piscine en céramique bleue aux pieds de l'hacienda et s'étendit sur une chaise longue. Elle portait un maillot rouge qui ne cachait pas grand-chose de sa mince silhouette. Le chaud soleil la dispensa de s'essuyer. Elle préféra laisser les gouttes coller à sa peau. Elle leva les yeux vers la maison et fit signe à une servante de lui apporter un autre cocktail au rhum. Elle agissait comme si elle était la maîtresse des lieux, sans attacher d'importance aux gardes armés qui arpentaient le terrain. Son attitude n'était pas du tout celle d'un otage.

L'hacienda était construite autour de la piscine et d'un grand jardin rempli de toute une variété de plantes tropicales. Toutes les pièces principales étaient ornées de balcons avec une vue théâtrale sur la mer et la ville de Guaymas. Elle était heureuse de se détendre au bord de la piscine ou dans sa chambre claire avec son propre patio et un jacuzzi pendant que les hommes écumaient le golfe à la recherche du trésor. Elle prit sa montre posée sur une petite table. Cinq heures. Les frères complices et son mari n'allaient pas tarder à rentrer. Elle soupira de plaisir et pensa au fabuleux dîner de plats locaux qui les attendaient.

Quand la servante lui eut apporté un nouveau verre, elle le but d'un trait et s'allongea pour une courte sieste. Juste avant de s'endormir, elle crut entendre une voiture monter le chemin venant de la ville et s'arrêter devant les grilles de l'hacienda. Elle s'éveilla peu après. Sa peau était fraîche et elle pensa que le soleil était passé derrière un nuage. Mais en ouvrant les yeux, elle fut surprise par la présence d'un homme debout devant elle qui lui cachait le soleil. Les yeux qui la contemplaient ressemblaient à deux lacs noirs immobiles. Aucune vie ne les animait. Même son visage semblait incapable d'expression. L'étranger paraissait amaigri, avec l'air d'un homme qui aurait été longtemps malade. Micki frissonna comme si un vent glacé venait de la balayer. Elle trouva étrange qu'il n'ait pas l'air de remarquer son corps presque nu mais la regardait droit dans les yeux. Elle eut l'impression qu'il voyait à l'intérieur d'elle.

— Qui êtes-vous ? demanda-t-elle. Travaillez-vous pour M. Zolar ?

Il ne répondit pas immédiatement. Quand il parla, sa voix sonnait étrangement, sans inflexion.

— Je m'appelle Tupac Amaru, dit-il.

Puis il tourna les talons et s'éloigna.

34

L'amiral Sandecker, debout devant son bureau, tendit la main à Gaskill et Ragsdale qui venaient d'entrer. Il leur adressa un sourire amical.

— Messieurs, asseyez-vous et mettez-vous à l'aise.

Gaskill regarda le petit homme qui lui arrivait à l'épaule.

— Merci d'avoir pris le temps de nous recevoir.

— La NUMA a déjà travaillé avec les Douanes et le FBI. Nos relations ont toujours été fondées sur une coopération cordiale.

— J'espère que vous ne vous êtes pas inquiété quand nous vous avons demandé ce rendez-vous ? dit Ragsdale.

— Disons que j'ai été curieux. Voulez-vous du café ?

Gaskill fit oui de la tête.

— Noir, pour moi, s'il vous plaît.

— Pour moi avec un édulcorant si c'est possible, dit Ragsdale.

Sandecker commanda les cafés par l'interphone puis les regarda.

— Eh bien, messieurs, que puis-je faire pour vous ?

Ragsdale alla droit au but.

— Nous aimerions compter sur l'aide de la NUMA pour régler un problème épineux de vol d'objets d'art.

— C'est un peu en dehors de nos fonctions, dit Sandecker. Notre domaine, c'est la science océanique et l'ingénierie marine.

— Nous comprenons, fit Gaskill. Mais il se trouve que les Douanes ont appris que votre agence avait fait entrer illégalement une antiquité de valeur dans ce pays.

— C'est moi, dit Sandecker sans ciller.

Gaskill et Ragsdale échangèrent un coup d'œil et bougèrent, gênés, sur leurs chaises. Ils ne s'étaient pas attendus à ce que les choses tournent ainsi.

— Savez-vous, amiral, que les Etats-Unis interdisent l'importation d'œuvres d'art volées conformément à la convention des Nations Unies qui protège les patrimoines du monde entier.

— Je le sais.

— Et vous savez aussi, sans doute, monsieur, que les hauts fonctionnaires de l'ambassade d'Equateur ont émis une protestation.

— A vrai dire, je suis à l'origine de cette protestation.

Gaskill soupira et se détendit.

— Quelque chose me dit qu'il s'agit là de tout autre chose que d'une simple contrebande.

— M. Gaskill et moi-même apprécierions beaucoup que vous nous expliquiez, dit Ragsdale.

Sandecker se tut tandis que sa secrétaire, Julie Wolff, entrait avec les cafés qu'elle posa sur le bord du bureau.

— Excusez-moi, amiral, mais Rudi Gunn a appelé de San Felipe pour vous dire qu'Al Giordino et lui avaient atterri et qu'ils s'occupaient des dernières préparations du projet.

— Des nouvelles de Dirk ?

— Il est à son concours de voitures et doit être quelque part au Texas en ce moment.

Sandecker reporta son attention sur les agents du gouvernement dès que Julie eut refermé la porte.

— Désolé de l'interruption. Où en étions-nous ?

— Vous alliez nous dire pourquoi vous aviez introduit une antiquité volée aux Etats-Unis, dit Ragsdale, le visage sérieux.

L'amiral ouvrit tranquillement une boîte de ses cigares et en offrit à ses hôtes. Les deux agents refusèrent d'un signe de tête. Il se mit à l'aise, alluma un cigare et souffla gracieusement la fumée par-dessus son épaule vers une fenêtre ouverte. Puis il leur raconta l'histoire du *quipu* de Drake, en commençant par la guerre entre les princes incas et en l'achevant par la traduction de Yaeger des cordelettes et de leurs nœuds.

— Mais rassurez-moi, amiral. Vous et la NUMA n'avez pas l'intention de vous lancer dans cette chasse au trésor ?

— Bien sûr que si ! dit Sandecker en souriant.

— J'aimerais que vous nous expliquiez la protestation équatorienne, demanda Gaskill.

— C'est une assurance. L'Equateur doit faire face à un difficile conflit avec une armée de paysans rebelles dans les montagnes. Les officiels de leur gouvernement ne nous auraient pas autorisés à chercher le *quipu* et à le rapporter aux Etats-Unis pour le déchiffrer et le préserver par crainte de se voir accuser d'avoir vendu un trésor national inestimable à des étrangers. En affirmant que nous l'avons volé, ils sont tranquilles de ce côté-là. Ils ont donc donné leur accord pour louer le *quipu* à la NUMA pendant un an. Quand nous le leur rendrons, avec tout le cérémonial requis, on les félicitera comme des héros de la nation.

— Mais pourquoi la NUMA ? insista Ragsdale. Pourquoi pas le Smithsonian ou le *National Geographic* ?

— Parce que nous ne lui attachons pas un intérêt de spécialistes. Et qu'en plus, nous sommes mieux placés pour faire les recherches et la découverte éventuelle sans que le public en soit informé.

— Mais légalement, vous ne pourrez rien garder.

— Bien sûr que non. Si la découverte est faite dans la mer de Cortez, où nous pensons que gît le trésor, le Mexique criera que celui qui le trouve le garde. Le Pérou en revendiquera la propriété originelle et les deux pays devront négocier, ce qui les obligera en fin de compte à exposer le trésor dans leurs musées nationaux.

— Et notre ministère des Affaires étrangères recueillera le crédit d'un coup de maître en matière de relations internationales avec nos bons voisins du Sud, ajouta Ragsdale.

— C'est vous qui l'avez dit, monsieur, pas moi.

— Pourquoi n'avez-vous pas informé les Douanes et le FBI de tout ceci ? demanda Gaskill.

— J'en ai informé le Président, répondit Sandecker du tac au tac. S'il a oublié de faire redescendre le renseignement de la Maison Blanche à vos services, c'est lui que vous devez blâmer.

Ragsdale finit son café et reposa la tasse sur le plateau.

— Vous avez fermé la porte sur un problème qui nous concerne tous, amiral. Et croyez-moi si je vous dis que je suis rudement soulagé de ne pas avoir à vous soumettre aux tracasseries d'une enquête. Malheureusement, ou heureusement selon votre point de vue, vous avez ouvert la porte à un autre problème.

Gaskill regarda Ragsdale.

— La coïncidence est pour le moins surprenante.

— La coïncidence ? demanda Sandecker, curieux.

— Après près de cinq cents ans, deux indices essentiels visant à résoudre le mystère du trésor de Huascar ont fait surface, de deux sources différentes, à cinq jours d'intervalle.

— J'ai peur de ne pas vous suivre, dit Sandecker.

A son tour, Gaskill raconta à l'amiral l'histoire de l'Armure d'Or de Tiapollo. Il termina en lui donnant un bref aperçu du dossier contre Zolar International.

— Vous voulez dire qu'un autre groupe est à la recherche du trésor de Huascar en ce moment même ?

— Oui, dit Ragsdale. Un syndicat international qui s'occupe de trésors volés, de contrebande d'objets d'art et de faux, avec un bénéfice annuel d'un nombre incalculable de millions de dollars, bien entendu non déclarés.

— Je n'en avais pas la moindre idée !

— Hélas, ni notre gouvernement ni les médias n'ont jugé utile d'informer le public en général de cette activité criminelle qui n'a d'égal que le trafic de la drogue.

— Au cours d'un seul vol, ajouta Gaskill, on estime que les objets dérobés au musée Gardner de Boston, en avril 1990, représentent une somme de deux cents millions.

— Si vous additionnez les vols, la contrebande et les faux dans presque tous les pays du monde, enchaîna Ragsdale, vous comprendrez pourquoi nous traquons cette industrie qui équivaut à un milliard de dollars.

— La liste des œuvres d'art et des antiquités volées, ces cent dernières années, remplirait un livre aussi gros que l'annuaire des téléphones de New York, acheva Gaskill.

— Mais qui donc achète une aussi étonnante quantité de marchandises illégales ? demanda Sandecker.

— La demande dépasse l'offre et de loin, répondit Gaskill. Les riches collectionneurs sont indirectement responsables de ce pillage car ils constituent un immense marché demandeur. Ils font la queue pour acheter des objets historiques volés, auprès de fournisseurs marrons. La liste des clients ressemble au Gotha. Des chefs d'Etat, des hauts fonctionnaires, des personnalités du septième art, de grands chefs d'entreprise et même des conservateurs des plus grands musées qui souhaitent augmenter leurs collections. S'ils ont du fric, ils achètent.

— Les trafiquants de drogue achètent eux aussi quantités de chefs-d'œuvre volés, ce qui leur permet de blanchir leur argent tout en faisant un bon investissement.

— Je comprends pourquoi des objets d'art inconnus sont perdus dans la bagarre, dit Sandecker. Mais je suppose que les pièces les plus connues de la peinture ou de la sculpture finissent par refaire surface, non ?

Ragsdale hocha la tête.

— Nous avons parfois de la chance et un renseignement nous conduit à des biens volés. Parfois même, des marchands honnêtes ou des conservateurs de musées nous appellent quand ils reconnaissent des pièces disparues que les voleurs tentent de leur vendre. Mais trop souvent, les belles pièces restent perdues par manque d'indices.

— Un nombre incroyable d'antiquités, que les voleurs se sont procurées en pillant des tombes, sont vendues avant même que les archéologues aient eu la chance de les étudier, dit Gaskill. Par exemple, pendant la guerre du désert contre l'Irak, en 1990, des milliers de pièces comprenant des tablettes d'argile, des bijoux, des tissus, des objets de verre, des poteries, des pièces d'or et d'argent et aussi des cylindres scellés ont été pillés à la fois dans les musées du Koweït et dans ceux d'Irak par des forces d'opposition à Saddam Hussein et par des rebelles chiites et kurdes. La plupart de ces merveilles étaient déjà passées entre les mains des trafiquants et des commissaires-priseurs avant qu'on ait pu en faire la liste.

— Il me semble à peine croyable qu'un collectionneur lâche des sommes importantes pour des œuvres d'art dont il sait pertinemment qu'elles appartiennent à quelqu'un d'autre, dit Sandecker. Il ne peut les exposer sans risquer de se faire prendre et arrêter. Qu'est-ce qu'il en fait ?

— Appelez ça une déviation psychologique, répondit Ragsdale. Gaskill et moi pourrions vous raconter un tas d'histoires de collectionneurs qui empilent leurs acquisitions dans des caves secrètes où ils vont les contempler une fois par jour ou peut-être même une fois tous les dix ans. Peu leur importe que les autres ne les voient jamais. Leur plaisir, c'est justement de posséder quelque chose que personne d'autre ne peut avoir.

— Et cette folie de la collection, ajouta Gaskill, peut mener le collectionneur à des manœuvres macabres. Il est déjà assez moche de désacraliser des tombes indiennes en les creusant et en vendant les crânes et les momies de femmes et d'enfants. Mais en plus, certains collectionneurs de souvenirs de la guerre de Sécession ont été jusqu'à creuser les tombes des cimetières nationaux juste pour récupérer des boucles de ceinturons des armées du Nord et du Sud.

— Voilà un triste exemple de cupidité, fit Sandecker.

— Les histoires de pilleurs de tombes sont infinies, dit Ragsdale. On casse et on éparpille les os des morts de toutes les civilisations, à commencer par celle de Néanderthal. Le respect des morts ne signifie pas grand-chose à côté des bénéfices qu'on en retire.

— A cause de la convoitise d'antiquités de nombreux collectionneurs, reprit Gaskill, il y a des candidats de premier choix pour les vols à main armée. Leurs exigences apparemment sans fin créent un commerce lucratif du faux.

Ragsdale approuva d'un signe de tête.

— Sans véritable étude archéologique, on ne remarque même pas les faux. Bien des pièces exposées dans des musées très respectables ne sont que des faux et personne ne s'en rend compte. Les conservateurs comme les collectionneurs refusent de croire qu'ils se sont fait avoir par des faussaires et peu d'experts ont le courage d'affirmer que les pièces qu'ils examinent sont suspectes.

— Les pièces célèbres n'en sont pas exemptes, intervint Gaskill. L'agent Ragsdale et moi-même avons vu des cas où des chefs-d'œuvre mondialement connus, après avoir été volés, ont été copiés par des spécialistes et les copies « retrouvées » par des chemins tortueux, pour que le petit malin qui les avait « retrouvées » touche la prime d'assurance. Les galeries et les conservateurs sont ravis et exposent la copie sans penser un instant qu'ils se sont fait rouler.

— Comment les objets d'art volés sont-ils distribués et vendus ? demanda Sandecker.

— Les pilleurs de tombes et les voleurs ont un réseau de vente souterrain composé de trafiquants escrocs qui avancent l'argent et surveillent la vente de loin, en passant par des agents à qui ils ne révèlent pas leur identité.

— Mais ne peut-on suivre leur piste dans ce réseau ?

— Non, car les fournisseurs et leurs distributeurs opèrent dans le secret le plus absolu, de sorte qu'il nous est presque impossible de pénétrer ces réseaux et bien sûr de remonter les filières jusqu'aux principaux responsables.

Ragsdale reprit la parole.

— Ce n'est pas comme pour la drogue où l'on part du consommateur pour suivre son fournisseur au coin de la rue et, de là, ses fournisseurs à lui jusqu'en haut de la pyramide, aux barons de la drogue. Ceux-là sont généralement peu instruits et pas toujours assez malins pour cacher leur identité. D'ailleurs, ils sont souvent drogués eux-mêmes. Au lieu de ça, nous avons affaire à des hommes intelligents, éduqués, ayant des rapports étroits avec la crème de l'industrie, voire des gouvernements. Ils sont habiles et ils sont malins. A de rares exceptions près, ils ne traitent jamais directement avec leurs clients. Quand on s'approche d'eux, ils se referment dans leur coquille et se cachent derrière une armée d'avocats qui arrêtent notre enquête.

— Vous est-il arrivé d'avoir de la chance? demanda Sandecker.

— Nous avons coincé quelques petits trafiquants qui travaillaient pour leur propre compte, répondit Ragsdale. Et nos deux services ont récupéré un certain nombre d'objets volés. Certains pendant leur transport, d'autres auprès des acheteurs qui, la plupart du temps, ne vont pas en prison parce qu'ils affirment ignorer que les pièces achetées avaient été volées. Mais ceux que nous avons pris n'était que des broutilles. Sans des preuves solides, nous ne pouvons endiguer le flux des ventes illégales.

— Il me semble que vous êtes complètement dépassés, dit Sandecker. Ils sont mieux armés que vous.

— Nous sommes les premiers à l'admettre, assura Ragsdale.

Sandecker se balança un moment sur sa chaise, réfléchissant à ce qu'il venait d'entendre dire par les deux agents du gouvernement assis en face de lui.

— Comment la NUMA peut-elle vous aider? demanda-t-il enfin.

Gaskill se pencha par-dessus le bureau.

— Nous pensons que vous avez sans le savoir entrouvert une porte en vous mettant à la recherche du trésor de Huascar en même temps que les plus grands trafiquants mondiaux d'antiquités volées.

— Zolar International?

— Oui. C'est une famille qui a des tentacules dans les moindres recoins du trafic.

— Ni le FBI ni les Douanes, dit Ragsdale, n'ont jamais rencontré un seul groupe de faussaires, de voleurs ou de contrebandiers ayant opéré dans autant de pays depuis tant d'années, qui ont trafiqué avec tant de gens richissimes et célèbres, ou qui ont acheté illégalement des milliards de dollars d'objets d'art et d'antiquités.

— Je vous écoute, dit Sandecker.

— C'est notre seule chance de les avoir à la base, avoua Gaskill. A cause de cette possibilité de trouver des richesses fantastiques, les Zolar ont abandonné leur habituelle prudence. Ils se sont lancés à la recherche du trésor et ont l'intention de se l'approprier. S'ils réussissent, nous aurons là une occasion rêvée pour observer leurs méthodes d'expédition et de remonter jusqu'à leurs entrepôts secrets...

— ... ou de les choper la main dans le sac, finit Sandecker.

Ragsdale sourit.

— Nous n'utilisons plus exactement ce vocabulaire, amiral. Mais oui, en gros, c'est ça.

Sandecker parut intrigué.

— Vous voulez que j'appelle mon équipe de recherche? C'est ça?

Gaskill et Ragsdale échangèrent un coup d'œil.

— Oui, monsieur, dit Gaskill. C'est ça.

— Si vous êtes d'accord, évidemment, ajouta hâtivement Ragsdale.

— Avez-vous l'accord de vos supérieurs ?

Ragsdale fit signe que oui.

— M. Moran, directeur du FBI et M. Thomas, directeur des Douanes, ont donné leur accord.

— Vous ne verrez donc aucun inconvénient à ce que je les appelle pour leur demander de confirmer ?

— Aucun, dit Gaskill. Je vous prie de nous excuser, l'agent Ragsdale et moi-même, de n'avoir pas utilisé la voie hiérarchique afin qu'ils traitent directement avec vous, mais nous avons pensé qu'il valait mieux vous présenter l'affaire nous-mêmes et vous donner les renseignements de première main, quoi qu'il puisse nous en coûter.

— Je comprends parfaitement, dit Sandecker.

— Alors, vous allez coopérer ? demanda Ragsdale. Et appeler votre équipe de recherche ?

Sandecker contempla paresseusement la fumée de son cigare avant de répondre.

— La NUMA jouera le jeu avec le FBI et les Douanes mais je n'ai pas l'intention d'enterrer mon projet de recherche.

Gaskill considéra l'amiral, se demandant s'il plaisantait.

— Je ne saisis pas votre pensée, amiral ?

— Avez-vous l'un ou l'autre essayé de retrouver quelque chose qui a disparu depuis près de cinq cents ans ?

Ragsdale regarda son camarade et haussa les épaules.

— Pour ce qui concerne le FBI, nous ne recherchons en général que des personnes disparues, des fugitifs ou des cadavres. Les trésors perdus ne sont pas notre pain quotidien.

— Je ne crois pas nécessaire d'expliquer ce que recherchent les Douanes, fit Gaskill.

— Je sais tout à fait quelles sont vos occupations, dit Sandecker sur le ton de la conversation. Mais retrouver un trésor, c'est un coup de chance à tenter. On ne peut pas interroger de témoins, ils sont morts depuis plus de quatre cents ans. Tout ce que notre *quipu* et votre armure d'or ont pu donner, ce sont de vagues références à une île mystérieuse dans la mer de Cortez. Un indice qui met la fameuse aiguille dans une meule de foin de quelque cent soixante mille kilomètres carrés. Je suppose que les Zolar sont des amateurs dans ce genre de jeux. De sorte que leurs chances de trouver la caverne et la chaîne d'or de Huascar sont proches de zéro.

— Vous croyez que vos hommes ont une meilleure chance ? demanda Gaskill, sceptique.

— Mon directeur des Projets spéciaux et son équipe sont les meilleurs dans ce type d'affaires. Si vous ne me croyez pas, consultez nos archives.

— Comment avez-vous l'intention de collaborer avec nous ? demanda Ragsdale, décontenancé.

Sandecker lança son atout.

— Nous conduisons nos recherches en même temps que les Zolar mais nous restons dans l'ombre. Ils n'ont aucune raison de penser qu'ils ont des émules et penseront que le personnel et les avions de la NUMA qu'ils pourront apercevoir travaillent sur un projet océanographique. Si les Zolar réussissent à trouver le trésor, mon équipe disparaîtra et rentrera à Washington.

— Et si les Zolar échouent? demanda Ragsdale.

— Si la NUMA ne trouve pas le trésor, c'est qu'il est introuvable.

— Et si la NUMA le trouve? poussa Ragsdale.

— Nous laisserons une trace de cailloux blancs que les Zolar pourront suivre. Nous les laisserons croire qu'ils ont trouvé le magot tout seuls.

Sandecker se tut un instant et considéra les deux agents l'un après l'autre.

— A partir de là, messieurs, ce sera à vous de jouer.

35

— Je n'arrête pas de penser que Rudolf Valentino va sortir à cheval de la prochaine dune pour m'emmener jusqu'à sa tente, dit Loren d'une voix ensommeillée.

Elle était assise sur le siège passager à l'avant de la Pierce Arrow, les jambes repliées sous elle, et contemplait l'océan de dunes de sable qui dominait le paysage.

— Continue à le chercher, dit Pitt. Les dunes de Coachella, un peu plus au nord, sont justement l'endroit où Hollywood venait filmer toutes les scènes de désert.

Cinquante kilomètres après la traversée de Yuma, en Arizona, ayant passé le fleuve Colorado pour entrer en Californie, Pitt était sorti par une bretelle sur la gauche de l'Interstate Highway 8 pour prendre une petite route étroite conduisant aux villes frontières de Calexico et de Mexicali. Tous ceux qui les croisaient ou les dépassaient regardaient avec admiration la vieille automobile et sa caravane.

Loren avait réussi à persuader Pitt de garder la vieille voiture pour traverser le pays, en campant dans la caravane, et de rejoindre le tour de l'Arizona du Sud sponsorisé par le Club des Voitures Anciennes d'Amérique. Ce tour devait commencer deux semaines plus tard. Pitt doutait que deux semaines lui suffiraient pour achever la course au trésor mais il avait accepté la proposition de Loren parce qu'il adorait conduire ses chères vieilles voitures sur de longs trajets de ce genre.

— Sommes-nous loin de la frontière? demanda Loren.

— Dans quarante-deux kilomètres, nous entrerons au Mexique, répondit-il. Après, il en faudra cent soixante-cinq pour arriver à San Felipe. On devrait être au dock où nous attendent Al et Rudi avec le ferry à l'heure du dîner.

— En parlant de dîner, dit-elle paresseusement, le réfrigérateur est vide et les placards aussi. En dehors des céréales et du café du petit déjeuner, on a tout dévoré hier soir, au camping de Sedona.

Il tendit la main et lui serra le genou.

— Je suppose que pour rendre mes passagers heureux, je dois veiller à ce qu'ils aient la panse bien remplie ?

— Que dirais-tu d'un arrêt au routier, un peu plus loin ?

Elle se redressa et montra une enseigne à travers l'étroit pare-brise de la Pierce.

Pitt regarda au-delà du bouchon du radiateur en forme d'archer accroupi prêt à tirer une flèche. Il vit l'enseigne sur le bord de la route sèche et blanche du désert qui semblait prête à s'effondrer dans le sable. Les lettres étaient si vieilles et pâlies qu'il eut du mal à les déchiffrer.

Bière glacée et repas comme chez Maman,
A deux minutes, au Box Car Café.

Il rit.

— L'idée de la bière fraîche est séduisante mais je me méfie un peu de la cuisine. Quand j'étais petit, ma mère faisait des plats qui me soulevaient le cœur.

— Tu n'as pas honte ? Ta mère est une bonne cuisinière !

— Maintenant, oui. Mais il y a vingt-cinq ans, même les clochards affamés évitaient notre porte.

— Tu es épouvantable !

Loren trifouilla la vieille radio à lampes pour essayer de trouver une station de Mexicali. Elle en prit une, qui diffusait de la musique mexicaine.

— Tant pis si le chef a la peste noire, dit-elle. J'ai faim.

« Voilà ce que c'est quand on emmène une femme en voyage, pensa Pitt, amusé. Elles passent leur temps à avoir faim et envie d'aller aux toilettes. »

— Et d'ailleurs, lança-t-elle, il te faut de l'essence.

Pitt jeta un coup d'œil à la jauge. Elle indiquait qu'il restait un quart du réservoir.

— Je suppose que ça ne nous fera pas de mal de faire le plein avant de passer la frontière.

— C'est drôle, je n'ai pas l'impression qu'on ait beaucoup roulé depuis le dernier plein.

— Une grosse voiture construite il y a soixante ans, avec un moteur à douze cylindres et tirant une caravane, ne gagnera jamais le prix du moteur le plus économique.

Ils aperçurent bientôt le restaurant et la station d'essence. Pitt, en s'approchant, vit deux vieux wagons de marchandise en mauvais état, attachés l'un à l'autre, et deux pompes à essence sous quelques néons clignotants au-dessus du Box Car Café. A l'arrière étaient parquées de très vieilles remorques abandonnées et vides. A l'avant, sur un parking sale, une vingtaine de motards groupés autour d'une flottille de Harley Davidson, buvaient de la bière en profitant de la brise fraîche venant du golfe.

— Dis donc ! Il y a du monde ! dit Pitt.

— On ferait peut-être mieux d'aller plus loin, murmura Loren, déjà moins sûre d'elle.

— Tu as peur des motards ? Ce sont sans doute des voyageurs fatigués comme toi et moi.

— En tout cas, ils ne s'habillent pas comme toi et moi.

Elle montra le groupe où il y avait autant de femmes que d'hommes, qui portaient tous des combinaisons noires ornées de badges, de plaques et de messages brodés au nom des plus grands circuits américains de motos.

Pitt tourna le volant et engagea la Pierce sur le terre-plein devant les pompes à essence. Le gros moteur V 12 était si silencieux qu'il était difficile de savoir s'il était arrêté ou non quand il tourna le clef de contact.

Il ouvrit la porte à hayon qui tourna vers l'avant, mit le pied sur le large marchepied et descendit.

— Salut ! dit-il au motard le plus proche, une jeune femme blonde avec une queue de cheval, vêtue comme les autres d'un ensemble de cuir noir. Comment est la bouffe, là-dedans ?

— Ça ne soutiendrait pas la comparaison avec un grand restaurant, dit-elle aimablement, mais si vous avez faim, ce n'est pas mauvais.

Au-dessus des pompes à essence, une plaque de métal criblée de trous de balles annonçait « Libre Service » aussi Pitt inséra-t-il le pistolet au bout du tuyau de caoutchouc dans l'orifice du réservoir de la Pierce Arrow et appuya sur la poignée. Quand il avait fait refaire le moteur, on avait modifié les valves pour pouvoir utiliser de l'essence sans plomb.

Loren se fit toute petite sur son siège quand les motards s'approchèrent pour admirer la voiture ancienne et sa remorque. Après avoir répondu à une batterie de questions, Pitt leva le capot et leur montra le moteur. Il fit ensuite sortir Loren de la voiture.

— Je crois que tu aimerais faire la connaissance de ces gens charmants, dit-il. Ils font tous partie d'un club de moto d'Hollywood Ouest.

Elle pensa que Pitt plaisantait et se sentit très embarrassée lorsqu'il fit les présentations. Quelle ne fut sa surprise en apprenant que tous étaient avocats et passaient le week-end avec leurs épouses à visiter le désert du Sud-Californien. Elle fut à la fois impressionnée et flattée d'être reconnue quand Pitt leur eut dit son nom.

Après une conversation sympathique, les avocats d'Hollywood et leurs épouses firent leurs adieux, enfourchèrent leurs motos et repartirent dans un tintamarre de bruits d'échappements, vers la Vallée Impériale. Pitt et Loren leur firent de grands signes puis se tournèrent vers les wagons de marchandise.

Les rails sous les roues rouillées des wagons étaient enterrés dans le sable. Les parois de bois dégradées par les intempéries avaient autrefois été peintes en rouge foncé et l'on distinguait encore les mots peints au-dessus des fenêtres,

« South Pacific Lines ». Grâce à l'air sec, les vieux wagons avaient résisté aux ravages du temps et paraissaient en assez bon état.

Pitt possédait un wagon ancien, un wagon de voyageurs. Il était parqué dans son hangar de Washington, celui qui contenait sa fameuse collection. Son wagon de luxe avait autrefois été tiré par les célèbres locomotives de Manhattan Limited, de New York, avant la Première Guerre mondiale. Les wagons qui finissaient leur vie ici, transformés en restaurant, dataient, selon lui, de 1915 environ.

Loren et lui montèrent les quelques marches de fortune et poussèrent une porte à l'extrémité du dernier wagon. L'intérieur, quoique usé par le temps, était net et propre. Il n'y avait pas de tables mais un long comptoir avec des tabourets sur toute la longueur des deux wagons reliés. La cuisine ouverte était en face du comptoir et semblait construite avec des bouts de poutres récupérées après un très long séjour au soleil. Sur le mur pendaient des images représentant de vieilles locomotives crachant leur fumée et tirant des wagons de voyageurs et de marchandises à travers les sables du désert. La liste des disques au-dessus du vieux juke-box Wurlitzer mêlait les vieux airs de pop des années quarante-cinq aux sons des locomotives à vapeur. Deux disques pour vingt-cinq cents.

Pitt glissa une pièce dans la machine et fit son choix. « Sweet Lorraine », joué par Frankie Carle, et l'enregistrement d'une locomotive à vapeur Norfolk et Western à simple expansion articulée quittant une gare et prenant de la vitesse.

Un homme assez grand, d'une soixantaine d'années, aux cheveux gris et à la barbe blanche, essuyait le comptoir de chêne. Il leva les yeux et sourit, ses yeux bleu-vert pleins de chaleur et de sympathie.

— Bienvenue, messieurs dames, bienvenue au Box Car Café. Vous venez de loin ?

— Non, pas très loin, dit Pitt en jetant à Loren un regard déluré. On a seulement quitté Sedona un peu plus tard que je n'avais prévu.

— Ne t'en prends pas à moi, dit-elle sur le même ton. C'est toi qui t'es réveillé avec certaines envies !

— Qu'est-ce que je vous sers ? demanda l'homme.

Il portait des bottes de cow-boy, un jean et une chemise à carreaux aux couleurs fanées d'avoir été trop souvent lavée.

— La bière fraîche annoncée serait la bienvenue, répondit Loren en ouvrant le menu.

— Mexicaine ou locale ?

— Corona ?

— Et une Corona pour la dame. Et vous, monsieur ?

— Qu'est-ce que vous avez à la pression ? demanda Pitt.

— Olympia, Coors et Budweiser.

— Une Olympia, s'il vous plaît.

— Et pour dîner ? demanda l'homme.

— Votre *mesquite chiliburger*, dit Loren. Avec du chou cru en salade.

— Je n'ai pas très faim, dit Pitt. Juste un chou cru pour moi. Vous êtes le propriétaire de ces lieux ?

— Je l'ai acheté au premier propriétaire quand j'ai laissé tomber la prospection.

Il leur servit les bières et se tourna vers ses fourneaux.

— Les wagons sont des souvenirs intéressants de l'histoire des chemins de fer. Est-ce qu'on les a transportés ici ou la voie ferrée passait-elle par là à l'époque ?

— Vous êtes assis à l'endroit où passait l'ancienne voie principale, répondit le propriétaire. Les voies allaient de Yuma à El Centro. La ligne a été abandonnée en 1947 parce qu'elle n'était plus rentable. Ce sont les transports routiers qui l'ont tuée. Ces wagons ont été achetés par un vieux bonhomme qui avait été ingénieur au Southern Pacific. Sa femme et lui en ont fait un restaurant avec pompes à essence dehors. Maintenant qu'il y a l'autoroute qui va vers le nord et tout ça, on ne voit plus grand monde par ici.

Le barman-cuisinier paraissait avoir encore dans l'œil le souvenir du désert avant même la pose des rails. Il semblait usé, comme un homme qui en aurait trop vu, qui aurait entendu des milliers d'histoires et les aurait encore en mémoire, classées, étiquetées « drame », « horreur » ou « humour ». Il avait aussi, à n'en pas douter, un air de distinction, une élégance indiquant qu'il n'avait pas toujours été le patron d'une taverne perdue au bord d'une route peu fréquentée au milieu du désert.

Pendant une fraction de seconde, Pitt eut l'impression que ce vieux cuisinier lui rappelait quelqu'un qu'il n'arrivait pas à situer.

— Je parie que vous connaissez des tas d'histoires intéressantes sur les dunes environnantes, dit-il sur le ton de la conversation polie.

— Il y a pas mal d'os en dessous, oui, les restes des pionniers et des mineurs qui ont essayé de traverser les quatre cents kilomètres de désert entre Yuma et les sources de Bonego au milieu de l'été.

— Mais après la traversée du Colorado, il n'y avait pas d'eau ? demanda Loren.

— Pas une goutte, non, rien jusqu'à Bonego. C'était longtemps avant que la vallée soit irriguée. Ce n'est qu'après leur mort que tous ces pauvres types ont appris que leurs corps reposaient à moins de cinq mètres de l'eau. Ça leur a fait un tel coup qu'ils sont tous revenus hanter le désert !

— J'ai dû sauter un chapitre, dit Loren, perplexe.

— Il n'y a pas d'eau en surface, expliqua le vieil homme. Mais en dessous, il y a des tas de rivières, certaines aussi larges et aussi profondes que le Colorado.

— Je n'ai jamais entendu parler de grands cours d'eau sous le désert, dit Pitt, curieux.

— Il y en a au moins deux, ça c'est sûr. Un, sacrément large, va du haut Nevada vers le sud dans le désert de Mojave, puis vers l'ouest où il se jette dans le Pacifique, en dessous de Los Angeles. L'autre coule vers l'ouest sous la Vallée Impériale de Californie avant de tourner vers le sud et de se jeter dans la mer de Cortez.

— Vous avez la preuve que ces rivières existent vraiment? demanda Loren. Quelqu'un les a vues?

— Il paraît que le fleuve souterrain qui se jette dans le Pacifique, répondit le cuisinier en préparant le chiliburger de Loren, a été découvert par un ingénieur qui cherchait du pétrole. Il a affirmé que ses instruments avaient détecté la rivière et qu'il l'avait suivie à travers le désert de Mojave et sous la ville de Laguna Beach jusqu'à l'océan. Jusqu'à présent, personne n'a ni confirmé ni infirmé son histoire. Quant à la rivière qui va jusqu'à la mer de Cortez, c'est une vieille histoire qui raconte qu'un prospecteur aurait découvert un passage menant à une caverne profonde, traversée par une rivière.

Pitt se tendit en repensant soudain à la traduction du *quipu* qu'avait faite Yaeger.

Le vieil homme poursuivit sans quitter son fourneau.

— Ce type s'appelait Leigh Hunt et c'était sûrement un menteur patenté. Mais il jurait qu'en 1942, il avait découvert une grotte, dans la montagne de Castle Dome, pas loin d'ici vers le nord-est. De l'ouverture de la grotte, en passant par des tas de cavernes, il était descendu à deux kilomètres de profondeur dans la terre et qu'il avait rencontré là une rivière souterraine qui traversait un vaste canyon. C'est là qu'il prétend avoir trouvé un riche filon d'or.

— Je crois avoir vu le film, dit Loren, sceptique.

Le vieux cuisinier se tourna et agita une cuiller en bois.

— Les gens du Bureau des Essais ont déclaré que le sable que Hunt rapportait de la caverne souterraine valait trois mille dollars la tonne. Un taux plutôt intéressant si vous vous rappelez que l'or ne valait que vingt dollars soixante-cinq l'once à l'époque.

— Hunt est-il jamais retourné au canyon et à la rivière? demanda Pitt.

— Il a essayé mais toute une armée de chercheurs d'or l'ont suivi jusqu'à la montagne, cherchant la rivière d'or, comme ils l'avaient appelée. Alors il est devenu fou de rage et a fait sauter à la dynamite un boyau étroit du passage à environ cent mètres de l'entrée. Il a fait dégringoler la moitié de la montagne. Ni Hunt ni ceux qui l'ont suivi n'ont jamais pu creuser tout ça ni trouver un autre boyau jusqu'à la caverne.

— Avec la technologie minière d'aujourd'hui, dit Pitt, il devrait être possible de recreuser le passage.

— Sûrement, si vous pouvez y mettre deux millions de dollars, ricana le cuisinier. Je n'ai jamais entendu parler de quelqu'un acceptant de jouer une somme pareille sur une histoire qui n'est peut-être qu'une pure élucubration d'ivrogne.

Il posa le chiliburger et la salade sur le comptoir. Puis il tira un verre de bière, fit le tour du comptoir et vint s'asseoir sur un tabouret près de Pitt.

— On raconte que le vieux Hunt a trouvé le moyen de retourner dans la montagne mais il n'en est jamais revenu. Il a disparu après avoir fait sauter le conduit et personne ne l'a revu. On dit qu'il avait trouvé une autre entrée et qu'il était mort là-bas. Peu de gens croient à l'existence d'une grande rivière roulant à travers un canyon, bien en dessous du sable. La plupart pensent que c'est juste un de ces contes du désert.

— De telles choses existent pourtant, dit Pitt. Il y a quelques années, j'ai fait partie d'une expédition qui a trouvé un fleuve souterrain [1].

— Quelque part dans le désert du Sud-Ouest? demanda l'homme.

— Non, au Sahara. Il coulait sous une usine de déchets radioactifs et transportait des matières polluantes jusqu'au Niger et de là jusqu'à l'Atlantique où ils ont causé une marée rouge proliférante.

— La rivière Mojave, au nord d'ici, devient souterraine après avoir coulé en surface sur une distance considérable. Personne ne sait exactement où elle finit.

Entre deux bouchées de chiliburger, Loren demanda :

— Vous avez l'air convaincu du fait que la rivière de Hunt se jette dans la mer de Cortez. Comment savez-vous qu'elle ne va pas jusqu'au Pacifique, au large de la Californie?

— A cause du sac à dos et de la cantine de Hunt. Il les a perdus dans le boyau et on les a retrouvés six mois après sur une plage du golfe où ils s'étaient échoués.

— Ne croyez-vous pas cela très improbable? Le sac à dos et la cantine auraient pu appartenir à n'importe qui. Pourquoi doit-on croire qu'ils lui appartenaient? demanda Loren comme si elle siégeait à une enquête du Congrès.

— Sans doute parce que son nom était écrit dessus.

Cette évidence ne rebuta pas Loren. Elle l'écarta purement et simplement.

— Il pourrait y avoir des tas de bonnes et très logiques raisons pour que ses affaires soient retrouvées dans le golfe. Elles auraient pu être perdues et laissées là par quelqu'un les ayant trouvées ou volées à Hunt. Ou plus vraisemblable, il ne serait pas mort dans le passage et les aurait lui-même jetées d'un bateau.

— Peut-être les a-t-il perdues en mer, admit l'homme, mais alors comment expliquez-vous les autres corps?

— Quels autres corps? demanda Pitt.

— Le pêcheur qui a disparu dans le lac Cocopah, fit le cuisinier à voix basse, comme s'il avait peur d'être entendu. Et les deux plongeurs qui ont disparu dans le trou de Satan. Ce qui restait de leurs corps a été retrouvé flottant dans le golfe.

— Et voilà comment le téléphone arabe rapporte encore deux nouveaux contes! fit sèchement Loren.

Le cuisinier leva la main droite.

— C'est la pure vérité. Vous pouvez vérifier au bureau du shérif.

— Où sont situés le trou et le lac? demanda Pitt.

— Le lac Cocopah, où s'est perdu le pêcheur, est au sud-est de Yuma. Le trou de Satan est au Mexique, dans la partie nord, au pied de la sierra el Mayor. Vous pouvez tirer un trait de la montagne de Hunt en passant par le lac Cocopah et le trou de Satan jusqu'à la mer de Cortez.

Loren continua son interrogatoire.

1. Voir *Sahara*, Grasset, 1992.

— Et qui peut affirmer qu'ils ne se sont pas noyés en pêchant et en plongeant dans le golfe ?

— Le pêcheur et sa femme avaient passé une partie de la journée sur le lac quand elle a voulu rentrer à leur lieu de campement pour préparer le dîner. Il l'a ramenée à terre et a continué à pêcher autour du lac. Une heure plus tard, quand elle l'a cherché, elle n'a trouvé que la barque retournée. Trois semaines plus tard, un type faisant du ski nautique a vu un corps flottant dans le golfe, à cent cinquante kilomètres du lac.

— J'aurais plutôt tendance à croire que sa femme l'a tué, qu'elle a jeté ses restes dans la mer et qu'elle a évité les soupçons en affirmant qu'il avait été entraîné par une rivière sous-marine.

— Et les plongeurs ? demanda Pitt.

— Pas grand-chose à dire. Ils ont plongé dans le trou de Satan, une sorte de mare dans une faille de tremblement de terre, et n'en sont jamais ressortis. Un mois après, on a sorti leurs corps du golfe, complètement écorchés.

Pitt prit une bouchée de sa salade mais il n'avait plus faim. Son esprit passait la vitesse supérieure.

— Savez-vous par hasard où on a retrouvé les affaires de Hunt et les corps ?

— Je n'ai pas étudié le phénomène à fond, répondit l'homme en contemplant son plancher rayé. Mais si je me rappelle bien, on les a retrouvés dans les eaux de Punta el Macharro.

— C'est dans quelle partie du golfe ?

— Sur la côte ouest. Macharro Point, comme on l'appelle en anglais, est à deux ou trois kilomètres de San Felipe.

— C'est notre destination, dit Loren en regardant Pitt.

Celui-ci eut un sourire amusé.

— Rappelle-moi d'ouvrir l'œil et de chercher les cadavres.

Le cuisinier finit sa bière.

— Vous allez à San Felipe pour pêcher ?

— On peut appeler ça de la pêche, en effet.

— Le paysage n'est pas fameux au sud de Mexicali. Le désert a l'air désolé et vide mais il ne manque pas de mystères. Il y a plus de fantômes, plus de squelettes et plus de mythes au kilomètre carré que dans n'importe quelle jungle ou n'importe quelle montagne au monde. N'oubliez pas ça et vous les verrez aussi sûrement que les Irlandais voient des elfes.

— Nous n'oublierons pas, dit Loren en souriant, quand nous traverserons le dessus de la rivière d'or souterraine de Hunt.

— Oh ! Vous la traverserez, ça c'est sûr ! Ce qui est dommage, c'est que vous ne le saurez pas.

Quand Pitt eut payé les repas et l'essence, il alla vérifier les niveaux d'huile et d'eau de la Pierce Arrow. Le vieux cuisinier accompagna Loren sur la plate-forme d'observation du wagon. Il portait un bol de laitue et de carottes.

— Bon voyage, dit-il gentiment.

— Merci. C'est pour un lapin? demanda Loren en montrant les légumes.

— Non, pour mon mulet, M. Periwinkle. Il se fait vieux et il ne peut plus brouter tout seul.

Loren lui tendit la main.

— Ça m'a fait plaisir d'entendre vos histoires, monsieur... ?

— Cussler. Clive Cussler. J'ai été ravi de vous connaître, madame.

Quand ils eurent repris la route, se dirigeant vers la frontière, Pitt se tourna vers Loren.

— Pendant un moment, j'ai cru que le vieux schnock m'avait trouvé un indice pour découvrir la cachette du trésor.

— Tu veux parler de la traduction tirée par les cheveux de Yaeger avec sa rivière souterraine sous une île?

— Géologiquement, ça n'a rien d'impossible.

Loren tourna vers elle le rétroviseur pour se remettre du rouge à lèvres.

— Si la rivière était assez profonde, elle pourrait en effet passer sous le golfe.

— Peut-être, mais il n'y a pas moyen d'en être sûr sans percer des kilomètres de roche dure.

— Tu auras de la chance si tu trouves le chemin de la caverne sans avoir besoin d'une importante excavation.

Pitt sourit en regardant la route devant lui.

— Il sait vraiment raconter des histoires, n'est-ce pas?

— Le vieux cuisinier? C'est vrai qu'il a de l'imagination.

— Je regrette de ne pas avoir saisi son nom.

Loren s'installa confortablement dans son siège et regarda par la fenêtre les dunes céder le paysage à une tapisserie de *mesquite* et de cactus.

— Il me l'a dit.

— Et?

— C'est un drôle de nom. (Elle essaya de se le rappeler puis haussa les épaules.) C'est drôle... j'ai déjà oublié.

36

Loren conduisait quand ils atteignirent San Felipe. Pitt s'était allongé sur le siège arrière et ronflait allègrement mais elle ne prit pas la peine de l'éveiller. Elle mena la Pierce Arrow poussiéreuse et tachée d'insectes sur la route qui faisait le tour de la ville en prenant un large virage pour ne pas faire passer la remorque sur le trottoir et prit vers le sud, vers le port niché au centre d'une digue. Elle ne s'attendait pas à trouver une telle multitude d'hôtels et de restaurants. Autrefois petit village endormi peuplé de pêcheurs, les touristes en avaient fait une station balnéaire à la mode. Sur toutes les plages, les constructions allaient bon train.

A cinq kilomètres au sud de la ville, elle tourna à gauche en empruntant une petite route conduisant aux eaux du golfe. Loren trouva bizarre qu'on ait construit un port artificiel sur une côte aussi exposée. Il eût été plus pratique de l'édifier à l'abri de Macharro Point, quelques kilomètres plus au nord. Enfin, se dit-elle, que savent les gringos de la politique de Baja ?

Loren arrêta la Pierce le long d'un très vieux ferry-boat qui ressemblait à un fantôme échappé d'un cimetière de ferraille. Cette impression était encore renforcée du fait que la marée basse découvrait la quille du ferry, penchée comme un ivrogne et s'enfonçant dans la vase du port.

— Debout, mon grand ! dit-elle en secouant Pitt.

Il cligna des yeux et regarda avec curiosité le vieux bateau par la fenêtre de la voiture.

— J'ai dû entrer dans une distorsion du temps ou dans la quatrième dimension, dis-moi laquelle.

— Ni l'une ni l'autre. Tu es au port de San Felipe et tu contemples ce qui va être ton foyer pendant les deux semaines à venir.

— Seigneur ! murmura Pitt, sidéré. Un vrai bateau à vapeur avec un moteur à balancier et des roues à aubes !

— Je dois admettre qu'il ressemble aux bateaux de Mark Twain.

— Qu'est-ce que tu paries qu'il a transporté les troupes de Grant à travers le Mississippi jusqu'à Vicksburg ?

Gunn et Giordino, les ayant aperçus, leur firent de grands signes. Ils descendirent la passerelle tandis que Pitt et Loren sortaient de la voiture et regardaient le bateau.

— Vous avez fait bon voyage ? demanda Gunn.

— A part les ronflements de Dirk, c'était parfait, dit Loren.

— Je ne ronfle pas ! s'exclama Pitt indigné.

Elle leva les yeux au ciel.

— J'ai sûrement attrapé une tendinite à te secouer !

— Que pensez-vous de notre plate-forme de travail ? demanda Giordino en montrant fièrement le ferry-boat. Construit en 1923. C'est l'un des derniers bateaux à aubes jamais construits.

Pitt enleva ses lunettes de soleil pour l'étudier. Vus de loin, la plupart des bateaux ont tendance à paraître plus petits qu'ils ne le sont vraiment. De près, en revanche, ils paraissent immenses. C'était le cas de ces ferries destinés à transporter voitures et passagers dans la première moitié du siècle. A son époque glorieuse, ce navire de soixante-dix mètres de long transportait cinq cents passagers et soixante automobiles. La longue coque noire était surmontée de deux étages de superstructure avec, tout en haut, une grande cheminée et deux postes de pilotage à chaque bout. Comme la plupart des ferries, il pouvait être chargé par la proue et par la poupe, selon la direction que prenait le bateau à l'époque. Même lorsqu'il était encore neuf, on n'aurait jamais pu le qualifier de luxueux mais il avait rendu des services inappréciables aux millions de gens qui l'avaient emprunté.

Son nom était peint au centre de la superstructure abritant les roues à aubes. Il s'appelait l'*Alhambra.*

— Où as-tu volé cette antiquité ? demanda Pitt. Au musée de la Marine ?

— Le connaître, c'est l'aimer, dit Giordino.

— C'est le seul navire que j'aie trouvé qui fût immédiatement disponible et sur lequel on pût poser un hélicoptère, expliqua Gunn. En plus, j'ai fait plaisir à Sandecker parce que je l'ai eu pour pas cher.

— Voilà au moins une antiquité que tu ne mettras pas dans ta collection de moyens de transport, dit Loren en souriant.

Pitt montra le balancier monté au-dessus du chevalet de suspension qui oscillait, mû à une extrémité par une bielle venant du cylindre à vapeur et, de l'autre, la manivelle actionnant la roue à aubes.

— Je n'arrive pas à croire que ses chaudières marchent encore au charbon.

— Non, on les a transformées il y a cinquante ans et elles fonctionnent à l'essence, dit Gunn. Les moteurs sont dans un état remarquable. On peut atteindre une vitesse de croisière de vingt milles à l'heure.

— Tu veux sans doute parler de nœuds ou de kilomètres, dit Loren.

— La vitesse des ferry-boats se mesure en milles, répondit Gunn d'un ton doctoral.

— Moi, je n'ai pas l'impression qu'il puisse aller nulle part, dit Pitt. A moins qu'on sorte sa quille de la vase.

— Il flottera comme un bouchon dès minuit, assura Gunn. La marée s'éloigne de quatre ou cinq mètres dans cette partie du golfe.

Bien qu'il ait paru le désapprouver, Pitt ressentait déjà une grande affection pour le vieux ferry. En fait, ce fut un coup de foudre. Les vieilles voitures, les vieux avions, tout ce qui était mécanique et venait du passé le fascinait. « Je suis né trop tard, se lamentait-il souvent, je suis né quatre-vingts ans trop tard. »

— Et l'équipage ?

— Un ingénieur avec un assistant et deux hommes d'équipage. (Gunn fit une pause avec un grand sourire enfantin.) J'ai obtenu de tenir la barre pendant qu'Al et toi gambaderez autour du golfe dans votre machine volante.

— A propos d'hélicoptère, où l'as-tu caché ?

— Sur le pont automobile, répondit Gunn. C'est pratique et ça évite de se préoccuper du temps. On n'a qu'à le sortir sur le pont de chargement quand on a besoin de s'en servir.

Pitt regarda Giordino.

— Tu as établi un programme quotidien de recherches ?

Le petit Italien râblé hocha la tête.

— J'ai étudié les distances en fonction du carburant et des heures de vol mais je t'ai laissé le plan des recherches.

— De quelle période de temps disposons-nous ?

— On devrait pouvoir couvrir la zone en trois jours.

— Avant que j'oublie, dit Gunn, l'amiral veut que tu le contactes demain à la première heure. Il y a un téléphone Iridium dans la cabine de pilotage avant.

— Pourquoi ne pas l'appeler maintenant ? demanda Pitt.

Gunn regarda sa montre.

— On a trois heures de retard sur la côte est. En ce moment, il doit être au Kennedy Center, en train de voir une pièce de théâtre.

— Excusez-moi, interrompit Loren, puis-je poser quelques questions ?

Les hommes se turent et la regardèrent. Pitt fit une révérence comique.

— La tribune est à toi, madame le député.

— Ma première question est où avez-vous l'intention de garer la Pierce Arrow ? Il ne me paraît pas raisonnable de laisser une voiture et sa caravane de cent mille dollars sans surveillance sur un quai de pêche.

Gunn parut surpris par la question.

— Dirk ne vous l'a pas expliqué ? La Pierce et la caravane seront à bord du ferry. Il y a toute la place qu'on veut, en bas.

— Y a-t-il une baignoire ou une douche ?

— En fait, il y a quatre salles de bains pour les dames sur le pont des passagers et une douche dans les quartiers de l'équipage.

— Au moins, on ne fera pas la queue pour faire pipi. C'est bien.

— Tu n'as même pas besoin de défaire tes valises, dit Pitt en riant.

— Fais semblant d'avoir embarqué pour une croisière sur les Carnival Lines, dit Giordino en riant aussi.

— Et la dernière question ? s'enquit Gunn.

— Je suis affamée, dit-elle d'un ton royal. Quand est-ce qu'on mange ?

En automne, le soleil de Baja a une brillance étrange, inondant la paysage d'une curieuse lueur blanc-bleu. Ce jour-là, il n'y avait pas un nuage d'un bout à l'autre de l'horizon. La péninsule de Baja, l'une des terres les plus arides du monde, protège la mer de Cortez des gros rouleaux venant de l'océan Pacifique. Les orages tropicaux et leurs vents violents sont fréquents pendant les mois d'été, mais vers la fin octobre, les vents dominants vont d'est en ouest et épargnent généralement le golfe des grandes vagues agitées.

Quand la Pierce Arrow et sa caravane furent garées et solidement amarrées dans l'immense caverne du pont des voitures, Gunn se mit à la barre dans le poste de pilotage. Loren s'était allongée en maillot de bain sur une chaise longue et le ferry sortit de la digue et du port, prenant le large vers le sud.

Le vieux bateau était impressionnant avec sa cheminée noire et ses roues à aubes en mouvement. Son balancier semblable à un diamant aplati montait et descendait pour transmettre la puissance de l'énorme piston du moteur à l'arbre qui faisait tourner les roues à aubes. Le rythme de ce mouvement perpétuel avait quelque chose d'hypnotique quand on regardait assez longtemps.

Tandis que Giordino inspectait l'hélicoptère avant le vol et remplissait le réservoir, Pitt recevait de Sandecker à Washington les dernières nouvelles par le téléphone par satellite.

Ce n'est qu'une heure plus tard, alors que le ferry passait au large de Point Estrella, que Pitt raccrocha et descendit sur l'aire d'envol improvisée, sur le pont avant du ferry. Dès qu'il fut attaché sur son siège, Giordino décolla l'appareil turquoise de la NUMA et prit une route parallèle à la ligne de côte.

— Qu'est-ce que le vieux avait à te dire avant qu'on quitte l'*Alhambra*? demanda-t-il en montant l'appareil à huit cents mètres. Est-ce que Yaeger a trouvé de nouveaux indices?

Dans le siège du copilote, Pitt aidait à la navigation.

— Yaeger n'avait rien d'intéressant à nous dire. Tout ce qu'il a pu ajouter, c'est qu'à son avis, la statue du démon se dresse directement au-dessus de l'entrée du boyau menant à la caverne du trésor.

— Et la mystérieuse rivière?

— Il patauge encore sur ce point-là.

— Et Sandecker?

— Les dernières nouvelles, c'est que nous avons été découverts. Les Douanes et le FBI ont débarqué sans prévenir dans son bureau pour l'informer de ce qu'un gang de voleurs d'œuvres d'art est aussi sur la piste du trésor de Huascar. Il nous conseille d'ouvrir l'œil au cas où ils seraient dans le coin.

— On a de la concurrence?

— Une famille qui dirige un empire à l'échelle mondiale qui trafique des œuvres d'art volées et des faux.

— Comment s'appellent-ils? demanda Giordino.

— Zolar International.

Giordino resta un instant silencieux puis fut saisi d'un rire incontrôlable.

— Qu'y a-t-il de si drôle?

— Zolar, dit Giordino entre deux hoquets. Je me rappelle un gamin idiot, en huitième, qui faisait des tours de magie bidon à toutes les fêtes scolaires. Il se faisait appeler le Grand Zolar.

— D'après Sandecker, dit Pitt, le type qui chapeaute l'organisation n'a rien d'un idiot. Les agents du gouvernement estiment ses gains illicites annuels à plus de quatre-vingts millions de dollars. Une jolie somme si l'on considère que les impôts n'en voient pas la couleur.

— D'accord, ce n'est pas le crétin que j'ai connu à l'école. D'après les fédéraux, est-ce que ces Zolar sont près du trésor?

— Ils pensent qu'ils sont mieux renseignés que nous.

— Je te parie ma dinde de Noël que nous trouverons l'endroit les premiers.

— D'une façon ou d'une autre, tu perdras.

Giordino tourna la tête et le regarda avec surprise.

— Ça ne te ferait rien d'éclairer ton vieux copain?

— Si on touche le gros lot avant eux, on est supposés disparaître dans la nature et les laisser prendre le butin.

— Abandonner? fit Giordino, incrédule.

— Ce sont les ordres, dit Pitt d'un ton qui montrait toute la frustration qu'il ressentait.

— Mais pourquoi? insista Giordino. Qu'est-ce que notre bienveillant gouvernement compte retirer de l'enrichissement des criminels?

— C'est pour que les Douanes et le FBI puissent suivre leur piste et les coincer en ayant enfin des preuves leur permettant de les inculper de quelques crimes particulièrement importants.

— Je ne peux pas dire que j'apprécie cette sorte de justice. Est-ce que les contribuables seront informés de l'aubaine?

— Sûrement pas, pas plus qu'ils n'ont été informés de l'or espagnol que l'armée a pris à Victorio Pick, au Nouveau-Mexique, après qu'un groupe de civils l'aient découvert dans les années trente.

— Nous vivons dans un monde sordide et implacable, dit Giordino.

Pitt montra le soleil qui se levait.

— Vire approximativement un-un-zéro degré.

Giordino nota la direction vers l'est.

— Tu veux vérifier l'autre côté du golfe dès le premier vol?

— Quatre îles seulement ont des traits géologiques semblables à ce que nous cherchons. Mais tu sais que j'aime mieux commencer les recherches par le périmètre le plus large de notre grille et revenir ensuite aux cibles les plus prometteuses.

— N'importe qui commencerait par le centre, sourit Giordino.

— Tu ne savais pas? répondit Pitt. C'est toujours l'idiot du village qui s'amuse le mieux.

37

Ils cherchaient depuis quatre longues journées. Oxley était découragé, Sarason curieusement satisfait tandis que Moore semblait déconcerté. Ils avaient survolé toutes les îles de la mer de Cortez ayant la bonne formation géologique. Plusieurs étaient surmontées de pics suggérant des sculptures humaines. Mais les reconnaissances à basse altitude et les escalades des flancs abrupts pour vérifier les structures rocheuses de près révélaient chaque fois que ces bêtes sculptées n'existaient que dans leur imagination.

Moore n'était plus le savant arrogant du début. Visiblement, il ne comprenait plus. La sculpture rocheuse devait exister sur une île dans une mer intérieure. Les glyphes de l'Armure d'Or étaient formels et il savait que sa traduction n'était pas en cause. Pour un homme si fier et si sûr de lui, l'échec était exaspérant.

Moore était également surpris du changement d'attitude soudain de Sarason. Ce salaud, pensait-il, ne montre plus ni animosité ni colère. Ses yeux étranges, presque sans couleur, semblaient sans cesse observer les choses et ne perdaient jamais leur intensité. Chaque fois qu'il croisait son regard, Moore sentait que l'homme qui lui faisait face avait l'habitude de donner la mort.

Il se sentait de plus en plus mal à l'aise. L'équilibre des forces lui échappait. Son courage s'émoussait maintenant qu'il se rendait compte que Sarason, malgré ses références, ne voyait en lui qu'un petit professeur insolent. S'il avait découvert l'instinct de tueur de Sarason, il était naturel que Sarason l'ait à son tour mis à nu.

Mais il demeurait une petite mesure de satisfaction. Sarason ne voyait pas plus loin que le bout de son nez. Il ne pouvait pas savoir, et personne, en fait, hormis le président des Etats-Unis, ne pouvait savoir que le professeur Henry Moore, anthropologue réputé, et sa femme, également archéologue respectée, étaient des experts en assassinats de leaders terroristes étrangers. Avec leurs références académiques, ils pouvaient voyager sans problème dans les pays étrangers en tant que consultants sur des projets archéologiques. Curieusement, le FBI ignorait complètement leurs activités. Leurs ordres de missions venaient directement d'un obscur bureau nommé Conseil des Activités étrangères, qui opérait dans une petite pièce au sous-sol de la Maison Blanche.

Moore bougea inconfortablement sur son siège et étudia la carte du golfe.

— Quelque chose cloche complètement, dit-il enfin.

Oxley regarda sa montre.

— Cinq heures. Je préfère atterrir en plein jour. Considérons qu'on a fini pour aujourd'hui.

Le regard sans expression de Sarason reposait sur l'horizon vide. Contrairement aux autres, il paraissait détendu et tranquille. Il ne fit aucun commentaire.

— Ça *doit* être ici, dit Moore en examinant les îles qu'il avait marquées sur la carte comme s'il avait raté un examen.

— J'ai la désagréable impression que nous sommes passés juste à côté, dit Oxley.

Maintenant qu'il voyait Moore sous un nouveau jour, Sarason lui accordait le respect qu'un adversaire accorde à un adversaire. Il réalisait aussi que, malgré son aspect fragile, le professeur était fort et rapide. Ses prétendues difficultés à escalader les rochers des îles prometteuses, à respirer, sa prétendue fatigue et son ivrognerie n'étaient qu'un rôle qu'il jouait. Deux fois, Moore avait sauté une fissure avec l'agilité d'une chèvre de montagne. Une autre fois il avait, sans effort apparent, poussé un rocher bloquant le passage et le rocher devait bien peser aussi lourd que lui.

— Peut-être les sculptures incas que nous cherchons ont-elles été détruites, dit Sarason.

A l'arrière de l'hydravion, Moore secoua la tête.

— Non, j'aurais reconnu les morceaux.

— Supposez qu'on les ait déplacées? Ça ne serait pas la première fois qu'une sculpture ancienne est transportée dans un musée.

— Si des archéologues mexicains avaient pris une sculpture massive pour la montrer dans un musée, fit Moore, têtu, je l'aurais su.

— Alors, comment expliquez-vous qu'elle ne soit pas où elle devrait être?

— C'est impossible, admit Moore. Dès que nous atterrirons à l'hacienda, je reprendrai mes notes. Il doit y avoir un indice apparemment insignifiant que j'ai laissé échapper dans ma traduction de l'Armure.

— Je compte sur vous pour la trouver avant demain matin, dit sèchement Sarason.

Oxley luttait contre l'envie de dormir. Il était aux commandes depuis neuf heures du matin et son cou était raide de fatigue. Il mit la colonne de direction entre ses genoux et se servit une tasse de café du thermos. Il en avala une gorgée et fit la grimace. Non seulement il était froid mais il avait un goût aussi fort qu'amer. Soudain, son regard accrocha un éclair vert sous un nuage. Il montra le point par la fenêtre de droite du Baffin.

— On ne voit pas beaucoup d'hélicoptères dans cette partie du golfe, dit-il.

Sarason ne prit pas la peine de regarder.

— Ce doit être un patrouilleur de la marine mexicaine.

— Sans doute à la recherche d'un pêcheur ivre qui a cassé son moteur, ajouta More.

Oxley secoua la tête.

— Je ne me rappelle pas avoir jamais vu un avion militaire turquoise.

Sarason sursauta.

— Turquoise? Tu peux lire son immatriculation?

Oxley prit les jumelles et regarda par le pare-brise.

— Américain.

— Une patrouille antidrogue travaillant avec les autorités mexicaines, probablement.

— Non. Il appartient à l'Agence Nationale Marine et Sous-marine. Je me demande ce qu'ils font dans le golfe.

— Ils font des recherches océaniques dans le monde entier, dit Moore.

— Deux salauds de la NUMA ont fichu par terre notre opération au Pérou.

— M'étonnerait qu'il y ait un rapport, dit Oxley.

— Quelle opération la NUMA a-t-elle fichue par terre au Pérou? demanda Moore, intéressé.

— Ils ont opéré hors de leur juridiction, répondit Sarason en restant dans le vague.

— J'aimerais bien entendre l'histoire un de ces jours.

— Ce n'est pas un sujet qui vous regarde, dit Sarason en le repoussant. Combien sont-ils, dans l'hélico?

— On dirait un modèle quatre places, dit Oxley, mais je ne vois que le pilote et un passager.

— Ils s'approchent ou ils s'éloignent?

— Le pilote a viré sur une route convergente qui va le faire passer deux cents mètres au-dessous de nous.

— Peux-tu monter et tourner en même temps que lui? demanda Sarason. J'aimerais le voir de plus près.

— Etant donné que les autorités ne peuvent pas m'enlever ma licence puisque je ne l'ai jamais passée, dit Oxley en souriant, je vais te mettre sur les genoux du pilote.

— N'est-ce pas dangereux? s'inquiéta Moore.

Oxley sourit à nouveau.

— Ça dépend de lui.

Sarason prit les jumelles et observa l'hélicoptère turquoise. C'était un modèle différent de celui qui avait atterri au puits sacrificiel. L'autre avait un fuselage plus court et des patins d'atterrissage. Celui-ci avait un train d'atterrissage rétractable. Mais on ne pouvait se tromper sur sa couleur et ses marques. Il se dit qu'il était ridicule de penser que les hommes qui s'approchaient pouvaient être les mêmes que ceux qui étaient arrivés de Dieu sait où dans les Andes.

Il régla ses jumelles sur le cockpit de l'hélicoptère. Dans quelques secondes, il allait pouvoir discerner les visages à l'intérieur. Pour une raison étrange, inexplicable, son calme commença à craquer et il sentit ses nerfs se tendre.

— Qu'est-ce que tu en penses ? demanda Giordino. Tu crois que ce sont eux ?

— Ça se pourrait.

Pitt regardait lui aussi dans les jumelles de marine l'avion amphibie qui volait en diagonale sous leur hélicoptère.

— Après avoir observé un quart d'heure le pilote faire le tour de l'île d'Estanque comme s'il cherchait quelque chose au sommet, je crois qu'on peut affirmer qu'il s'agit bien de nos concurrents.

— Selon Sandecker, ils ont commencé leurs recherches deux jours avant nous, dit Giordino. Et puisqu'ils sont encore là, on peut penser qu'ils n'ont pas réussi non plus.

— Ça vous réchauffe le cœur, non ? dit Pitt en souriant.

— S'ils n'ont pas trouvé et que nous n'avons pas trouvé, alors les Incas nous ont refilé des salades.

— Je ne crois pas. Réfléchis un peu. Il y a deux groupes de recherches dans la même zone et, d'après ce que nous savons, chaque groupe a trouvé ses indices par deux sources complètement différentes. Nous avons le *quipu* et eux ont l'Armure de la momie d'or. Au pire, nos sources nous auraient emmenés dans deux lieux différents. Non, les Anciens ne nous ont pas trompés. Le trésor est quelque part par ici. On n'a simplement pas cherché au bon endroit.

Giordino s'étonnait toujours que Pitt pût passer des heures à analyser des cartes, étudier des instruments, se rappeler tous les bateaux aperçus en mer au-dessous d'eux, géologie de toutes les îles, les variations du vent, sans le moindre signe de fatigue. Sa concentration ne diminuait jamais. Il devait souffrir les mêmes douleurs musculaires, la même tension nerveuse que Giordino mais il ne donnait pas le moindre signe d'inconfort. A la vérité, Pitt sentait bien toutes ces souffrances mais il était capable de ne pas y penser et de rester aussi fort que le matin en partant.

— Entre ce qu'ils ont couvert et ce que nous, nous avons couvert, dit Giordino, on doit avoir visité toutes les îles plus ou moins compatibles avec les données géologiques convenables.

— Je suis d'accord, admit Pitt, mais je suis convaincu que nous sommes sur le bon terrain de jeu.

— Alors, où est-ce ? Où se cache ce bon dieu de trésor ?

Pitt montra la mer d'un geste large.

— Quelque part par là. Là où il se cache depuis près de cinq cents ans. Sans doute sous notre nez.

Giordino montra l'autre avion.

— Nos copains d'en face prennent de l'altitude pour nous regarder sous le nez. Tu veux que je les sème ?

— Inutile. Ils volent près de quatre-vingts kilomètres plus vite que nous. Maintiens ton allure régulière vers le ferry et joue les innocents.

— C'est chouette de voir un hydravion Baffin, fit Giordino. On en voit rarement, sauf dans le nord du Canada, du côté des lacs.

— Je trouve qu'il s'approche beaucoup, pour un étranger qui passe, tu ne crois pas ?

— Ou il cherche à se montrer aimable ou il essaie de lire notre nom.

Pitt regarda aux jumelles le cockpit de l'avion qui volait maintenant presque à côté de l'hélicoptère, à cinquante mètres au plus.

— Qu'est-ce que tu vois ? demanda Giordino en surveillant sa course.

— Un type qui me regarde aussi dans ses jumelles, répondit Pitt avec un sourire.

— On devrait peut-être les inviter autour d'un pot de moutarde ?

Le passager de l'hydravion posa un moment ses jumelles pour se masser les paupières avant de reprendre son inspection. Pitt se cala le coude contre ses côtes pour éviter de trop bouger. Quand il abaissa les jumelles, il ne souriait plus.

— C'est un vieux copain du Pérou ! dit-il, stupéfait.

Giordino se tourna vers Pitt, curieux.

— Un vieux copain ?

— Le faux Dr Steve Miller est revenu pour nous hanter.

Pitt se remit à sourire mais cette fois de façon diabolique. Puis il salua l'autre avion de la main.

Si Pitt fut surpris de la confrontation, Sarason, lui, fut abasourdi.

— Vous ! suffoqua-t-il.

— Qu'est-ce que tu dis ? s'étonna Oxley.

Tous les nerfs tendus à la vue de l'homme qui lui avait causé tant d'ennuis, se demandant si ses sens ne lui jouaient pas un tour, Sarason reprit ses jumelles et examina le démon qui souriait méchamment et lui faisait signe, comme au bord d'une tombe on fait un dernier geste d'adieu à celui qui s'en va. Un léger mouvement des jumelles et toute couleur quitta son visage lorsqu'il reconnut Giordino aux commandes.

— Les hommes dans l'hélicoptère, dit-il d'une voix cassée, ce sont les mêmes que ceux qui ont fichu en l'air notre opération du Pérou !

Oxley parut incrédule.

— Pense aux probabilités, mon frère ! Tu es sûr ?

— Ce sont eux ! Ça ne peut être personne d'autre ! Leurs visages sont gravés dans ma mémoire. Ils ont fait perdre des millions de dollars à notre famille en antiquités qui ont ensuite été saisies par les archéologues du gouvernement péruvien.

Moore écoutait avec intérêt.

— Pourquoi sont-ils ici ?

— Pour la même chose que nous. Il a dû y avoir une fuite à propos de notre projet. (Il se tourna vers Moore et lui lança un regard haineux.) Peut-être le bon professeur a-t-il des amis à la NUMA ?

— Mon seul rapport avec le gouvernement a lieu le 15 avril, quand j'envoie ma déclaration d'impôts, dit Moore d'un ton hautain. Quels que soient ces hommes, ils ne sont pas de mes amis.

Oxley doutait encore.

— Henry a raison. Il n'a pas pu avoir de contact avec l'extérieur. Notre surveillance est trop rapprochée. Ce que tu dis me paraîtrait plus sérieux s'il s'agissait d'agents des Douanes, pas de chercheurs ou d'ingénieurs d'une agence de recherche océanographique.

— Non. Je te jure que ce sont les mêmes types qui sont arrivés de nulle part et ont sorti l'archéologue et le photographe du puits sacré. Ils s'appellent Dirk Pitt et Albert Giordino. Pitt est le plus dangereux des deux. C'est lui qui a tué mes hommes et émasculé Tupac Amaru. Nous devons les suivre et savoir d'où ils opèrent.

— J'ai seulement assez d'essence pour rentrer à Guaymas, dit Oxley. Il va falloir les laisser partir.

— Oblige-les à se poser ! Oblige-les à s'écraser ! exigea Sarason.

Oxley secoua la tête.

— S'ils sont aussi dangereux que tu le dis, ils doivent être bien armés et nous pas. Détends-toi, mon frère, on les retrouvera plus tard.

— Ce sont des chasseurs de trésors qui utilisent la NUMA comme couverture pour nous faucher le butin sous le nez !

— Réfléchissez à ce que vous dites ! aboya Moore. Il leur est absolument impossible de savoir où chercher. Ma femme et moi sommes les seuls à pouvoir déchiffrer les glyphes de l'Armure d'Or. Alors, ou c'est une coïncidence, ou vous délirez.

— Comme peut vous le confirmer mon frère, dit Sarason, je ne suis pas du genre à délirer.

— Deux phénomènes sous-marins de la NUMA qui parcourent le monde en luttant contre le mal, marmonna Moore. Vous feriez bien d'arrêter la mescaline !

Sarason n'entendit pas Moore. La pensée d'Amaru déclencha quelque chose dans son esprit. Lentement, il reprit son calme, le choc initial faisant place à la malveillance. Il était impatient de déchaîner le chien enragé des Andes.

— Cette fois, murmura-t-il, ce sont eux qui vont payer !

Joseph Zolar était finalement arrivé avec son jet et attendait dans la salle à manger de l'hacienda avec Micki Moore quand le groupe fatigué des chasseurs de trésor entra et s'assit.

— Je suppose qu'il est inutile de vous demander si vous avez trouvé quelque chose. Vos visages expriment la défaite.

— Nous le trouverons, dit Oxley en bâillant. Ce démon doit bien être quelque part par là.

— Je ne suis pas aussi confiant, murmura Moore en prenant un verre de chardonnay bien frais. Nous avons visité presque toutes les îles possibles.

Sarason s'approcha et donna à Zolar une tape amicale sur les épaules.

— Nous t'attendions il y a trois jours.

— J'ai été retardé. Une transaction qui nous rapporte un million deux cent mille francs suisses.

— Un trafiquant ?

— Un collectionneur. Un émir d'Arabie Saoudite.

— Comment ça a marché avec Vincente ?

— Je lui ai vendu tout le lot, à l'exception de ces damnées idoles de cérémonie indiennes.

— C'est peut-être ça, la malédiction, dit Sarason en riant.

Zolar haussa les épaules.

— En fait de malédiction, ça veut seulement dire que le prochain acheteur devra les payer plus cher.

— Tu as apporté les idoles ? demanda Oxley. J'aimerais y jeter un coup d'œil.

— Elles sont dans une caisse, dans la soute de l'avion.

Zolar regarda avec plaisir la *quesadilla* posée devant son assiette.

— J'espérais que vous m'accueilleriez avec une bonne nouvelle.

— Ce n'est pas faute d'avoir essayé, répondit Moore. On a examiné tous les rochers sortant de l'eau depuis le Colorado jusqu'au sud, à Cabo San Lucas. Nous n'avons rien vu qui ressemble de près ou de loin à un démon de pierre avec des ailes et une tête de serpent.

— Je suis désolé d'apporter en plus des nouvelles déplaisantes, ajouta Sarason. Nous avons rencontré les deux types qui ont fichu le bazar au Pérou.

Zolar le regarda avec étonnement.

— Pas ces deux démons de la NUMA ?

— Si, eux-mêmes. Aussi incroyable que cela puisse paraître, je crois qu'ils cherchent aussi le trésor de Huascar.

— Je dois l'admettre, dit Oxley. Sinon, pourquoi auraient-ils surgi justement dans cette zone ?

— Il est impossible qu'ils sachent quelque chose que nous ignorons, s'exclama Zolar.

— Peut-être vous ont-ils suivis, proposa Micki en tendant son verre à Henry.

Oxley secoua la tête.

— Non, notre amphibie a un réservoir qui lui permet d'aller deux fois plus vite qu'un hélicoptère.

Moore se tourna vers Zolar.

— Ma femme a peut-être raison. Ils avaient une chance sur un million d'être là par hasard.

— Comment allons-nous régler ça ? demanda Sarason sans s'adresser à personne en particulier.

Zolar sourit.

— Je pense que Mme Moore nous a donné la réponse.

— Moi ? fit Micki. J'ai seulement suggéré qu'ils...

— Qu'ils nous ont peut-être suivis.

— Et alors ?

Zolar la regarda avec insolence.

— Nous allons demander à nos amis mercenaires locaux de commencer à gagner l'argent que nous leur donnons en lançant une enquête pour trouver la base de nos concurrents. Après, c'est nous qui les suivrons.

38

Il ne restait qu'une demi-heure de jour quand Giordino posa l'hélicoptère au milieu du cercle blanc peint sur le pont de chargement de l'*Alhambra*. Les deux employés qui répondaient aux noms de Jesus et Gato firent rouler l'appareil dans son hangar et le calèrent.

Loren et Gunn attendaient, à l'abri du remous provoqué par le rotor. Quand Giordino coupa les moteurs, ils s'avancèrent. Mais ils n'étaient pas seuls. Un homme et une femme sortirent de l'ombre de la haute superstructure du ferry et les rejoignirent.

— Avez-vous eu de la chance ? cria Gunn pour se faire entendre dans le bruit décroissant des rotors, tandis que Giordino se penchait par une des fenêtres du cockpit.

Giordino fit un signe, le pouce vers le sol.

Pitt sortit de l'hélicoptère et leva les sourcils, étonné.

— Je ne m'attendais pas à vous revoir, vous deux ! En tout cas, pas ici.

Le Dr Shannon Kelsey sourit, élégante et digne, tandis que Miles Rodgers serrait affectueusement la main de Pitt.

— J'espère que vous ne nous en voudrez pas de débarquer comme ça, dit-il.

— Pas du tout. Je suis ravi de vous voir. Je suppose que vous vous êtes tous présentés.

— Oui, nous avons bavardé. Shannon et moi ne nous attendions pas à être reçus par un membre du Congrès et le directeur adjoint de la NUMA.

— Le Dr Kelsey m'a raconté ses aventures au Pérou, dit Loren d'une voix qui ne lui était pas habituelle. Il est évident qu'elle mène une vie passionnante.

Giordino sortit de l'appareil et regarda les nouveaux venus avec intérêt.

— Salut à vous ! Salut ! La troupe est au complet, dit-il en les accueillant. S'agit-il d'une réunion ou d'une conspiration de chasseurs de trésors ?

— Oui, qu'est-ce qui vous amène dans notre humble ferry et dans la mer de Cortez ? demanda Pitt.

— Des agents du gouvernement ont demandé que Miles et moi laissions tout tomber au Pérou et vous retrouvions ici pour vous aider dans vos recherches, répondit Shannon.

Pitt regarda Gunn.

— Des agents du gouvernement ?

Gunn haussa les épaules en signe d'incompréhension et sortit une feuille de papier.

— Le fax nous informant de leur venue est arrivé une heure après eux. Ils ont tenu à attendre votre retour pour expliquer le but de leur visite.

— C'était des agents des Douanes, expliqua Miles. Ils sont venus au Pueblo de los Muertos avec de hauts fonctionnaires du ministère des Affaires étrangères et ils ont joué sur notre patriotisme.

— On nous a demandé d'identifier et de photographier le trésor de Huascar quand vous l'aurez trouvé, ajouta Shannon. Ils se sont adressés à nous à cause de ma connaissance de la culture et des objets andins pour ce qui me concerne et à Miles parce qu'il a une grande réputation en tant que photographe. Et surtout, je pense, à cause de notre récente relation avec vous et la NUMA.

— Et bien sûr, vous vous êtes portés volontaires, présuma Pitt.

— Quand les agents des Douanes nous ont appris que la bande de trafiquants que nous avons rencontrés dans les Andes était en rapport avec une famille de voleurs d'objets d'art qui cherchaient eux aussi le trésor, nous avons fait nos valises, répondit Rodgers.

— Les Zolar ?

Rodgers hocha la tête.

— S'il y a une chance pour que nous aidions à coincer l'assassin de Doc Miller, rien ne pourra nous empêcher d'y participer.

— Attendez une minute, interrompit Giordino. Les Zolar sont mouillés avec Amaru et avec le *Solpemachaco* ?

Rodgers, de nouveau, fit oui de la tête.

— On ne vous l'a pas dit ? Personne ne vous a expliqué que la famille Zolar et le *Solpemachaco* ne faisaient qu'un ?

— Je suppose qu'on a oublié de nous prévenir, dit Giordino d'un ton vexé.

Pitt et lui échangèrent un regard. Ils avaient compris. Chacun lut les pensées de l'autre et ils décidèrent silencieusement de ne rien dire de leur rencontre inattendue avec le faux Doc Miller.

— Vous a-t-on parlé des renseignements déchiffrés sur le *quipu* ? demanda Pitt à Shannon, en changeant de conversation.

— Oui. On m'a donné toute la traduction.

— Qui, on ?

— Celui qui me l'a remis en main propre était un agent du FBI.

Pitt regarda Gunn puis Giordino avec un calme trompeur.

— Le complot s'épaissit. Je m'étonne que Washington n'ait pas fourni une rédactionnelle aux médias ou vendu les droits de l'adaptation cinématographique à Hollywood.

— Si jamais il y a une fuite, dit Giordino, tous les chasseurs de trésor d'ici au pôle Nord vont déferler dans le golfe comme des puces sur un saint-bernard hémophile.

La fatigue commença à tomber sur les épaules de Pitt. Il se sentit raide et courbatu et son dos lui faisait mal. Tout son corps demandait à se coucher et à se reposer. Il avait toutes les bonnes raisons d'être fatigué et découragé. « Et zut ! pensa-t-il, pourquoi ne pas partager les ennuis ? » Il n'avait aucune raison de porter cette croix tout seul.

— Je suis désolé de vous le dire, fit-il en regardant Shannon, mais il semble que Miles et vous ayez fait le voyage pour rien.

Shannon le regarda avec surprise.

— Vous n'avez pas trouvé la cachette du trésor ?

— Quelqu'un vous aurait-il dit que nous l'avions trouvée ?

— On nous a fait comprendre que vous aviez déterminé le lieu, dit Shannon.

— Une pieuse pensée. Mais nous n'avons pas vu la moindre trace de la sculpture de pierre.

— Etes-vous familiarisé avec les marques symboles décrites par le *quipu* ? demanda Gunn à Shannon.

— Oui, dit-elle sans hésiter. *El Demonio de los Muertos.*

Pitt soupira.

— Le démon des morts. Oui, le Dr Ortiz nous a raconté. J'ai droit au bonnet d'âne pour ne pas avoir fait le rapport.

— Je me rappelle, dit Gunn. Le Dr Ortiz dégageait une énorme sculpture grotesque avec des crocs. Il a dit que c'était le dieu chachapoya du monde souterrain.

Pitt cita les paroles exactes d'Ortiz.

— Partie jaguar, partie condor et partie serpent, il enfonce ses crocs dans quiconque dérange les morts.

— Le corps et les ailes ont des écailles de lézard, ajouta Shannon.

— Maintenant que vous savez exactement ce que vous cherchez, dit Loren avec un enthousiasme renouvelé, les recherches devraient être plus faciles.

— Bon. On a la description de la bête qui garde le magot, dit Giordino en ramenant la conversation sur un plan pratique. Et alors ? Dirk et moi avons examiné toutes les îles qui correspondent à la description et nous n'avons rien trouvé. Nous avons épuisé notre zone de recherche et ce que nous aurions pu laisser passer, nos concurrents l'ont sans doute rayé de leur liste aussi.

— Al a raison, admit Pitt. Nous avons cherché partout.

— Et vous êtes sûrs de ne pas avoir vu le démon ? insista Rodgers.

— Même pas une écaille ou un croc, fit Giordino.

Shannon fronça les sourcils, déçue.

— Alors, la légende n'est que cela... une légende.

— Le trésor qui n'a jamais existé, murmura Gunn. (Il se laissa tomber, dégoûté, sur un vieux banc de bois.) C'est fini, dit-il lentement. Je vais appeler l'amiral pour lui dire que le projet est clos.

— Nos rivaux dans leur hydravion devraient eux aussi abandonner l'appât et disparaître dans le soleil couchant, fit Giordino.

— Pour regrouper leurs forces et essayer encore, dit Pitt. Ils ne sont pas du genre à laisser tomber un trésor d'un milliard de dollars.

Gunn leva les yeux, surpris.

— Vous les avez vus ?

— On leur a même fait un petit signe de la main, dit Pitt sans entrer dans les détails.

— Je suis très déçu de ne pouvoir attraper l'assassin de Doc, dit tristement Rodgers. J'avais aussi espéré être le premier à photographier la chaîne d'or de Huascar.

— Un bide, murmura Gunn. Un foutu bide !

Shannon fit signe à Rodgers.

— On ferait mieux de préparer notre retour au Pérou.

Loren s'assit près de Gunn.

— Quel dommage, alors que tout le monde s'est donné tant de mal !

Pitt, soudain, sembla revenir à la vie, oubliant sa fatigue.

— Je ne peux m'exprimer au nom de vous tous, pauvres prophètes de l'échec, mais moi, je vais prendre un bain, me servir une tequila, me griller un steak et m'offrir une bonne nuit de sommeil. Et demain matin, je sortirai pour trouver cette vilaine créature qui garde le trésor.

Tous le regardèrent comme s'il était soudain devenu fou, tous sauf Giordino. Il n'avait pas besoin d'un troisième œil pour deviner que Pitt sentait une piste.

— Tu ressembles au Chrétien ressuscité. Pourquoi cette volte-face ?

— Tu te rappelles quand une équipe de recherche de la NUMA a trouvé ce vieux bateau à vapeur âgé de cent cinquante ans, qui appartenait à la Marine de la République du Texas[1].

— En 1987, n'est-ce pas ? Le navire s'appelait le *Zavala* ?

— C'est ça. Et tu te rappelles *où* on l'a trouvé ?

— Sous un parking à Galveston.

— Tu saisis ?

— Moi, je ne saisis pas, intervint Shannon. Où voulez-vous en venir ?

— C'est à qui de faire le dîner ? demanda Pitt en l'ignorant.

Gunn leva la main.

— C'est mon tour. Pourquoi ?

— Parce que quand nous aurons avalé un bon dîner et bu un ou deux bons verres, je vous expliquerai le plan génial de l'oncle Dirk.

---

1. Voir *Sahara*, Grasset, 1992.

— Quelle île avez-vous élue ? demanda Shannon d'un ton moqueur. Bali Ha'i ou l'Atlantide ?

— Il n'y a pas d'île, répondit mystérieusement Pitt. Pas d'île du tout. Le trésor qui n'a jamais existé est caché sur la terre ferme.

Une heure et demie plus tard, Giordino au gouvernail, le vieux ferry faisait demi-tour, ses roues à aubes le ramenant vers le nord, vers San Felipe. Tandis que Gunn, avec l'aide de Rodgers, préparait le dîner dans la cuisine du navire, Loren chercha Pitt et le trouva assis sur une chaise pliante dans la salle des machines, en train de bavarder avec le chef mécanicien, se soûlant avec bonheur des odeurs, des sons et du mouvement des énormes moteurs de l'*Alhambra*. Elle portait une petite bouteille de tequila et un verre de glaçons. Elle se faufila jusqu'à lui.

Gordo Padilla fumait un bout de cigare tout en passant un chiffon propre sur les jauges de vapeur en cuivre. Il portait de vieilles bottes de cow-boy, un tee-shirt décoré d'oiseaux multicolores et un pantalon coupé aux genoux. Ses cheveux raides et brillantinés étaient aussi épais que l'herbe des marais et son regard brun dans un visage tout rond caressait les moteurs avec une ardeur amoureuse.

La plupart des ingénieurs, dans la marine, ont la réputation d'être de grands gaillards à la poitrine velue, aux biceps épais pleins de tatouages colorés. Padilla n'avait ni l'une ni les autres. Il ressemblait plutôt à une fourmi posée sur son grand balancier. De petite taille, son poids et son gabarit l'auraient plutôt désigné comme jockey.

— Rosa, ma femme, dit-il entre deux gorgées de bière, prétend que je l'aime moins que mes moteurs. Je lui réponds qu'il vaut mieux aimer des moteurs qu'une maîtresse. Ça coûte moins cher et je n'ai pas besoin de me cacher pour les voir.

— Les femmes ne comprennent jamais l'affection que peut ressentir un homme pour une belle machine, confirma Pitt.

— Les femmes se passionnent rarement pour des pistons graisseux, intervint Loren en glissant une main dans la chemise hawaïenne de Pitt. Et vous savez pourquoi ? Parce qu'ils ne lui rendent pas sa passion.

— Ah ! Mais, ma jolie dame, dit Padilla, vous ne pouvez pas imaginer la satisfaction qu'on éprouve quand on a séduit un moteur et qu'il tourne comme une horloge !

— Non, dit Loren en riant, et je ne tiens pas à l'imaginer.

Elle leva la tête pour regarder l'immense châssis qui portait les balanciers puis regarda les grands cylindres, les condensateurs de vapeur et les chaudières.

— Mais je dois admettre, poursuivit-elle, que c'est un appareil impressionnant.

— Un appareil ? grinça Pitt en la prenant par la taille. A côté des turbines diesel modernes, des moteurs à balanciers peuvent paraître démodés. Mais quand on regarde les techniques et la fabrication dans les règles de l'art de l'époque, ce sont des monuments au génie de nos aïeux.

Elle lui donna la petite bouteille et le verre de glaçons.

— Assez de sottises masculines à propos de vieux moteurs puants. Avale ça. Le dîner sera prêt dans dix minutes.

— Tu n'as aucun respect pour les meilleures choses de la vie, dit Pitt en lui embrassant la main.

— Tu choisis. Les moteurs ou moi?

Il regarda le piston qui s'enfonçait et remontait sous l'effet du balancier.

— Je ne peux pas nier que la course d'un moteur m'obsède, dit-il avec un petit sourire pervers. Mais je confesse cependant que la course de ma main sur quelque chose de doux et tendre est loin d'être désagréable.

— Que voilà une pensée réconfortante pour toutes les femmes du monde!

Jesus descendit de l'échelle venant du pont des voitures et dit en espagnol quelque chose à Padilla. Celui-ci écouta, hocha la tête et regarda Pitt.

— Jesus dit que les lumières d'un avion survolent le ferry depuis une demi-heure.

Pitt contempla un instant la manivelle géante qui faisait tourner les roues à aubes. Puis il serra la taille de Loren et dit brièvement :

— C'est bon signe.

— Signe de quoi? demanda-t-elle, curieuse.

— Les types d'en face, dit-il d'un ton enjoué. Ils ont échoué et maintenant, ils espèrent nous suivre jusqu'au magot. Ça donne un avantage à notre équipe.

Après un bon dîner à l'une des trente tables de l'énorme salle à manger vide du ferry, quand le couvert fut débarrassé, Pitt étala une carte marine et deux cartes géologiques. Il parla distinctement et précisément, exprimant ses pensées avec tant de clarté qu'ils auraient pu croire qu'il s'agissait des leurs.

— Le paysage n'est plus le même. Il s'est produit de grands changements autrefois, il y a près de cinq cents ans.

Il se tut et mit les trois cartes les unes à côté des autres, réalisant une vue ininterrompue de la partie désertique depuis la côte la plus au nord du golfe jusqu'à la vallée de Coachella, en Californie.

— Il y a des milliers d'années, la mer de Cortez s'étendait sur ce qui est aujourd'hui le désert du Colorado et la Vallée Impériale, au-dessus de la mer de Salton. Au cours des siècles, le Colorado, en coulant, a transporté jusqu'à la mer d'énormes quantités de limon, jusqu'à former un delta et une digue dans la zone nord de la mer. Cet amoncellement de limon a laissé derrière lui une grande pièce d'eau qu'on baptisa plus tard lac Cahuilla, à cause, je crois, des Indiens du même nom qui vivaient sur ses rives. Quand on se promène au pied des collines qui longent ce lac, on peut voir encore l'ancienne ligne de côte et trouver des coquilles d'animaux marins éparpillées dans le désert.

— Quand s'est-il asséché? demanda Shannon.

— Entre 1100 et 1200.

— Alors, d'où vient la mer de Salton?

— Pour tenter d'irriguer le désert, on a construit un canal amenant l'eau du

Colorado. En 1905, à cause de pluies extraordinaires et de la présence de beaucoup de limon, la rivière a débordé et fait déborder le canal de sorte que l'eau s'est déversée dans la partie la plus basse du bassin désertique. On a réussi à arrêter l'inondation en construisant un barrage mais assez d'eau avait réussi à s'amasser pour former la mer de Salton, dont la surface est à quatre-vingts mètres en dessous du niveau de la mer. Aujourd'hui, c'est un grand lac qui finira comme le lac Cahuilla, malgré les drainages d'irrigation qui ont temporairement stabilisé sa taille actuelle.

Gunn ouvrit une bouteille de cognac mexicain.

— Un petit arrêt pour permettre à l'alcool de régénérer nos petites cellules grises. A notre succès, dit-il en levant la tasse de plastique tenant lieu de verre à liqueur.

— Bravo ! dit Giordino. C'est fou ce qu'un bon repas et un petit cognac peuvent changer les choses.

— Nous espérons tous que Dirk a trouvé la bonne solution, dit Loren.

— Il sera intéressant de voir si ça tient la route, fit Shannon avec un geste d'impatience. Voyons où tout ça peut nous mener.

Pitt ne répondit pas mais se pencha sur les cartes et dessina un cercle à travers le désert avec un feutre rouge.

— Voici approximativement jusqu'où s'étendait le golfe aux alentours de l'an 1400, avant que le limon du fleuve s'amoncelle au sud.

— C'est à moins d'un kilomètre de la frontière actuelle entre les Etats-Unis et le Mexique, constata Rodgers.

— Et une zone surtout couverte de marécages et de vase, connue sous le nom de Laguna Salada.

— Que vient faire ce marécage dans le contexte ? demanda Gunn.

Le visage de Pitt était aussi animé que celui d'un chef d'entreprise sur le point d'annoncer à ses actionnaires une grosse prise de dividendes.

— L'île où les Incas et les Chachapoyas ont enterré la chaîne d'or de Huascar n'est plus une île.

Tous restèrent immobiles et silencieux, sirotant leur cognac, avant que cette révélation les pénètre et fasse mouche.

Et puis, comme répondant à un coup de sifflet, chacun se pencha sur les cartes et étudia les marques qu'avait faites Pitt indiquant l'ancienne ligne de côte. Shannon montra un petit serpent dessiné par Pitt, enroulé autour d'un haut rocher s'élevant entre le marécage et le pied des collines de Las Tinajas.

— Que signifie le serpent ?

— Une sorte de croix pour marquer l'endroit.

Gunn examina de près la carte géologique.

— Tu désignes une petite montagne qui, selon les élévations alentour, domine à un peu moins de cinq cents mètres.

— Elle a un nom ? demanda Loren.

— Cerro El Capirote, dit Pitt. Capirote, en anglais, c'est un long chapeau pointu de cérémonie ou ce qu'on appelait autrefois un bonnet d'âne.

— Alors vous pensez que cette haute cime au milieu de rien du tout est le site de notre trésor? demanda Rodgers.

— Si vous étudiez les cartes de près, vous trouverez plusieurs autres petits monts avec des cimes pointues s'élevant dans le désert à côté des marais. N'importe lequel correspond à la description générale. Mais je parie pour Cerro El Capirote.

— Qu'est-ce qui vous amène à une décision aussi déterminée? s'enquit Shannon.

— Je me suis mis à la place des Incas et j'ai choisi le meilleur endroit pour cacher ce qui, à l'époque, était le plus grand trésor du monde. Si j'étais le général Naymlap, j'aurais cherché l'île la plus imposante, dans la partie maritime la plus éloignée des conquérants espagnols détestés. Cerro El Capirote était l'endroit le plus éloigné où il pouvait se rendre au début du seizième siècle, et sa hauteur en fait la plus importante.

Le moral des occupants du pont des passagers était en hausse. Ils fondaient de nouveaux espoirs en un projet qui avait été à deux doigts d'être annulé pour cause d'échec. La confiance inébranlable de Pitt avait gagné tout le monde. Même Shannon avalait son cognac en souriant comme une hôtesse dans un saloon de Dodge City. C'était comme s'ils avaient jeté leurs doutes par-dessus bord. Soudain, chacun tenait pour certaine la découverte du démon perché sur la cime de Cerro El Capirote.

S'ils avaient eu le plus petit soupçon du fait que Pitt n'était pas aussi certain qu'eux de la réussite, leurs espoirs auraient eu vite fait de mourir. Pitt était sûr de ses conclusions mais bien trop pragmatique pour ne pas conserver quelques doutes.

Et puis il y avait le sombre revers de la médaille. Ni lui ni Giordino n'avaient raconté qu'ils avaient identifié l'assassin de Doc Miller en la personne d'un des autres chercheurs. Tous deux avaient silencieusement réalisé que les Zolar, ou le *Solpemachaco*, quel que soit le nom qu'ils se donnent dans cette partie du monde, ignoraient encore que Pitt avait peut-être trouvé la cachette du trésor.

L'image de Tupac Amaru se forma dans l'esprit de Pitt, avec ses yeux froids et sans vie. Il sut alors que la chasse sur le point de commencer serait laide, abominable, impitoyable.

39

L'*Alhambra* remonta vers San Felipe et navigua jusqu'à ce que les roues à aubes se heurtent à une couche de limon rouge. Quelques kilomètres plus loin, l'embouchure du Colorado, large et peu profonde, s'ouvrait à l'horizon, étendue de part et d'autre des marécages troubles et chargés d'eau salée, complètement dépourvue de végétation. On aurait dit une de ces planètes mortes et désolées, quelque part dans l'univers.

Pitt contempla le triste paysage par le pare-brise de l'hélicoptère en ajustant son harnais de sécurité. Shannon occupait le siège du copilote, Giordino et Rodgers, à l'arrière, ceux des passagers. Il fit un signe de la main à Gunn qui répondit en levant deux doigts en un V de victoire. Loren lui souffla un baiser.

Ses mains dansèrent sur le cyclique et le collectif des rotors, prenant de la vitesse jusqu'à ce que tout le fuselage frémisse. L'*Alhambra* disparaissait derrière lui. Il fit glisser l'hélicoptère sur le flanc pour traverser le bras d'eau comme une feuille poussée par le vent. Dès qu'il fut assez loin du ferry, il repoussa doucement le cyclique vers l'avant et l'appareil s'éleva en diagonale vers le nord. A cinq cents mètres, Pitt régla les commandes et garda une altitude régulière.

Il survola les eaux mornes du haut du golfe pendant dix minutes avant de s'élancer au-dessus des marécages de Laguna Salada. Une grande partie des marais avait été récemment gonflée par les pluies et les branches mortes des *mesquite* s'élevaient au-dessus de l'eau très salée comme des bras de squelettes levés pour demander de l'aide.

Il laissa bientôt derrière lui le serpent d'eau géant et inclina l'hélicoptère à travers les dunes de sable qui s'étiraient des montagnes jusqu'à l'orée de Laguna Salada. Le paysage, maintenant, ressemblait à une lune brune et fanée, plus substance que couleur. Le terrain inégal, rocailleux, était effrayant. Il dégageait néanmoins une sorte de beauté mais devait être mortel à quiconque luttait pour survivre dans cette horreur pendant la chaleur étouffante de l'été.

— Il y a une route goudronnée, là, annonça Shannon.

— L'autoroute cinq, dit Pitt. Elle va de San Felipe à Mexicali.

— Ça fait partie du désert du Colorado ? demanda Rodgers.

— Le désert au nord de la frontière s'appelle comme ça à cause du fleuve. Mais en fait, il appartient au désert de Sonoran.

— Ce n'est pas un coin très hospitalier et je n'aimerais guère le traverser.

— Qui n'aime pas le désert y trouve sa mort, dit Pitt. Ceux qui le respectent découvrent que c'est un lieu irrésistible pour y vivre.

— Y a-t-il vraiment des gens qui y vivent ? s'étonna Shannon.

— Surtout des Indiens, dit Pitt. Le désert de Sonoran est sans doute le plus beau de tous les déserts du monde, même si les Mexicains du Centre le comparent à leurs Ozarks.

Giordino se pencha par la fenêtre pour mieux voir et prit ses jumelles. Il tapa l'épaule de Pitt.

— Ton point chaud, on le voit déjà, là-bas, à gauche.

Pitt hocha la tête, changea légèrement de direction et regarda une montagne solitaire, au milieu du désert, droit devant eux. Cerro El Capirote portait bien son nom. Bien qu'il ne fût pas absolument conique, le sommet ressemblait un peu à un bonnet d'âne à la pointe un peu aplatie.

— Je crois que je distingue une sculpture en forme d'animal au sommet, observa Giordino.

— Je vais descendre un peu et le survoler.

Pitt réduisit sa vitesse, plongea un peu et commença à tourner autour du sommet avec précaution, attentif à la possibilité de trous d'air soudains. Puis il baissa à nouveau l'hélicoptère, l'amenant au niveau de la grotesque effigie de pierre. La bouche ouverte, le monstre semblait les regarder aussi, avec l'expression agressive d'un chien errant et affamé.

— Levez-vous, les copains, hurla Pitt comme un aboyeur de foire. Levez-vous et contemplez le fabuleux démon du monde souterrain qui bat les cartes avec son nez et les distribue avec ses pattes !

— Il existe ! cria Shannon, rouge d'excitation, comme tous dans l'appareil. Il existe vraiment !

— On dirait une vieille gargouille, dit Giordino en maîtrisant son émotion.

— Posez-vous, exigea Rodgers. Il faut qu'on regarde ça de plus près.

— Trop de gros rochers autour de la sculpture, dit Pitt. Il faut que je trouve un endroit dégagé pour atterrir.

— Il y a une petite place sans rocher à une quarantaine de mètres au-delà du démon, fit Giordino en montrant l'endroit par-dessus l'épaule de Pitt.

Celui-ci hocha la tête, fit le tour de la sculpture pour s'approcher sous le vent d'ouest venant des montagnes. Il réduisit sa vitesse et repoussa le cyclique. L'hélicoptère turquoise s'immobilisa un instant, reprit sa course puis se posa sur le seul endroit dégagé au sommet de Cerro El Capirote.

Giordino sortit le premier, portant des cordes avec lesquelles il attacha l'appareil à un rocher saillant. Quand ce fut fait, il s'approcha du cockpit et passa la main devant sa gorge. Pitt coupa le moteur et les lames du rotor s'apaisèrent peu à peu.

Rodgers sauta à terre et tendit la main à Shannon. Elle sauta à son tour et se mit à courir sur le sol inégal vers l'effigie de pierre. Pitt quitta le dernier l'appareil mais ne suivit pas les autres. Il leva tranquillement ses jumelles et fouilla le ciel dans la direction d'où lui parvenait le son étouffé d'un moteur d'avion. L'hydravion n'était encore qu'un reflet argenté contre le bleu du ciel. Le pilote maintenait une altitude de deux mille mètres en essayant de ne pas se faire remarquer. Mais Pitt ne se laissa pas prendre. Son intuition l'avait prévenu de la filature dès qu'il avait décollé de l'*Alhambra*. Ce qu'il voyait maintenant confirmait ses soupçons.

Avant de rejoindre les autres déjà groupés autour de l'animal de pierre, il prit le temps de s'approcher du bord usé du flanc de la roche et regarda le sol, remerciant le ciel de ne pas avoir à faire l'ascension. Le panorama immense du désert était beau à couper le souffle. Le soleil d'octobre teintait le sable et les rochers de couleurs vives qui ternissaient pendant l'été. Les eaux du golfe étincelaient, là-bas, au sud. De part et d'autre des marécages de Laguna Salada, la chaîne des montagnes s'élevait majestueusement dans un léger brouillard.

Il se sentit envahi de satisfaction. Il ne s'était pas trompé. Les Anciens avaient bien choisi un lieu imposant pour cacher leur trésor.

Quand il s'approcha enfin de la grande bête de pierre, Shannon était en train de mesurer le corps du jaguar tandis que Rodgers prenait des dizaines de photos. Giordino semblait occupé à chercher autour du piédestal une trace de l'entrée du passage menant au cœur de la montagne.

— Alors, c'est le bon pedigree? demanda Pitt.

— Influence chachapoya incontestable, dit Shannon, rouge et excitée. C'est un extraordinaire exemple de leur art. (Elle se recula un peu comme on le fait au musée pour admirer une peinture.) Voyez comme les écailles sont exactement semblables. Elles sont tout à fait comparables à celles des animaux sculptés du Pueblo de los Muertos.

— La technique est la même?

— Presque identique.

— Alors c'est peut-être l'œuvre du même sculpteur.

— C'est possible.

Shannon leva la main aussi haut qu'elle put et frappa la partie la plus basse du cou de serpent.

— C'était assez habituel, pour les Incas, d'engager des tailleurs de pierre chachapoyas, reprit-elle.

— Les Anciens devaient avoir un étrange sens de l'humour pour créer un dieu dont le seul regard ferait tourner le lait.

— La légende est vague mais elle dit en gros qu'un condor pondit un jour un œuf qui fut avalé puis vomi par un jaguar. Un serpent sortit de l'œuf régurgité, plongea dans la mer et se couvrit d'écailles de poisson. Le reste de la légende raconte que parce que la bête était si laide et rejetée par les autres dieux qui s'ébattaient au soleil, elle vécut sous la terre et devint ainsi le gardien des morts.

— C'est l'histoire du vilain petit canard avant la lettre.

— Il est hideux, dit Shannon, et pourtant je ne peux pas m'empêcher d'être un peu triste pour lui. Je ne sais pas comment expliquer ça mais la pierre a l'air de vivre de son côté.

— Je comprends. Je trouve aussi qu'il y a là plus que de la pierre froide.

Pitt regarda l'une des ailes qui s'était détachée du corps et cassée en petits morceaux.

— Pauvre vieux dieu. On dirait qu'il n'a pas eu la vie rose.

Shannon acquiesça en montrant des graffitis et des marques de balles.

— Ce qui est triste, c'est que les archéologues locaux n'ont jamais compris ce qu'était vraiment cette sculpture, une pièce remarquable d'art de deux cultures, née à des milliers de kilomètres d'ici...

Pitt l'interrompit en levant vivement la main pour demander le silence.

— Vous entendez quelque chose? On dirait quelqu'un qui pleure.

Elle tendit l'oreille, écouta puis secoua la tête.

— Je n'entends rien que le claquement de l'appareil de photo de Miles.

Le son fantomatique entendu par Pitt avait disparu. Il sourit.

— C'est probablement le vent.

— Ou les pleurs de ceux que garde le *Demonio de los Muertos*.

— Je croyais qu'il leur garantissait la paix éternelle?

— Vous ne savez pas grand-chose des rites religieux incas et chachapoyas, dit Shannon en souriant. Notre ami de pierre n'est peut-être pas aussi bienveillant que nous le supposons.

Pitt laissa Shannon et Miles à leurs occupations et s'approcha de Giordino, qui tapait le sol autour de la statue avec un pic de mineur.

— Tu as trouvé une trace de passage?

— Non, à moins que les Anciens aient su faire fondre les rochers, répondit Giordino. Cette grande gargouille est sculptée dans un immense bloc de granit qui compose le cœur de la montagne. Je ne trouve aucune fissure autour de la base de la statue. S'il y a un passage, il doit être ailleurs, dans la montagne.

Pitt pencha la tête et tendit l'oreille.

— Tiens! Ça recommence!

— Tu veux dire le pleur de sirène?

— Tu l'as entendu? demanda Pitt, surpris.

— Je croyais que c'était le vent soufflant à travers les rochers.

— Ce n'est pas le murmure du vent.

Giordino eut une expression curieuse et mouilla son doigt avec sa langue puis le leva.

— Tu as raison. Il n'y a pas un souffle.

— Ce n'est pas un son régulier, dit Pitt. Je ne l'ai entendu que par intervalles.

— Moi aussi. Ça vient comme un souffle d'air, ça dure dix secondes puis ça disparaît pendant près d'une minute.

Pitt acquiesça d'un air joyeux.

— Peut-être viens-tu de découvrir un orifice menant à la caverne?

— Voyons si nous pouvons le trouver, proposa Giordino avec enthousiasme.

— Il vaut mieux qu'il vienne à nous.

Pitt trouva un rocher assez large pour s'asseoir et y posa ses fesses. Il essuya tranquillement une poussière sur un des verres de ses lunettes de soleil, s'épongea le front avec un mouchoir et tendit à nouveau l'oreille en tournant la tête comme une antenne radar.

Comme une horloge, l'étrange plainte revint et disparut. Pitt attendit de l'avoir entendue trois fois puis fit signe à Giordino de se déplacer le long du flanc nord du pic. Aucune réponse ne fut nécessaire. Ils n'avaient pas besoin de parler. Amis intimes depuis l'enfance, ils ne s'étaient jamais perdus de vue pendant leur service militaire, dans l'armée de l'air. Quand Pitt était entré à la NUMA, douze ans auparavant, à la demande de l'amiral Sandecker, Giordino y était entré aussi. Au fil du temps, ils avaient appris à se comprendre sans qu'il leur fût nécessaire de parler.

Giordino descendit une petite pente escarpée sur une vingtaine de mètres avant de s'arrêter. Il écouta en attendant le prochain signe de Pitt. Le gémissement lui parut plus fort que Pitt ne pouvait l'entendre. Mais il savait que le son se réverbérait contre les rochers et se déformait. Il n'hésita pas quand Pitt lui fit quitter l'endroit où on l'entendait mieux et montra un endroit où le flanc du pic tombait soudain en une étroite faille de dix mètres de profondeur.

Pendant que Giordino, à plat ventre, regardait de haut un chemin menant au bas de la faille, Pitt s'approcha, s'allongea près de lui et tendit la main, la paume vers le bas. Le gémissement se fit à nouveau entendre et Pitt sourit.

— Je sens un courant d'air. Quelque chose de profond au sein de la montagne fait que de l'air est expulsé par un orifice.

— Je vais chercher la corde et la lampe de poche qui sont dans l'hélico.

Il revint deux minutes après avec Shannon et Miles. Les yeux de la jeune femme brillaient d'impatience.

— Al dit que vous avez trouvé un chemin pour entrer dans la montagne?

— On va bientôt le savoir, dit Pitt.

Giordino attacha l'extrémité d'une corde de nylon autour d'un gros rocher.

— A qui l'honneur?

— Je te le fais à pile ou face, dit Pitt.

— Face!

Pitt lança un quart de dollar, regarda la pièce tourner en l'air et se poser sur une petite surface plate entre deux gros rochers.

— Pile. Tu as perdu.

Giordino haussa les épaules sans rouspéter, fit une boucle, la passa par-dessus puis par-dessous les épaules de Pitt.

— Inutile de m'en mettre plein la vue avec tes dons de montagnard. Je te ferai descendre et je te remonterai.

Pitt accepta, sachant que son ami était plus fort que lui. Giordino avait peut-être une petite taille mais ses épaules larges et ses bras musclés lui auraient permis de vaincre n'importe quel lutteur professionnel. Quiconque essayait de battre Giordino, y compris les ceintures noires de karaté, avait l'impression d'être broyé par les pistons d'une impitoyable machine.

— Fais attention de ne pas laisser la corde brûler, rappela Pitt.

— Fais attention de ne pas te casser une jambe, ou je te laisserai faire la gargouille, fit Giordino en lui donnant la lampe.

Puis il laissa filer la corde, descendant Pitt entre les parois de l'étroite faille.

Quand Pitt sentit que ses pieds touchaient le sol, il leva la tête.

— Ça y est, je suis en bas.

— Que vois-tu?

— Une petite crevasse dans la paroi, juste assez large pour que je m'y glisse. J'y vais.

— N'enlève pas la corde. Il pourrait y avoir un trou juste après l'entrée.

Pitt se mit à plat ventre et se faufila dans l'étroite fissure. Il rampa sur environ trois mètres avant que le boyau s'élargisse assez pour qu'il puisse se mettre debout. Il alluma la lampe et éclaira les murs. Dans le rayon de lumière, il vit qu'il se trouvait à l'entrée d'un passage menant apparemment dans les entrailles de la montagne. Le sol était lisse avec des marches taillées dans le roc, tous les deux ou trois pas.

Un souffle d'air humide le frôla comme la respiration moite d'un géant. Il tâta les murs du bout des doigts. La surface était humide et couverte de gouttelettes. Plein de curiosité, Pitt avança le long du passage jusqu'à ce que la corde de nylon se tende, ce qui l'empêcha d'aller plus loin. Il dirigea le faisceau de la lampe devant lui. La main glacée de la peur se referma sur lui lorsqu'il vit deux yeux brillants plonger dans les siens.

Là, sur un piédestal de roche noire, apparemment de la même facture que le démon du haut du pic, le regard glacé dirigé vers l'entrée du passage, il y avait un autre *Demonio de los Muertos*, plus petit que l'autre. Celui-ci était serti de turquoises avec du quartz blanc et poli à la place des dents et des pierres rouges figurant les yeux.

Pitt eut très envie de se débarrasser de la corde et d'aller voir plus loin. Mais il se dit que ça ne serait pas juste pour les autres. Ils étaient tous concernés par la découverte de la chambre du trésor. A contrecœur, il rebroussa chemin, reprit la crevasse et remonta jusqu'à la lumière.

Quand Giordino l'aida à passer le bord de la fissure, Shannon et Rodgers l'attendaient avec impatience.

— Qu'avez-vous vu? pressa Shannon, incapable de contrôler son excitation. Dites-nous ce que vous avez trouvé!

Pitt la regarda un instant sans expression puis lui sourit.

— L'entrée du trésor est gardée par un autre démon mais, à part ça, la voie est libre.

Tous crièrent de joie. Shannon et Rodgers tombèrent dans les bras l'un de l'autre, se tapant mutuellement dans le dos. Giordino donna une claque si forte sur l'épaule de Pitt que celui-ci eut l'impression que ses dents allaient sauter. Une intense curiosité les habitait tous en regardant par-dessus le bord de la crevasse la petite ouverture menant au cœur de la montagne. Personne ne vit le tunnel sombre qui y descendait. Ils contemplèrent le rocher comme s'il était transparent et imaginèrent le trésor doré qui s'y cachait.

Du moins est-ce ce que chacun pensait voir. Sauf Pitt. Son regard se dirigea vers le ciel. Mentalement, intuitivement, peut-être seulement par superstition, il eut la vision soudaine d'un hydravion qui les avait suivis jusqu'au démon et qui attaquait l'*Alhambra*. Pendant un moment, il vit l'attaque aussi clairement que s'il regardait la télévision.

Shannon remarqua le silence de Pitt et son visage rêveur.

— Qu'est-ce qui ne va pas? On dirait que vous venez de perdre votre petite amie!

— Ça se pourrait, dit-il sombrement. Ça se pourrait bien.

40

Giordino retourna à l'hélicoptère où il prit un autre rouleau de corde, une seconde lampe de poche et une lampe Coleman. Il passa la corde sur son épaule. Il donna la lampe de poche à Shannon et tendit la Coleman à Rodgers avec une boîte d'allumettes.

— Le réservoir est plein, ça devrait nous donner trois heures de lumière ou davantage.

Shannon prit la seconde lampe avec insouciance.

— Je crois que je devrais ouvrir la voie.

— Ça me va, dit Giordino en haussant les épaules. Tant que ce n'est pas moi qui déclenche les pièges des Incas dans cette caverne de malheur...

— Voilà une pensée réconfortante, fit Shannon avec une grimace.

— Il a une overdose de films d'Indiana Jones, dit Pitt en riant.

— Ça va, tombe-moi dessus ! soupira Giordino. Tu t'en repentiras un jour.

— Pas trop, j'espère.

— Quelle est la largeur de l'ouverture ? demanda Rodgers.

— Le Dr Kelsey doit pouvoir y passer à quatre pattes mais nous devrons nous y faufiler à plat ventre.

Shannon jeta un coup d'œil au fond de la fissure.

— Les Chachapoyas et les Incas n'auraient jamais pu faire monter plusieurs tonnes d'or en haut de ces falaises escarpées puis les faire descendre dans ce trou à rat. Ils ont dû trouver un passage plus large quelque part à la base de la montagne, au-dessus de l'ancienne ligne de côte.

— Il te faudrait des années pour la trouver, dit Rodgers. Elle doit être enfouie sous des éboulements et près de cinq siècles d'érosion.

— Je parierais plutôt que les Incas l'ont bouchée en causant eux-mêmes l'éboulement, suggéra Pitt.

Shannon n'avait aucunement l'intention de laisser les hommes passer devant. Escalader les rochers, se couler dans des crevasses sombres, c'était sa spécialité. Elle se laissa glisser le long de la corde aussi naturellement que si elle faisait ça tous les matins et se faufila dans l'étroite ouverture. Rodgers descendit à son tour, suivi de Giordino puis de Pitt.

— Si je suis coincé dans une crevasse, c'est toi qui m'en sortiras, fit Giordino en se tournant vers Pitt.

— J'appellerai d'abord Police secours.

Shannon et Rodgers avaient déjà disparu en bas des marches de pierre et examinaient le second *Demonio de los Muertos* quand Pitt et Giordino les rejoignirent.

Shannon admirait les motifs sculptés dans les écailles de poisson.

— Les motifs de cette sculpture sont mieux conservés que ceux du premier démon.

— Sais-tu les traduire ? demanda Rodgers.

— Je pourrais si j'en avais le temps. On dirait qu'ils ont été ciselés à la hâte.

Rodgers regarda les crocs émergeant des mâchoires de la tête de serpent.

— Ça ne m'étonne pas que les Anciens aient eu peur du monde souterrain. Ce truc est assez vilain pour vous flanquer la colique. Regarde comme ses yeux ont l'air de suivre tous tes mouvements.

— Ça suffit pour vous rendre sobre ! dit Giordino.

Shannon essuya la poussière autour des yeux de pierre rouge.

— Des topazes bordeaux. Elles viennent probablement des mines de l'est des Andes, en Amazonie.

Rodgers posa la lanterne par terre, augmenta la pression du gaz et approcha une allumette de l'ouverture. Le passage baigna bientôt dans une vive lumière à dix mètres dans toutes les directions. Puis il leva la lanterne pour inspecter la statue.

— Pourquoi un second démon ? demanda-t-il, fasciné par le fait que la bête semblait avoir été sculptée la veille.

Pitt caressa la tête de serpent.

— Une assurance pour le cas où des intrus auraient ignoré le premier.

Shannon humidifia le coin d'un mouchoir et nettoya les yeux de topaze.

— Ce qui est étonnant, c'est que tant de civilisations, géographiquement séparées et sans aucun rapport entre elles, aient en commun les mêmes mythes. Dans les légendes de l'Inde, le cobra était considéré comme un demi-dieu gardien du royaume souterrain plein de fabuleuses richesses.

— Je ne vois rien d'étrange à cela, dit Giordino. Quatre-vingt-dix-neuf personnes sur cent ont affreusement peur des serpents.

Ils achevèrent leur bref examen de la remarquable statue ancienne et poursuivirent leur chemin le long du passage. L'air humide qui venait des profondeurs les faisait abondamment transpirer. Malgré l'humidité, ils devaient faire attention de marcher légèrement car chaque pas soulevait des nuages de poussière étouffante.

— Ils ont dû mettre des années à creuser ce tunnel ! dit Rodgers.

Pitt passa légèrement les doigts sur le plafond de calcaire.

— Je ne crois pas qu'ils l'aient creusé. Ils ont probablement agrandi une fissure existante. En tout cas, je ne sais pas qui ils étaient, mais ils étaient grands.

— Comment le sais-tu ?

— Le plafond. On n'a pas à se baisser. Il y a au moins trente centimètres au-dessus de nos têtes.

Rodgers montra une grande plaque installée dans un angle du mur, dans une niche.

— C'est la troisième chose de ce genre que je vois depuis que nous sommes entrés. A votre avis, ça sert à quoi ?

Shannon frotta la couche de poussière plusieurs fois centenaire et vit son reflet dans la surface brillante.

— Ce sont des réflecteurs en argent, expliqua-t-elle. C'est le même système que celui qu'employaient autrefois les Egyptiens pour éclairer les galeries internes. Le soleil frappe un réflecteur à l'entrée et le rayon se reflète, de plaque en plaque, tout au long des chambres. Ça les éclairait sans fumée et sans suie, contrairement aux lampes à huile.

— Je me demande s'ils réalisaient qu'ils ouvraient la voie à la technique de l'environnement écologique, murmura Pitt.

L'écho de leurs pas s'étendait devant et derrière eux comme des cercles sur l'eau. C'était une sensation étrange, claustrophobique, sachant qu'ils pénétraient au cœur sans vie de la montagne. L'air stagnant devenait si épais, si lourd d'humidité, qu'il imprégnait jusqu'à la poussière de leurs vêtements. Cinquante mètres plus bas, ils pénétrèrent dans une petite caverne avec une longue galerie.

La pièce était une catacombe aux murs creusés de petites cryptes, comme un columbarium. Les momies de vingt hommes, emmitouflés de manteaux de laine merveilleusement brodés, étaient étendues, tête contre pieds. C'était les restes mortels des gardiens qui avaient fidèlement surveillé le trésor, même après leur mort, en attendant le retour de leurs compatriotes d'un empire qui avait depuis longtemps cessé d'exister.

— Ces gens étaient immenses, dit Pitt. Ils devaient mesurer plus de deux mètres !

— Dommage qu'ils ne soient plus là pour jouer avec la meilleure de nos équipes de basket-ball, murmura Giordino.

Shannon examinait de près les dessins des manteaux.

— D'après la légende, les Chachapoyas étaient grands comme des arbres.

— Il en manque un, dit Pitt en regardant autour de lui.

— Qui ? fit Rodgers.

— Le dernier, celui qui s'est occupé des funérailles des gardiens morts avant lui.

Plus avant dans la galerie des morts, ils atteignirent une chambre plus grande, que Shannon identifia très vite comme le quartier des gardes avant leur mort. Une large table de pierre circulaire entourée d'un banc semblait sortir du sol. La table avait été utilisée pour manger, ça se voyait. Sur un plateau d'argent, traînaient encore les os d'un gros oiseau. La surface de la table était parfaitement lisse et portait des gobelets de céramique. On avait creusé des lits dans les murs et, sur certains, il y avait encore des couvertures de laine, nettement pliées au milieu. Rodgers aperçut un objet brillant sur le sol. Il le ramassa et l'examina à la lueur de la lampe Coleman.

— Qu'est-ce que c'est ? demanda Shannon.

— Une bague en or massif, sans gravure.

— C'est un signe encourageant, dit Pitt. On doit approcher de la voûte principale.

Shannon avait la respiration courte. Elle s'élança avant tout le monde vers une sorte de portail au fond de la chambre des gardes. Le portail donnait sur un étroit tunnel au plafond arqué, semblable à une ancienne citerne. Il n'y pouvait passer qu'une personne à la fois. Ce passage semblait serpenter sans fin vers le bas de la montagne.

— A votre avis, on a parcouru quelle distance ? demanda Giordino.

— D'après mes pieds, au moins dix kilomètres, répondit Shannon, soudain lasse.

Pitt avait mesuré leur progression depuis l'escalier de pierre et les cryptes.

— Le pic de Cerro El Capirote ne culmine qu'à cinq cents mètres au-dessus de la mer. Je suppose que nous avons atteint le sol du désert et que nous sommes maintenant à vingt ou trente mètres au-dessous.

— Ah ! cria Shannon. Quelque chose a voleté contre ma figure !

— A moi aussi, dit Giordino d'un ton dégoûté. J'ai l'impression d'avoir reçu du vomi de chauve-souris !

— Réjouis-toi qu'elle ne soit pas de la famille des vampires, plaisanta Pitt.

Ils descendirent encore dix minutes ce long tunnel quand Shannon s'arrêta soudain et leva la main.

— Ecoutez, fit-elle, j'entends quelque chose !

Quelques secondes plus tard, Giordino s'exclama :

— On dirait que quelqu'un a oublié de fermer un robinet !

— C'est le flot d'une rivière, dit doucement Pitt en se rappelant les paroles du vieux restaurateur.

A mesure qu'ils s'approchaient, le bruit de l'eau courante augmentait et se réverbérait dans l'espace confiné. L'air s'était bien rafraîchi et semblait plus pur, moins suffocant. Ils se précipitèrent, espérant chaque fois que le prochain tournant serait le dernier. Puis soudain, les murs s'élargirent brusquement dans l'obscurité et s'étendirent pour former ce qui ressemblait à une vaste cathédrale dans la montagne incroyablement caverneuse.

Shannon poussa un cri aigu que l'écho promena dans la caverne en l'intensifiant comme par d'énormes amplificateurs. Elle s'accrocha à la première personne que trouva sa main, c'est-à-dire à Pitt.

Giordino, peu émotif pourtant, semblait avoir vu un fantôme. Rodgers resta pétrifié, le bras tendu, immobile et glacé, portant la Coleman.

— Oh ! Mon Dieu ! finit-il par murmurer, hypnotisé par l'affreuse apparition debout devant eux, illuminée par la lanterne. Qu'est-ce que c'est que ça ?

Le cœur de Pitt envoya au moins cinq litres d'adrénaline dans tout son corps mais il resta calme et observa d'un œil clinique la haute silhouette qui les dominait comme un monstre sorti tout droit d'un film d'horreur.

Le grand spectre était en effet terrifiant. Debout, avec ses dents au sourire sinistre, les traits osseux de son visage, ses orbites vides et béantes, l'apparition les dominait d'une bonne tête. L'horrible personnage tenait dans sa main osseuse, bien haut au-dessus d'une de ses épaules, une lance guerrière décorée à la pointe acérée, comme pour faire voler en éclats le crâne d'un intrus. La lumière de la lanterne fit courir des ombres sur l'épouvantable silhouette qui paraissait enchâssée dans de l'ambre jaunâtre ou dans une résine en fibre de verre. Pitt comprit alors de quoi il s'agissait.

Le dernier gardien du trésor de Huascar était devenu une stalagmite pour l'éternité.

— Comment est-ce possible ? balbutia Rodgers, stupéfait.

Pitt montra le toit de la caverne.

— L'eau du sol coulant goutte à goutte à travers le calcaire crée du dioxyde de carbone. Cela tombe depuis quatre cents ans sur ce pauvre type en le recouvrant peu à peu d'une bonne épaisseur de carbonate de calcium, ou calcite. Avec le temps, il a été totalement recouvert, comme ces scorpions dans une gangue de résine acrylique qu'on trouve dans les magasins de cadeaux à bon marché.

— Mais comment diable, une fois mort, a-t-il pu rester dans cette position debout ? demanda Shannon, sa première frayeur passée.

Pitt passa la main sur le revêtement cristallisé.

— Nous ne le saurons jamais, à moins de le sortir de sa tombe transparente. Ça paraît incroyable mais, sachant qu'il allait mourir, il a dû se construire une sorte de support pour se maintenir debout, le bras tendu, après quoi il a dû se suicider, sans doute avec un poison.

— Ces types-là prenaient vraiment leur travail au sérieux, murmura Giordino.

Comme attirée par une force mystérieuse, Shannon s'approcha du hideux guerrier et contempla son visage tordu sous le cristal.

— La haute taille, les cheveux blonds... c'était un Chachapoya, un homme du Peuple des Nuages.

— Il est bien loin de chez lui ! dit Pitt.

Il regarda sa montre.

— Il reste deux heures et demie avant que la lampe Coleman s'éteigne. On ferait mieux de continuer.

Bien que cela paraisse impossible, l'immense grotte s'étendait si loin que les rayons de leurs lampes ne révélaient que le grand plafond voûté, bien plus vaste que tout ce que l'homme avait jamais pu construire ou même imaginer. Des stalactites géantes descendant du plafond rejoignaient des stalagmites issues du sol, formant ainsi de gigantesques colonnes. Certaines stalagmites avaient pris la forme de bêtes étranges qui paraissaient gelées dans un paysage d'un autre monde. Des cristaux brillaient sur les murs comme des dents scintillantes. La beauté écrasante et la grandeur qui étincelaient sous les rayons des lampes leur donnèrent l'impression d'être au centre d'un spectacle fantastique de rayons laser.

Puis les formations naturelles cessèrent d'un seul coup, tandis que le sol de la caverne se terminait sur le bord d'une rivière de plus de trente mètres de large. Sous leurs lumières, les eaux noires et impressionnantes prirent une teinte d'émeraude foncée. Pitt calcula que la vitesse du courant était au moins de neuf nœuds.

Le clapotement qu'ils avaient entendu auparavant dans le passage était, ils le voyaient maintenant, la course précipitée de l'eau contre les berges d'une longue île basse qui s'étalait au milieu de la rivière.

Mais ce ne fut pas la découverte d'une extraordinaire rivière inconnue dans les profondeurs du désert qui les captiva et leur fit battre le cœur. Ce fut la vue éblouissante qu'aucune imagination n'aurait pu concevoir. Là, nettement empilée sur la partie la plus haute de l'île, s'élevait une montagne d'objets d'or.

L'effet des deux lampes de poche et de la lampe sur le trésor doré laissa les explorateurs sans voix. Saisis de stupeur, ils ne purent que demeurer immobiles, ébahis, devant ce spectacle magnifique.

La chaîne d'or de Huascar était là, enroulée en une énorme spirale de dix mètres de haut. Il y avait aussi le grand disque d'or du Temple du Soleil, merveilleusement ouvragé et serti de centaines de pierres précieuses. Il y avait des plantes d'or, des nénuphars et des épis de maïs, des statues en or massif de rois et de dieux, de femmes et de lamas. Il y avait des douzaines et des douzaines d'objets de culte, de formes merveilleuses, décorés d'énormes émeraudes. Entassés comme dans un camion de déménagement, des tonnes de statues d'or, des meubles, des tables, des chaises, des lits, tous superbement gravés. La pièce centrale était un trône immense en or massif, orné de fleurs en argent.

Et ce n'était pas tout. Rangées les unes à côté des autres, comme des fantômes, leurs momies enchâssées dans des coquilles d'or, se tenaient douze générations de rois incas. A côté de chaque roi, on avait déposé son armure et son casque ainsi que de merveilleux vêtements tissés.

— Dans mes rêves les plus fous, murmura Shannon, je n'aurais jamais imaginé une aussi vaste collection d'objets.

Giordino et Rodgers étaient tous deux paralysés d'étonnement. Ni l'un ni l'autre ne pouvait prononcer un mot. Ils ne pouvaient qu'admirer, bouche bée.

— Il est extraordinaire qu'ils aient pu transporter la moitié de toutes les richesses d'Amérique sur des milliers de kilomètres en traversant un océan sur des bateaux d'osier et de balsa, dit Pitt, admiratif.

Shannon hocha lentement la tête et son regard se fit triste soudain.

— Essayez d'imaginer, si vous le pouvez. Ce que nous voyons ici n'est qu'une infime partie des richesses appartenant à la dernière des magnifiques civilisations précolombiennes. Nous ne pouvons nous faire qu'une vague idée de l'énorme monceau d'objets que les Espagnols ont fondu pour en faire des lingots.

Le visage de Giordino était presque aussi brillant que l'or.

— Ça vous réchauffe le cœur de savoir que ces pillards ont loupé le meilleur de leur moisson !

— Est-il possible de nous approcher de l'île pour que je puisse étudier les objets ? demanda Shannon.

— Et moi, j'aimerais les photographier de près, ajouta Rodgers.

— Si vous pouvez marcher sur l'eau. Il y a trente mètres d'eau et un courant très rapide, dit Giordino.

Pitt étudia la caverne en balayant de sa lampe le sol nu.

— On dirait bien que les Incas et les Chachapoyas ont emporté leur pont avec eux. Il vous faudra faire vos études et vos photos d'ici.

— Je vais utiliser mon téléobjectif et faire une prière pour que le flash porte aussi loin, dit Rodgers, résigné.

— A ton avis, il y en a pour combien ? demanda Giordino.

— Il faudrait peser tout ça, dit Pitt, connaître le taux actuel de l'or sur le marché et tripler le total pour avoir la valeur de ces objets d'art.

— Je suis sûre que ce trésor vaut le double de ce que les experts l'ont estimé, fit Shannon.

Giordino la regarda.

— Ça veut dire trois cents millions de dollars, non ?

— Peut-être même davantage, assura-t-elle.

— Mais ça ne vaut pas le prix d'une carte de base-ball tant qu'on ne l'a pas ramené à la surface, coupa Pitt. Ce ne sera pas une mince affaire de mettre sur un bateau les plus grosses pièces, y compris la chaîne, de sortir tout ça d'une île entourée d'une rivière qui est presque un torrent puis de remonter le tout par un passage étroit jusqu'au sommet de la montagne. Et ensuite, il faudra encore trouver un hélicoptère assez solide pour porter ne serait-ce que la chaîne d'or.

— Vous parlez d'une opération impossible, constata Rodgers.

Pitt dirigea sa lampe vers la lourde chaîne roulée.

— Personne ne prétend que ça sera facile. Du reste, ce n'est pas notre problème.

Shannon le regarda sans comprendre.

— Ah ! Non ? Et à votre avis, c'est le problème de qui ?

— Avez-vous oublié ? répondit Pitt. Nous sommes supposés nous effacer et laisser le bébé à nos amis du *Solpemachaco*.

Cette idée répugnante lui était sortie de la mémoire quand elle avait admiré, subjuguée, le fabuleux trésor.

— C'est une honte ! dit-elle, furieuse et révoltée. C'est une véritable honte ! La découverte archéologique du siècle, et je ne peux même pas diriger sa mise au jour !

— Vous devriez déposer une réclamation, dit Pitt.

Elle lui lança un regard venimeux, sans comprendre.

— De quoi parlez-vous ?

— Faites savoir à nos concurrents ce que vous ressentez.

— Comment ?

— Laissez-leur un message.

— Vous êtes fou !

— Je m'en suis fait la remarque plusieurs fois, récemment, dit Giordino.

Pitt prit la corde que Giordino tenait sur son épaule et fit un nœud coulant. Puis il la fit tournoyer comme un lasso et lança le nœud au-dessus de l'eau. Il eut un sourire triomphant en voyant le nœud s'enrouler autour d'un petit singe en or sur un piédestal.

— Ha ! Ha ! dit-il fièrement. Will Rodgers [1] n'a rien à m'apprendre !

1. Célèbre cow-boy champion de rodéo au cinéma.

41

Les pires craintes de Pitt s'avérèrent quand il approcha l'hélicoptère au-dessus de l'*Alhambra*. Il n'y avait personne sur le pont pour accueillir l'appareil et son équipage. Le ferry semblait désert. Le pont des voitures était vide, le poste de pilotage aussi. Le bateau n'était pas à l'ancre, il ne dérivait pas non plus. Sa coque reposait doucement sur l'eau, deux mètres seulement au-dessus de la vase peu profonde. De toute évidence, il ressemblait à un navire abandonné.

La mer était calme, il n'y avait ni roulis ni tangage. Pitt posa l'hélicoptère sur le pont de bois et coupa les moteurs dès que les roues eurent touché le sol. Il resta là, immobile, tandis que le bruit des turbines et du rotor s'effaçait dans un silence de mort. Il attendit une longue minute mais personne ne se montra. Alors il ouvrit la porte et sauta sur le pont. Il s'immobilisa de nouveau, attendant qu'il se passe quelque chose.

Finalement, un homme sortit d'une écoutille et s'approcha, s'arrêtant à cinq mètres de l'appareil. Même sans la perruque et la fausse barbe blanche, Pitt reconnut l'homme qui avait joué le rôle du Dr Steve Miller au Pérou. Il souriait comme s'il venait d'attraper un poisson extraordinaire.

— Voilà un accoutrement original, dit Pitt, très calme.

— Vous êtes une énigme permanente, monsieur Pitt.

— C'est un compliment qui m'enchante toujours. Sous quel nom vous présentez-vous aujourd'hui ?

— Bien que cela ne vous regarde pas, je suis Cyrus Sarason.

— J'avoue que je ne suis pas ravi de vous revoir.

Sarason s'approcha, regardant par-dessus l'épaule de Pitt l'intérieur de l'hélicoptère. Son sourire vantard disparut et son visage prit une expression tendue d'inquiétude.

— Vous êtes seul ? Où sont les autres ?

— Quels autres ? demanda innocemment Pitt.

— Le Dr Kelsey, Miles Rodgers et votre ami Albert Giordino.

— Puisque vous connaissez si bien la liste des passagers, dites-le-moi.

— Je vous en prie, monsieur Pitt, ne vous fichez pas de moi, je vous le conseille.

— Ils avaient faim, je les ai laissés près d'un restaurant à San Felipe.

— Vous mentez !

Pitt ne quittait pas Sarason du regard, même pas pour regarder les ponts du ferry. Des fusils étaient pointés sur lui, il le savait sans avoir besoin de s'en assurer. Il ne recula pas et fit face à l'assassin de Miller comme s'il n'avait pas le moindre souci.

— Alors poursuivez-moi, répondit Pitt en riant.

— Vous n'êtes pas en position de faire le méprisant, avertit froidement Sarason. Vous ne réalisez sûrement pas le sérieux de votre situation.

— Je crois que si, dit Pitt, toujours souriant. Vous voulez le trésor de Huascar et vous êtes prêt à tuer la moitié des citoyens du Mexique pour vous en emparer.

— Heureusement, cela ne sera pas nécessaire. J'admets cependant que deux tiers d'un milliard de dollars est une bonne et encourageante raison.

— Cela vous intéresserait-il de savoir comment et pourquoi nous menons nos recherches en même temps que vous ? proposa Pitt.

Ce fut au tour de Sarason de sourire.

— Après un tout petit peu de persuasion, M. Gunn et le député Smith se sont montrés très coopératifs en nous parlant du *quipu* de Drake.

— Ce n'est pas très joli de torturer un député des Etats-Unis et le directeur adjoint d'une agence scientifique nationale.

— Peut-être pas, mais c'est efficace.

— Où sont mes amis et l'équipage du ferry ?

— Je me demandais quand vous me poseriez enfin la question.

— Voulez-vous faire un marché ? dit Pitt qui ne manqua pas de noter les yeux fixes de prédateur de l'homme qui cherchait à l'intimider. (Il lui adressa un regard perçant.) Ou bien préférez-vous diriger vous-même l'orchestre et la danse ?

— Je ne vois aucune raison de marchander. Vous n'avez rien à vendre. De plus, vous n'êtes pas le genre d'homme à qui je puisse faire confiance. D'ailleurs, j'ai tous les atouts. Autrement dit, monsieur Pitt, vous avez perdu la partie avant même de poser vos cartes.

— Dans ce cas, vous pouvez vous permettre de vous montrer magnanime et me dire où sont mes amis.

Sarason haussa les épaules, leva une main et fit un geste.

— C'est le moins que je puisse faire avant de vous attacher un poids de fonte aux pieds et de vous jeter par-dessus bord.

Quatre costauds à la peau sombre ressemblant à des videurs des *cantinas* du coin poussèrent les captifs devant eux du canon de leurs armes automatiques et les alignèrent sur le pont derrière Sarason.

Gordo Padilla marchait en tête, suivi de Jesus, de Gato et de l'aide-mécanicien dont Pitt ne se rappelait pas le nom. Les bleus et les traces de sang séché sur le visage disaient assez qu'on les avait rudement molestés mais ils ne semblaient pas sérieusement blessés. Gunn ne s'en était pas si bien tiré. On dut presque le porter sur le pont. Il avait été battu et Pitt remarqua les taches de sang sur sa chemise et les chiffons couvrant ses mains.

Loren arriva derrière lui, les traits tirés, les lèvres et les joues enflées comme si des guêpes s'étaient acharnées sur elle. Les cheveux en désordre, elle avait des traces de coups rougeâtres sur les bras et les mains. Malgré tout, elle tenait fièrement la tête haute et se dégagea des mains du garde qui la poussait rudement en avant. Elle affichait une expression de défi jusqu'à ce qu'elle aperçoive Pitt. Alors c'est la déception qui envahit ses traits et elle gémit de désespoir.

— Oh ! Non ! Dirk ! s'écria-t-elle. Ils t'ont pris aussi !

Gunn releva péniblement la tête et murmura entre ses lèvres éclatées :

— J'ai essayé de te prévenir, mais...

Sa voix se fit trop faible pour être entendue.

Sarason souriait, insensible.

— Je crois que ce que M. Gunn essaie de vous dire, c'est que lui et les hommes d'équipage ont été submergés par mes hommes après qu'ils nous aient aimablement autorisés à monter à bord de votre ferry. Nous lui avions demandé de nous prêter votre radio pour appeler à l'aide, notre bateau de pêche ayant une avarie.

La colère de Pitt fut si énorme qu'il faillit sauter à la gorge de ces hommes qui avaient brutalisé ses amis. Il respira profondément pour reprendre son calme. Il se jura à voix basse que l'homme qui lui faisait face paierait tout cela un jour. Mais pas maintenant. Le temps viendrait sûrement, s'il ne tentait pas quelque chose de trop insensé.

Il jeta un regard rapide et discret au bastingage le plus proche, jaugeant sa distance et sa hauteur. Puis il se tourna vers Sarason.

— Je n'aime pas les grosses brutes qui se permettent de battre de faibles femmes sans défense, dit-il d'une voix étrangement calme. Et pour quelle raison ? Le lieu du trésor n'est pas un secret pour vous.

— Alors, c'est vrai ? dit Sarason d'un air satisfait. Vous avez trouvé la bête qui garde l'or au-dessus de Cerro El Capirote ?

— Si vous étiez descendu pour mieux voir au lieu de jouer à cache-cache dans les nuages, vous auriez vu la bête vous-même.

Ces derniers mots déclenchèrent un éclair de curiosité dans les yeux globuleux.

— Alors vous saviez que vous étiez suivis ? demanda-t-il.

— Il était évident que vous chercheriez notre hélicoptère après notre rencontre inopinée d'hier. Je me suis dit que si vous vérifiiez tous les aérodromes des deux côtés du golfe hier soir et que vous posiez des questions, il se trouverait bien quelqu'un à San Felipe pour vous indiquer innocemment notre ferry.

— Vous êtes très astucieux !

— Pas vraiment, non. J'ai commis une erreur en vous surestimant. Je n'ai pas pensé que vous réagiriez comme un amateur imprudent qui commence par démolir ses concurrents. Ce n'était du reste pas du tout prévu.

Sarason eut l'air surpris.

— Qu'est-ce que ça veut dire, monsieur Pitt ?

— Ça faisait partie du plan, répondit Pitt presque gaiement. Je vous ai volontairement mené au jackpot.

— Voilà bien un mensonge éhonté !

— Vous êtes tombé dans le piège, mon vieux. Réfléchissez un peu. Pourquoi croyez-vous que j'aie débarqué le Dr Kelsey, Rodgers et Giordino avant de venir au ferry ? Pour les protéger de vos sales pattes, bien sûr.

— Vous ne pouviez pas savoir que nous prendrions votre bateau avant votre retour, dit lentement Sarason.

— Je n'en étais pas sûr. Disons que mon intuition a bien fonctionné. Ça et le fait que je n'obtenais pas de réponse du ferry à mes appels radio.

Le visage de Sarason prit une expression de hyène rusée.

— Bel essai, monsieur Pitt. Vous feriez un excellent auteur de contes pour enfants.

— Vous ne me croyez pas? demanda Pitt, faussement surpris.

— Pas le moins du monde.

— Qu'allez-vous faire de nous?

Sarason afficha un sourire abject de contentement.

— Vous êtes plus naïf que je ne le pensais. Vous savez parfaitement ce qui va vous arriver.

— Vous comptez un peu trop sur votre chance, mon vieux. Si vous tuez Mme Smith, membre du Congrès des Etats-Unis, vous aurez la moitié des forces de police de ce pays aux trousses.

— Personne ne saura qu'elle a été assassinée de sang-froid, dit-il. Votre ferry-boat va couler tout simplement avec tout l'équipage. Ce sera un regrettable accident qui ne sera jamais totalement élucidé.

— Il reste Kelsey, Giordino et Rodgers. Ils sont en pleine forme et en Californie, prêts à raconter toute l'histoire aux Douanes et au FBI.

— Nous ne sommes pas aux Etats-Unis. Nous sommes au Mexique, nation souveraine. Les autorités locales vont mener une enquête approfondie mais ne trouveront aucun indice d'une affaire louche, malgré les accusations sans fondements de vos amis.

— Avec près d'un milliard de dollars en jeu, j'aurais dû me douter que vous vous montreriez généreux pour acheter la coopération de la police locale.

— Ils sont très impatients de signer tout ce que je voudrai, maintenant que je leur ai promis une partie du trésor, se vanta Sarason.

— Sachant de combien vous pourriez disposer, dit Pitt, vous pouviez vous permettre de jouer au Père Noël.

Sarason regarda le soleil couchant.

— Il se fait tard. Je pense que nous avons assez bavardé. (Il se tourna et cria un nom qui fit frissonner Pitt.) Tupac, viens dire bonjour au monsieur qui t'a rendu impuissant.

Tupac Amaru s'approcha et se planta devant Pitt, les dents serrées en un sourire rappelant celui de la tête de mort du drapeau des pirates. Il avait l'air joyeux mais clinique du boucher évaluant un bœuf de concours.

— Je vous avais bien dit que je vous ferais souffrir autant que vous m'avez fait souffrir! dit-il d'un air menaçant.

Pitt étudia le visage mauvais avec une intensité étrangement tendue. Il n'avait pas besoin qu'on lui fasse un dessin sur ce qui l'attendait. Il concentra ses forces pour exécuter le plan qu'il avait mis au point dès sa descente de l'hélicoptère.

Il se dirigea vers Loren mais en marchant légèrement de côté et, sans que personne le remarque, commença à se ventiler au maximum.

— Si c'est vous qui avez blessé le député Smith, vous mourrez, aussi vrai que vous êtes là, debout, avec cet air idiot sur le visage.

Sarason éclata de rire.

— Non ! Non ! Vous ne tuerez personne, monsieur Pitt.

— Vous non plus ! Même au Mexique, vous seriez pendu s'il y avait un seul témoin de vos exécutions.

— Je suis le premier à l'admettre, dit Sarason en examinant Pitt avec curiosité. Mais de quels témoins parlez-vous ? (Il fit un grand geste du bras et montra la mer déserte.) Comme vous pouvez le constater, la terre la plus proche est un désert à vingt kilomètres d'ici et le seul bateau visible est notre bateau de pêche, là, à bâbord.

Pitt pencha la tête et regarda le poste de pilotage.

— Et le pilote du ferry-boat ?

Toutes les têtes se tournèrent d'un même mouvement, toutes sauf celle de Gunn. Il fit un geste discret à Pitt puis leva la main, montrant le poste de pilotage vide.

— Vas-y, Pedro ! cria-t-il de toutes ses forces. Cours vite et cache-toi !

Trois secondes. Pitt n'avait besoin que de trois secondes pour couvrir en courant les quatre pas qui le séparaient du bastingage et sauter à l'eau.

Deux des gardes saisirent le mouvement soudain du coin de l'œil, pivotèrent et lâchèrent une courte rafale de leurs armes automatiques, par réflexe. Mais ils tirèrent trop haut et ils tirèrent trop tard. Pitt avait atteint l'eau et disparu dans ses profondeurs ténébreuses.

42

Dans l'eau, Pitt nagea avec la ferveur d'un possédé. Il aurait impressionné les juges d'un comité olympique et battit sans doute tous les records de natation sous l'eau. La mer était chaude mais la visibilité de moins d'un mètre à cause du limon que charriaient les eaux du Colorado. Le bruit des coups de feu fut amplifié par la densité de l'eau et résonna comme un tir de barrage aux oreilles de Pitt.

Les balles frappèrent l'eau et entrèrent dans la mer avec un bruit de fermeture éclair. Pitt se stabilisa quand ses mains touchèrent le fond en faisant voler un nuage de fin limon. Il se rappela que, pendant son séjour dans l'armée de l'air, on lui avait appris que la vitesse d'une balle était annulée après une course d'un mètre cinquante dans l'eau. Après ça, elle tombait au fond sans plus de danger.

Quand la lumière de la surface disparut, il sut qu'il était passé sur tribord de la quille de l'*Alhambra*. Il avait de la chance dans son calcul du temps. On approchait de la marée haute et le ferry était maintenant à deux mètres au-dessus du fond. Il nagea lentement et régulièrement, soufflant un tout petit peu d'air à la fois, se dirigeant vers l'arrière du bateau en une course qui l'amènerait, il l'espérait, sur bâbord, près de la grande roue à aubes. Il avait épuisé presque tout l'oxygène de ses poumons et commençait à voir un brouillard sombre envahir peu à peu son champ de vision quand l'ombre du ferry disparut enfin et qu'il put à nouveau apercevoir la surface briller au-dessus de lui.

Il remonta à l'air libre à deux mètres sur l'arrière de l'abri que représentait l'intérieur de la roue bâbord. Il n'était pas question de se faire repérer. Mais c'était ça ou se noyer. Restait à savoir si les sbires de Sarason avaient prévu ce qu'il allait faire et couru vers le flanc opposé du ferry. Il entendit des tirs sporadiques sur tribord et il reprit espoir. Ils n'étaient pas sur sa trace, du moins pas encore.

Pitt respira plusieurs fois profondément l'air pur tout en prenant ses repères. Puis il plongea sous la protection temporaire de l'immense roue du ferry. Après avoir estimé la distance, il leva une main au-dessus de sa tête et battit lentement des pieds. Sa main heurta une solide poutre de bois. Il la saisit et sortit la tête de l'eau. Il eut l'impression d'avoir pénétré une vaste grange dont les poutres s'étendaient dans tous les sens.

Il leva les yeux vers le grand ensemble circulaire qui propulsait le ferry. Il avait la même construction et la même action radiale que les vieilles roues à eau utilisées autrefois pour actionner les moulins à eau et les scieries. Les gros moyeux de fonte montés sur l'arbre de transmission étaient munis d'alvéoles d'où partaient des bras de bois s'étirant sur dix mètres de diamètre. L'extrémité de chaque bras était boulonnée sur de longues planches horizontales qui tournaient sans arrêt, plongeant dans l'eau et la repoussant vers l'arrière pour faire avancer le ferry. L'ensemble, comme son jumeau de l'autre côté du bateau, était serti dans des capotages géants fixés à l'intérieur de la quille.

Pitt se suspendit à l'un des flotteurs et attendit tandis qu'un banc de petits bars curieux couleur de sable tournaient autour de ses jambes. Il n'était pas encore sorti d'affaire. Il y avait une porte d'accès permettant à l'équipage d'entretenir la roue à aubes. Il décida de rester dans l'eau. En effet, son instinct lui disait que ce serait une grave erreur de se faire prendre en train de grimper sur les bras de bois si un des malabars avait la mauvaise idée d'ouvrir la porte d'accès, le doigt sur la détente un peu trop chatouilleux. Mieux valait être prêt à replonger au premier signe de danger.

Il entendait des pas dans le pont des voitures, au-dessus, accentués par quelques tirs occasionnels. Il ne voyait rien mais il était facile de comprendre ce que les hommes de Sarason étaient en train de faire. Ils fouillaient tous les ponts, tirant sur tout ce qui ressemblait à un homme sous l'eau. Il entendait les voix crier mais ne saisissait pas les mots. Aucun gros poisson, à cinquante mètres à la ronde, ne survécut à la fusillade.

Le claquement de la serrure de la porte d'accès retentit, comme il l'avait prévu. Il se laissa glisser dans l'eau jusqu'à ce que la moitié de sa tête seulement dépasse de la surface, mais il était encore caché à quiconque se trouvait plus haut, sur un des immenses flotteurs.

Il ne put distinguer le visage mal rasé scrutant l'eau à travers les aubes mais cette fois, il entendit la voix forte et claire, derrière l'intrus, une voix qu'il ne connaissait que trop. Il sentit ses cheveux se dresser sur sa nuque en entendant les paroles d'Amaru.

— Tu l'as aperçu ?

— Non, il n'y a que des poissons, ici, grogna l'homme à la porte en apercevant le banc de bars.

— Il n'a pas fait surface au large du bateau. S'il n'est pas mort, il doit se cacher quelque part sous le ferry.

— Personne ne se cache ici. C'est une perte d'énergie de continuer à chercher. On lui a mis assez de plomb pour que son cadavre lui serve d'ancre.

— Je ne serai satisfait que quand j'aurai vu son cadavre, dit Amaru d'un ton féroce.

— Si vous voulez un corps, dit le tireur en refermant la porte, il faudra draguer la vase. C'est la seule façon de le retrouver.

— Retourne au bastingage avant, ordonna Amaru. Le bateau de pêche revient.

Pitt entendit le battement du diesel et sentit les vibrations de l'hélice du bateau qui s'approchait du ferry pour emmener Sarason et ses mercenaires. Pitt se demanda vaguement ce que ses amis pensaient de lui, de sa fuite et du fait qu'il les avait abandonnés, même si c'était une mesure désespérée pour leur sauver la vie.

Rien ne se passait comme il l'avait prévu. Sarason avait deux pas d'avance sur Pitt.

Déjà, il n'avait pu empêcher que Loren et Gunn tombent aux mains des voleurs. Déjà, par stupidité, il n'avait rien fait pour empêcher la capture de l'équipage. Déjà, il avait laissé échapper le secret du trésor de Huascar. D'après la façon dont il avait mené les événements, Pitt aurait été surpris que Sarason et ses copains l'élisent à la présidence du *Solpemachaco*.

Il se passa près d'une heure avant qu'il puisse distinguer le son du bateau de pêche mourir au loin. Vint ensuite le bruit du rotor d'un hélicoptère décollant du ferry. C'était évidemment celui de la NUMA. Un cadeau de plus aux criminels.

L'obscurité était tombée. Aucune lumière ne se reflétait dans l'eau. Pitt se demanda pourquoi les hommes, sur le pont supérieur, avaient mis si longtemps pour évacuer le ferry. Il avait la certitude qu'on en avait laissé un ou davantage pour s'occuper de lui au cas où il reviendrait d'entre les morts. Amaru et Sarason ne pouvaient tuer les autres avant d'être absolument sûrs que Pitt était mort et ne pourrait donc rien raconter aux autorités, aux médias surtout.

Il sentait dans sa poitrine le poids de sa peur. Il n'avait pas l'avantage. Si on avait emmené Loren et Rudi de l'*Alhambra*, il lui fallait aller à terre d'une façon ou d'une autre pour prévenir de la situation Giordino et les fonctionnaires des Douanes à la frontière américaine, dans la ville de Calexico. Et qu'était-il arrivé à l'équipage? La prudence exigeait de s'assurer d'abord qu'Amaru et ses copains n'étaient plus à bord. Si l'un d'eux était resté pour voir s'il ressuscitait, ils allaient l'attendre. Ils avaient tout leur temps. Lui n'en avait presque pas.

Il lâcha le flotteur et plongea sous la coque. Le fond de limon semblait plus près de la quille qu'il ne s'en souvenait après son premier plongeon. Cela ne lui parut pas logique jusqu'à ce qu'il passe sous le tuyau de fond de cale et sente une forte succion. Il comprit que les robinets de prise d'eau de fond de cale avaient été ouverts. Amaru était en train de saborder l'*Alhambra*.

Il se retourna et nagea lentement jusqu'au bout du ferry où il avait laissé l'hélicoptère. Il prit le risque d'être vu en faisant brièvement surface le long de la coque sous le pont pour prendre une autre respiration. Après une heure et demie d'immersion, il se sentait imprégné d'eau. Sa peau ressemblait à celle d'un vieil homme fripé. Il n'était pas trop fatigué mais sentait qu'il avait perdu au moins vingt pour cent de sa force. Il se glissa à nouveau sous la coque et se dirigea vers les gouvernails de bas-fond installés à la proue. Ils sortirent bientôt de l'eau trouble. Tendant le bras, il en attrapa un et leva lentement son visage hors de l'eau.

Aucun regard soupçonneux ne l'attendait, aucune arme n'était dirigée vers son front. Il s'accrocha donc au gouvernail et flotta, se détendant et rassemblant ses forces. Il tendit l'oreille. Aucun son ne venait du pont des voitures, au-dessus.

Finalement, il se hissa assez haut pour jeter un coup d'œil par-dessus la rampe levée d'entrée et de sortie des automobiles. L'*Alhambra* était dans une totale obscurité. Aucune lueur ni à l'intérieur ni à l'extérieur. Les ponts paraissaient immobiles et déserts. Comme il l'avait supposé, l'hélicoptère avait disparu. Un frisson lui descendit dans le dos. C'était la crainte de l'inconnu. Comme un vieux fort à la frontière de l'Ouest avant l'attaque des Apaches, tout était trop calme.

Pitt se dit que, décidément, ce n'était pas son jour de chance. Ses amis étaient captifs et retenus en otage. Peut-être même étaient-ils morts. Mais il préférait ne pas s'attarder à cette pensée. Il avait encore perdu un hélicoptère de la NUMA. Volé par les criminels qu'il était justement supposé faire tomber dans un piège. Le ferry-boat était en train de couler sous ses pieds et il était sûr qu'un ou plusieurs tueurs le guettaient quelque part à bord pour exercer sur lui une terrible vengeance. Tout compte fait, il aurait donné gros pour être quelque part à Saint Louis.

Depuis combien de temps était-il pendu là, sur le gouvernail, il n'en savait plus rien. Peut-être cinq minutes, peut-être quinze. Ses yeux s'étaient accoutumés à l'obscurité mais tout ce qu'il distinguait à l'intérieur du vaste pont des automobiles était le reflet pâle des chromes du pare-chocs et de la grille de radiateur de la Pierce Arrow. Il resta pendu là dans l'attente de percevoir un mouvement ou d'entendre un bruit furtif. Le pont qui s'étendait en une caverne béante était assez effrayant. Mais il devait y entrer s'il voulait une arme, pensa-t-il nerveusement, n'importe quelle arme pour se protéger des hommes qui voulaient faire de lui un steak haché.

A moins que les tueurs d'Amaru aient accompli une fouille professionnelle de la vieille caravane, ils ne devaient pas avoir trouvé le brave petit Colt 45 du bon M. Browning que Pitt avait caché dans le bac à légumes du réfrigérateur.

Il saisit le bord du pont et se hissa à bord. Il lui fallut cinq longues secondes pour le traverser, faire glisser la porte de la caravane et y entrer. D'un mouvement rapide, il ouvrit la porte du réfrigérateur et ouvrit le bac à légumes. Le Colt reposait où il l'avait laissé. Un bref instant, il laissa le soulagement l'envahir en serrant dans la main la petite arme à laquelle il faisait toute confiance.

Son soulagement fut de courte durée. Le Colt était bien léger dans sa main, trop léger, en fait. Il poussa la glissière et éjecta le chargeur. Il était vide, le canon aussi. Avec un désespoir croissant, il ouvrit le tiroir près de la cuisinière où il rangeait les couteaux. Ils avaient disparu avec l'argenterie. La seule arme restant dans la caravane était donc apparemment le Colt inutile.

Le chat et la souris.

Ils étaient donc bien là quelque part. Pitt comprenait qu'Amaru allait prendre son temps et jouer avec sa proie avant de la mettre en pièces et de jeter les morceaux aux poissons du golfe. Il s'accorda quelques secondes pour mettre au point une stratégie. Il s'assit dans le noir sur le lit de la caravane et réfléchit calmement à ses prochaines actions.

Si l'un des tueurs l'attendait sur le pont des voitures, il aurait facilement pu tirer, lui lancer un couteau ou l'assommer avec un bâton pendant qu'il courait à la caravane. Du reste, rien ne les empêchait de faire irruption ici et d'en finir. Amaru était un homme rusé, il fallait bien l'admettre. Le Sud-Américain avait deviné qu'il était encore en vie et saisirait n'importe quelle arme à la première occasion. Il avait fait preuve d'astuce en fouillant la caravane et en trouvant le Colt. Mais quelle preuve de sadisme d'enlever les balles en laissant le pistolet à sa place ! Et ce n'était probablement que la première étape d'un jeu de tourments et de misères avant le coup de grâce. Amaru avait l'intention de faire tourner Pitt en rond avant de le tuer.

« Commençons par le commencement », se dit Pitt. Des vampires se promenaient dans le noir, d'accord, des vampires qui voulaient sa peau. Ils le croyaient sans défense, comme un bébé. Il était sur un bateau en train de couler et ne pouvait aller nulle part. Et c'était exactement ce que Pitt voulait qu'ils pensent.

Si Amaru n'était pas pressé, il ne l'était pas non plus. Il ôta tranquillement ses vêtements mouillés et ses chaussures pleines d'eau puis s'essuya avec une serviette de toilette. Il enfila ensuite un pantalon gris foncé, une chemise de coton noir et une paire de tennis. Puis il avala calmement un sandwich au beurre de cacahuète et deux verres de bière. Se sentant mieux, il tira un petit tiroir sous le lit et vérifia le contenu d'une petite poche de cuir où il rangeait ses munitions. Le chargeur de rechange avait disparu, comme il s'y attendait. Mais il restait une lampe de poche et, dans un coin du tiroir, une petite bouteille de plastique dont l'étiquette indiquait le contenu. Un assortiment de vitamines A, C et bêtacarotène. Il secoua le flacon et sourit comme un campeur heureux en entendant le bruit attendu.

Il enleva le couvercle et mit huit balles de calibre 45 dans la paume de sa main.

«Les choses s'éclairent un peu», se dit-il. La ruse d'Amaru n'était pas parfaite à cent pour cent. Il mit sept balles dans le chargeur et une dans le canon. Maintenant, il pouvait répondre et le bon vieil *Alhambra* ne coulerait pas plus bas que son pont inférieur quand sa quille serait enfoncée dans le fond vaseux.

«Chaque scélérat a un plan, mais chaque plan a toujours au moins une faille», répéta Pitt dont c'était une des maximes favorites.

Il regarda sa montre. Vingt minutes s'étaient déjà écoulées depuis qu'il était entré dans la caravane. Il tâtonna dans un tiroir jusqu'à ce qu'il trouve une cagoule de ski bleu foncé qu'il enfila immédiatement. Il chercha ensuite son couteau suisse de l'armée qui se trouvait dans la poche d'un pantalon posé sur une chaise.

Il tira sur un petit anneau scellé au plancher et souleva une trappe qu'il avait aménagée dans la caravane pour disposer de plus d'espace. Il enleva la caisse de rangement, la posa à côté et se faufila dans l'espace étroit du plancher. Allongé sur le pont, sous la caravane, il essaya de percer l'obscurité et tendit l'oreille. Pas un son. Les tueurs invisibles étaient des hommes patients.

Froidement et posément, en homme méthodique avec un but précis, ne doutant pas une seconde du résultat de ce qu'il entendait faire, Pitt roula sur lui-même hors de la protection de la caravane et se déplaça comme un fantôme. Il enjamba une écoutille et descendit l'échelle qui le mena à la salle des machines.

Il bougea avec prudence, attentif à ne pas faire de mouvements brusques ni de bruit inutile.

Amaru ne lui ferait pas de cadeau.

Personne ne s'en occupant, les chaudières qui normalement créaient la vapeur alimentant les moteurs avaient refroidi au point que Pitt put poser la main sur leur épaisse surface rivetée sans se brûler. Le Colt serré dans sa main droite, il tint la lampe de poche de la main gauche tendue aussi loin que son bras l'autorisait. Seuls les gens sans méfiance lancent un rai de lumière devant eux. Si un homme coincé tire sur la personne qui lui allume une torche sous le nez, il pointe généralement son arme où il pense trouver le corps, c'est-à-dire juste derrière la lumière.

La salle des machines semblait déserte, néanmoins il banda tous ses muscles. Il venait d'entendre un son étouffé, comme si quelqu'un essayait de parler à travers un bâillon. Pitt tourna le rayon de la lampe vers le haut, dans l'immense châssis qui supportait le balancier. Il y avait quelqu'un là-haut. Quatre personnes, en fait.

Gordo Padilla, l'aide-mécanicien dont Pitt ne connaissait pas le nom et deux manœuvres, Jesus et Gato, tous pendus la tête en bas, solidement attachés et bâillonnés avec du chatterton, le suppliaient des yeux. Pitt sortit la plus longue lame de son couteau suisse et les délivra rapidement, libérant leurs mains ce qui leur permit de libérer leur bouche.

— *Muchas gracias, amigo*, fit Padilla, haletant lorsque le chatterton arracha plusieurs poils de sa moustache. Merci à la Sainte Vierge Marie de vous avoir fait venir au bon moment. Ils allaient nous égorger comme des moutons.

— Quand les avez-vous vus pour la dernière fois? demanda Pitt à voix basse.

— Il n'y a pas plus de dix minutes. Ils peuvent revenir n'importe quand.

— Il faut que vous quittiez ce bateau.

— Je n'arrive pas à me rappeler quand nous avons utilisé les chaloupes de sauvetage, dit Padilla en haussant les épaules avec indifférence. Les bossoirs et les moteurs doivent être tout rouillés et les canots eux-mêmes complètement pourris.

— Ne pouvez-vous nager? demanda Pitt en désespoir de cause.

Padilla fit non de la tête.

— Pas très bien. Jesus ne sait pas nager du tout. Les marins n'aiment pas aller dans l'eau. (Son visage s'éclaira sous le rayon de la lampe de poche.) Il y a un petit radeau pour six attaché au bastingage près de la cuisine!

— Priez pour qu'il flotte encore. Prenez ça pour couper les amarres, dit-il en tendant son couteau à Padilla.

— Et vous? Vous ne venez pas avec nous?

— Laissez-moi dix minutes pour fouiller rapidement le bateau et voir si je trouve les autres. Si je ne les trouve pas, filez tous dans le radeau pendant que je créerai une diversion.

Padilla serra Pitt dans ses bras.

— Que la chance soit avec vous.

Il était temps de bouger.

Avant de monter vers les ponts supérieurs, Pitt sauta dans l'eau qui remplissait rapidement les cales et ferma les vannes des prises d'eau. Il décida de ne pas reprendre l'échelle ni l'escalier. Il avait la désagréable impression qu'Amaru suivait d'une façon ou d'une autre chacun de ses mouvements. Il escalada le moteur jusqu'en haut du cylindre de vapeur puis utilisa une échelle de Jacob jusqu'au sommet du châssis avant de sauter sur le pont supérieur du ferry, juste derrière les cheminées.

Pitt ne craignait pas Amaru. Il avait gagné le premier round, au Pérou, parce que celui-ci l'avait considéré comme mort après avoir coupé la corde de sécurité dans le puits sacré. Le tueur sud-américain n'était pas infaillible. Il se tromperait encore parce que son esprit était embué de haine et de vengeance.

Pitt redescendit après avoir fouillé les deux cabines de pilotage. Il ne trouva aucune trace de Loren ni de Rudi dans le vaste espace réservé aux passagers, pas plus que dans la cuisine ou dans les quartiers de l'équipage.

Sans savoir ce qu'il pourrait rencontrer dans le noir, ou qui et quand, il fouilla la plus grande partie du bateau à quatre pattes, allant d'un coin à l'autre comme un crabe, utilisant toutes les cachettes possibles. Le bateau paraissait aussi désert qu'un cimetière mais pas une seconde il ne s'imagina que les tueurs avaient abandonné le navire.

Les règles n'avaient pas changé. On avait emmené Loren et Rudi vivants parce que Sarason croyait raisonnablement Pitt encore vivant. La faute, c'était de faire confiance, pour le tuer, à un homme aveuglé par sa vengeance. Amaru était trop malade de haine pour se débarrasser proprement de Pitt. Il voulait tirer trop de satisfaction à faire souffrir à l'homme qui lui avait ôté sa virilité toutes les tortures de l'enfer. Loren et Rudi avaient une épée de Damoclès suspendue sur leur tête, mais elle ne tomberait que lorsqu'il serait absolument sûr que Pitt était mort et bien mort.

Les dix minutes étaient passées. Il ne lui restait plus qu'à créer une diversion pour que Padilla et son équipe puissent disparaître avec le radeau dans le noir. Quand il serait certain qu'ils étaient bien partis, Pitt tenterait à son tour de nager jusqu'à la côte.

Ce qui le sauva, deux secondes après qu'il eut détecté le bruit étouffé de pieds nus sur le pont, fut la vitesse à laquelle il se laissa tomber à quatre pattes. C'était une ancienne feinte de football que les moyens modernes d'entraînement avaient rendue obsolète. S'il s'était retourné, s'il avait allumé sa lampe de poche et tiré sur la masse sombre qui surgit dans la nuit, il aurait perdu les deux mains et la tête sur la lame de la machette qui fendit l'air comme une hélice d'avion.

L'homme qui émergea de l'obscurité ne put arrêter son élan. Ses genoux heurtèrent le corps accroupi de Pitt et il tomba en avant, perdant tout contrôle, comme lancé par un énorme ressort. Il s'écroula lourdement sur le pont, la machette tournoyant sur le côté. Roulant sur lui-même, Pitt dirigea le rayon de sa lampe sur son assaillant et appuya sur la détente du Colt. Le bruit fut assourdissant. La balle pénétra dans la poitrine du tueur au niveau de l'aisselle. Le tir était mortel. Le corps eut un bref sursaut puis frissonna et s'immobilisa.

— Beau travail, gringo, dit la voix d'Amaru dans le haut-parleur. Manuel était l'un de mes meilleurs hommes.

Pitt ne perdit pas son souffle à répondre. En une seconde, il fit le point de la situation. Il était clair qu'Amaru avait suivi tous ses mouvements depuis qu'il avait atteint les ponts ouverts.

Inutile de se cacher, maintenant. Ils savaient où il se trouvait, mais lui ne les voyait pas. Le jeu était fini. Tout ce qu'il pouvait espérer, c'est que Padilla et ses hommes avaient réussi à gagner le large sans être vus.

Pour le principe, il tira trois coups de feu dans la direction d'où venait la voix d'Amaru.

— Raté, fit celui-ci en riant. Et de loin !

Pitt essaya de gagner du temps en tirant une balle toutes les quelques secondes jusqu'à ce que son arme fût vide. Il avait utilisé toutes les tactiques possibles et ne pouvait rien faire de plus. Sa situation devint encore plus désespérée quand Amaru, ou l'un de ses hommes, alluma toutes les lumières du ferry, le laissant aussi exposé qu'un acteur sur une scène vide sous les spots. Il s'adossa à une cloison et observa le bastingage du côté de la cuisine. Le canot était parti et les amarres pendaient, coupées. Padilla et ses trois compagnons avaient plongé dans l'obscurité avant que les lumières s'allument.

— Je vais vous faire une proposition que vous ne méritez pas, dit Amaru d'une voix qu'il tentait de rendre sympathique. Laissez tomber et vous mourrez très vite. Résistez, et votre mort sera lente et pénible.

Pitt n'eut pas besoin d'une traduction pour expliquer la profondeur des intentions d'Amaru. Son choix était limité. Le ton du Sud-Américain lui rappelait le bandit mexicain qui essayait de forcer Walter Huston, Humphrey Bogart et Tim Hold à abandonner l'or qu'ils avaient trouvé dans le film *Le Trésor de la Sierra Madre*.

— Ne perdez pas votre temps à vous décider. Nous avons d'autres...

Pitt n'avait pas envie d'en entendre davantage. Il était aussi sûr qu'on peut l'être qu'Amaru essayait de retenir son attention pendant qu'un de ses assassins avançait discrètement assez près de lui pour lui lancer un couteau quelque part où ça ferait mal. Il n'avait pas la moindre intention d'attendre pour servir de gibier à un gang de sadiques. Il traversa le pont en courant et sauta par-dessus le bastingage pour la seconde fois de la soirée.

Un plongeur professionnel aurait gracieusement pris son élan et exécuté quelques sauts carpés, rotations et sauts périlleux avant d'entrer nettement dans l'eau, quinze mètres plus bas. Il se serait aussi sans doute cassé le cou et quelques vertèbres en s'écrasant dans le limon du fond, à deux mètres seulement de la surface.

Pitt n'avait aucune intention de faire un jour partie de l'équipe de plongeurs des Etats-Unis. Il sauta les pieds en avant puis se plia en deux et frappa l'eau comme un boulet de canon.

Amaru et ses deux seuls compagnons coururent au bord du pont et regardèrent en bas.

— Vous le voyez ? demanda Amaru en scrutant l'eau sombre.

— Non, Tupac, il a dû passer sous la coque.

— L'eau devient sale, expliqua une autre voix. Il a dû s'enterrer dans la vase du fond.

— Cette fois-ci, nous ne prendrons pas de risque. Juan, la caisse de grenades explosives que nous avons apportée de Guaymas. On va le réduire en bouillie. Jette-les à environ cinq mètres de la coque, surtout dans l'eau autour des roues à aubes.

Pitt creusa un trou dans le fond de la mer. Il ne s'était pas cogné assez fort pour se blesser mais assez pour créer un énorme nuage de limon. Il se remit droit et s'éloigna de l'*Alhambra* sans être vu du haut.

Il craignait d'être repéré par le tueur lorsqu'il sortirait du nuage de boue. Ce ne fut pas le cas. Une brise rafraîchissante venue du sud commença à agiter la surface de l'eau en petits rouleaux, causant une réfraction que les lumières du ferry-boat ne pouvaient pénétrer.

Il nagea sous l'eau aussi loin qu'il put avant que ses poumons ne commencent à le brûler. Quand il refit surface, il le fit doucement, faisant confiance à sa cagoule pour le rendre invisible dans l'eau noire. Cent mètres plus loin, il fut enfin hors de portée des lumières du navire. Il distinguait à peine les silhouettes noires qui s'agitaient sur le pont supérieur. Il se demanda pourquoi ils ne tiraient pas dans l'eau. Puis il entendit un grondement sourd, vit l'eau blanche se soulever en un jet immense et sentit d'un seul coup une pression qui lui coupa le souffle.

Des grenades sous-marines ! Ils essayaient de le tuer par commotion avec des grenades sous-marines ! Quatre nouvelles détonations se suivirent rapidement. Heureusement, elles venaient de la zone médiane du navire, près des roues à aubes. En s'éloignant par l'extrémité du ferry, Pitt s'était involontairement mis à l'abri de la force principale des explosifs.

Il serra ses genoux contre sa poitrine pour absorber la plus grande partie de l'impact. Trente mètres plus près, il aurait sans doute perdu connaissance. Soixante mètres et il aurait été réduit en bouillie. Pitt augmenta la distance qui le séparait du ferry jusqu'à ce que les éruptions ne le secouent pas plus que l'embrassade sensuelle d'une forte femme.

Levant la tête vers le ciel clair, il chercha l'étoile Polaire pour voir à peu près où il se trouvait. Quatorze kilomètres plus loin, la côte ouest désolée du golfe était la terre la plus proche. Il enleva sa cagoule et se mit sur le dos. Le visage tourné vers le tapis des étoiles, il commença à nager tranquillement vers l'ouest.

Pitt n'était certes pas en état de battre un record. Après deux heures, il avait l'impression que ses bras pesaient des tonnes. Après six heures, ses muscles douloureux protestaient et la douleur était si forte qu'il croyait n'en avoir jamais ressenti de semblable. Puis enfin, heureusement, la fatigue commença à endormir la douleur. Il fit ce qu'on lui avait appris quand il était scout. Il enleva son pantalon, fit des nœuds aux chevilles et les balança au-dessus de sa tête pour attraper l'air, ce qui faisait un flotteur lorsqu'il se reposait. Et il se reposa de plus en plus souvent à mesure que la nuit avançait.

A aucun moment il ne songea à s'arrêter ni à se laisser dériver dans l'espoir qu'un bateau de pêche le remarquerait. La vision de Loren et de Rudi aux mains de Sarason était suffisamment stimulante pour le faire continuer.

Les étoiles commençaient à pâlir à l'est quand il sentit enfin sous ses pieds la terre ferme. Il se dressa, chancela, fit quelques pas sur le sable et s'effondra, plongeant immédiatement dans un profond sommeil.

43

Ragsdale, portant un gilet pare-balles sous une combinaison d'ouvrier, marchait aussi naturellement que possible jusqu'à la porte latérale d'un petit entrepôt où était affiché, au-dessus d'une fenêtre, un panneau « A louer ». Il posa par terre la boîte à outils vide, sortit une clef de sa poche et ouvrit la porte.

A l'intérieur, une équipe composée de vingt agents du FBI et de huit douaniers achevait la préparation d'une descente dans les locaux de Zolar International, de l'autre côté de la rue. La police locale avait été avertie de l'opération et quadrillait le complexe industriel pour s'assurer qu'il n'y avait aucune activité inhabituelle.

La plupart des hommes et les quatre femmes portaient des vêtements d'assaut et des armes automatiques tandis que les quelques experts spécialisés en objets d'art et en antiquités étaient en civil. Ces derniers étaient chargés de valises bourrées de catalogues et de photographies représentant les objets volés les plus connus, qu'ils espéraient récupérer.

Chaque agent avait une tâche précise à accomplir dès l'entrée dans le bâtiment. La première équipe devait s'assurer des lieux et rassembler les employés, le seconde, chercher les caches tandis que la troisième devait fouiller les bureaux afin de saisir tous les papiers pouvant la mettre sur la piste d'opérations et d'achats illégaux.

Travaillant séparément, une équipe spécialisée dans l'emballage très particulier des objets d'art attendait pour mettre en caisse et emporter les pièces saisies. Le ministre de la Justice des Etats-Unis, travaillant sur cette affaire aussi bien pour le FBI que pour les Douanes, avait insisté sur le fait que la rafle devait être conduite de façon irréprochable et les objets saisis maniés avec délicatesse.

L'agent Gaskill se tenait au centre du poste de commandement. Il se retourna lorsque Ragsdale s'approcha et sourit.

— C'est toujours calme ?

L'agent du FBI s'assit sur une chaise de toile.

— Tout est calme, sauf un jardinier qui taille une haie autour du bâtiment. Tout le reste est aussi tranquille qu'un jardin de curé.

— C'est rudement malin de la part des Zolar d'utiliser un jardinier pour surveiller les lieux. S'il n'avait pas tondu la pelouse quatre fois cette semaine, on ne l'aurait même pas remarqué.

— Ça et le fait que notre équipe de surveillance a identifié le casque de son walkman qui n'est autre qu'un émetteur radio, ajouta Ragsdale.

— C'est bon signe. S'ils n'avaient rien à cacher, ils n'auraient pas besoin d'une tactique aussi roublarde.

— Ne te monte pas la tête. L'entrepôt des Zolar est sûrement suspect mais rappelle-toi que, quand le FBI y est entré il y a deux ans avec un mandat de perquisition, on n'a même pas trouvé un stylo à bille volé.

— La même chose pour les Douanes, quand on a réussi à persuader les Impôts de leur coller un contrôle fiscal. Zolar et sa famille en sont sortis blancs comme neige.

Ragsdale remercia un agent qui lui apportait une tasse de café.

— Tout ce qu'on a pour nous aujourd'hui, c'est l'élément de surprise. Rappelle-toi, notre dernière descente a loupé parce qu'un agent de police, payé par les Zolar, les a prévenus.

— Remercions le ciel qu'il ne s'agisse pas d'une forteresse hautement armée !

— As-tu des nouvelles de ton informateur secret ? demanda Gaskill.

Ragsdale fit un signe négatif.

— Il commence à croire que nous l'avons mis sur une mauvaise opération. Il n'a pas trouvé le plus petit indice d'un commerce illégal.

— Personne, à l'intérieur ou à l'extérieur, qui ne soit un employé de bonne foi. Aucune marchandise illégale reçue ou expédiée ces quatre derniers jours. Tu n'as pas l'impression qu'on attend qu'il neige à Galveston ?

— On le dirait bien.

Gaskill le regarda bien en face.

— Tu veux repenser l'opération et annuler la rafle ?

— Les Zolar ne sont pas parfaits, fit Ragsdale en soutenant son regard. Il doit bien y avoir une paille quelque part dans le système et je suis prêt à jouer ma carrière sur le fait que cette paille est là, dans l'immeuble d'en face.

— Je suis à fond avec toi, fit Gaskill en riant, même si on se retrouve à la retraite anticipée.

Ragsdale leva le pouce.

— Alors le spectacle continue, dans huit minutes comme prévu.

— Pendant que Zolar et ses deux frères se baladent autour de Baja en cherchant leur trésor et que le reste de la famille est en Europe, nous n'aurons jamais une meilleure occasion pour explorer les lieux avant que leur armée d'avocats aient vent de ce qui se passe et mettent tout en œuvre pour nous arrêter.

Deux agents conduisant un camion de ramassage emprunté aux services sanitaires de Galveston s'arrêtèrent le long du trottoir juste en face du jardinier qui s'occupait d'un parterre de fleurs à côté de l'immeuble des Zolar. L'homme assis sur le siège du passager baissa sa glace et appela :

— S'il vous plaît ?

Le jardinier se retourna et considéra le camion d'un air curieux. L'agent lui adressa un sourire amical.

— Pouvez-vous me dire si vos gouttières ont refoulé pendant les dernières pluies ?

Surpris, le jardinier quitta son parterre et s'approcha du camion.

— Je ne me rappelle pas qu'elles aient refoulé, fit-il.

L'agent montra une carte de la ville par la fenêtre du camion.

— Savez-vous s'il y a eu des problèmes de drainage dans les rues avoisinantes ?

Tandis que le jardinier se penchait sur la carte, l'agent détendit son bras d'un coup et arracha l'émetteur de la tête de l'homme ainsi que le câble reliant le micro et le casque de sa prise.

— Agents fédéraux, aboya l'agent. Reste tranquille et pas un geste !

L'agent au volant parla dans son propre émetteur.

— Allez-y, la voie est libre.

Les agents fédéraux ne se précipitèrent pas dans l'immeuble des Zolar à la vitesse de la lumière. Ils ne lancèrent pas d'assaut violent comme au cours du désastre qui avait eu lieu, quelques années auparavant, à Waco, au Texas. Il ne s'agissait pas d'une forteresse à haute sécurité. Une équipe s'installa calmement aux sorties du bâtiment tandis que le groupe principal franchissait la grande porte.

Les employés ne furent ni surpris ni effrayés. Seulement déconcertés et perplexes. Les agents les dirigèrent poliment mais fermement à l'étage principal où ils retrouvèrent les ouvriers du stockage et du conditionnement ainsi que les employés du service de conservation des objets. Deux autobus vinrent se ranger devant les portes du service d'expédition et le personnel de Zolar International fut prié de monter dedans pour être conduit au quartier général du FBI, non loin de là à Houston, pour y être interrogé. Toute l'opération ne dura pas plus de quatre minutes.

L'équipe chargée de vérifier les écritures, pour la plupart des agents du FBI spécialisés dans les méthodes comptables et dirigés par Ragsdale, se mit immédiatement au travail, fouillant les bureaux, examinant les dossiers, déchiffrant chaque traduction enregistrée. Gaskill, avec ses douaniers et ses experts en objets d'art, commença à faire la liste et à examiner les milliers de pièces engrangées dans le bâtiment. Le travail était long et ennuyeux et ils ne trouvèrent aucune preuve d'objets volés.

Peu après une heure de l'après-midi, Gaskill et Ragsdale s'installèrent dans le luxueux bureau de Joseph Zolar pour comparer leurs notes au milieu d'objets d'art d'une valeur incroyable. L'agent du FBI ne semblait pas particulièrement heureux.

— Ça sent les gros ennuis à venir, la très mauvaise publicité et les gigantesques poursuites qui s'ensuivront, dit-il, écœuré.

— Aucun signe d'activité criminelle dans les dossiers ?

— Rien qui vaille le coup. Il faudra un bon mois à un contrôleur pour savoir si nous tenons quelque chose. Qu'as-tu trouvé de ton côté ?

— Jusqu'à présent, tous les objets trouvés sont clean. Pas un truc volé.

— Alors on a fait encore une fois chou blanc ?

Gaskill soupira.

— Ça me désole de le dire, mais on dirait que les Zolar sont autrement plus malins que toutes les équipes d'enquêteurs que le gouvernement des Etats-Unis peut lancer sur le terrain.

Quelques minutes plus tard, deux agents des Douanes qui avaient travaillé avec Gaskill sur la fouille de l'appartement de Rummel, à Chicago, Beverly Swain et Winfried Pottle, entrèrent dans le bureau. Leur attitude était professionnelle mais ils ne pouvaient dissimuler un léger sourire. Ragsdale et Gaskill, absorbés par leur conversation, ne réalisèrent pas que les deux jeunes gens n'étaient pas entrés par la porte du bureau mais par celle de la salle de bains adjacente.

— Vous avez une minute, patron ? demanda Beverly Swain.

— Qu'est-ce qu'il y a ?

— Je crois que nos instruments ont détecté une sorte de puits menant sous le bâtiment, répondit Pottle.

— Répétez-moi ça ? demanda Gaskill.

Ragsdale leva la tête.

— Des instruments ?

— Un détecteur sonique et radar, capable de sonder le sol, que nous avons emprunté à l'école des Mines du Colorado, expliqua Pottle. Il a enregistré un mince espace sous le plancher de l'entrepôt et, apparemment, ça s'enfonce dans le sol.

Une petite lueur d'espoir illumina Gaskill et Ragsdale. Ils se levèrent immédiatement.

— Comment avez-vous su où chercher ? demanda Ragsdale.

Pottle et Swain ne purent retenir un sourire de triomphe. Swain fit signe à son collègue de répondre.

— Nous avons pensé que s'il y avait un passage menant à une cachette, il devait partir ou s'achever dans le bureau privé de Zolar, avec un tunnel qu'il pourrait emprunter sans être vu.

— Sa salle de bains personnelle ? devina Gaskill, étonné.

— C'est un endroit pratique, confirma Swain.

— Montrez-nous ! fit Ragsdale en respirant profondément.

Pottle et Swain les guidèrent vers une grande salle de bains en marbre avec une baignoire antique et des meubles de teck venant d'un vieux navire, le long des murs. Ils s'approchèrent d'une vasque moderne au niveau du sol, avec un jacuzzi tout à fait incongru dans un endroit décoré à l'ancienne.

— Le passage s'ouvre sous le jacuzzi, dit Swain.

— Vous en êtes sûrs ? fit Ragsdale, sceptique. La cabine de douche me semble plus appropriée pour cacher un ascenseur.

— C'est ce que nous avons pensé d'abord, reprit Pottle, mais nos instruments indiquent que le sol de la douche est en béton massif.

Pottle souleva une longue sonde tubulaire reliée par un câble électrique à un ordinateur compact avec une imprimante. Il mit l'appareil en marche et promena la sonde tout autour de la vasque. Quelques lumières scintillèrent une seconde puis une feuille de papier sortit de la fente supérieure de l'imprimante. Pottle la détacha et la tint devant lui pour que tous la voient.

Au centre de la feuille se dessinait une colonne, de bout en bout.

— Plus de doute, annonça Pottle, c'est un conduit qui a les mêmes dimensions que la vasque et qui descend vers le sous-sol.

— Et vous êtes sûr que votre petite merveille électronique est fiable ? dit Ragsdale.

— C'est le même type d'appareil qui a permis de trouver des passages inconnus et des chambres secrètes dans la pyramide de Gaza, l'année dernière.

Gaskill ne dit rien mais descendit dans la vasque. Il manipula le tuyau de remplissage mais il ne servait qu'à régler le jet et sa direction. Puis il s'assit sur le siège assez large pour contenir quatre personnes. Il tourna les robinets plaqués or d'eau chaude et froide, mais aucune eau n'en sortit.

Il leva la tête avec un grand sourire.

— Je crois qu'on progresse.

Il bougea ensuite le levier servant à ouvrir et à fermer la vidange. Rien ne se produisit.

— Essayez de tourner le brise-jet, suggéra Swain.

Gaskill prit le brise-jet doré dans l'une de ses larges mains et le fit légèrement tourner. A sa grande surprise, il bougea et le fond de la vasque commença à descendre lentement au-dessous du niveau du plancher. Un tour dans l'autre sens et le fond reprit sa place. Il savait, *il savait* que ce simple petit brise-jet et cette vasque stupide étaient les clefs qui allaient mettre bas toute l'organisation Zolar et les faire enfermer pour de bon.

Il fit signe aux autres de le rejoindre.

— On descend ?

L'ascenseur inhabituel descendit presque trente secondes avant de s'arrêter dans une autre salle de bains. Pottle jugea qu'ils étaient environ vingt mètres plus bas. Ils sortirent de la salle de bains du bas et pénétrèrent dans un bureau absolument semblable à celui du dessus. Les lumières étaient allumées mais la pièce était vide. Ragsdale en tête, le petit groupe d'agents ouvrit la porte du bureau et regarda l'immense entrepôt des objets volés. Tous furent sidérés par la taille des lieux et l'incroyable quantité d'objets qui y étaient cachés. Gaskill calcula, à vue de nez, qu'il y avait au moins dix mille pièces tandis que Ragsdale s'avançait dans l'entrepôt pour une rapide reconnaissance. Il revint cinq minutes plus tard.

— Il y a quatre hommes qui travaillent avec un chariot à fourches, dit-il. Ils descendent une statue de bronze représentant un légionnaire romain dans une caisse de bois, à mi-chemin de la quatrième salle. De l'autre côté, dans une zone séparée, j'ai compté six personnes, hommes et femmes, qui travaillent dans ce qui ressemble à une forge où ils doivent copier les pièces. Un tunnel s'ouvre sur le mur sud. Je suppose que ça mène à un autre bâtiment d'où doivent partir et arriver les objets volés.

— Ça doit aussi servir à cacher les entrées et les sorties des employés, suggéra Pottle.

— Mon Dieu ! murmura Gaskill. On a touché le gros lot ! D'ici, je reconnais déjà quatre œuvres volées.

— On ferait bien de se planquer, dit Ragsdale, jusqu'à ce qu'on ait pu faire venir des renforts de là-haut.

— Je suis volontaire pour assurer le transport, dit Swain avec un sourire rusé. Quelle femme résisterait au plaisir de s'asseoir dans une baignoire de fantaisie qui se promène d'étage en étage ?

Dès qu'elle fut partie, Pottle monta la garde à l'entrée de la zone de stockage pendant que Gaskill et Ragsdale fouillaient le bureau souterrain de Zolar. Ils n'y trouvèrent pas grand-chose d'intéressant, aussi commencèrent-ils à fouiller l'entrepôt. Ils découvrirent rapidement ce qu'ils cherchaient dans une haute bibliothèque qui sortit du mur en pivotant sur des roulettes. Une fois poussée, elle révéla une longue pièce étroite meublée sur toute sa longueur de classeurs de bois anciens s'élevant jusqu'au plafond. Chaque classeur était plein de dossiers rangés par ordre alphabétique, contenant les rapports de toutes les acquisitions et de toutes les ventes de la famille Zolar depuis 1929.

— C'est là, haleta Gaskill. Tout est là !

Il commença à sortir certains dossiers d'un classeur.

— Incroyable ! approuva Ragsdale en étudiant les dossiers d'un autre classeur, au milieu de la pièce. Pendant soixante-neuf ans, ils ont tenu à jour les dossiers de chacun des objets d'art qu'ils volaient, passaient en fraude ou copiaient, y compris les données financières et les noms des acheteurs.

— Oh ! Seigneur ! glapit Gaskill. Regarde celui-là !

Ragsdale prit le dossier tendu et feuilleta les premières pages. Quand il leva la tête, son visage marquait l'incrédulité.

— Si ce qui est là-dedans est vrai, la statue du roi Salomon de Michel-Ange, au musée de la Renaissance d'Eisenstein, à Boston, est un faux !

— Mais sacrément bien imitée si l'on considère le nombre d'experts qui l'ont authentifiée !

— Mais le précédent conservateur le savait.

— Bien sûr, dit Gaskill, les Zolar lui ont fait une offre qu'il ne pouvait pas refuser. Selon ce rapport, dix sculptures étrusques extrêmement rares, déterrées illégalement en Italie du Nord et passées en fraude aux Etats-Unis, et une fausse statue de Salomon contre la vraie. Comme l'imitation était trop bien faite pour être décelée, le conservateur est devenu un héros auprès des administrateurs et des mécènes du musée en clamant qu'il avait amélioré la collection en persuadant de riches anonymes d'offrir les statues étrusques.

— Je me demande combien de fraudes semblables nous allons trouver, dit Ragsdale.

— J'ai bien peur que ceci ne soit que la plus petite partie de l'iceberg. Ces dossiers représentent des milliers et des milliers d'affaires illégales avec des acheteurs qui ont fermé les yeux sur la provenance de ce qu'ils achetaient.

Ragsdale sourit.

— J'aimerais bien être une petite souris quand le bureau du ministre de la Justice se rendra compte que nous venons de lui coller au moins dix ans de travail.

— Tu ne connais pas les procureurs fédéraux, dit Gaskill. Quand ils auront en main la preuve de tout ce que les riches hommes d'affaires, politiciens et vedettes en tous genres ont acheté en toute connaissance de cause, ils penseront qu'ils sont morts et déjà au paradis.

— On ferait peut-être bien de réfléchir avant de dévoiler tout ça, fit Ragsdale d'un ton pensif.

— Qu'est-ce que tu mijotes ?

— Nous savons que Joseph Zolar et ses frères Charles Oxley et Cyrus Sarason sont au Mexique où nous ne pouvons ni les arrêter ni les mettre à l'ombre sans un tas de paperasserie légale. D'accord ?

— Je te suis.

— Alors on met une couverture sur cette partie de la rafle, expliqua Ragsdale. D'après ce que je sais, les employés de la partie légale de la société n'ont pas la moindre idée de ce qui se passe au sous-sol. Laissons-les revenir travailler demain, comme si la fouille n'avait rien donné. Qu'ils travaillent comme d'habitude. Autrement, si les Zolar apprennent que nous avons fermé leur boîte et que les procureurs fédéraux mettent au point un dossier en béton, ils fileront tous aux quatre coins du monde où nous ne pourrons jamais leur mettre la main dessus.

Gaskill se frotta pensivement le menton.

— Il ne sera pas facile de les laisser dans l'ignorance. Comme tous les hommes d'affaires en voyage, ils ont probablement des contacts quotidiens avec leurs sociétés.

— Nous utiliserons tous les moyens disponibles pour les feinter, dit Ragsdale en riant. On fera dire à leurs téléphonistes que des travaux de construction ont abîmé des lignes téléphoniques. On leur enverra de faux mémos sur leurs télécopieurs. Il faut garder au frais les ouvriers qu'on a emmenés au FBI. Avec un peu de chance, on pourra mener les Zolar en bateau quarante-huit heures pendant qu'on cherche un truc bidon pour les attirer de ce côté-ci de la frontière.

Gaskill regarda Ragsdale.

— Tu aimes bien tenter la chance, pas vrai, mon vieux ?

— Je parierais ma femme et mes gosses contre un cheval boiteux s'il y avait la moindre chance de mettre ces ordures au placard pour de bon !

— Ta cote me va, dit Gaskill. Pari tenu.

44

De nombreux membres du clan de Billy Yuma, dont le village comptait cent soixante-seize âmes, survivaient en cultivant les courges, le maïs et les haricots, d'autres en coupant du genévrier et de la manzanita qu'ils vendaient pour fabriquer les haies ou le bois à brûler. Il y avait aussi une nouvelle source de revenus due à un regain d'intérêt pour l'art ancien de la poterie. Plusieurs femmes montolos créaient encore de très élégantes poteries devenues récemment l'objet de fortes demandes de la part de collectionneurs d'art indien.

Yuma s'était loué pendant quinze ans comme vacher chez un grand *ranchero*. Il avait réussi à mettre de côté assez d'argent pour commencer un petit élevage à lui. Sa femme Polly et lui vivaient assez bien par rapport à la plupart des indigènes du nord de Baja. Elle fabriquait ses poteries et lui élevait son bétail.

Après son repas de midi, comme il le faisait chaque jour, Yuma sella sa monture, une jument baie, et alla inspecter son troupeau. Le paysage aride et inhospitalier, semé de rochers, de cactus et d'arroyos abrupts, était en effet dangereux pour les bœufs imprudents.

Il cherchait un veau égaré quand il vit l'étranger s'approcher sur la piste étroite menant au village.

L'homme qui traversait le désert était totalement incongru dans cet environnement. Contrairement aux randonneurs et aux chasseurs, il n'avait d'autres vêtements que ceux qu'il portait. Pas de valise, pas de sac à dos. Il n'avait même pas de chapeau pour protéger sa tête de la brillance du soleil. Il paraissait fatigué, épuisé même et pourtant il marchait d'une allure régulière, décidée, comme pressé d'arriver quelque part. Curieux, Billy suspendit ses recherches et chevaucha à travers le lit du ruisseau, vers la piste.

Pitt avait parcouru quatorze kilomètres dans le désert après s'être réveillé d'un sommeil épuisé. Il aurait pu dormir encore si une étrange sensation ne l'avait éveillé. En ouvrant des yeux lourds encore de fatigue, il avait vu un petit lézard allongé sur son bras, qui le considérait d'un air sérieux. Il secoua le bras pour chasser le petit intrus et regarda sa montre. Il s'aperçut avec un choc qu'il avait dormi la moitié de la matinée.

Le soleil inondait déjà le désert à son réveil mais la température était supportable. Une trentaine de degrés. La sueur sécha vite sur son corps. Il commençait à avoir soif. Se léchant les lèvres, il y trouva le goût salé de l'eau de mer. Malgré la chaleur, il se sentit frissonner de colère, sachant qu'il avait perdu, en dormant, quatre précieuses heures. Une éternité, peut-être, pour ses amis endurant qui sait quelles misères que Sarason leur avait fait subir ce jour-là. Le seul but de sa vie, maintenant, serait de les sauver.

Après un rapide plongeon dans l'eau pour se rafraîchir, il partit vers l'ouest en traversant le désert pour tenter de rejoindre l'autoroute cinq mexicaine, à vingt ou peut-être trente kilomètres de là. Quand il l'aurait atteinte, il pourrait faire du stop jusqu'à Mexicali et traverser ensuite la frontière à Calexico. C'était son plan, sauf si la compagnie des téléphones de Baja avait eu la bonne idée d'installer une cabine à l'ombre d'un *mesquite*.

Il contempla un moment la mer de Cortez et jeta un dernier regard à l'*Alhambra* au loin. Le vieux ferry-boat s'était apparemment installé dans l'eau jusqu'au pont et reposait dans le limon, un peu penché. Autrement, il semblait en bon état.

Il paraissait aussi désert. Aucun bateau de patrouille, aucun hélicoptère en vue, sous la direction d'un Giordino inquiet ou des agents des Douanes au nord de la frontière. Aucune équipe de recherche s'activant au-dessus du bateau ne songerait, pensait-il, à survoler le désert pour y chercher un être vivant. Il choisit de partir à pied.

Il garda une allure de sept kilomètres à l'heure à travers le paysage désolé. Cela lui rappela sa longue marche à travers le désert du Sahara, au nord du Mali, avec Giordino, deux ans auparavant[1]. Ils avaient été à deux doigts de mourir dans l'enfer brûlant et sans eau. Ce n'est que parce qu'ils avaient trouvé une mys-

1. Voir *Sahara*, Grasset, 1992.

térieuse épave d'avion qu'ils avaient pu fabriquer une sorte de char à voile qui leur avait permis de traverser le désert et d'être enfin sauvés. Comparée à cette épreuve, la traversée d'aujourd'hui était une promenade de santé.

Après deux heures de marche, il atteignit un sentier poussiéreux et le suivit. Trente minutes plus tard, il aperçut un homme à cheval, près de la piste. Il s'avança vers lui et leva la main en signe de salut. Le cavalier le regarda s'approcher d'un regard fatigué, usé par le soleil. Son visage sévère semblait sculpté dans un grès centenaire.

Pitt contempla l'étranger qui portait un large chapeau de paille aux bords recourbés, une chemise de coton à manches longues, un pantalon de toile usée et des bottes de cow-boy éraflées. Les cheveux noirs sous le chapeau ne semblaient pas près de blanchir. Petit et mince, l'homme était sans âge, entre cinquante et soixante-dix ans. Sa peau bronzée était couverte de rides. Les mains tenant les rênes avaient la teinte du cuir et l'usure de longues années de travail. Pitt pensa que l'homme devait être courageux et d'une incroyable ténacité pour avoir survécu sur cette terre ingrate.

— Bonjour, dit-il aimablement.

Comme la plupart de ceux de son peuple, Billy était bilingue, parlant le dialecte montolo avec ses amis et sa famille et l'espagnol avec les étrangers. Mais il connaissait un peu d'anglais, appris au cours de ses fréquents voyages au-delà de la frontière pour vendre son bétail et acheter ce qui lui était nécessaire.

— Vous savez que vous êtes sur une terre indienne privée? répondit l'homme d'un ton sec.

— Non, je l'ignorais, pardonnez-moi. J'ai été jeté à terre sur le golfe. J'essaie de rejoindre l'autoroute et de trouver un téléphone.

— Vous avez perdu votre bateau?

— Oui, dit Pitt. On peut dire ça.

— Il y a un téléphone dans notre maison commune. Je serais heureux de vous y conduire.

— Je vous en serais très reconnaissant.

Bill lui tendit la main.

— Mon village n'est pas loin. Vous pouvez monter derrière moi.

Pitt hésita. Il préférait, et de loin, les transports mécaniques. A son avis, quatre roues étaient bien supérieures à quatre sabots. Les chevaux, pour lui, n'étaient sur terre que pour tourner dans les westerns. Mais il ne pouvait refuser une offre si aimable. Il prit la main de Billy et fut surpris de la force avec laquelle ce petit homme noueux tira ses quatre-vingt-deux kilos sans la moindre difficulté.

— A propos, je m'appelle Dirk Pitt.

— Billy Yuma, dit le cavalier sans lui tendre à nouveau la main.

Ils chevauchèrent en silence pendant une demi-heure, escaladant une butte couverte de yuccas. Puis ils descendirent dans une petite vallée au fond de laquelle coulait une rivière peu profonde. Ils dépassèrent les ruines d'une mission espagnole, détruite trois cents ans plus tôt par des Indiens allergiques à la religion. Il n'en restait que des murs écroulés et un petit cimetière dont les tombes espagnoles, en haut d'un monticule, étaient depuis longtemps oubliées et couvertes de végétation. Plus bas, en revanche, et plus récemment, les gens du village avaient enterré leurs morts. Une tombe en particulier retint l'attention de Pitt. Il se laissa glisser à terre et s'en approcha.

Les lettres gravées sur la pierre battue par le temps étaient distinctes et tout à fait lisibles.

Patty Lou Cutting
2/11/24 - 2/3/34

Que le soleil te soit chaud et agréable brillera pour toi
Même dans la nuit la plus noire, une étoile
Le matin le plus morose te paraîtra brillant
Et quand viendra le crépuscule
Que la main de Dieu s'étende sur toi.

— Qui était-ce ? demanda Pitt.

Billy Yuma secoua la tête.

— Les Anciens ne le savent pas. Ils disent que la tombe a été faite en une nuit par des étrangers.

Pitt regarda autour de lui le désert de Sonoran à perte de vue. Une légère brise lui caressa la nuque. Un aigle à la queue rouge tournoyait au-dessus d'eux comme pour surveiller son domaine. Cette terre de montagnes et de sable, de gros lièvres, de coyotes et de canyons pouvait intimider mais aussi inspirer. C'était un lieu fait pour mourir et pour être enseveli, pensa-t-il. Finalement, il se détourna de la dernière demeure de Patty Lou et fit un signe à Yuma.

— Je ferai le reste du chemin à pied.

Yuma approuva silencieusement de la tête et se remit en marche, les sabots de sa monture soulevant de petits nuages de poussière.

Pitt le suivit en bas de la colline jusqu'à une modeste communauté de fermiers et d'éleveurs. Ils suivirent le lit de la maigre rivière où trois jeunes filles lavaient des vêtements à l'ombre d'un cotonnier. Avec la curiosité des adolescentes, elles interrompirent leur tâche pour les regarder. Pitt leur fit un signe de la main mais elles ignorèrent son salut et, presque solennellement, pensa-t-il, reprirent leur lessive.

Le cœur de la communauté de Montolo se composait de quelques maisons et bâtiments. Certains étaient construits en branches de *mesquite* recouvertes de boue. Une ou deux maisons étaient en bois, mais la plupart en blocs de ciment. La seule concession à la modernité semblait être quelques poteaux de bois blanchis par le soleil d'où partaient des lignes électriques et téléphoniques, quelques camions antiques paraissant provenir d'une décharge automobile et une antenne satellite.

Yuma arrêta son cheval devant une petite construction ouverte sur trois côtés.

— C'est notre maison commune, dit-il. Il y a un téléphone et il est payant.

Pitt sourit, fouilla dans son portefeuille tout mouillé et sortit une carte bancaire.

— Pas de problème.

Yuma hocha la tête et le conduisit dans un petit bureau meublé d'une table de bois et de quatre chaises pliantes. Le téléphone, posé sur un mince annuaire, était à même le sol de carrelage.

L'opératrice répondit après quelques sonneries.

— *Si, por favor ?*

— Je voudrais faire un appel par carte de crédit.

— Oui, monsieur. Donnez-moi le numéro de votre carte et celui de votre correspondant, répondit l'opératrice en anglais parfait.

— Au moins toute ma journée n'aura-t-elle pas été mauvaise, soupira Pitt en entendant la voix compréhensive.

L'opératrice mexicaine lui passa une opératrice américaine qui lui passa à son tour les renseignements afin d'obtenir le numéro du poste des Douanes de Calexico. Il eut enfin sa communication. Une voix d'homme lui répondit.

— Service des Douanes, que puis-je faire pour vous ?

— J'essaie de joindre Albert Giordino, de l'Agence Nationale Marine et Sous-marine.

— Un instant, je vous le passe. Il est dans le bureau de l'agent Starger.

Deux clics et une voix qui paraissait venir de sous la terre.

— Ici Starger.

— Ici Dirk Pitt. Est-ce qu'Al Giordino est près de vous ?

— Pitt ? C'est vous ? dit la voix incrédule de Curtis Starger. Où étiez-vous ? On a fait des pieds et des mains pour vous faire rechercher par la marine mexicaine.

— Ne vous fatiguez pas, leur commandant a probablement été acheté par les Zolar.

— Une seconde. Giordino est à côté de moi. Je vais vous le passer sur une ligne annexe.

— Al ? dit Pitt, tu es là ?

— Ça fait plaisir d'entendre ta voix, vieux frère. Je crois comprendre que quelque chose a mal tourné ?

— En quelques mots, nos copains du Pérou détiennent Loren et Rudi. J'ai aidé l'équipage à s'échapper sur un canot de sauvetage. J'ai réussi à nager jusqu'à la côte. J'appelle d'un village indien dans le désert au nord de San Felipe, à trente kilomètres environ de l'endroit où l'*Alhambra* a pratiquement coulé dans la vase.

— Je vous envoie un hélicoptère, dit Starger. J'ai juste besoin du nom du village pour le pilote.

Pitt se tourna vers Billy Yuma.

— Comment s'appelle votre communauté ?

— Canyon Ometepec, dit Yuma.

Pitt répéta le nom, fit un rapport un peu plus complet des événements des dix-huit heures passées et raccrocha.

— Mes amis vont venir me chercher, expliqua-t-il à Yuma.

— En voiture ?

— En hélicoptère.

— Vous devez être un homme important !

— Pas plus que le maire de votre village, fit Pitt en riant.

— Nous n'avons pas de maire. Nos Anciens se réunissent et discutent des affaires de la tribu.

Deux hommes passèrent près d'eux, conduisant un mulet chargé d'un amas considérable de branches de manzanita. Yuma échangea un bref regard avec eux. Pas de salut, pas de sourire.

— Vous avez l'air fatigué et vous devez avoir soif, dit Yuma. Venez chez moi. Ma femme vous préparera quelque chose à manger pendant que vous attendez vos amis.

C'était l'offre la plus agréable qu'on lui ait faite ce jour-là et Pitt accepta avec reconnaissance.

L'épouse de Billy Yuma, Polly, était une grande femme qui portait son poids mieux que la plupart des hommes. Elle avait le visage rond et ridé, avec d'énormes yeux marron sombre. Bien qu'elle fût d'âge moyen, ses cheveux étaient aussi noirs que des ailes de corbeau. Elle s'activa autour d'un poêle à bois sous une tonnelle, à l'extérieur de leur maison de briques de ciment. Les Indiens du désert du Sud-Ouest préféraient l'ombre des tonnelles ouvertes pour cuisiner. Ils y dînaient également plutôt que de se confiner dans leurs maisons. Pitt remarqua que le toit de la tonnelle était fait de côtes de cactus séchées appuyées sur des poteaux de *mesquite* et entourées d'un mur de troncs d'*acotillos* pleins d'épines.

Quand il eut bu cinq tasses tirées d'un gros pot appelé *olla*, aux parois poreuses qui gardaient l'eau bien fraîche, Polly lui servit du porc en lamelles et des haricots sautés avec des bourgeons de *cholla* frits qui lui rappelèrent l'okra. Les tortillas étaient faites de graines de *mesquite* qu'elle avait roulées dans de la farine au goût sucré. Ce repas improvisé fut arrosé de vin fermenté fait de fruits du *saguaro*.

Pitt n'avait jamais rien mangé d'aussi délicieux.

Polly ne parlait pas beaucoup et, quand elle parlait, c'était en espagnol et à Billy. Pitt crut détecter une touche d'humour dans ses grands yeux sombres mais elle se voulait sérieuse et distante.

— Je n'ai pas l'impression que la communauté soit très heureuse, remarqua Pitt pour lancer la conversation.

Yuma secoua tristement la tête.

— La tristesse est tombée sur mon peuple et sur les gens des autres villages quand on nous a volé nos idoles religieuses les plus sacrées. Sans elles, nos fils et nos filles ne peuvent pas être initiés pour devenir adultes. Depuis qu'elles ont disparu, nous avons souffert toutes sortes de malheurs.

— Seigneur ! murmura Pitt. Pas les Zolar !

— Que dites-vous, señor ?

— Je parle d'une famille de voleurs internationaux qui ont dérobé la moitié des objets d'art jamais découverts.

— La police mexicaine dit que nos idoles ont été volées par des pilleurs de tombes américains qui fouillent les tombes indiennes et vendent notre patrimoine pour en tirer des bénéfices.

— C'est très possible, dit Pitt. A quoi ressemblent vos idoles sacrées ?

Yuma leva la main à environ un mètre du sol.

— Elles sont à peu près hautes comme ça. Leurs visages ont été sculptés il y a des siècles par nos ancêtres dans des racines de cotonnier.

— Je pense qu'il y a de grandes chances pour que vos idoles aient été achetées aux pilleurs de tombes par les Zolar et sans doute pour des haricots. Ils les ont probablement revendues très cher à quelque collectionneur.

— Ces gens s'appellent Zolar ?

— C'est le nom de leur famille. Ils travaillent au sein d'une organisation peu connue appelée *Solpemachaco*.

— Je ne connais pas ce mot, dit Yuma. Que signifie-t-il ?

— C'est le nom d'un serpent inca mythique avec plusieurs têtes qui vivait dans une caverne.

— Je n'en ai jamais entendu parler.

— Je pense qu'il a quelque chose de commun avec un autre animal légendaire que les Péruviens appelaient le *Demonio de los Muertos* qui gardait le monde souterrain.

Yuma contempla pensivement ses mains calleuses.

— Nous aussi nous avons un démon légendaire du monde souterrain. Il empêche les morts de s'échapper et les vivants d'entrer. Il juge nos morts aussi et permet aux justes de passer. Les mauvais, il les dévore.

— Un démon du jugement dernier, dit Pitt.

Yuma hocha solennellement la tête.

— Il habite sur une montagne, pas très loin d'ici.

— Cerro El Capirote, dit Pitt.

— Comment un étranger peut-il savoir cela ? s'étonna Yuma en plongeant son regard dans les yeux verts de Pitt.

— J'y suis allé. J'ai vu le jaguar ailé à tête de serpent et je peux vous garantir qu'on ne l'a pas mis là pour surveiller le monde souterrain ou pour juger les morts.

— Vous semblez connaître beaucoup de choses sur ce pays.

— Non, en fait, j'en sais très peu. Mais je serais très intéressé d'entendre raconter d'autres légendes sur le démon.

— Il y en a une autre, concéda Yuma. Enrique Juarez, le plus ancien membre de notre communauté, est l'un des rares Montolos restants qui se rappelle les vieilles histoires et les vieilles coutumes. Il parle de dieux dorés qui sont venus du sud sur de grands oiseaux aux ailes blanches marchant sur la surface des eaux. Ils se sont arrêtés sur une île dans la vieille mer pendant de longues journées. Quand les dieux sont finalement repartis, ils ont laissé là un démon de pierre. Certains de nos ancêtres, aussi curieux que braves, ont traversé l'eau jusqu'à l'île et ne sont jamais revenus. Les Anciens se sont effrayés et ont compris que la montagne était sacrée et que tous les intrus seraient dévorés par le démon. (Yuma se tut et son regard se perdit dans le désert.) Cette histoire a été racontée et racontée encore depuis les jours de mes ancêtres. Nos plus jeunes enfants, qui sont éduqués de façon moderne, pensent qu'il ne s'agit là que d'un conte de fées de vieilles personnes.

— Un conte de fées mêlé de faits historiques, assura Pitt. Croyez-moi quand je vous dis qu'il y a un monceau d'or qui repose dans les flancs du Cerro El Capirote. Et cet or y a été déposé non par des dieux dorés venus du sud mais par des Incas du Pérou qui ont joué à vos ancêtres la comédie du surnaturel en sculptant le monstre de pierre afin qu'effrayés, ils se tiennent loin de l'île. Et pour faire bon poids, ils ont laissé quelques gardes sur place pour tuer les curieux jusqu'à ce que les Espagnols quittent le pays. Alors ils auraient pu revenir reprendre leur trésor pour leur nouveau roi. Il va sans dire que l'Histoire a changé leurs plans. Les Espagnols sont restés et personne n'y est jamais retourné.

Billy Yuma n'était pas homme à se laisser aller à l'émotion. Son visage ridé resta immobile. Seuls ses yeux sombres s'élargirent.

— Un grand trésor repose sous Cerro El Capirote?

Pitt hocha la tête.

— Très bientôt, des hommes pleins de mauvaises intentions vont envahir la montagne pour voler le trésor des Incas.

— Ils ne peuvent pas faire ça! protesta Yuma. Cerro El Capirote est un lieu magique. C'est sur notre terre, la terre des Montolos. Les morts qui n'ont pas réussi l'épreuve du jugement vivent en dehors de ses murs!

— Ils n'arrêteront pas ces hommes, croyez-moi, dit sérieusement Pitt.

— Mon peuple déposera une protestation auprès de la police locale.

— Si les Zolar sont ce que je crois, ils ont déjà acheté la loyauté de vos officiers de police.

— Ces mauvais hommes dont vous parlez, ce sont les mêmes que ceux qui ont vendu nos idoles sacrées?

— Comme je l'ai suggéré, c'est très possible.

Billy Yuma le considéra un moment.

— Alors, nous n'avons pas à nous préoccuper de leur passage sur nos terres sacrées.

— Puis-je vous demander pourquoi? demanda Pitt qui ne comprenait plus.

Le visage de Billy sembla perdre sa réalité et entrer dans une sorte de transe rêveuse.

— Parce que ceux qui ont pris les idoles du soleil, de la lune, de la terre et de l'eau sont maudits et subiront une mort épouvantable.

— Vous le croyez vraiment, n'est-ce pas?

— Je le crois, répondit Yuma. Dans mes rêves, j'ai vu les voleurs se noyer.

— Se noyer?

— Oui, dans l'eau qui fera du désert ce qu'il était au temps de mes ancêtres.

Pitt pensa un instant à le détromper. Il ne croyait pas aux rêves. Il était sceptique en face de la métaphysique. Mais le regard opiniâtre de Yuma, le ton ferme de sa voix l'émurent.

Il commença à se réjouir de ne pas faire partie du cercle des Zolar.

45

Amaru descendit dans la *sala* principale de l'hacienda. Sur un des murs de la grande pièce trônait une large cheminée de pierre provenant d'une ancienne mission jésuite. Le haut plafond était décoré de larges panneaux de plâtre aux motifs compliqués.

— Pardonnez-moi de vous avoir fait attendre, messieurs.

— Ça va, dit Zolar. Maintenant que les imbéciles de la NUMA nous ont menés directement à l'or de Huascar, nous avons profité de notre soirée pour décider comment le remonter à la surface.

Amaru hocha la tête et fit du regard le tour de la pièce. Quatre hommes étaient assis là, en plus de lui-même. Sur des sofas autour de la cheminée, il y avait Zolar, Oxley, Sarason et Moore. Le visage sans expression, ils avaient cependant du mal à dissimuler leur sentiment de triomphe.

— Des nouvelles du Dr Kelsey, du photographe Rodgers et d'Al Giordino ? demanda Sarason.

— Mes contacts de l'autre côté de la frontière pensent que Pitt a dit la vérité sur le ferry quand il a affirmé les avoir laissés au bureau de la Douane américaine de Calexico, répondit Amaru.

— Il a dû flairer le piège, dit Moore.

— Ça me paraît évident puisqu'il est revenu seul au ferry, grogna Sarason à l'intention d'Amaru. Tu l'avais entre les mains et tu l'as laissé s'échapper.

— Sans oublier l'équipage, ajouta Oxley.

— Je vous promets que Pitt ne s'est pas échappé. Il a été tué quand mes hommes et moi avons balancé dans l'eau des grenades explosives tout autour de lui. Quant à l'équipage du ferry-boat, les officiers de police mexicains que vous avez payés pour nous aider s'assureront de leur silence aussi longtemps que cela sera nécessaire.

— C'est embêtant tout de même, dit Oxley. Quand on se rendra compte de la disparition de Pitt, de Gunn et du député Smith, tous les agents fédéraux entre San Diego et Denver mettront leur nez partout.

Zolar secoua la tête.

— Ils n'ont aucune autorité légale par ici. Et nos amis du gouvernement local ne les laisseront jamais entrer.

Sarason jeta à Amaru un regard furieux.

— Tu dis que Pitt est mort. Alors où est son corps?

— Il nourrit les poissons, rétorqua Amaru avec un regard mauvais. Tu peux me croire sur parole.

— Excuse-moi, mais je n'en suis pas convaincu.

— Il n'avait aucune possibilité de survivre aux détonations sous-marines.

— Ce type a survécu à bien pire que ça! fit Sarason en allant jusqu'au bar où il se servit un verre. Je ne serai satisfait que quand je verrai son cadavre.

— Tu as aussi loupé le naufrage du ferry-boat, ajouta Oxley. Tu aurais dû le mener au large avant d'ouvrir les vannes.

— Ou mieux encore, y mettre le feu et en profiter pour faire brûler le député Smith et le directeur adjoint de la NUMA, fit Zolar en allumant un cigare.

— Le commandant Cortina, de la police locale, conduira l'enquête et annoncera que le député Smith et Rudi Gunn ont péri sur le ferry-boat lors d'un regrettable accident, assura Sarason.

Zolar lui lança un regard noir.

— Ça ne résoudra pas le problème de l'interférence des agents américains. Leur ministère de la Justice exigera plus qu'une enquête locale si Pitt survit et raconte tout ce qu'a fait notre ami ici présent.

— Oubliez Pitt! dit sèchement Amaru. Personne n'a autant de raisons que moi de le savoir mort.

Le regard d'Oxley se reporta sur Zolar.

— Nous ne pouvons nous contenter de spéculations. Cortina n'a pas les moyens de retarder une enquête des gouvernements mexicain et américain plus de quelques jours.

Sarason haussa les épaules.

— Ça nous suffira pour prendre le trésor et filer.

— Même si Pitt sort de l'eau pour dire la vérité, intervint Henry Moore, ce sera sa parole contre la vôtre. Il ne peut prouver que vous êtes impliqués dans la torture et la disparition de Smith et de Gunn. Qui croirait qu'une respectable famille de marchands d'art a quelque chose à voir dans cette affaire? Vous pouvez vous arranger pour que Cortina accuse Pitt de ces crimes pour prendre le trésor tout seul.

— J'approuve l'idée du professeur, dit Zolar. On peut facilement persuader nos amis influents de la police et de l'armée d'arrêter Pitt s'il met le pied au Mexique.

— Pour le moment, tout va bien, dit Sarason. Mais nos prisonniers? Est-ce qu'on les élimine maintenant ou plus tard?

— Pourquoi ne pas les jeter dans la rivière qui coule dans la caverne du trésor? suggéra Amaru. Après, ce qui restera de leurs cadavres ressortira probablement quelque part dans le golfe. Les poissons se seront occupés d'eux et le coroner ne pourra que déclarer qu'ils sont morts noyés.

Zolar regarda ses frères puis Moore, qui paraissait curieusement mal à l'aise. Il se tourna enfin vers Amaru.

— C'est un excellent scénario. Simple mais néanmoins excellent. Pas d'objections?

Il n'y en eut pas.

— Je vais contacter le commandant Cortina et lui dire ce qu'il aura à faire, proposa Sarason.

Zolar secoua son cigare et fit briller ses dents en un large sourire.

— Alors tout est réglé. Pendant que Cyrus et Cortina mettront un écran de fumée sous le nez des enquêteurs américains, nous allons faire nos valises, filer à Cerro El Capirote et commencer à remonter l'or dès demain matin.

Une servante entra et tendit à Zolar un téléphone portable. Il écouta sans répondre à son correspondant. Puis il raccrocha et éclata de rire.

— Bonnes nouvelles? demanda Oxley.

— Les agents fédéraux ont encore fait une descente dans nos entrepôts.

— Et vous trouvez ça drôle? s'étonna Moore.

— Ça arrive souvent, expliqua Zolar. Comme d'habitude, ils en sont ressortis bredouilles, comme les imbéciles qu'ils sont.

Sarason vida son verre.

— Bon, les affaires roulent et la remontée du trésor se présente comme prévu.

Le silence tomba sur la grande pièce où chacun plongea dans ses pensées, rêvant aux incroyables richesses qu'ils allaient trouver sous le Cerro El Capirote. Tous sauf Sarason. Lui repensait à sa dernière rencontre avec Pitt sur le ferry. Il savait que c'était ridicule mais il ne pouvait s'empêcher de repenser à ce que Pitt lui avait dit. Entre autres, qu'il les avait menés lui-même, ses frères et lui, jusqu'au magot. Qu'avait-il voulu dire en affirmant qu'ils s'étaient fait piéger?

Est-ce que Pitt mentait tout simplement ou est-ce qu'il essayait de lui dire quelque chose? N'était-ce qu'une bravade de la part d'un homme sachant qu'il allait mourir? Sarason décida qu'il n'avait pas de temps à perdre avec ces sottises. Bien sûr, une sonnerie d'alarme sonnait dans sa tête mais il y avait des choses plus importantes à organiser. Il chassa Pitt de ses pensées.

Ce fut la plus grosse erreur de sa vie.

Micki Moore descendit précautionneusement l'escalier menant à la cave de l'hacienda, un plateau à la main. En bas, elle s'approcha d'une des brutes d'Amaru qui gardait la porte d'une petite pièce où les prisonniers étaient enfermés.

— Ouvrez la porte!

— Personne n'a le droit d'entrer, fit le garde avec arrogance.

— Pousse-toi, espèce de crétin, siffla Micki, ou je te fais sauter les boules!

Le garde fut sidéré d'entendre cette femme élégante proférer des paroles aussi grossières. Il recula d'un pas.

— Je ne prends mes ordres que de Tupac Amaru.

— Je n'ai ici que de la nourriture, imbécile. Laisse-moi entrer ou je hurle et je jure à Joseph Zolar que tu nous as violées, moi et la femme qui est là-dedans.

Il regarda le plateau puis céda, ouvrit la porte et s'écarta.

— Vous ne direz pas ça à Tupac?

— T'inquiète pas, fit Micki par-dessus son épaule en pénétrant dans la petite pièce obscure et étouffante.

Il fallut quelques instants pour que ses yeux s'accoutument à la pénombre. Gunn était étendu sur le sol de pierre. Il fit un effort pour s'asseoir. Loren, debout, était prête à le protéger.

— Eh bien ! Dites donc ! fit-elle d'un ton méprisant. Cette fois-ci ils envoient une femme faire leur sale boulot.

Micki mit le plateau dans les mains de Loren.

— Voilà de quoi manger. Des fruits, des sandwiches et quatre bouteilles de bière. Prenez-les.

Elle se retourna et claqua la porte au nez du garde. Quand elle revint vers Loren, ses yeux s'étaient habitués à l'obscurité. Elle fut saisie par l'apparence de celle-ci en découvrant l'enflure de ses lèvres et les bleus autour de ses yeux. La plupart des vêtements de la jeune femme étaient déchirés et elle avait noué ce qui en restait pour se couvrir la poitrine. Micki aperçut aussi des zébrures rouge vif au-dessus des seins et des marques de coups sur ses bras et ses jambes.

— Les salauds ! murmura-t-elle, les espèces de salauds sadiques ! Je suis désolée, je ne savais pas qu'on vous avait battue, sinon j'aurais apporté une trousse médicale.

Loren s'agenouilla et posa le plateau par terre. Elle tendit une bouteille de bière à Gunn dont les mains blessées ne purent ôter la capsule. Elle l'enleva pour lui.

— Qui est notre Florence Nightingale ? demanda Gunn.

— Je suis Micki Moore. Mon mari est anthropologue et je suis archéologue. Nous avons été engagés par les Zolar.

— Pour les aider à trouver le trésor de Huascar ? devina Gunn.

— Oui, pour déchiffrer les glyphes...

— ... de l'Armure d'Or de Tiapollo, acheva Gunn. Nous savons tout cela.

Loren resta un moment silencieuse, dévorant l'un des sandwiches et buvant une bouteille de bière. Finalement, comme si elle se sentait renaître, elle contempla Micki avec curiosité.

— Pourquoi faites-vous tout cela ? Pour nous remettre en forme avant qu'ils ne reviennent nous prendre à nouveau comme punching-balls ?

— Nous n'avons rien à voir avec vos souffrances, répondit Micki. La vérité est que Zolar et ses frères ont l'intention de nous tuer, mon mari et moi, dès qu'ils auront récupéré le trésor.

— Comment le savez-vous ?

— Nous avons déjà rencontré des types dans leur genre. Nous sentons bien ce qui se prépare.

— Qu'ont-ils l'intention de faire de nous ? demanda Gunn.

— Les Zolar et leurs complices, les policiers et les militaires mexicains qu'ils ont achetés, ont l'intention de faire croire que vous vous êtes noyés en essayant de vous échapper du ferry-boat naufragé. Ils ont décidé de vous jeter dans la rivière souterraine dont parlent les Anciens, qui traverse la caverne du trésor et va se jeter dans la mer. Quand vos corps referont surface, il n'en restera pas assez pour prouver que ce n'était pas un accident.

— Ça me paraît faisable, dit Loren en colère, je le leur accorde.

— Mon Dieu ! dit Gunn. Ils ne peuvent tuer de sang-froid une représentante du Congrès des Etats-Unis !

— Croyez-moi, fit Micki, ces hommes n'ont aucun scrupule et encore moins de conscience.

— Comment se fait-il qu'ils ne nous aient pas tués avant ? demanda Loren.

— Parce qu'ils craignent que votre ami Pitt puisse raconter votre enlèvement. Maintenant ils s'en fichent. Ils pensent que leur histoire tient assez bien la route pour contrer l'accusation d'un seul homme.

— Et les membres de l'équipage du ferry ? demanda Loren. Ils ont été témoins de leur acte de piratage.

— La police locale les empêchera de donner l'alarme, dit Micki en hésitant. Je suis désolée de vous apprendre qu'ils n'ont plus peur de Pitt. Tupac Amaru jure qu'après votre départ pour l'hacienda, lui et ses hommes l'ont réduit en chair à pâté en jetant des grenades explosives dans l'eau.

Les yeux violets de Loren s'emplirent de chagrin. Jusqu'à présent, elle avait gardé l'espoir que Pitt s'était échappé d'une façon ou d'une autre. Maintenant, elle avait l'impression que son cœur s'était transformé en un bloc de glace. Elle s'appuya contre le mur et se cacha le visage dans les mains.

Gunn s'obligea à se relever. Lui n'avait pas les yeux tristes mais froids et déterminés.

— Dirk mort ? Un salaud comme Amaru est incapable de tuer un homme comme Dirk Pitt.

Micki fut étonnée du courage fougueux d'un homme aussi terriblement torturé.

— Je ne sais que ce que m'a dit mon mari, dit-elle comme pour s'excuser. Amaru a bien admis qu'il n'avait pas pu récupérer le corps de Pitt mais il semble certain que celui-ci n'a pas survécu.

— Vous dites que votre mari et vous êtes aussi sur la liste des prochaines victimes de Zolar ? demanda Loren.

— Oui, fit Micki en haussant les épaules. Il doit s'assurer de notre silence.

— Si vous me pardonnez ma curiosité, fit Gunn, j'aimerais savoir pourquoi vous paraissez aussi indifférente.

— Mon mari a lui aussi des projets.

— Pour s'enfuir ?

— Non, Henry et moi pourrions fuir n'importe quand. Mais nous avons l'intention de prendre notre part du trésor.

Gunn la regarda avec incrédulité.

— Votre mari doit être un rude anthropologue ! dit-il avec cynisme.

— Vous comprendriez peut-être mieux si je vous disais que nous nous sommes rencontrés et aimés en travaillant tous les deux sur une mission pour le Conseil des Activités Etrangères.

— Jamais entendu parler, dit Gunn.

Loren lança à Micki un regard stupéfait.

— Moi, si. Le CAE, d'après ce qu'on dit, est une organisation obscure et terriblement secrète qui travaille dans l'ombre de la Maison Blanche. Personne au Congrès n'a jamais pu obtenir la moindre preuve tangible de son existence ou de son financement.

— Quelles sont ses fonctions ? demanda Gunn.

— De mener à bien des missions sous les ordres directs du Président, en dehors des autres services de contre-espionnage et à leur insu, répondit Micki.

— Quelles sortes de missions ?

— Des actes plus ou moins propres contre les nations considérées comme hostiles aux Etats-Unis, interrompit Loren en étudiant Micki pour voir si elle réagirait.

Mais Micki resta distante et détachée.

— En tant que simple député, poursuivit Loren, je ne suis pas informée de leurs missions et je ne peux qu'émettre des hypothèses. Mais j'ai le sentiment que leur mission principale est l'assassinat.

Micki prit un air dur et froid.

— Je dois admettre que pendant douze ans, jusqu'à ce que nous donnions notre démission pour nous consacrer à l'archéologie, Henry et moi n'avions pas beaucoup d'égaux.

— Ça ne m'étonne pas, fit Loren avec hauteur. En vous faisant passer pour des scientifiques, on n'aurait jamais pu vous soupçonner d'être les mercenaires du Président.

— Pour votre information, madame le député, nos diplômes universitaires ne sont pas des faux. Henry est docteur de l'université de Pennsylvanie et je suis docteur de celle de Stanford. Nous n'avons aucun remords de ce que nous avons accompli sous la férule des trois derniers présidents. En éliminant certains dirigeants d'organisations terroristes étrangères, Henry et moi avons sauvé la vie de plus d'Américains que vous ne pouvez l'imaginer.

— Pour qui travaillez-vous maintenant ?

— Pour nous-mêmes. Comme je vous l'ai dit, nous avons pris notre retraite. Nous pensions, à l'époque, qu'on nous récompenserait généreusement pour tout ce que nous avions fait. Nos états de service appartiennent au passé. On nous a bien payés, certes, mais on ne nous a pas accordé de pension.

— Les chiens ne font pas des chats, ironisa Gunn. Vous ne pouvez atteindre votre objectif sans tuer Amaru et les Zolar.

Micki eut un pâle sourire.

— Il se peut que nous ayons à le faire avant qu'ils ne nous tuent eux-mêmes. Mais seulement quand l'or de Huascar aura fait surface et que nous en aurons pris notre part.

— De sorte que la route sera semée de cadavres.

Micki passa sur son front une main lasse.

— Tout le monde a été surpris du rôle que vous avez joué dans cette histoire de trésor. Stupidement, les Zolar en ont trop fait quand ils ont découvert que quelqu'un d'autre était sur la piste de l'or. Ils sont devenus fous, tuant ou enlevant tous ceux que leurs esprits malades voyaient comme un obstacle. Vous pouvez vous considérer comme des miraculés qu'ils ne vous aient pas tués sur le ferry-boat comme votre ami Pitt. Le fait qu'ils vous aient gardés en vie prouve bien qu'ils ne sont qu'une bande d'amateurs minables.

— Votre mari et vous, murmura Loren, vous nous auriez...

— ... fusillés puis brûlés avec le bateau pour cacher vos corps ? acheva Micki en secouant la tête. Non, ce n'est pas notre genre. Henry et moi n'avons jamais abattu que des nationalistes étrangers coupables d'avoir tué sans discrimination des femmes et des enfants innocents, à coup de fusils ou de bombes, sans pitié et sans état d'âme. Nous n'avons jamais fait de mal à un Américain et nous n'avons pas l'intention de commencer aujourd'hui. En dépit du fait que votre présence ait perturbé notre opération, nous ferons tout ce qui est en notre pouvoir pour vous aider à vous tirer de cette affaire en un seul morceau.

— Les Zolar sont américains, rappela Loren.

Micki haussa les épaules.

— A peine un détail technique. Ils représentent ce qui est peut-être la plus grande entreprise de vol et de contrebande de l'Histoire. Les Zolar sont des requins de classe internationale. Dois-je vous le rappeler ? Vous avez été aux premières loges pour connaître leur brutalité. En laissant leurs os blanchir au soleil du désert de Sonoran, Henry et moi ferons économiser des millions de dollars aux contribuables américains, sans compter tout ce qu'aurait coûté en temps et en argent l'enquête compliquée sur leurs activités criminelles. Et sans compter aussi les frais de jugement et d'emprisonnement en cas de prise et de condamnation.

— Et quand vous aurez une partie du trésor, demanda Gunn, que se passera-t-il ?

Micki lui adressa un petit sourire insolent.

— Je vous enverrai une carte postale du coin du monde où nous serons alors et je vous raconterai comment nous en profitons.

46

La petite armée de soldats installa son poste de commandement et interdit l'accès du désert sur trois kilomètres autour de Cerro El Capirote. Personne n'était autorisé à entrer ou à sortir. Le sommet de la montagne était devenu une zone d'opération dont toutes les manœuvres pour la récupération du trésor étaient conduites depuis l'hélicoptère. En effet, l'appareil de la NUMA, volé à Pitt et repeint aux couleurs de Zolar International, volait dans le ciel clair. Pour l'heure, il retournait à l'hacienda. Quelques minutes plus tard, un gros hélicoptère de transport de l'armée mexicaine se posait lourdement. Un détachement du génie rompu aux combats du désert sauta sur le sol, ouvrit la porte de la soute et commença à décharger un petit chariot à fourches, des rouleaux de câbles et un gros treuil.

Les autorités de l'Etat de Sonoran, à la solde des Zolar, avaient accepté de délivrer en vingt-quatre heures tous les permis et toutes les autorisations nécessaires, ce qui aurait normalement dû prendre des mois, peut-être même des années. Les Zolar avaient promis de construire de nouvelles écoles, des routes et un hôpital. Leur argent avait graissé la patte de toute la bureaucratie locale et éliminé toutes les difficultés. Le gouvernement mexicain, trompé par des fonctionnaires corrompus, apportait une coopération bien involontaire. La demande présentée par Joseph Zolar d'un contingent du génie de la base militaire de Baja fut donc rapidement satisfaite. Aux termes d'un contrat signé à la hâte avec le ministère des Finances, les Zolar se réservaient vingt-cinq pour cent du trésor. Le reste devait être déposé au tribunal national de Mexico.

La seule faille de cet accord était que les Zolar n'avaient nullement l'intention de l'honorer. Ils ne partageraient le magot avec personne.

Quand la chaîne d'or et le gros du trésor seraient remontés au sommet de la montagne, on mettrait au point leur transport discret sous couvert de la nuit jusqu'à un aérodrome militaire près des grandes dunes de sable du désert d'Altar, juste au sud de la frontière de l'Arizona. Là, le tout devait être chargé sur un avion de transport civil, peint aux couleurs d'une grande compagnie aérienne, puis emporté dans un entrepôt secret appartenant aux Zolar, dans la petite ville de Nador, sur la côte nord du Maroc.

Tout le monde fut amené dès l'aurore de l'hacienda au sommet de la montagne. On ne laissa derrière aucun objet personnel. Seul demeura sur place le jet personnel de Zolar, parqué sur l'aérodrome de l'hacienda, prêt à décoller d'urgence.

Loren et Rudi quittèrent leur prison et furent envoyés eux aussi au sommet de la montagne le même jour. Ignorant les ordres de Sarason de ne pas communiquer avec les otages, Micki Moore s'était gentiment occupée de leurs blessures et assurée qu'ils avaient pris un repas décent. Etant donné qu'ils ne risquaient pas de s'échapper en descendant les pentes rocheuses et escarpées du Cerro El Capirote, personne ne surveilla les Moore et ils purent aller et venir à leur guise.

Oxley découvrit rapidement la petite ouverture conduisant au sein de la montagne et ne perdit pas de temps. Il ordonna aux sapeurs de l'élargir. Il resta en arrière pour surveiller l'installation tandis que Zolar, Sarason et les Moore quittaient l'appareil, suivis d'un escadron de sapeurs portant des lampes fluorescentes. Quand ils atteignirent le second démon, Micki toucha ses yeux d'un geste tendre, comme Shannon Kelsey l'avait fait avant elle. Elle soupira.

— C'est une merveilleuse œuvre d'art !

— Magnifiquement conservée, ajouta son mari.

— Il va falloir la détruire, dit Sarason d'un ton indifférent.

— De quoi parlez-vous ? demanda Moore.

— On ne peut pas la bouger. La vilaine bête tient presque toute la largeur du tunnel. On ne pourrait tirer la chaîne de Huascar ni par-dessus, ni autour, ni entre ses jambes.

Micki eut l'impression de recevoir un choc.

— Vous ne pouvez pas détruire un chef-d'œuvre comme celui-ci !

— On peut et on va le faire, fit Zolar pour soutenir son frère. Je suis d'accord avec vous, c'est dommage. Mais nous n'avons pas le temps de faire du fanatisme archéologique. La sculpture doit disparaître.

Les traits de Moore passèrent de la tristesse à la dureté. Il se tourna vers sa femme et hocha la tête.

— Il faut savoir faire des sacrifices.

Micki comprit. S'ils devaient récupérer une part assez importante du magot pour vivre dans le luxe le reste de leur vie, il fallait fermer les yeux sur la démolition du démon.

Ils continuèrent leur chemin tandis que Sarason, resté en arrière, ordonnait aux sapeurs de placer des explosifs sous le démon.

— Faites attention, recommanda-t-il en espagnol, utilisez une faible charge. Il n'est pas question de faire sauter la caverne.

Zolar était sidéré de l'énergie et de l'enthousiasme déployés par les Moore après qu'ils aient découvert la crypte des gardiens du trésor. Si on les laissait seuls, ils étaient capables dc passer une semaine à étudier les momies et leurs ornements funéraires avant d'aller jusqu'à la chambre du trésor.

— Allons, pressons, fit Zolar avec impatience. Vous pourrez fouiner autour des morts plus tard.

A contrecœur, les Moore traversèrent les quartiers des gardes, s'arrêtant seulement quelques minutes jusqu'à ce que Sarason, rejoignant son frère, leur ordonne d'avancer.

L'apparition soudaine du garde enchâssé dans les cristaux de calcite les surprit tous et les laissa sans voix, comme cela avait été le cas pour Pitt et son groupe. Henry Moore scruta intensément le sarcophage transparent.

— C'est un ancien Chachapoya, murmura-t-il avec autant de révérence que s'il avait été en présence de la Vraie Croix. Conservé tel qu'il est mort. Ceci est une découverte incroyable !

— Il a dû être un noble guerrier, de très haut rang, dit Micki, admirative.

— Conclusion logique, ma chère. Cet homme a dû être très puissant pour qu'on lui confie la responsabilité de la garde d'un immense trésor royal.

— A votre avis, combien vaut-il ? demanda Sarason.

Moore tourna vers lui un regard méprisant.

— On ne peut pas mettre un prix sur un objet aussi extraordinaire. En tant que témoin du passé, il n'a pas de prix.

— Je connais un collectionneur qui en donnerait cinq millions de dollars, fit Zolar comme s'il estimait un vase Ming.

— Le guerrier chachapoya appartient à la science, s'emporta Moore, étouffant de colère. Il représente un lien avec le passé et sa place est dans un musée, pas dans le salon de quelque collectionneur d'art corrompu.

Zolar lança à Moore un regard insidieux.

— Très bien, professeur, il vous appartient. Ce sera votre part du trésor.

Moore parut extrêmement troublé. Son professionnalisme en tant que scientifique luttait contre son avidité. Il se sentait sali et honteux maintenant qu'il comprenait que l'héritage de Huascar allait bien au-delà de simples richesses. Il était dévoré de regrets d'avoir affaire à des bandits sans scrupules. Il saisit la main de sa femme, sachant bien qu'elle éprouvait les mêmes sentiments.

— Si c'est ce qu'il faut, considérez que j'accepte.

— Voilà une affaire réglée, dit Zolar en riant. Maintenant, pouvons-nous poursuivre pour trouver enfin ce pourquoi nous sommes ici ?

Quelques minutes plus tard, épaule contre épaule, ils se tenaient tous sur la berge de la rivière souterraine, regardant comme hypnotisés le monceau d'or scintillant sous les lumières des lampes que portaient les soldats. Ils ne voyaient que le trésor. La rapide rivière courant dans les entrailles de la terre leur paraissait insignifiante.

— C'est spectaculaire ! murmura Zolar. Je n'arrive pas à croire que je contemple autant d'or !

— Ça dépasse de loin le trésor du pharaon Tut ! dit Moore.

— Que c'est beau ! fit Micki en serrant le bras de son mari. C'est sûrement la cache la plus riche de toutes les Amériques.

L'étonnement de Zolar se calma bientôt.

— Ces vieux Incas étaient fichtrement malins, dit-il. Entasser leur trésor sur une île entourée d'un torrent, ça double la difficulté.

— Oui, mais nous avons des câbles et des treuils, dit Moore. Pensez aux difficultés qu'ils ont dû rencontrer, eux, pour aller entasser tout ça là-bas avec seulement des cordes de chanvre et du muscle.

Micki jeta un coup d'œil à un petit singe d'or couché sur son piédestal.

— Tiens ! C'est bizarre !

— Qu'est-ce qui est bizarre ? demanda Zolar en la regardant.

Elle s'approcha du singe et du piédestal renversé sur le côté.

— Pourquoi cette pièce est-elle encore de ce côté-ci de la rivière ?

— En effet, c'est étrange. il devrait être avec le reste, approuva Moore. On dirait presque qu'on l'a jeté ici.

Sarason montra des traces dans le sable et les cristaux de calcite sur la berge.

— Je dirais qu'on l'a retiré de l'île.

— Il y a quelque chose d'écrit dessus, remarqua Moore.

— Vous pouvez déchiffrer ?

— Pas besoin de déchiffrer. C'est écrit en anglais.

Sarason et Zolar le regardèrent avec l'expression de banquiers de Wall Street à qui un clochard demanderait cinquante mille dollars.

— Ne plaisantez pas, professeur, dit Zolar.

— Je suis très sérieux. Quelqu'un a gravé un message dans l'or tendre du piédestal, et assez récemment à ce qu'il paraît.

— Qu'est-ce que ça dit ?

Moore fit signe à un soldat d'éclairer le piédestal du singe, mit ses lunettes et commença à lire à haute voix.

> Bienvenue aux membres du *Solpemachaco* à la réunion annuelle des voleurs et des pilleurs de tombes. Si vous avez d'autres ambitions dans la vie que d'acquérir des biens volés, vous avez trouvé le bon endroit. Soyez nos hôtes et ne prenez que les objets dont vous aurez l'utilisation.
>
> Vos sympathiques sponsors,
> Dr Shannon Kelsey, Miles Rodgers, Al Giordino et Dirk Pitt.

Il y eut un instant de silence éberlué puis Zolar poussa un rugissement de fureur.

— Qu'est-ce que c'est que cette connerie? cria-t-il à son frère. Qu'est-ce qui se passe ici?

Sarason pinça les lèvres, amer.

— Pitt a admis nous avoir conduits au démon, dit-il à contrecœur, mais il n'a rien dit du fait qu'il était entré dans la montagne et qu'il avait vu le trésor.

— Un homme avare de renseignements, hein? Pourquoi ne m'as-tu rien dit?

Sarason haussa les épaules.

— Il est mort. Je n'ai pas pensé que c'était important.

Micki se tourna vers son mari.

— Je connais le Dr Kelsey. Je l'ai rencontrée lors d'une conférence sur l'archéologie, à Chicago. Elle a une excellente réputation en tant qu'expert de la culture andine.

— Oui, dit Moore, je connais son travail. (Il se tourna vers Sarason.) Vous nous avez fait croire que le député Smith et les hommes de la NUMA ne faisaient que chasser le trésor. Mais vous n'avez rien dit du fait que des archéologues professionnels étaient mêlés à la recherche.

— Qu'est-ce que ça change?

— Ça change qu'il y a quelque chose qui échappe à votre contrôle, fit Moore qui semblait se réjouir de la confusion de Zolar. Si j'étais vous, je sortirais l'or d'ici le plus vite possible.

Ses paroles furent ponctuées par une explosion étouffée à l'autre bout du passage.

— Nous n'avons rien à craindre puisque Pitt est mort, insista Sarason. Ce que vous avez lu a été écrit avant qu'Amaru s'occupe de lui.

Il était néanmoins couvert de sueur. Les paroles moqueuses de Pitt sonnaient encore à ses oreilles : « Tu t'es fait avoir, mon pote ! »

Les traits de Zolar s'altéraient lentement. Il serra les lèvres et sa mâchoire parut reculer, son regard s'emplit d'appréhension.

— Personne, découvrant un trésor de la taille de celui-ci, ne laisse un message ridicule et ne l'abandonne sans y toucher. Ces gens ont une méthode dans leur folie et j'aimerais bien savoir ce qu'ils mijotent.

— Quiconque se mettra en travers de notre chemin avant que le trésor soit sorti de la montagne sera détruit ! cria Sarason à son frère. Je te le jure !

Les mots furent crachés avec la force d'un boulet de canon. Tous crurent à sa menace. Tous sauf Micki Moore.

Elle se tenait assez près de lui pour voir que ses lèvres tremblaient.

47

« Les fonctionnaires du monde entier se ressemblent, pensa Pitt. Le petit sourire inutile traduit toujours l'expression condescendante du regard. Ils doivent avoir fréquenté les mêmes écoles et appris à dire les mêmes platitudes évasives. »

Celui-ci était chauve. Il portait de grosses lunettes à monture d'écaille et une épaisse moustache dont chaque poil était soigneusement lustré.

Un homme grand et suffisant, dont le profil hautain rappelait aux Américains, assis autour de la table de conférence, celui d'un conquistador, pérorait. Fernando Matos était l'essence même du fonctionnaire condescendant et maître en l'art d'éluder les questions. Il regardait de haut les Américains dans le bureau des Douanes, à moins de cent mètres de la frontière internationale.

L'amiral James Sandecker était arrivé de Washington peu après Gaskill et Ragsdale venant, eux, de Galveston. Il rendit à l'homme son regard hautain et ne dit rien. Shannon, Rodgers et Giordino étaient relégués sur des chaises contre le mur tandis que Pitt était assis à la droite de Sandecker. Ils laissèrent la parole au chef des douaniers de la région, Curtis Starger.

Avec ses seize ans de service, Starger en avait assez vu pour ne s'étonner de rien. C'était un homme mince et élégant, aux traits aigus et aux cheveux blonds. Il ressemblait davantage à un sauveteur vieillissant des plages de San Diego qu'à un agent endurci, regardant Matos avec une expression capable de transpercer l'amiante. Quand les présentations furent terminées, il lança son attaque.

— Je passe les formules de politesse, monsieur Matos. Dans des situations comme celle-ci, j'ai l'habitude de traiter avec vos agents d'élite, surtout l'inspecteur Granados et le chef de votre division du Nord du Mexique, señor Rojas. J'aimerais que vous nous expliquiez, monsieur, pourquoi on nous a envoyé un officier subalterne, d'un obscur bureau du département des Affaires nationales, pour nous informer de la situation. J'ai le sentiment que votre gouvernement, à Mexico, est aussi mal informé que nous.

Matos fit un geste d'impuissance. Ses yeux ne cillèrent pas et son sourire demeura imperturbable. S'il s'estimait insulté, il ne le montrait pas.

— L'inspecteur Granados travaille sur un dossier à Hermosillo et le señor Rojas est malade.

— Désolé de l'apprendre, grogna Starger sans le penser.

— S'ils n'étaient pas indisposés ou appelés ailleurs par leur service, je suis sûr qu'ils auraient été ravis de vous rencontrer. Je partage votre frustration. Mais je vous assure que mon gouvernement fera tout ce qui est en son pouvoir pour coopérer dans cette affaire.

— Le bureau du ministre de la Justice des Etats-Unis a de bonnes raisons de croire que trois hommes prétendant s'appeler Joseph Zolar, Charles Oxley et Cyrus Sarason, tous trois frères, mènent une opération internationale de grande envergure traitant de vol, de contrebande et de faux en objets d'art. Nous avons également de bonnes raisons de croire qu'ils ont enlevé un membre respecté de notre Congrès et un officier d'une de nos agences marines les plus prestigieuses.

Matos sourit d'un air mielleux derrière ses défenses bureaucratiques.

— C'est totalement ridicule ! Comme vous le savez, messieurs, après votre incursion infructueuse dans les entrepôts Zolar au Texas, leur réputation reste intacte.

Gaskill eut un sourire désabusé vers Ragsdale.

— Les nouvelles vont vite !

— Ces hommes que vous paraissez décidés à persécuter n'ont violé aucune loi au Mexique. Nous n'avons donc aucune raison légale d'enquêter sur leur compte.

— Et que faites-vous pour assurer la libération du député Smith et du directeur adjoint Gunn ?

— Nos meilleurs enquêteurs travaillent sur ce dossier, assura Matos. Mes supérieurs ont déjà fait les démarches nécessaires au paiement de leur rançon. Et je peux garantir que c'est une question d'heures avant que les bandits responsables de ce crime soient capturés et leurs victimes remises entre vos mains en parfaite santé.

— Nos informations assurent que ce sont les Zolar qui portent la responsabilité de cet enlèvement.

Matos secoua la tête.

— Non, non, nous avons la preuve qu'il ne s'agit que de bandits ordinaires.

Pitt se joignit à la discussion.

— A propos d'enlèvement, que devient l'équipage du ferry-boat ? Où ont-ils disparu ?

Matos jeta à Pitt un regard méprisant.

— Ceci n'a aucune importance. Et pour votre information, nos officiers de police ont en main quatre déclarations signées vous désignant comme l'instigateur de ce complot.

Pitt sentit monter sa colère. Les Zolar avaient réglé tous les détails mais ils avaient ignoré que l'équipage de l'*Alhambra* n'était pas mort. Ou alors Amaru, ayant saboté le travail, avait menti. Padilla et ses hommes devaient avoir atteint la côte et étaient tombés dans les filets de la police locale.

— Vos enquêteurs ont-ils eu la délicate attention de me fournir un mobile ? demanda Pitt.

— Les mobiles ne me concernent pas, monsieur Pitt. Moi, je me contente des preuves. Mais puisque vous en parlez, l'équipage assure que vous avez tué le député Smith et Rudi Gunn pour gagner le lieu où est enfoui un trésor.

— Vos officiers de police doivent être atteints de la maladie d'Alzheimer s'ils avalent une histoire pareille, fit Giordino, indigné.

— Une preuve est une preuve, dit calmement Matos. En tant qu'officier du gouvernement, je dois opérer dans un cadre strictement légal.

Pitt prit la ridicule accusation sans broncher et préféra attaquer de biais.

— Dites-moi, señor Matos, quel pourcentage du trésor recevez-vous?

— Cinq... Matos se reprit trop tard.

— Alliez-vous dire cinq pour cent, monsieur? demanda doucement Starger.

Matos secoua la tête et haussa les épaules.

— Je n'allais rien dire de tel.

— Je dirais que vos supérieurs ont fermé les yeux sur une énorme conspiration, affirma Sandecker.

— Il n'y a pas de conspiration, amiral. Je peux vous le jurer.

— Ce que vous nous faites comprendre, dit Gaskill en se penchant par-dessus la table, c'est que les responsables du gouvernement de l'Etat de Sonoran ont fait un pacte avec les Zolar pour garder le trésor péruvien.

Matos leva la main.

— Les Péruviens n'ont aucun droit sur le trésor. Tous les objets trouvés sur le sol mexicain appartiennent à notre peuple...

— Ils appartiennent au peuple du Pérou, intervint Shannon, le visage rouge de colère. Si votre gouvernement avait le moindre sens de la bienséance, il inviterait les Péruviens à le partager, au moins.

— Les affaires entre nations ne fonctionnent pas comme ça, docteur Kelsey.

— Et cela vous plairait-il que le trésor perdu de Montezuma soit trouvé dans les Andes?

— Je ne suis pas en mesure de juger d'événements étranges, répondit Matos sans se démonter. D'ailleurs les rumeurs concernant le trésor sont très exagérées. Sa vraie valeur est sans doute de peu de conséquence.

Shannon eut l'air sidéré.

— Qu'est-ce que vous dites? J'ai vu le trésor de Huascar de mes propres yeux. Et croyez-moi, il vaut beaucoup plus que tout le monde le pense. D'après moi, il y en a pour à peine moins d'un milliard de dollars.

— Les Zolar sont des marchands respectables qui ont une réputation mondiale quant à l'estimation des œuvres d'art et des antiquités. Ils évaluent le trésor à trente millions, pas plus.

— Monsieur, reprit Shannon en réprimant avec peine sa fureur, je veux bien mettre en jeu mon propre crédit quand vous voudrez en ce qui concerne l'estimation des objets d'art péruviens. Et je ne mâcherai pas mes mots. Les Zolar, c'est de la merde!

— C'est votre parole contre la leur, dit calmement Matos.

— Pour un trésor de si peu d'importance, intervint Ragsdale, ils ont mis sur pied une sacrée opération de récupération !

— Cinq ou dix ouvriers pour sortir l'or de la caverne. Pas plus.

— Aimeriez-vous voir les photos prises par satellite qui montrent le sommet de Cerro El Capirote ? On dirait une fourmilière sur laquelle une armée d'hommes et d'hélicoptères ont tout envahi.

Matos resta silencieux comme s'il n'avait rien entendu.

— Et la récompense des Zolar ? demanda Starger. Leur permettrez-vous de sortir les objets du pays ?

— Nous saurons apprécier les efforts qu'ils feront au nom des habitants de Sonoran. Ils en seront récompensés.

Il était évident que c'était un énorme mensonge auquel personne ne crut.

L'amiral Sandecker était le personnage le plus important dans la pièce. Il regarda Matos et lui adressa un sourire désarmant.

— Je dois rencontrer demain le Président des Etats-Unis. Je ne manquerai pas de l'informer des événements alarmants qui ont lieu chez nos voisins du sud et du fait que des fonctionnaires chargés d'appliquer la loi traînent les pieds pour enquêter et mettent des écrans de fumée autour de l'enlèvement de nos représentants les plus éminents. Je n'ai pas besoin de vous rappeler, señor Matos, que l'accord sur le libre commerce doit revenir devant le Congrès. Quand nos représentants sauront à quels traitements scandaleux on a soumis un de leurs collègues et comment vous coopérez avec des criminels, voleurs et contrebandiers d'objets d'art, ils trouveront sans doute difficile de poursuivre nos relations commerciales mutuelles. En bref, señor Matos, votre Président va se retrouver avec un énorme scandale sur les bras.

Derrière ses lunettes, les yeux de Matos prirent une expression apeurée.

— Il n'est pas utile d'évoquer une réponse aussi violente à un désaccord mineur entre nos deux pays.

Pitt remarqua les gouttes de transpiration qui perlaient sur le front de l'officier mexicain. Il se tourna vers l'amiral.

— Je ne suis pas expert en politique, amiral, mais qu'est-ce que vous pariez que ni le Président du Mexique ni son cabinet n'ont été informés avec exactitude de la situation ?

— Je pense que vous gagneriez, dit Sandecker. Cela expliquerait pourquoi nous discutons avec un sous-fifre.

Matos pâlit au point d'avoir l'air malade.

— Vous vous méprenez, messieurs. Mon pays est prêt à coopérer de toutes les façons possibles.

— Dites à vos supérieurs du ministère des Affaires nationales, dit Pitt, ou qui que ce soit pour qui vous travaillez vraiment, qu'ils ne sont pas aussi malins qu'ils le pensent.

— La réunion est terminée, dit Starger. Nous allons examiner ce qui nous reste à faire et informerons votre gouvernement de vos actes demain à la même heure.

Matos essaya de rassembler un semblant de dignité. Il leur lança un regard torve et, quand il parla, sa voix parut plus calme.

— Je dois vous prévenir que toute tentative de votre part d'envoyer vos Forces spéciales au Mexique...

— Je vous donne vingt-quatre heures, coupa Sandecker, pour envoyer le député Smith et mon directeur adjoint, Rudi Gunn, de l'autre côté de la frontière entre Mexicali et Calexico, et ce en bon état. Une minute de retard et un tas de gens s'en repentiront.

— Vous n'avez aucune autorité pour menacer qui que ce soit !

— Quand j'aurai informé mon Président du fait que vos forces de sécurité torturent Smith et Gunn pour leur faire avouer des secrets d'Etat, je ne sais pas comment il réagira.

— Mais c'est un ignoble mensonge ! s'écria Matos, horrifié, une totale invention !

Sandecker lui adressa un sourire glacial.

— Vous voyez, moi aussi je sais inventer des situations.

— Je vous donne ma parole, señor, que...

— Ça sera tout, señor Matos, dit Starger. Veuillez informer mon bureau de tout nouvel incident.

Quand le fonctionnaire mexicain quitta la salle de conférences, il avait l'air d'un homme qui vient de voir sa femme partir avec le plombier et son chien rouler sous le camion du laitier. Dès qu'il fut sorti, Ragsdale, qui avait tranquillement suivi la conversation, se tourna vers Gaskill.

— Eh bien, si on n'a réussi que ça, ils ignorent que nous avons percé le secret de leur entrepôt.

— Espérons qu'ils continueront à l'ignorer deux jours encore.

— Vous n'avez pas pris un inventaire des marchandises volées, par hasard ?

— Il y en avait trop. Il faudra des semaines pour identifier tous les objets.

— Vous rappelez-vous avoir vu des idoles religieuses des Indiens du Sud-Ouest, taillées dans du cotonnier ?

Gaskill secoua la tête.

— Non, rien de semblable.

— Si vous les trouvez, faites-le-moi savoir. J'ai un ami indien qui aimerait bien les récupérer.

— Que pensez-vous de la situation, amiral ? demanda Ragsdale.

— Les Zolar leur ont promis la lune, répondit celui-ci. Je commence à croire que s'ils sont arrêtés, la moitié de la population de l'Etat de Sonoran se lèvera pour les arracher à la prison.

— Ils ne laisseront jamais Loren et Rudi libres de parler, dit Pitt.

— Ça me désespère, fit doucement Ragsdale, mais ils sont peut-être déjà morts.

— Je refuse de croire ça.

Sandecker se leva et tenta de calmer sa frustration en faisant les cent pas.

— Même si le Président approuve une entrée clandestine, notre équipe d'intervention rapide ne saurait trouver seule le lieu où sont enfermés Loren et Rudi.

— Quelque chose me dit que les Zolar les cachent sur la montagne, suggéra Giordino.

— Vous avez peut-être raison, approuva Starger. L'hacienda qui leur a servi de quartier général pour organiser les recherches du trésor a l'air déserte.

— Si Smith et Gunn sont vraiment encore en vie, soupira Ragsdale, j'ai bien peur que ça ne soit pas pour longtemps.

— On ne peut rien faire d'autre que patienter, fit Starger, frustré lui aussi.

Ragsdale considéra par la fenêtre la frontière proche.

— Le FBI ne peut pas lancer de rafle sur le sol mexicain.

— Les Douanes non plus, soupira Gaskill.

Pitt considéra un moment les deux agents fédéraux. Puis il s'adressa directement à Sandecker.

— Eux ne peuvent pas, mais la NUMA, si !

Tous le regardèrent sans comprendre.

— On peut quoi ? demanda Sandecker.

— Aller au Mexique et sauver Loren et Rudi sans créer d'incident diplomatique.

— Ben voyons ! dit Gaskill. Traverser la frontière, c'est un jeu d'enfant, mais les Zolar ont la police et l'armée de Sonoran dans leur manche. Les photos satellites montrent qu'il y a une sacrée garde de sécurité au sommet et à la base de Cerro El Capirote. Vous ne feriez pas dix kilomètres sans être descendu.

— Je n'ai pas l'intention d'y aller en voiture, ni même à pied, dit Pitt.

Starger le considéra en souriant.

— Qu'est-ce que l'Agence Nationale Marine et Sous-marine peut faire que les Douanes et le FBI ne sauraient accomplir ? Nager à travers le désert ?

— Non, pas à travers, dit Pitt très sérieusement. En dessous.

QUATRIÈME PARTIE

Le passage du Cauchemar

31 octobre 1998
Trou de Satan, Baja, Mexique.

48

Au pied des collines desséchées de la partie la plus au nord de la Sierra El Mayor, à près de cinquante kilomètres au sud de Mexicali, il y a un tunnel naturel dans le flanc d'une falaise. Creusé des millions d'années auparavant par l'action violente de l'ancienne mer, le couloir descend en pente jusqu'au fond d'une petite caverne. Sculpté dans la roche volcanique par l'eau de l'époque pliocène, il l'a été plus récemment par les tempêtes de sable. Là, sur le sol de la caverne, une étendue d'eau émerge de dessous le désert. A part une teinte bleu de cobalt, l'eau est si claire qu'elle semble invisible et, au niveau du sol, le trou d'eau paraît sans fond.

Le Trou de Satan n'avait rien à voir avec le puits sacrificiel du Pérou. C'est ce que pensait Pitt en contemplant la corde de nylon jaune s'enfonçant dans les profondeurs transparentes. Il était assis sur un rocher au bord de l'océan, le regard inquiet, les mains serrées autour de la corde dont une extrémité s'enroulait sur le tambour du treuil.

En dehors, quatre-vingts mètres au-dessus du fond du trou tubulaire, l'amiral Sandecker était assis sur une chaise pliante à côté d'un vieux camion Chevrolet de 1951, rouillé et plein de bosses, avec une banquette fanée qui avait connu des jours meilleurs. Une autre automobile était garée derrière, encore plus abîmée que le camion. C'était un break Plymouth Belvedere de 1968 fatigué et usé. Les deux véhicules portaient des plaques d'immatriculation de Baja, California Norte.

Sandecker, une bière dans une main et des jumelles dans l'autre, scruta le paysage environnant. Ses vêtements ne détonnaient pas avec les vieux véhicules et le faisaient ressembler à n'importe quel Américain à la retraite venant camper sur la péninsule de Baja pour quelques dollars.

Il fut surpris de trouver tant de plantes fleuries dans le désert de Sonoran, malgré la rareté de l'eau et le climat oscillant entre des nuits glaciales en hiver et une chaleur qui, l'été, atteint des températures infernales. Très loin, là-bas, une horde de chevaux broutaient quelques rares touffes d'herbe.

Il constata avec satisfaction que les seuls êtres vivants autour de lui étaient un serpent à sonnettes prenant le soleil sur un rocher et un gros lapin à queue noire qui s'approcha du serpent, le regarda une seconde et fila en sautillant. Sandecker se releva et descendit à grandes enjambées la pente menant du tunnel à la pièce d'eau.

— Pas de signe de flics ? demanda Pitt quand l'amiral l'eut rejoint.

— Il n'y a personne dans le coin que des serpents et des lapins. Depuis combien de temps sont-ils là-dedans ? ajouta-t-il en montrant l'eau.

— Trente-huit minutes, fit Pitt en regardant sa montre.

— Je me sentirais mieux s'ils utilisaient un équipement professionnel au lieu de ce vieil attirail de plongée emprunté aux douaniers locaux.

— Chaque minute compte si nous voulons sauver Loren et Rudi. En explorant le tunnel pour voir si mon plan a une petite chance de réussir, nous gagnons six heures. C'est ce qu'il faudrait pour faire venir notre équipement de Washington à Calexico.

— C'est complètement dingue de tenter une opération aussi dangereuse, assura Sandecker d'une voix fatiguée.

— Vous avez une meilleure idée ?

— Pas pour l'instant.

— Alors nous devons essayer, dit Pitt.

— Vous ne savez même pas si vous avez la moindre chance de...

— Ils ont fait signe, coupa Pitt. Ils remontent.

La corde, en effet, s'était tendue entre ses mains.

A eux deux, Pitt tirant sur la corde, Sandecker maintenant le tambour entre ses genoux et tournant la manivelle, ils commencèrent à haler les deux plongeurs qui se trouvaient quelque part dans le trou d'eau, à l'autre extrémité de la corde de deux cents mètres. Quinze longues minutes plus tard, respirant lourdement, ils virent apparaître le nœud rouge qui indiquait la troisième marque de cinquante mètres.

— Il ne reste plus que cinquante mètres, commenta Sandecker.

Il appuya davantage sur la manivelle, essayant de soulager l'effort de Pitt qui faisait le plus gros du travail. L'amiral, enthousiaste de tout ce qui concerne la forme et la santé, courait chaque matin plusieurs kilomètres et travaillait de temps à autre au quartier général de la NUMA installé dans une station thermale. Mais l'effort fourni pour tirer un poids mort sans la moindre pause lui faisait battre le cœur aux limites du raisonnable.

— Je les vois ! haleta-t-il enfin avec soulagement.

Soulagé lui aussi, Pitt donna du mou à la corde et s'assit pour reprendre son souffle.

— Maintenant ils peuvent sortir tout seuls.

Giordino fut le premier à faire surface. Il enleva ses deux bouteilles et les fit passer à Sandecker. Puis il tendit la main à Pitt qui l'aida à sortir de l'eau. Il fut suivi par le Dr Peter Duncan, hydrologue attaché à l'équipe d'études géologiques des Etats-Unis, qui était arrivé à Calexico par avion spécial une heure après que Sandecker l'eut contacté à San Diego. Il avait cru d'abord que l'amiral plaisantait lorsqu'il avait parlé d'une rivière souterraine mais sa curiosité étant plus forte que son scepticisme, il avait abandonné ses travaux en cours pour se joindre à l'exploration sous-marine. Il retira l'embout de son respirateur.

— Je n'aurais jamais imaginé une source aussi énorme, dit-il en cherchant son souffle.

— Vous avez trouvé un accès à la rivière, dit Pitt, heureux.

Pour lui, c'était une certitude, pas une question.

— Le trou d'eau fait environ soixante mètres avant d'atteindre le courant horizontal qui s'étend sur cent vingt mètres, par une série d'étroites crevasses, jusqu'à la rivière, expliqua Giordino.

— Y a-t-il assez de place pour l'équipement ? demanda Pitt.

— C'est un peu étroit à certains endroits mais je pense qu'on peut le faire passer.

— La température de l'eau ?

— Frais mais supportable. Disons vingt degrés.

Duncan ôta la capuche de son costume de plongée, révélant une barbe rousse très fournie. Il ne fit pas l'effort de sortir du trou d'eau. Il appuya ses bras au bord et bafouilla, très excité :

— J'avais du mal à vous croire quand vous m'avez parlé d'une large rivière avec un courant de neuf nœuds passant sous le désert de Sonoran. Maintenant que je l'ai vue de mes yeux, j'ai encore plus de mal à y croire. Je pense qu'il roule là-dessous de dix à quinze mille mètres cubes d'eau par an !

— Pensez-vous que ce soit bien la même rivière souterraine qui passe sous Cerro El Capirote ? demanda Sandecker.

— Aucun doute là-dessus. Maintenant que j'ai constaté l'existence de cette rivière, je suis prêt à parier que c'est celle dont Leigh Hunt assurait qu'elle passait sous les monts de Castle Dome.

— Ainsi le canyon plein d'or de Hunt existe probablement, dit Pitt en souriant.

— Vous connaissez cette légende ?

— Ce n'est plus une légende, maintenant.

Duncan avait l'air ravi.

— Non, en effet, j'ai le plaisir de l'affirmer.

— On a bien fait de s'attacher à une corde fixe, dit Giordino.

— Tout à fait d'accord, fit Duncan. Sans elle, nous aurions été balayés par la rivière quand nous sommes sortis du courant d'alimentation.

— Et on aurait rejoint les deux plongeurs retrouvés morts dans le golfe.

— Je me demande quand même où est la source, murmura Sandecker.

Giordino se passa la main dans les cheveux.

— Je suppose que les derniers-nés des instruments géophysiques de pénétration dans le sol ne devraient pas avoir de mal à suivre le cours de la rivière.

— On ne peut pas encore imaginer ce qu'une découverte de cette ampleur va signifier pour le Sud-Ouest malade de sécheresse, dit Duncan encore tout excité de ce qu'il avait vu. Ça pourra créer des milliers d'emplois, des millions d'hectares enfin cultivables, des prés pour le bétail. On pourra peut-être même transformer le désert en jardin d'Eden.

— Les voleurs se noieront dans l'eau qui transformera le désert en jardin, cita Pitt en contemplant l'eau claire et en repensant à Billy Yuma.

— Qu'est-ce que tu racontes ? demanda Giordino, curieux.

— Un vieux proverbe indien, fit Pitt en souriant.

Ils portèrent les équipements de plongée à la surface du trou d'eau puis Giordino et Duncan enlevèrent leur combinaison de plongée tandis que Sandecker chargeait les équipements dans le break. L'amiral revint vers Pitt qui avait pris le volant du vieux camion.

— Je vous retrouve ici dans deux heures, informa Pitt.

— Ça vous ennuierait de nous dire où vous allez ?

— Il faut que je voie un homme qui va m'aider à lever une armée.

— Quelqu'un que je connais ?

— Non, mais si tout se passe comme je le souhaite, vous lui serrerez la main et vous lui remettrez une médaille avant le coucher du soleil.

Gaskill et Ragsdale attendaient sur le petit aéroport à l'ouest de Calexico, du côté américain de la frontière quand l'avion de la NUMA se posa et alla se ranger près du large camion des Douanes. Ils avaient commencé à transférer l'équipement de survie sous-marine de l'avion dans le camion quand Sandecker et Giordino arrivèrent dans le break.

Le pilote vint leur serrer la main.

— On s'est dépêchés pour rassembler tout ce qu'il y avait sur votre liste mais on a réussi à tout avoir.

— Vos ingénieurs ont-ils pu abaisser le profil de l'aéroglisseur comme l'a demandé Pitt ? s'enquit Giordino.

— Un vrai miracle en si peu de temps, dit le pilote en souriant. mais les petits génies qui travaillent pour l'amiral nous ont priés de vous dire qu'ils ont modifié le *Wallowing Windbag* à soixante et un centimètres de hauteur maxi.

— Je remercierai tout le monde personnellement quand je rentrerai à Washington, dit Sandecker avec chaleur.

— Souhaitez-vous que je rentre ou que j'attende ici ? demanda le pilote à l'amiral.

— Restez près de votre appareil au cas où nous aurions besoin de vous.

Ils venaient de finir le chargement et fermaient les portes arrière de l'avion quand Curtis Starger arriva en vitesse à bord de la voiture grise des Douanes. Il freina vivement et sortit du véhicule comme un boulet de canon.

— On a des problèmes, annonça-t-il.

— Quels problèmes ? demanda Gaskill.

— La police mexicaine vient de fermer la frontière à tout trafic américain voulant entrer au Mexique.

— Le trafic passagers aussi ?

— Oui, aussi. Ils ont ajouté l'insulte au préjudice en rassemblant là une flotte d'hélicoptères militaires avec ordre de faire atterrir de force tout avion américain et de stopper tout véhicule qui leur paraîtrait suspect.

Ragsdale se tourna vers Sandecker.

— Ils doivent être sur la piste de votre expédition de pêche.

— Je ne crois pas. Personne ne nous a vus entrer ou sortir du trou d'eau.

Starger éclata de rire.

— Qu'est-ce que vous pariez qu'après que le señor Matos soit allé raconter notre difficile rencontre aux Zolar, ils ont eu l'écume aux lèvres et ont obligé leurs petits copains du gouvernement à relever le pont-levis ?

— C'est assez mon avis, convint Ragsdale. Ils ont eu peur que nous chargions comme la Brigade Légère.

— Où est Pitt ? demanda Gaskill.

— A l'abri de l'autre côté, fit Giordino.

Sandecker donna un grand coup de poing rageur contre le fuselage de l'avion.

— Dire que nous sommes arrivés si près ! grogna-t-il avec colère. C'est foutu ! Foutu ! Foutu !

— On doit trouver un moyen d'aider ces gens à porter leur équipement au trou d'eau, dit Ragsdale à ses collègues.

Starger et Gaskill eurent en même temps un sourire rusé.

— Je crois que le service des Douanes peut arranger les choses, dit Starger.

— Vous avez un atout dans votre manche ?

— L'affaire Escobar, dit Starger. Ça vous dit quelque chose ?

Ragsdale hocha la tête.

— Le trafiquant de drogue !

— Juan Escobar habitait juste à côté de la frontière, au Mexique, expliqua Starger à Sandecker et Giordino, mais il avait un garage de réparation de camions de ce côté-ci. Il a fait passer pas mal de narcotiques avant que l'agence de répression des drogues ait l'œil sur lui. Au cours d'une enquête jointe, nos agents ont découvert un tunnel de cent cinquante mètres qui allait de sa maison à son atelier de réparation, en passant sous la frontière. On est arrivés trop tard pour l'arrêter. Escobar a eu des fourmis dans les jambes, il a fermé boutique avant qu'on lui mette la main dessus et il a disparu avec toute sa famille.

— Un de nos agents, ajouta Gaskill, un Sud-Américain né et élevé à Los Angeles, habite l'ancienne maison d'Escobar et traverse la frontière en se faisant passer pour le nouveau propriétaire de l'atelier de réparation d'Escobar.

Starger eut un sourire d'orgueil.

— Les DEA [1] et les Douanes ont pu opérer plus de vingt arrestations grâce

1. Drug Enforcement Administration. Equivalent du Bureau des Narcotiques, Brigade Anti-Drogue française.

aux renseignements qu'il recueille auprès des trafiquants de drogue qui souhaitent utiliser le tunnel.

— Vous voulez dire qu'il est toujours ouvert ? s'étonna Sandecker.

— Vous seriez surpris d'apprendre combien de fois il a servi aux gens de nos services ! avoua Starger.

Giordino reprit espoir, comme un homme à qui on vient d'offrir le salut.

— Est-ce qu'on peut passer notre équipement de l'autre côté ?

— Nous n'aurons qu'à faire entrer notre camion dans l'atelier de réparation. Je vais rassembler quelques hommes pour transporter votre chargement sous la frontière jusqu'à la maison d'Escobar puis pour le faire passer dans le camion de pièces de rechange de notre agent, hors de vue du garage. Son véhicule est bien connu dans le coin, il n'y a donc aucune raison pour que vous soyez arrêtés.

— Eh bien ! dit Sandecker à Giordino, êtes-vous prêt à rédiger votre rubrique nécrologique ?

49

Le démon de pierre ignora stoïquement l'activité autour de lui, comme s'il prenait son temps. Il ne sentait rien, il ne pouvait tourner la tête pour observer les égratignures et les trous de son corps et de l'aile qui lui restait, dus aux balles des soldats mexicains qui le prirent pour cible d'entraînement lorsque leurs officiers eurent disparu dans la montagne. Quelque chose dans la pierre sculptée savait que ses yeux menaçants continueraient à surveiller le désert sans âge des siècles et des siècles après que ces intrus humains seraient morts et effacés de la mémoire même du monde souterrain.

Une ombre passa sur la statue pour la cinquième fois ce matin-là. Un appareil aux lignes pures descendit du ciel et s'installa sur le seul endroit plat assez large pour qu'il s'y pose, entre deux hélicoptères de l'armée et près du gros treuil avec son énorme moteur.

Sur le siège arrière de l'hélicoptère bleu et vert de la police, le commandant de Baja Norte, Rafael Cortina, regardait pensivement par la fenêtre l'agitation du sommet. Son regard se posa sur la sculpture à l'expression malveillante. La bête semblait le regarder.

Agé de soixante-cinq ans, il envisageait sans plaisir sa retraite prochaine. La vie morne qui l'attendait dans sa petite maison dominant la baie d'Ensenada ne l'enchantait pas. La maigre pension qu'il recevrait ne lui permettrait que bien peu de luxe. Son visage carré à la peau bronzée portait la trace d'une solide carrière de quarante-cinq ans. Cortina n'avait jamais été très aimé de ses collègues officiers. Dur à la tâche, droit comme une flèche, il s'était attaché à ne jamais accepter un pot-de-vin. Pas un peso en tant d'années de service. Bien qu'il ne critiquât nullement ceux qui acceptaient un dessous de table de criminels connus ou d'hommes d'affaires marrons pour fermer les yeux lors d'une enquête, lui n'avait jamais voulu en faire autant. Il avait poursuivi son chemin, sans dénoncer, sans porter de jugement.

Il se rappelait avec amertume combien de fois il avait été oublié au tableau d'avancement. Pourtant, quand ses supérieurs lançaient le bouchon trop loin et se retrouvaient pris dans un scandale, les membres de la commission civile se tournaient toujours vers Cortina, dont ils méprisaient l'honnêteté mais dont ils avaient besoin parce qu'on pouvait lui faire confiance.

Si Cortina n'avait jamais été acheté dans un pays où la corruption et les coups en traître étaient monnaie courante, il y avait une raison. Tout homme, toute femme aussi, a un prix. Avec ressentiment mais beaucoup de patience, Cortina avait attendu qu'on lui propose le juste prix. S'il devait se vendre, ça ne serait pas pour quelques sous. Et les dix millions de dollars que les Zolar lui offrirent pour sa collaboration et son acceptation du déménagement du trésor suffiraient pour assurer à sa femme, ses quatre fils et leurs épouses ainsi qu'à ses huit petits-enfants une vie facile dans un Mexique nouveau et régénéré par l'Accord de Libre Commerce en Amérique du Nord.

En même temps, il savait que l'ancienne habitude de détourner le regard tout en tendant la main se perdrait. Les deux derniers présidents du Mexique avaient fait une chasse frénétique à la corruption bureaucratique. La légalisation et le contrôle des prix de certaines drogues avaient porté un coup sérieux aux trafiquants qui avaient réduit leurs bénéfices de quatre-vingt pour cent et le volume de leur trafic de mort des deux tiers au moins.

Cortina sortit de l'hélicoptère et fut accueilli par un des hommes d'Amaru. Il se rappela l'avoir arrêté pour vol à main armée à La Paz et avoir aidé à lui en faire prendre pour cinq ans. Si le criminel reconnut Cortina, il ne le montra pas. Il fut conduit par l'ancien prisonnier jusqu'à une caravane en aluminium qu'on avait apportée par avion de Yuma pour servir de bureau, au sommet de la montagne, en vue de récupérer le trésor.

Cortina fut surpris d'y voir sur les murs des peintures à l'huile modernes de la main des meilleurs artistes du Sud-Ouest. A l'intérieur de la riche caravane, assis autour d'un très beau bureau Second Empire français authentique, se tenaient Joseph Zolar, ses deux frères, Fernando Matos du département des Affaires nationales et le colonel Roberto Campos, commandant les forces militaires du nord du Mexique sur la péninsule de Baja.

Cortina salua de la tête et on lui fit signe de s'asseoir. Il eut un regard à la fois étonné et admiratif lorsqu'une très jolie domestique lui apporta un verre de champagne et une assiette d'amuse-gueule au saumon fumé et au caviar. Zolar reprit la parole en montrant un plan en coupe du passage menant à la caverne.

— Ce n'est pas un travail de tout repos, je vous préviens. Transporter tout cet or d'abord à travers une rivière coulant très au-dessous du niveau du désert, ensuite le remonter par un tunnel étroit jusqu'au sommet de la montagne.

— Et ça marche ? demanda Cortina.

— Il est trop tôt pour crier victoire, répondit Zolar. Le plus difficile, ce sera de sortir la chaîne de Huascar. On est en train de s'en occuper. Quand elle arrivera à la surface... (Il fit une pause pour regarder sa montre...) dans une demi-heure environ, nous la couperons en plusieurs morceaux pour la charger et la décharger plus facilement. Quand elle sera à l'abri dans notre entrepôt marocain, nous ressouderons les morceaux.

— Pourquoi le Maroc ? interrogea Fernando Matos. Pourquoi pas vos entrepôts de Galveston ou votre propriété de Douglas, en Arizona ?

— Question de sécurité. Nous ne souhaitons pas prendre le risque d'entreposer une pareille collection aux Etats-Unis. Nous avons un accord avec le commandement militaire du Maroc qui protège nos expéditions. Ce pays représente aussi une plaque tournante très pratique pour expédier les articles dans toute l'Europe, en Amérique du Sud et en Extrême-Orient.

— Comment avez-vous l'intention de sortir le reste des antiquités ? demanda Campos.

— On les fera flotter sur des radeaux le long de la rivière souterraine puis on les remontera le long du passage avec un train de petites plates-formes étroites avec des patins.

— Alors le treuil que j'ai réquisitionné vous a été utile ?

— Une bénédiction, colonel, répondit Oxley. A six heures cet après-midi, vos hommes devraient charger les dernières pièces sur les hélicoptères que vous nous avez si aimablement prêtés.

Cortina leva son verre de champagne mais ne le goûta pas.

— Y a-t-il un moyen de mesurer le poids du trésor ?

— Le professeur Henry Moore et sa femme l'ont estimé à soixante tonnes.

— Seigneur ! murmura le colonel Campos, un homme à la silhouette imposante et à l'épaisse chevelure grise. Je n'imaginais pas qu'il y en avait autant !

— Il n'existe aucun inventaire dans les archives historiques, dit Oxley.

— Et sa valeur ? demanda Cortina.

— Originellement, nous l'avions estimée à deux cent cinquante millions de dollars américains, expliqua Oxley. Mais je pense pouvoir affirmer qu'il en vaut près de trois cents millions.

Oxley avait bien entendu inventé le chiffre. Rien qu'au prix de l'or sur le marché, on atteignait environ sept cents millions de dollars après l'inventaire des Moore. Et sans doute, la valeur ajoutée de pareilles pièces d'antiquité faisait grimper cette somme à un milliard de dollars au marché de la contrebande.

Zolar adressa un large sourire à Cortina et à Campos.

— Ce qui signifie, messieurs, que nous pouvons remonter considérablement la première mise pour les gens de la Basse-Californie Norte.

— Autrement dit, vous disposerez d'une somme plus que suffisante pour réaliser tous les travaux d'intérêt public que vos administrateurs ont prévus.

Cortina jeta un regard en biais à Campos et se demanda combien le colonel recevrait pour fermer les yeux pendant que les Zolar s'enfuiraient avec le gros du trésor, y compris la chaîne en or massif. Matos aussi était une énigme. Il n'arrivait pas à comprendre ce que ce fonctionnaire pleurnichard faisait dans le projet.

— Etant donné la réévaluation dont vous venez de parler, je pense qu'un bonus est envisageable.

Campos, opportuniste incorrigible, appuya immédiatement la suggestion de Cortina.

— Oui, oui, je suis d'accord avec mon bon ami Rafael. Il ne m'a pas été facile de fermer la frontière, vous savez ?

Cortina sourit intérieurement d'entendre Campos utiliser son prénom. C'était la première fois en dix ans de rencontres occasionnelles où ils ne parlaient jamais que de sujets concernant les affaires policières et militaires. Il savait que Campos n'apprécierait pas du tout qu'il en fasse autant. Il en profita lâchement.

— Roberto a raison. Les politiciens et les hommes d'affaires de la région se plaignent déjà des conséquences sur le tourisme et les transactions commerciales. Nous devrons tous deux trouver de bonnes excuses auprès de nos supérieurs.

— Ne comprendraient-ils pas si vous leur expliquiez qu'il s'agissait d'empêcher des agents fédéraux américains de franchir la frontière pour nous confisquer le trésor ? demanda Oxley.

— Je vous assure que le département des Affaires nationales fera tout ce qui est en son pouvoir pour soutenir votre position, dit Matos.

— Peut-être, fit Cortina en haussant les épaules. Qui peut assurer que notre gouvernement avalera l'histoire et qu'il ne décidera pas de nous faire passer en jugement, le colonel Campos et moi, pour avoir outrepassé notre autorité ?

— Revenons à votre récompense, coupa Zolar. A quelle somme pensiez-vous ?

Sans sourciller, Cortina répondit :

— Dix millions de dollars, en liquide.

Campos fut visiblement ébahi un moment mais appuya très vite Cortina.

— Le commandant Cortina parle pour nous deux. Considérant les risques que nous avons pris et la valeur du trésor, je pense que ce n'est pas trop demander. Dix millions de dollars cash en plus de notre accord d'origine.

Sarason mit son grain de sel à la négociation.

— Vous réalisez, bien sûr, que la valeur estimée du trésor n'a rien à voir avec le prix que nous pourrons en tirer ? Le commandant Cortina sait bien que les bijoux volés ne sont jamais vendus à plus de vingt pour cent de leur valeur réelle.

Zolar et Oxley réussirent à ne pas sourire. Ils savaient bien que plus de mille collectionneurs sur la liste de leurs clients étaient prêts à acheter une partie du trésor à des prix fantastiques.

— Dix millions, répéta Cortina d'un air buté.

Sarason fit semblant de marchander.

— C'est une somme énorme, protesta-t-il.

— Le fait de vous avoir protégés contre les agents américains et mexicains n'est qu'une partie de notre participation, rappela Cortina. Sans les hélicoptères du colonel Campos pour transporter votre or jusqu'à vos entrepôts du désert d'Altar, vous n'auriez rien pu faire.

— Et sans *notre* participation à la découverte, vous n'auriez rien non plus, dit Sarason.

Cortina fit un geste d'indifférence.

— Je ne nierai pas que nous avons besoin les uns des autres. Mais je maintiens que vous avez tout intérêt à vous montrer généreux.

Sarason regarda ses frères. Zolar hocha la tête imperceptiblement. Quelques secondes plus tard, Sarason se tourna vers Cortina et Campos avec une expression feinte de défaite.

— Nous savons que les atouts sont entre vos mains. Considérez donc que vous possédez dix millions de dollars en plus.

Le treuil ne pouvait tirer que cinq tonnes à la fois. En conséquence, il fallut couper en deux la chaîne de Huascar et la remonter en deux fois. Les soldats du bataillon du Génie mexicain devaient ensuite fabriquer un radeau avec des planches réquisitionnées à la plus proche scierie pour transporter la masse principale du trésor de l'autre côté de la rivière souterraine. Seul le trône d'or se révéla trop lourd pour le radeau. Aussi, dès que la chaîne d'or serait remontée au sommet, on descendrait le treuil pour transporter le trône, dûment harnaché, jusqu'à la terre ferme, du bon côté du courant. De là, les sapeurs, aidés par les hommes d'Amaru, le hisseraient à la force des bras sur un traîneau pour un dernier voyage au cœur de la montagne. Dès qu'il en serait sorti, tous les objets seraient chargés sur des vaisseaux que les Incas qui avaient créé les merveilleux objets d'or n'auraient jamais pu imaginer : des oiseaux sans ailes capables de voler et que les hommes modernes appelaient des hélicoptères.

Sur l'île au trésor, Micki Moore avait la tâche fastidieuse de cataloguer les pièces avec leur description sommaire tandis que son mari les mesurait et les photographiait. Ils devaient travailler vite. Amaru commandait aux sapeurs qui enlevaient très rapidement les objets de sorte que la petite montagne d'antiquités fondait à un rythme incroyable. Ce que les Incas et les Chachapoyas avaient mis six jours à cacher dans la montagne, les équipements modernes allaient l'enlever en dix heures.

Elle s'approcha de son mari et murmura :

— Je ne peux pas faire ça !

Il la regarda. Ses yeux semblaient refléter l'or qui brillait sous les fortes lampes apportées par les sapeurs.

— Je ne veux pas de cet or, ajouta-t-elle.

— Pourquoi pas ?

— Je ne peux pas t'expliquer. Je me sens assez salie comme ça. Et je suis sûre que tu ressens la même chose. Nous devons faire quelque chose pour l'arracher des mains des Zolar.

— N'était-ce pas notre première intention ? En finir avec les Zolar et détourner le trésor après qu'il aurait été chargé dans l'avion, dans le désert d'Altar ?

— C'était avant que nous sachions combien il était immense et magnifique. Laisse tomber, Henry. Nous avons eu les yeux plus gros que le ventre.

Moore prit un air soucieux.

— C'est vraiment le moment d'avoir des remords de conscience !

— La conscience n'a rien à voir ici. Il est ridicule de croire que nous pourrions échanger des tonnes d'antiquités. Soyons réalistes. Nous n'avons ni les entrepôts ni les contacts nécessaires pour disposer d'un si vaste butin et le vendre sur le marché parallèle.

— Il ne serait pas très difficile de vendre la chaîne de Huascar.

Micki le regarda au fond des yeux.

— Tu es un excellent anthropologue et moi une très bonne archéologue. Nous sommes aussi très doués pour sauter d'avion en pleine nuit dans des pays inconnus et tuer des gens. Mais voler des objets d'art anciens et sans prix, ce n'est pas ce que nous faisons le mieux. De plus, nous haïssons ces bandits. Je propose que nous travaillions tous les deux à garder le trésor en un seul morceau. Pour qu'il ne soit pas dispersé dans les caves de collectionneurs avides de possessions que personne d'autre ne verra plus jamais.

— Je dois admettre, dit-il d'un ton las, que je n'étais pas non plus très d'accord sur ce point. Alors, que proposes-tu de faire ?

— Ce qui est bien, dit-elle.

Pour la première fois, Moore remarqua la compassion de son regard y ajoutant une beauté qu'il n'avait jamais remarquée auparavant. Elle mit ses bras autour de lui et le regarda dans les yeux.

— Nous n'avons plus besoin de tuer. Cette fois-ci, nous n'aurons pas besoin de ramper sous un rocher quand l'opération sera terminée.

Il prit le visage de sa femme entre ses mains et l'embrassa.

— Je suis fier de toi, ma chérie.

Elle le repoussa, les yeux agrandis, comme si elle se rappelait quelque chose.

— Les otages ! Je leur avais promis que nous les sauverions si nous le pouvions !

— Où sont-ils ?

— S'ils sont encore en vie, ils devraient être à la surface.

Moore regarda la caverne autour de lui et vit qu'Amaru supervisait le retrait des momies des gardes de la crypte. Les Zolar laisseraient la caverne aussi vide que les Incas l'avaient trouvée. Il ne resterait pas un objet de valeur.

— Nous avons un inventaire détaillé, dit-il à Micki. Filons d'ici.

Les Moore profitèrent d'un traîneau chargé d'animaux d'or qui remontait vers la zone de chargement. Quand ils atteignirent la surface, ils fouillèrent le sommet mais Loren et Rudi n'étaient nulle part.

A ce moment-là, il était trop tard pour retourner au cœur de la montagne.

Loren frissonna. Ses vêtements en lambeaux ne la protégeaient pas du froid humide de la caverne. Gunn l'entoura de son bras pour lui faire partager le peu de chaleur que son corps pouvait lui donner. La minuscule petite chambre qui leur servait de prison n'était en fait qu'une large crevasse dans le calcaire. Ils ne pouvaient se mettre debout et chaque fois qu'ils bougeaient pour essayer de trouver une position plus confortable ou pour avoir plus chaud, le garde les menaçait du canon de son arme par l'ouverture.

Après que les deux parties de la chaîne d'or eurent été remontées par le passage, Amaru les avait forcés à quitter le sommet et à se terrer dans cette petite cavité derrière la crypte des gardes.

Les Moore ignoraient que Loren et Rudi y avaient été enfermés avant qu'eux-mêmes fussent sortis de la caverne du trésor.

— Pourrions-nous avoir un peu d'eau ? demanda Loren au garde.

Il tourna vers elle un regard vide. C'était un homme effrayant, énorme, au visage totalement répugnant avec des lèvres épaisses, un nez plat et un œil unique. L'orbite vide, sans le moindre bandeau, lui donnait la laideur brutale de Quasimodo.

Loren frissonna à nouveau, mais pas de froid cette fois. La peur envahit tout son corps à demi nu. Elle savait que faire preuve d'audace pourrait être dangereux mais ne s'en souciait plus.

— De l'eau, espèce d'imbécile heureux ! Tu comprends ? *Agua* !

Il lui lança un regard cruel et disparut de leur étroit champ de vision. Il revint quelques minutes plus tard et leur passa un quart militaire plein d'eau.

— Je crois que tu t'es fait un ami, dit Gunn.

— S'il croit qu'il aura un baiser à notre premier rendez-vous, dit-elle en se tortillant pour boire, il se met le doigt dans l'œil, si j'ose dire.

Elle offrit le quart à Gunn qui refusa de la tête.

— Les dames d'abord.

Loren avala quelques gorgées et passa la tasse de métal à Gunn.

— Je me demande ce qui est arrivé aux Moore.

— Peut-être ignorent-ils qu'on nous a emmenés du sommet dans ce trou à rats.

— J'ai bien peur que les Zolar n'aient l'intention de nous y enterrer vivants.

Pour la première fois, ses yeux se remplirent de larmes et son courage commença à craquer. Elle avait supporté les coups et les mauvais traitements mais maintenant, elle avait l'impression que Gunn et elle étaient abandonnés. Le vague espoir qui lui restait était sur le point de s'éteindre.

— Il y a encore Dirk, dit doucement Gunn.

Elle secoua la tête, gênée qu'il la voie essuyer ses larmes.

— Arrête, je t'en prie ! Même s'il était encore en vie, Dirk ne pourrait pas passer à travers cette saleté de montagne avec une division de Marines et arriver à temps pour nous sauver.

— Si je connais bien notre homme, il n'aurait pas besoin d'une division de Marines.

— Il est humain, tu sais. Il serait bien le dernier à se prendre pour un faiseur de miracles.

— Tant que nous sommes en vie, dit Gunn, et tant qu'il y a un espoir, rien d'autre n'est important.

— Mais pour combien de temps ? Quelques minutes ? Quelques heures ? La vérité, c'est que nous sommes des morts en sursis.

Quand la première partie de la chaîne arriva au sommet, tout le monde s'immobilisa pour l'admirer. La simple vue d'une telle masse d'or en un seul morceau leur coupa le souffle. Malgré la poussière et les taches de calcite que les siècles y avaient déposées, la grande masse d'or jaune brillait d'une lueur aveuglante sous le soleil de midi.

Pendant toutes les années que les Zolar avaient passées à voler des objets anciens, ils n'avaient vu de chef-d'œuvre aussi riche, aussi chargé des splendeurs du passé. Il n'existait aucun trésor connu au monde capable de rivaliser avec cette chaîne. Il n'y avait peut-être pas quatre collectionneurs au monde capables de s'offrir la pièce tout entière. La vue fut doublement extraordinaire quand la seconde moitié de la chaîne sortit du passage et fut posée près de la première.

— Mère du ciel ! hoqueta le colonel Campos. Les maillons sont aussi larges que mon poignet !

— Il est difficile de croire que les Incas aient maîtrisé une technique aussi parfaite de la métallurgie, murmura Zolar.

Sarason s'agenouilla pour étudier les maillons.

— Leur génie artistique et leur raffinement sont phénoménaux. Chaque maillon est parfait. Il n'y a pas un défaut.

Cortina s'approcha d'un des derniers maillons et le souleva avec un effort considérable.

— Ils doivent peser au moins cinquante kilos chacun !

— Tout ceci est à des années-lumière de n'importe quelle autre découverte, dit Oxley en tremblant devant cette incroyable vision.

Sarason s'arracha à sa contemplation et fit signe à Amaru.

— Fais charger tout ça dans l'hélicoptère, vite !

Le tueur au regard mauvais approuva silencieusement et commença à donner des ordres à ses hommes et à une escouade de soldats. Même Cortina, Campos et Matos mirent la main à la pâte. Avec le chariot élévateur à peine assez puissant et une bonne dose d'huile de coude, les deux morceaux de la chaîne furent hissés à bord des deux hélicoptères de l'armée qui prirent leur envol vers l'aérodrome du désert.

Zolar regarda les deux appareils disparaître dans le ciel.

— Rien ne peut plus nous arrêter, maintenant, dit-il à ses frères d'un ton enjoué. Dans quelques heures, nous serons chez nous, libres, avec le plus grand trésor qu'aucun homme ait jamais possédé.

50

Aux yeux de Sandecker, le plan audacieux consistant à entrer dans Cerro El Capirote par la porte de service pour tenter de sauver Loren Smith et Rudi Gunn était rien de moins que suicidaire. Il savait bien pourquoi Pitt risquait sa vie. Pour sauver la femme qu'il aimait et un ami très cher. Pour rendre coup pour coup à un gang d'assassins. Enfin, pour arracher un incroyable trésor des mains des voleurs. Ces raisons, en tout cas, auraient suffi à n'importe qui. Mais pas à Pitt. Ses motivations étaient bien plus profondes. Défier l'inconnu, rire au nez du diable, faire un pied de nez au hasard. C'était ça qui le stimulait.

Quant à Giordino, l'ami d'enfance de Pitt, Sandecker ne doutait pas un instant que le rude Italien suivrait Pitt dans une mer en fusion.

Sandecker aurait pu les arrêter. Mais il n'avait pas mis sur pied ce que beaucoup considéraient comme l'agence la plus productive, la plus efficace des Etats-Unis, sans prendre lui aussi sa part de risques. Son habitude de sortir des sentiers battus lui valait le respect et l'envie des plus hauts personnages de Washington. Aucun directeur d'aucun bureau de la nation n'oserait jamais envisager de se lancer dans un projet risquant la censure du Congrès ou les foudres du Président. Le seul regret de Sandecker était que, cette fois, il s'agissait d'une aventure qu'il ne pouvait pas diriger lui-même.

Il s'arrêta après avoir transporté le lot d'équipements de plongée de la vieille Chevrolet jusqu'au trou tubulaire et regarda Peter Duncan qui, assis à côté du trou d'eau, superposait le transparent topographique sur une vue générale hydrographique de l'ensemble des eaux souterraines connues. Les deux cartes avaient été agrandies à la même échelle, ce qui permettait à Duncan de tracer le cours approximatif de la rivière souterraine. Autour de lui, les autres installaient les équipements de plongée et les flotteurs.

— A vol d'oiseau, dit Duncan sans s'adresser à personne en particulier, la distance entre le Trou de Satan et Cerro El Capirote est en gros de trente kilomètres.

Sandecker regarda l'eau du trou.

— Quelle bizarrerie de la nature a bien pu former le cours de cette rivière ?

— Il y a environ soixante millions d'années, expliqua Duncan, un déplacement de la croûte terrestre a causé une faille dans le calcaire. L'eau s'y est installée et a creusé une série de cavernes reliées les unes aux autres.

L'amiral se tourna vers Pitt.

— A votre avis, combien de temps vous faudra-t-il pour arriver là-bas ?

— Porté par un courant de neuf nœuds, on devrait atteindre la caverne en trois heures.

Duncan parut douter de cette estimation.

— Je n'ai jamais vu une rivière sans méandres. Si j'étais vous, j'ajouterais deux bonnes heures.

— Le *Wallowing Windbag* nous fera gagner du temps, dit Giordino d'un ton confiant en se déshabillant.

— A condition que vous puissiez l'utiliser jusqu'au bout. Vous allez naviguer dans l'inconnu. Qui peut dire quelles difficultés vous rencontrerez ? Des passages submergés sur dix kilomètres ou plus, des cascades qui pourraient avoir la hauteur d'un immeuble de dix étages ou encore des rapides non navigables entre des rochers. Il y a un proverbe chez ceux qui pratiquent le rafting : « S'il y a un rocher quelque part, tu le prendras. S'il y a un tourbillon, tu t'y feras prendre. »

— C'est tout ? fit Giordino avec un sourire, peu impressionné par les sinistres prévisions de Duncan. Vous oubliez les vampires qui attendent dans le noir pour nous dévorer !

— J'essaie seulement de vous préparer à l'inattendu. La meilleure théorie que je puisse vous offrir pour vous donner un petit espoir de sécurité, c'est qu'à mon avis, la partie principale du cours de la rivière coule dans une faille de la terre. Si j'ai raison, le chenal passe le long d'un chemin irrégulier mais d'une profondeur raisonnable.

Pitt lui donna une petite tape sur l'épaule.

— Nous comprenons et nous vous en remercions. Mais au point où nous en sommes, pour Al et moi c'est « espérons que tout se passera bien, attendons-nous au pire et acceptons ce qui arrivera entre ces deux extrêmes ».

— Quand vous êtes sortis du trou d'eau pour entrer dans la rivière, demanda Sandecker à Duncan, y avait-il une poche d'air ?

— Oui, le plafond de roche était à dix mètres au moins au-dessus de la surface de la rivière.

— Et sur quelle distance ?

— Nous étions attachés à la corde fixe pour nous protéger du courant et je n'ai jeté qu'un bref coup d'œil. Dans le faisceau de ma lampe, je n'ai pu voir le bout de la galerie.

— Avec un peu de chance, ils auront de l'air tout le long.

— Avec beaucoup de chance, corrigea Duncan, sceptique, fixant encore les cartes dépliées devant lui. Comme c'est le cas de la plupart des rivières souterraines, celle-ci est énorme. Rien qu'en longueur, ce doit être la plus longue creusée dans un champ de poto-poto.

Giordino hésita à accrocher à son bras une petite console contenant des jauges de pression, une boussole et un profondimètre.

— Qu'est-ce que c'est que ce poto-poto ?

— C'est le terme désignant une ceinture de calcaire pénétrée par un réseau de fleuves, de passages et de cavernes.

— On se demande combien d'autres rivières inconnues coulent sous la terre, dit Pitt.

— Leigh Hunt et sa rivière d'or, qui a été longtemps la source de nombreuses plaisanteries parmi les hydrologues de Californie et du Nevada, fait maintenant l'objet de recherches passionnées, admit Duncan. Avec ce que vous avez découvert ici, je vous garantis que bien des esprits étroits y regarderont à deux fois avant de se moquer, maintenant.

— Je vais peut-être ajouter ma petite pierre à l'édifice, dit Pitt en attachant sur son avant-bras un petit ordinateur étanche. Je vais essayer de programmer un relevé de toutes les données du cours de la rivière à mesure de notre progression.

— Je vous serai reconnaissant de toutes les données scientifiques que vous pourrez rapporter, fit Duncan. La découverte d'un trésor sous Cerro El Capirote enflammera peut-être l'imagination mais ce n'est qu'un incident par rapport à la découverte d'une source d'eau capable de transformer le désert en une terre riche et productive.

— Peut-être l'or pourra-t-il servir à payer des systèmes de pompage et de pipelines pour un tel projet, supposa Pitt.

— C'est un rêve à prendre en considération, ajouta Sandecker.

Giordino leva un petit appareil de photo sous-marin.

— Quant à moi, je vous rapporterai des images.

— Merci, dit Duncan. Si j'osais, je vous demanderais une autre faveur.

— Allez-y, fit Pitt en souriant.

Duncan lui tendit un sachet de plastique gros comme un demi-ballon de basket-ball.

— C'est une teinture traçante, appelée Jaune Fluorescent avec un aviveur optique. Je vous offrirai le meilleur repas mexicain de tout le Sud-Ouest si vous lâchez ça dans la rivière quand vous atteindrez la chambre du trésor. C'est tout. En flottant dans la rivière, le sachet lâchera automatiquement la teinture à des intervalles réguliers.

— Vous avez l'intention de noter où la rivière se jette dans le golfe, c'est ça?

— En effet. Ça nous donnera une indication hydrologique essentielle.

Il souhaitait aussi demander à Pitt et à Giordino de lui rapporter des échantillons d'eau mais il se ravisa. Il les avait assez embêtés comme ça. S'ils réussissaient à remonter la rivière jusqu'au cœur de Cerro El Capirote, lui-même et ses amis pourraient toujours organiser une expédition scientifique basée sur les données qu'allaient recueillir Pitt et Giordino.

Les dix minutes suivantes furent consacrées à l'équipement et au plan de la plongée. Pitt et Giordino avaient fait d'innombrables plongées ensemble dans toutes les eaux du monde et dans toutes les conditions météorologiques possibles. Mais aucune n'avait compté une pareille distance dans les profondeurs de la terre. Comme des chirurgiens discutant d'une délicate opération du cerveau, ils ne laissaient rien au hasard. Leur survie en dépendait.

Ils se mirent d'accord sur les signaux de communication, sur les stratégies de respiration en cas de manque d'air, sur la façon de gonfler et de dégonfler le *Wallowing Windbag*, décidèrent de qui contrôlerait l'équipement et lequel, etc. Tout fut discuté et approuvé par les deux hommes.

— Je constate que vous ne portez pas de vêtement sec pressurisé? observa Sandecker en voyant Pitt enfiler sa combinaison étanche.

— La température de l'eau n'est pas très chaude mais l'est assez pour que nous n'ayons pas à craindre l'hypothermie. Avec la combinaison humide seulement, nous aurons plus de liberté de mouvement puisque nous n'aurons pas de réservoir de pressurisation. Et la liberté de mouvement, Dieu sait si nous en aurons besoin si nous devons nous battre dans l'eau pour remettre à flot le *Wallowing Windbag* au cas où nous rencontrerions des rapides.

Au lieu de les mettre sur son dos, Pitt attacha ses bouteilles d'air à un harnais qu'il porta sur les hanches, ce qui lui permettait un meilleur accès dans les passages étroits. Puis il installa ses détendeurs, les tubes reliés à deux soupapes d'admission, les jauges de pression et une petite bouteille de secours remplie d'oxygène pur pour la décompression. Enfin il attacha la ceinture plombée et le gilet stabilisateur.

— Pas de mélange de gaz? demanda Sandecker.

— Nous respirerons de l'air, répondit Pitt en vérifiant ses détendeurs.

— Vous avez pensé au danger de narcose des profondeurs?

— Quand nous aurons dépassé le fond du trou d'eau et la partie la plus basse du courant affluent avant qu'il ne remonte à la rivière, nous éviterons comme la peste toute plongée plus profonde.

— Veillez à rester bien au-dessus du seuil dangereux, recommanda l'amiral, et ne descendez pas au-delà de trente mètres. Et quand vous serez sur le radeau, ouvrez l'œil et méfiez-vous des rochers immergés.

Ça, c'est ce que l'amiral dit à haute voix. Intérieurement, il ajouta : « Si quelque chose va mal ou si vous avez besoin d'aide immédiate, dites-vous que vous pourriez aussi bien être sur le troisième anneau de Saturne. Autrement dit, il n'y aura personne pour vous sauver ou vous évacuer. »

Pitt et Giordino firent l'un pour l'autre une dernière vérification de leurs équipements et essayèrent les boucles à détachement rapide. En cas d'urgence, on devait pouvoir les ouvrir très vite. Au lieu de cagoules de plongée, ils avaient mis des casques de chantier munis de doubles lampes de mineurs. Enfin ils se placèrent sur le bord du trou d'eau et se laissèrent glisser à l'intérieur.

Sandecker et Duncan hissèrent une longue boîte d'aluminium, étanche à la pression, qu'ils eurent du mal à faire descendre dans le trou d'eau par une de ses extrémités. La boîte mesurait un mètre de large et quatre mètres de long. Elle était articulée au milieu pour être plus facilement manœuvrée dans les espaces étroits. Lourde et encombrante sur terre à cause du lestage de plomb nécessaire pour lui assurer une flottabilité neutre, elle était facile à bouger pour un plongeur sous-marin.

Giordino mordit son embout, régla son masque et saisit la poignée de la boîte à sa portée. Il y eut une dernière vague lorsqu'il disparut avec la boîte sous la surface de l'eau. Pitt, encore à la surface, serra la main de Duncan.

— Quoi que vous fassiez, conseilla celui-ci, attention de ne pas dépasser la chambre du trésor, emporté par le courant. De là jusqu'à l'endroit où la rivière se jette dans le golfe, il doit y avoir plus de cent kilomètres.

— Ne vous inquiétez pas, nous ne passerons pas une minute de plus là-dedans qu'il ne sera nécessaire.

— Que Dieu plonge avec vous, dit Duncan.

— Toute compagnie divine sera la bienvenue, répondit sincèrement Pitt. Amiral ! Gardez-moi une tequila au frais !

— Si seulement il y avait un autre moyen d'entrer dans cette fichue montagne !

Pitt secoua la tête.

— On ne peut hélas y entrer qu'avec le raft et en plongeant.

— Ramenez-nous Loren et Rudi, répondit l'amiral en tentant de dissimuler son émotion.

— Vous les verrez bientôt, promit Pitt.

Puis il plongea à son tour.

51

La voix de son opérateur radio tira le capitaine Juan Diego de sa rêverie et il détourna son regard de la montagne en forme de cône qui dominait le paysage, devant sa tente de commandement. Ce Cerro El Capirote était incroyablement laid, comme le désert austère qui l'entourait. Il se dit que tout ça était vraiment minable comparé à la beauté de Durango, l'Etat où il était né.

— Oui, qu'y a-t-il, sergent ?

L'opérateur radio lui tournait le dos et Diego ne put voir le regard étonné du soldat.

— J'ai appelé les postes de sécurité pour recevoir leur rapport horaire. Je n'ai eu aucune réponse des postes Quatre et Six.

Diego soupira. Il n'avait pas besoin de problèmes inattendus. Le colonel Campos lui avait ordonné d'assurer un périmètre de sécurité autour de la montagne et il suivait ses ordres. On ne lui avait pas donné d'explications et il n'en avait pas demandé. Dévoré de curiosité, Diego ne pouvait qu'observer les hélicoptères atterrir et décoller, se demandant ce qui se passait là-haut.

— Contactez le caporal Francisco au poste Cinq et dites-lui d'envoyer un homme voir ce qui se passe à Quatre et Six.

Diego, assis à son bureau de campagne, nota ponctuellement le manque de réponse à son rapport quotidien et suggéra qu'il s'agissait d'une panne des équipements de communication. Il n'imagina pas une seconde qu'il pût y avoir un vrai problème.

— Je ne peux pas joindre Francisco au poste Cinq non plus, l'informa l'opérateur radio.

Diego se tourna enfin vers lui.

— Etes-vous sûr que votre radio fonctionne correctement ?

— Oui, monsieur. La radio envoie et reçoit parfaitement.

— Essayez le poste Un.

Le radio remit son casque et appela le poste Un. Quelques minutes plus tard, il haussa les épaules.

— Je suis désolé, mon capitaine, dit-il, mais le poste Un est silencieux aussi.

— Je m'en occupe moi-même, dit Diego d'une voix irritée.

Il prit une radio portable et, quittant la tente, se dirigea vers son véhicule. Il s'arrêta brusquement, contemplant la voiture d'un air ahuri.

L'avant du véhicule militaire était soulevé par un cric et on avait volé deux roues.

— Mais qu'est-ce qui se passe, nom de Dieu? murmura-t-il. C'est une blague ou est-ce que le colonel Campos essaie de me tester?

Il tourna les talons et fit deux pas en direction de la tente. Soudain, sortis de nulle part, trois hommes lui bloquèrent la route. Tous trois pointaient sur lui des pistolets automatiques. La première question qui lui vint à l'esprit fut pourquoi des Indiens, habillés comme des gardiens de troupeaux, avaient-ils saboté son équipement?

— Ceci est une zone militaire, explosa-t-il. Vous n'avez rien à faire ici.

— Fais ce qu'on te dit, soldat, dit Billy Yuma, et aucun de tes hommes ne sera blessé.

Diego comprit soudain ce qui était arrivé à ses postes de sécurité. Et cependant, tout se mêlait dans sa tête. Une poignée d'Indiens ne pouvait pas avoir maîtrisé quarante soldats bien entraînés sans tirer un coup de feu! Il s'adressa à Yuma, qui paraissait être le chef.

— Lâchez vos armes avant que mes hommes n'arrivent, ou vous serez arrêtés.

— Je suis désolé de te l'apprendre, soldat, dit Yuma ravi d'intimider l'officier dans son uniforme bien repassé et ses bottes de combat bien cirées, mais tout ton personnel a été désarmé et se trouve maintenant sous bonne garde.

— Impossible! fit Diego d'un air hautain. Ce n'est pas une poignée de rats du désert qui serait capable de mettre la main sur des soldats entraînés.

Yuma haussa les épaules avec indifférence et se tourna vers l'un de ses hommes, à côté de lui.

— Arrange la radio qui est dans la tente pour l'empêcher de fonctionner.

— Mais vous êtes dingues! Vous n'avez pas le droit de toucher à ce qui appartient au gouvernement!

— Vous avez envahi notre terre, dit Yuma d'une voix basse. Vous n'avez aucune autorité ici.

— Je vous ordonne de poser ces armes! dit Diego en approchant la main de l'arme de sa ceinture.

Yuma fit un pas en avant, le visage sans expression et appuya profondément le canon de sa vieille Winchester dans l'estomac du capitaine Diego.

— N'essaie pas de nous résister. Si j'appuie sur la détente, ton corps assourdira le bruit du coup de feu mais eux, dans la montagne, là-haut, l'entendront.

La douleur brutale convainquit Diego que ces hommes ne plaisantaient pas. Ils connaissaient le désert et pouvaient s'y déplacer comme des fantômes. On lui avait ordonné d'empêcher d'éventuels chasseurs ou des prospecteurs de pénétrer la zone. On n'avait pas parlé d'un groupe armé d'Indiens tendant une embuscade. Lentement, il tendit son pistolet à l'un des hommes de Yuma qui l'enfonça dans la ceinture de son pantalon de toile.

— Votre radio aussi, s'il vous plaît.

Diego tendit la radio à contrecœur.

— Pourquoi faites-vous ça ? demanda-t-il. Vous ne savez pas que c'est illégal ?

— Si vous, les militaires, travaillez avec les hommes qui profanent notre montagne sacrée, c'est vous qui êtes dans l'illégalité, vous qui allez contre la loi, notre loi. Maintenant, taisez-vous et venez avec nous.

En silence, le capitaine Diego et son radio furent escortés sur un demi-kilomètre jusqu'à un gros rocher sortant de la montagne. Là, cachée à la vue de ceux qui étaient au sommet, Diego trouva toute sa compagnie. Les hommes étaient assis, nerveux, en un groupe serré gardé par des Indiens qui les visaient avec leurs propres armes.

Ils se levèrent et se mirent au garde-à-vous, soulagés de voir leur officier. Deux lieutenants et un sergent s'approchèrent et saluèrent.

— Personne ne s'est donc échappé ? demanda Diego.

— Non, monsieur, dit un lieutenant. Ils étaient sur nous avant que nous ayons pu résister.

Diego regarda les Indiens qui gardaient ses hommes. Ils n'étaient que seize en comptant Yuma.

— Vous n'êtes que ça ! s'exclama-t-il, incrédule.

— Nous n'avions pas besoin d'être davantage, fit Yuma.

— Qu'allez-vous faire de nous ?

— Rien du tout, petit soldat. Mes voisins et moi-même avons fait bien attention de ne blesser personne. Vos hommes et vous allez pouvoir faire une bonne petite sieste quelques heures, après quoi vous serez libres de quitter nos terres.

— Et si nous essayons de nous échapper ?

— Alors on vous tirera dessus, fit Yuma avec indifférence. Vous feriez bien d'y réfléchir. Mes hommes tuent un lièvre en pleine course à cinquante mètres.

Yuma avait dit tout ce qu'il avait à dire. Il tourna le dos au capitaine Diego et commença à remonter une piste à peine distincte au milieu d'une fissure du mur sud de la montagne.

Les Montolos n'échangèrent pas une parole. Comme si on le leur avait silencieusement ordonné, dix hommes suivirent Billy Yuma et cinq restèrent pour garder les prisonniers.

Il grimpa plus vite que la fois précédente. Yuma tirait la leçon de ses erreurs et ignora les tournants qu'il avait empruntés et qui ne menaient qu'à des ravins. Il se rappela les bonnes prises et évita celles que l'érosion rendait incertaines. Mais tout de même, il était difficile d'escalader une piste sur laquelle aucune mule n'aurait accepté de s'engager.

Il aurait préférer trouver davantage d'hommes pour l'accompagner mais les dix Indiens grimpant derrière lui étaient les seuls qui n'avaient pas peur de la montagne. Ou du moins l'avaient-ils affirmé. Yuma avait pourtant bien noté la crainte de leurs regards.

Ayant atteint une pierre plate, il s'arrêta pour reprendre son souffle. Son cœur commençait à battre trop fort mais son corps se tendait avec l'énergie d'un pur-sang prêt à s'élancer de la grille de départ. Il tira une vieille montre de sa poche et vérifia l'heure. Satisfait, il en montra le cadran à ses compagnons. Ils avaient vingt minutes d'avance sur le programme.

Loin au-dessus, au sommet de la montagne, les hélicoptères voltigeaient comme des abeilles autour d'une ruche. Ils étaient chargés autant qu'ils pouvaient l'être puis repartaient vers l'aérodrome du désert d'Altar.

Les officiers et les soldats du colonel Campos travaillaient vite et étaient si impressionnés par l'amas d'or que personne ne pensa à prendre contact avec les forces de sécurité réparties autour de la base de la montagne. L'opérateur radio du sommet était trop occupé à coordonner les atterrissages et les décollages pour demander un rapport au capitaine Diego. Personne ne prit la peine de regarder le campement, en bas. Et personne ne remarqua le petit groupe d'hommes escaladant lentement la pente et se rapprochant du sommet.

Le commandant Cortina, chef de la police locale, était un homme à qui rien n'échappait. Lorsque son hélicoptère décolla de Cerro El Capirote pour retourner à son quartier général, il baissa les yeux pour regarder le démon de pierre et aperçut ce que les autres n'avaient pas remarqué. Pragmatique, il ferma les yeux et chassa l'image comme étant probablement un reflet du soleil et de l'ombre ou, peut-être, un effet d'optique dû à l'altitude. Mais quand son regard se posa à nouveau sur la vieille sculpture, il aurait pu jurer que l'expression mauvaise du démon avait changé. Il n'avait plus rien de menaçant.

Pour Cortina, juste avant de disparaître de son angle de vision, les mâchoires aux dents de pierre du gardien des morts s'étaient glacées en un sourire.

52

Pitt avait l'impression de tomber en chute libre dans une paille géante remplie de brouillard bleu de cobalt. Les parois du trou d'eau étaient rondes et lisses, presque comme si on les avait polies. S'il n'avait pu apercevoir son compagnon de plongée dans l'eau transparente, un peu plus bas, il aurait pu croire que le trou n'avait pas de fond. Il se déboucha les oreilles et agita facilement ses palmes jusqu'à ce qu'il rattrape Giordino qui transportait leur conteneur étanche et lui faisait passer le coude au fond du puits. Pitt l'aida en poussant de son côté puis suivit son sillage.

Il jeta un coup d'œil au profondimètre. L'aiguille indiquait presque soixante mètres. A partir de là, comme l'affluent remontait légèrement vers la rivière, la pression de l'eau allait décroître un peu, ce qui leur éviterait la crainte d'un évanouissement dû à la profondeur.

Ce plongeon ne ressemblait en rien à celui qu'il avait fait dans le puits sacré, sur les collines des Andes. Là-bas, il avait utilisé un gros câble de sécurité doublé d'un équipement de communication. Et, sauf pour la brève incursion dans la caverne où il avait secouru Shannon et Miles, il n'avait jamais perdu la surface de vue. Ici, au contraire, ils avaient plongé dans un univers d'obscurité perpétuelle qu'aucun homme, aucun animal n'avait jamais vu.

En menant leur grande boîte massive dans les méandres de l'affluent, Pitt se disait que les plongées en caverne souterraine constituaient l'un des sports les plus dangereux du monde. Il y avait cette obscurité de Styx, la sensation de claustrophobie qu'on éprouve quand on se dit qu'on est loin au-dessous de rochers massifs, le silence affolant et la menace perpétuelle de ne plus pouvoir se diriger si l'on remue la vase qui forme alors des nuages impénétrables. Tout ceci peut engendrer la panique et la panique a tué des dizaines de plongeurs, tous bien entraînés à affronter tous les périls. C'est pour cela que la plongée souterraine exerce une fascination morbide qu'aucun livre ne peut enseigner.

Qu'est-ce donc que lui avait dit son moniteur de la Société Spéléologique Nationale, à son premier plongeon aux Bahamas, dans une caverne d'eau salée? «N'importe qui peut mourir n'importe quand au cours d'un plongeon en caverne sous-marine.» C'est drôle comme ce qu'on apprend quand on est très jeune peut rester gravé pour toujours en mémoire. Pitt se rappela que, pendant l'année 1974, vingt-six plongeurs avaient perdu la vie en plongeant seuls dans les caves sous-marines de Floride et que, dans le monde entier, la même année, ce chiffre devait être multiplié par trois.

Pitt n'avait jamais souffert de claustrophobie et la peur ne l'avait pas souvent dérangé. Pourtant, les conditions périlleuses de cette expédition l'obligeaient à garder tous ses sens en alerte d'un danger inattendu.

En fait, il n'aimait pas beaucoup plonger sans filin-guide ou sans corde de sécurité. Il savait très bien que cette opération pourrait rapidement se transformer en exercice d'autodestruction, surtout quand ils atteindraient le courant incontrôlable de la rivière. Il n'y aurait pas moyen de s'en échapper avant d'atteindre la chambre du trésor.

La fissure horizontale menant à la rivière s'étendait et s'étirait en un long couloir en forme de sablier. A cent mètres du trou d'eau, ils perdirent quatre-vingt-dix pour cent de la lumière extérieure. Ils allumèrent les lampes attachées à leurs casques. Un nouveau coup d'œil au profondimètre indiqua à Pitt qu'ils étaient maintenant à vingt mètres de la surface de l'eau.

Giordino cessa son avance, se tourna et fit un signe. Ils avaient atteint l'entrée de la rivière. Pitt montra qu'il avait compris. Puis il passa un bras dans la courroie attachée à son côté de la boîte étanche, pour qu'elle ne lui échappe pas en cas de turbulence inattendue.

Giordino donna quelques vigoureux coups de palmes et remonta en diagonale vers l'amont dans un effort pour tirer le caisson étanche en travers de la rivière aussi loin que possible avant d'être poussé par le courant vers l'aval, afin que Pitt puisse sortir de l'affluent. Il calcula son coup presque parfaitement. Juste au moment où il perdait sa force d'impulsion et que le courant prenait possession de lui, Pitt et son côté du caisson émergèrent vivement de la galerie latérale.

Comme ils l'avaient prévu, ils gonflèrent calmement leurs gilets de stabilisation, enlevèrent le lest du coffre pour qu'il flotte facilement et remontèrent vers la surface en se laissant porter vers l'aval de la rivière. Après cinquante mètres de remontée, ils atteignirent la surface et découvrirent, à la lueur de leurs lampes, une large galerie ouverte. Le plafond était recouvert d'une étrange roche noire qui n'était pas du calcaire. Ce n'est que lorsque Pitt cala sa lampe qu'il se rendit compte qu'il s'agissait d'une roche volcanique. Heureusement, le flux de la rivière n'était pas trop rapide et aucun rocher ne l'interrompait mais les murs du passage étaient abrupts et n'offraient aucun endroit pour s'arrêter.

Il cracha l'embout de son détendeur et appela Giordino.

— Tiens-toi prêt à t'arrêter dès que tu trouveras une plage possible sur le côté.

— D'accord, fit Giordino par-dessus son épaule.

Ils passèrent rapidement de la roche volcanique au calcaire, recouvert d'une curieuse pellicule grise qui semblait absorber la lumière de leurs lampes, comme si leurs batteries étaient usées. Un son régulier, étourdissant, s'éleva soudain et se répercuta dans le passage. Leur plus grande crainte, être pris dans un rapide non navigable ou tomber dans une chute avant d'avoir pu trouver un endroit pour accoster, paraissait devoir se réaliser dans l'obscurité.

— Tiens-toi, cria Giordino. On dirait qu'on va au-devant d'un problème.

Pitt baissa le menton pour que la lumière de son casque éclaire directement devant lui. Un mouvement inutile car le passage fut bientôt rempli d'un brouillard qui semblait sortir de l'eau, comme de la vapeur. Pitt eut soudain l'impression de traverser les chutes du Niagara sans protection. Le grondement était assourdissant, maintenant, amplifié par l'acoustique de la caverne de pierre. Soudain, Giordino entra dans la nappe de brouillard et disparut.

Pitt ne put que se tenir au coffre et regarder, fasciné et presque paralysé, le nuage d'embruns se refermer sur lui. Il respira profondément dans l'attente d'une chute sans fin. Mais il ne se passa rien. Le bruit ne venait pas de la rivière ou de sa chute verticale, mais d'un torrent furieux qui s'y écrasait.

Il fut roué de coups par un déluge soudain qui tombait en une immense gerbe du plafond calcaire de la caverne. L'énorme torrent dégringolait d'un affluent se jetant dans la rivière souterraine, venant d'une autre source encore. Pitt fut déconcerté par la vue d'une telle quantité d'eau roulant sous un désert aride et assoiffé là-haut, à une distance relativement peu importante. Il conclut que tout ce liquide devait être poussé dans la rivière par la grande pression d'un réseau souterrain considérable.

Quand il eut passé le rideau d'embruns, il vit que le passage s'était élargi et que le plafond s'élevait en une chambre de vastes proportions. Ils étaient dans une caverne bizarrement décorée d'hélictites, des sortes de stalactites ignorant la gravité, qui poussent dans tous les sens. Les dépôts minéraux avaient également formé des espèces de champignons magnifiquement sculptés, d'un mètre de haut, ainsi que de délicates fleurs de gypse qui semblaient couvertes de plumes gracieuses. Les spéléologues du monde entier auraient sans doute choisi cette caverne spectaculaire, s'ils l'avaient pu, comme vitrine publicitaire de leur sport favori.

Pitt se demandait combien d'autres mondes souterrains se cachaient ainsi dans l'éternelle obscurité des entrailles de la terre, attendant d'être découverts et explorés. Il était facile de laisser courir son imagination et de se dire qu'un peuple depuis longtemps disparu avait peut-être vécu là et sculpté ces merveilles de calcite.

Giordino était plus terre à terre. A peine vit-il la beauté du lieu. Il se tourna vers Pitt et lui adressa un sourire qui semblait dire « je suis content d'être vivant ».

— On dirait la tanière du fantôme de l'Opéra, commenta-t-il.

— Je ne crois pas que nous rencontrions Lon Chaney[1] en train de jouer de l'orgue.

— On a un palier de trente mètres à gauche, précisa Giordino, le moral au beau fixe.

— D'accord. Commence à tourner vers les eaux moins profondes et nage de toutes tes forces pour sortir du courant principal.

Giordino n'avait pas besoin de conseil. Il prit un virage aigu, tirant le coffre derrière lui et battit vigoureusement des palmes. Pitt détendit sa prise sur le gros tube d'aluminium, nagea très vite jusqu'à ce qu'il atteigne le point médian puis, se servant de son corps comme d'une drague, il le souleva derrière Giordino.

L'approche se passa comme Pitt l'avait espéré. Giordino se libéra du courant et entra à la nage dans l'eau plus calme. Quand ses palmes touchèrent le fond, il grimpa sur la plate-forme, tirant le coffre derrière lui.

Sans plus d'entrave maintenant, Pitt atteignit facilement la zone peu profonde et se hissa dix mètres plus en amont de Giordino. Il s'assit, retira ses palmes et ses lunettes de plongée puis se releva et marcha avec précaution sur la roche lisse tout en enlevant ses bouteilles d'air comprimé. Giordino en fit autant avant de commencer à démonter le coffre d'aluminium. Il leva les yeux vers Pitt, l'air satisfait d'avoir accompli sa mission.

— Un joli coin que tu as là !

— Excuse le désordre, marmonna Pitt. Les sept nains sont en grève.

— Es-tu aussi content que moi d'être arrivé jusqu'ici ?

— Je ne suis pas fâché d'être en vie, si c'est ce que tu veux dire.

— En fait, quelle distance avons-nous parcourue ?

Pitt tapa une commande sur le mini-ordinateur attaché à son bras.

— Selon ma petite merveille de technologie, nous avons fait deux kilomètres en plein purgatoire puis nous nous sommes rapprochés de deux mètres de l'enfer.

— Il reste vingt-huit bornes à faire.

— Oui, dit Pitt en souriant comme un magicien prêt à fasciner son auditoire. Mais à partir d'ici, on avance en grand style.

Cinq minutes plus tard, les huit chambres à air du *Wallowing Windbag* étaient pleines et la coque bien gonflée, déployée et prête à fendre la rivière. Baptisé « véhicule de sauvetage en milieu aquatique », l'aéroglisseur aux lignes peu

1. *Le Fantôme de l'Opéra*, film de Rupert Julian, 1925.

gracieuses pouvait avancer sans effort sur un coussin d'air, aussi bien sur des rapides que sur des sables mouvants, de la glace même peu épaisse ou des bourbiers pollués. Ces véhicules, utilisés par la police et par les pompiers dans l'ensemble des Etats-Unis, avaient sauvé de la noyade un nombre considérable de victimes. Celui de Pitt et Giordino allait passer un test d'endurance que ses concepteurs n'avaient sûrement pas prévu.

Mesurant trois mètres sur un mètre cinquante, la petite embarcation compacte, munie d'un moteur quatre-temps de cinquante chevaux, pouvait se déplacer sur une surface plane à soixante-quatre kilomètres à l'heure.

— Nos ingénieurs ont bien bossé quand ils ont modifié la hauteur, remarqua Giordino.

— L'adoption d'un moteur à ventilateur horizontal a été un trait de génie.

— C'est fou la quantité d'équipements qu'on a fait entrer dans ce coffre !

Avant de reprendre leur équipée, ils mirent de côté et attachèrent dix réservoirs d'air, des bouteilles d'air supplémentaires pour regonfler l'aéroglisseur, une batterie de lampes comprenant des lampes d'atterrissage d'avion dans un conteneur étanche, des batteries de rechange, une trousse de premiers secours et trois détendeurs supplémentaires.

Pitt sortit d'un petit conteneur étanche son vieux Colt 45 automatique et deux chargeurs. Il sourit en découvrant au fond du coffre un thermos de café et quatre sandwiches. L'amiral Sandecker n'oubliait jamais les détails qui font la réussite des missions. Il reposa le thermos et les sandwiches dans leur conteneur. Ce n'était pas le moment de pique-niquer. Ils devaient se hâter au contraire s'ils voulaient atteindre la chambre au trésor avant qu'il soit trop tard pour Loren et Rudi.

Il mit l'arme et les munitions dans un sachet de plastique dont il scella l'ouverture. Puis il abaissa la fermeture éclair de sa combinaison et y glissa le sac.

Il regarda un moment l'aéroglisseur noir gonflable.

— O ! Circé qui va nous guider au cours de ce voyage, aucun homme n'a jamais atteint Hadès dans un bateau noir.

Giordino, occupé à installer deux rames dans leurs erses, leva les yeux, surpris.

— Où as-tu entendu ça ?

— Dans l'*Odyssée*, d'Homère.

— En vérité, parmi les Troyens aussi il y eut des hommes qui plongèrent, récita à son tour Giordino avec désinvolture. L'*Iliade*. Moi aussi je peux citer Homère.

— Tu m'étonneras toujours.

— C'est peu de chose !

Pitt monta à bord.

— Le matériel est planqué ?

— Tout est sous clef.

— Prêt à foncer ?

— Mets en marche.

Pitt s'accroupit à l'arrière, juste devant le ventilateur du moteur. Il enfonça le démarreur et le moteur refroidi par air se mit à tourner. Le petit moteur était bien insonorisé et l'échappement s'entendait à peine.

Giordino s'installa à l'avant du canot et alluma l'un des phares, illuminant la caverne comme en plein jour. Il se tourna en riant vers Pitt.

— J'espère qu'on ne nous flanquera pas une amende pour pollution d'un environnement vierge.

— Si le shérif du coin essaie, répondit Pitt en riant aussi, je dirai que j'ai oublié mon portefeuille.

L'aéroglisseur s'écarta du bord, suspendu sur son coussin d'air à vingt centimètres au-dessus de l'eau. Pitt tenait une des manettes verticales dans chaque main et imprima au bateau une course bien droite sur le courant.

Cela paraissait étrange d'avancer ainsi sur l'eau sans la sensation de contact. Depuis l'avant, Giordino pouvait plonger le regard dans la transparence de la rivière. Le bleu de cobalt du trou d'eau avait fait place à un vert profond. Il aperçut des salamandres blanches qui s'enfuirent, étonnées, et plusieurs bancs de petits poissons aveugles qui filaient comme des flèches entre les rochers arrondis tapissant le fond de la rivière, comme des ornements engloutis. Il raconta à Pitt ce qu'il voyait devant lui et prit des photos tandis que son ami manœuvrait l'embarcation et enregistrait des données sur le petit ordinateur pour Peter Duncan.

Malgré la rapidité de leur déplacement dans les larges boyaux, leur transpiration et l'humidité extrême du lieu se combinaient pour former une sorte de halo brumeux qui se refermait derrière eux. Ils ne se retournaient pas et continuaient à s'enfoncer de plus en plus profondément dans le canyon creusé par la rivière.

Sur les huit premiers kilomètres, le couloir était bien dégagé et leur permit une bonne moyenne. Ils traversèrent des eaux sans fond et longèrent des galeries impressionnantes s'ouvrant dans les murs de la caverne et s'étendant à Dieu sait quelles extrémités. Les plafonds de ces chambres s'élevaient ou s'abaissaient, de trente mètres de haut pour certaines jusqu'à des hauteurs à peine suffisantes pour y faire passer l'aéroglisseur. Ils se heurtèrent à plusieurs petites cascades peu profondes qu'ils traversèrent sans difficulté et pénétrèrent dans un boyau étroit où il leur fallut une grande concentration pour éviter les multiples rochers. Puis ils naviguèrent dans une énorme galerie d'au moins trois kilomètres de long, aux murs couverts de cristaux étonnants, brillant de mille feux sous les rayons de leurs lampes.

A deux reprises, le passage et l'eau se mêlèrent, ce qui les obligea à dégonfler le *Wallowing Windbag* jusqu'à ce qu'il présente une flottabilité neutre. Ils durent reprendre leurs détendeurs et leurs bouteilles d'air comprimé, se laisser porter par le courant jusqu'au bout du passage immergé, tirer le canot dégonflé et tout son équipement jusqu'à la prochaine caverne ouverte. Là, ils regonflèrent le canot, sans une plainte pour l'effort supplémentaire que cela impliquait. Ils savaient bien qu'ils ne pouvaient s'attendre à une croisière sans histoire sur une rivière placide et régulière.

Pour se détendre, ils s'amusèrent à donner des noms farfelus aux galeries et aux endroits curieux qu'ils traversaient : la Maison Bizarre, le Musée de Cire, le Gymnase de Giordino. Une petite excroissance dans une caverne fut baptisée la Goutte Postnasale. Quant à la rivière, ils décidèrent de la nommer le Vieil Ivrogne.

Après une nouvelle partie immergée et un nouveau gonflage du canot, Pitt nota que le courant avait maintenant une vitesse de deux nœuds supplémentaires et que le fond s'inclinait davantage, ce qui expliquait le courant plus rapide. Comme des feuilles dans une gouttière, ils étaient poussés dans ce monde infini de ténèbres où l'on ne sait jamais quels dangers réserve le prochain tournant.

Les rapides augmentèrent dangereusement et le canot fut soudain entraîné dans une cataracte furieuse. L'eau émeraude vira au blanc bouillonnant tombant en cascade dans un passage semé de rochers. Le *Wallowing Windbag* caracolait maintenant sur les remous comme un taureau de rodéo. A chaque secousse, Pitt se disait que les rapides ne pouvaient pas être plus violents mais chaque fois, le canot était secoué par un frénétique bouillonnement qui le submergea complètement plus d'une fois. Mais la fidèle petite embarcation se débarrassait toujours de l'écume et remontait à la surface.

Pitt ne cessa de se battre comme un damné pour garder le canot en ligne droite. S'ils étaient balancés sur les flancs de la caverne en plein tumulte, ils auraient bien peu de chances de survivre. Giordino saisit les rames de secours et poussa de toutes ses forces pour aider le bateau à garder sa stabilité. Ils passèrent un coude aigu de la rivière et se trouvèrent au-dessus de rochers énormes dont certains étaient partiellement immergés, frappés par de grandes vagues en forme de queues de coqs, d'autres qui s'élevaient bien au-dessus de la turbulence comme des monolithes menaçants. Le petit canot effleura plusieurs de ces rocs. Soudain, ils virent devant eux un gros rocher sortant du chenal, capable d'écraser le bateau et ses occupants. Mais encore une fois, le canot le frôla sans une déchirure et poursuivit son chemin.

Les épreuves ne cessaient pas. Ils furent pris dans un tourbillon comme un bouchon aspiré par un tuyau. Pitt se cala le dos contre le dossier gonflé d'air pour rester bien droit et poussa à fond le régime du moteur. Le hurlement mécanique se perdit dans celui des rapides. Pitt mit toute sa volonté, toute sa concentration à empêcher l'aéroglisseur de tournoyer sous la force du courant et Giordino l'aidait en poussant de tous ses muscles sur ses avirons.

Les lampes du canot tombèrent à l'eau quand Giordino prit les rames. La seule lumière dont ils disposaient maintenant venait des lampes de leurs casques. Il leur sembla qu'une éternité s'était écoulée quand ils sortirent enfin du tourbillon et furent poussés vers de nouveaux rapides.

Pitt diminua un peu la puissance du moteur et détendit ses mains crispées sur la barre de commande. Il n'était plus nécessaire de se battre contre la rivière, maintenant. Le *Wallowing Windbag* irait où l'eau puissante l'emmènerait.

Giordino tenta de percer l'inconnu obscur devant eux, espérant apercevoir des eaux plus calmes. Ce qu'il vit, c'est que la rivière se divisait en deux galeries. Il cria, au milieu du tumulte.

— Nous arrivons à un confluent !

— Vois-tu quel est le bras principal ? demanda Pitt en criant aussi.

— Celui de gauche a l'air plus large.

— D'accord. Bâbord toute !

Le canot fut à deux doigts de s'écraser contre l'amas de rochers divisant la rivière puis manqua tout juste de se retourner dans un remous géant. La petite embarcation fonça dans la turbulence et s'y fraya à grand-peine un chemin, la proue engloutie sous une muraille liquide. Elle réussit cependant à refaire surface avant d'être jetée en avant par le courant impitoyable.

Pitt crut un instant avoir perdu Giordino. Mais le courageux petit homme émergea de la piscine qu'était devenu l'intérieur du canot et secoua la tête pour chasser l'étourdissement qui l'avait pris quand le remous l'avait jeté à bas comme une bille de roulette de casino. Il fit un sourire inattendu et montra ses oreilles.

Pitt comprit. Le bruit continu et assourdissant du courant semblait diminuer un peu. L'aéroglisseur répondait maintenant aux commandes mais paresseusement car il était à demi rempli d'eau. Le poids excessif ainsi représenté empêchait le coussin d'air de fonctionner. Il augmenta le régime et cria à Giordino :

— Commence à écoper !

Les concepteurs du bateau avaient vraiment pensé à tout. Giordino inséra un levier dans une petite pompe et commença à manœuvrer d'avant en arrière, ce qui provoqua un jet d'eau qui, par un tuyau, se jeta par-dessus bord.

Pitt se pencha pour regarder le fond, dans la lumière des lampes de son casque. Le chenal semblait se rétrécir et, bien que les rochers aient pratiquement disparu, la rivière roulait à une vitesse effrayante. Soudain, il remarqua que Giordino avait cessé d'écoper et qu'il écoutait quelque chose, une expression terrifiée sur le visage. Et tout d'un coup, il entendit lui aussi.

Un grondement épouvantable éclata quelque part dans le vide obscur, plus loin, sur la rivière. Giordino regarda son ami.

— Je crois que cette fois, on a touché le gros lot ! cria-t-il.

De nouveau, Pitt se revit sur les chutes du Niagara. Cette fois, il ne s'agissait pas d'un torrent tombant du plafond. Le bruit qui se réverbérait dans toute la caverne était celui d'un énorme volume d'eau se précipitant en une immense cascade.

— Tape le gonfleur de ton gilet ! hurla-t-il.

L'eau les emportait à au moins vingt nœuds. Elle semblait se canaliser en une déferlante concentrée. Un million de litres d'eau les avalèrent, les entraînèrent vers un précipice invisible. Ils passèrent le coude suivant et foncèrent dans un maelström de brume. Le bruit devint assourdissant.

Ils ne ressentirent aucune peur, aucun sentiment d'impuissance, aucun désespoir. Pitt eut seulement l'impression d'une étrange torpeur, comme si toute pensée intelligente s'était soudain dissoute. Il lui sembla entrer dans un cauchemar dans lequel il n'y a plus ni forme, ni réalité. Sa dernière pensée consciente le traversa quand le *Wallowing Windbag* resta un moment suspendu avant de s'élancer dans l'inconnu.

Sans point de référence, ils n'eurent pas la sensation de tomber. Au contraire, il leur sembla voler dans un nuage. Puis Pitt lâcha la barre de commande et fut arraché à l'aéroglisseur. Il crut entendre Giordino crier quelque chose mais le son de sa voix se perdit dans le tumulte des eaux. La chute dans le vide parut durer une éternité. Puis soudain ce fut l'impact. Il frappa une grande étendue liquide, en bas du torrent, comme un météore. Il lui sembla que ses poumons se vidaient de leur air et crut être réduit en bouillie sanguinolente sur les rochers. Mais il sentit bientôt la pression réconfortante de l'eau autour de lui.

Retenant instinctivement son souffle, il chercha à gagner la surface. Aidé par son gilet bien gonflé, il arriva bientôt à l'air libre et fut immédiatement entraîné par le courant. Des rochers surgirent çà et là, comme des prédateurs du monde sous-marin. Emporté comme un fétu de paille, il se heurta, il aurait pu le jurer, à chaque roche émergeant de la rivière. A leur contact, sa combinaison de plongée se râpa, se déchira, le peau de ses jambes et de ses bras tendus se couvrit de blessures. Mais grâce au casque qui absorba la plus grande violence du coup, il évita de se fendre le crâne.

Incroyablement, son gilet resta gonflé de sorte qu'il flotta, à demi inconscient, à travers toute une succession de rapides. L'une des lampes de son casque, écrasée lors du choc, était inutilisable. L'autre semblait émettre un rayon indistinct de lumière rouge. Enfin il eut le bonheur de sentir sous ses pieds de petites pierres rondes et vit que le flot le poussait vers une sorte de plage menant à un espace libre et ouvert dans les murs de la caverne. Il nagea jusqu'à ce que ses genoux sentent les gravillons, luttant pour se défaire de l'étreinte du courant meurtrier. Il tendit les mains, s'agrippant pour atteindre enfin la pierre sèche. Il laissa échapper un grognement de souffrance. Un de ses poignets lui parut exploser tant la douleur était intense. Quelque part dans la chute, il avait dû se le briser. Et apparemment, il ne s'était pas cassé que le poignet. Deux ou trois côtes, sur le flanc gauche, devaient avoir cédé aussi.

Le grondement des chutes retentissait encore, mais assez loin. Lentement il reprit ses esprits et se demanda à quelle distance de l'abominable torrent il avait été porté. Puis, à mesure que ses pensées sortaient du brouillard, il pensa à Giordino. Désespérément, il hurla le nom de Al, sa voix se répercutant dans la chambre de pierre, espérant sans trop y croire entendre une réponse.

— Je suis là !

La réponse était à peine plus qu'un murmure mais Pitt l'entendit comme si elle sortait d'un haut-parleur. Il se mit debout avec difficulté et essaya de la situer.

— Répète !

— Je ne suis qu'à six mètres de toi, dit Giordino. Tu ne me vois pas ?

Un voile rouge semblait bloquer le champ de vision de Pitt. Il se frotta les paupières et put à nouveau distinguer. Il comprit que le voile rouge venait du sang coulant d'une blessure de son front. Il aperçut clairement Giordino qui faisait la planche non loin de lui, prêt à sortir de l'eau.

Il tituba vers son ami, écrasant sa main sur le côté gauche de sa poitrine en une vaine tentative pour réduire la douleur. Il s'agenouilla, raide, près de Giordino.

— Qu'est-ce que je suis content de te voir ! J'ai cru que le *Windbag* et toi étiez partis sans moi.

— Les restes de notre brave canot ont été balayés Dieu sait où.

— Es-tu gravement blessé ?

Giordino sourit bravement, leva les mains et agita ses doigts.

— En tout cas, je pourrai encore jouer à Carnegie Hall.

— Jouer quoi ? Tu ne sais même pas monter une gamme ! C'est ton dos ? demanda-t-il avec inquiétude.

Giordino secoua faiblement la tête.

— Je suis resté dans le *Windbag* et je me suis pris les pieds dans les cordes tenant l'équipement quand il a touché le fond. Alors il est parti d'un côté et moi de l'autre. Je crois que j'ai les deux jambes brisées sous les genoux.

Il expliquait ses blessures aussi calmement que s'il décrivait deux pneus à plat.

Pitt passa doucement la main sur les mollets de son ami qui serrait les dents.

— Tu as de la chance. Ce sont des fractures nettes, pas de complication.

Giordino inspecta Pitt.

— Dis donc, on dirait que tu es passé dans l'essoreuse de ta machine à laver !

— Quelques égratignures et quelques bleus, mentit Pitt.

— Alors comment se fait-il que tu serres les dents en parlant ?

Pitt ne répondit pas. Il essayait d'appeler un programme sur le petit ordinateur attaché à sa manche. Mais lui aussi avait heurté les rochers et s'était abîmé. Détachant les courroies, il le jeta dans la rivière.

— Tant pis pour les données de Duncan !

— J'ai aussi perdu l'appareil de photo.

— L'entracte va être dur. Je suppose que personne ne passera par ici avant longtemps, sûrement pas avec ces chutes.

— Tu as une idée de la distance où nous sommes de la caverne du trésor ? demanda Giordino.

— A vue de nez, je dirais deux kilomètres.

— Il va falloir que tu y ailles tout seul.

— Tu es fou !

— Je serais un fardeau. (Giordino cessa de sourire.) Oublie-moi. Va à la caverne.

— Je ne peux pas te laisser ici !

— Os cassés ou non, je peux encore flotter. Je te suivrai plus tard.

— Fais attention quand tu y arriveras, dit Pitt. Tu peux flotter mais tu ne pourras pas échapper au courant. Reste bien au bord, hors du courant du centre, sinon tu seras emporté sans qu'on puisse te récupérer.

— Tant pis si ça m'arrive. Nos bouteilles sont parties avec le *Wallowing Windbag*. Si on entre dans une galerie complètement immergée entre ici et la chambre du trésor et si elle est trop longue pour que nous puissions retenir notre souffle assez longtemps, on se noiera de toute façon.

— Tu as le chic pour voir le bon côté des choses !

Giordino prit une lampe de poche encore attachée à sa ceinture et la tendit à Pitt.

— Tu auras besoin de ça. La lampe de ton casque a l'air d'en avoir pris un coup. Maintenant que j'y pense, ton visage aussi. Ton sang coule sur les restes déchirés de ta belle combinaison de plongée toute neuve.

— Ça partira dès que je plongerai, dit Pitt en attachant la lampe autour de son avant-bras, au-dessus de son poignet fracturé, là où il avait mis l'ordinateur.

Il laissa tomber sa ceinture lestée.

— Je n'ai plus besoin de ça.

— Tu ne prends pas tes bouteilles ?

— Je ne tiens pas à être gêné.

— Et si tu dois traverser une galerie immergée ?

— Je nagerai en apnée aussi loin que mes poumons me le permettront.

— Une dernière faveur, dit Giordino en tendant le harnais vide de ses bouteilles. Attache mes jambes ensemble pour les empêcher de flotter chacune de son côté.

Pitt attacha les lanières aussi serré qu'il l'osa, conscient de son poignet cassé et de la nécessité de manier son ami avec douceur. A part une profonde respiration, Giordino ne laissa pas échapper une plainte.

— Repose-toi au moins une heure avant de me suivre, recommanda-t-il.

— Allez, bouge de là et fais de ton mieux pour sauver Loren et Rudi. J'arriverai dès que je le pourrai.

— Je jetterai un coup d'œil pour voir si je t'aperçois.

— Tu ferais bien de trouver un grand filet.

Pitt serra amicalement le bras de Giordino. Puis il plongea dans la rivière jusqu'à ce que le courant l'emporte vers la caverne suivante.

Giordino suivit Pitt des yeux jusqu'à ce que sa lumière disparaisse dans l'obscurité du canyon. « Deux kilomètres », se dit-il. Il espéra de tout son cœur que la dernière partie du voyage se ferait dans des chambres remplies d'air.

53

Zolar poussa un long soupir de soulagement. Les choses s'étaient bien passées, beaucoup mieux même qu'il ne l'avait espéré. Le projet était presque achevé. La remorque qui avait servi de bureau, le chariot à fourches et le treuil étaient partis avec l'avion emmenant la plupart des hommes du colonel Campos. Il ne restait qu'un petit groupe de soldats pour mettre le dernier chargement à bord d'un hélicoptère de transport militaire parqué à côté de l'appareil volé à la NUMA.

Il regarda les dernières pièces du trésor, empilées en rangées nettes. Il estima les antiquités étincelantes, se demandant combien il pourrait en tirer. Le goût et la magnificence du travail métallurgique des vingt-huit statues d'or représentant des guerriers incas étaient indescriptibles. Chacune mesurait un mètre de haut et donnait une idée de la maîtrise des artisans incas.

— Il en manque juste quelques-unes pour jouer aux échecs, dit Oxley en admirant lui aussi les guerriers.

— Dommage que je ne les garde pas, dit Zolar avec regret. Mais je suppose que je devrai me contenter de ma part de bénéfice pour acheter des objets non volés pour ma collection personnelle.

Fernando Matos dévorait des yeux les guerriers d'or et lui aussi calculait mentalement la valeur de ses deux pour cent du trésor.

— Nous n'avons rien de comparable dans notre musée national d'Anthropologie, à Mexico.

— Vous pouvez toujours lui faire don de votre part, répondit Oxley d'un ton acerbe.

Matos lui adressa un regard meurtrier et commença à dire quelque chose mais l'arrivée du colonel Campos l'interrompit.

— Le lieutenant Ramos vous informe qu'il ne reste rien dans la montagne. Dès que ses hommes et lui remonteront, ils chargeront les derniers objets. Puis j'irai à l'aérodrome pour superviser le transbordement.

— Merci, colonel, dit Zolar. (Il n'avait aucune confiance en Campos.) Si vous n'y voyez pas d'inconvénient, nous irons tous avec vous.

— Mais bien sûr, répondit Campos en regardant autour de lui le sommet presque vide. Et que faites-vous des autres ?

Les yeux de Zolar prirent une expression glaciale.

— Mon frère Cyrus et son équipe suivront dans notre hélicoptère dès qu'ils auront réglé un ou deux détails.

Campos comprit et fit un sourire cynique.

— Ça me rend malade de penser à tous ces bandits qui se permettent de voler et de tuer les visiteurs étrangers.

Tandis qu'ils attendaient que le lieutenant Ramos et son équipe remontent et chargent les dernières pièces, Matos s'approcha du démon de pierre pour l'examiner. Tendant la main, il caressa le cou de la bête et fut surpris du froid de la pierre qui avait pourtant absorbé toute la journée les rayons du soleil. Soudain, il retira sa main. Il avait l'impression que la pierre froide était soudain devenue molle et visqueuse comme la peau d'un poisson.

Il fit un pas en arrière, stupéfait, et presque un demi-tour pour s'éloigner vivement. C'est alors qu'il aperçut la tête d'un homme émerger de la pente abrupte devant le démon. Lui qui avait été élevé dans une famille d'universitaires ne croyait ni aux superstitions ni au folklore. Matos resta donc immobile, plus par curiosité que par crainte.

La tête fut suivie du corps d'un homme qui prit pied sur la surface du sommet, d'un mouvement fatigué. L'intrus resta un instant sans bouger puis pointa sur Matos une arme assez ancienne.

Yuma s'était arrêté une longue minute sur une corniche pour reprendre son souffle et attendre que son cœur se calme. Quand il passa la tête par-dessus le bord du sommet, il aperçut un petit homme à l'allure étrange, avec un crâne chauve et d'énormes lunettes, vêtu d'un costume et d'une cravate, qui le regardait aussi. L'homme rappelait à Yuma les fonctionnaires du gouvernement qui passaient une fois par an par le village montolo en promettant de l'aide, des engrais, de la nourriture, du grain et de l'argent dont on ne voyait jamais la couleur. Ayant pris pied sur le sommet, il aperçut aussi un groupe d'hommes près d'un hélicoptère militaire, à trente mètres de lui. Eux n'eurent pas conscience de sa présence. Il avait eu l'intention de se cacher derrière le démon de pierre, ignoré de tous. Mais Matos, malheureusement, était là.

Il pointa sa vieille Winchester vers lui et lui dit à mi-voix :

— Pas un bruit ou tu meurs.

Yuma n'eut pas besoin de regarder derrière lui pour s'assurer que les premiers de ses voisins et parents grimpaient bien jusqu'au sommet. Il réalisa qu'il lui faudrait encore une longue minute avant que toute sa petite troupe le rejoigne. Si l'homme qu'il tenait en joue s'avisait de donner l'alarme, l'effet de surprise serait fichu et ses amis se feraient prendre en position très exposée sur le flanc de la montagne. Il devait gagner du temps, d'une façon ou d'une autre.

Les choses empirèrent encore avec l'arrivée soudaine d'un officier avec une équipe de sapeurs, sortant d'une ouverture de la roche. Ils ne regardèrent ni à droite ni à gauche et se dirigèrent droit vers ce qui parut à Yuma une curieuse rangée de petits hommes dorés.

Quand il vit s'approcher les sapeurs, le pilote de l'hélicoptère mit en marche ses moteurs et les laissa au point mort tandis que tournaient les rotors jumeaux du gros appareil.

Près du démon de pierre, Matos leva lentement les mains.

— Baisse les bras ! siffla Yuma.

Matos fit ce qu'on lui demandait.

— Comment êtes-vous passés entre les mailles de notre service de sécurité ? demanda-t-il. Et que faites-vous ici ?

— Cet endroit est la terre sacrée de mon peuple, répondit Yuma. Vous la violez par votre avidité.

A chaque seconde gagnée, deux Montolos passaient le bord du sommet derrière Yuma et se groupaient hors de vue, derrière le démon. Ils avaient fait tout ce chemin sans causer une blessure, sans tuer personne et Yuma détestait l'idée de commencer maintenant.

— Marche jusqu'à moi, ordonna-t-il à Matos, et tiens-toi près du démon.

Une expression sauvage, folle, passa dans les yeux de Matos. Son désir de richesse commençait à court-circuiter sa peur. Sa part du butin le rendrait plus riche qu'il n'aurait pu le rêver. Il n'allait pas l'abandonner à cause d'une bande d'Indiens superstitieux. Il jeta un coup d'œil nerveux par-dessus son épaule vers les sapeurs près de l'hélicoptère. La peur de perdre son rêve lui nouait l'estomac.

Yuma comprit ce qui se passait. Il était en train de perdre son emprise sur l'homme en costume.

— Tu veux de l'or ? dit-il. Alors, prends-le et quitte la montagne !

Voyant que d'autres hommes apparaissaient derrière Yuma, Matos craqua. Il fit demi-tour et commença à courir.

— Des intrus ! Tuez-les !

Sans lever son arme pour viser, Yuma tira, le fusil sur la hanche. Le coup atteignit Matos au genou. Le bureaucrate sauta sur le côté, ses lunettes tombèrent et il s'étala lourdement à plat ventre. Il roula sur le dos, levant les jambes et se tenant le genou à deux mains.

Les parents et les voisins de Yuma, prêts à tirer, se déployèrent en éventail comme des fantômes dans un cimetière et encerclèrent l'hélicoptère. Le lieutenant Ramos évalua immédiatement la situation. Ses hommes étaient des sapeurs, pas des fantassins et d'ailleurs n'étaient pas armés. Il leva les bras en un geste de soumission et cria à son escouade d'en faire autant.

Zolar jura à voix haute.

— Mais d'où sortent ces p... d'Indiens !

— Ce n'est pas le moment de chercher, lâcha Oxley. On se tire !

Il sauta dans l'hélico par la porte de la soute et tira Zolar derrière lui.

— Les guerriers d'or ! protesta Zolar. On ne les a pas chargés !

— Oublie-les !

— Non ! protesta Zolar.

— Espèce d'imbécile ! Tu ne vois pas que ces hommes sont armés ? Les sapeurs ne peuvent pas nous aider.

Il se tourna pour crier au pilote :

— Décolle ! *Andale ! Andale !*

Le colonel Campos fut plus lent à réagir. Il ordonna stupidement au lieutenant Ramos et à ses hommes de résister.

— Attrapez-les ! cria-t-il.

— Avec quoi, colonel ? A mains nues ?

Yuma et les membres de sa tribu n'étaient plus qu'à dix mètres de l'hélicoptère. Pour le moment, on n'avait tiré qu'un seul coup de feu. Le reflet du soleil sur les guerriers d'or stupéfia un moment les Montolos. Le seul objet d'or pur qu'ils aient jamais vu était le petit calice ornant l'autel de l'église de la mission, dans le village voisin de Llano Colorado.

La poussière commença à voler quand le pilote mit les gaz et que les lames des rotors battirent l'ait furieusement. Les roues quittaient le sommet de la montagne quand Campos réalisa enfin que la discrétion primait l'avidité. Il courut vers l'appareil, agrippa la porte ouverte où Charles Oxley se penchait vers lui. Au même instant, l'hélicoptère fit un bond et s'éleva. Les mains tendues de Campos ne saisirent que le vide. Son élan le poussa sous l'appareil et par-dessus le bord de la falaise comme s'il plongeait dans l'eau. Oxley regarda le corps du colonel se rapetisser à mesure qu'il tombait, avant de s'écraser sur les rochers, tout en bas.

— Doux Jésus ! dit-il dans un souffle.

Zolar, agrippé à une courroie dans la travée de l'appareil, ne vit pas le plongeon de Campos à la base de la montagne. Il avait d'autres soucis.

— Cyrus est encore en bas dans la caverne.

— Il est avec Amaru et ses hommes. Ne t'inquiète pas. Leurs armes automatiques auront vite fait d'anéantir ces quelques Indiens avec leurs vieilles pétoires. Ils partiront par le dernier hélicoptère qui est toujours là-haut.

Zolar se rendit compte soudain qu'il manquait quelqu'un.

— Où sont Matos et le colonel ?

— Les Indiens ont tiré sur Matos et Campos s'est bougé trop tard.

— Il est resté sur Cerro El Capirote ?

— Non, il est *tombé* de Cerro El Capirote. Il est mort.

La réaction de Zolar aurait enchanté un psychiatre. Il resta pensif un instant puis éclata de rire.

— Matos blessé et le bon colonel mort ? Ça augmente les bénéfices de la famille.

Le plan que Yuma avait mis au point avec Pitt se déroulait sans encombres. Ses hommes et lui avaient pris possession du sommet et forcé les méchants à quitter la montagne sacrée. Il regarda ses deux neveux conduire le lieutenant Ramos et ses sapeurs jusqu'à la base désertique en empruntant un sentier escarpé.

On ne pouvait pas porter Matos. Son genou bandé, il fut bien obligé de descendre en boitant, soutenu par deux sapeurs.

Curieux, Yuma s'approcha de l'ouverture donnant sur le passage intérieur. Il avait terriblement envie d'explorer la caverne et de voir de ses propres yeux la rivière décrite par Pitt. C'était l'eau qu'il avait vue en rêve. Mais ses vieux amis avaient bien trop peur de pénétrer dans les entrailles de la montagne sacrée. D'autre part, l'or créait un problème parmi les jeunes. Ils voulaient tout faire rouler jusqu'au sol et l'emporter avant que les troupes armées ne reviennent.

— C'est notre montagne, dit un jeune homme, le fils de son voisin. Les petits hommes d'or nous appartiennent.

— Nous devons d'abord voir la rivière dans la montagne, contra Yuma.

— Les vivants n'ont pas le droit de pénétrer sur les terres des morts, rappela le frère aîné de Yuma.

Un de ses neveux le regarda, incrédule.

— Aucune rivière ne peut couler sous le désert !

— Et moi, je crois l'homme qui m'en a parlé.

— Tu ne peux pas faire confiance à un gringo, pas plus qu'à ceux qui ont du sang espagnol dans les veines.

— Ceci prouve qu'il n'a pas menti.

— Les soldats vont revenir et nous tueront si nous ne partons pas, protesta un autre voisin.

— Les hommes d'or sont trop lourds pour que nous les emportions par le sentier, insista le jeune homme. Il faut les faire descendre avec des cordes le long des flancs de rochers. Ça va prendre du temps.

— Offrons nos prières au démon et rentrons, dit le frère.

Le jeune homme insista.

— Pas avant d'avoir fait descendre les hommes d'or !

Yuma céda à son tour.

— Comme vous voudrez, chers amis et voisins. Moi, je tiendrai ma promesse et je pénétrerai seul dans la montagne. Prenez les hommes d'or mais faites vite. Il ne va pas faire jour bien longtemps.

En traversant l'ouverture élargie menant au passage, Yuma ne ressentit presque pas la peur.

L'escalade de la montagne avait été bénéfique. Les méchants avaient été chassés. Le démon avait retrouvé la paix. Maintenant, avec sa bénédiction, Billy Yuma savait qu'il pouvait sans risque pénétrer sur la terre des morts. Et peut-être même trouver un indice pour récupérer les idoles sacrées de son peuple.

54

Loren était accroupie dans sa cellule de pierre et se laissait aller au désespoir. Elle n'avait plus la force de lutter. Les heures étaient passées et maintenant, elle avait perdu la notion du temps. Elle ne se rappelait même plus quand elle avait mangé pour la dernière fois. Elle essaya de se souvenir de ce qu'on ressentait quand on était au sec et qu'il faisait chaud, mais ce souvenir-là remontait à des siècles.

Sa confiance, son indépendance, la satisfaction d'être un législateur respecté d'une des plus grandes puissances du monde, tout cela ne voulait plus rien dire dans cette petite cave humide. Il y avait des années-lumière qu'elle s'était tenue au milieu des siens, à la tribune du Congrès. Elle était au bout du rouleau et elle avait lutté aussi longtemps qu'elle en avait eu la force. Maintenant, elle acceptait la fin. Mieux valait mourir et qu'on n'en parle plus.

Elle regarda Rudi Gunn. Il avait à peine bougé depuis une heure. Pas besoin d'être médecin pour comprendre que cette fois, il était sur la pente fatale. Tupac Amaru, au cours d'une colère de sadique, lui avait brisé plusieurs doigts en les écrasant sous ses pieds. Amaru l'avait aussi gravement blessé en lui lançant de nombreux coups de pied dans l'estomac et à la tête. Si Rudi ne recevait pas très vite des soins médicaux, il allait sans doute mourir.

Loren pensa à Pitt. Toutes les routes de la liberté étaient bloquées à moins qu'il ne vienne à leur secours, à la tête de la cavalerie des Etats-Unis, ce qui n'était guère vraisemblable.

Elle se rappelait toutes les fois où il l'avait sauvée. La première, c'était à bord du navire russe où des agents de l'ancien gouvernement soviétique la retenaient prisonnière [1]. Pitt était apparu et l'avait sauvée de la correction sauvage qui l'attendait. La seconde fois, c'était quand elle avait été prise en otage par le fanatique Hideki Suma [2], dans sa cité sous-marine au large des côtes du Japon. Pitt et Giordino avaient risqué leur vie pour la sauver, elle et un collègue du Congrès.

Elle n'avait pas le droit d'abandonner. Mais Pitt était mort, écrasé par des grenades sous-marines. Si les Américains avaient pu envoyer un groupe des Forces spéciales de ce côté-ci de la frontière pour les délivrer, ils seraient déjà arrivés.

Elle avait assisté, en regardant par une ouverture de la cellule, au déménagement du trésor. Des hommes passaient devant l'endroit où elle était enfermée, traversaient la salle des gardes et remontaient le butin jusqu'au sommet de la montagne creuse. Quand tout l'or serait parti, elle savait que le temps serait venu pour Rudi et elle de mourir.

Ils n'eurent pas longtemps à attendre. L'un des sauvages puants d'Amaru s'approcha de leur gardien et lui donna un ordre. L'affreuse brute les fit sortir de la cellule.

— *Salir! Salir!* ordonna-t-il.

Loren réveilla Gunn en le secouant et l'aida à se mettre debout.

— Ils veulent nous transférer, lui dit-elle doucement.

Gunn la regarda d'un air hagard puis, incroyablement, se força à sourire.

— Il est temps de nous offrir une cellule plus confortable.

Gunn traînant les pieds près de Loren, enlacés pour se soutenir mutuellement, ils furent conduits jusqu'à un endroit plat entre des stalagmites, près du bord de la rivière. Amaru plaisantait avec quatre de ses hommes groupés autour de lui. Elle reconnut près d'eux quelqu'un qu'elle avait vu sur le ferry-boat, Cyrus Sarason. Les Sud-Américains semblaient détendus et tranquilles mais Sarason transpirait abondamment et sa chemise était tachée aux aisselles.

Le garde à l'œil unique les poussa sans ménagement et se tint un peu à l'écart des autres. Sarason rappelait à Loren un entraîneur du lycée qu'on avait obligé à prendre ce poste et qui trouvait son travail ennuyeux et sans intérêt.

Au contraire, Amaru était plein d'énergie nerveuse. Ses yeux brillaient d'excitation. Il contempla Loren avec l'intensité d'un homme qui a longtemps erré dans le désert et aperçoit soudain un bar annonçant de la bière fraîche. Il s'approcha d'elle et lui saisit rudement le menton d'une main.

— Tu es prête à nous amuser?

— Laisse-la, dit Sarason. Inutile de prolonger notre présence ici.

Loren sentit quelque chose de froid lui emplir l'estomac. «Pas ça! pensa-t-elle. Mon Dieu! Pas ça!»

— Si vous devez nous tuer, allez-y, vite!

— Ton vœu va bientôt se réaliser, dit Amaru avec un rire sadique. Mais pas avant que mes hommes se soient amusés un peu avec toi. Quand ils auront fini, et

1. Voir *Cyclope*, Grasset, 1987.
2. Voir *Dragon*, Grasset, 1991.

s'ils sont satisfaits, peut-être te laisseront-ils vivre. Sinon, ils baisseront le pouce comme les Romains jugeaient les gladiateurs dans l'arène. Je te conseille de les satisfaire.

— Vous êtes fou ! aboya Sarason.

— Réfléchissez un peu, *amigo*. Mes hommes et moi avons travaillé dur pour transporter votre or du fond de la montagne. Alors vous pouvez bien nous accorder cette petite récompense pour notre peine avant que nous quittions cet enfer.

— Vous serez tous généreusement payés pour votre aide.

— Comment dit-on, déjà, dans votre pays ? dit Amaru, la respiration courte. Des avantages en nature ?

— Je n'ai pas de temps à perdre avec vos amusements sexuels, dit Sarason.

— Eh bien, vous allez en prendre, siffla Amaru comme un serpent sur le point de mordre. Ou mes hommes vont être très fâchés. Et alors je ne serai plus capable de les retenir.

Sarason vit les cinq regards des tueurs péruviens et haussa les épaules.

— Elle ne m'intéresse pas. (Il regarda Loren un moment.) Faites d'elle ce que vous voudrez mais dépêchez-vous. Nous avons encore du travail et je ne veux pas faire attendre mes frères.

Loren sentit qu'elle allait vomir. Elle implora Sarason.

— Vous n'êtes pas comme eux. Vous savez qui je suis et qui je représente. Comment pouvez-vous rester là sans rien dire et permettre cette horreur ?

— La cruauté barbare est une chose courante pour ces gens-là, répondit Sarason avec indifférence. Chacun de ces chacals vicieux est capable d'égorger un enfant aussi tranquillement que je découpe un filet mignon.

— Alors vous ne ferez rien pendant qu'ils accompliront leur forfait ?

Sarason haussa les épaules.

— Vous ne valez pas mieux qu'eux.

Amaru lui jeta un regard concupiscent.

— Je trouve très agréable de mettre à genoux une femme aussi hautaine que toi !

C'était le signal indiquant que la conversation était terminée. Amaru fit signe à l'un de ses hommes.

— A toi l'honneur de commencer, Julio.

Les autres parurent déçus de n'avoir pas été choisis. Le gagnant fit un pas en avant, la bouche tendue en un affreux sourire et saisit Loren par le bras.

Le petit Rudi Gunn, gravement blessé et à peine capable de se tenir debout, s'accroupit soudain et se jeta en avant, la tête la première dans l'estomac de l'homme prêt à violer Loren. Sa charge n'avait guère plus de force qu'un coup de manche à balai contre la grille d'une forteresse. Le grand Péruvien grogna à peine avant de lui envoyer un revers de la main qui fit rouler Gunn sur le plancher de la caverne.

— Jetez cette petite vermine dans la rivière, ordonna Amaru.

— Non ! cria Loren. Je vous en supplie, ne le tuez pas !

L'un des hommes d'Amaru prit Gunn par la cheville et commença à le tirer vers l'eau.

— Vous faites sans doute une grosse erreur, avertit Sarason.

— Pourquoi ? demanda Amaru sans comprendre.

— La rivière se jette probablement dans le golfe. Au lieu de leur donner un corps à identifier, il vaudrait mieux le faire disparaître à jamais.

Amaru réfléchit un moment. Puis il éclata de rire.

— Une rivière souterraine qui les emporte dans la mer de Cortez, ça me plaît. Les enquêteurs américains ne supposeront jamais qu'on les a tués à cent kilomètres de là où on les trouvera. Décidément, l'idée me plaît. (Il fit signe à l'homme qui tenait Gunn de continuer.) Lance-le dans le courant aussi loin que tu pourras.

— Non ! Je vous en prie, supplia Loren. Laissez-le vivre et je ferai tout ce que vous voudrez.

— Tu le feras de toute façon, dit Amaru, implacable.

Le garde lança Gunn dans la rivière avec l'aisance d'un athlète lançant le marteau. Il y eut un grand bruit et Gunn disparut dans l'eau sombre sans un mot.

Amaru fit signe à Julio.

— Que le spectacle commence.

Loren hurla et réagit comme un chat. Elle se jeta sur l'homme qui lui tenait le bras et lui enfonça les longs ongles de ses pouces profondément dans les yeux.

Le cri d'agonie du Péruvien résonna dans la caverne du trésor. L'homme qu'on avait autorisé à violer Loren porta les mains à ses yeux et hurla comme un porc qu'on égorge. Amaru, Sarason et les autres furent un instant paralysés de surprise en voyant le sang jaillir sous les doigts de leur camarade.

— Oh ! Mère de Dieu ! cria Julio. Cette chienne m'a rendu aveugle !

Amaru s'approcha de Loren et la gifla de toutes ses forces. Elle tituba, recula mais ne tomba pas.

— Tu vas payer pour ça ! dit-il d'une voix glaciale. Quand tu nous auras servi comme nous l'entendons, tu recevras le même traitement avant de mourir.

Dans les yeux de Loren, la peur avait fait place à une rage froide. Si elle en avait eu la force, elle se serait battue contre eux bec et ongles avant de succomber. Mais les jours de mauvais traitements et de sous-alimentation l'avaient affaiblie. Elle lança un coup de pied à Amaru. Le coup ne parut pas lui faire plus d'effet qu'une piqûre de moustique.

Il lui prit les bras et les tordit derrière son dos. Pensant l'avoir réduite à l'impuissance, il essaya de l'embrasser. Mais elle lui cracha au visage.

Furieux, il lui donna un coup de pied dans le ventre.

Loren se plia en deux, étouffant de douleur et en même temps cherchant sa respiration. Elle tomba à genoux puis, lentement, sur le côté, toujours pliée et se tenant l'estomac à deux mains.

— Puisque Julio ne peut plus en profiter, dit Amaru, servez-vous tous !

Les bras tendus, épais et solides, des mains comme des serres se saisirent d'elle. Ils la firent rouler sur le dos, la maintenant par les bras et les jambes.

Immobilisée comme une souris de laboratoire par la force combinée de trois hommes dont celui qui n'avait qu'un œil, Loren hurla de désespoir sans défense.

On lui arracha les restes déchirés de ses vêtements. Sa peau douce et crémeuse brilla sous les lumières artificielles laissées là par les sapeurs. La vue de son corps nu fit encore monter l'excitation de ses bourreaux.

Le Quasimodo borgne s'agenouilla et se pencha sur elle, le souffle court, les lèvres tirées en une grimace d'animal en rut. Il pressa sa bouche sur la sienne. Ses cris furent soudain étouffés quand il mordit sa lèvre inférieure au point qu'elle sentit le goût du sang. Loren pensa suffoquer, en plein cauchemar. Il se redressa et passa ses mains calleuses sur ses seins. Elle eut l'impression qu'on la frottait au papier de verre. Son regard violet était malade de dégoût. De nouveau, elle hurla.

— Oui ! Bats-toi ! murmura la voix grasseyante de la brute. J'adore les femmes qui me résistent.

Loren ressentit toute la profondeur de l'humiliation et de l'horreur quand le cyclope se pencha à nouveau sur elle. Ses cris de terreur devinrent des hurlements de douleur.

Puis brusquement, ses mains furent libérées et elle griffa le visage de son attaquant de toutes ses forces. Il se releva, ahuri, de grands traits parallèles rouges apparaissant sur ses joues. Il jeta un regard noir aux deux hommes qui avaient soudain lâché les bras et les jambes de sa proie.

— Espèces d'idiots ! Mais qu'est-ce que vous fichez ? siffla-t-il.

Les hommes, qui faisaient face à la rivière, tombèrent presque à la renverse, la bouche ouverte, sidérés. Ils se signèrent comme pour conjurer le diable. Ils ne regardaient pas le violeur de Loren. Leurs yeux fixaient la rivière, au-delà. Etonné, Amaru se tourna et regarda lui aussi les eaux noires. Ce qu'il vit aurait suffi à faire sombrer un homme sain dans la folie. Il ouvrit à son tour la bouche de stupeur en voyant la lumière fantomatique, sous l'eau, se diriger vers lui. Tous restèrent bouche bée, comme hypnotisés, tandis que la lumière atteignait la surface et devenait une tête recouverte d'un casque.

Comme un spectre hideux s'élevant des abysses troubles de quelque enfer liquide, une forme lunaire sortit lentement des profondeurs sombres de la rivière et s'avança vers la rive. L'apparition, couverte de longues lanières déchirées comme des algues, ne semblait pas appartenir à ce monde mais aux abîmes terrifiants d'une planète inconnue. L'effet fut rendu plus sinistre encore par la réapparition du mort.

Serré sous son bras droit, comme un père tenant son enfant, l'apparition tenait le corps inerte de Rudi Gunn.

55

Le visage de Sarason prit la teinte blanche d'un masque mortuaire. Son front se couvrit de sueur. Pour un homme peu impressionnable, le choc lui donna un regard de fou. Il demeura muet et immobile comme si la monstruosité l'avait changé en statue de sel.

Amaru sauta sur ses pieds et essaya de parler mais sa gorge ne laissa passer qu'une sorte de croassement. Ses lèvres tremblèrent. Il finit par articuler :

— Va-t'en, *diablo !* Retourne *en infierno* !

Le fantôme posa doucement Gunn par terre. D'une main, il retira son casque. Puis il baissa la fermeture éclair de sa combinaison de plongée et glissa la main à l'intérieur. On voyait bien ses yeux verts, maintenant, posés sur le corps de Loren, étendu sur la roche froide et dure. Une colère terrible y brilla sous les lumières artificielles.

Les deux hommes qui tenaient encore les jambes de la jeune femme regardèrent, muets de surprise, le Colt qui claqua deux fois avec un bruit assourdissant. Leurs visages se déformèrent, leurs têtes explosèrent et ils tombèrent comme des masses sur les genoux de Loren. Les autres s'éloignèrent de la jeune femme en courant comme si elle avait soudain la peste noire. Julio grogna dans le coin d'où il ne voyait rien, les mains appliquées sur ses yeux blessés.

Loren ne pouvait même plus hurler. Elle regarda l'homme sorti de la rivière, le reconnaissant mais persuadée qu'il s'agissait d'une hallucination.

Amaru, choqué, refusait de croire ce qu'il voyait puis, réalisant soudain qui était l'apparition, sentit son cœur se glacer.

— Vous ! éructa-t-il d'une voix étranglée.

— Tu as l'air surpris de me voir, Tupac, dit calmement Pitt. Cyrus a l'air un peu verdâtre aussi.

— Vous êtes mort ! Je vous ai tué !

— Quand on travaille comme un amateur, on a un résultat d'amateur.

Pitt visa les hommes les uns après les autres et s'adressa à Loren sans la regarder.

— Es-tu gravement blessée ?

Elle mit du temps à répondre, trop sidérée pour parler. Finalement, elle dit presque en bégayant :

— Dirk ! Est-ce bien toi ?

— S'il y en a un autre, j'espère qu'on l'attrapera avant qu'il se serve de mon chéquier. Désolé de ne pas être arrivé plus tôt.

— Grâce à toi, je vivrai assez longtemps pour voir ces bêtes puantes payer pour ce qu'ils ont fait, dit-elle rageusement.

— Tu n'auras pas longtemps à attendre, assura Pitt d'un ton glacial. Es-tu assez forte pour remonter le passage ?

— Oui, oui, murmura-t-elle, commençant seulement à réaliser qu'elle était sauvée.

Elle frissonna en repoussant les deux cadavres et se mit debout avec difficulté, indifférente à sa nudité.

— Rudi est en bien mauvais état, ajouta-t-elle en montrant Gunn.

— Ce sont ces sadiques qui vous ont fait tout ça ?

Loren fit signe que oui, sans rien dire.

Les dents serrées, fou de rage froide, Pitt eut un regard meurtrier.

— Cyrus vient de se proposer pour porter Rudi jusqu'en haut.

Il pointa son arme vers Sarason.

— Donne-lui ta chemise.

Loren secoua la tête.

— Je préfère rester nue que de porter sa vieille chemise pleine de sueur.

Sarason savait qu'il risquait une balle et sa peur fit place à son instinct de conservation. Son esprit tordu commençait à imaginer un plan pour se tirer de là. Il se laissa tomber sur le sol de pierre comme si le choc était trop fort pour lui. Sa main droite, posée sur un genou, n'était qu'à quelques centimètres du calibre 38 attaché à sa jambe, dans sa botte.

— Comment êtes-vous arrivé jusqu'ici ? demanda-t-il en essayant de gagner du temps.

Pitt ne se laissa pas prendre.

— Nous nous sommes inscrits à une croisière souterraine.

— Nous ?

— Le reste de l'équipe sera là d'une minute à l'autre, mentit Pitt.

Soudain, Amaru cria aux deux hommes valides qui lui restaient :

— Descendez-le !

Tueurs endurcis, peut-être, mais les deux hommes n'avaient aucune envie de mourir. Ils ne firent pas l'effort de prendre leurs armes automatiques qu'ils avaient posées pendant le viol de Loren. Un coup d'œil au Colt 45 de Pitt et à son air déterminé suffit à leur ôter toute tendance suicidaire.

— Espèces de lâches ! gronda Amaru.

— On fait toujours faire le sale boulot aux autres, hein ? dit Pitt. Je crois que j'ai fait une erreur en ne te tuant pas au Pérou.

— Ce jour-là, j'ai juré que tu souffrirais autant que tu m'as fait souffrir.

— Ne compte pas sur le *Solpemachaco* pour te verser une pension d'invalidité.

— Avez-vous l'intention de nous tuer de sang-froid ? demanda Sarason.

— Pas du tout. Toi, tu as tué de sang-froid le Dr Miller et Dieu sait combien d'innocents qui se trouvaient sur ton chemin. Et comme je suis l'ange de leur vengeance, je suis ici pour t'exécuter.

— Sans même un jugement ? protesta Sarason dont la main glissait lentement vers sa botte et son derringer.

Il remarqua alors que les blessures de Pitt étaient plus graves que les quelques coupures de son front. Ses épaules montraient sa fatigue, son allure manquait de vigueur. Sa main gauche, de guingois, reposait contre sa poitrine. Sarason comprit qu'il avait dû se casser le poignet et quelques côtes. Son moral remonta en réalisant que Pitt était à deux doigts de s'effondrer.

— Tu n'aurais pas le culot de demander justice? dit Pitt avec mépris. Dommage que le système judiciaire américain n'applique pas aux tueurs le sort qu'ils ont appliqué aux victimes.

— Vous n'avez aucun droit de juger mes actes. Sans mes frères et moi, des milliers d'objets d'art seraient en train de pourrir dans les caves des musées du monde entier. Nous les avons remis en état et confiés à des gens qui apprécient leur valeur.

Pitt cessa de regarder autour de lui pour fixer Sarason.

— Tu appelles ça une excuse? Justifier des vols et des meurtres à grande échelle juste pour que tes salauds de frères et toi puissiez faire de gros bénéfices? Tout ce qu'on peut dire de toi, mon vieux, c'est que tu es un charlatan et un hypocrite.

— Ma mort ne mettra pas fin aux activités de ma famille.

— Tu n'as pas entendu? dit Pitt avec un sourire sans joie. Zolar International est passé à la trappe. Les agents fédéraux ont fait une descente dans tes entrepôts de Galveston. Ils y ont trouvé assez de butin pour remplir une centaine de musées.

Sarason, la tête renversée en arrière, éclata de rire.

— Notre quartier général de Galveston est une affaire parfaitement honnête. Tout ce qu'il contient est acheté et vendu légalement.

— Je parle du deuxième entrepôt, dit Pitt.

Sur le visage bronzé de Sarason passa un éclair d'appréhension.

— Il n'y a qu'un seul bâtiment.

— Non, il y en a deux. L'entrepôt de stockage séparé par un tunnel pour transporter les marchandises illégales jusqu'au bâtiment où le sous-sol renferme les antiquités de contrebande, les ateliers de copies et toute une collection d'objets volés.

Sarason parut avoir reçu un violent coup sur la tête.

— Le Diable vous emporte, Pitt! Comment pouvez-vous savoir ça?

— Parce que deux agents fédéraux, un des Douanes et l'autre du FBI, m'en ont fait une description très vivante. J'ajouterai qu'ils vous attendent à bras ouverts quand vous essaierez de faire entrer en douce le trésor de Huascar aux Etats-Unis.

Le doigt de Sarason n'était plus qu'à un centimètre de son petit pistolet à canon double.

— Alors ils peuvent attendre, dit-il en reprenant son air blasé de façade. L'or ne va pas aux Etats-Unis.

— Aucune importance, dit Pitt sans élever la voix. Tu ne seras pas là pour le dépenser.

Caché par son genou passé sur l'autre jambe, les doigts de Sarason rencontrèrent le derringer et commencèrent à le faire glisser lentement hors de sa botte. Il misait sur le fait que les blessures de Pitt ralentiraient ses réactions juste la fraction de seconde nécessaire. Il décida de renoncer à le viser brusquement. S'il manquait la première balle, il savait parfaitement que, malgré ses blessures, Pitt ne le laisserait pas tirer la seconde. Il hésita, cherchant comment créer une diversion. Il vit Amaru et ses deux sbires surveiller Pitt en refrénant une colère noire. Julio ne pourrait servir à rien.

— C'est vous qui n'avez plus longtemps à vivre, dit-il. Les soldats mexicains qui nous ont aidés à emporter le trésor ont sans doute entendu vos coups de feu et vont débouler ici pour vous abattre.

Pitt haussa les épaules.

— Ils doivent faire la sieste, sinon ils seraient déjà là.

— Si nous l'attaquons tous en même temps, dit Sarason sur le ton de la conversation, comme s'ils étaient tous assis autour d'un bon dîner, il tuera deux, peut-être trois d'entre nous avant que le survivant ne le tue.

Pitt le regarda froidement et sans passion.

— La question est de savoir qui sera le survivant.

Amaru se fichait de savoir qui vivrait et qui mourrait. Son esprit mauvais savait qu'il n'avait aucun futur en tant qu'homme. Il n'avait plus rien à perdre. Sa haine pour celui qui l'avait émasculé décupla la rage déjà soutenue par le souvenir de sa douleur et de son agonie mentale. Sans un mot, il s'élança sur Pitt.

Comme un éclair de muscles, Amaru s'approcha tel un chien enragé, essayant de saisir la main armée de Pitt. La balle pénétra la poitrine du Péruvien, traversant le poumon, dans un formidable claquement. L'impact aurait stoppé net un homme ordinaire mais la colère d'Amaru le dépassait, le soutenait, le transformait en une sorte de pitbull enragé. Il poussa un grognement quand l'air quitta ses poumons puis s'écrasa sur Pitt, l'envoyant bouler vers la rivière.

Pitt aussi laissa échapper un cri de douleur, le choc ayant réveillé la souffrance de ses côtes cassées. Il se tourna désespérément, écartant le bras d'Amaru qui tentait de lui arracher l'arme et le repoussant brutalement. Il frappa un premier coup sur la tête de son assaillant avec la crosse du Colt et arrêta son mouvement en apercevant du coin de l'œil les deux gardes encore vivants sur le point de saisir leurs fusils.

Malgré la douleur, la main de Pitt resta ferme. La balle suivante atteignit le cou du garde grotesque et borgne. Ignorant Julio, désormais aveugle, il tira en pleine poitrine de son acolyte.

Pitt entendit le cri d'alarme de Loren comme s'il venait de très loin. Trop tard, il vit Sarason pointer sur lui son pistolet à canon double. Son corps ne répondit pas assez vite et il bougea une fraction de seconde trop tard.

Il vit partir le coup de feu et ressentit à l'épaule gauche le coup de butoir d'un marteau-piqueur avant même d'entendre le bruit de l'explosion. Poussé par l'impact, il tomba à la renverse dans l'eau. Amaru le suivit comme un ours blessé décidé à mettre en pièces un renard estropié. Le courant enveloppa Pitt, l'écartant de la rive. Il s'accrocha désespérément aux pierres du fond pour résister à son emprise.

Sarason s'approcha lentement du bord et contempla la lutte qui se déroulait dans la rivière. Amaru avait attrapé Pitt par la taille et tentait de le tirer au fond. Avec un sourire impitoyable, il visa soigneusement la tête de Pitt.

— Bel effort, monsieur Pitt. Vous êtes très résistant. Ça vous paraîtra peut-être bizarre mais vous me manquerez.

Mais le coup de grâce ne partit pas. Comme des tentacules noirs, deux bras saisirent les jambes de Sarason et serrèrent ses chevilles. Il baissa les yeux et regarda la chose innommable qui le tenait. Frénétiquement, il se mit à frapper la tête apparaissant entre les bras.

Giordino avait suivi Pitt en flottant le long de la rivière. Le courant n'avait pas été aussi fort qu'il l'avait craint jusqu'à la caverne au trésor et il avait pu s'approcher jusqu'à la rive sans se faire remarquer. Il avait maudit son impuissance à aider Pitt dans sa lutte avec Amaru mais quand Sarason était passé à sa portée, il avait pu s'accrocher à lui.

Il ignora les coups brutaux qui pleuvaient sur sa tête. Levant les yeux vers Sarason, il parla d'une voix profonde et épaisse.

— Bons souvenirs de l'enfer, petit farceur !

Sarason reprit vite ses esprits en voyant Giordino et dégagea un pied pour garder son équilibre. Voyant que Giordino ne faisait pas mine de se mettre debout, il comprit immédiatement que son ennemi devait être gravement blessé à partir des hanches. Méchamment, il lui envoya un coup de pied qui lui atteignit la cuisse. Il en fut récompensé en voyant le corps de Giordino sauter en un spasme de douleur qui lui fit lâcher la cheville de Sarason.

— J'aurais dû deviner que vous ne seriez pas loin, dit-il en tentant de reprendre son équilibre.

Il jeta un coup d'œil à son arme, sachant qu'il ne lui restait qu'une balle mais conscient du fait qu'il y avait quatre ou cinq automatiques derrière, non loin de lui. Il observa Pitt et Amaru, liés dans une lutte à mort. Inutile de gâcher une balle en tirant sur Pitt. La rivière avait pris les deux lutteurs dans son étreinte et les entraînait implacablement vers l'aval. Si Pitt survivait et réussissait à sortir de l'eau, Sarason disposait d'un arsenal pour en finir avec lui. Il fit donc son choix. Se penchant au-dessus de l'eau, il pointa son canon double entre les deux yeux de Giordino.

Loren se jeta sur lui, lui attrapant la taille pour tenter de l'arrêter. Il se débarrassa de son étreinte en l'envoyant bouler sur le côté sans même lui jeter un regard. Elle tomba lourdement sur une des armes laissées à terre, la leva et appuya sur la détente. Il ne se passa rien. Elle ne connaissait pas assez les armes pour penser au cran de sûreté. Elle poussa un faible cri lorsque Sarason, s'approchant d'elle, lui assena un coup de crosse sur la tête.

Soudain il se retourna. Gunn, ayant repris conscience, venait de lui jeter une pierre qui l'atteignit à la hanche comme une balle de tennis lancée sans force.

Sarason secoua la tête, étonné de la force d'âme et du courage de ces gens qui résistaient avec une telle ferveur. Il fut presque désolé qu'ils soient obligés de mourir. Il se retourna vers Giordino.

— On dirait que votre sursis n'aura été que temporaire, se moqua-t-il en tenant son arme à bout de bras, bien en face de la tête de Giordino.

Malgré la douleur de ses jambes brisées et le spectre de la mort devant lui, Giordino planta son regard dans celui de Sarason et lui cracha :

— Je t'emmerde !

Le coup explosa comme un coup de canon à l'intérieur de la caverne, suivi par le choc sourd du plomb pénétrant dans la chair vivante. Giordino fut décontenancé en voyant l'expression étrangement confuse de Sarason. Celui-ci se retourna et fit machinalement deux pas sur la berge avant de tomber lentement en avant sur le sol de pierre, inanimé.

Giordino eut du mal à croire qu'il était encore vivant. Levant les yeux, il regarda, sidéré, le petit homme vêtu comme un valet de ferme et tenant une winchester à la main et qui s'avançait dans le cercle de lumière.

— Qui êtes-vous ? demanda-t-il.

— Billy Yuma. Je suis venu pour aider mon ami.

Loren, une main appuyée sur sa tête blessée, le regarda avec stupeur.

— Ami ?

— L'homme qui s'appelle Pitt.

En entendant ce nom, Loren se leva d'un coup et courut au bord de la rivière.

— Je ne le vois pas ! cria-t-elle, affolée.

Giordino sentit son cœur se serrer. Il cria le nom de Pitt mais seule sa voix résonna dans la caverne.

— Oh ! Mon Dieu ! Non ! murmura-t-il avec angoisse. Il a disparu !

Gunn se releva avec une grimace et tenta de percer l'obscurité des eaux roulantes. Comme les autres, qui avaient calmement envisagé la mort cinq minutes plus tôt, il fut bouleversé de constater que son vieil ami avait été emporté vers sa propre mort.

— Dirk pourra revenir à la nage, dit-il plein d'espoir.

— Impossible, fit Giordino en secouant la tête. Le courant est trop fort.

— Où va la rivière ? demanda Loren au bord de la panique.

Giordino donna un coup de poing coléreux et impuissant sur la roche massive.

— Jusqu'au golfe. Dirk a été emporté vers la mer de Cortez, à cent kilomètres d'ici.

Loren s'effondra sur le sol calcaire de la caverne et se couvrit le visage de ses mains, secouée de sanglots.

— Il ne m'a sauvée que pour mourir !

Billy Yuma s'agenouilla près d'elle et tapa affectueusement son épaule nue.

— Si personne d'autre n'y peut rien, peut-être que Dieu l'aidera.

Giordino avait mal au cœur. Il ne sentait plus ses propres blessures. Il regardait sans les voir les profondeurs de la rivière.

— Cent kilomètres, répéta-t-il. Même Dieu ne pourrait garder en vie un homme avec le poignet cassé, des côtes fêlées et une balle dans l'épaule sur cent kilomètres d'eaux tumultueuses dans une obscurité totale.

Après avoir installé tout le monde du mieux qu'il le pouvait, Yuma se hâta de remonter au sommet où il raconta ce qui venait de se passer. Ses parents eurent honte de n'avoir pas osé pénétrer au cœur de la montagne. Ils fabriquèrent des civières avec ce que les sapeurs avaient laissé en partant et transportèrent avec tendresse Gunn et Giordino le long du passage jusqu'en haut. Un vieil homme offrit gentiment à Loren une couverture de laine tissée par sa femme.

A la demande de Giordino, on plaça Gunn sur une civière dans l'hélicoptère volé à la NUMA et abandonné par les Zolar. Loren s'installa sur le siège du copilote tandis que Giordino, le visage crispé de douleur, fut soulevé et installé aux commandes à la place du pilote.

— Il va falloir qu'on s'entraide pour faire voler cet oiseau, dit-il à Loren tandis que la douleur de ses jambes diminuait un peu. Tu feras fonctionner les pédales qui commandent les rotors anticouple.

— J'espère que je pourrai, répondit-elle nerveusement.

— Manœuvre tes pieds tout doucement et tout ira bien.

Par la radio de l'hélicoptère, ils alertèrent Sandecker qui faisait les cent pas dans le bureau de Starger, au quartier général des Douanes et l'avertirent de leur arrivée prochaine. Giordino et Loren exprimèrent leur gratitude à Billy Yuma, sa famille et ses amis et leur firent leurs adieux. Puis Giordino mit en marche le réacteur et le laissa chauffer une minute en vérifiant les instruments. La commande du cyclique au neutre, il actionna le collectif et mit les gaz en poussant doucement le manche vers l'avant. Puis il se tourna vers Loren.

— Dès que nous commencerons à nous élever en l'air, l'effet du rotor fera tourner notre queue vers la gauche et notre nez vers la droite. Tu appuieras doucement sur le palonnier de gauche pour compenser.

— Je ferai de mon mieux, fit Loren humblement. Mais honnêtement, je préférerais être ailleurs.

— Nous n'avons pas le choix. Maintenant, il faut y aller. Rudi serait mort avant qu'on arrive au pied de la montagne si on le descendait à dos d'homme.

L'hélicoptère s'éleva très lentement à moins d'un mètre du sol. Giordino le laissa à cette hauteur pendant que Loren se familiarisait avec les palonniers contrôlant le rotor de queue. Au début, elle eut tendance à appuyer trop fort mais peu à peu, elle s'habitua et fit signe qu'ils pouvaient y aller.

— Je crois que je suis prête, dit-elle.

— Alors on décolle.

Vingt minutes plus tard, travaillant à l'unisson, ils accomplissaient un atterrissage parfait à côté de l'immeuble des Douanes à Calexico où les attendait l'amiral Sandecker, tirant nerveusement sur son cigare à côté d'une ambulance.

Dès qu'Amaru le fit plonger de force sous l'eau et qu'il sentit les mâchoires du courant se refermer sur son corps, Pitt comprit qu'il ne pourrait pas retourner à la caverne du trésor. Il était doublement coincé, par un tueur qui s'appuyait sur lui comme une brute et par une rivière décidée à le porter jusqu'en enfer.

Même si aucun des deux hommes n'avait été blessé, il n'y aurait pas eu de suspense. Amaru, tout égorgeur qu'il fût, ne faisait pas le poids devant l'expérience de Pitt sous l'eau. Pitt prit une profonde respiration avant que l'eau se referme sur sa tête, mit son bras valide autour de sa poitrine pour protéger ses côtes cassées et se détendit autant qu'il put malgré la douleur, sans perdre ses forces à combattre son assaillant. Machinalement, il tenait toujours fermement son pistolet, tout en sachant que tirer avec dans l'eau lui aurait probablement brisé tous les os de la main. Il sentit que l'emprise d'Amaru autour de sa taille se relâchait et descendait vers ses hanches. L'assassin était fort comme un Turc. Il s'agrippait à Pitt avec fureur, essayant toujours de lui arracher le pistolet tandis que le courant les roulait comme des poupées dans un tourbillon.

Ils ne se voyaient pas dans cette obscurité liquide. Sans la plus petite lueur, Pitt avait l'impression d'être plongé dans l'encre. Seule sa colère garda Amaru en vie pendant les quarante-cinq secondes qui suivirent. Il n'entrait pas dans son esprit borné qu'il se noyait doublement : son poumon perforé se remplissait de sang tandis qu'en même temps, il avalait de l'eau. Ses dernières forces l'abandonnaient quand ses pieds, en s'agitant, heurtèrent un haut fond de sable accumulé le long d'un coude de la rivière. Il remonta, crachant du sang et de l'eau, dans une petite galerie et se jeta aveuglément en avant pour attraper le cou de Pitt.

Mais il ne restait rien à Amaru. Même la lutte lui échappait. Dès que sa tête sortit de l'eau, il sentit que le sang s'échappait de sa blessure à la poitrine.

Pitt vit qu'il était capable, avec un effort minime, de ramener Amaru au milieu du courant. Il ne vit pas le Péruvien s'éloigner en flottant dans l'obscurité infernale. Il ne put observer le visage pâle d'où toute couleur avait disparu, ni les yeux brûlant de haine, ni la mort qui l'approchait. Mais il entendit la voix malveillante qui, peu à peu, s'éloignait.

— Je t'ai dit que tu souffrirais, disait-elle, à peine plus audible qu'un murmure. Maintenant, tu vas rester là et mourir dans les tourments de la solitude.

— Rien de tel pour bien mourir qu'une orgie de grandeur poétique, dit Pitt d'un ton glacial. Amuse-toi bien jusqu'au golfe !

Seule une quinte de toux lui répondit, suivie d'un gargouillement et, enfin, le silence.

La douleur déferla en Pitt comme une vengeance. Elle s'étendit en une vague de feu de son poignet cassé à la blessure de son épaule et jusqu'à ses côtes fêlées. Il ne savait pas s'il aurait la force de lutter. La fatigue adoucit un peu la douleur. Il se sentait plus fatigué qu'il ne l'avait jamais été. Il nagea jusqu'à une zone sèche du haut fond et lentement s'accroupit, le visage dans le sable doux.

Et puis il s'évanouit.

56

— Ça m'ennuie de partir sans Cyrus, dit Oxley en étudiant le ciel du désert vers le sud-ouest.

— Notre frère en a vu d'autres, dit Zolar sans inquiétude. Quelques Indiens d'un village du coin ne devraient pas représenter une menace pour les tueurs d'Amaru.

— Il devrait être là depuis longtemps.

— Ne t'inquiète pas. Cyrus va sans doute arriver au Maroc avec une belle fille à chaque bras.

Ils se tenaient au bout de l'étroite piste d'asphalte construite entre les innombrables dunes du désert d'Altar pour que les pilotes de l'armée de l'air mexicaine puissent s'exercer dans des conditions assez primitives. Derrière eux, la queue dépassant la piste sans cesse balayée, un Boeing 747-400 peint aux couleurs d'une grande compagnie de transport national était prêt à décoller.

Zolar alla s'abriter à l'ombre de l'aile gauche et vérifia les objets inventoriés par Henry et Micki Moore tandis que les sapeurs mexicains chargeaient les dernières pièces à bord de l'avion. Il hocha la tête quand le chariot, levant la statue d'or d'un singe, lui fit passer la porte de la soute, à quelque sept mètres du sol.

— C'était la dernière pièce.

Le regard d'Oxley se promena sur le désert autour de l'aérodrome.

— Tu n'aurais pu trouver un lieu plus isolé pour transborder le trésor.

— Tu peux remercier le colonel Campos. C'est lui qui l'a trouvé.

— Pas de problème avec les hommes de Campos depuis son décès prématuré ? demanda Oxley avec plus de cynisme que de tristesse.

— Sûrement pas, dit Zolar en riant. Je leur ai donné à chacun un lingot d'or de cent grammes.

— Quelle générosité !

— Difficile de ne pas être généreux avec tant de richesses autour.

— Dommage pour Matos, il ne pourra pas dépenser sa part.

— Oui. J'ai pleuré sans arrêt depuis Cerro El Capirote.

Le pilote des Zolar s'approcha et salua familièrement.

— Mon équipage et moi serons prêts quand vous voudrez, messieurs. Nous aimerions décoller avant la nuit.

— Tout est bien attaché à bord ? demanda Zolar.

Le pilote hocha la tête.

— Ce n'est pas le meilleur travail que j'aie vu. Mais si l'on considère que nous n'avons aucun conteneur, ça devrait tenir jusqu'à Nador, à condition qu'on ne rencontre pas de turbulences trop importantes.

— Vous en attendez ?

— Non, monsieur. La météo prévoit un ciel calme tout le long.

— Bon. Alors nous aurons un vol agréable, dit Zolar, ravi. Rappelez-vous, nous ne devons à aucun moment traverser la frontière des Etats-Unis.

— J'ai établi un plan de vol qui nous mènera sans encombre au sud de Laredo et de Brownsville, dans le golfe du Mexique en dessous de Key West avant de survoler l'Atlantique.

— Dans combien de temps atterrirons-nous au Maroc ? s'enquit Oxley.

— Notre plan de vol indique dix heures et cinquante-cinq minutes. Chargés comme nous le sommes avec plusieurs centaines de kilos de surcharge, un plein complet de carburant plus le détour au sud du Texas et de la Floride, nous avons ajouté un peu plus d'une heure à notre temps de vol et j'espère que nous aurons un vent arrière.

Zolar leva les yeux vers les derniers rayons du soleil.

— Avec le décalage horaire, nous devrions être à Nador demain en début d'après-midi.

— Exact, dit le pilote. Dès que vous serez à bord, nous décollerons.

Il retourna vers l'appareil et, montant l'échelle d'embarquement, passa la porte du galley.

Zolar fit un geste vers l'échelle.

— A moins que tu ne sois tombé amoureux de ce tas de sable, je ne vois aucune raison pour rester ici plus longtemps.

— Après toi, fit Oxley avec un salut jovial.

Ils passèrent la porte d'embarquement. Oxley s'arrêta et jeta un dernier coup d'œil vers le sud-ouest.

— Tout de même, ça m'ennuie de ne pas attendre.

— Si les situations étaient inversées, Cyrus n'hésiterait pas à partir. Il y a trop de choses en jeu pour retarder encore le départ. Notre frère a la peau dure. Cesse de t'inquiéter.

Ils firent un signe d'adieu aux soldats mexicains groupés à l'arrière de l'avion qui répondirent chaleureusement à leurs bienfaiteurs. Puis l'ingénieur de vol ferma et verrouilla la porte. Quelques minutes après, les turbines hurlaient et le gros 747-400 s'éleva au-dessus des dunes mouvantes, s'abaissa sur l'aile droite et se dirigea légèrement sud-est. Zolar et Oxley étaient assis dans un petit compartiment du pont supérieur, juste derrière le cockpit.

— Je me demande ce que sont devenus les Moore, fit Oxley en regardant par la fenêtre la mer de Cortez s'éloigner à l'horizon. La dernière fois que je les ai vus, c'était dans la caverne pendant qu'on chargeait les dernières pièces du trésor.

— Je suppose que Cyrus a réglé ce petit problème en même temps que celui du député Smith et de Rudi Gunn, dit Zolar en se détendant pour la première fois depuis des jours.

Levant les yeux, il sourit à son hôtesse personnelle qui apportait des verres de vin sur un plateau.

— Je sais que ça peut avoir l'air idiot, mais j'ai eu la désagréable impression qu'on ne se débarrasserait pas d'eux facilement.

— Je dois t'avouer quelque chose. Cyrus a pensé la même chose. En fait, il pensait que ces deux-là étaient des assassins.

— La femme aussi ? dit Oxley en se tournant vers lui. Tu plaisantes !

— Non, je crois qu'il parlait sérieusement.

Zolar but une gorgée de vin et eut un sourire d'appréciation.

— Excellent ! C'est un cabernet californien, un château Montelena. Tu devrais le goûter.

Oxley prit le verre et le contempla un moment.

— Je n'ai pas envie de me réjouir avant que le trésor soit bien au chaud au Maroc et que nous apprenions que Cyrus a quitté le Mexique.

Peu après que l'appareil eut atteint ce que les deux frères pensaient être l'altitude de croisière, ils défirent leurs ceintures et allèrent vers la baie donnant sur la soute où ils commencèrent à examiner de près l'incroyable collection d'objets en or. A peine une demi-heure plus tard, Zolar se raidit et regarda son frère avec inquiétude.

— Tu n'as pas l'impression qu'on descend ?

Oxley admirait un papillon en or posé sur une fleur.

— Je ne sens rien.

Zolar n'était pas tranquille. Il se pencha et regarda par un hublot le sol à moins de mille mètres au-dessous.

— Nous volons trop bas ! dit-il brusquement. Il y a quelque chose qui cloche !

Oxley fronça les sourcils. Il regarda à son tour vers le sol.

— Tu as raison. Les volets sont baissés. On dirait qu'on amorce un atterrissage. Le pilote doit avoir des problèmes.

— Pourquoi ne nous a-t-il pas prévenus ?

C'est alors qu'ils entendirent le train d'atterrissage descendre. Le sol montait très rapidement vers eux, maintenant. L'appareil passa très vite au-dessus de maisons et de rails de chemin de fer puis l'avion arriva au bout de la piste. Les roues se posèrent lourdement sur le béton et les moteurs hurlèrent sous la poussée inversée du reverse. Le pilote freina et relâcha les gaz en faisant tourner le gros appareil pour l'arrêter à la place qui lui était désignée. Un grand panneau indiquait « Bienvenue à El Paso ».

Oxley resta sans voix tandis que Zolar éructait :

— Seigneur ! On vient de se poser aux Etats-Unis !

Courant vers l'avant de l'appareil, il frappa frénétiquement à la porte du poste de pilotage. Personne ne répondit. Le Boeing s'arrêtait devant le hangar de la Garde Nationale de l'Air, à l'autre bout de l'aéroport. Alors seulement la porte du cockpit s'ouvrit.

— Mais qu'est-ce que vous foutez, nom de Dieu ? Je vous ordonne de redécoller immédiatement...

Les mots de Zolar lui restèrent dans la gorge quand il aperçut le canon d'un pistolet pointé entre ses yeux.

Le pilote était toujours à sa place, ainsi que le copilote et le mécanicien de bord. Henry Moore se tenait devant la porte ouverte, un étrange 9 mm de sa conception à la main tandis que, dans le cockpit, Micki Moore parlait à la radio de bord en dirigeant calmement un tout petit automatique calibre 25 vers la nuque du pilote.

— Pardonnez cet arrêt imprévu, mes anciens amis, dit Moore d'une voix de commandement que ni Zolar ni Oxley ne lui avaient jamais entendue, mais comme vous le constatez, il y a un léger changement de plan.

Zolar loucha vers le pistolet, le visage tordu de rage menaçante.

— Espèce d'idiot ! Avez-vous la moindre idée de ce que vous venez de faire ?

— Mais bien sûr, répondit Moore d'une voix calme. Micki et moi avons piraté votre avion et son chargement d'or. Je suppose que vous connaissez le vieux dicton : « La parole d'un voleur ne vaut rien. »

— Si vous ne faites pas redécoller cet avion très vite, plaida Oxley, ça va grouiller de douaniers ici d'un instant à l'autre.

— Maintenant que vous en parlez, Micki et moi avons en effet caressé l'idée de rendre les antiquités aux autorités.

— Pas possible ! Vous ne savez pas ce que vous dites !

— Oh ! Mais si, mon vieux Charlie ! En fait, les agents fédéraux sont bien plus heureux de vous coincer vous et votre frère que de récupérer le trésor de Huascar.

— Mais d'où sortez-vous ? demanda Zolar.

— Nous avons tout simplement pris place dans l'un des hélicoptères transportant l'or. Les soldats étaient habitués à notre présence et n'ont pas fait attention quand nous sommes montés dans l'avion. Nous nous sommes cachés dans une des cabines de repos jusqu'à ce que le pilote vous explique le plan de vol sur l'aérodrome. Après, nous nous sommes emparés du poste de pilotage.

— Et pourquoi les agents fédéraux accorderaient-ils le moindre crédit à votre histoire ? demanda Oxley.

— D'une certaine façon, Micki et moi étions autrefois des agents nous-mêmes, expliqua brièvement Moore. Après avoir pris le contrôle du poste de pilotage, Micki a appelé par radio quelques vieux amis à Washington et ils ont organisé notre réception.

Zolar semblait sur le point d'arracher les yeux de Moore, même s'il devait se prendre une balle en le faisant.

— Vous et votre menteuse de femme avez sûrement fait affaire avec eux pour garder une partie des antiquités, n'est-ce pas ?

Il attendait une réponse mais Moore garda le silence.

— Quel pourcentage vous ont-ils offert ? insista Zolar. Dix ? Vingt ? Peut-être même cinquante pour cent ?

— Nous n'avons fait aucune affaire avec le gouvernement, dit lentement Moore. Nous savions que vous n'aviez aucune intention d'honorer notre accord et qu'en revanche, vous alliez nous tuer. Nous avions prévu de garder le trésor pour nous mais, comme vous pouvez le constater, nous avons changé d'avis.

— Regarde comme ils ont l'habitude des armes ! dit Oxley. Cyrus avait raison. Ce sont bien des tueurs !

Moore acquiesça.

— Votre frère avait l'œil. Les assassins se reconnaissent entre eux.

Un martèlement se fit entendre à la porte d'embarquement, sur le pont inférieur. Moore montra l'escalier du canon de son arme.

— Descendez ouvrir, ordonna-t-il à Zolar et Oxley.

A contrecœur, ils obéirent.

Quand la porte pressurisée fut ouverte, deux hommes quittèrent la passerelle d'embarquement qu'on avait poussée contre l'appareil et entrèrent. Tous deux étaient en civil. L'un était un Noir immense qui aurait pu être un footballeur professionnel, l'autre un Blanc très élégant.

— Joseph Zolar, Charles Oxley, je suis l'agent David Gaskill, du service des Douanes. Voici l'agent Francis Ragsdale, du FBI. Vous êtes, messieurs, en état d'arrestation pour avoir passé en fraude des objets volés aux Etats-Unis ainsi que pour le vol d'innombrables œuvres d'art dans les musées publics et privés, sans compter la fabrication illégale de faux et la vente d'antiquités.

— De quoi parlez-vous ?

Gaskill ignora l'interruption et adressa à Ragsdale un large sourire.

— Tu veux faire les honneurs ?

Ragsdale hocha la tête comme un gamin à qui on vient d'offrir un nouveau jouet.

— Oh ! Oui ! Merci beaucoup.

Tandis que Gaskill passait les menottes à Zolar et à Oxley, Ragsdale leur lut leurs droits.

— Vous avez fait vite, remarqua Moore. On nous a dit que vous étiez à Calexico.

— On a pris un jet militaire à peine dix minutes après que le quartier général à Washington nous ait annoncé la nouvelle, répondit Ragsdale.

Oxley posa sur Gaskill un regard insolent d'où avaient disparu le choc et la peur.

— Même en cent ans, vous ne trouverez jamais assez de preuves pour nous inculper !

Ragsdale montra du menton le chargement d'or.

— Et ça, vous appelez ça comment ?

— Nous ne sommes que de simples passagers, dit Zolar en reprenant son calme hautain. Le professeur Moore et sa femme nous ont invités à faire ce voyage avec eux.

— Je vois. Et si vous me disiez d'où viennent toutes les œuvres d'art volées empilées dans vos entrepôts de Galveston ?

Oxley ricana avec mépris.

— Nos entrepôts de Galveston sont parfaitement honnêtes. Vous les avez fouillés plusieurs fois sans jamais rien trouver d'illégal.

— Si c'est le cas, dit Gaskill d'un ton moqueur, comment expliquez-vous le tunnel menant de la Logan Storage Company aux entrepôts souterrains de Zolar International pleins d'objets volés ?

Les deux frères échangèrent un regard atterré et leurs visages prirent une teinte grisâtre.

— Vous bluffez ! bredouilla Zolar.

— Je bluffe ? Voulez-vous que je vous décrive en détail votre tunnel et que je vous fasse un résumé de tous les chefs-d'œuvre que nous y avons trouvés ?

— Le tunnel... vous ne pouvez pas avoir trouvé le tunnel !

— Je peux aussi vous expliquer comment, depuis trente-six heures, Zolar International et votre société clandestine nommée *Solpemachaco* ont cessé de fonctionner.

— Dommage, ajouta Ragsdale, oui, dommage que votre papa, Mansfield Zolar, alias Le Spectre, ne soit plus de ce monde. On aurait adoré le boucler aussi.

Zolar avait l'air au bord de la crise cardiaque. Quant à Oxley, il était paralysé.

— Quand vous sortirez de prison, vous et le reste de votre famille, associés, partenaires et acheteurs, vous serez aussi vieux que les objets que vous avez volés.

Des agents fédéraux commencèrent à envahir l'avion. Le FBI se chargea de l'équipage et de l'hôtesse de Zolar tandis que les agents des Douanes déverrouillaient les courroies tenant en place les pièces du trésor. Ragsdale fit un signe à son équipe.

— Emmenez-les au bureau du procureur.

Dès que les deux voleurs, complètement défaits, furent emmenés dans des voitures séparées, les agents se tournèrent vers les Moore.

— Je ne saurais vous dire à quel point nous vous sommes reconnaissants de votre coopération, dit Gaskill. L'arrestation de la famille Zolar devrait mettre un sacré frein au trafic et au vol du patrimoine de bien des pays.

— Nous ne sommes pas totalement bénévoles, dit Micki, heureuse et soulagée. Henry espère bien que le gouvernement péruvien offrira une récompense.

— Je pense qu'il peut compter dessus, approuva Gaskill.

— Le prestige d'être les premiers à donner l'inventaire et les photographies du trésor aidera grandement à asseoir notre réputation scientifique, expliqua Moore en rangeant son arme.

— Les Douanes aussi aimeraient bien avoir une liste détaillée des objets, si vous n'y voyez pas d'inconvénient, dit Gaskill.

Moore accepta volontiers.

— Micki et moi serons heureux de travailler avec vous. Nous avons déjà inventorié le trésor. Nous vous en enverrons une copie avant qu'il soit officiellement rendu au Pérou.

— Où allez-vous l'entreposer en attendant ? demanda Micki.

— Dans un entrepôt du gouvernement dont nous ne pouvons révéler l'emplacement, répondit Gaskill.

— Avez-vous des nouvelles du député Smith et du petit homme de la NUMA ?

— Quelques minutes avant votre atterrissage, on nous a annoncé qu'une tribu indienne les avait délivrés et qu'ils étaient soignés dans un hôpital local.

Micki se laissa tomber sur un siège et soupira.

— Alors, c'est fini !

Henry s'assit sur le bras du siège et prit la main de sa femme.

— Pour nous, c'est fini, dit-il doucement. A partir d'aujourd'hui et pour le restant de nos jours, nous allons vivre comme un vieux couple de professeurs, dans une petite maison couverte de vigne vierge, au cœur d'une université.

Elle leva son regard vers lui.

— Est-ce si terrible ?

— Non, dit-il en l'embrassant sur le front. Je pense que nous pourrons survivre à ça.

57

Emergeant lentement des profondeurs de l'évanouissement, Pitt eut l'impression de grimper en vain une pente glissante de vase, retombant chaque fois qu'il retrouvait un peu de conscience. Il tenta de tirer le maximum de ces brefs moments d'éveil mais ne cessait de replonger dans le vide. Il se dit que s'il parvenait à ouvrir les yeux, il retrouverait la réalité. Finalement, avec un effort violent, il réussit à soulever les paupières.

Ne rencontrant que l'obscurité et le froid de la tombe, il secoua la tête de désespoir, pensant qu'il était retombé dans le vide. Puis la douleur éclata comme une explosion brûlante et cela l'éveilla tout à fait. Roulant sur le côté avant de réussir à s'asseoir, il secoua à nouveau la tête dans tous les sens pour chasser le brouillard qui appesantissait encore son esprit. Il reprit sa lutte contre la souffrance latente de son épaule, la douleur raide de sa poitrine et la morsure de son poignet. Doucement, il tâta la blessure de son front.

— Eh bien ! Tu fais un bel exemple d'humanité, murmura-t-il.

Il fut surpris de constater que, tout compte fait, il n'était pas trop affaibli malgré le sang qu'il avait perdu. Il détacha de son avant-bras la lampe que lui avait donnée Giordino après leur chute dans les torrents, l'alluma et l'enfonça dans le sable de telle sorte que le rayon éclaire le haut de son torse. Il baissa la fermeture éclair de sa combinaison et tâta aussi légèrement qu'il put la blessure de son épaule. La balle avait traversé la chair et était ressortie dans son dos sans heurter l'omoplate ni la clavicule. Le néoprène de sa combinaison déchirée presque étanche encore avait aidé la blessure à se refermer et empêché un trop fort saignement. Heureux de ne pas se sentir aussi épuisé qu'il avait craint de l'être, il se détendit et fit le point de la situation. Ses chances de survie étaient pratiquement inexistantes. Cent kilomètres dans l'inconnu, avec peut-être des rapides, des cascades et des passages immergés, il ne fallait pas être grand clerc pour comprendre que sa ligne de vie s'interromprait avant qu'il atteigne le troisième âge. Même s'il y avait des passages aérés tout le long, restait la distance de l'ouverture du chenal souterrain jusqu'à la surface du golfe.

La plupart des gens se retrouvant ainsi dans l'obscurité des enfers, au centre de la terre, sans espoir de s'en tirer, auraient paniqué et usé leurs doigts jusqu'à l'os en essayant vainement de se creuser un chemin jusqu'à la surface. Mais Pitt n'avait pas peur. Il était en paix avec lui-même.

Il se dit que s'il devait mourir, autant que ce soit confortablement. De sa main valide, il creusa le sable pour s'y installer au mieux. Il fut surpris de voir que le rayon de sa lampe faisait briller des milliers de paillettes dans le sable noir. Il en prit une poignée et l'examina.

« Cet endroit est rempli de minerai d'or ! » se dit-il.

Il éclaira la caverne autour de lui. Les parois étaient striées de saillies de quartz blanc zébrées de petites veines d'or. Pitt se mit à rire en réalisant l'humour d'une pareille invraisemblance.

— Une mine d'or ! dit-il dans la caverne silencieuse. Je viens de découvrir une mine fabuleusement riche et personne ne le saura jamais !

Il s'adossa et contempla sa découverte. Il se dit que quelqu'un essayait de lui dire quelque chose. Le fait qu'il n'ait pas peur de la dame à la faux ne signifiait pas qu'il devait tout laisser tomber et l'attendre. Une volonté farouche se réveilla en lui.

Mieux valait entrer dans l'au-delà en se battant avec audace pour rester en vie que de jeter l'éponge et partir comme une lavette, conclut-il. D'autres explorateurs audacieux auraient sûrement donné tout ce qu'ils possédaient pour entrer dans ce saint des saints minéral mais lui, Pitt, ne souhaitait qu'en sortir. Il se mit debout, gonfla son stab en soufflant dedans et marcha dans l'eau jusqu'à ce que le courant l'emporte. « Prends les cavernes une par une », se dit-il en éclairant l'eau devant lui. Il ne pouvait compter sur une vigilance de chaque instant. Il était trop faible pour lutter contre les rapides ou pour éviter les rochers. Il ne pouvait que rester calme et se laisser porter où le courant l'emmènerait. Il lui sembla bientôt qu'il avait passé toute une vie à glisser d'une galerie à l'autre.

Le plafond des cavernes et des galeries s'éleva et s'abaissa avec une monotone régularité pendant les dix kilomètres suivants. Grâce au ciel, la première cascade que rencontra Pitt était assez moyenne. L'eau s'écrasa contre son visage et il passa sous l'écume bouillonnante plusieurs fois avant de se retrouver à nouveau dans une eau calme.

Il put profiter d'un répit confortable lorsque la rivière se calma en traversant un long canyon dans une immense galerie. Puis, au bout d'une heure environ, le plafond s'abaissa peu à peu jusqu'à rejoindre la surface de l'eau. Il remplit ses poumons de tout l'air possible et plongea. Avec un bras valide seulement et sans l'aide de ses palmes, il avançait lentement. Il dirigea le rayon de sa lampe vers le toit inégal et nagea sur le dos. Ses poumons commencèrent à protester du manque d'oxygène mais il continua à nager. Enfin la lampe éclaira une poche d'air. Il se précipita vers la surface et inhala de toutes ses forces l'air pur, sans pollution, enfermé là depuis des millions d'années.

La petite caverne s'élargit et son plafond s'arrondit. La rivière faisait un large coude et avait formé là un récif de galets polis. Pitt nagea avec peine jusqu'à cet endroit sec pour s'y reposer un moment. Il éteignit la lampe pour économiser les piles.

Soudain, il la ralluma vivement. Ses yeux avaient aperçu quelque chose dans l'ombre avant que s'installe l'obscurité. Il y avait quelque chose là, à moins de cinq mètres de lui, une forme noire avec une ligne droite, aberrante dans la géométrie naturelle des lieux.

Pitt ressentit un immense soulagement en reconnaissant les restes bosselés du *Wallowing Windbag*. Miraculeusement, l'aéroglisseur avait traversé l'horrible torrent, avait passé les cataractes et atteint cet endroit après quarante kilomètres de dérive. Un dernier rayon d'espoir. Il tituba sur la plage de galets jusqu'à la coque de caoutchouc et l'examina sous le rayon de sa lampe.

Le moteur avait été arraché de son berceau. Deux des chambres à air étaient percées et à plat mais les six autres avaient tenu bon. Une partie de l'équipement avait disparu mais il restait quatre réservoirs d'air, la trousse de soins d'urgence, la balle de plastique avec la teinture de Duncan, une des rames de Giordino, deux lampes et le conteneur étanche de l'amiral Sandecker avec le café et les quatre sandwiches. Un miracle !

— On dirait que mes affaires remontent ! dit Pitt d'une voix joyeuse qui résonna dans la caverne déserte.

Il commença par la trousse de soins. Il désinfecta copieusement sa blessure, se débrouilla comme il put pour la recouvrir d'un pansement sous sa combinaison déchirée. Sachant qu'il ne servirait à rien de bander ses côtes cassées, il serra les dents et immobilisa son poignet comme il put.

Le café était presque chaud dans le thermos et il en but la moitié avant d'attaquer les sandwiches. Aucun steak flambé au cognac ne lui aurait paru meilleur que ces sandwiches au jambon italien, pensa-t-il. Il se promit de ne plus jamais faire de mauvaises plaisanteries quand il devrait, à l'avenir, se contenter de sandwiches.

Après un bref repos, il retrouva une bonne partie de ses forces et se sentit assez en forme pour remettre en ordre l'équipement et ouvrir le sac de plastique de teinture de Duncan. Il déversa dans la rivière la fluorescéine jaune avec l'aviveur optique. Sous le rayon de sa lampe, il regarda le produit colorer la rivière d'une teinte jaune et brillante que le courant emporta bientôt hors de sa vue.

— Ça devrait les avertir de mon arrivée, pensa-t-il à voix haute.

Il poussa ce qui restait de l'aéroglisseur vers l'eau plus profonde. En faisant attention à ses blessures, il grimpa à bord comme il put et pagaya d'une seule main jusqu'au milieu du courant.

Le *Wallowing Windbag* partiellement dégonflé commença à se laisser entraîner vers l'aval. Pitt s'allongea confortablement et se mit à chantonner « En remontant une rivière paresseuse par un bel après-midi ensoleillé ».

58

Informé minute par minute des événements par l'amiral Sandecker en Californie et par les agents Gaskill et Ragsdale depuis El Paso, le secrétaire d'Etat décida de passer outre le protocole diplomatique et d'appeler personnellement le président du Mexique. Il le mit au courant de l'incroyable vol et de la tentative de contrebande mis au point par les Zolar.

— C'est une histoire incroyable ! dit le Président.

— Mais vraie, monsieur, assura le secrétaire d'Etat.

— Je regrette vivement ce qui s'est passé et je vous promets la coopération pleine et entière de mon gouvernement au cours de l'enquête.

— Si vous le permettez, monsieur le Président, j'ai déjà une liste de requêtes à vous soumettre.

— Ecoutons ça.

En moins de deux heures, la frontière entre le Mexique et la Californie fut rouverte. Les officiers qui s'étaient fait rouler par les Zolar et avaient accepté de risquer leur situation à cause de promesses fallacieuses d'incroyables richesses, furent tous arrêtés.

Fernando Matos et le chef de la police Rafael Cortina furent les premières victimes de cette mesure et tombèrent dans les filets des enquêteurs mexicains.

En même temps, on ordonna aux navires de la marine mexicaine basés dans la mer de Cortez de prendre la mer.

Le lieutenant Carlos Hidalgo regarda d'un air dubitatif une mouette qui piaillait avant de porter son attention à la ligne droite de la mer le long de l'horizon.

— Est-ce que nous cherchons quelque chose de spécial ou est-ce que nous patrouillons simplement ? demanda-t-il au commandant du navire.

— On cherche des corps, répondit le commandant Miguel Maderas.

Il baissa ses jumelles, révélant un visage rond et sympathique et de longs cheveux noirs épais. Il avait des dents larges et très blanches qui lui donnaient le sourire de Burt Lancaster. Il était plutôt petit, lourd et solide comme un roc.

Hidalgo était le vivant contraire de Maderas. Grand et mince avec un visage étroit, il avait l'air d'un cadavre bronzé.

— Des victimes d'un accident de navigation ?

— Non, des plongeurs qui se seraient noyés dans une rivière souterraine.

Hidalgo fronça les sourcils, sceptique.

— Pas encore un de ces contes à dormir debout parlant de pêcheurs et de plongeurs nageant sous le désert pour ressortir dans le golfe ?

— Qui peut le dire ? fit Maderas en haussant les épaules. Tout ce que je sais, c'est que le quartier général d'Ensenada a donné ordre à notre navire de patrouiller la partie nord du golfe, entre San Felipe et Puerto Penasco et de chercher des cadavres.

— C'est une zone bien vaste pour un seul patrouilleur.

— Deux autres patrouilleurs Classe P venant de Santa Rosalia vont se joindre à nous et on a alerté tous les bateaux de pêche du coin qui doivent signaler toute découverte de restes humains.

— Si les requins s'en chargent, murmura Hidalgo d'un ton pessimiste, il ne restera pas grand-chose à trouver.

Maderas s'adossa au bastingage, alluma une cigarette et regarda rêveusement vers la poupe de son navire. C'était un patrouilleur de mines américain de soixante-sept mètres qu'on avait modifié sans lui donner d'autre nom que le gros G-21 peint sur la proue. L'équipage l'avait méchamment baptisé *Porqueria* (ordure) parce qu'un jour où il avait eu une avarie en mer, il avait été ramené au port tiré par un bateau de pêche, suprême humiliation que l'équipage n'avait jamais oubliée.

Mais c'était un navire solide, répondant vite au gouvernail et stable même par grosse mer. Les équipages de plusieurs bateaux de pêche et de yachts privés devaient la vie à Maderas et au *Porqueria.*

En tant que second du navire, Hidalgo était chargé des opérations de recherches. Quand il eut fini d'étudier la grande carte nautique du nord du golfe, il communiqua les données à l'homme de barre. Alors commença la partie la plus monotone du voyage consistant à parcourir une longue ligne droite puis à revenir sur ses pas comme on tond une pelouse.

Le premier sillon fut parcouru à huit heures du matin. A deux heures de l'après-midi, un guetteur installé à l'avant cria soudain :

— Un objet à la mer.

— Quelle direction ? demanda Hidalgo.

— Cent cinquante mètres à bâbord de la proue.

Maderas ajusta ses jumelles et scruta l'eau bleu verdâtre. Il repéra facilement le corps qui flottait sur le ventre et que les vagues soulevaient et abaissaient.

— Je l'ai. (Il alla jusqu'à la porte de la cabine de pilotage et fit signe au timonier.) Amenez-nous à côté du corps et faites venir un homme d'équipage pour le récupérer.

— Stoppez les moteurs dès que nous serons à cinquante mètres, dit-il ensuite à Hidalgo.

Le sillon d'écume ouvert par l'étrave se changea en quelques vaguelettes. Le battement des deux moteurs diesel mourut et le patrouilleur s'approcha du corps roulé par les vagues. De son poste sur le haut du pont, Maderas aperçut les traits boursouflés et tordus, presque réduits en purée. « Pas étonnant que les requins ne l'aient pas trouvé appétissant », pensa-t-il.

Il regarda Hidalgo et sourit.

— Il ne nous a pas fallu une semaine, en fin de compte.

— On a eu de la chance, marmonna Hidalgo.

Sans la moindre révérence pour le cadavre, deux hommes d'équipage lancèrent une gaffe dans le corps flottant et le tirèrent jusqu'à une sorte de civière en câble métallique enfoncée en dessous des vagues. Ils guidèrent le corps jusqu'à la civière qu'ils remontèrent sur le pont. L'horrible cadavre de chair battue avait à peine l'air humain. Maderas vit du coin de l'œil plusieurs de ses hommes aller vomir par-dessus le bastingage avant que le cadavre soit enfermé dans un sac approprié dont on remonta la fermeture éclair.

— Eh bien, dit Hidalgo, ce type nous a finalement fait une fleur.

— Ah ! Et laquelle ? s'étonna Maderas.

— Il n'est pas resté assez longtemps dans l'eau pour sentir mauvais.

Trois heures plus tard, le patrouilleur entrait dans la rade de San Felipe et vint se ranger le long de l'*Alhambra.*

Comme l'avait supposé Pitt, après avoir atteint la plage sur le canot de sauvetage, Gordo Padilla et ses hommes étaient rentrés chez eux près de leur femme ou de leur petite amie pour fêter leur fuite réussie en faisant une sieste d'au moins trois jours. Puis, sous la protection de la police de Cortina, Padilla avait rassemblé tout le monde et regagné le ferry dans un petit bateau de pêche. Une fois à bord, ils avaient remis en marche les cheminées et écopé l'eau que le ferry avait embarquée lorsqu'Amaru avait ouvert les prises d'eau. Quand la quille fut dégagée de la vase et les moteurs revenus à la vie, Padilla et son équipe avaient ramené l'*Alhambra* à San Felipe pour l'accoster au quai.

Pour Maderas et Hidalgo, du haut de leur pont, l'avant du ferry ressemblait au service d'urgence d'un hôpital.

Loren Smith, en short et maillot sans manches, était pleine d'ecchymoses et de sparadrap sur ses épaules nues, à la taille et aux jambes. Giordino, dans un fauteuil roulant, avait les deux jambes plâtrées.

Rudi Gunn n'était pas là car on l'avait gardé à l'hôpital de Calexico. Il allait beaucoup mieux malgré son estomac couvert de bleus, six doigts cassés et une fracture du crâne, heureusement peu inquiétante.

L'amiral Sandecker et Peter Duncan, l'hydrologiste, étaient eux aussi sur le pont du ferry avec Shannon Kelsey, Miles Rodgers et une troupe de policiers accompagnés du coroner de Baja California Norte. Tous avaient l'air inquiet lorsque l'équipage du patrouilleur posa devant eux la civière sur laquelle reposait le corps qu'ils avaient repêché.

Avant que le coroner et ses assistants aient pu lever le corps pour le poser sur des tréteaux, Giordino approcha son fauteuil roulant de la civière.

— Je voudrais le voir, dit-il d'une voix tendue.

— Il n'est pas beau à voir, señor, prévint Hidalgo du pont de son patrouilleur.

Le coroner hésita. Il n'était pas sûr que la loi l'autorisât à montrer un cadavre à des étrangers.

Giordino lui lança un regard glacial.

— Vous voulez qu'on l'identifie, oui ou non?

Le coroner, un petit homme aux yeux de myope et aux cheveux gris, ne connaissait pas assez d'anglais pour comprendre Giordino mais il fit un signe à ses assistants qui ouvrirent la fermeture éclair.

Loren pâlit et se détourna mais Sandecker s'approcha de Giordino.

— Est-ce que...

— Non, ce n'est pas Dirk. C'est cette espèce de psychopathe, Tupac Amaru.

— Seigneur! On dirait qu'il est passé dans une bétonneuse.

— En effet, dit Duncan en réprimant un frisson. Les rapides ont dû le lancer contre tous les rochers entre ici et Cerro El Capirote.

— Cet homme charmant a eu ce qu'il méritait, murmura Giordino.

— Quelque part entre la caverne au trésor et le golfe, dit Duncan, la rivière doit se déchaîner.

— Vous n'avez pas vu d'autre corps? demanda Sandecker à Hidalgo.

— Non, señor. C'est le seul que nous ayons trouvé mais nous avons reçu l'ordre de continuer.

Sandecker se détourna d'Amaru.

— Si Dirk n'est pas ressorti dans le golfe, il doit être encore dans la rivière souterraine.

— Il a pu être déposé sur une plage ou sur un banc de sable, dit Shannon. Il est peut-être encore vivant.

— Vous ne pouvez pas lancer une expédition dans la rivière pour le rechercher? demanda Rodgers à l'amiral.

Sandecker fit non de la tête.

— Je n'enverrai pas une équipe d'hommes à une mort certaine.

— L'amiral a raison, confirma Giordino. Il doit y avoir des douzaines de cascades comme celle que Pitt et moi avons passée. Même avec un canot comme le *Wallowing Windbag*, il est douteux qu'on puisse parcourir sain et sauf un passage de cent kilomètres dans l'eau avec partout des rapides et des rochers.

— Et comme si ça ne suffisait pas, il faut traverser des cavernes immergées avant d'arriver dans le golfe. Sans une grande réserve d'air, la noyade est presque certaine.

— A votre avis, sur quelle distance a-t-il pu être poussé? lui demanda Sandecker.

— Depuis la caverne du trésor?

— Oui.

Duncan réfléchit un moment.

— Pitt pourrait avoir une chance s'il a pu trouver un endroit sec après cinq cents mètres. Nous pourrions attacher un plongeur à un câble et le guider sans danger vers l'aval jusqu'à une telle distance puis le ramener à contre-courant.

— Et s'il n'y a aucun signe de Pitt au bout du câble? demanda Giordino.

Duncan haussa les épaules.

— Si son corps ne refait pas surface dans le golfe, nous ne le retrouverons jamais.

— Y a-t-il un espoir pour Dirk ? plaida Loren. Rien qu'un espoir ?

Duncan regarda Giordino puis Sandecker avant de répondre. Tous les regards indiquaient qu'ils n'y croyaient plus et leurs visages étaient marqués par la douleur. Il se tourna vers Loren et dit gentiment :

— Je ne veux pas vous mentir, mademoiselle Smith. (Il semblait avoir du mal à prononcer les mots.) Les chances de Dirk sont à peu près celles de n'importe quel grand blessé tentant de rejoindre le lac Mead au large de Las Vegas après avoir été jeté dans le Colorado à l'entrée du Grand Canyon.

Loren eut l'impression de recevoir un coup dans l'estomac. Elle commença à tituber. Giordino tendit la main et l'attrapa par le bras. La jeune femme murmura :

— Pour moi, Dirk ne mourra jamais.

— Les poissons me semblent bien timides, aujourd'hui, dit Joe Hagen à sa femme Claire.

Etendue à plat ventre sur le roof de la cabine du yacht, elle portait un bikini pourpre dont le haut était détaché et lisait un magazine. Elle repoussa ses lunettes de soleil sur le haut de sa tête et se mit à rire.

— Tu n'attraperais pas un poisson même s'il sautait dans le bateau.

— Attends, tu vas voir, fit-il en riant aussi.

— Le seul poisson que tu prendras au nord du golfe, ça sera une crevette, se moqua-t-elle.

Les Hagen avaient près de soixante ans et se portaient assez bien. Comme chez la plupart des femmes de son âge, le derrière de Claire avait pris de l'ampleur et sa taille était un peu molle mais son visage ne portait presque pas de rides et sa poitrine se tenait bien. Joe, lui, était un homme bien enveloppé qui menait une lutte perdue d'avance contre une panse qui avait tendance à s'arrondir. Ensemble ils dirigeaient une petite entreprise de voitures d'occasion à Anaheim, spécialisée dans la vente de voitures en bon état et d'un kilométrage peu élevé.

Depuis que Joe avait acheté ce ketch de quinze mètres, baptisé le *Premier Essai*, à Newport Beach en Californie, ils laissaient de plus en plus la direction de leur affaire à leurs deux fils. Ils aimaient longer la côte et, après Cabo San Lucas, naviguer dans la mer de Cortez. Ils passaient généralement un mois, l'automne, à visiter tous les petits ports pittoresques nichés au creux des plages.

C'était la première fois qu'ils montaient aussi loin au nord. Tout en gardant un œil paresseux à sa ligne, au cas où un poisson s'intéresserait à son appât, Joe surveillait le profondimètre. Son bateau avançait lentement au moteur, les voiles ferlées. De ce côté du golfe, les marées pouvaient varier jusqu'à sept mètres et il ne voulait pas risquer de heurter un banc de sable.

Il se détendit, voyant que le stylet indiquait une dépression de plus de cinquante mètres. Un curieux fond, pensait-il. Au nord du golfe, il était uniformément peu profond, n'atteignant que rarement plus de dix mètres à marée haute. Celui-ci était composé d'un mélange de sable et de limon. Le profondimètre indiquait que cette dépression sous-marine, au contraire, était faite de roche dure et irrégulière.

— Ha ! Ha ! On se moque toujours des grands génies ! dit Joe en sentant une secousse sur sa ligne.

Il actionna le moulinet pour faire remonter le fil et découvrit une cardine longue comme son bras accrochée à l'hameçon.

Claire s'abrita les yeux de la main.

— Oh ! Il est trop joli pour qu'on le garde ! Pauvre bête ! Remets-le à l'eau.

— C'est bizarre !

— Qu'est-ce qui est bizarre ?

— Toutes les autres cardines que j'ai prises avaient des taches noires sur un corps blanc. Celle-ci ressemble à un canari fluorescent !

Elle remit son soutien-gorge et s'approcha pour voir la prise de plus près.

— Ah ! Ben ça, c'est le bouquet ! fit Joe en levant la main et en étirant ses doigts tachés de jaune vif. Si je n'étais pas sain d'esprit, je dirais que ce poisson a été teint !

— Il brille au soleil comme s'il avait des paillettes à la place des écailles, dit Claire.

Joe regarda le flanc du bateau.

— On dirait que dans ce coin, il n'y a pas de l'eau mais du jus de citron !

— C'est peut-être un bon coin pour pêcher.

— Tu as peut-être raison, ma grande.

Joe la contourna, passa à l'avant et jeta l'ancre.

— L'endroit en vaut un autre pour passer l'après-midi et essayer d'en attraper un gros.

59

Pas de repos pour ceux qui sont fatigués. Pitt passa quatre autres cataractes. Heureusement, aucune ne présenta la pente terrible et la hauteur de celle qui les avait presque tués, Giordino et lui. La plus haute faisait deux mètres. Le *Wallowing Windbag* partiellement dégonflé plongea bravement par-dessus la saillie et passa avec succès l'épreuve des rochers cachés sous le tourbillon d'écume et d'embruns avant de continuer son voyage vers l'oubli.

Plus brutaux furent les rapides bouillonnants. Ce n'est qu'après avoir dépassé leurs barrages, au prix d'un gros effort, que Pitt put se détendre un court instant dans les parties les plus calmes et sans obstacles qui suivirent. Avec tous ces coups, il avait l'impression que des diablotins armés de pics frappaient chacune de ses blessures. Mais la douleur avait au moins l'avantage d'aiguiser ses sens. Il maudit la rivière, certain que le pire était à venir quand il perdrait son pari désespéré contre la mort.

La pagaie lui fut arrachée de la main mais sa perte ne fut pas grande. Avec cinquante kilos d'équipement dans un bateau presque dégonflé, plus son propre poids, il était inutile d'essayer de manœuvrer pour éviter les rochers qui surgissaient dans l'obscurité, surtout en essayant de pagayer avec un seul bras. Il était trop faible pour faire plus que se tenir comme il le pouvait aux sangles fixées dans l'habitacle et laisser le courant le conduire où il voulait.

Deux nouvelles cellules de flottaison se percèrent après un choc violent contre des rochers pointus et Pitt se retrouva allongé et presque recouvert d'eau dans ce qui n'était plus qu'un dinghy dégonflé. Malgré tout, il tenait la lampe fermement serrée dans sa main droite. Il avait vidé trois des réservoirs d'air et une bonne partie du quatrième en traversant plusieurs galeries immergées avant d'atteindre des cavernes au plafond haut où il pouvait tenter de regonfler certaines cellules du *Windbag*.

Pitt n'avait jamais souffert de claustrophobie. Dans ce vide noir apparemment sans fin, il eût pourtant été facile d'y céder. Il évitait toute pensée de panique en chantant et en se parlant tout au long de son cheminement dans ces eaux inamicales. Il éclaira ses mains et ses pieds. Ils étaient ridés comme de vieilles prunes après ces longues heures d'immersion.

— Avec toute cette flotte, je suis en tout cas tranquille, je ne risque pas la déshydratation, murmura-t-il aux rochers indifférents qui l'entouraient.

Il flotta au-dessus de plans d'eau transparents au fond desquels s'étendait un fond rocheux si profond que le rayon de sa lampe ne pouvait l'atteindre. Il imagina des touristes visitant les lieux. « Quel dommage que personne ne puisse voir ces cavernes gothiques cristallines », pensa-t-il. Peut-être que maintenant qu'on connaîtrait l'existence de la rivière, on pourrait creuser un tunnel qui permettrait d'amener des visiteurs étudier ces merveilles géologiques.

Il avait essayé d'économiser ses trois lampes mais, les unes après les autres, les piles avaient déclaré forfait et il les avait jetées par-dessus bord. Il estima que la dernière avait à peu près vingt minutes de vie avant qu'il ne soit replongé pour de bon dans l'obscurité de ce Styx.

Descendre des rapides en plein soleil, sous le ciel bleu, ça s'appelle du rafting en eau claire, réfléchit son esprit épuisé. Ici, on pourrait appeler ça du rafting en eau noire. L'idée lui parut amusante et il se mit à rire sans trop savoir pourquoi. Son rire résonna dans l'immense chambre de pierre, avec des échos fantomatiques. S'il n'avait pas su que cela venait de lui, il en aurait eu la chair de poule.

Il ne semblait pas possible qu'il existât autre chose que cette suite cauchemardesque de cavernes qui s'enchaînaient les unes aux autres dans un décor d'un autre monde. La « position » n'était plus qu'un mot vide de sens. Sa boussole ne servait plus à rien à cause de la quantité de minerai de fer contenu dans la roche. Il était si désorienté, si loin du monde de la surface qu'il se demandait s'il n'avait pas franchi le seuil de la folie. Il ne se sentait sain d'esprit que chaque fois que sa lampe reflétait les paysages stupéfiants qu'il traversait.

Il s'obligea à reprendre le contrôle en imaginant des jeux mentaux. Il essaya de mémoriser les détails de chaque caverne, de chaque galerie, de chaque tournant de la rivière afin de les décrire quand il aurait regagné le monde du soleil. Mais il y en avait tant que son esprit fatigué ne put engranger que quelques images particulièrement frappantes. Du reste, il comprit qu'il devait se concentrer sur le *Windbag*. Une autre cellule venait de céder et il entendait le sifflement de l'air s'échappant d'un trou. «Quelle distance ai-je parcourue? se demanda-t-il, presque découragé. Et quelle distance dois-je encore parcourir jusqu'au bout de cette interminable rivière?» Son esprit embué avait du mal à se concentrer. Il devait se reprendre. Il était au-delà de la faim. Il n'imaginait plus de scènes de victuailles avec des steaks épais et des bouteilles de bière. Son corps battu et épuisé avait donné bien plus qu'il ne l'en aurait cru capable.

L'aéroglisseur ratatiné heurta le plafond de la caverne qui s'abaissait de nouveau. Le canot se mit à tournoyer, à se cogner contre la roche puis se détacha vers un des côtés du courant et s'immobilisa doucement sur un haut fond. Pitt reposait dans la mare que formait l'eau dans la coque, les jambes pendant par-dessus bord, trop épuisé pour se servir du dernier réservoir d'air, dégonfler le canot et lui faire traverser la galerie immergée s'étendant devant lui.

Il ne pouvait pas laisser tomber. Pas maintenant. Il restait trop de chemin à parcourir. Il prit plusieurs respirations profondes et avala un peu d'eau. Saisissant le thermos, il l'ouvrit et but le reste du café. La caféine lui redonna un peu de vigueur. Il jeta le thermos vide dans la rivière et le regarda flotter contre les rochers, trop léger pour dériver vers le côté opposé.

La lampe était si faible qu'elle éclairait à peine. Il l'éteignit pour économiser le tout petit reste d'énergie des piles. Il s'étendit sur le dos et tenta de percer l'obscurité suffocante.

Il n'avait plus mal nulle part. Ses nerfs ne portaient plus la douleur et tout son corps était comme engourdi. Il devait lui manquer plusieurs litres de sang. Mais il refusait d'envisager l'échec. Pendant quelques minutes, il se demanda s'il reverrait jamais le monde d'en haut. Le fidèle *Wallowing Windbag* l'avait amené jusqu'ici mais s'il perdait encore une seule cellule de flottaison, il faudrait l'abandonner et continuer sans lui. Il commença à concentrer son énergie en vue de l'effort qu'il allait devoir fournir.

Quelque chose titilla son esprit. Il y avait une odeur... Que disait-on des odeurs, déjà? Elles peuvent faire revivre des événements passés. Il respira profondément, essayant de ne pas la laisser s'échapper avant de savoir pourquoi elle lui était familière. Il se lécha les lèvres et reconnut un goût qui n'y était pas auparavant. Le sel! D'un seul coup, il comprit.

L'odeur de la mer!

Il avait enfin atteint le bout de la rivière souterraine qui se jetait dans le golfe.

Pitt ouvrit les yeux et leva la main presque à la hauteur de son nez. Il ne pouvait distinguer les détails mais une ombre vague qu'il n'aurait pas dû voir dans l'obscurité totale de son monde souterrain. Il regarda dans l'eau et aperçut un reflet sombre. La lumière filtrait par un passage, là-bas, devant.

Il découvrit que la lumière était à portée de sa main et cela lui rendit l'immense espoir de survivre.

Il sortit du *Wallowing Windbag* et se dit qu'il n'avait que deux dangers à envisager : la longueur du plongeon pour atteindre la surface et la décompression. Il vérifia la jauge de pression du dernier réservoir d'air. Quatre cent vingt centimètres. Assez d'air pour nager environ trois cents mètres à condition de rester calme, de respirer normalement et de ne pas se fatiguer. Si l'air de la surface était plus loin que ça, il n'aurait pas besoin de se préoccuper du second problème, la décompression. Il serait noyé bien avant.

Des vérifications périodiques du profondimètre, au cours de son long voyage, lui avaient révélé que la pression dans la plupart des cavernes où il y avait de l'air frais était à peine plus haute que la pression atmosphérique extérieure. Un souci, mais pas une grande peur. Et il avait rarement dépassé trente mètres de profondeur quand il avait plongé sous une saillie immergée divisant deux galeries respirables. S'il rencontrait la même situation, il devrait faire attention à remonter dix-huit mètres par minute au plus, pour éviter les malaises de la décompression.

Quels que soient les obstacles, il ne pouvait ni revenir en arrière ni rester où il était. Il fallait continuer. C'était la seule décision à prendre. Ce serait la dernière épreuve pour les quelques forces qui lui restaient. Il décida qu'il aurait ces forces. Il n'était pas encore mort. Pas tant qu'il resterait un tout petit peu d'oxygène dans son réservoir. Après, il irait jusqu'au bout de ce que lui permettraient ses poumons avant d'éclater.

Il vérifia que les valves étaient ouvertes et le tuyau de basse pression bien branché à son stab. Ensuite il attacha sa bouteille et ferma la boucle à ouverture rapide. Une rapide respiration pour s'assurer que son détendeur fonctionnait bien et il fut prêt.

Sans le masque de plongée perdu, sa vision allait se brouiller mais il n'avait qu'à nager vers la lumière. Il referma les dents sur l'embout de son détendeur, rassembla son énergie et compta jusqu'à trois.

Il était temps de partir et il plongea pour la dernière fois. En agitant doucement ses pieds nus, il se dit qu'il vendrait bien son âme pour retrouver ses palmes perdues. Le haut fond s'abaissait, s'abaissait devant lui. Il passa trente mètres, puis quarante. En passant cinquante mètres, il commença à s'inquiéter. Quand on plonge avec des bouteilles d'air comprimé, il y a une barrière invisible entre soixante et quatre-vingts mètres. Au-delà, le plongeur commence à ressentir l'ivresse et perd le contrôle de ses facultés mentales.

Sa bouteille crissait bizarrement chaque fois qu'elle frottait contre le rocher au-dessus de lui. Il avait jeté sa ceinture plombée lorsqu'il avait frôlé la mort après la grande chute. Sa combinaison de plongée en néoprène était très abîmée. Pour ces deux raisons, il plongeait en flottabilité positive. Il se plia en deux et s'enfonça plus profondément encore pour éviter le contact des rochers.

Il se demanda si ce rocher plongeant avait une fin. Il était à soixante-quinze mètres quand il atteignit enfin l'extrémité de la saillie. Maintenant, la pente remontait doucement. Ce n'était pas la situation idéale. Il aurait préféré une remontée directe vers la surface pour diminuer la distance et économiser le peu d'air qui lui restait.

Peu à peu la lumière se faisait plus brillante au point qu'il put lire les chiffres de sa montre de plongée sans l'aide du rayon mourant de la lampe. Les aiguilles du cadran orange indiquaient cinq heures. Etait-ce le matin ou l'après-midi ? Depuis combien de temps avait-il plongé dans la rivière ? Il ne se rappelait pas s'il y avait dix minutes ou cinquante. Son esprit était trop paresseux pour chercher la réponse.

L'eau transparente, vert émeraude de la rivière devint plus opaque et plus bleue. Le courant faiblissait et sa remontée s'en ralentit. Il perçut un lointain miroitement au-dessus de lui. Enfin, la surface apparut.

Il était dans le golfe. Il avait passé l'embouchure de la rivière et nageait maintenant dans la mer de Cortez. Pitt leva les yeux et aperçut une ombre au loin. Un dernier coup d'œil à la jauge de pression d'air. L'aiguille oscillait sur le zéro. Il avait épuisé presque toute sa réserve.

Plutôt que de respirer ce qui restait en une seule fois, il l'utilisa pour gonfler partiellement son gilet afin de remonter doucement à la surface si jamais il s'évanouissait par manque d'oxygène.

Une dernière inhalation qui n'envoya qu'une petite bouffée d'air dans ses poumons et il se détendit, exhalant à petits coups pour compenser la baisse de pression à mesure qu'il remontait des profondeurs. Le chuintement des bulles d'air quittant le détendeur diminua tandis que ses poumons se vidaient.

La surface paraissait si proche qu'il lui semblait pouvoir la toucher en levant le bras quand ses poumons commencèrent à le brûler. Ce n'était qu'une illusion. Les vagues étaient au moins à vingt mètres de lui.

Il accéléra le battement de ses pieds, alors qu'une énorme bande élastique se serrait autour de sa poitrine. Bientôt le monde ne fut plus pour lui qu'un immense désir d'air. Sa vision commençait à s'obscurcir.

Pitt se sentit empêtré dans quelque chose qui entravait son ascension. Sa vision brouillée sans le masque de plongée, il eut du mal à distinguer ce qui le gênait. Instinctivement, il se débattit maladroitement pour tenter de se libérer. Un grondement éclata dans sa tête, comme s'il hurlait pour protester. Mais à cet instant précis, juste avant que l'obscurité n'envahisse sa conscience, il sentit qu'on tirait son corps vers la surface.

— Cette fois, j'en ai pris un gros ! cria joyeusement Joe.

— C'est un macaire ? demanda Claire, très excitée en voyant la canne de son mari se plier en forme de point d'interrogation.

— Il ne se bat pas très fort pour un macaire, haleta Joe en tournant le moulinet. On dirait plutôt un poids mort.

— Tu l'as peut-être tué en le remontant ?

— Prends la gaffe. Il est presque à la surface.

Claire saisit la longue gaffe à deux crochets et la pointa le long du flanc du bateau, comme une lance.

— Je vois quelque chose ! cria-t-elle. C'est gros et c'est noir.

Puis elle poussa un cri d'horreur.

Pitt était à deux doigts de l'évanouissement quand sa tête passa la surface dans un creux entre les vagues. Il cracha son embout et respira longuement. Le reflet du soleil sur l'eau heurta ses yeux qui n'avaient pas vu la lumière depuis près de deux jours. Il loucha avec bonheur devant ce soudain kaléidoscope de couleurs.

Le soulagement, la joie de vivre, la fierté d'avoir accompli quelque chose d'extraordinaire, tout cela l'envahit en même temps.

Le cri d'une femme lui perça les tympans et il leva les yeux, étonné d'apercevoir la coque bleue d'un yacht s'élever devant lui et deux personnes le dévisager d'en haut, pâles comme des morts. C'est alors qu'il réalisa qu'il s'était pris dans une ligne de pêche. Quelque chose lui frappa la jambe. Saisissant la ligne, il retira de l'eau un petit thon, pas plus long que son pied. Un énorme hameçon traversait la bouche de la pauvre bête.

Pitt coinça doucement le poisson sous son bras et le dégagea de l'hameçon de sa main valide. Puis il le regarda dans les yeux.

— Regarde, Toto, dit-il gaiement, on retourne au Kansas !

60

Le commandant Maderas et son équipage avaient quitté San Felipe et repris les recherches quand ils reçurent l'appel des Hagen.

— Monsieur, dit le radio, je viens de recevoir un message urgent du yacht *Premier Essai*.

— Qu'est-ce qu'il dit ?

— Le skipper, un Américain du nom de Joseph Hagen, dit qu'il a remonté un homme pendant qu'il pêchait.

Maderas fronça les sourcils.

— Il veut sans doute dire qu'il a pris un cadavre dans ses lignes ?

— Non, monsieur, il a été très clair. L'homme est vivant.

Maderas n'y comprenait rien.

— Ça ne doit pas être celui que nous cherchons. Pas quand on a vu l'autre. Est-ce qu'un bateau a fait connaître qu'il y avait un homme d'équipage à la mer ?

— Non, monsieur, je n'ai rien capté de semblable.

— Quelle est la position du *Premier Essai* ?

— Douze milles nautiques au nord-ouest d'ici.

Maderas entra dans la cabine de pilotage et fit signe à Hidalgo.

— Prenez le cap nord-ouest et cherchez un yacht américain. Vous, appelez ce Joseph Hagen, dit-il au radio, et tâchez d'avoir plus de détails sur l'homme qu'ils ont sorti de l'eau. Dites-lui de rester où il est en ce moment. Nous l'y retrouverons dans environ trente-cinq minutes.

Hidalgo leva les yeux de ses cartes et le regarda.

— Qu'en pensez-vous ?

Maderas sourit.

— En tant que bon catholique, je dois croire à ce que me dit l'Eglise des miracles. Mais celui-là, il faut que je le voie pour y croire !

La flotte de yachts et les nombreux bateaux de pêche mexicains qui naviguent dans la mer de Cortez ont leur propre réseau d'informations. Il se fait beaucoup de plaisanteries dans la communauté des propriétaires de bateaux, un peu comme les sessions téléphoniques de voisinage d'autrefois. Les bavardages vont de la météo aux invitations à des sauteries à bord, en passant par les dernières nouvelles des familles ou même des propositions de ventes, d'achats ou d'échanges.

La nouvelle se répandit dans tout le golfe : les propriétaires du *Premier Essai* avaient attrapé un homme au bout de leur ligne de pêche. Elle fut encore embellie avant de passer sur les ondes de Baja. Les derniers marins qui se branchèrent sur le réseau entendirent raconter que les Hagen avaient pêché une baleine géante et trouvé un homme vivant dans ses entrailles.

Certaines des plus grosses embarcations possédaient des radios capables de joindre des stations aux Etats-Unis. Bientôt des rapports partirent de Baja et atteignirent Washington.

Le message radio des Hagen fut entendu par une station de la marine mexicaine à La Paz. L'opérateur radio de service demanda confirmation mais Hagen était trop occupé à discuter avec les autres propriétaires de yachts pour répondre. Pensant alors qu'il s'agissait d'une de ces réceptions bien arrosées entre plaisanciers, il nota le fait sur son registre et se concentra sur les signaux officiels de la marine.

Quand il quitta son poste, vingt minutes plus tard, il mentionna le fait à l'officier en chef de la station.

— Ça paraît un peu dingue, expliqua-t-il. L'émission était en anglais. Il s'agit sans doute d'une blague d'un gringo ivre à la radio.

— Mieux vaut envoyer un patrouilleur voir sur place, dit l'officier. Je vais informer le quartier général de la Flotte du Nord et voir qui nous avons dans ce coin-là.

Il ne fut pas nécessaire d'informer le quartier général de la Flotte. Maderas l'avait déjà alerté. Il fonçait à toute vitesse vers le *Premier Essai*. Le quartier général avait aussi reçu un signal inattendu du chef des opérations navales mexicaines ordonnant au commandant d'intensifier les recherches et de faire tout son possible pour réussir l'opération de sauvetage.

L'amiral Ricardo Alvarez déjeunait avec sa femme au Club des Officiers quand son aide de camp lui apporta les deux dépêches.

— Un homme sauvé par un pêcheur, dit hautainement Alvarez. Qu'est-ce que c'est que cette idiotie ?

— C'est le message retransmis par le commandant Maderas, du G-21, répondit le jeune officier.

— Dans combien de temps Maderas sera-t-il près du yacht ?

— D'une minute à l'autre, maintenant.

— Je me demande pourquoi les Opérations navales sont tellement intéressées par le sauvetage d'un vague touriste perdu en mer ?

— Le Président lui-même a fait savoir qu'il s'intéressait à ce sauvetage, répondit l'aide de camp.

L'amiral lança à son épouse un regard amer.

— Je savais bien que ce bon dieu d'Accord sur le Libre Commerce nord-américain était une erreur. Maintenant, il va falloir lécher les pieds des Américains chaque fois qu'un d'entre eux tombera dans le golfe !

Ainsi, il y avait plus de questions que de réponses lorsque Pitt fut transféré du *Premier Essai* sur le patrouilleur qui vint se ranger près de lui. Il était sur le pont, soutenu par Hagen qui lui avait fait ôter sa combinaison de plongée en haillons et lui avait prêté un short et une chemise de golf. Claire avait changé le bandage de son épaule et mis quelques sparadraps sur les vilaines coupures de son front.

Il serra la main de Joseph Hagen.

— Je suppose que je suis le plus gros poisson que vous ayez jamais pêché ?

— Ça me fera quelque chose à raconter à mes petits-enfants, répondit Hagen en riant.

Pitt embrassa la joue de Claire.

— N'oubliez pas de m'envoyer votre recette de ragoût de poisson. Je n'ai jamais rien goûté d'aussi bon.

— Je crois bien que vous l'avez aimé ! dit-elle. Vous en avez bien mangé quatre assiettes !

— Je serai toujours votre débiteur. Vous m'avez sauvé la vie. Merci !

On aida Pitt à grimper dans un petit canot qui le conduisit au patrouilleur. Dès qu'il fut sur le pont, il fut accueilli par Maderas et Hidalgo qui l'escortèrent jusqu'à l'infirmerie où le médecin du bord devait l'examiner. Avant de passer l'écoutille, il fit un dernier signe de la main aux Hagen. Joe et Claire se tenaient par la taille. Joe lança à sa femme un regard étonné.

— Je n'ai pas attrapé plus de cinq poissons dans toute ma vie et tu es la plus mauvaise cuisinière qui soit. Qu'est-ce qu'il a voulu dire avec son « délicieux ragoût de poissons » ?

Claire soupira.

— Le pauvre garçon ! Il était si blessé et il avait si faim que je n'ai pas eu le courage de lui dire que je lui servais une boîte de soupe de poisson relevée avec un peu de cognac !

A Guaymas, Curtis Starger apprit qu'on avait retrouvé Pitt vivant. Il était à la recherche de l'hacienda utilisée par les Zolar. Il reçut l'appel sur son appareil portable Iridium de Motorola, depuis son bureau de Calexico. Lors d'un déploiement tout à fait inhabituel de travail en équipes, les autorités mexicaines de police avaient autorisé Starger et les gens des Douanes à fouiller les immeubles et les terres où ils pouvaient trouver des preuves complémentaires pour inculper la famille de voleurs d'œuvres d'art.

Quand Starger et ses agents arrivèrent, l'aérodrome et le domaine ne présentaient aucun signe de vie. L'hacienda était vide et le pilote de l'avion privé de Joseph Zolar avait décidé qu'il était temps de donner sa démission. Il avait tranquillement passé la grille du domaine, pris l'autobus pour gagner la ville où il avait trouvé une place à bord d'un avion pour Houston, au Texas, où il habitait.

La fouille de l'hacienda ne donna rien d'intéressant. Les pièces avaient été vidées de tout ce qui aurait pu incriminer la famille. L'avion abandonné sur le tarmac s'avéra plus intéressant. Starger y trouva quatre effigies de bois naïvement sculptées avec des visages peints, un peu enfantins.

— Qu'est-ce que tu dis de ça? demanda Starger à l'un de ses agents, spécialiste d'art ancien du Sud-Ouest.

— On dirait des idoles religieuses indiennes.

— C'est du cotonnier?

L'agent ôta ses lunettes de soleil et examina les idoles de près.

— Oui, je crois pouvoir affirmer qu'elles sont en cotonnier.

Starger caressa doucement l'une des statuettes.

— Quelque chose me dit que ce sont les idoles sacrées que cherche Pitt.

On raconta les événements à Rudi Gunn sur son lit d'hôpital. Une infirmière entra dans la chambre, suivie par un des agents de Starger.

— Monsieur Gunn, je suis l'agent Anthony Di Maggio, du service des Douanes. J'ai pensé que ça vous ferait plaisir d'apprendre qu'on a repêché Dirk Pitt vivant dans le golfe, il y a une demi-heure.

Gunn ferma les yeux et poussa un long soupir de soulagement.

— Je savais qu'il réussirait !

— Un sacré courage, d'après ce qu'on m'a raconté. Il paraît qu'il a parcouru plus de cent kilomètres à la nage dans une rivière souterraine.

— Personne d'autre n'aurait pu le faire.

— J'espère que ces bonnes nouvelles vous aideront à vous montrer plus coopératif, dit l'infirmière en lui présentant un thermomètre.

— Ce n'est pas un bon malade? demanda Di Maggio.

— J'en ai soigné de meilleurs.

— Est-ce que quelqu'un va enfin me donner un pyjama, fit Gunn d'un ton exaspéré, au lieu de cette brassière attachée dans le dos et courte comme une chemise de nuit ?

— Les vêtements d'hôpital ont une bonne raison d'être faits comme ça, répondit l'infirmière sans se démonter.

— Ah oui ? Et pourquoi, s'il vous plaît ?

— Je ferais mieux de vous laisser, fit Di Maggio en battant en retraite. Bonne chance et prompt rétablissement.

— Merci de m'avoir donné des nouvelles de Pitt, dit sincèrement Gunn.

— Je vous en prie.

— Maintenant, reposez-vous, ordonna l'infirmière. Je reviens dans une heure avec vos médicaments.

Fidèle à sa parole, l'infirmière revint juste une heure après. Mais le lit était vide. Gunn s'était envolé, vêtu seulement de sa courte brassière et d'une couverture.

Curieusement, les gens de l'*Alhambra* furent les derniers informés. Loren et Sandecker discutaient avec les enquêteurs de la police mexicaine à côté de la Pierce Arrow quand la nouvelle du sauvetage de Pitt leur fut communiquée par le propriétaire d'un puissant et luxueux bateau accosté près de la proche station d'essence. Il cria pour attirer leur attention.

— Hello du ferry !

Miles Rodgers se tenait sur le pont près de la cabine de pilotage, discutant avec Shannon et Duncan. Il se pencha sur le bastingage.

— Qu'est-ce qu'il y a ? cria-t-il.

— Ils ont trouvé votre copain.

Les mots se répercutèrent jusqu'au pont automobile et Sandecker se précipita sur le pont supérieur.

— Répétez ça ? hurla-t-il.

— Des plaisanciers sur un ketch ont repêché un type, cria le skipper du yacht. Les autorités mexicaines disent que c'est celui que vous cherchiez.

Tout le monde était sur le pont, maintenant. Et tous avaient peur de poser la question dont ils craignaient la réponse. Giordino poussa son fauteuil roulant et grimpa la rampe de chargement, comme s'il conduisait un dragster. Craintivement, il cria vers le puissant yacht :

— Il est vivant ?

— Les Mexicains disent qu'il n'était pas en grande forme mais que tout s'est arrangé quand la femme du plaisancier l'a bourré de soupe de poisson.

— Pitt est vivant ! souffla Shannon.

Duncan secoua la tête, incrédule.

— Je n'arrive pas à croire qu'il ait réussi à atteindre le golfe !

— Moi, si, murmura Loren, le visage dans ses mains pour cacher ses larmes. Je savais qu'il ne pouvait pas mourir.

Toute dignité, tout orgueil l'abandonnèrent. Elle se pencha et prit Giordino dans ses bras. Ses joues étaient mouillées et rouges sous son nouveau bronzage.

On oublia les enquêteurs mexicains. Tout le monde se mit à crier et à s'embrasser. Sandecker, normalement taciturne et réservé, cria un « Youpi » sonore et courut vers le poste de pilotage. Là, il téléphona au Commandement de la Flotte mexicaine pour demander plus de détails.

Duncan s'absorba furieusement dans ses cartes hydrographiques du système d'eau sous le désert, impatient d'apprendre quelles données Pitt avait pu rassembler pendant son incroyable voyage dans la rivière souterraine.

Shannon et Miles ouvrirent, pour fêter l'événement, une bouteille de champagne à bon marché trouvée dans le réfrigérateur de la cuisine et distribuèrent les verres à la ronde. On sentait Miles pleinement heureux de la nouvelle mais les yeux de Shannon paraissaient particulièrement pensifs. Elle regarda ouvertement Loren, ressentant une curieuse envie qu'elle n'aurait jamais pensé éprouver. Elle réalisa peu à peu qu'elle s'était peut-être trompée en ne montrant pas plus de compassion envers Pitt.

— Ce sacré bonhomme est comme une pièce truquée qui tombe toujours du bon côté ! dit Giordino en tentant de contrôler son émotion.

Loren le regarda sans ciller.

— Est-ce que Dirk t'a dit qu'il m'a demandé de l'épouser ?

— Non, mais ça ne m'étonne pas. Il a une haute idée de toi.

— Mais tu ne penses pas que ce soit une bonne idée, n'est-ce pas ?

Giordino secoua lentement la tête.

— Pardonne-moi si je dis qu'une union entre vous ne serait pas un lit de roses.

— Nous sommes trop têtus et trop indépendants pour vivre ensemble, c'est ce que tu veux dire ?

— Oui, c'est ça. Vous êtes tous les deux comme des trains express roulant sur des voies parallèles. De temps en temps, ils se rencontrent dans une gare mais la plupart du temps, ils n'ont pas la même destination.

Elle lui serra la main.

— Merci d'avoir été aussi honnête.

— Qu'est-ce que je connais aux mariages ? dit-il en riant. Je ne suis jamais resté plus de deux semaines avec la même femme.

Loren regarda Giordino au fond des yeux.

— Il y a quelque chose que tu ne me dis pas.

— Les femmes ont le nez creux pour ça.

— Qui était-ce ? demanda Loren en hésitant.

— Elle s'appelait Summer, répondit franchement Giordino. Elle est morte en mer il y a quinze ans, au large d'Hawaï.

— L'affaire du tourbillon du Pacifique, je me rappelle qu'il m'en a parlé.

— Il a tout fait pour la sauver, mais en vain.

— Et il ne l'a jamais oubliée, dit Loren.

Giordino fit oui de la tête.

— Il n'en parle jamais mais il a souvent un regard rêveur quand il voit une femme qui lui ressemble.

— Oui, je lui ai vu cette expression rêveuse plus d'une fois, dit Loren d'une voix triste.

— Il ne peut pas passer sa vie à regretter un fantôme, dit Giordino. Nous avons tous l'image d'un amour perdu mais il faut l'oublier un jour ou l'autre.

Loren n'avait jamais vu Giordino, d'ordinaire si prompt à plaisanter, faire preuve d'autant de sagesse.

— As-tu toi aussi un fantôme?

Il la regarda en souriant.

— Un été, j'avais dix-neuf ans, j'ai vu une fille faire du vélo sur un trottoir à Balboa Island, en Californie du Sud. Elle portait un petit short blanc et une blouse vert pâle nouée à la taille. Ses cheveux blonds étaient attachés en queue de cheval et ses bras et ses jambes bronzés avaient une belle teinte acajou. J'étais trop loin pour voir la couleur de ses yeux mais j'imagine qu'ils étaient bleus. Elle semblait libre, heureuse de vivre et je suis sûr qu'elle avait le sens de l'humour. Il ne se passe pas un jour sans que je ne revoie son image.

— Et tu ne l'as pas suivie? demanda Loren, surprise.

— Crois-moi si tu veux, j'étais très timide, à l'époque. J'ai arpenté le même trottoir tous les jours pendant un mois, espérant l'apercevoir à nouveau. Mais elle ne s'est jamais montrée. Elle était sans doute en vacances avec ses parents. Elle a dû rentrer chez elle avant que nos chemins se croisent.

— C'est triste, dit Loren.

— Oh, je ne suis pas sûr. On se serait peut-être mariés, dit Giordino en riant soudain, on aurait eu dix gosses et en fin de compte, on se serait sans doute détestés.

— Pour moi, Pitt est comme ton amour perdu. Une illusion à laquelle je ne peux jamais me rattacher tout à fait.

— Il changera, assura Giordino avec gentillesse. Tous les hommes s'adoucissent avec l'âge.

Loren sourit et secoua légèrement la tête.

— Pas les Dirk Pitt de ce monde. Ils sont poussés par un désir intérieur de résoudre les mystères et de relever les défis de l'inconnu. La dernière chose qu'ils souhaitent, c'est de vieillir auprès d'une femme et d'enfants et de mourir dans une maison de retraite.

61

Le petit port de San Felipe était en fête et ses quais noirs de monde. Il y régnait une atmosphère de fièvre quand le patrouilleur approcha la digue et entra dans le port. Maderas se tourna vers Pitt.

— Une belle réception, hein?

Pitt fronça les sourcils sous la forte lumière.

— C'est une fête locale ?

— Non, c'est la nouvelle de votre remarquable équipée sous la terre qui les a rassemblés.

— Vous plaisantez ! dit Pitt, vraiment surpris.

— Non, señor. A cause de votre découverte d'une rivière sous le désert, vous êtes devenu un héros pour tous les fermiers et les rancheros d'ici jusqu'à l'Arizona. Tous ces gens luttent pour survivre sur une terre aride et dure. (Il montra deux camions d'où l'on déchargeait du matériel de télévision.) Ce qui fait que vous allez être à la une, le héros du jour.

— Oh ! Mon Dieu ! gémit Pitt. Tout ce que je demande, c'est un bon lit où je pourrai dormir trois jours d'affilée.

Moralement et physiquement, Pitt allait beaucoup mieux depuis qu'il avait parlé par la radio du bord avec l'amiral Sandecker et appris que Loren, Rudi et Al étaient vivants et bien-portants malgré leurs blessures. Sandecker lui avait aussi raconté la mort de Cyrus Sarason après l'intervention de Billy Yuma et l'arrestation de Zolar et d'Oxley – ainsi que la récupération du trésor de Huascar – par Gaskill et Ragsdale avec l'aide de Henry et Micki Moore.

Pitt se dit stoïquement que le petit peuple avait de l'espoir, après tout.

Il ne fallut que dix minutes, qui parurent des heures, pour que le *Porqueriá* soit à nouveau amarré le long de l'*Alhambra* pour la seconde fois ce jour-là. Un grand calicot traversait le pont supérieur du ferry-boat où l'on pouvait lire, en lettres encore humides de peinture, « BON RETOUR D'ENTRE LES MORTS ».

Sur le pont intérieur, un orchestre mariachi mexicain jouait et chantait un morceau qui parut vaguement familier à Pitt. Il se pencha sur le bastingage du patrouilleur, écouta attentivement et soudain éclata de rire. Mais immédiatement, il se plia en deux. L'éclat de rire avait réveillé un éclair de douleur dans sa cage thoracique. Giordino venait de lui jouer une bonne blague.

— Vous connaissez le morceau que joue l'orchestre ? demanda Maderas, un peu inquiet de la souffrance qui se mêlait au sourire ravi sur les traits de Pitt.

— Je reconnais l'air mais pas les paroles, haleta Pitt. Ils chantent en espagnol.

Míralos andando
Véalos andando
Lleva a tu novia favorita, tu compañero real
Bájate a la represa, dije la represa
Júntate con ese gentió andando,
Oiga la música y la canción
Es simplemente magnífico camarada,
Esperando en la represa
Esperando por el Roberto E. Lee.

— *Míralos andando*, répéta Maderas, embarrassé. Que veulent-ils dire ? « Allez au barrage » ?

— La digue, devina Pitt. Les premiers mots sont « allez jusqu'à la digue ».

Tandis que sonnaient les trompettes, que grattaient les guitares et que sept voix d'hommes chantaient la version mariachi de « En attendant le Robert E. Lee », Loren, au milieu de la foule qui avait envahi le ferry, faisait de grands signes des bras. Elle vit Pitt scruter le ferry jusqu'à ce qu'il l'aperçoive et lui rende joyeusement son salut.

Elle découvrit le pansement autour de sa tête, le bras gauche en écharpe et le plâtre autour du poignet gauche. Dans le short et la chemise de golf empruntés, il détonnait au milieu des uniformes de la marine mexicaine. Au premier coup d'œil, il paraissait étonnamment en forme pour un homme qui venait de traverser l'enfer, le purgatoire et les abîmes obscurs des profondeurs. Mais Loren savait combien Pitt était doué pour donner le change et dissimuler la fatigue et la souffrance. Elle les lisait dans ses yeux.

Pitt aperçut l'amiral Sandecker debout près du fauteuil roulant de Giordino. Il repéra aussi Gordo Padilla qui tenait par la taille sa femme Rosa. Jesus, Gato et ce mécanicien dont il ne se rappelait jamais le nom étaient là aussi, brandissant des bouteilles. Puis on abaissa la passerelle et Pitt serra la main de Maderas et d'Hidalgo.

— Merci, messieurs, et remerciez votre toubib pour mòi. Il m'a bien réparé et il a fait un boulot magnifique.

— C'est nous qui vous sommes redevables, señor Pitt, dit Hidalgo. Mon père et ma mère ont un petit ranch non loin d'ici qui va enfin leur rapporter quelque chose quand on aura creusé des puits jusqu'à votre rivière.

— S'il vous plaît, dit Pitt, promettez-moi quelque chose.

— Avec plaisir, si c'est en mon pouvoir.

— Ne laissez jamais personne donner mon nom à cette fichue rivière, fit Pitt en souriant.

Il s'éloigna et traversa le pont du ferry dans une véritable marée humaine. Loren courut à sa rencontre, s'arrêta près de lui et mit doucement ses bras autour du cou de Pitt en prenant soin de ne pas s'appuyer sur ses blessures. Elle l'embrassa, les lèvres tremblantes, les yeux pleins de larmes, et sourit.

— Bienvenue chez toi, marin, dit-elle.

Puis ce fut la ruée. Les journalistes et les cameramen des deux côtés de la frontière entourèrent Pitt tandis qu'il accueillait Sandecker et Giordino.

— Je pensais que, cette fois-ci, tu reviendrais avec une pierre tombale autour du cou, dit Giordino avec un sourire large comme une enseigne au néon d'un bar de Las Vegas.

— Si je n'avais pas retrouvé le *Wallowing Windbag*, répondit Pitt en souriant aussi, je ne serais pas ici.

— J'espère que vous réalisez que vous devenez un peu vieux pour aller nager dans les cavernes, fit Sandecker, faussement sévère.

Pitt leva son bras valide comme pour faire un serment.

— Avec votre aide, amiral, si vous me voyez ne serait-ce que regarder une caverne souterraine, je vous autorise à me fusiller sur-le-champ.

Puis Shannon s'approcha et planta un long baiser sur ses lèvres, ce qui rendit Loren folle de rage. Quand elle le relâcha, elle dit :

— Vous m'avez manqué.

Avant qu'il puisse répondre, Miles Rodgers et Peter Duncan serraient sa main valide.

— Vous êtes un rude gaillard ! dit Rodgers.

— J'ai cogné l'ordinateur et perdu toutes vos données, dit Pitt à Duncan. J'en suis vraiment désolé.

— Pas de problème, fit Duncan avec un large sourire. Maintenant que vous avez prouvé que la rivière coule du Trou de Satan jusqu'au golfe en passant par Cerro El Capirote, nous pourrons tracer sa course avec des systèmes d'images soniques géophysiques et des instruments de transmission.

Soudain, ignoré par la foule, un vieux taxi fatigué de Mexicali s'arrêta dans un nuage de fumée. Un homme en sortit qui traversa hâtivement le quai et le pont du ferry, vêtu d'une couverture. Il baissa la tête et fendit la foule jusqu'à Pitt.

— Rudi ! s'écria Pitt. D'où arrives-tu ?

Comme pour une scène bien minutée de cinéma, les doigts cassés de Gunn lâchèrent la couverture qui tomba sur le pont, le laissant là, debout, vêtu d'une courte brassière d'hôpital.

— J'ai échappé aux griffes d'une infirmière diabolique pour venir t'accueillir ici, dit-il sans le moindre embarras.

— Tu es en bonne voie de guérison ?

— Je serai de retour à mon bureau de la NUMA avant toi.

Pitt se tourna et fit signe à Rodgers.

— Miles ? Avez-vous votre appareil ?

— Un bon photographe ne sort jamais sans son appareil, cria Rodgers au-dessus du bruit de la foule.

— Prenez une photo des trois pauvres éclopés de Cerro El Capirote.

— Plus une pauvre chienne battue, ajouta Loren en se joignant au groupe.

Rodgers prit trois clichés avant que les reporters prennent le relais.

— Monsieur Pitt ! (Un des reporters approcha un micro de sa bouche.) Que pouvez-vous nous dire de la rivière souterraine, s'il vous plaît ?

— Seulement qu'elle existe, répondit-il gentiment, et qu'elle est très humide.

— Quelle est sa largeur, à votre avis ?

Il réfléchit un moment, passa le bras autour de la taille de Loren et la pressa contre lui.

— Je dirais deux tiers de celle du Rio Grande.

— Tant que ça ?

— Facilement !

— Comment vous sentez-vous après avoir traversé ces cavernes souterraines sur plus de cent kilomètres ?

Pitt s'énervait toujours quand un reporter demandait à une mère ou un père de famille ce qu'ils ressentaient après l'incendie de leur maison et la mort de tous leurs enfants, ou à un témoin ce qu'il ressentait après avoir vu quelqu'un tomber d'un avion sans parachute.

— Comment je me sens ? Pour l'instant, je pense que ma vessie va éclater si je ne trouve pas tout de suite les toilettes.

ÉPILOGUE

Le retour

4 novembre 1998
San Felipe, Basse-Californie.

62

Deux jours plus tard, quand tous les témoignages eurent été communiqués aux enquêteurs mexicains, tous furent libres de quitter le pays. Ils se rassemblèrent sur le quai pour se dire adieu.

Le Dr Duncan fut le premier à partir. L'hydrologiste fila de bonne heure, le matin, et avait disparu avant que quiconque s'aperçoive de son absence. Il avait devant lui une année laborieuse en tant que directeur du Projet Hydraulique du Sonoran, comme il allait s'appeler. L'eau de la rivière allait être une bénédiction pour le Sud-Ouest perpétuellement affligé de sécheresse. L'eau, sève de toute civilisation, créerait des emplois pour les habitants du désert. La construction d'aqueducs et de pipelines allait transporter l'eau aux villes et aux villages et l'on transformerait le lac asséché en un plan d'eau aussi vaste que celui du lac Powell. Ensuite, on réaliserait les projets miniers pour recueillir toutes les richesses minérales que Pitt avait découvertes pendant son odyssée souterraine et l'on ouvrirait un centre touristique sous la terre.

Le Dr Shannon Kelsey avait été invitée par le gouvernement du Pérou pour continuer ses recherches dans les ruines des cités chachapoyas. Là où elle allait, Miles Rodgers suivait.

— J'espère que nous nous reverrons, dit Rodgers en serrant la main de Pitt.

— Seulement si vous me promettez de vous tenir éloigné des puits sacrificiels, répondit Pitt avec chaleur.

— Vous pouvez compter sur moi, assura Rodgers en riant.

Pitt regarda Shannon dans les yeux. Il y vit autant de détermination et d'effronterie que d'habitude.

— Je vous souhaite ce qu'il y a de mieux.

Elle vit en lui le seul homme qu'elle n'ait jamais pu faire plier à sa volonté.

Elle ressentait pour lui une sorte d'affection qu'elle ne pouvait expliquer. Pour faire enrager Loren, Shannon embrassa longuement les lèvres de Pitt.

— A bientôt, grand homme. Ne m'oubliez pas.

Pitt hocha la tête.

— Même si je le voulais, je ne le pourrais pas, dit-il en souriant.

Quand Shannon et Miles furent partis pour l'aéroport de San Diego dans une voiture de location, un hélicoptère de la NUMA apparut dans le soleil et vint se poser sur le pont de l'*Alhambra*. Le pilote laissa tourner le réacteur et sauta par la porte de la soute. Il chercha des yeux Sandecker et s'approcha de lui.

— Bonjour, amiral. Vous êtes prêt à partir ou dois-je arrêter le réacteur ?

— Non, laissez-le tourner. Où en est le jet de la NUMA ?

— Il vous attend sur le terrain des Marines de Yuma pour vous ramener avec les autres à Washington.

— Très bien, nous montons tout de suite. (Il se tourna vers Pitt.) Alors vous partez en congé de maladie ?

— Loren et moi allons rejoindre un club de voitures anciennes et faire le tour de l'Arizona.

— Je vous attends dans une semaine !

Il se tourna vers Loren et posa un baiser léger sur sa joue.

— Vous êtes membre du Congrès. Ne le laissez pas faire de bêtises et veillez à ce qu'il rentre en un seul morceau, prêt à se remettre au travail.

— Ne vous inquiétez pas, amiral, fit Loren en souriant. Mes électeurs souhaitent eux aussi que je sois en pleine forme pour reprendre mes activités.

— Et moi ? dit Giordino. Aurai-je droit à quelques jours de repos pour récupérer ?

— On peut très bien s'asseoir derrière un bureau dans un fauteuil roulant. (Sandecker eut un sourire diabolique.) Pour Rudi, c'est différent. Je crois que je vais l'envoyer un mois aux Bermudes.

— Quel grand homme ! dit Gunn en essayant de cacher son envie de rire.

Bien sûr, c'était une comédie habituelle. Sandecker considérait Pitt et Giordino comme ses fils. Entre eux, rien ne se passait qui ne fût marqué du sceau d'un mutuel et profond respect. L'amiral savait bien que, dès qu'ils se sentiraient en bonne santé, ils assiégeraient son bureau pour qu'on leur donne un nouveau projet océanographique à diriger.

Deux dockers soulevèrent le fauteuil de Giordino et le hissèrent dans l'hélicoptère. Il avait fallu enlever un siège pour lui permettre d'allonger ses jambes plâtrées.

Pitt passa la tête par la porte de l'appareil et chatouilla les orteils dépassant du plâtre.

— Essaie de ne pas perdre cet hélicoptère comme tous les autres.

— Ce n'est pas un problème, répondit Giordino. On m'en donne un chaque fois que j'achète quinze litres d'essence.

Gunn posa la main sur l'épaule de Pitt.

— On s'est bien amusés, dit-il. Il faudrait qu'on recommence un de ces jours.

Pitt fit une grimace horrifiée.

— Plutôt mourir !

Sandecker serra légèrement Pitt entre ses bras.

— Reposez-vous et prenez la vie comme elle vient, dit-il à voix basse pour ne pas être entendu des autres malgré le bruit des rotors. Je vous verrai quand je vous verrai.

— Je ferai en sorte que ce soit bientôt.

Loren et Pitt restèrent sur le pont du ferry-boat et firent de grands signes d'adieu jusqu'à ce que l'appareil vire au nord-est au-dessus des eaux du golfe. Il se tourna vers elle.

— Eh bien, nous voilà seuls.

— Je meurs de faim, dit-elle en souriant. Si nous allions à Mexicali pour trouver un bon restaurant mexicain ?

— Maintenant que tu en parles, j'ai une envie folle d'un *huevos rancheros*.

— Je suppose que je dois conduire ?

Pitt leva la main.

— J'ai encore un bras valide.

Mais Loren ne voulut pas en entendre parler. Pitt, sur le quai, la guida pour sortir la Pierce Arrow et sa caravane du compartiment de la soute.

Avant de monter en voiture, Pitt jeta un dernier regard aux moteurs à balanciers du vieux steamer à aubes. Il aurait bien voulu lui faire traverser le canal de Panama et remonter le Potomac jusqu'à Washington. Mais cela ne devait pas se faire. Il couvrit le vieux ferry d'un regard malheureux et s'apprêtait à se glisser sur le siège du passager quand une voiture s'arrêta près de lui. Curtis Starger en descendit. Il leur fit un signe.

— Je suis content d'avoir pu arriver avant votre départ. Dave Gaskill m'a demandé de vous remettre ceci.

Il tendit à Pitt un paquet fait d'une couverture indienne. Incapable de le prendre à deux mains, il demanda l'aide de Loren. Elle prit la couverture et la déplia.

Quatre visages peints sur de gros bâtons de prière les regardèrent.

— Les idoles sacrées des Montolos ! dit Pitt. Où les avez-vous trouvées ?

— On les a reprises dans l'avion privé de Joseph Zolar, à Guaymas.

— J'étais sûr que les idoles étaient entre ses sales pattes.

— On les a identifiées avec certitude comme étant les idoles volées aux Montolos d'après l'inventaire d'un collectionneur que nous avons trouvé au même endroit, expliqua Starger.

— Voilà qui va rendre les Montolos très heureux.

Starger lui adressa un petit sourire blagueur.

— Je suppose qu'on peut compter sur vous pour les leur remettre ?

Pitt gloussa et pencha la tête en regardant la camionnette Travelodge de Starger.

— Je suppose qu'elles n'ont pas autant de valeur que l'or que vous trimbalez dans la remorque ?

Starger fit à Pitt un clin d'œil signifiant « vous ne me la ferez pas ».

— Ça c'est drôle ! De toute façon, tous les objets d'art sont répertoriés.

— Je vous promets de passer rendre les idoles au village montolo en regagnant la frontière.

— Ni Dave Gaskill ni moi n'en avons douté une seconde.

— Comment vont les Zolar ?

— Ils sont en taule avec toutes les inculpations possibles, du vol et de la contrebande d'objets d'art jusqu'au meurtre. Vous serez heureux d'apprendre qu'on leur a refusé une libération sous caution. On était trop sûr qu'ils en profiteraient pour quitter le pays.

— Votre équipe a fait du bon boulot.

— Grâce à votre aide, monsieur Pitt. Si jamais les Douanes peuvent vous faire une fleur, sauf bien sûr introduire quelque chose illégalement dans ce pays, n'hésitez pas à nous appeler.

— Je m'en souviendrai, merci.

Billy Yuma dessellait son cheval après sa ronde quotidienne auprès de son petit troupeau. Il s'arrêta pour regarder le paysage rocailleux de cactus, de *mesquites* et de tamaris éparpillés entre les rochers qui constituaient son domaine dans le désert de Sonoran. Il vit approcher un nuage de poussière qui, peu à peu, se transforma en une très vieille automobile tirant une remorque, les deux véhicules peints en vert foncé, presque noir. Sa curiosité augmenta en constatant que la voiture et sa caravane s'arrêtaient devant sa maison. Il sortit du corral au moment où la porte de la voiture s'ouvrait et que Pitt en sortait.

— Le chaud soleil sur vous, mon ami, dit Yuma pour l'accueillir.

— Le ciel clair soit sur vous, Billy, répondit Pitt.

Yuma serra vigoureusement la main de son visiteur.

— Je suis vraiment heureux de vous voir. On m'avait dit que vous étiez mort dans l'obscurité.

— Presque, mais pas tout à fait, dit Pitt en montrant son bras en écharpe. Je voulais vous remercier d'être entré dans la montagne et d'avoir sauvé la vie de mes amis.

— Les hommes méchants devaient mourir, dit Yuma avec philosophie. Je suis heureux d'être arrivé à temps.

Pitt tendit à Yuma les idoles enveloppées dans leur couverture.

— J'ai apporté quelque chose pour vous et votre tribu.

Yuma défit presque tendrement le haut de la couverture comme s'il s'agissait d'un bébé. Il contempla un long moment, sans rien dire, le visage des quatre déités. Puis il dit, les larmes aux yeux :

— Vous avez rendu son âme à mon peuple, nos rêves, notre religion. Maintenant, nos enfants vont pouvoir être initiés et devenir des hommes et des femmes.

— On m'a dit que ceux qui les ont volées avaient entendu des bruits étranges, comme des pleurs d'enfants.

— Elles pleuraient pour rentrer chez elles !

— Je croyais que les Indiens ne pleuraient jamais ?

Yuma sourit en réalisant avec bonheur ce qu'il tenait dans ses bras.

— Ne croyez pas cela. En fait, ils n'aiment pas qu'on les voie pleurer, c'est tout.

Bill présenta Loren à sa femme Polly qui insista pour les garder à dîner. Loren lui avoua que Pitt adorait les *huevos rancheros,* aussi Polly en confectionna-t-elle en quantité suffisante pour nourrir cinq personnes.

Pendant le repas, tous les amis et parents de Yuma vinrent chez lui pour contempler avec révérence les idoles de cotonnier. Les hommes serrèrent la main de Pitt et les femmes firent cadeau à Loren de petits objets artisanaux. La scène était très émouvante et Loren pleura sans honte.

Pitt et Yuma sentaient qu'ils étaient très semblables, en fait. Ni l'un ni l'autre n'avait guère d'illusions. Pitt lui adressa un sourire.

— C'est un honneur de vous avoir pour ami, Billy.

— Vous serez toujours le bienvenu ici.

— Quand on aura amené l'eau à la surface, dit Pitt, je veillerai à ce que votre village figure en tête de la liste pour la recevoir.

Yuma ôta de son cou une amulette sur une lanière de cuir et la tendit à Pitt.

— Voilà quelque chose qui vous rappellera notre amitié.

Pitt regarda l'amulette. C'était une reproduction en cuivre du *Demonio de los Muertos* de Cerro El Capirote, ornée de turquoises.

— Ça a trop de valeur, je ne peux pas l'accepter !

Yuma secoua la tête.

— J'avais juré de la porter jusqu'à ce que nos idoles sacrées nous soient rendues. Maintenant, qu'elle vous porte bonheur.

— Merci.

Avant de quitter le canyon Ometepec, Pitt emmena Loren jusqu'à la tombe de Patty Lou Cutting. Elle s'agenouilla et lut l'inscription gravée sur la tombe.

— Quelles paroles magnifiques, dit-elle, émue. Ont-elles une histoire ?

— Personne ne semble la connaître. Les Indiens disent qu'elle a été enterrée par des inconnus, pendant la nuit.

— Elle était si jeune ! Dix ans seulement !

— Oui, dit Pitt. Elle repose dans un lieu bien solitaire pour une petite fille de dix ans.

— Quand nous rentrerons à Washington, nous essaierons de savoir si on trouve quelque chose sur elle.

Les fleurs du désert avaient fleuri puis séché, aussi Loren fit-elle une couronne des branches d'un buisson et la posa sur la tombe.

Ils restèrent un long moment à contempler le désert. Les couleurs, inondées par le soleil couchant, étaient vives et extraordinaires, rehaussées encore par la clarté de l'air de novembre.

Tout le village s'aligna le long de la route pour leur dire adieu tandis que Loren conduisait la Pierce Arrow vers la grand-route. En passant les vitesses, elle jeta à Pitt un regard rêveur.

— Tu trouveras peut-être ça drôle, mais je pense que ce petit village serait idéal pour une lune de miel tranquille.

— Est-ce que tu essaies de me rappeler que je t'ai un jour demandée en mariage ? demanda Pitt en serrant une des mains de la jeune femme posées sur le volant.

— Je suis prête à l'oublier comme un instant de folie de ta part.

— Est-ce un refus ?

— Ne fais pas l'idiot. Il faut bien que l'un de nous garde la tête froide. Tu es trop honnête pour faire machine arrière.

— J'étais sérieux.

Quittant la route des yeux, elle lui sourit tendrement.

— Je sais bien que tu l'étais mais soyons réalistes. Notre problème, c'est que nous sommes de bons copains mais que nous n'avons pas besoin l'un de l'autre. Si nous vivions tous les deux dans une petite maison avec une haie autour, les meubles seraient couverts de poussière parce que ni l'un ni l'autre ne serions jamais là. On ne mélange pas l'huile et l'eau. Ta vie, c'est la mer, la mienne, le Congrès. Nous n'aurions jamais de relation proche, aimante. Tu n'es pas d'accord ?

— Je dois avouer que ton dossier tient la route.

— Je propose que nous continuions comme nous l'avons toujours fait. Pas d'objection ?

Pitt prit son temps pour répondre. Loren se dit qu'il cachait rudement bien son soulagement. Il regarda par le pare-brise la route qui s'étirait devant eux.

— Tu sais quoi, madame le député ?

— Non, quoi ?

— Pour une politicienne, tu es une femme incroyablement honnête et attirante.

— Et pour un ingénieur de marine, dit-elle d'une voix rauque d'émotion, tu es si facile à aimer !

Pitt eut un petit sourire et ses yeux verts s'emplirent de malice.

— Combien jusqu'à Washington ?

— Environ cinq mille kilomètres, pourquoi ?

Il retira l'écharpe qui tenait son bras et lui entoura les épaules.

— Réfléchis un peu. Nous avons cinq mille kilomètres pour trouver à quel point il est facile de m'aimer.

POSTFACE

Les murs de la salle d'attente, devant le bureau personnel de Sandecker, dans l'immeuble du quartier général de la NUMA, sont couverts de photographies représentant tous les gens huppés, riches et célèbres que fréquente l'amiral. On y reconnaît cinq présidents des Etats-Unis, de nombreux chefs militaires, des chefs d'Etat, des membres du Congrès, des savants célèbres et toute une brochette de vedettes de cinéma. Tous regardent l'objectif avec un sourire de circonstance.

Toutes ces photos sont encadrées simplement, en bois noir. Toutes, sauf celle qui est accrochée exactement au centre de toutes les autres. Celle-là est dans un cadre en or.

Sur cette photo, Sandecker se tient au milieu d'un groupe étrange de gens qui ont l'air de sortir d'une sorte d'accident spectaculaire. Un homme trapu aux cheveux bouclés est assis dans un fauteuil roulant. Il a les jambes plâtrées dirigées vers le photographe. A côté de lui, on voit un petit homme avec des lunettes à monture d'écaille, la tête bandée et les doigts plâtrés. Celui-là porte ce qui paraît être une courte brassière d'hôpital délacée. Puis il y a une jolie femme en short avec un maillot sans manches qui pourrait s'être tout juste échappée d'un foyer pour femmes battues. A côté d'elle se tient un homme grand au front bandé, un bras en écharpe. Il a les yeux pleins de malice d'un aventurier et penche la tête en un grand éclat de rire.

Si, après avoir été introduit dans le bureau de l'amiral, vous lui demandez par hasard qui sont les étranges personnages figurant sur la photo au cadre d'or, préparez-vous à rester là, à l'écouter attentivement pendant au moins une heure.

C'est une longue histoire et Sandecker adore raconter comment le Rio Pitt a été baptisé.

Cet ouvrage a été réalisé par la
SOCIÉTÉ NOUVELLE FIRMIN-DIDOT
Mesnil-sur-l'Estrée
pour le compte des Éditions Grasset
en mars 1995

Imprimé en France
Dépôt légal : avril 1995
N° d'édition : 9722 - N° d'impression : 30210
ISBN : 2-246-50161-X